btb

Aus Freude am Lesen

Der Goethe-Spezialist János Mester hat weder in der Forschung noch bei den Frauen wirklich Fortune: Als Wissenschaftler wartet er bisher vergebens auf den großen Durchbruch, und seine dritte Ehe steht vor dem Aus. Umso willkommener ist ihm da ein Forschungsaufenthalt in Berlin. Endlich wird er sein Buch über den Dichterfürsten und dessen Romanzen zum Abschluss bringen können. Aber statt zu arbeiten lässt Jánoska lieber sein eigenes Leben und seine Lieben Revue passieren. Ganz im Gegensatz zu dem verehrten Meister hat er es jedoch nur auf ganze zehn Frauen gebracht. Und nur eine davon hat er wirklich geliebt: Jolanda, seine erste Freundin, die Ferienlagerbekanntschaft damals im Jahr 1957 …

Miklós Vámos, geboren 1950 in Budapest, ist gelernter Jurist. Er war Dramaturg und Verlagsleiter, hat Theaterstücke und Drehbücher verfasst, seine Romane und Erzählungen sind vielfach preisgekrönt und in mehrere Sprachen übersetzt. Vámos lebt mit seiner Frau und zwei Söhnen in Budapest. In seiner Heimat ist Vámos ein Star, nicht zuletzt durch seine Fernsehserie »Lehetetlen« (Unmöglich), die in Ungarn zu den beliebtesten TV-Ereignissen zählt.

Miklós Vámos bei btb:
Buch der Väter. Roman (73490)

Miklós Vámos

# Meine zehn Frauen

Roman

*Aus dem Ungarischen*
*von Andrea Ikker*

btb

Die ungarische Originalausgabe erschien 2007
unter dem Titel »Utazások Erotikában (Ki a franca z a Goethe?)«
bei ABOVO, Budapest.

FSC Mix
Produktgruppe aus vorbildlich bewirtschafteten Wäldern und anderen kontrollierten Herkünften
www.fsc.org Zert.-Nr. GFA-COC-001223
© 1996 Forest Stewardship Council

Verlagsgruppe Random House FSC-DEU-0100
Das für dieses Buch verwendete
FSC-zertifizierte Papier *Munken Pocket*
liefert Arctic Paper Munkedals AB, Schweden.

1. Auflage
Genehmigte Taschenbuchausgabe Dezember 2010,
btb Verlag in der Verlagsgruppe Random House GmbH, München

Umschlaggestaltung: semper smile, München
Umschlagfoto: Chris Keller/bobsairport.com
Satz: Uhl + Massopust, Aalen
Druck und Einband: CPI – Clausen & Bosse, Leck
KR · Herstellung: SK
Printed in Germany
ISBN 978-3-442-73836-6

www.btb-verlag.de

# 1.

Was ist eigentlich so klasse daran, seinen Kramer einer im Grunde wildfremden Frau unten reinzutun? Oder gar oben?

Das fragte sich Dr János Mester (alias Jánoska), ein seriöser Intellektueller mittleren Alters, und zwar nicht zum ersten Mal.

Den Kramer reintun …

»Warum gibt es für die männliche Abteilung der Menschheit kein größeres Vergnügen als dieses Reintun?« Im sicheren Käfig seines Wagens stellte sich Jánoska laut diese Frage. Er wusste sehr wohl, dass der Terminus technicus Penis lautete, doch er hatte da in der Pubertät etwas falsch verstanden, und seitdem nannte er seinen Kramer eben Kramer. Um den drehte sich die ganze Welt. Die ganze Männerwelt. Kramer gegen Kramer.

Nicht dass es für die Frauen nicht auch wirklich was Besonderes gewesen wäre. Aber eben nicht in jedem Fall. Und möglicherweise nicht in dem Maß.

»Während Männer für Sex sogar zu Zärtlichkeiten in der Lage sind, lassen sich Frauen für Zärtlichkeiten sogar zu Sex hinreißen«, hatte eine der Setzerinnen Barbara, der Korrespondentin aus Győr, im Kopierraum erklärt. Diese philosophische Erkenntnis habe sie im »Cosmopolitan« – sic! – gefunden. ›Nur aus reinster Quelle‹, dachte Jánoska. Er jobbte bei einer Tageszeitung als Korrektor – laut Arbeitsvertrag als Korrektor. Das »Cosmopolitan«-Gespräch irritierte ihn. Andere zu belauschen war nicht schön, aber aufregend und lehrreich.

Durch die enge Hose hindurch zeichnete sich der Tanga der Setzerin deutlich ab; der schmale Streifen verlief nicht ganz mittig zwischen den Pobacken. ›Der hat Schlagseite‹, dachte Jánoska, ›wie ein falsch justiertes Luftgewehr.‹ Tangas hatten einen gewissen Hang zu Schlagseiten, nach Jánoskas Observierung eher nach rechts denn nach links. Wurde ein Tanga von beflissenen Fingern zur Seite gezogen, war das natürlich aufregender, als wenn er von selbst verrutschte. Aber der arme Jánoska musste sich einstweilen mit dem Anblick des Bratens begnügen.

Anfang September 2006 befand sich Dr János Mester (den Punkt hinter dem Doktortitel ließ er immer weg) mitten in den Vorbereitungen für einen einmonatigen Berlinaufenthalt. Bei der Zeitung hatte er um unbezahlten Urlaub gebeten, sollte der nicht genehmigt werden, würde er mit Freuden kündigen. Er hatte lange genug über den Texten von Journalisten gebrütet. Anderer Leute Sachen zu korrigieren war eine minderwertige Beschäftigung.

Ein Monat – eine unermessliche Zeitspanne, die ihn aus dem Trott seines Lebens in Ungarn herausreißen würde. Er tat es mit gemischten Gefühlen, gute und schlechte hielten sich dabei die Waage.

Seine Familie winkte aus dem Fenster der Wohnung im fünften Stock. Sein kleiner Sohn und seine kleine Tochter, Sanyika und Jucika. Und seine Frau Alexa. Eine Trinität in einem schäbigen Holzrahmen, nur sein großer Sohn Palika fehlte. Jánoska winkte ebenfalls, drückte leicht auf die Hupe, gab dann Gas und kam sich für einen Moment wie Niki Lauda vor. Mit quietschenden Reifen bog er in die Hauptstraße ein, und während er den Kilometerzähler auf null stellte, brummte er: »Los geht's!« Seufzend lenkte er seine Aufmerksamkeit wieder auf die Frau, die ihn zur eingangs gestellten Frage inspiriert hatte. Sie war vor ihm aus der Haustür auf die Straße getreten, eine nette Nachbarin. Gewöhnlich grüßten sie einander, wenn sie sich begegneten, doch diesmal hatte sie ihn nicht zur Kenntnis genommen. Jánoska beendete seine Vorstellung des warmherzigen Gatten und Familienvaters und bremste ab, um das wackelnde Hinterteil der Nachbarin länger bewundern zu können. In der cremefarbenen Leinenhose bewegten sich die Hügelchen noch beherzter auf und ab als gewöhnlich, was möglicherweise an den hochhackigen Pantoletten der Nachbarin lag. Die Umrisse ihres Tangahöschens waren durch den dünnen Stoff ganz klar zu erkennen. Einen Hauch zu weit rechts.

Vermutlich war das Zielobjekt, das sich auf dem brüchigen Betonpfad und um die Anfang dreißig bewegte, dieser atemberaubenden Trippeltechnik bereits seit der Oberstufe mächtig. Es wusste, dass es bei seinen Opfern vermehrte Speichelbildung auslöste, bei Heißblütigeren sich der Kramer regte und bei den restlichen – zu denen auch Jánoska gehörte – in den drei Stresszonen der Schweiß ausbrach.

An der Ecke – für seine Familie nicht mehr sichtbar – holt er sie ein, hupt. Die Frau dreht sich überrascht um, und noch bevor sie sich besinnen kann, zerrt Jánoska sie am Arm in den Wagen. Hinter dem kleinen Park rollt das Auto in den Schutz der Kastanienbäume, und dort geschieht alles, was zwischen Mann und Frau geschehen kann – leider nur in Jánoskas Fantasie. In Wirklichkeit geht die Frau ihres Weges, und Jánoska schaltet in den dritten Gang.

Zielobjekte wissen ganz genau, welche Gefühle sie in einem Mann erwecken, doch es stört sie nicht. Im Gegenteil. Überführt man sie, leugnen sie alles ab. ›Tangas tragen wir nicht wegen der Kerle, sondern lediglich zu unserem eigenen Vergnügen. Weil wir uns dann schicker vorkommen. Und unsere Bäuche lassen wir nicht deshalb unbedeckt, damit ihr sie begafft, o nein! Es ist nur, weil wir uns so wohl fühlen. Die Art Damenhosen, bei der im Sitzen der obere Teil des Tangas unweigerlich zum Vorschein kommt (und auf dem Hintern eine Walflosse bildet), erfreut sich nicht deswegen einer solchen Beliebtheit, weil bei ihrem Anblick den Männern das Wasser im Mund zusammenläuft. Pustekuchen! Sie ist einfach modisch, das ist alles.‹

Beim Anblick einer solchen Walflosse ist Jánoska immer hingerissen. Er wünscht sich dann, die Trägerin möge möglichst lange mit dem Rücken zu ihm sitzen bleiben, und vertraut darauf, dass das Alphamännchen – durchtrainierter Body, ausrasierter Nacken, wilde Tattoos –, das für gewöhnlich in der Nähe solcher Ärsche zu finden ist, nicht merkt, dass seine Tussi begafft wird.

›Warum juckt mich nahezu jede Frau? Wenn ich das nur wüsste …‹

Wann immer es nur geht, versucht Jánoska zu erkunden, ob sich auf der seidigen Hochebene über dem Po ein Flaum entdecken lässt. Wird er dort einer derzeit ebenfalls angesagten, geschwungenen, grünlichen Tätowierung ansichtig, ist er am Ende. Am liebsten würde er um die Erlaubnis bitten, sie anfassen zu dürfen. Selten verlangt es ihn nach mehr oder nach anderem. Doch wer würde ihm das glauben? Dabei hat er nicht die geringste Lust, von einem Zielobjekt mit vernichtenden Blicken oder Ohrfeigen gestraft zu werden. Geschweige denn, sich von einem dieser riesigen Monstertypen totprügeln zu lassen.

Jánoska plante seine Abfahrt für Mitternacht, schließlich

gab es keine Regel, die besagte, man dürfe nur frühmorgens aufbrechen. Berlin war weit, die Strecke mit dem Auto an einem Tag zu bewältigen ein unmenschlicher Kraftakt, so oder so. ›So‹ hieß die altbewährte Route über Prag und Dresden, im Sozialismus lange Zeit die einzige Möglichkeit, aus Ungarn in die DDR zu gelangen. Von der Entfernung her war sie kürzer, neunhundertundnochwas Kilometer, konnte aber länger dauern, wenn man auf den grausigen Straßen um Teplitz den Berufsverkehr, eine der ewigen Baustellen oder einen Verkehrsunfall erwischte. Und mit einer dieser drei Möglichkeiten musste man auf einer so langen Strecke immer rechnen. Mit ›so‹ konnte auch die Route über Österreich gemeint sein, Wien – Linz – Passau, und von dort weiter in Richtung Norden, über Regensburg und Dresden bis Berlin. Das waren fast tausenddreihundert Kilometer, allerdings auf zuverlässigen österreichischen und deutschen Autobahnen. Selbst der Streckenabschnitt durch die ehemalige DDR – im Dritten Reich angelegt, im Sozialismus immer wieder notdürftig geflickt, nach der Wiedervereinigung endlich ausgebaut – war allemal besser als die Schnellstraßen in der Slowakei oder in Tschechien.

Vielleicht hätte Jánoska doch das Flugzeug nehmen sollen, aber das Flugticket wäre nicht bezahlt worden und er hätte obendrein ohne Auto keine Abstecher machen können. Dabei hatte er sich viel vorgenommen. Es würde ihn ein gutes Stück voranbringen, sich auf Goethes Spuren zu begeben. Oder genauer: auf die Spuren von Goethes Frauen.

Die Abfahrt um Mitternacht war schon allein aus Aberglauben nicht schlecht. Mitternacht hatte ihm in letzter Zeit immer Glück gebracht. Er klopfte sich dreimal auf den Schädel. Vor der langen Fahrt würde er sowieso nicht viel schlafen können, und tatsächlich wälzte er sich ewig herum, während er Alexas sehr männlich anmutendem Schnarchen lauschte. Gerade als er beschloss, sich aus dem Bett zu quälen, versank er in Finsternis, an deren Ende die Lichter des anbrechenden Tages bekundeten, dass er noch am Leben war. Diese Lichter phantasierte er sich in dem Wirrwarr des Übergangszustands zusammen, den man gewöhnlich Halbschlaf nennt, obwohl das nichts Halbes und nichts Ganzes mehr ist, und man vom Schlaf bestenfalls nur noch ein vages Gefühl hat. Der Wecker zeigte Viertel vor acht. Er kam sofort zu sich, besann sich, dass er ein Junge war und dass er Jánoska hieß. In seiner Geburtsurkunde stand János Mester, doch zur großen Freude aller Anwesenden war er sowohl bei der Abiturfeier als auch bei der Diplomverleihung mit der Verkleinerungsform Jánoska angeredet worden. Die Maturanten lachten sich halb tot, und er hatte sich dem kollektiven Gedächtnis ein für alle Mal eingeprägt. Bei der Diplomverleihung hatte er sogar Applaus bekommen, was deswegen nicht weiter auffiel, weil ihn alle bekamen. Und dafür, dass sich das Ineinanderschlagen der Hände bei ihm hämischer anhörte als bei den anderen, gab es keinen anderen Beweis als den, dass es ihm so vorgekommen war.

Die begehrenswerte Nachbarin hatte er längst hinter sich gelassen, allerdings nur in der Wirklichkeit. In seiner Phantasie war sie bei ihm. Ihr Hintern. Ihre langen Ober- und Unterschenkel, deren unteres Drittel selbst bei schlechtem Wetter häufig aus dem Hosenbein ragte. Ihre leicht eckigen Schultern mit den einsinkenden BH-Trägern. Meist trug sie schwarze Unterwäsche, was anspruchsvollere Literaten als störend empfinden würden. Wenn Jánoska die Nachbarin betrachtete, war er kein anspruchsvollerer Literat, in seinem Innern rangen intellektuelle Schamhaftigkeit und derbe männliche Schamlosigkeit. Vom Busen der Nachbarin ist noch nicht gesprochen worden. Er wogte, wenn die Nachbarin ging. Vibrierte eher. Doch im Gegensatz zu ihrem Hintern im Gleichtakt. Auf der linken Brust befand sich ein dunkles Muttermal von der Größe eines Pfefferkorns. Nur allzu gern hätte Jánoska den Fleck mit seinem kleinen Finger berührt. Solche Schönheitsmale auf kakaobrauner Haut waren einfach Gold wert. Offenbar ging die Frau allen hautärztlichen Warnungen zum Trotz fleißig ins Solarium. Sich seines Wertes vollauf bewusst, betrachtete der Busen die Welt von oben herab, stellte sich in gewagten Tops (die Jánoska nur Leibchen nannte) oder in nur halb zugeknöpften Blusen gerne zur Schau. Spannte sprungbereit. Als Alexa ihren Mann einmal dabei erwischte, wie er dem Zielobjekt, das auf dem Gehweg dahinschritt, nachstarrte, blaffte sie: »Die hat sie sich machen lassen!«

Im ersten Moment meinte Jánoska, Alexa rede von der Loggia, die sie gerade verglasen ließen. Erst allmählich begriff er, dass sie den Busen der Nachbarin meinte. Seit Lia, eine ihrer Kolleginnen, nebenher als Empfangsdame in der Praxis eines solchen Arztes arbeitete, hielt sich Alexa auf dem Gebiet operierter Brüste für eine große Expertin. Die Mindestkosten für eine Brustvergrößerung betrugen etwa eine halbe Million Forint, dennoch schlugen sich die Frauen drum, als gäbe es sie umsonst. Häufig musste man Wartezeiten von einem Dreivierteljahr in Kauf nehmen. Lia hätte sich die Brüste um keinen Preis der Welt machen lassen, schon gar nicht einem verdammten Kerl zuliebe, friss oder stirb, mehr gibt's nicht, und überhaupt sind die Männer alle Mistkerle! Sie hat sich erst vor kurzem scheiden lassen. Darauf Alexa: »Ein Mistkerl ist nicht der, der das tut, worauf er Lust hat, sondern der, der etwas anderes tut.« »Wie bitte?!«, hakte Lia nach. Doch Alexa ließ es dabei bewenden. Sie war keine Freundin großer Erklärungen.

Warum ihr das Tanzen so wichtig war, hat sie auch nie

erklärt. Tango. Argentinischer Tango. Sonst hatte sie zu diesem Thema alles gesagt. Mehrmals. So dass sich Jánoska mittlerweile mit Fug und Recht als Tangoexperten betrachten konnte. Als stellvertretenden Tangoexperten, denn die Hauptexpertin war und blieb Alexa.

»Was fällt uns bei dem Wort Tango ein?« Es war eine eher rhetorische Frage von Alexa. »Der Tanga!«, Jánoska glücklich. »Blödmann!«, Alexa beleidigt. Jánoska muckste und verriet nicht, dass ihm auch Flohmarkt eingefallen war.

»Der Tango ist die Verkörperung purer Leidenschaft«, so Alexa. »Ein dreiminütiger Liebesakt. Eine improvisierte Abfolge von Bewegungen, ein Verschlungensein, wobei der Oberkörper des Mannes die Triebfeder ist, von der sämtliche Bewegungen der Frau abhängen. Der Mann folgt der Musik, die Frau dem Mann. (Kein sehr feministisches Konzept.) Ursprünglich bezeichnete das Wort Tango die Zusammenkünfte befreiter Sklaven. Zum Klang von Trommeln vollführten die Schwarzen bei diesen Tangos Tänze, bei denen sie in bestimmten Körperhaltungen – zum Beispiel Kopf an Kopf – erotische Bewegungen ausführten. Daraus entstand um 1880 herum der Stil des Vorstadt-Tango. Er galt als unmoralisch, weil die Männer ihre Schritte in öffentlichen Etablissements übten, während sie darauf warteten, dass die Dame ihrer Wünsche frei wurde. Bald schon wurde der Tango von der Kirche verboten und nur noch im Verborgenen, in Bordellen und am Hafen, getanzt. »In Argentinien sagt man, der Tango sei mehr als nur ein Tanz, er sei das Leben selbst. Mit seiner ganzen Aufmerksamkeit ist man beim Partner, bewegt sich, weil er es tut, hält inne, weil er stoppt. Eine stumme Zwiesprache zweier Körper, einfach wunderbar!« Stundenlang konnte Alexa darüber reden.

Jánoska hoffte inständig, er würde nie Tango tanzen müssen.

Schon als Jugendlicher hatte er die Tanzschule geschwänzt, und so atmete er erleichtert auf, als sich herausstellte, dass Alexa einen festen Partner hatte. Gabó war ein schneidiger, schwarzhaariger Kerl und äußerst wortkarg. Auf Alexas Bitten reagierte er meistens nur mit einem Nicken: »Gut, mach ich.« Er war nicht nur Tänzer, sondern spielte auch Cello in einem Tanzorchester, vornehmlich Piazzolla natürlich. Astor Piazzolla (1921–1992) war der Johann Sebastian Bach des Tangos. Jánoska hatte Alexa und Gabó bereits des Öfteren bewundern können, bei Tangowettbewerben und anderen Auftritten. Wundervoll glitten sie über die Tanzfläche und blickten sich dabei auf eine Art und Weise in die Augen, dass man sich der Vermutung, sie hätten was miteinander, unmöglich entziehen konnte. Doch dieseVermutung würde sich nie bestätigen: Gabó war seinem Lebensgefährten treu. Der hieß Jenő und verdiente sich sein Brot mit Chippendale. Angeblich standen ihm Tangas hinreißend gut. Das wusste Alexa von Gabó. Und Jánoska von Alexa.

Am Ende landet man immer beim Tanga. Laut Wikipedia steht das Wort in irgendeinem afrikanischen Dialekt für Lendenschurz, während sich die Tanga-Inseln in Papua-Neuguinea befinden. Außerdem gibt es eine Stadt dieses Namens. Und zu guter Letzt ist es in Tadschikistan eine alte Währung und in Indien eine Art Pferdewagen. Doch all das verblasst hinter dem winzigen Stück Stoff, das in nahezu allen Regionen der Welt von Frauen mit liberalen Grundsätzen getragen wird. Tanga International.

Bereits seit Monaten observierte Dr János Mester die Nachbarin mit den liberalen Grundsätzen, die sich ihren Busen möglicherweise hatte machen lassen. Alexas Ansicht nach türmten sich plastisch aufbereitete Brüste auf den Rippen wie zwei aufgeklebte Kaffeetassen, ihnen fehlte jeder natürliche Hang. Jánoska fand das Beben der Brüste der Nachbarin überaus natürlich, gern hätte er es studiert, ohne dass der Busen im BH gefangen war. Zudem versuchte er sich vorzustellen, wie die Frau unten aussah. Vermutlich war sie unbehaart – eine, die sich den Busen machen ließ, rasierte sich auch ganz bestimmt die Muschi. Oder enthaarte sie mit Wachs. Autsch, musste das schmerzhaft sein! Jánoska empfand aufrichtiges Mitgefühl mit der Nachbarin. Erst die kostspielige Operation – wenn dem so wäre –, dann auch noch eine solche Quälerei … Kam die Nachbarin ihm gelegentlich entgegen, versuchte Jánoska möglichst unauffällig zu erkunden, ob eine Behaarung vorhanden war oder nicht, jedoch stets ohne Ergebnis.

Erst am Schluss seiner Inventur kam er zum Gesicht der Frau. Typisch. Sie trug ihre blonden Haare in einer Kleopatra-Frisur, und ihr dichter Pony hing ihr in die Augen. Dabei hätte das Augenpaar mit seinem himmelblauen Strahlen auch einige Aufmerksamkeit verdient. Die Lider flatterten, als wolle sie nichts verpassen, doch kreuzte sich ihr Blick für den Bruchteil einer Sekunde mit dem Jánoskas, wandte sie ihn unverzüglich ab. Weibliche Angewohnheit? (Ich schaue dich nicht an, damit du mich betrachten kannst!) Die Nase ragte ein wenig in die Höhe, als hätte man in einem Winkel von fünfundvierzig Grad ein kleines Stück abgeschnitten. Das fand Jánoska sexy. Ihr ovales Kinn verlieh ihrem Gesicht etwas Mädchenhaftes, wobei der in der Mitte befindliche senkrechte Strich von Zielstrebigkeit oder starkem Willen zeugte. ›Ein schönes, interessantes Gesicht‹, dachte Jánoska. Je länger er es betrachtete, umso besser gefiel es ihm. ›So einer bist du also, Alter. Du könntest dich in jede Frau verlieben, wenn du dir nur genug Zeit nimmst.‹

Das Zielobjekt lebte allein, der Freund hatte sich schon

kurz nach dem Einzug aus dem Staub gemacht. Bei seinem Auszug hatte er einen ganzen Vormittag damit verbracht, seine Siebensachen in einen altersschwachen Skoda zu packen und Kofferraum und den restlichen Wagen vollzustopfen. Mit seinem Herumtrödeln brachte er die Frau fast zum Wahnsinn. Übrigens wusste Jánoska, dass Skoda sowohl im Tschechischen als auch im Slowakischen Schaden bedeutete. Während der kahl rasierte, Lederhosen tragende Romeo die Mutter der Frau als Hure beschimpfte, landeten seine Habseligkeiten, die sie ihm aus dem Fenster nachschmiss, auf der Fahrbahn. In den meisten Fällen lohnte sich das Bücken nicht mehr, doch bei einem großen Wecker machte er eine Ausnahme, obwohl das Glas zerbrochen und die Seite eingedellt war und auch die Zeiger den Sturz nicht unversehrt überstanden hatten. Der Lederbehoste untersuchte ihn von allen Seiten und brüllte plötzlich los: »Dich stört es wohl gar nicht, dass ich den von meiner Großmutter zum Abitur geschenkt bekommen habe?« »Abitur? Dass ich nicht lache!«, schrie die Frau außer sich.

Diese aus billigem Kupferimitat hergestellten Wecker, Meisterwerke der ostdeutschen Uhrenindustrie, waren auch Jánoska wohlbekannt. Im Laufe seines Lebens hatte er zwei besessen. Einen hatte er als Teenager in der DDR gekauft, den anderen später auf dem Platz des 7. November in Budapest. Beide hatten gleich ausgesehen, waren nur unterschiedlich groß gewesen, und sofern man sie nicht aufzuziehen vergaß, gingen sie sogar ziemlich genau. Das einzig wirklich Nervige war ihr Ticken: Es klang deutsch (laut und militärisch), so dass Jánoska sie immer auf eine dicke Tischdecke oder ein Handtuch stellen musste. Wo waren sie eigentlich geblieben? Der erste und größere war anlässlich eines Umzugs verschwunden – möglicherweise hatte ihn einer der Möbelpacker mitgehen lassen. Der andere hatte irgendwann den Geist aufgegeben, und es hatte sich kein ungarischer Uhrmacher gefunden, ihn zu reparieren. Das sei er nicht wert, hatten sie behauptet. Mittlerweile bedauerte Jánoska, ihn weggeworfen zu haben. Als Denkmal des DDR-Sozialismus wäre er heute sicher einiges wert gewesen. UMF RUHLA hatte auf dem Zifferblatt gestanden, und heute noch meinte Jánoska den Hauch thüringischer Wälder auf der Haut zu spüren, wenn er diese Worte aussprach.

›Begehrst du die Nachbarin mit dem Tanga und der engen Hose?‹ Nein. Jedenfalls nicht mehr als jeder andere Mann, der sich nach einem knackigen Hintern umdreht. Oder gar mit der Zunge schnalzt, sofern er ein ehrwürdiger Angehöriger der Arbeiterklasse ist. (Früher hat man gezischt, aber dieser charakteristische Laut, der durch rasches Einziehen der Luft entsteht, scheint aus der Mode gekommen zu sein.) Der kultivierte, intellektuelle Mann erlaubt sich kaum mehr, als verstohlen zu gaffen. Zischen ist nicht comme il faut. Nicht PC. Frauen liebt man ihres Verstandes wegen, sonst machen sie Zicken. Wichtig ist ihre Persönlichkeit, nicht wahr.

Wo kämen wir denn da hin, wenn jeder einfach losrennen, sich zwischen zwei Brüsten einkuscheln und diese als Quelle der Muttermilch – von der Jánoska seinerzeit übrigens keinen Tropfen abbekommen hat – liebkosen würde, um sich dann, nachdem er auch den hinteren Rundungen einige Zärtlichkeit gewidmet hat, artig zu bedanken und wieder seines Weges zu ziehen. Mein Gott, wie viel aufrichtiger waren doch Hunde! Begegneten sie einander, schnüffelte und schleckte das Männchen das Weibchen ab, welches dies je nach Laune mehr oder weniger friedlich duldete, und schon gings weiter. Keine Versprechen, keine falschen Komplimente, keine Lügen. Der Wahrheit halber muss man allerdings anmerken, dass Hundeweibchen lediglich zweimal im Jahr läufig sind, und dann auch nur an sechs oder sieben Tagen paarungsbereit.

Auf der Autobahn nahm der Verkehr zu, und Jánoska konnte nur hoffen, dass seine Reise nicht auf einen Tag fiel, an dem türkische Gastarbeiterfamilien scharenweise in ihre Heimat strömten oder nach Deutschland zurückkehrten. Er meinte sich zu erinnern, dass die Türken Anfang August ausschwärmten und Ende August wieder eintrudelten. Jetzt war es Anfang September. Einmal hatte er am Grenzübergang von Hegyeshalom dreieinhalb Stunden warten müssen, weil vor ihm nahezu jedes türkische Auto gefilzt worden war. Damals war Ungarn noch nicht Mitglied der EU. Die Türkei ist es bis heute nicht. Oder doch? Wie auch immer, Jánoska hoffte auf eine reibungslose Grenzüberquerung. Er gähnte: ›Ich muss aufpassen, dass ich nicht einschlafe.‹

Alexa und Gabó, eng umschlungen. Was tanzen die denn? Argentinischen Tango? Schon wieder? Könnte es nicht mal ein ungarischer sein? Oder ein westdeutscher? Nur dieses eine Mal! Vergeblich sprichst du zu ihnen, sie hören dich nicht, gehen komplett in der wehmütigen Musik auf. Das Leben selbst. Gabó beginnt links, Alexa auch, Caminata. Dann eine kurze schnelle Schrittfolge, Corrida. Alexa verschiebt Gabós freies Bein, Sacada. Sie lehnt sich über Gabó, beschreibt mit dem Schuh einen Bogen, Volcada. Die Gitarre spielt lang gezogene Klagetöne, dazu kommt das Klavier. Der schwarze Flügel mit den weißen Tasten rollt plötzlich auf die beiden Tänzer zu. Gleich wird er sie überfahren! Hilfe!

Jánoska erwachte von seinem eigenen Schrei und riss den Kopf hoch. Krampfhaft umklammerte er das Lenkrad und dachte: ›Mein Gott, ich muss einen Kaffee trinken.‹

Ohnehin war es an der Zeit, zu tanken und Sandwiches zu kaufen, da er Alexas Angebot, welche zu machen, in einem

Anfall von Trotz abgelehnt hatte. Warum eigentlich? Wieso hatte er behauptet, das sei überflüssig, er könne an der Tankstelle welche kaufen? Er wollte eben nicht zeigen, wie sehr er ihre Fürsorge brauchte, ihre Aufmerksamkeit, ihre Liebenswürdigkeit. Gerade jetzt, wo sie Probleme hatten. Auch egal. Nicht egal. Ach, zum Teufel … mit den Sandwiches. Irgendwo würde er schon noch etwas zu beißen kriegen.

Seit ihr Romeo das Feld geräumt hatte, gingen bei der Nachbarin im vierten Stock höchstwahrscheinlich die Männer ein und aus, doch Jánoska bekam nie etwas mit. Offensichtlich hatte sie den Richtigen noch nicht gefunden. Aber wer in aller Welt fand schon den Richtigen? Das hat nicht einmal der große Johann Wolfgang von Goethe geschafft. Dabei hat doch gerade der sehr viele Frauen beglückt. Oder beunglückt. Goethe selbst war auch kein glücklicher Mensch. »In meinem ganzen Leben bin ich ganze vier Wochen glücklich gewesen!«, behauptete er im Alter von fünfundsiebzig Jahren. SCHIMPF UND SCHANDE! Der resignierte Ausspruch des Meisters stammte aus einer Zeit, als er auf heftigste Weise der gerade mal neunzehnjährigen Ulrike Levetzow den Hof machte.

Was den Titel seines Buches betraf, hatte Dr János Mester noch keine Entscheidung getroffen. Ursprünglich war seine Idee »Goethes Lieben« gewesen, aber leider existierten schon einige Werke mit ähnlichen Titeln. Zunächst pfiff er darauf. ›Und wenn schon‹, dachte er, dann würde es eben noch eines mehr geben. Im Zusammenhang mit Goethe gab es sowieso nichts Neues mehr unter der Sonne. Es ist alles schon so oft geschrieben worden. Doch dann fiel ihm ein, sein Buch könnte in Büchereien und Buchhandlungen verwechselt werden, sollte es überhaupt je … Nein, mit so einer pessimistischen Haltung konnte er nicht an die Arbeit gehen.

»Goethes sämtliche Romanzen«.

Das klang gut und deckte sich mit dem Thema. Man konnte es ja noch ein wenig versüßen:

»Goethe Universal (Romanzen)«.

Ein wenig Humor würde sicher nichts schaden. Oder doch? Bei der Leserschaft nicht, bei Kollegen und Rezensenten hingegen schon. Also mal sehen. Zunächst musste der Text vollendet werden, das mit dem Titel hatte noch Zeit. Sehr weit war er noch nicht gediehen, es existierten erst einige Abschnitte, denn Jánoska war noch mitten in der Materialsammlung. Im besten Falle würde das Buch Ende nächsten Jahres erscheinen können. 2007. Allerdings war jetzt schon September. Also dann Anfang 2008.

*Johann Wolfgang von Goethe (1749 – 1832) hat von Jünglingsjahren an bis zum Greisenalter sämtliche Qualen und Verzückungen der Liebe durchlebt.*

Mit diesem Satz würde das Vorwort zu Dr János Mesters neuem Buch beginnen, ganz gleich wie der Titel am Ende lauten würde. Bei wissenschaftlichen Werken war ein Vorwort unerlässlich, auch wenn darin in groben Zügen nichts anderes zur Sprache kam als das, worauf im Verlauf der Kapitel ausführlich eingegangen wurde. Dennoch tat der Verfasser gut daran, dem Leser darzulegen, was ihn erwartete. Und was nicht. Für sein Buch wünschte sich Jánoska, es möge statt eines dieser in unverständlichem Fachchinesisch abgefassten Werke eine genussvolle Lektüre werden und auch für diejenigen verdaulich sein, die sich weder mit Goethe noch mit deutscher Literatur auskannten. Jánoska hatte keinen sehnlicheren Wunsch, als dem Dichterfürsten diesmal seinerseits einen Dienst zu erweisen. ›Wenn es mir gelänge, auch nur eine Handvoll Menschen dazu zu bringen, Goethes Gedichte, Romane oder gar seine Farbenlehre zur Hand zu nehmen, hätte ich nicht umsonst gelebt‹, dachte er. ›Okay, ich hätte vielleicht umsonst gelebt, aber nicht umsonst an diesem Buch gearbeitet.‹

Abhandlungen, Beschreibungen und Analysen würden in Kapiteln mit arabischen Ziffern zusammengefasst werden, römische Ziffern würden diejenigen Kapitel bezeichnen, die sich den einzelnen Frauen widmeten. *In den unzähligen Mädchen und Frauen, die Johann Wolfgang je geliebt hat, suchte er einzig und allein nach dem ewig-göttlichen Weib.* Doch er hat es wohl auch nicht gefunden. Seinem Ideal am nächsten kam er im Falle der Gräfin Stolberg – bezeichnenderweise eine Dame, die er gar nicht persönlich kannte, zu der er seine Liebe lediglich in Briefen auslebte. Charlotte von Stein, die Gattin des Hofstallmeisters am Weimar'schen Hof, betete der Meister rund ein Jahrzehnt lang an. Die Beziehung ging erst in die Brüche, nachdem sie sich, wie das so zu gehen pflegt, erfüllte, und aus dem Himmlischen etwas ganz und gar Irdisches wurde. An Charlotte Buff, Lili Schönemann und all den anderen war Goethe nur so lange interessiert, wie sie für ihn geheimnisvolle Objekte der Begierde darstellten, die nicht zu verliebten Frauen mutierten. Die Einzige, die dauerhaft in den Genuss seiner Aufmerksamkeit kam, war Christiane Vulpius, seine Frau. In ihrem Fall litt die Beziehung weder durch ihre Anwesenheit noch durch ihre Hingabe. Von niederer Herkunft, galt sie als hübsch, aber ein wenig ungeschlacht. Sie gebar dem Dichter Kinder, und er liebte sie auch dann noch aus tiefstem Herzen, als sie längst zu einem fetten und versoffenen Weibsbild verkommen war. Außergewöhnliche Frauengeschichten eines außergewöhnlichen Mannes. So etwa könnte die Botschaft von Dr János Mesters Buch lauten – falls man ein Wort wie Botschaft im 21. Jahrhundert überhaupt noch verwenden durfte.

Dagegen: Durchschnittliche Frauengeschichten eines durchschnittlichen Mannes?

›Von mir könnte ich das nicht gerade behaupten‹, dachte Jánoska.

Oder doch?

In ihrem weinroten Tangokleid schwirrte Alexa durch den Bildhintergrund. Gabó hielt sie eng umschlungen, und während Alexas hohe Absätze laut klapperten, glitten Gabós Sohlen lautlos über das Parkett. Ein Bandoneon mit einundsiebzig Knöpfen weinte, Streicher schluchzten dazu.

Der Grenzbeamte würdigte Jánoskas Pass keines Blickes, winkte ihn einfach durch. Erleichtert fuhr Jánoska weiter, drosselte bei den Österreichern erneut die Geschwindigkeit, wobei man sich am dortigen Glashäuschen noch weniger für ihn zu interessieren schien. Der Beamte kam nicht einmal heraus. Jánoskas Herz tat einen Riesensprung: Er war im »Westen«. Obwohl der Begriff seit 1990 rein gar keine Bedeutung mehr hatte, saß er derart in allen Fasern, dass man sich nicht leicht von ihm befreien konnte.

In Jánoskas Jugend war es eine fürchterliche Prozedur gewesen, einen Reisepass zu bekommen. Erzählte er das deutschen (westdeutschen) Bekannten, blieb er immer an dem Verb »bekommen« hängen. »Bekommen« oder »kriegen«. In dem gegebenen Kontext klang beides absurd. Denn Bürger westlicher Staaten »bekamen« ihren Reisepass nicht aufgrund einer besonderen Gunst von Staat oder Partei – sie hatten einfach einen. Sie ließen sich einen ausstellen. Besorgten sich einen. Ach wie gut, dass inzwischen auch Ungarn … Man brauchte nicht einmal mehr einen Reisepass, in den Ländern der EU konnte man nach Lust und Laune mit dem Personalausweis herumreisen, sofern man einen besaß. Bei der ersten sich bietenden Gelegenheit hatte Jánoska sein altes khakifarbenes Büchlein gegen das neue Kärtchen eingetauscht. Aber um auf Nummer sicher zu gehen, hatte er zusätzlich zu seinem Kärtchen auch seinen Reisepass mitgebracht. Überhaupt hatte Jánoska alles dabei, was ein Mensch auf einer Auslandsreise nur brauchen konnte. Grüne Karte. Krankenversicherung. Kreditkarten. Monatsvignetten für die Autobahnen in Ungarn und Österreich. Landkarten. Schutzbrief des Automobilclubs. Eine Schachtel mit Arzneimitteln. Wischtücher. Flaschenöffner. Werkzeug für Reparaturen an Wagen und Brille. Taschenmesser, kleine Löffel, Servietten, Papiertaschentücher, Fleckentferner. Das meiste davon schleppte er für den Fall der Fälle auch in Budapest mit sich herum. Was selten eintrat, war der Fall der Fälle, immer vorhanden war jedoch ein gewisses Gefühl der Sicherheit. Jánoskas Aszendent war Jungfrau – einschlägig Bewanderte werden verstehen, warum.

Alexa war auch in der Astrologie heimisch. Nicht nur im Tango. Sie war überhaupt überall heimisch. ›Nicht so wie ich‹, dachte Jánoska säuerlich.

Die Sonne heizte den Wagen immer mehr auf. Bis zu seinem vierzigsten Lebensjahr war es für Dr János Mester ein Selbstverständliches gewesen, sich beim Verlassen des Landes zu Tode zu ängstigen. Würde er wieder jedes einzelne Gepäckstück öffnen und seinen ganzen Kram ausbreiten müssen? Auf dieser Holzkonstruktion mit dem Gitter obendrauf, die aussah wie ein Marktverkäufertisch? Würde etwas beschlagnahmt werden – wobei sich diese Frage eher auf der Rückreise stellte, besonders wenn er unter dem Ersatzrad verbotene Bücher versteckt hielt. Würde man seinen Wagen auf der Suche nach verborgenen Gütern auseinandernehmen? Diese Art der eingehenden Untersuchung hatte im Slang der Zeit Kundendienst geheißen. Doch auch diesmal konstatierte Jánoska beglückt, dass die Zeiten, in denen man derlei zu befürchten hatte, endgültig und unwiderruflich vorbei waren. Freude beflügele unsere Seelen!

Jánoska hatte sich zeitlebens bemüht, sich an die geltenden Regeln zu halten, selbst im Sozialismus, als es einem zu Ruhm und Ehre gereichte, die Regeln zu brechen. Einzige Ausnahme: Er hatte immer etwas Westgeld im Geldbeutel, ein wenig D-Mark oder amerikanische Dollar, manchmal Schweizer Franken. Obwohl es strengstens verboten war. Trotzdem. Er wollte den Kontakt zur westlichen Welt nicht verlieren. Und im Gegensatz zur großen Mehrheit der Ungarn hatte er mehr oder weniger jedes Jahr eine Ausreisegenehmigung für sich durchboxen können, zumindest seit zweiundachtzig. Das hatte er Johann Wolfgang von Goethe zu verdanken. Welch ein unvergängliches Verdienst des Dichters.

An der ersten Raststätte in Österreich wollte Jánoska eine Pinkelpause einlegen. Das hatte Tradition. Ob er die Anspannung der Grenzüberquerung ablassen musste oder ob ihn seine wachsende Prostata ans Pissoir zwang, hätte er nicht genau sagen können. War auch egal. Wann kam endlich die Raststätte? Er trat kräftig aufs Gaspedal, wenn ihn nicht alles täuschte, hätte sie schon längst da sein müssen.

Nun gut, da er eh nicht tanken musste – das hatte er schon vor der Grenze getan –, lenkte er den Wagen auf den Standstreifen. Doch er hatte den Schauplatz denkbar ungünstig gewählt: Neben der Fahrbahn zog sich eine dicke, mannshohe Betonmauer hin, die es verhinderte, dass man sich in den Schutz der Bäume schlug. Dann eben hier … Diejenigen, die sich gerade für mein Geschlechtsteil interessieren, sollen auch mal einen guten Tag haben. Er öffnete seinen Reißverschluss und machte sich neben dem Kofferraum stehend ans Geschäft, indem er dem gleichmäßigen Tuckern des Auspuffs lauschte.

Plötzlich wildes Reifenquietschen. In der Kurve rasten zwei Wagen ineinander, es regnete Glassplitter, Metallplatten barsten, und die beiden Wracks – in der Sekunde zuvor noch teure und elegante Limousinen – steuerten pfeilgerade auf Jánoska zu. Er bekam weiche Knie. Herr Jesus!

›Nur nicht in die Hose scheißen!‹ Die Hauptfigur des Romans kann unmöglich schon am Ende des ersten Kapitels ums Leben kommen.

Auch wenn sie eine seltsame Hauptfigur ist. In einem seltsamen Kapitel. Eines seltsamen Romans.

Alle drei nicht ganz dicht.

# I.

Heute bin ich früh geweckt worden, weil ich nach Deutschland fahren muss. Jetzt gleich. Aus diesem Grund ist auch mein Gitterbett auseinandergebaut worden. Papa hat es auseinandergebaut. Die Matratze hat er auf den Boden geworfen, und ich wollte darauf rumhüpfen, aber er erlaubte es nicht.

Auf die Unterseite des Holzrahmens schrieb er mit Kuli: J. MESTER, F.-KARIKÁS-ALLG.-SCHULE, 1c. Dann fertigte er kleine Pappetiketten an und befestigte sie mit Bindfaden am Gitter. Auch darauf schrieb er: J. MESTER, F.-KARIKÁS-ALLG.-SCHULE, 1c. J. Mester war mein Name, F. Karikás der meiner Schule. Dort hatte man mich ausgesucht, um nach Deutschland zu fahren. Zunehmen sollte ich, denn ich bestand nur aus Haut und Knochen. In Ungarn herrschte Lebensmittelmangel, außer Kohldampf gab es nicht viel. Wegen der Revolution im Jahr zuvor, sagte Papa. Gegenrevolution, sagte Mama. Darüber gerieten sie immer in Streit. Auf jeden Fall ging es unserem Land sehr schlecht. »Iss in Deutschland, so viel du kannst!«, sagten meine Eltern.

Mama mahnte zur Eile. »Bist du schon fertig, Jánoska? Wir verpassen noch den Anschluss.« Anschluss verstand ich nicht. Ich dachte, ich fuhr in ein Ferienlager. Mama bugsierte mich ins Bad. »Ich erklär's dir später, geh dich endlich waschen.«

Papa schnürte die Gitter mit dem Lattenrost und dem

Seitenbrett zusammen und schleppte alles in den Flur. Wie üblich nörgelte er: »Wo hat man denn so was nur gesehen, dass man sein eigenes Bett mitnehmen muss. Haben diese Nazis denn keine Gitterbetten oder was?« Mama schnauzte ihn an: »Jetzt hör endlich mit den Nazis auf«, und jetzt verstand ich Nazis nicht. »Vor deinem siebenjährigen Kind musst du doch nicht dauernd von den Nazis reden. Außerdem fährt er in *unser* Deutschland.« »Ich werde schon acht«, rief ich aus dem Klo. »Und was sind Nazis?« Ich hatte mich zum Pinkeln auf die Schüssel gesetzt. Zwar sagte Papa immer, das machten nur Mädchen, doch es half nichts, ich pinkelte nun mal lieber im Sitzen. Und stützte mich dabei seitlich auf dem kühlen Rand ab. Mit gedämpfter Stimme sprach Mama weiter, aber ich hörte es trotzdem. »Man wird uns ganz schön einheizen, wenn er in der Schule ausplaudert, dass du unsere ostdeutschen Freunde Nazis nennst. Und er wird es ausplaudern, du weißt doch genau, wie er ist.«

Einheizen. Verstand ich auch nicht. Jemand, der bei uns in der Wohnung an Papas Stelle einheizte? Mein Klassenlehrer oder der bucklige Rektor? Da Papa das meistens eh nicht richtig hinbekam, wäre das vielleicht gar nicht schlecht. Das Zündholz war von mieser Qualität, der Keller obendrein feucht und die Kohle aus diesem Grunde nass. Wir heizten nämlich mit Kohle, mit Eierbriketts. Sofern wir welche ergattern konnten, denn das konnten wir nicht immer. Auch die Kohle war von mieser Qualität, nicht nur dass sie nass war, sie zerbröselte auch noch, wenn Papa sie im Keller in die Kanne schaufelte. Und beim Anzünden qualmte sie derart, dass wir uns vor lauter Rauch gegenseitig nicht mehr sehen konnten. Mama hustete und schimpfte, Papa schwieg oder sagte in einem fort, wir sollten das Fenster öffnen. Doch gerade dort kam die Kälte herein, wegen der wir heizen mussten. Gabi Huszárs Vater konnte so einheizen, dass es kein bisschen qualmte und es sofort warm wurde. Ich glaube, bei den Huszárs gab es besseres Zündholz, und sie hatten jederzeit Eierbriketts.

Mama regte sich immer mehr auf, weil ich es ausplaudern würde. »Er wird es ausplaudern, er wird es ausplaudern!« Ich wollte es nicht noch einmal hören und rief vom Klo, dass ich es nicht ausplaudern würde. Daraufhin verstummte sie.

Als ich aus dem Bad kam, war Papa gerade dabei, die Enden des Bindfadens mit einer Schere abzuschneiden. Er murrte unablässig: »Warum hat Jánoska immer noch kein richtiges Bett? Es wäre höchste Zeit!« Mama regte sich noch mehr auf. »Warum musst du dich immer an so was aufhängen! Wir haben selbst angeboten, das Bett mitzuschicken, da es im Ferienlager nur Pritschen gibt.« »Was soll es in einem Lager sonst geben?«, fragte Papa. Jetzt war auch er wütend. Genau wie Mama. »Auf jeden Fall sind es Stockbetten! Willst du etwa, dass dein kleiner Sohn rausfällt?« »Er könnte unten schlafen, und nicht *wir* haben es angeboten, sondern *du*.« »Ist ja gut, ich hab es angeboten, aber jetzt ist nicht der Moment für Diskussionen, geh und kümmere dich ums Taxi. Solange mache ich für Jánoska das Frühstück.« »Zeit wird's«, stöhnte Papa, nahm die Bettteile unter den Arm und trug sie hinaus auf den Treppenabsatz.

Ich war auf diese große Reise nicht im Geringsten erpicht. Doch was konnte ich tun, keiner fragte mich, was ich eigentlich wollte. Deswegen ist es so schlimm, ein Kind zu sein, man muss wirklich schauen, so schnell wie möglich erwachsen zu werden. Tagelang hatte Mama kein anderes Thema als das, wie gut ich es haben würde. Pro Schule durften nur zwanzig Kinder mit, pro Klasse nur zwei. »Warum fährt dann aus meiner Klasse niemand außer mir?« »Weil Gabi Huszár eine eitrige Mandelentzündung hat, darum. Umso größer die Ehre, dass du fahren darfst, also benimm dich ordentlich. Du bist der einzige Vertreter deiner Klasse, dein Benehmen fällt auf die ganze Karikás-Schule zurück. Na, und auf dein Elternhaus natürlich, also mach mir bloß keine Schande.«

Ich weiß auch nicht, warum, aber irgendwie kam es doch immer so, dass ich ihr doch Schande machte. Papa natürlich auch, aber ihm war das gleich. Ich war ihm gleich. Ich glaube, Mama war ihm auch gleich. Er interessierte sich nur für Kreuzworträtsel.

Jedenfalls gingen die Dinge immer schief. Ich meine die Dinge, die mit mir zu tun hatten. Nicht so wie bei Pityu Láng oder bei Gabi Huszár oder bei Pisti Kőrösi. Immer wenn ich in Schwierigkeiten steckte, hielt mir Mama diese drei vor. Also oft. Ich konnte es auch nicht ändern. Pityu Láng, Gabi Huszár und Pisti Kőrösi steckten natürlich nie in Schwierigkeiten. Ach, hatte ich es wirklich schwer. Die Frage war, warum ich nicht brav sein konnte, obwohl ich mich so sehr bemühte.

Diese Frage schrieb ich auch in das Pepita-Heft, das mir Papa geschenkt hatte. Und malte eine Reihe Kreise darunter. Sie gerieten nicht gut. Der eine wie ein Ei, der nächste ganz flach, der dritte zu eckig. Ich strich das Ganze durch und machte eine neue Reihe. Punkt Strich Punkt Strich.

Das Gitterbett wollte partout nicht ins Taxi passen. Papa regte sich auf: »Ich habe doch extra einen großen Wagen bestellt!« Der Taxifahrer war drauf und dran davonzufahren. »Tut mir leid, das ist ein Personenwagen, Sperrguttransporte übernehme ich nicht.« Mama hüpfte beidbeinig auf dem Pflaster herum. »Nun verstehen Sie doch, guter Mann, mein Sohn muss den Zug erwischen, sonst darf er nicht mit nach Deutschland, die werden nicht auf ihn warten!« Sie zeterte solange herum, bis Papa die Teile meines Betts durch die andere Tür zwischen die Sitze geschoben hatte. Zufrieden nickend meinte er: »Na also, passt doch.« »Und wo belieben Sie zu sitzen?«, wollte der Taxifahrer wissen. »Hinter Ihnen«, erwiderte Papa und quetschte sich im Schneidersitz auf die Rückbank, »komm zu mir, Jánoska.« Mama nahm auf dem Beifahrersitz Platz. »Na also, worauf warten Sie noch, auf Applaus?«

Am Bahnhof galoppierte Mama im Stechschritt zu Gleis drei, mich an der Hand hinter sich her zerrend. Verzweifelt versuchte ich Schritt zu halten. Der Schaffner stand mit Schildmütze, Seitentasche und Lochzange da, alles sah genauso aus wie die Sachen, die ich zum Geburtstag bekommen hatte. »Warten Sie!«, rief Mama, und der Schaffner lächelte. »Nur die Ruhe, gnädige Frau, der Zug fährt erst in drei Minuten.« »Aber das Bett muss noch mit!« »Was für ein Bett?« »Das Gitterbett!« Erneut lächelte der Schaffner. »Das Gitterbett nehmen wir selbstverständlich auch mit.«

Wäre ich Schaffner, würde ich auch den ganzen Tag lächeln.

Als sich herausstellte, dass ich der Einzige war, der sein Bett mitnehmen musste, schämte ich mich fürchterlich. Alle anderen waren offenbar schon große Jungs. Dabei merkte ich jetzt erst, dass … »Mama, das sind ja alles nur Mädchen!«

Mama gab keine Antwort, reckte nur unablässig den Hals. »Wo dein Vater nur bleibt!« Doch schon tauchte er auf, verschwitzt, aber zufrieden. »Alles klar! Es ist im Postwaggon verstaut. Um den Rest müssen sich die Nazis kümmern!« »Ich bitte dich!«, sagte Mama mit einem Blick, als wollte sie ihm eine Ohrfeige verpassen. Auch mich schaute sie immer so an, bevor sie mir eine verpasste.

Wir erklommen die Eisenstiege des Waggons. Im Wagen befanden sich unzählige Kinder, vor allem unzählige Mädchen. Mama tat, als merkte sie das nicht. »Hallo Kinder, ich habe hier einen kleinen Kameraden für euch. Bitte seid nett zu ihm.« Sie suchte nach einem geeigneten Sitzplatz. Für mich. Von unseren Fahrten an den Plattensee wusste ich, dass Mama die Fensterplätze für die besten hielt. Dabei saß ich viel lieber am Gang, weil ich dann über niemanden drübersteigen musste, wenn ich aufstehen wollte. Mich hatte nämlich der Hafer gestochen, wie Papa immer sagte. Wirklich. Dauernd musste ich aufstehen, und saß ich am Fenster, trat ich beim Hinausgehen unweigerlich jemandem auf die Füße. Meistens meinem Großvater, obwohl Mama schon Stunden vor seinem Besuch mit ihren Beschwörungen begann, »Jánoska, ich bitte dich bei allem, was dir heilig ist, achte drauf, Opa nicht auf die Füße zu treten. Er hat eh schon solche Schmerzen und muss orthopädische Schuhe tragen, also, bitte, sei so gut.« Natürlich versprach ich es. Aber vor lauter Aufpassen stieg ich ihm doch jedes Mal drauf, worauf er die Luft einzog, und Mama schrie, ich hätte zwei linke Füße. Und zwei linke Hände. Bis Großvater sie zu beruhigen versuchte: »Ach lass doch, das macht gar nichts, das halte ich schon aus.«

Seit Großvater letztes Jahr gestorben war, konnte ich jetzt nur noch Großmutter auf die Füße treten, aber sie trug keine orthopädischen Schuhe, und ich stieg auch nicht jedes Mal drauf. Ich hatte Angst, ihr nahe zu kommen. Wegen ihres Barts.

*Einen Bart hat keine andere Großmutter. Nur meine.*

Als Mama in meinem Pepita-Heft diese Eintragung fand, schmierte sie mir eine und schrie furchtbar. »Was bildest du dir eigentlich ein? Glaubst du, du dürftest alles?« Das glaubte ich nicht. »Du radierst das sofort aus!« Doch sie wartete nicht ab, dass ich gehorchte, sondern ging mit dem harten, ziegelroten Radiergummi gleich selbst ans Werk. Das Papier riss ein.

Irgendwie war ich wegen der vielen Mädchen dann doch überrascht. Schülerinnen der Mädchenschule in der Szív-

Straße. Ich ging auf die Knabenschule in der Alsóerdősor. Im Kindergarten hatte es Mädchen gegeben, aber das war etwas anderes gewesen. Damals war ich noch ein kleines Kind gewesen, jetzt hingegen war ich über sieben Jahre alt. Ich wurde schon acht, wie man sagte. Einige von ihnen waren richtig große Mädchen. Das erkannte man daran, dass ihnen Brüste wuchsen. Eine Pussi hatten alle Mädchen, Brüste hingegen nur große.

Titten. Vorbau. Euter. Vorderlichter. Milchladen. Brust. Brustwarze.

Auweia, wenn Mama das las, setzte es wieder was. Durchstreich, durchstreich.

Als ich klein war, wusste ich nicht, warum Frauen Brüste hatten. Ich fragte Mama, und sie sagte, Babys saugten die Milch daraus, ihre einzige Nahrung. Doch sie tranken bei Frauen, obwohl Jungs auch Brustwarzen hatten. Braune. Ágac und Perec hatten rosafarbene. Bei Ágac begannen die Brüste sich schon zu wölben, und sie zeigte sie nicht mehr her. Deswegen zeigte auch Perec sie nicht mehr her, obwohl es bei ihr noch gar nicht so weit war. In den Ferien am Plattensee (nicht letzten Sommer, sondern davor) waren sie beide in Badehosen herumgerannt, genau wie ich. Wir hatten Sandburgen gebaut, Eidechsen gefangen und wilde Kämpfe ausgefochten. Entweder war ich Indianer und sie Cowboys oder umgekehrt. Letztes Jahr wollten sie dann weder Cowboy noch Indianer mehr sein. Ich verstand nicht, was passiert war. Nur weil sie von ihrer Mama winzige BHs bekommen hatten, wollten sie jetzt nicht mehr mit mir spielen. Nicht mal Papa und Mama. Nicht mal angeln. Allein war es nicht schön, obwohl ich dann sein konnte, was ich wollte, Cowboy oder Indianer.

Lieber war ich Cowboy. Wegen des Colts. Ich musste Mama und Papa lange bearbeiten, bis sie mir endlich einen

Colt kauften, wie Pityu Láng und Gabi Huszár einen hatten. Von den beiden wusste ich, dass es den Colt, das Halfter und die Patronenrollen nur in einem ganz bestimmten Geschäft zu kaufen gab. Wir fuhren hin, und sie zeigten es mir. Mama wollte davon überhaupt nichts wissen. Bei uns gäbe es keine Waffen, wir seien Pazifisten. Ich bettelte. Wünschte es mir zu Weihnachten. Man versprach es mir, aber dann war ich nicht brav, und Papa sagte, so nicht. Am Ende bekam ich ihn doch. Im Sommer am Plattensee verboten mir Ágac und Perec, mit Patronen zu schießen, also ließ ich den Colt leer klacken. So richtig das Wahre war das nicht.

Als ich noch klein war, glaubte ich, die Mädchen hätten auch Pimmel. Im Kindergarten haben die Mädchen den Jungs nie erlaubt, ihnen beim Pinkeln zuzusehen, weil sie ihre Pussis nicht herzeigen wollten. Ági Görög hatte es Pussi genannt. Dabei hieß es Kussi. Mir gefiel Pussi besser. Pimmel und Pussi.

Mein Pepita-Heft hatte ich in Deutschland auch dabei. In Deutschland lag Kühlpunkt, die kleine Halbinsel, zu der wir fuhren, um ordentlich zuzunehmen. Ich hatte bei einer Tante Deutschunterricht gehabt, obwohl die Tante aus Österreich war. Aber dort spricht man auch deutsch. Meine Vokabeln habe ich nie gelernt, und nur Mama und Papa glaubten, ich würde in Deutschland deutsch sprechen können. Weil sie mich doch zu der Tante geschickt hatten. Sie wohnte nicht weit von uns. Mehr als »Ich heiße Johann Meister und wohne in Budapest« konnte ich nicht sagen.

Mama redete den Kindern so lange zu, ihrem kleinen Kameraden Platz zu machen, bis sie auf einer der Bänke etwas zusammen rückten. Dort setzte ich mich hin. Nun begann Mama mit ihren üblichen Anweisungen. Dass ich immer sehr aufpassen sollte, nie unachtsam vom Gehsteig auf die

Fahrbahn treten und kein ungewaschenes Obst essen. Wäre irgendwas, sollte ich mich an die Frau Lehrerin Genossin Gruppenleiterin wenden, die Tante Irén. Frau Genossin Irén Szedlacsek, das sollte ich mir einprägen. Nichts wünschte ich mir sehnlicher, als dass sie endlich aufhörte, denn alle guckten schon. Mama sprach immer lauter als alle anderen. Papa stand draußen auf dem Bahnsteig, klopfte an die Scheibe und zwinkerte mir zu, wenn ich zu ihm blickte. Ich wünschte mir, er würde aufhören zu zwinkern.

Der Zug fuhr los, und Papa lief nebenher, so lange er konnte. Jetzt galt es aufzupassen, denn dies war der Moment, wo ich auf keinen Fall weinen durfte, wenn ich für die nächsten zwei Wochen nicht als Heulsuse abgestempelt werden wollte. Im Kindergarten hatte ich mir das ein ganzes Jahr anhören müssen, nur weil ich geweint hatte, als Mama mich allein ließ.

Es gab eine Handvoll großer Mädchen, denen der Busen nicht nur wuchs, sondern bei der Fahrt sogar vibrierte. Ich musterte sie neugierig, worauf sie mir wütende Blicke zuwarfen. Also wandte ich mich wieder ab. Mein Pepita-Heft fest in der Hand, rührte ich mich nicht von meinem Platz. Irgendwie würde es schon alles werden. Die Genossin Tante Irén betrat unseren Wagen und wollte wissen, wer Hunger hätte. Da ich mich meldete, gab sie mir ein in Folie gewickeltes Schmalzbrot. Obwohl es sehr klein war, bekam ich kein zweites. Als ich sie fragte, ob Deutschland noch weit wäre, lachte sie sehr. »Wir sind doch eben erst losgefahren! Wie heißt du doch gleich, mein Kleiner? Ach ja, du bist der Jánoska.« »Nein«, rief ich, »ich heiße János Mester!« Ich hasste es, Jánoska genannt zu werden. Vergeblich bat ich Mama darum, mich nicht mehr so zu nennen, sie erwiderte nur: »Gut, mein Kleiner, ich werde dich nicht mehr Jánoska nennen.«

In Deutschland, in Kühlpunkt, kam ich lange nicht dazu, in mein Pepita-Heft zu schreiben, weil so viel los war.

Ein Jammer, dass ich so oft fragen musste, ob Deutschland noch weit war, denn das nervte die Frau Genossin Gruppenleiterin Irén Szedlacsek. Sie sei keine Genossin, sondern die Kameradin Gruppenleiterin, sagte sie. Auch gut. Mich nannte man nur noch den Ist-es-noch-weit. Das war kein bisschen besser als Jánoska. Gleich in der ersten Nacht machte ich ins Bett. Regungslos versuchte ich auszuharren, damit man es nicht bemerkte. Bis zum Morgen würde es vielleicht getrocknet sein.

Womit ich dann doch nicht gerechnet hatte, dass ich auch groß gemacht hatte. Gewöhnlich pflegte ich nur zu pinkeln. Seit ich ein großer Junge war, hatte es ein derartiges Unglück nicht mehr gegeben. Die deutsche Genossin Gruppenleiterin, Genossin Tante Ilse, rüttelte mich am Arm und sagte, ich solle leise aufstehen und mit ihr gehen. Obwohl ich nicht verstand, was sie sagte, begriff ich doch irgendwie, was sie wollte. Sie brachte mich ins Sekretariat, wo ich mich ausziehen und in eine große Waschschüssel mit heißem Wasser setzen musste. Es klebte sogar an meinem Pimmel. Von irgendwoher tauchte auch die Kameradin Gruppenleiterin Tante Irén auf, denn es wurde schon Morgen. Alle trugen rote Halstücher, wie die noch größeren Jungen, die schon Pioniere waren. Ich ahnte, dass es bei ihrer Unterhaltung um mich ging. Ich weinte ein bisschen und wusch mir das Gesicht, damit sie es nicht merkten. Die Tante Genossin Kameradin Irén fand das nicht gut, weil das Wasser schmutzig war. Sie gab mir ein Handtuch, das auch schmutzig war und nach Butter roch, genau wie die, mit der man die Brote bestrich. Dabei war das gar keine Butter, sondern Margarine, wie man uns sagte, allervorzüglichste ostdeutsche Margarine. Also so was wie Butter. Nur etwas stinkender. Schmalzbrote mochte ich lieber, die machte mir Mama immer für die Schule.

Puh, schämte ich mich, dass ausgerechnet ich ins Bett gemacht hatte! Während ich in der Waschschüssel saß, dachte ich noch gar nicht daran, dass das ganze Lager erfahren würde, dass der Ist-es-noch-weit ins Bett geschissen hatte. Jetzt hieß ich also Scheißer. Dann doch lieber Ist-es-noch-weit.

In dem Lager, das wir Feriendorf nennen mussten, gab es nicht nur ungarische Kinder, das hatte uns die Gruppenleiterin Irén erklärt. Es gab auch polnische und tschechoslowakische. Aber sie spielten nicht mit uns. Tagsüber war auch eine Gruppe deutscher Kinder aus der Nachbargemeinde da. Die redeten nicht einmal mit den anderen. Die wenigen ungarischen Buben hielten zusammen, aber nicht mit mir, sondern nur untereinander. Mich kannten sie ja nicht – und ich kannte sie nicht. Also spielten sie auch nicht mit mir. Am Ende waren es die großen Mädchen, an die ich mich hielt. Zwar waren sie darüber nicht sehr glücklich, sie scheuchten mich aber auch nicht fort, sonst wurden sie von Tante Ilse oder Tante Irén gerügt.

Als ich endlich ein paar Worte beherrschte, wollte ich mit einem der deutschen Mädchen reden. Sie gefiel mir, weil sie blaue Augen hatte, wenn sie drinnen war, und grüne, wenn draußen die Sonne schien. Gern hätte ich ihr das gesagt, BLAU, GRÜN, aber ich glaube, sie verstand mich nicht. Ich zeigte auf mich: János. Sie sagte: Jolánka. Der Name gefiel mir. Vom Scheißer wusste sie nichts, sie nannte mich János. Doch als sie von den anderen Jánoska aufschnappte, nannte sie mich auch so. Sie sprach es merkwürdig aus, und das gefiel mir. Janóschka.

Jolánka Jolánka Jolánka Jolánka Jolánka. Jolánka Jolánka Jolánka Jolánka Jolánka.

Darunter eine Reihe Herzchen.

Die größten Jungen waren in die größten Mädchen verliebt, in erster Linie in eine, in Verotschka aus der tschechoslowakischen Gruppe. Kontingent, wie es die Tante Gruppenleiterin Irén nannte. Die inzwischen auch ihr wahres Gesicht zu zeigen begonnen hatte und im Falle von Ungehorsam Hiebe mit dem Rohrstock verteilte. Zwei-, dreimal habe ich auch etwas abbekommen. Die größten Jungs schrieben Liebesbriefe, und ich sah, dass man darunter Herzchen malen musste. Auch ich wollte einen Liebesbrief schreiben und riss zu diesem Zweck ein Blatt aus meinem Pepita-Heft. Doch mehr als »Jolánka, BITTE, BLAU, GRÜN, ICH LIEBE DICH SEHR GUT, DANKE« wusste ich nicht. Dann die Herzen. Abzuschicken wagte ich ihn nicht. Liebesbriefe verschickte man, indem man sie in eine flache Taschenlampe legte und eines der Mädchen bat, ihn der Adressatin zu überbringen. So viel Mut hatte ich nicht, also zerriss ich den Liebesbrief in winzige Fetzen. Jolánka würde sicher nur böse sein.

Ich dachte sehr viel an Jolánka, eigentlich ständig. Wann immer sie im Meer badete, ging auch ich ins Wasser, obwohl es sehr kalt war. Es zwickte richtig. Deutsche Kinder merkten das nicht. Jolánka war gar nicht mehr so klein, unter ihrem gestreiften Badeanzug war ihr Busen schon ein wenig zu erkennen. Ein quer gestreifter Badeanzug. Mama mochte keine Querstreifen, weil sie dick machten. Jolánka schadete das nicht, denn sie war mager. Trotzdem war eines gewiss: Gefallen konnte ich ihr nicht, denn ich war nicht bloß mager, ich war nur eine Knochenansammlung. Das sagte Mama immer. Wenn ich mich am Bauch einseifte, schäumte es am Rücken, sagte Papa. Das war ein Witz, und Papa lachte. Und manchmal nannte er mich Graf Magerow. Auch das war ein Witz.

Die Jungs bohrten ein Loch in die Wand der Mädchendusche und spähten hindurch. Mich ließen sie nicht ran. Auch egal, Jolánka duschte ohnehin nie, sie gehörte zum deutschen Kontingent und war nur tagsüber hier. Sie freundete sich mit einem ungarischen Mädchen namens Ilcsi an. Ilcsi hatte braune Haut und lockige Haare und hielt die Augenlider stets halb gesenkt. Erst dachte ich, sie sei müde, aber das war es nicht. Sie redete ununterbrochen. »Dein Mundwerk steht nie still«, meinte die Kameradin Irén, aber Ilcsi scherte sich nicht darum, schließlich hatten wir Ferien, oder nicht? Wegen ihrer deutschen Oma konnte Ilcsi deutsch. Jolánka und sie tuschelten oft stundenlang miteinander.

»Du bist dumm, Jánoska«, sagte Ilcsi, »sie heißt nicht Jolánka, sondern Jolanda, das ist ein deutscher Name, verstehst du?« Ich war nicht sicher, ob das stimmte, denn Ilcsi versuchte jeden hereinzulegen. Ihren Zimmergenossinnen hatte sie erzählt, es sei gerade Ebbe, doch am Abend, wenn die Flut kam, würde das Meerwasser bis ins Zimmer fließen. Am besten lege man die Schuhe gleich aufs Bett. Ilse und Irén bliesen ihr daraufhin gehörig den Marsch. Doch seit ich Ilcsi kannte, hatte ich keine so große Angst mehr vor den beiden, denn laut Ilcsi durften sie uns sowieso nichts tun. Nach Ablauf der zwei Wochen würden wir einfach wieder heimfahren und fertig. Von wegen diese Drohungen mit dem Heimschicken! Der Bus kam uns am Ende der zwei Wochen abholen, nicht vorher. Und abgesehen davon, so toll war es hier auch nicht, dass einem etwas entgehen würde, sollte man heimgeschickt werden. Also wirklich.

Trotzdem nannte ich sie weiterhin Jolánka. Ich hatte beobachtet, dass sie den Kopf hob, wenn ich den Namen sagte, also hatte Ilcsi doch nur Witze gemacht. Auch ohne ihre Hilfe konnten wir uns mittlerweile ein wenig unterhalten. Aber

Ilcsi musste noch oft genug in die Bresche springen, was nicht gut war, weil ich dann zu ihr sagen musste, was ich eigentlich Jolánka sagen wollte. Es wäre besser gewesen, hätte ich bei der Tante richtig deutsch gelernt.

Vormittags standen gemeinsame Aktivitäten auf dem Tagesplan. Zum Beispiel in Dreierreihen ins Dorf marschieren, wo man uns die Schule mit den schönen Klassenzimmern zeigte. Unterricht gab es jetzt keinen, auch die deutschen Kinder hatten Ferien. Möglicherweise machten sie gerade in Ungarn Urlaub, sagte die Gruppenleiterin Irén, zum Beispiel am Plattensee. Eine lustige Vorstellung, dass die ungarischen Kinder nach Deutschland fuhren, während die deutschen Kinder in Ungarn waren. Ein Tauschgeschäft wie auf einem Basar. Doch nicht alle ungarischen Kinder waren hier, und vielleicht waren auch nicht alle deutschen Kinder in Ungarn.

Die Nachmittage standen zur freien Verfügung. Die großen Jungen spielten Fußball, ließen mich aber nicht mitspielen. Baden durfte man, jedoch nur im flachen Wasser. Tag für Tag leierte die Kameradin Ilse herunter, dass wir sehr aufpassen müssten, ACHTUNG, ACHTUNG, die Wellen seien hier sehr tückisch, unter keinen Umständen dürften wir zu weit hinaus, denn dort, wo sich die Wogen überschlugen, sei die Strömung sehr stark. Aber wer zum Teufel wollte auch schon so weit hinaus, wenn es so kalt war! Die Deutschen vielleicht. Jolánka wollte jedenfalls nicht, sie planschte lieber im seichten Wasser. Beim Baden hatte sie ein kurzes Kleidchen an, weil sie sich gleich am ersten Tag einen Sonnenbrand geholt hatte. Mit beiden Händen hob sie das Kleidchen in die Höhe, so dass ihr Bauchnabel sichtbar wurde. Der war anders als meiner. Ich hatte nur ein Loch, bei ihr hingegen war es ausgefüllt. Als würde etwas daraus hervorquellen. Er wölbte sich wie ihre Brustwarze. »Du hast da eine kleine Brustwarze«, sagte ich und zeigte mit dem Finger drauf. Das wollte Ilcsi nicht übersetzen, sagte nur »Pfui«. Gern hätte ich den Knubbel berührt, aber ich traute mich nicht.

Mama rief an, und ich wurde ins Sekretariat gerufen. In der Leitung krachte es. Sie wollte wissen, wie es mir ging. »Gut.« »Kannst du schon deutsch?«, fragte sie und redete sogleich auf Deutsch weiter. Ich schwieg. Dabei verstand ich alles. Wusste nur nicht, was sie von mir hören wollte. Also sagte ich »AUF WIEDERSEHEN«, um ihr eine Freude zu machen. Dann legte ich den Hörer auf den Tisch, denn der Apparat hing an der Wand, und so hoch kam ich nicht. Im Hinausmarschieren hörte ich Mamas Stimme, die immerzu »Hallo!« aus der Muschel rief. Schnell schloss ich die Tür hinter mir.

Verstehen konnte ich recht viel, nur sprechen nicht. Dabei hätte es ich so gern getan. Ich hätte Jolánka so viel zu sagen gehabt, und zwar ohne Ilcsi. Die lachte mich immer nur aus. »Ein Liebespaar, das immer beisammen war«, spottete sie. Jolánka verstand es nicht, glaube ich, aber vielleicht hatte sie es ihr übersetzt.

Jetzt war ich schon doppelt und dreifach vom Hafer gestochen. Nirgends fand ich mehr Ruhe, ich wollte immer nur mit Jolánka zusammen sein. Aber auch in ihrer Gesellschaft war es nicht besser. Ununterbrochen schwitzte ich und wischte mir den Schweiß heimlich ab. Dabei war es gar nicht warm, das Wetter hatte umgeschlagen. ES REGNET.

Wir spielten im Gartenhaus, einer großen Holzbaracke. Ilcsi sagte »Hüdde« dazu. Ich stellte mir vor, es wäre die Hütte, in der die alte Frau mit dem Rehkitz lebte. Ilcsi lachte mich aus, sagte »Hüdde« und Schluss. Also gut. In dieser Baracke wurden Gartengeräte aufbewahrt, außerdem gab es einen riesigen Rasenmäher, dessen Motor laut wie Donner war. Vor Angst traute ich mich nicht in seine Nähe. Auch vor Donner hatte ich Angst. Als ich klein war und das R noch nicht rollen konnte, habe ich immer gesagt, der Himmel klacht, und Papa und Mama machten mich nach. Taten sie manchmal heute noch. Das R konnte ich immer noch nicht richtig, aber schon besser.

Zu dritt waren wir in der Hüdde, und Ilcsi zog Jolánka beiseite. Mich schob sie fort. »Frauenangelegenheiten«, sagte sie. Ist ja gut. Ich spielte derweil auf dem Rasenmäher, setzte mich ans Lenkrad und tat, als wäre ich Lokomotivführer. Wie in dem Western, der im Speisesaal vorgeführt worden war.

Zu gern hätte ich gewusst, was Frauenangelegenheiten waren. Zu Hause würde ich Mama fragen.

Ich hätte auch gern gewusst, warum Ilcsi Jolánka derart mit Beschlag belegte. Das war nicht schön von ihr. Schließlich hatte ich schon vor ihr mit Jolánka zusammen sein wollen.

Sie tuschelten und tuschelten über ihre Frauenangelegenheiten. Endlich winkte mich Ilcsi heran, aber eher wie einen Hund. Trotzdem folgte ich. Sie hätten besprochen, dass ich ihn herzeigen soll. »Was denn?« »Nun ja, eben deinen Wasdenn!« »Und warum?« »Weil wir ihn sehen wollen. Danach zeigen wir dir auch unsere.« »Drei Minuten«, sagte Jolánka, das verstand ich. Drei Minuten lang sollte ich ihn herzeigen. Ich hatte das Gefühl, vor Aufregung zu ersticken. Dennoch erkundigte ich mich mit zittriger Stimme, ob sie mir ihre zusammen drei Minuten zeigen wollten, oder jede einzeln. Sie berieten sich auf Deutsch, doch ich verstand es. Jolánka vertrat die Meinung, einzeln drei Minuten sei okay, aber Ilcsi hielt dagegen, dass ich dann doppelt so viel davon hätte. »Gleichzeitig kann ich sowieso nicht gucken«, wandte ich ein und schlug je zwei Minuten vor. Das käme überhaupt nicht in Frage, fand Ilcsi, denn das wären schon vier Minuten statt drei. Wir einigten uns auf je anderthalb.

Anfangen sollte ich. »Warum?« »Weil du der Junge bist.« »Und wenn schon!« Ilcsi begann meine kurze Hose herunterzuzerren und sagte, Frauen gegenüber müsse man höflich sein, außerdem seien sie zu zweit, also in der Überzahl.

Ich versank fast vor Scham, schob meine Hose dennoch runter, dann auch die Badehose. die ich immer anhatte, weil wir nie wussten, wann es zum Baden ging. Jolánka und Ilcsi gingen vor mir in die Hocke, ich blickte von oben auf den weißen Scheitel auf ihren Köpfen, er sah bei beiden gleich aus, obwohl Jolánka blonde und Ilcsi braune, fast schwarze Haare hatte. Sie musterten meinen Pimmel. In der Hoffnung, es dann leichter zu überstehen, schloss ich die Augen, doch es half nichts. Sie nahmen ihn in die Hand. Dabei hatte ich vergessen zu duschen, und ich spürte seinen Geruch in der Nase. Er roch wie ein viel benutzter, noch warmer Radiergummi. Ich befürchtete, Jolánka könnte ihn nicht mögen und böse werden. Am liebsten wäre ich fortgelaufen, aber sie hielten ihn fest. »NOCH EINE MINUTE«, sagte Jolánka. Ich wusste nicht, wer von beiden ihn festhielt, und als ich endlich hinzuschauen wagte, hatten sie ihn schon losgelassen. Hastig zog ich mich an. Jetzt waren Jolánka und Ilcsi dran, machten aber keine Anstalten. Ich hätte mir gleich denken können, dass es so kommen würde. Sie wollten mich hereinlegen, wollten ihre nicht herzeigen, obwohl sie meinen gesehen hatten.

»Eins, zwei, drei«, sagte Jolánka und schob ihr Höschen runter. Ihr Kleid hob sie genauso in die Höhe, wie sie es beim Baden tat. Sie wandte sich mir zu, damit ich sie besser sehen konnte, und nun schob auch Ilcsi ihr Höschen runter, doch sie interessierte mich nicht so sehr. Jolánkas Pussi war von einem ähnlichen Goldflaum bedeckt wie ihr Arm. Gern hätte ich sie angefasst, wusste aber nicht, wie auf Deutsch fragen, und beschränkte mich aufs Schauen. Schon wieder hatte ich das

Gefühl zu ersticken. Als Erste hatte Ilcsi genug. »Die Zeit ist sicher abgelaufen«, sagte sie und zog ihr Höschen hoch. Jolánka wartete noch ein wenig, bevor auch sie ihres hochzog. Das fand ich schön, wollte es ihr auch sagen, aber sie liefen beide flugs aus der Hüdde. Ich blieb allein, weinte und wusste nicht, warum. Ich weinte lange.

Nur dass ich immer gedacht hatte, eine Pussi sähe aus wie ein Rohr. Dabei war es eher ein Spalt, ein Längsspalt. Bei Jolánka war es fülliger als bei Ilcsi, folglich war es nicht bei allen Mädchen gleich, wie ich immer gedacht hatte. Auch bei den Jungs sahen die Pimmel unterschiedlich aus. Manchen fehlte die Vorhaut, bei Vorhautverengung schnitt der Arzt sie nämlich weg. Und die Juden schnitten sie aus Glaubensgründen weg. Gott sei Dank waren wir keine Juden. Obwohl ich mir darüber noch letzte Gewissheit verschaffen musste. Blöder Jude war ich nämlich schon mal genannt worden, und ich war auch beleidigt gewesen. Wer so etwas sagt, sollte sich lieber an die eigene Nase fassen.

Es war schwer, nicht andauernd an Jolánkas Pussi zu denken. Ständig sah ich sie vor mir. Vielleicht sah auch sie ständig meinen Pimmel vor sich. Zu gern hätte ich das gewusst. Immer meinte ich, ihre Finger dort zu spüren, und nachts fummelte ich selber daran herum. Er rührte und bewegte sich, worüber ich erschrak und das Fummeln wieder sein ließ. Doch ich konnte nicht schlafen. Mein Großonkel fiel mir ein, der in Großwardein Frauenarzt war. Manchmal besuchten wir ihn in Siebenbürgen. Allerdings durfte man heutzutage nicht mehr Großwardein sagen, sondern nur noch Oradea. Wegen der Rumänen. Auch durfte der Großonkel seine Patientinnen nicht mehr in seiner privaten Praxis behandeln, sondern nur noch in der Poliklinik, wo alle weiße Kittel trugen. Irgendwann hatte der Großonkel gefragt: »Sag mal, Johnny, steht schon dein Johnny?« Doch das verstand ich nicht, worauf er wissen wollte, ob ich schon einen Samenerguss gehabt hätte. Auch das verstand ich nicht. Was für Samen, was für einen Erguss? Ich schüttelte nur den Kopf. »Das wird schon noch«, sagte er und lachte. ›Sicher ein Witz‹, dachte ich.

Erschrocken lag ich da. Hatte der Großonkel dieses Stehen gemeint? Ich dachte, es sei was Schlimmes, und weder Ilse noch sonst jemand durfte es spitzbekommen. Aber wenn der Großonkel mit seiner Frau wieder zu Besuch kam, würde ich ihn danach fragen. Allerdings war es überhaupt nicht sicher, dass sie kamen, in der Regel fuhren wir hin. Sicher hatten sie auch Angst, nicht wieder nach Hause zu kommen, wie schon im Herbst vorigen Jahres. 1956 war das. Und jetzt war 1957. Der Großonkel und seine Frau hatten uns für vier Tage besuchen wollen, und just da war die Revolution ausgebrochen, von der man sagen musste, sie sei eine Gegenrevolution gewesen. Die Stalin-Statue wurde vom Sockel gestoßen, und es wurde so laut geschossen, dass wir in die Keller flüchten mussten, in die Schutzräume, wie man sagte. Und eben aus diesem Grund war ich jetzt in Kühlpunkt, zum Zunehmen, bei guter deutscher Kost mit viel Butter.

Margarine.

Der Großonkel und seine Frau waren unheimlich komisch. Da wegen der Revolution kein einziger Zug mehr fuhr, saßen sie bei uns fest. Aus den vier Tagen wurden vier Monate. Ich war überglücklich, Mama weniger. Die Lebensmittel reichten kaum für uns, geschweige denn auch noch für die beiden. »Daran soll es doch nicht liegen«, sagte Papa. Der Großonkel nannte seine Frau Drachen, und hinter ihrem Rücken meinte Papa, Sárika sei so breit wie unser doppeltüriger Küchenschrank. Mama lachte. Und tatsächlich: Die Großtante hatte sogar eine Reihe Porzellanknöpfe an ihrem Morgenmantel. »Ich habe es nicht besser verdient«, seufzte der Großonkel. Das war ein Witz.

Jolánka kam drei Tage lang nicht ins Feriendorf, sie hatte Grippe. Die Kameradin Ilse erklärte, Grippe sei eine Krankheit. Dabei hatte ich so sehr auf sie gewartet. Ich weinte im Gartenhaus und hoffte, nicht ertappt zu werden, doch Ilcsi erwischte mich prompt. Mir war klar, dass sie mich verspotten würde, und lag damit auch ganz richtig. Dennoch hielt ich mich von morgens bis abends in ihrer Nähe auf, um über Jolánka sprechen zu können.

Am letzten Tag war Jolánka wieder da, was mich über die Maßen freute, denn ich hatte schon alle Hoffnung aufgegeben. Sie brachte mir ein in Goldpapier verpacktes, mit einem schmalen roten Bändchen umwickeltes Geschenk mit – ein Miniatur-Gartenhaus, welches dem ähnelte, in dem wir so oft gespielt hatten. An einer Seite gab es ein Fenster zum Öffnen, auf einer anderen eine geschnitzte Landschaft mit einer Hüdde an einem Abhang, davor ein Mann in einem seltsamen Hut. Auf der dritten stand ein Gedicht. Ilcsi versuchte zu übersetzen, kannte aber nicht alle Worte. »Überall, dann weiß ich nicht, es ist still, du fühlst den Atem, kaum, die Vögelchen singen im Wald, warte, du wirst auch gleich ruhig sein.«

So weit, so gut, doch was sollte das heißen? Ilcsi zuckte die Schultern, sie habe nicht die geringste blassblaue Ahnung, jedenfalls sei das ein Gedicht von einem Göhte. Nicht die geringste blassblaue Ahnung waren Kameradin Iréns Worte, Ilcsi plapperte sie nur nach. Wer war denn Göhte? Ich schrieb das Gedicht in mein Pepita-Heft.

ÜBER ALLEN GIPFELN
IST RUH'
IN ALLEN WIPFELN

SPÜREST DU
KAUM EINEN HAUCH;
DIE VÖGELEIN SCHWEIGEN IM WALDE.
WARTE NUR, BALDE
RUHEST DU AUCH
(GOETHE)

Ich bat Jolánka, mir vorzulesen, was an der Wand der Hüdde stand, und sie tat es so wunderbar, als würde sie singen. Dies war das letzte Mal, dass wir miteinander sprachen, denn schon mussten sich die deutschen Kinder wieder versammeln. Bevor sie hinauslief, umarmte sie mich rasch und drückte mir einen feuchten Kuss auf den Mund. Der Abdruck brannte, und ich wurde traurig, weil sie gehen musste. Mein einziger Trost war, dass ich sie beim Abschiedsfest noch einmal sehen würde, aber sie kam nicht. Ilcsi sagte, sie hätte von den anderen Mädchen gehört, dass ihre Eltern es ihr nicht erlaubt hätten. Ich verdrückte ein paar Tränen und ging in den Waschraum, um mir das Gesicht zu waschen. Dort sah ich, dass ich hässlich war: Der Kopf überlang und schmal, ich selbst mehr als schmächtig. Und wie immer total zerzaust, hinten standen meine Haare richtig zu Berge. Vergeblich versuchte ich sie mit Kamm und Speichel zu glätten, es nützte gar nichts. Und dann war ich Brillenträger, aber ich hatte keine richtige, sondern so eine Kinderbrille, wo ein Glas weiß war. Nur gut, dass Jolánka sie nie zu sehen bekommen hatte, weil ich sie nie trug. Obwohl Mama gesagt hatte, ich müsste sie immer aufhaben. Wollte ich etwas ohne Brille anschauen, musste ich sehr nah rangehen. Am nächsten war ich immer an Jolánka rangegangen, doch manchmal stieß sie mich in die Brust. Selbst das tat gut. Wieder begann ich zu weinen, bis ein paar Jungs die Toilette betraten, dann rannte ich schnell hinaus.

Es gab ein großes Lagerfeuer und Lieder und Gedichte, aber was mich am meisten schmerzte: Ein deutsches Mädchen trug mein Gedicht vor, also das Gedicht, das ich von Jolánka geschenkt bekommen hatte. Aber lange nicht so schön. **Ruhest du auch**. Ich wollte unbedingt Jolánkas Adresse haben und war untröstlich, dass sie beim Abschlussfest nicht dabei war. Ich bat Ilcsi, die anderen Mädchen danach zu fragen, doch sie vergaß es. Oder die anderen wussten sie nicht. Also schrieb ich Jolánka eine Postkarte mit einer Luftaufnahme von unserem Feriendorf in Kühlpunkt, auf der ich das Gartenhaus einkreiste. Ilcsi besorgte die Korrektur. Ich schrieb BLAU, schrieb GRÜN, schrieb ICH LIEBE DICH. Und meine Budapester Anschrift, und ICH WARTE DIE ANTWORT. Ob Antwort die oder der oder das war, darüber war sich auch Ilcsi nicht ganz sicher, doch Jolánka würde es schon verstehen. Ich bat die anderen Mädchen, meine Postkarte an Jolánka weiterzuleiten, sie sagten »natürlich«, es ginge aber erst im Herbst, jetzt seien ja Ferien. Zum Teufel.

Mama und Papa warteten am Bahnhof. Als sich herausstellte, dass ich ohne mein Gitterbettchen wiedergekommen war, wurden sie sehr böse. Sie wollten von mir wissen, wo das Bett geblieben war, dabei hatte ich nicht die geringste blassblaue Ahnung. Papa schimpfte und brüllte, ich hätte dafür sorgen müssen, dass man es auseinanderbaute und im Gepäckwagen mitschickte. Mama war auch deswegen böse, weil ich nicht zugenommen hatte, schließlich war ich aus keinem anderen Grund nach Deutschland geschickt worden. Die Deutschen hätten doch versprochen, die ungarischen Kinder gut zu behandeln. »Man hat mich gut behandelt«, sagte ich, doch niemand beachtete mich. »Wann haben die Nazis schon mal gehalten, was sie versprochen haben«, sagte Papa, und Mama zischte.

Jolánka hat mir überhaupt nie geantwortet. Ich schrieb ihren Namen hundertmal in mein Pepita-Heft. Zeichnete sie im Gartenhaus. Immerzu wollte Mama wissen, warum ich so traurig sei, doch von Jolánka erzählte ich ihr nichts. Niemandem erzählte ich etwas von ihr. Denn ich hatte einen Plan.

Sobald ich groß war, würde ich Deutsch lernen, würde dann nach Deutschland fahren und so lange nach Jolánka suchen, bis ich sie gefunden hätte. Und dann würde ich sie heiraten, so viel stand fest. So Gott wollte.

## 2.

Gegen Viertel nach elf traf Dr János Mester in Berlin ein, um Mitternacht stand er an der Ecke Raucherstraße/Göhrenstraße. Natürlich nirgendwo ein Parkplatz. Er hielt in zweiter Reihe, schaltete das Warnblinklicht ein und legte seine feuchte Stirn aufs Lenkrad. ›Erst mal tief durchatmen, dann sehe ich weiter. Es ist schon ein großer Erfolg, dass ich überhaupt noch lebe! Bei dem Unfall hätte ich ums Leben kommen können! Oder mein Auto wäre hin gewesen, wären die beiden Wracks draufgeknallt! Aber meine Schutzengel – laut Alexa habe ich deren drei – haben ganze Arbeit geleistet. Nun … danke!‹ In solchen Situationen mit heiler Haut davonzukommen war fast so, als würde man ein zweites Leben geschenkt bekommen.

Abends, kurz vor Dresden, begannen sich die Blechkolonnen auf der Autobahn plötzlich zu verdichten. Jánoska zählte schon die Kilometer und stellte Berechnungen an, wann er das Berliner – oder zunächst das Potsdamer – Ortsschild passieren würde, als die zuverlässigen deutschen Autofahrer die Fahrt mit Stotterbremse drosselten und die Warnblinklichter einschalteten, um den nachfolgenden Verkehr auf den zu erwartenden Stau aufmerksam zu machen. Auf den großen deutschen Autobahnen war ein Stau etwas ganz anderes als in Ungarn. Dort hatte er meist eine konkrete Ursache, hier hingegen waren auf unzähligen Autobahnen unzählige Fahrzeuge unterwegs, und der Verkehr geriet manchmal einfach so ins Stocken. Dann stiegen die Fahrer aus, unterhielten oder langweilten sich und waren bei Weitem nicht so genervt wie die Ungarn. Sie machten sich nicht einmal die Mühe, das Radio einzuschalten, obwohl es auf einigen Sendern Verkehrsmeldungen gab, um Autofahrer über geschätzte Wartezeiten und Ausweichmöglichkeiten zu informieren. Heute noch konnte sich Jánoska an den Titel einer solchen Sendung erinnern: *Autofahrer unterwegs*. Wahrscheinlich ein DDR-Programm. Oder auch ein österreichisches. Er wusste nicht mehr, wo und wann er es gehört hatte.

Er drehte das Radio an. Die saubere Sprechweise der Deutschen flößte ihm Respekt ein. Die präziseste Sprache der Welt. Jánoskas Vater pflegte sie mit dem größten Vergnügen zu radebrechen und dies damit zu begründen, dass das seine persönliche Rache für den zweiten Weltkrieg sei. Um dann noch hinzuzufügen: »Die verdammten Nazis.« »Was hast du mit denen für ein Problem?« »Dass sie während ihrer Hitlerei so viele Menschen umgebracht haben.« »Und was ist mit den Russen? Die haben während ihrer Stalinerei auch viele Menschen umgebracht!« »Das ist was anderes.« »Wieso ist das was anderes?« »Schon allein deshalb, weil die keine Endlösung und keine Konzentrationslager hatten.«

›Und die Gulags?‹, wäre das Gegenargument gewesen, doch davon wusste man in Ungarn damals noch nichts. Jánoska sah sich gezwungen, eine neue Front zu eröffnen. »Bei deinem Hass auf die Deutschen ist es allerdings mehr als seltsam, dass dein Lieblingsschriftsteller ausgerechnet Thomas Mann ist und dass du heute noch von dem wundervollen Urlaub schwärmst, den du im Jahr vor meiner Geburt mit Mama in Thüringen verbracht hast.« »Ich liebe auch andere deutsche Schriftsteller, dennoch bin ich eher für die Bolschewiken als für die Nazis.« Papa knurrte wie ein gereizter Truthahn. Jánoska hatte nicht den Hauch einer Chance, ihn zu überzeugen, nicht jetzt und auch sonst nie.

Im Gegensatz zu seriösen Forschern der deutschen Literatur verfügte Dr János Mester bedauerlicherweise über keinen höheren Abschluss in Germanistik. Bei ihm hatte es nur zu einem Diplom als Ungarischlehrer gereicht, in Germanistik hatte er nicht einmal die Aufnahmeprüfung geschafft. Zwar besuchte er hin und wieder Vorlesungen der Germanisten, ließ sich das aber nie bescheinigen, weder damals noch später. Diese Lücke in seiner Vita schmerzte ihn sehr, und die Wunde verheilte auch nach dem Erscheinen seines ersten deutschsprachigen Buches nicht. (Thema: Johann Wolfgang von Goethe und sein Bezug zu Ungarn und Osteuropa.) Jánoska wünschte sich sehnlichst, diese Arbeit möge als Dissertation akzeptiert werden, doch die akademischen Kreise in Ungarn waren nicht gerade für Toleranz bekannt. Die blöden Deutschen freilich, die aus unerforschlichen Gründen auf die akademischen Abschlüsse eines Autors keinen Wert legten, sondern einzig sein Wissen bewerteten, hatten es herausgegeben. Zwar war es nur ein Universitätsdruck, im Handel nicht erhältlich, aber das wiederum ließ Jánoska gern außer Acht. Ebenso wie die Tatsache, dass er an der Universität im Fach Deutsch nur als Lehrbeauftragter unterrichten durfte. Einen besseren Status hatte er sich nie erkämpfen können. Das war Professor Császár zuzuschreiben.

Zu János Mesters Studienzeiten fochten Professor Strényi und Professor Császár Kriege auf Leben und Tod aus. Es ging nicht allein um die Ernennung zum Ordinarius, sondern schlichtweg darum, wer von beiden sich zum uneingeschränkten Machthaber und zum ungarischen Statthalter der deutschen Literatur aufschwingen würde. Jánoska hatte auf Császárs Glücksstern gesetzt, was sich als fatale Fehlentscheidung entpuppen sollte. Császár musste sich in der um den Strukturalismus tobenden Auseinandersetzung schmählich geschlagen geben. In der offiziellen Begründung für seine Ablehnung hieß es, er habe sich 1956 als Mitglied des Studentenausschusses zu sehr exponiert. Doch der wahre Grund für sein Scheitern war sein Charakter. Er war nur mit Leuten nicht zerstritten, die er nicht kannte. Berichtige: Es gelang ihm sogar, sich per Brief mit ausländischen Literaturwissenschaftlern zu überwerfen. Er wurde nach Debrecen verbannt und dort zum Ordinarius des Germanistischen Instituts ernannt. Er bat Jánoska, ihm zu folgen, worauf dieser tatsächlich einmal hinfuhr. Doch die Stadt gefiel ihm nicht. Sie war so furchtbar gelb. Und sehr weit weg.

›Professor Császárs Angebot abzulehnen war die dümmste Entscheidung meines Lebens‹, resümierte Jánoska im Hinblick auf seine bisherige Laufbahn. ›Mir sind alle Türen verschlossen geblieben, weil Császárs verbliebener Einfluss nicht mehr ausgereicht hat, um sie zu öffnen, und weil Professor Strényi in mir immer nur den treuen Vasallen seines Widersachers gesehen hat.‹ Lange Zeit versuchte Jánoska so zu tun, als sei das alles von ihm selbst so gewollt. Weil es besser sei, unabhängig zu bleiben. Doch mit fünfzig musste er allmählich einsehen, dass der fette Braten immer auf den Tellern der anderen landete und er – Jánoska – nicht unabhängig war, sondern blöd.

Aus purem Trotz stellte er sich auf den Standpunkt, die verehrten Krösusse der Wissenschaft könnten ihn gernhaben. Die Jahre vergingen, doch die Herrschaften hatten ihn nicht gern. Erhielten dafür ein Stipendium, eine Berufung oder einen Forschungsauftrag nach dem anderen. Und auch sonst alles, was diese holprige Laufbahn einem Wissenschaftler bieten konnte. Alles rissen sie an sich. Jánoska hingegen riss nur das Maul auf. Bedauerlicherweise oft zur falschen Zeit, am falschen Ort. Zum Beispiel war es nach Meinung einiger Kollegen kein besonders kluger Schachzug gewesen, im Rahmen einer Goethe-Schiller-Fachkonferenz ausgerechnet eine Monographie zu verreißen, die aus der Feder des größten ungarischen Experten und höchst verdienten Wissenschaftlers stammte. Aber lassen wir das ... ›So bin ich eben.‹ Mit der Zeit gelang es Jánoska doch, den einen oder anderen akademischen Grad zu erringen. Sprosse für Sprosse musste er die Leiter erklimmen, um endlich dorthin zu gelangen, wo ... Er wagte nicht, den Satz zu Ende zu denken. Eines jedoch war sicher: Im Moment kam er nur an Aufträge heran, die Arriviertere ablehnten. Aber sei's drum, auch so lebte es sich ganz gut. Kleinlich wollte er nicht sein, und das Große zählte nicht.

Im Anschluss an die Nachrichten teilte der Verkehrsfunk mit, auf der Autobahn vor Dresden habe sich ein schwerer Unfall ereignet. Ein Lastwagen sei mit einem Kraftstoff-Transporter zusammengestoßen, dabei sei eine große Menge Benzin auf die Fahrbahn ausgelaufen, die Aufräumarbeiten würden vermutlich noch Stunden dauern. Nachdem man die Autofahrer um Geduld gebeten hatte, wünschte man ihnen weiterhin gute Fahrt. Jánoska hörte schon die Martinshörner, und im Rückspiegel sah er, wie ein Rettungswagen sich zwischen den ausweichenden Autos seinen Weg zu bahnen versuchte. Hektisch lenkte er seinen Ford an die Leitplanke. Er fuhr so nah dran, dass er die Fahrertür nicht mehr öffnen konnte, jedenfalls so lange es nicht weiterging. Dabei sah es ganz so aus, als würde er länger hier stehen müssen, denn zwischen den Autos war sowohl vorne als auch hinten kaum Platz. Auf einmal stiegen alle wie auf Kommando aus und zündeten sich Zigaretten an. Offenbar waren die anderen klug genug gewesen, seitlich ein wenig Platz zu lassen.

Die Temperatur im Wagen stieg. Jánoska kurbelte beide Fenster herunter, die dabei bedenklich quietschten. Elektrische Fensterheber waren nicht drin gewesen. ›Nun gut … nur die Ruhe. Irgendwann wird es bestimmt weitergehen.‹ Kurz darauf zwängte sich ein riesiges Feuerwehrauto durch die Gasse zwischen den Kolonnen und ließ sein Martinshorn die ganze Zeit in einer Lautstärke heulen, die jede Vorstellung überstieg. Besorgt verfolgte Jánoska, ob die Feuerwehr durchkommen würde, da weder der weiße Wagen vor ihm noch der silberne hinter ihm mit derselben peniblen Sorgfalt zur Seite gefahren waren wie er selbst. Doch am Ende passte es, und das Feuerwehrauto fuhr vorbei. Gefolgt von zwei weiteren.

Jánoska schwitzte und geriet in Panik. ›Ich habe Hunger und Durst und muss pinkeln … Was soll aus mir nur werden?‹ Er hoffte auf detaillierte Lageberichte aus dem Radio, doch stattdessen gab es nur Ratschläge fürs Kochen. »Waldpilze mit einer Serviette sauber reiben und mit einem Messer vorsichtig abschaben. Unter keinen Umständen waschen«, so Starkoch Sepp Maier aus Bayern. Eine Frau Schwarzenbeck rief an, um sich nach dem Rezept für eine Apfelsauce zu erkundigen. Jánoska schaltete die Kochsendung ab. ›Eigentlich könnte ich auf den Schwiegermuttersitz klettern und auf der anderen Seite aussteigen.‹ Ihm fehlte jedoch die Energie. Durch die offenen Autofenster erhaschte er Gesprächsfetzen und stellte fest, dass sich vor ihm Polen, hinter ihm Italiener befanden. ›Eine richtig internationale Gesellschaft, in die ich da geraten bin!‹

Auf der rechten Spur standen endlos aufgereiht riesige Lastwagen. Einige hatten den Motor laufen, und das tiefe Brummen brachte Jánoska auf. Wozu diese Kraftstoffverschwendung?

Sein Militärdienst fiel ihm ein. Im Winter hatten die Wehrdienstleistenden die T-34-Panzer erst nach halbstündigem Vorlauf anwerfen können, wenn überhaupt. Mit einem Gerät, das dem ähnelte, mit dem man beim Schweineschlachten dem Tier die Borsten wegsengte, mussten die Gefährte von unten angewärmt werden. Dabei kursierte das Gerücht, durch das offene Feuer sei irgendwann mal ein Panzer in die Luft geflogen, so dass Jánoska sich nie nah herantraute. Lief der Motor endlich, wurde er nicht mehr ausgemacht. Der alte Sowjetpanzer keuchte so lange, bis er auf dem Kasernengelände an der so genannten Kampffahrzeugbasis – in einem riesigen baufälligen Schuppen am seitlichen Zaun – wieder abgestellt wurde. Befürchteten die Fahrer dieser Lastwagen etwa auch, ihre Fahrzeuge könnten nicht mehr anspringen? Das war bei diesen (west)deutschen Fabrikaten doch eher unwahrscheinlich. Obwohl gerade der Riese neben Jánoska ziemlich heruntergekommen aussah. Dabei war es ein Volvo. Allerdings aus der Ukraine, einem Land, in dem Volvo-Werkstätten, die allen Ansprüchen genügten, eher selten zu finden waren. Und wo man solche Werkstätten auch nicht sehr oft frequentierte.

Einige Zeit später tauchten zwei Polizeiautos und ein Rettungswagen auf, und kurz darauf der erste Drängler. Ein BMW-Jeep. Die Welt gehört den Unverschämten. Jánoska wünschte sich sehnlichst, ein paar deutsche Polizisten würden vom Himmel schweben und dem schamlosen Drängler eine saftige Strafe aufbrummen. Und wie auf Kommando erschien am Himmel über der Autobahn ein grün-weißer Polizeihubschrauber. Allerdings nicht, um sich um den BMW oder dessen Nachahmer zu kümmern. Immer mehr Schlauberger drängten sich nämlich in der Mitte nach vorne, was die Wartenden mit zunehmendem Unmut beobachteten. In zig

Köpfen formulierte sich in zig verschiedenen Sprachen ein- und dieselbe Frage: Was zum Teufel bilden die sich ein? Glauben die etwa, die anderen würden nicht auch gern weiterfahren? Warum können sie nicht warten, wie jeder anständige Mensch? Auch Jánoska hatte bislang in dem festen Glauben gelebt, derart freche Hunde gäbe es nur in Ungarn.

Schon nach wenigen Sekunden kamen die Drängler zum Stehen, denn weiter vorne war in einer Kurve auf der Steigung ein Lastwagenfahrer in die Mitte gefahren, um den Weg zu blockieren. Applaus ertönte, und so weit das Auge reichte, machte sich Solidarität breit. Der zum Helden mutierte Fahrer genoss den wohlverdienten Beifall. Er kletterte auf die Leiter der Fahrerkabine, verbeugte sich nach allen Seiten und dankte winkend für die Sympathiebekundung. Jánoska beneidete ihn aus tiefstem Herzen. Und dann durchfuhr ihn plötzlich messerscharf die Sehnsucht nach Alexa, obwohl er noch keine vierundzwanzig Stunden von ihr fort war. Auch die beiden Kleinen fehlten ihm sehr. Träumte er von seinen Kindern, verging die Zeit schneller. An sie dachte er immer gern. Ach, Sanyika! Ach, Jucika! In Gedanken nahm er ihre kleinen, klebrigen Hände in seine. Sanyika, der ältere und schmächtigere, hatte wie von Michelangelo modellierte Füße, einen leichten, anmutigen Gang, eine zarte Stimme und grüne Augen wie seine Mutter. Jucika, die jüngere, war ein wenig pummeliger, hatte gedrungene Gliedmaße, gemessene Bewegungen und eine tiefere Stimme. Mein Gott …! War es wirklich eine gute Idee gewesen, sie in dieser schweren Zeit zurückzulassen, um sich allein auf den Weg zu machen? Tausendzweihundert Kilometer am Steuer waren auch dann nicht leicht, wenn einem jemand Gesellschaft leistete, belegte Brote und Erfrischungsgetränke reichte oder den Nacken kraulte. ›Wie soll ich dreißig Tage (das klang kürzer als einen ganzen Monat) alleine aushalten? Wo ich mir doch nicht einmal die Zehennägel selber schneiden kann!‹

Nun ja … irgendwie. ›Schließlich hast du schon ganz andere Aufgaben gemeistert. Zum Beispiel nächtelang seichtes Geschreibsel übersetzt. Gymnasiasten Deutschnachhilfestunden gegeben, damit sie ihr Abitur schaffen. An der Volkshochschule Vorträge gehalten. Im Petőfi-Literatur-Museum alte Handschriften studiert. Ein Kind großgezogen, und zwar nicht irgendeins, auf Palika kannst du stolz sein. Wie Atlas hast du zwei Familien zugleich geschultert. Bis jetzt jedenfalls.‹ Oh nein …! Wenn Jánoska bedachte, dass er möglicherweise ein drittes Mal würde von vorne anfangen müssen, begann er ernsthaft über schmerzfreie Methoden des Selbstmords nachzudenken. Oder über welche mit möglichst geringen Schmerzen.

Johann Wolfgang von Goethe beschäftigte sich ebenfalls mit derlei Gedanken. Als alter Mann behauptete er, vor dem Werther häufig mit Selbstmordgedanken gespielt und sich probeweise auch einen geschliffenen Dolch an die Haut gepresst zu haben. Doch dann besann er sich eines Besseren und verfasste seinen epochalen Bestseller. Der Werther ist so viel gelesen worden wie sonst nur Werke von Nobelpreisträgern, er wurde so populär, dass er zahlreiche Nachahmer fand. Ein in Berlin ansässiger Autor namens Nicolai schrieb die ganze Story neu, fügte statt des Selbstmords ein Happy-End an und vereinte am Schluss die Liebenden. Solcherart ermutigt verfasste auch Johann Wolfgang von Goethe eine Version mit glücklichem Ausgang – sozusagen eine Parodie auf sein eigenes Werk. Darin wurde der Held von der Kugel nur an der Augenbraue gestreift und dann mit vereinten Kräften gesund gepflegt. Und wenn sie nicht gestorben sind, leben sie noch heute. Der Dichterfürst wollte eben auch meistgelesener Schundromanautor sein. Eine perfekte Mischung aus Mammon und Olymp. Begrenzt nur durch das Weltall.

Auch Jánoska spielte mit Todesgedanken, und ihm lief der Schweiß in Strömen herunter. Was, wenn Polizei und Feuerwehr die Situation tagelang nicht in den Griff bekamen, der ausgetretene Treibstoff die Fahrbahn flutete und sie unbefahrbar machte? Was, wenn er mitsamt seinen Schicksalsgenossen nächtelang hier festsaß? Schon bald würde er mit seiner Geduld und seiner inneren Kraft am Ende sein – ebenso wie mit den Benzinreserven, da er wegen der Heizung den Motor die ganze Nacht würde laufen lassen müssen. ›Ich werde verhungern. Nein, zuerst verdursten.‹

›Warum musst du immer gleich vom Allerschlimmsten ausgehen, du Dummkopf?‹ In der Reihe der Drängler stand jetzt ein riesiger schwarzer Audi neben ihm. Der Fahrer gestikulierte wild, doch durch die verdunkelte Scheibe konnte Jánoska nicht erkennen, was er wollte. Mit einem feinen Summen senkte sich das Fahrerfenster, zum Vorschein kam ein forscher Kerl mit Schnurrbart, weit aufgeknöpftem Hemd, Sonnenbrille und protziger Halskette. Mit beredten Gesten versuchte er Jánoska dazu zu bringen, ein Stück zurückzusetzen. Dieser hätte den goldigen Jungen am liebsten angebrüllt, wie er sich das eigentlich vorstelle und ob es nicht mal genug sei mit den Unverschämtheiten. »WARTE NUR, BALDE / RUHEST DU AUCH!« Selbst ein solcher (zudem noch deutscher) Dumpfbeutel musste von Wanderers Nachtlied schon mal was gehört haben.

Seinen Unwillen behielt Jánoska für sich, setzte stattdessen ein zuvorkommendes Lächeln auf und versuchte, den Wünschen des anderen so gut es ging nachzukommen. Gerade mal zehn Zentimeter konnte er zurück, bevor ihn die Italiener hinter ihm per Lichthupe warnten, ja nicht ihr Auto zu rammen. In einem zentimetergenauen Manöver drehte der Audifahrer sein Fahrzeug quer zur Fahrtrichtung und fuhr durch die Lücke zwischen zwei LKWs hindurch auf den Standstreifen. ›Was der kann, kann ich schon lange!‹, dachte Jánoska und ließ hastig den Motor an. ›Wer wagt, gewinnt!‹ Unter den entgeisterten Blicken der Polen und Italiener folgte er dem schwarzen Audi. Auf dem Standstreifen überholten sie die LKW-Kolonne und wurden vom Fahrer eines dieser Monstren angehupt. Böööhhh. Es klang wie das Nebelhorn eines Ozeandampfers. Mit eingezogenem Kopf folgte Jánoska seinem Vordermann. Komme, was wolle, da musste er jetzt durch.

Zwanzig Meter weiter riss die Leitplanke ab, und ein schmaler Asphaltweg führte steil ins Tal. Ein Sackgassenschild warnte vor dem Weiterfahren. Ungerührt rollte der Audi schwungvoll hinunter wie auf einer Achterbahn, und Jánoska blieb ihm dicht auf den Fersen. ›Hoffentlich weiß er, was er tut!‹, dachte Jánoska und versuchte anhand des Kennzeichens herauszufinden, ob sein Vordermann ortskundig war. Mit diesen drei Buchstaben begann allerdings kein einziger ihm bekannter deutscher Landkreis. Immer weiter entfernten sie sich von der Autobahn und fuhren auf der kleinen Straße mitten durch die Felder. Hoffentlich hörte der Weg nicht einfach auf! Jánoskas Befürchtung schien sich gerade zu bewahrheiten, als nach einer scharfen Linkskurve die Fortsetzung der Straße sichtbar wurde. Die Unfallstelle auf der Autobahn rückte in Sichtweite, überall Feuerwehrautos, Polizisten und Rettungshubschrauber. Wenn die kleine Straße jetzt zur Autobahn zurückführte, war die ganze Aktion sinnlos gewesen.

Doch der Audifahrer kannte sich offenbar aus, fuhr durch eine Unterführung unter der Autobahn auf die andere Seite. Nun war Jánoskas Sorge, dass man von hier aus nur in Gegenrichtung auf die Autobahn fahren konnte. Mit schwindender Zuversicht schaltete er rauf und runter. Genau in dem Moment, als sie durch eine kleine, hügelige Ortschaft fuhren, und Jánoska betrübt dachte, der Audifahrer sei hier vermutlich an seinem Ziel angekommen, während er selbst noch stundenlang würde allein weiterirren müssen, tauchte zu Jánoskas großer Freude das blaue Hinweisschild der Berliner Autobahn auf. An der Auffahrt setzte der Audi sein Warnblinklicht, der Fahrer winkte zum Abschied und brauste weiter Richtung nächste Ortschaft.

›Der hat mir einen Riesengefallen getan! Also doch kein Depp. Ganz im Gegenteil. Ich bin der Depp, weil ich mich nicht einmal bedankt habe.‹ Mit einem extra zu diesem Zweck mitgeführten Baumwolltuch wischte er sich das Gesicht ab, trat dann aufs Gaspedal und bretterte mutterseelenallein über die Berliner Autobahn. Wer weiß wie lange die anderen noch im Stau stehen würden. Kaum zu glauben! Erfahrungsgemäß war immer er derjenige, den es am härtesten traf, der am längsten warten musste und überall den Kürzesten zog. Was war nur los?

Auf einmal ertappte er sich beim Jodeln. »Hollariooo, jollariooo, hollariooo, juchuuu!« Im Radio lief eine Volksmusiksendung, und unwillkürlich hatte er sich dem Sänger angeschlossen. Er schaltete das Gerät auf CD-Modus und legte Franz Liszts Faust-Symphonie ein, die ihm Alexa für die Fahrt mitgegeben hatte. Denn für Jánoska gehörte das Anhören sämtlicher mit Goethe zusammenhängender Musikwerke zum Pflichtpensum. Gern hätte er seine Kenntnisse weit genug vertieft, um jedes Musikstück schon nach wenigen Takten zu erkennen, doch er hatte kein gutes Gehör. Auch Gounods Oper »Margarethe« hatte er vergeblich ganze Tage lang auf voller Lautstärke angehört. Mehr als »Was kostet die

Welt!« hatte er sich nie einprägen können – und auch das bereits in seiner Kindheit. Sein Vater hatte diese Arie immer von einer zerkratzten Vinyl-Platte laufen lassen, bis Mama aus der Küche rief: »Leg endlich was anderes auf!« »Okay!«, erwiderte Papa dann und legte Mozarts Violinkonzert auf, das er von Onkel Laci zum vierzigsten Geburtstag geschenkt bekommen hatte. Diese beiden Schallplatten bildeten in Jánoskas Elternhaus den Gesamtbestand an klassischer Musik. Warum hatte Papa nie andere Platten gekauft? Schließlich hatte er einen Supraphon-Plattenspieler geschenkt bekommen, von Mama, ebenfalls zum vierzigsten Geburtstag. Um den zu besorgen, war sie mit dem Zug bis nach Bratislava gefahren, denn in Ungarn gab es so etwas damals nicht. Oder vielleicht doch, nur teurer?

Bis Berlin hörte Jánoska ununterbrochen die Faust-Symphonie, fünfmal jeden Satz plus Bonustrack (der letzte Satz in der Chorfassung). Der Klang der Blechbläser erinnerte Jánoska an Wagner. Nicht zum ersten Mal. Einmal hatten Alexa und er im Auto Klassik-Radio gehört, und bei der gespielten Musik hatte Jánoska an ein stürmisches Meer denken müssen. »Von wem ist das?« »Von Liszt«, erwiderte Alexa, die Musikexpertin der Familie. Jánoska dachte nach, bis ihm einfiel, dass Franz Liszt der Schwiegervater Richard Wagners gewesen war. Das sonntägliche Mittagessen bei Liszt-Wagners stellte sich Jánoska ungemein interessant vor. »Mir scheint, dass Wagner sehr viel von Liszt gelernt hat«, merkte er an. »Fein beobachtet!« Es war selten, dass Alexa ihren Mann lobte. Auf die Schnelle konnte sich Jánoska an keinen anderen Fall erinnern.

Noch immer saß er in seinem Auto in der Raucherstraße, die Stirn auf dem Lenkrad, und hatte nicht die Kraft, sich auf Parkplatzsuche zu begeben. Der erste Satz der Symphonie lief jetzt zum siebten Mal. ›Heute hatte ich schon zweimal ein unbeschreibliches Riesenglück. Einmal bei dem Unfall, als ich ungeschoren davonkam, und dann noch einmal, als der Audi mir den Schleichweg gezeigt hat. Ausgeschlossen, ein drittes Mal so viel Glück zu haben und einen Parkplatz zu finden.‹ Doch kaum hatte er das gedacht, fuhr eine rothaarige Frau mit ihrem schwarzen Mercedes aus einer Parklücke und preschte mit quietschenden Reifen Richtung Danziger Straße davon. Jánoska parkte mit freudig klopfendem Herzen auf dem frei gewordenen Platz ein, direkt vor dem Eingang des Hauses, in welchem er die kommenden vier Wochen verbringen sollte. ›Herrgott, ich bin angekommen!‹

Just in diesem Moment trat die Nachbarin aus Budapest in weißer Hose und Spitzentop, das ihre leicht eckigen Schultern unbedeckt ließ, aus der Eingangstür. Wie immer schnitten die dunklen BH-Träger leicht ein, der Nachtwind blies durch die Kleopatra-Frisur.

Jánoska sprang aus dem Ford und eilte ihr mit entzücktem Lächeln entgegen: »Hallo, Sie hier?« Der Mund der Frau – die schönen vollen Lippen sind bislang noch gar nicht erwähnt worden – verzog sich zu einer verächtlichen Grimasse. Mit einem »LECK MICH AM ARSCH!« ließ sie ihn stehen. Offenbar verstand sie kein Ungarisch. Ihre hohen Absätze klapperten auf dem holprigen Pflaster des ehemaligen Arbeiterviertels, und Jánoska blieb nichts anderes übrig, als der Frau entgeistert hinterherzustarren. Den aufreizend wippenden Pobacken. Und dem Tanga mit dem leichten Schlag.

# II.

In die beiden Pajor-Schwestern war ich vom ersten Augenblick an verknallt. Und nicht nur ich. Aber ich hatte mich schon im Zeltlager des Bajza-Gymnasiums in sie verknallt, in das ich in meiner Eigenschaft als zukünftiges Mitglied des kommunistischen Jugendverbandes KISZ nebst Láng und Huszár eingeladen worden war. Irgendwann waren Leute vom KISZ in die Karikás-Schule gekommen und hatten in den Abschlussklassen über den KISZ und das Gymnasium referiert. Papa hätte mich gern am Eötvös-Gymnasium angemeldet, weil es dort einen Deutschzug gab. Ich bewarb mich auch dort, wurde aber nicht zugelassen, weil mir bei der schriftlichen Aufnahmeprüfung ein Punkt zur erforderlichen Mindestpunktzahl fehlte. Erst wollte ich Berufung einlegen, lernte zwischenzeitlich dann aber die KISZ-ler kennen und traf dort Ritterhorn wieder, den ich aus unserer Straße kannte. Zudem schrieben sich sowohl Láng als auch Huszár im Bajza ein, was für mich den Ausschlag gab, selbst wenn ich dort Französisch lernen musste. Oröwoar!

Das Abitur würde ich im Jahre 1968 ablegen. Herrgott, war das noch lang hin! Vier Jahre! Vorausgesetzt ich blieb nicht sitzen. Was erstrebenswert war, weil Mama mir sonst die Hölle heiß machte. Tat sie übrigens auch, wenn ich nicht sitzenblieb.

Gleich zu Beginn des Schuljahrs stellte sich heraus, dass alle Neuen sich für Französisch angemeldet hatten. Also versuchte unser Klassenlehrer László einige von uns dazu zu bewegen, auf Deutsch umzusatteln. Deutsch sei auch eine sehr wichtige europäische Sprache. Beim Gedanken an die lang vergessene Jolánka stand meine Entscheidung sofort fest. Jolánka Trabandt. Furchtbar, dass ich nicht einmal wusste, wie alt sie war. Vermutlich ging sie jetzt auch aufs Gymnasium. War vielleicht ein Jahr älter als ich. Und schließlich war da noch die österreichische Deutschtante. Und Kühlpunkt.

*aknáloJ tdnabarT*

Auf dem Heimweg trottete ich mal wieder hinter Bea Pajor her. Mein kleines Spiralheft, nur halb so groß wie die Hefte der Mädchen im Gymnasium, hatte ich unter den Arm geklemmt. Darin notierte ich mein lyrisches Œuvre. Lauter Liebesgedichte. Das Einzige, was ich konnte. Einmal hatte ich versucht, ein Gedicht über Ebbe und Flut zu schreiben, aber es war nicht gut geworden. Für Bea Pajor, oder vielmehr über sie, hatte ich drei Gedichte geschrieben, hätte ihr diese auch gern gezeigt, doch die Blätter herauszureißen und in einen Umschlag zu stecken kam mir albern vor. Ich wollte sie Bea lieber in dem kleinen Spiralheft zeigen. Eins der Gedichte war so konstruiert, dass die Anfangsbuchstaben der Zeilen BEA PAJOR ergaben.

*aeB rojaP*

Anfänglich hätte ich nicht sagen können, in welche der beiden Pajor-Schwestern ich mehr verknallt war. Wobei Szilvi, die ältere, eigentlich nicht ernsthaft in Betracht kam, weil sie schon in der dritten Klasse war und gar nicht daran dachte, sich mit Erstklässlern abzugeben. Das hatte sie schon im Zeltlager unmissverständlich klargemacht. Während des Fahneneinholens stand ich einmal neben ihr, wobei ich zugeben muss, das ich mich absichtlich neben sie getrickst hatte. Sie hielt ein Eis in der Hand – gekauft bei dem Eisverkäufer mit dem Dreirad, der sich den lieben langen Tag am Zaun des Ferienlagers herumtrieb. Der Mann konnte sich seines Geschäfts sicher sein, denn seinem Eis konnte keines der Kinder widerstehen. So lange das Taschengeld reichte, kauften alle Unmengen Eis bei ihm. Das Eis aufs Gelände mitzunehmen war verboten, Szilvi Pajor tat es dennoch. Als Drittklässlerin setzte sie sich bereits über sämtliche Verbote hinweg.

Sie wandte sich mir zu und zwinkerte – dachte ich zumindest. »Darf ich mal lecken?«, fragte ich, und sie sagte einfach: »Ja, klar.« Ich wurde über und über rot. Lecken war unanständig, und ein Mädchen hatte darüber gefälligst in Verlegenheit zu geraten, wenn nicht sogar davonzulaufen. Was man dann als Junge mit Gelächter quittierte. Szilvi sagte aber einfach nur, ja klar, und jetzt hatte ich keine Ahnung, wie weiter. Mit hochrotem Kopf trollte ich mich und hörte, wie sie zu ihrer Freundin sagte: »Der Typ peilt einfach gar nichts.« Worüber beide lachten.

Am drauffolgenden Tag lag Szilvi Pajor im Bikini bäuchlings auf ihrem Handtuch, während Ritterhorn eine Kundgebung des Freien Volkes abhielt, und ich alles zu erspähen versuchte, was vom Bikini nicht verdeckt war. Eine ganze Menge übrigens. Ihr runder Po – zwei Backen, nicht wahr – erinnerte an einen mittels Laubsäge zerteilten Gummiball, und ihre Haut war braun, als hätte sie in Kakao gebadet. Dabei hatte es seit unserer Ankunft kaum Sonnenschein gegeben. Sie war also schon so kakaobraun hergekommen. Ihre Möpse, die man nur von der Seite sah, glichen auch zwei Ballhälften, nur kleineren. Tennisbällen etwa. Wenn sie mit den Füßen in der Luft baumelte, bewegten sich die Muskelstränge an ihren Beinen auf und ab. Und beim Stehen hätte ich meine Hand locker unter die Wölbung ihrer Fußsohlen schieben können. Was ich gerne getan hätte. Stattdessen steckte ich ihr unversehens in einer mir selbst unerklärlichen Aufwallung von Mut einen Grashalm zwischen großen und zweiten Zehen. (Wie hieß der eigentlich? Zeigezeh?) Szilvi schielte nach hinten: »Sag mal, geht's noch, Junge?«

Mir fiel kein Konter ein, doch in diesem Moment entliebte ich mich und hielt mich von da an nur noch an ihre jüngere Schwester Bea. Für den Rest der Ferien rannte ich ihr hinterher. Bea war immer nett, wenn ich sie ansprach. Wie leider zu allen.

Ich begleitete sie von der Schule nach Hause und nahm mir vor, ihr zu sagen, dass … Doch wie? Was genau sollte ich denn sagen? »Bea Pajor, willst du mit mir gehen?« Nicht sehr originell. »Willst du mal das Gedicht lesen, das ich für dich geschrieben habe? Ich zeige es dir!«

Seit man mir die Mandeln rausgenommen hatte, war ich furchtbar dick geworden, was echt ein Problem war. Merkwürdig, dass ich es so sehr gehasst hatte, Graf Magerow zu sein, und mich jetzt dennoch danach zurücksehnte. Damals hatte ich geglaubt, etwas Schlimmeres als mager gäbe es nicht.

*Etwas Schlimmeres gibt es scheinbar immer.*

Diese Erkenntnis notierte ich in meinem kleinen Spiralheft, dessen hintere Seiten für Gedanken und Ideen, die vorderen für Gedichte vorgesehen waren. Außer diesem kleinen Spiralheft besaß ich noch ein zweites gutes Heft von der gleichen Größe, aber wie ein Buch in blaues Leinen gebunden. Das benutzte ich als Tagebuch. Huszár schrieb jeden Tag Tagebuch und behauptete, so besser schlafen zu können. War das möglich? Wenn ich abends etwas schrieb, war ich danach hellwach.

Warum man mir die Mandeln entfernt hatte, war mir

schleierhaft. Zugegebenermaßen litt ich oft unter Halsschmerzen und Schnupfen, doch der Schnupfen blieb auch nach dem Eingriff, nur hatte ich jetzt ein Doppelkinn. Wie Papa. Aber bei ihm war das nicht so schlimm, weil er schon alt war. Und groß, so dass sein Doppelkinn im Verhältnis kleiner aussah. Nichts hasste ich mehr, als in den Spiegel zu schauen, denn ich sah aus wie ein Pelikan. Vielleicht half es, weniger zu essen.

Bea Pajor wohnte in der Birtalan-Straße. Aufgrund eines plötzlichen Einfalls bat ich Huszár, mir eine Räuberleiter zu machen, damit ich mittels schwarzem Klebeband das I in ein E und das R in ein A verwandeln konnte. BEATALAN-Straße. Damit wollte ich Bea imponieren, habe aber nie erfahren, ob sie es überhaupt gesehen hat. Gesagt hat sie jedenfalls nichts, und ich war im Hinblick auf das weitere Vorgehen ratlos. Sollte ich sie darauf ansprechen? Nicht gut. Und nach kurzer Zeit löste sich das Klebeband ohnehin wieder ab, der Regen spülte es fort. Ja, es regnete oft in letzter Zeit.

Bea wusste, dass ich ihr nachstellte, tat aber so, als würde sie es nicht merken. Doch bevor sie um eine Ecke bog, nestelte sie an ihrem Pferdeschwanz herum und blickte verstohlen zurück. Laut Huszár war das ein gutes Zeichen. Als treuer Freund stand er mir oft bei, dann trotteten wir alle beide hinter Bea her. So war es viel leichter. Im Anschluss an eine KISZ-Mitgliederversammlung eskortierten wir Bea mal wieder zu zweit nach Hause. Huszár drängte so lange darauf, schneller zu gehen, bis wir Bea einholten. Bevor sie in den Hauseingang treten konnte, grüßte ich sie: »Hallo, Bea.« »Hallo, was macht ihr denn hier?«, erwiderte sie mit gespielter Überraschung, und mir fiel mal wieder keine Antwort ein. Hätte sie ein Eis in der Hand gehabt, hätte ich die Darf-ich-mal-lecken-Nummer abziehen können. Aber so … Als könnte er Gedanken lesen fragte Huszár: »Kommst mit zu Onkel Szulák, ein Eis essen?«

Onkel Szulák betrieb in der Nähe des Bajza-Gymnasiums eine private Konditorei. Und wie versessen die Pajor-Schwestern auf sein Eis waren, wusste jeder. Bea schenkte Huszár ein breites Lächeln, bedankte sich und entgegnete: »Im Prinzip warum nicht?«

Im Prinzip war Szilvi Pajors Ausdruck. Bea sagte damit eigentlich alles.

Ich empfand ein schmerzhaftes Ziehen in der Brust. Ein überaus schmerzhaftes. Doch erst später begriff ich, was es war.

*Eifersucht. Wegen Bea. Weil sie nicht mich angelächelt hatte, sondern Huszár. Der bei Onkel Szulák das Eis zahlte, weil ich kein Geld hatte. Verflixt noch mal.*

Jetzt hätte ich ja fragen können, ob ich mal lecken durfte, doch so lange Huszár in der Nähe war, musste ich immer fürchten, ausgelacht zu werden oder eine blöde Bemerkung zu kassieren. Wer brauchte schon so was? Außerdem wusste ich nicht, ob Bea es mir nicht übel nehmen würde – weil ihre Schwester ja gesagt hatte … Also beschloss ich, ein Gespräch anzufangen, und sagte: »Es ist so schön, mit dir hier auf dem Gehweg zu gehen!« Lachend erkundigte sie sich, was denn daran so schön sei. Noch während ich über die Antwort nachdachte, kamen wir bei Beas Wohnhaus an. Sie gab uns beiden zwei Küsschen und huschte durch den Hauseingang davon. Unter einem Essigbaum spielten ein paar Jungs Fußball, und Huszár und ich schauten ihnen eine Weile zu. Pajors wohnten im dritten Stock, Szilvi lag mit geschlossenen Augen auf einer Decke in einem Rattanstuhl und sonnte sich. Ohne aufzuschauen fragte sie ihre Schwester: »Einkaufen?« »Später«, erwiderte Bea und verschwand in der Küche.

*Ich hatte ein Küsschen gekriegt. Huszár allerdings auch. Es hatte also nichts zu bedeuten.*

Meine Haare waren im Bajza-Gymnasium ein ständiger Stein des Anstoßes. Gleich am ersten Tag geriet ich bei der Jahreseröffnungsfeier ins Visier eines Muskelprotzes, der mich von oben herab musterte, so dass ich mir beim Zurückschauen schier den Nacken verrenkte. Der Typ hatte einen Körper von unglaublichen Ausmaßen, dazu einen winzigen Kopf und kleine Schweinsäuglein. Ich brauchte einige Zeit, um zu begreifen, was der Typ wollte. »Bei dir ist wohl eine Schur fällig«, stellte er lispelnd fest und meinte damit, dass ein Pilzkopf wie meiner im Bajza-Gymnasium verboten sei. »Und wo ist deine Krawatte?« »Ich kann keine Krawatten tragen, weil ich sonst das Gefühl habe zu ersticken.« Nun legte er seine Pratze auf meine Schulter – ein gefühltes Gewicht von zwanzig Kilo. Ich knickte ein. Wieder nuschelte er etwas, und nur mit Mühe erriet ich, dass er mich aufforderte, die Spucke wegzumachen. »Was für Spucke?«, wollte ich wissen, und er zeigte sie mir mit dem Finger. Tatsächlich befand sich auf dem Sandplatz, wo die Schüler Hand- und Basketball zu spielen pflegten, ein schleimiger Fleck. »Damit habe ich nichts zu schaffen«, sagte ich, worauf er ungehalten wurde: »Du machst sie also nicht weg?« »Soll das doch wegmachen, wer da hingespuckt hat.«

Nun verpasste er mir einen unwirschen Stoß Richtung Schultor. »Marsch, ab ins Rektorat!« Auf diese Weise hatte ich Gelegenheit, gleich am ersten Tag die Bekanntschaft des Rektors zu machen beziehungsweise meine Gymnasiastenkarriere mit einem Verweis des Klassenlehrers zu beginnen.

*Dabei hat Papa so oft gesagt, dass der erste Eindruck der wichtigste sei. Aber wann gelang es mir schon, einen guten ersten Eindruck zu machen? Nie. Auch bei den Mädchen ging es immer schief, und ich musste mich mühsam aus dem Minus heraufarbeiten.*

Das Schlimmste war nicht der Verweis, den unterschrieb ich locker selbst. (Schon vorher hatte ich das so gehandhabt.) Das Schlimmste war, dass sich der Muskelprotz als mein Sportlehrer entpuppte. Er holte auf Anweisung des Rektors einen elektrischen Rasierapparat aus dem Geräteraum und schor mir im Sekretariat eigenhändig einen kahlen Streifen von der Stirn bis zum Nacken. Unmittelbar nach mir musste sich auch Ritterhorn dieser Prozedur unterwerfen, doch der lachte nur darüber. Ich konnte nicht lachen. Saß stattdessen mit hochrotem Kopf da. Wenn Bea Pajor mich sah! Das würde ich nicht überleben! »Das ist ein umgekehrter Irokese«, meinte Gabi Huszár und bekam vor Lachen einen Hustenanfall.

Natürlich überlebte ich es. Ebenso wie die Glatze, die mir der Friseur auf Mamas Anweisung noch am selben Nachmittag schor. Das zweite Mal in meinem Leben war ich vollständig kahl. Ritterhorn erschien am folgenden Tag mit einem zweiten kahlen Streifen auf dem Kopf, den er sich von jemand quer zu dem ersten hatte rasieren lassen. In der Mittagspause wurde er ins Rektorat zitiert und ebenfalls vollständig kahl rasiert. Aufgrund des winzigen Eierschädels, der zum Vorschein kam, wurde er von nun an Gandhi genannt.

Ein Jammer, dass die Idee mit dem Querstreifen nicht mir gekommen war. Und ein noch größerer Jammer, dass mir der Mut zur Durchführung ohnehin gefehlt hätte. Und dass ich nicht Gandhi, sondern Kahlkopf genannt wurde. Aber Gott sei Dank nur ein paar Wochen lang.

Meine Glatze gefiel nur einem einzigen Mädchen, das war Gizike. Sie wollte sie immer berühren. Ihre Hand war kühl, und meine Borsten machten unter ihren Fingern ein seltsam knisterndes Geräusch. Es war durchaus angenehm, und gern hätte ich mich öfter mal so kraulen lassen, aber ich wagte nicht, Gizike darum zu bitten. Ich fürchtete, sie könne es mir übel nehmen. Alles in allem war es im Prinzip schon ein Wunder, dass sie überhaupt noch mit mir sprach.

Im Sommerlager war auch Gizike dabei, nebst zwei weiteren Erstklässlern aus anderen Gymnasien. Mit einem dieser beiden Jungs sei sie früher in einer Klasse gewesen, erzählte Gizike, was mich erstaunte, weil es in der Karikás-Schule keine gemischten Klassen gegeben hatte. Gizike und ich verbrachten im Lager viel Zeit miteinander, denn die Erstklässler waren alle in einer Gruppe. Sektionen, wie die Gruppen diesmal hießen. Beim Fahnenhissen und Fahneneinholen hatten die Sektionen in Dreierreihen vor der Fahnenstange zu stehen.

Gizike hatte leicht vorstehende, glänzende Augen, abstehende Ohren und große Zahnlücken. »Da pfeift der Wind durch«, kommentierte Gabi Huszár. Doch sonst war Gizike sehr nett. Redete nur wahnsinnig viel. Quasi ohne Punkt und Komma. Einmal hockten wir neben dem Typen, der fürs Abendessen Feuer machte, und konnten vor Hunger kaum erwarten, dass es so weit war. Mir knurrte der Magen, was insofern peinlich war, dass die beiden Pajor-Schwestern in ihren knappen Bikinis auch da anwesend waren. Noch nie hatte ich derart winzige Bikinis gesehen. Plötzlich sprang Gizike auf und lief davon.

Unter der glatten, braunen Haut der Pajor-Mädchen zeichneten sich die Konturen ihrer Wirbelsäulen ab. Da ich mich mit meinen Gefühlen zu dieser Zeit bereits Bea zugewandt hatte, zog ich es vor, sie zu begaffen. Und zwar speziell ihren Hintern. Und die Stelle, wo sich ihre Bikinihose an ihre Pussi schmiegte. Bei keiner der Pajor-Schwestern war dort Behaarung sichtbar. Nicht wie bei anderen Mädchen.

Gizike kam zurück und brachte Honigbusserl mit. Wirklich nett. Sie bot allen welche an, doch mich fragte sie zweimal. Das erste aß ich gleich, obwohl es sehr hart war und erst im Mund allmählich schmolz. Honigbusserl waren klein und rund und hatten ein Nippelchen in der Mitte. Das andere behielt ich in der Hand, während ich darüber nachsann, dass der Nippel an Bea Pajors Brust genauso aussah wie der am Honigbusserl. Gizike war dabei, mit Begeisterung von der kleinen Bäckerei ihrer Tante zu erzählen, vor der die Leute manchmal bis zur Ringstraße Schlange standen, um Honigbusserl zu kaufen. Familienmitglieder jedoch durften immer durch die Hintertür in den Laden. Bea warf einen Blick über die Schulter nach hinten. (Ihre Schultern fand ich unglaublich schön.) Vielleicht hatte sie genug von Gizikes Geschichte, jedenfalls nahm ihr Gesicht einen überheblichen Ausdruck an, als sie feststellte, mit welcher Vehemenz Gizike von der Bäckerei ihrer Tante erzählte. Und schon wandte sie sich wieder den älteren Jungs zu. Die im Zeltlager unter der Bezeichnung Pajor-Boys liefen.

Und nun tat ich etwas, wofür es weder einen Grund noch eine Erklärung gab. Ich schleuderte mein zweites Honigbusserl aus voller Kraft fort und traf Gizike zwischen den Augenbrauen mitten auf die Stirn. Es machte ein so lautes Geräusch, dass alle sich umdrehten. Keiner konnte wissen, was passiert war, denn das Busserl blieb nicht an Gizikes Stirn kleben, sondern plumpste ins Gras. Zu sehen war einzig der rote Fleck, der sich auf Gizikes Stirn allmählich zu wölben begann – in derselben Form wie das Busserl. Ein blasses Honigbusserl mit Sommersprossen. Vor Verblüffung wurden Gizikes Augen ganz starr, während ich am liebsten im Erdboden versunken wäre. Fast wünschte ich mir, sie würde losweinen, doch sie vergoss keine Träne.

»Was ist los?«, fragte Bea, aber keiner erwiderte etwas. Nur

Gizike sprang auf und rannte davon. Daraufhin wies Bea auf die Tüte mit den Honigbusserln und fragte: »Bleibt das hier?« In diesem Moment liebte ich sie gar nicht. ›Manchmal muss man einfach den Mund halten können‹, dachte ich und starb fast vor Verlegenheit.

Nach diesem Vorkommnis versuchte ich Gizike aus dem Weg zu gehen, nicht nur während des Zeltlagers, sondern auch im Herbst, als die Schule anfing. Dabei war sie gar nicht böse, winkte und lächelte immer, wenn sie mich sah. Aber sie hatte eben diese entsetzlich weit abstehenden Ohren. Von den Zahnlücken ganz zu schweigen.

*Du musst dich trotzdem bei ihr entschuldigen. Schließlich warst du nicht auf sie sauer. Du hättest das Honigbusserl Bea Pajor an den Kopf knallen sollen! Warum hast du das nicht getan? Weil du ein blödes Rindvieh bist. Und Bea Pajor auch ein blödes Rindvieh ist. Mir sollen die Beine abfaulen, wenn ich sie noch einmal nach Hause begleite.*

Ich nahm mir vor, Bea Pajor Bea Pajor sein zu lassen und mich anderen Dingen zu widmen. Zum Beispiel Deutsch zu büffeln, um es endlich richtig zu lernen. Trotz meiner Deutschlehrerin, die meine Visage nicht ertragen konnte. Frau Dr Jenő Farkas, alias Pony. Alle nannten sie so, sogar der Klassenlehrer. Dass sie mich nicht ertragen konnte, stellte sich gleich am ersten Tag heraus, als sie sich meinen Namen nicht einprägen konnte. Andauernd nannte sie mich Jenő. Vielmehr Eugen.

EUGEN MEISTER AUS UNGARN.

Von unserem Klassenlehrer wusste ich, dass ich Pony an ihren Mann Jenő erinnerte. Was für mich nicht unbedingt von Nachteil hätte sein müssen. Doch das Verhältnis zwischen Frau Dr Jenő Farkas und ihrem Mann war so geartet, dass sie ihm erst kürzlich das heiße Bügeleisen an den Kopf geschmissen hatte. Danach war er über eine Woche im Krankenhaus gelegen. Aber wie auch immer, ich stellte mich dem Kampf, büffelte DER, DIE, DAS, und DIE, DEN, DIE, DAS, DIE, als wären es Gedichte. Nur die Konjugation blieb ein Problem, und es hagelte schlechte Noten. Ich würde mich ranhalten müssen.

Um Pony eine Freude zu machen, ließ ich keine einzige Fleißaufgabe aus, doch sie konnte sich einfach über nichts freuen, was ich tat. Dann sollte sie doch verrecken.

Gabi Huszárs Vater erhielt einen Berechtigungsschein für die Ferienanlage des Krankenhauses. Das hieß eine Woche Urlaub am Plattensee für die ganze Familie, und ich durfte mitkommen. Für die Schule attestierte uns Herr Huszár heftigen Durchfall. Hat man es gut, mit einem Arzt als Vater! Gabi und ich saßen im Auto hinten und riefen immer, wenn Herr Huszár seinen Vordermann einholte: »Überholen, überholen!«, was sich dieser nicht zweimal sagen ließ. Seinen Opel Olympia hatte Herr Huszár von seinem Bruder aus München, der dort als Arzt arbeitete und keine Schwierigkeiten hatte, an solche Autos ranzukommen. Zudem war der Wagen bereits drei Jahre alt, so dass Herr Huszárs Bruder sich sowieso gerade einen neuen hatte zulegen wollen. »Wir haben unsere liebe Not gehabt, das Geld für die Zollgebühren zusammenzukriegen«, erklärte Herr Huszár, während ich insgeheim teuflisch froh war, dass sie es geschafft hatten, denn nur so konnte ich jetzt in einem Opel Olympia sitzen und wie der Wind dahinbrausen.

Es war Oktober, doch die Sonne war noch ungewöhnlich kräftig. Dabei hatte vor der Abfahrt jeder gesagt, mit Badewetter brauche man um diese Jahreszeit nicht mehr zu rechnen. Keine Ahnung, wie man es schaffen sollte, nicht mit Badewetter zu rechnen, wenn man für eine Woche an den Plattensee fuhr. Und am Ende konnten wir ja auch baden. Zwar nicht die Erwachsenen, aber Gabi Huszár und ich schon.

Die Ferienanlage des Krankenhauses hatte ich noch nie von innen gesehen, obwohl sie von der Holzbaracke meines Onkels, in der wir manchmal unseren Urlaub verbrachten, nur einen Steinwurf entfernt war. Frühstück, Mittagessen und Abendessen gab es für alle gemeinsam im großen Speisesaal. Am besten schmeckte der gebratene Kolbász, den es gleich zum Frühstück gab. Nachmittags standen Gläser mit geronnener Milch auf den Terrassentischen, und jeder konnte sich nach Herzenslust bedienen. Hier entdeckte ich meine Liebe zu geronnener Milch – bei uns hatte es so etwas nie gegeben.

Im Salon – einem durch einen Vorhang abgetrennten Teil des Speisesaals – spielte eine Band jeden Abend nostalgische Musik. Klavier, Gitarre und Schlagzeug. Unter den Gästen gab es auch einen Musiker, einen schlanken Mann mit Schnurrbart, der von Beruf angeblich Studiomusiker war. Man bat ihn des Öfteren, auch mal etwas zu spielen, doch erst am Samstagabend fühlte er sich in der Stimmung, diesen Bitten nachzukommen. Er lieh sich eine Gitarre, nahm bei der Band Platz und fetzte einen Twist nach dem anderen herunter. Während der Gitarrist der Band unermüdlich die Rumbakugeln schwang. Popokatapetl Twist. Twist again. Twist and shout. Ausnahmslos alle waren auf der Tanzfläche. Nun ja, fast alle. Denn ich konnte leider nicht tanzen. Obwohl mich Mama in die Tanzschule geschickt hatte. Aber irgendwie war ich nie hingegangen.

Zuletzt war Damenwahl. Ein fremdes Mädchen forderte mich auf und zog mich am Handgelenk auf die Tanzfläche. Was die für kräftige Hände hatte! Und einen riesigen Busen! Der in ihrem weinroten, extra tief ausgeschnittenen Kleid wie wild auf und ab hüpfte. Mit Händen und Füßen versuchte ich ihr klarzumachen, dass ich nicht tanzen konnte, doch sie zeigte mir kurzerhand, wie der Twist ging. Hintern und Knie in entgegengesetzten Richtungen schütteln. Binnen Kurzem hatte ich es ganz gut raus. Huszár twistete mit einem Mädchen namens Kata, das er noch aus dem letzten Urlaub kannte. Nach und nach verließen die Erwachsenen die Tanzfläche, nur wir vier zappelten unermüdlich weiter, begleitet vom Applaus der Zuschauer. Als der schlanke Schnurrbärtige die Gitarre endlich weglegte und »Pause!« ins Mikrofon hauchte, lief mir der Schweiß in Strömen herunter. Und während Huszár und Kata sich mit Verbeugungen für den Applaus bedankten, schnappten meine Partnerin und ich nur nach Luft. Erst jetzt stellte sich heraus, dass sie gar keine Ungarin war, sondern eine Deutsche. Eine Ostdeutsche.

Sie freute sich gewaltig über meine wenigen Brocken Deutsch. Denn ich verstand fast alles, was sie sagte. Ich glaube, Frau Dr. Jenő Farkas wäre zufrieden gewesen. Wenn sie nicht doch lieber vorgezogen hätte, meine Fehler zu bemängeln, anstatt die erstklassige Konversation zu würdigen, die ich führte.

KARIN WANGOLD. AUS DER DDR. AUS GOTHA.

Karin war mit fünf anderen Leuten aus Gotha hier. »Wie beim Almanach«, sagte sie. Diese Anspielung verstand ich nicht und fragte deshalb scherzhaft: »Liegt Gotha bei Goethe?« Sie lachte. »Nein, aber Gotha befindet sich in der Nähe von Weimar, wo Goethe gelebt hat.« »Ach so«, sagte ich, da mir nichts Besseres einfiel. Karins Kleid sah aus wie ein Panzer und stand oben weg, wodurch es den Eindruck erweckte, als sei es zu groß. Beim Tanzen hatte ich von oben her freien Einblick, und angesichts der gut sichtbaren Brustwarzen blieb mir vor Aufregung die Luft weg. Später auf der Toilette bemerkte ich, dass meine Hose vorne ganz nass war. Während ich sie mit Toilettenpapier zu trocken versuchte, dachte ich an den Großonkel und seine Fragen. Inzwischen war er gestorben, seine Frau auch, und jetzt hatten wir keine Verwandtschaft mehr in Großwardein. So dass wir in diesem Leben sicher nie mehr dorthin fahren würden. Was im Grunde auch kein großes Unglück war, denn wer saß schon gern halbe Tage in dunklen Zügen an der Grenze und wartete erst auf die ungarische und die rumänische Zollkontrolle und anschließend auf die ungarische und die rumänische Passkontrolle. Wer öffnete schon gern Koffer und Taschen, ja sogar Butterbrotdosen, damit sich fremde Finger durch seine Leberwurst wühlen konnten? Als wollte man gerade darin etwas aus dem Land schmuggeln! Und wer ließ sich unter Berufung auf die Bestimmungen schon gern sämtliche Zigaretten wegnehmen?!

*Ich habe mich in Karin Wangold verliebt.* ICH LIEBE DICH KARIN WANGOLD. *Wobei das wirklich lieben bedeutet. Wie aber sagt man »verliebt«? Ein Jammer, dass ich mein Wörterbuch nicht dabeihabe.*

So war das also mit der Liebe! Warum hat mir das bloß keiner gesagt? Ich hatte ja keine Ahnung! Aber jetzt wusste ich, dass Szilvi und Bea Pajor gar nichts gewesen waren! Irgendjemand hätte mir das ruhig mal erklären können! Denn mit Papa oder Mama konnte man über derlei Dinge nicht reden. Mama schrie immer gleich, und Papa verlor die Geduld.

Von nun an wollte ich jede Minute mit Karin verbringen, erschien jeden Morgen in aller Frühe beim Frühstück, um mir einen Platz neben ihr zu sichern. Oft war sie noch gar nicht da, und ich streunte ziellos durch den Saal. Bald wussten sämtliche Gäste, dass ich auf Karin stand, und alle hatten ein paar nette und aufmunternde Worte für mich. Angenehm fand ich das nicht, ich hätte das Ganze lieber geheim gehalten. Auch die Deutschen hatten die Sache spitzgekriegt und zeigten mit den Fingern auf mich. Karin meinte, ich sollte mich nicht darum scheren. Schwierig.

Dass die Deutschen gern in kaltem Wasser badeten, war mir nichts Neues, und tatsächlich hüpften Karin und die Übrigen jeden Vormittag in den See. Das Wasser war hier nur knietief, erst weiter draußen gewann es plötzlich an Tiefe. Die Deutschen gingen immer alle zusammen baden, und meistens schloss ich mich ihnen an. Stumm watete ich neben Karin her, die auch schwieg. Wir spürten, dass Worte überflüssig waren, ihre hellbraunen Augen sagten alles. Wenn der Wind durch ihren frechen Kurzhaarschnitt fuhr, sah sie unversehens wie ein Junge aus. Ihr einteiliger Badeanzug war ebenfalls aus einem festeren Stoff – offenbar war das in Deutschland so Mode. Dennoch konnte ich erkennen, dass ihre Brustwarzen in der Kälte kleiner waren. Wenn sie schwamm, beeilte ich mich hinterherzukommen, um einen möglichst guten Ausblick auf ihren muskulösen Po zu haben. Daheim in Gotha ging sie viermal die Woche vor der Schule zum Schwimmtraining. Sie beherrschte alle vier Schwimmstile und trat bei Wettkämpfen an. Gewann sie, bekam sie ein kleines Sternchen. Mir gefiel es unbeschreiblich gut, wie ihr die Wasserperlen in dichten Reihen über die Schultern kullerten, wenn sich beim Delphin ihr Oberkörper aus dem Wasser hob.

Bibbernd kam ich wieder ins Zimmer und schloss mich im Bad ein. Unter der heißen Dusche großonkelte ich gleich dreimal. Bis Frau Huszár an die Tür klopfte und rief, ich solle das Bad endlich freimachen. Also gut.

Unglaublich, wie oft ich während dieser Woche in der Ferienanlage des Krankenhauses großonkelte. Ich ging umher wie in einem andauernden Taumel, sogar Herr Huszár meinte, meine Augen seien so eingefallen. Er untersuchte mich kurz und meinte, ich litte an Blutarmut. »Sag deinen Eltern, sie sollen dich mit Lebertran füttern.« Doch Gabi Huszár warnte mich eindringlich davor, diese Botschaft auszurichten – Lebertran schmecke nämlich furchtbar.

Immerzu meinte ich zu stinken, obwohl ich mich gründlich wusch. Wie verrückt seifte ich meinen Pimmel ab. Spülte am Ende sogar meinen Mund mit Wasser, obwohl der mit der Sache gar nichts zu tun hatte. Mein Hygienetick ging mir auf die Nerven. Ich selbst ging mir auf die Nerven.

*Mann kann sich doch nicht ständig und ausschließlich nur mit seinem Pimmel beschäftigen! Manches ist möglich, aber das nicht! Hilfe! Gnade! Segitseg!*

Meine wildesten Phantasien rankten sich um Karin: Ich stellte sie mir nackt vor. Und malte mir aus, wie sie mir lächelnd ihren Busen zeigt. Und ihre Pussi. (Die wahrscheinlich aussah, wie bei Jolanda, nur größer.) Und ihren Po. Alles, alles. Endlos stand und saß und ging ich mit Karin herum. Aber wie ich die Sache vorwärtsbringen sollte, wusste ich nicht. Bis Huszár sich meiner erbarmte: »Umarmen, küssen, ausziehen, ficken«, fasste er den Ablauf in kurzen Worten zusammen. »Wage es ja nicht, so von meiner Karin zu sprechen!«, fuhr ich ihn an, doch er meinte nur, »du bist total bescheuert«, und ließ die Sache auf sich beruhen.

Die Frage war, wie man das mit der Umarmung anfing. Darauf war Huszár freilich nicht genau eingegangen. Manchmal, wenn sich Karins und meine Blicke wie zufällig begegneten, dachte ich: jetzt. Im Kino hatte ich das schon oft gesehen, doch im echten Leben war alles ein bisschen anders. Beim Spaziergang am Seeufer pflückte ich Blumen für sie, worauf sie mir zum Dank ein Küsschen gab. Aber als ich den Arm hob, um ihn ihr über die Schulter zu legen, drehte sie sich weg, und ich stand in dieser idiotischen Pose da, als wäre ich gerade dabei, über einen Zaun zu klettern. Ich hoffte, dass sie es nicht bemerkt hatte.

Dennoch fand ich, dass die Umarmung genau hier stattfinden sollte. An diesem Uferabschnitt standen die Bäume sehr dicht, wir waren vor neugierigen Blicken geschützt. Bei jedem Spaziergang lenkte ich unsere Schritte unauffällig hierher, nahm dann endlich meinen ganzen Mut zusammen und schlug vor, uns für einen Moment zu setzen. Ich sei müde. »Wovon?«, fragte Karin, und ich erwiderte, ich hätte die ganze Nacht nicht geschlafen. »Sondern?« »An dich gedacht.« Sie wurde rot. Unter dem Vorwand, schlafen zu wollen, legte ich meinen Kopf an ihre Schulter. Sie lachte und nahm mir damit ein bisschen die Angst. Dann begann sie ganz zart meine Haare zu streicheln. Ich fröstelte, als wäre mir kalt, dabei schwitzte ich wie wahnsinnig. Nun bettete sie meinen Kopf in ihren Schoß, so dass meine Ohren an ihren Busen stießen. Das hatte mir gerade noch gefehlt! Nun lief mir der Schweiß erst recht in Strömen herunter, und ich versuchte, ihn heimlich fortzuwischen. Als ich mich aufrichten wollte, um Karin zu küssen, stellte ich verblüfft fest, dass ich zwischen ihren kräftigen Schenkeln und ihrem Busen gefangen war. Mit meinen Ohrläppchen spürte ich ihre Brustwarze, und war ich bis jetzt nur steif gewesen, begann mein Pimmel jetzt richtiggehend zu schmerzen.

Karin führte ihre Hand nach unten und stieß dabei an meinen Ständer. Ich wollte vor Scham versinken, versuchte mich erneut aufzurichten, kam aber auch diesmal nicht weit. Sie steckte ihre Hand in meine Trainingshose, berührte dabei meinen Bauch, und ich schämte mich noch mehr, weil ich so dick war. »Entschuldigung«, sagte ich, nicht ganz richtig, glaube ich. Doch sie nahm ihn unbeirrt in die Hand. »So ein großer Junge bist du schon?«, sagte sie, nahm meine Hand und presste sie an ihre Brüste. Sie fühlten sich an wie zwei heiße Bälle, die beim Einatmen größer wurden und beim Ausatmen schrumpften. Ich wurde fast ohnmächtig.

Flink kletterten meine Finger unter ihre Bluse und unter ihren harten BH. Dann zählte ich bis zehn und berührte ihre Brustwarze. Mein Gott, die hatte ja Falten! Ich staunte. Ich spickte. Und sah, dass um den braunen Hof herum ein paar kräftige Haare sprossen. Nie im Leben hätte ich gedacht, dass dort, am Rand von diesem Kreis, Haare wachsen konnten. Karin schloss die Augen und reckte mir ihre Lippen entgegen. Ich atmete die ihrem Mund entströmende heiße Luft ein und presste meine Lippen auf ihre. War das ein Kuss? Mir ging die Luft aus, und ich löste mich von Karins Lippen, um zu verschnaufen. Noch immer hielt sie meinen Pimmel.

»DU KÜSST NICHT RICHTIG«, *sagte sie. Wenn ich ihr nicht die Zunge in den Mund schob, war das kein richtiger Kuss. Musste man die Zunge …? Pfui Teufel! Warum hat mir das noch nie jemand gesagt? Ob sie sich da ganz sicher sei, wollte ich fragen, schwieg aber, um nicht zu verraten, dass ich von nichts eine Ahnung hatte.*

Wieder wusste ich nicht, wie weiter, und noch während ich nachdachte, kam es mir plötzlich. Direkt in ihre Hand. Sie zog sie heraus, wischte sie im trockenen Gras ab und brachte ihre Bluse in Ordnung. Plötzlich benahm sie sich so ernst, dass ich sicher war, mit dieser ekelhaften Sache alles verdorben zu haben. Rasch knöpfte ich meinen Hosenschlitz zu. ›Nie wieder wird sie mit mir zum Seeufer kommen‹, dachte ich. ›Vielleicht wird sie nicht einmal mehr mit mir reden.‹

Auf dem Rückweg zum Gästehaus hakte sie sich bei mir ein. So böse auf mich konnte sie also doch nicht sein. Am Nachmittag verzehrten wir auf der Terrasse geronnene Milch. Es fiel leichter Nieselregen. ›Wenn es regnet‹, dachte ich betrübt, ›können wir auf keinen Fall zum Seeufer gehen.‹ Doch zu meiner Überraschung verkündete Karin, sie hätte Lust auf einen kleinen Spaziergang. Sie möge Regen nämlich ausgesprochen gern. Und obwohl ich immer gedacht hatte, Regenwetter könne man nicht mögen, erkannte ich jetzt, dass auch ich ausgesprochen gern bei Regen spazieren ging.

»ICH LIEBE, WENN ES REGNET«, *hat Karin gesagt. Wobei ich mich an den genauen Wortlaut nicht mit hundertprozentiger Sicherheit erinnern kann. Vielleicht hat sie auch »als« gesagt.* ICH LIEBE KARIN, ALS ES REGNET?

Wieder waren wir am Seeufer, eine große Trauerweide ächzte im Wind. »Der Baum liebt den Regen auch«, sagte ich, worauf mich Karin stürmisch umarmte. Unter dem Druck ihrer Brüste wurden meine Knie weich, und ich bekam einen mordsmäßigen Ständer. Gern hätte ich mich aus ihrer Umklammerung gelöst, doch sie ließ nicht los. Arm in Arm schlenderten wir zu einer kleinen Bank am Ende einer Mole, setzten uns vor dem Bänkchen auf den Boden und lehnten uns mit dem Rücken an die Sitzfläche. Hier bot uns eine große Akazie guten Schutz, und Karin legte sich lang auf den Boden. Sie forderte mich auf, mich neben sie zu legen. Entgegen meiner Befürchtung waren die Steine überhaupt nicht kalt, wobei Karin ohnehin nie fror. Auch ihre Hände waren immer heiß.

Ich machte so lange an ihr herum, bis sie schließlich Pullover und Bluse auszog, und auch ihren BH löste. Und mir gestattete, ihre Brust zu berühren. Ich fiel fast in Ohnmacht, hatte das Gefühl, zu ersticken und mich in nichts aufzulösen.

Nun zog sie auch mir die Kleider aus. Regentropfen fielen auf meinen Rücken, es war kalt, aber nicht unangenehm. Schließlich mochte ich Regen ja ausgesprochen gern. Unversehens steckte mir Karin ihre Brustwarze in den Mund, und ich begann daran zu schlecken wie an einem warmen Eis. Als

Kind hatte ich Schlagsahne so genannt. Ich liebte sie fast mehr als richtiges Eis. Und Karins Brust schmeckte wie Schlagsahne. Was mir Huszár garantiert nicht glauben würde, wenn ich es ihm erzählte. Omeingott.

Bis auf Karins weißes Höschen mit der kleinen Schleife hatten wir jetzt nichts mehr an. Ich strich mit den Fingern über den glatten Stoff, befürchtete aber, unversehens draufzuspritzen. Da ich annahm, dass Karin das nicht gut fände, versuchte ich ein wenig von ihr abzurücken. Nun streifte sie das Höschen runter, so dass ich sehen konnte, dass bei ihr alles anders aussah als bei Jolanda. Steiler Hügel und dichte, goldbraune Behaarung. Außerdem zwei dunkelrote Hahnenkämme, zwischen denen so ein Dings hervorlugte. Ein winziger Pimmel. Mit so was hatte ich nicht gerechnet. Oder damit, dass es feucht war.

In dem vagen Wissen, irgendwie zwischen diese beiden Hahnenkämme gelangen zu müssen, zappelte ich herum. Doch trotz aller Versuche fand ich keinen Eingang, und Karin lag nur mit geschlossenen Augen da. Vor Verzweiflung geriet ich vollkommen außer Atem, der Wunsch, sie möge ihn in die Hand nehmen und führen, nahm ganz von mir Besitz. Schließlich wurde die Situation so aussichtslos, dass ich nichts weiter unternahm, sondern nur noch wartete, dass sich die Sache irgendwie von alleine löste. Wimmernd und zappelnd lag ich da.

»Ich habe Angst«, sagte Karin unvermittelt und schob mich fort – genau in dem Moment, als bei mir alles rausspritzte. Unglaublich, wie viel es war, viel mehr als jemals beim Großonkeln. Sieben oder acht weiße Regenwürmer, die über den letzten Stein der Mole langsam abwärtskrochen. Am liebsten wäre ich im Erdboden versunken.

*»Ich habe Angst.« Aber wovor denn? Erst viel später wurde*

*mir klar, dass Karin Angst gehabt hatte, schwanger zu werden. Daran hatte ich gar nicht gedacht. An nichts hatte ich gedacht.*

Meine Befürchtung war, dass sie sich vor den Regenwürmern ekeln würde. Tat sie aber nicht, begutachtete sie nur lange und gründlich. Berührte dann einen mit dem Finger und schnupperte daran.

An diesem Abend reisten die Deutschen ab. Verdammt! Karin schrieb ihren Namen und ihre Anschrift auf einen Zettel. Damit wir uns Briefe schreiben konnten.

*Karin Wangold. Schillerstraße 119. Dritter Stock, Tür 4. Gotha, DDR.*

Trotz aller Aufmunterungsversuche von Gabi Huszárs Seite war ich für den Rest der Ferien sehr schweigsam. Blieb es auch zu Hause. Papa und Mama konnte ich nicht einweihen, jemand anders auch nicht.

*Deutsche Mädchen sind Hexen …*

*Und die π ist so haarig …!*

*3,14*

# 3.

Berlins Zentrum roch nach Butter. Oder Margarine? Sogar das ehemalige Ostberlin roch danach, vor allem die Gegend um die Lindenallee. Das lag vermutlich daran, dass sowohl der Osten als auch der Westen mit der gleichen, großindustriell hergestellten Butter beliefert wurde. In Ostberlin haftete dem Buttergeruch etwas Triumphales an, als sei die Tatsache, dass es Butter gab, um sie aufs Brot zu streichen, ein persönliches Verdienst Walter Ulbrichts. DER SOZIALISMUS SIEGT. Im Westen assoziierte man mit dem Buttergeruch einfach nur Reichtum. Zumindest kam es Jánoska so vor. Selbst auf dem Ku'damm, wo es in Anbetracht der Unmenge Kaufhäuser eher nach nagelneuen Schuhen hätte riechen müssen, trug die Butter den Sieg davon. Ob das an den vielen umliegenden Cafés lag? Aber wo blieb dann der Kaffeeduft? Mit dem Mauerfall schienen sich kurioserweise die Gerüche ebenso wiedervereinigt zu haben wie die beiden Teile der Stadt.

In den Vierteln, in denen Dr János Mester das Glück hatte zu wohnen, herrschten ganz andere Gerüche. »Wohnen« war sowieso übertrieben, denn Jánoska war nie länger als drei Monate am Stück in Berlin gewesen. Seinen jetzigen Aufenthalt verdankte er dem ersten ernst zu nehmenden Stipendium, mit dem er je bedacht worden war. (Ein Stipendium, das für den vorgesehenen Zeitraum ausreichte, ohne dass man knausern musste, konnte als ernsthaft betrachtet werden.) War er bislang beruflich im Ausland unterwegs gewesen, hatte er sich eines äußerst spartanischen Lebensstils befleißigen müssen. Hatte sich oft mit unkomfortablen, hin und wieder geradezu unwürdigen Umständen abfinden müssen. Egal in welchem Außenbezirk er untergekommen war, an den Mietshäusern war ein Großteil des Putzes abgeblättert, Treppen quietschten und knarzten, die Luft war mit einem ganz bestimmten Geruch geschwängert. Mit dem des armen Berlin. Ohne Butter.

Die Beschreibung dieses Geruchs stellte eine gewisse schriftstellerische Herausforderung dar: Dicht und braun war er, so viel stand fest. Und von dem Gestank durchsetzt, der den maroden Gasleitungen entströmte. Dem Gas war ein Stoff namens Merkaptan beigemischt, der durch seinen Geruch sofort signalisieren sollte, wenn Gas austrat. Das wusste Jánoska von Vili Vajda. Des Weiteren setzte sich der Geruch aus den typischen Ausdünstungen feuchter, schimmeliger Wände sowie den gasförmigen Hinterlassenschaften zahlloser Kochorgien zusammen. All das trug zu dieser einzigartigen Mischung bei, die in der ganzen Welt ihresgleichen suchte. Höchstens mit dem Geruch einer gigantischen Kakerlake hätte man es vergleichen können, dachte Jánoska, doch letztendlich wusste er nicht, wie Kakerlaken rochen. In seiner ersten (West-)Berliner Unterkunft hatte es in der Toilette Kakerlaken gegeben, die sich mit der Anwesenheit von Menschen offenbar gut abgefunden hatten und diese als Mitbewohner ihrer Reviere großherzig duldeten.

Jánoska betete, sein Alltag in der Raucherstrasse möge weder von Gestank beeinträchtigt noch von Kakerlaken bevölkert werden. Doch bereits im Treppenhaus schlug ihm der Geruch des armen Berlin entgegen, der wie ein Lakai an der Tür gewartet zu haben schien. In diesem Augenblick bedauerte Jánoska kein bisschen, Alexa nicht mitgenommen zu haben. Vor ihr wäre es ihm peinlich gewesen, dass er sich von seinem ernst zu nehmenden Stipendium nicht einmal eine wohlriechende Unterkunft leisten konnte. ›Weißt du, liebe Alexa, wir vom Prenzlauer Berg lieben diesen Geruch. Also gut, Gestank, aber bitte unterbrich mich nicht! Die Stadtteile, die in Intellektuellenkreisen so hipp sind – beliebt vor allem bei jungen Leuten mit kleinen Kindern –, riechen alle so. Aber eines Tages werden die Hausbesitzer und mit ihnen die Stadtverwaltung zur Besinnung kommen, werden die Fassaden neu verputzen lassen, und der Gestank wird verschwinden. Die Mieten werden sich verdoppeln, und die jungen Intellektuellen mit den kleinen Kindern werden fortziehen und eine neue Schmuddelgegend für sich entdecken, usw. usw. Die gute Nachricht, meine Liebe: Obwohl es in der Raucherstrasse so stinkt, wird hier nicht geraucht, es sei denn, du möchtest dir eine Zigarre anzünden.‹ Ab und zu rauchte Alexa eine kurze La Crème.

Welch ein gelungener Gedankengang! Mit einem kleinen Schönheitsfehler: Gegen Gerüche und Geräusche war Jánoska viel empfindlicher als seine Frau. Zwar war die auch empfindlich, aber eher allgemein gesehen. Seelisch sozusagen. Mit den konkreten Widrigkeiten des Alltags kam sie besser zurecht. Eine Altersfrage war das nicht, denn Jánoska war als Kind schon sehr empfindlich gewesen. Zum Beispiel gegen den Geruch von angebrannter Milch. Dem er dank seiner Mutter nahezu jeden Tag ausgesetzt gewesen war. »Sie ist übergekocht«, meldete Mama verdutzt, als sei das ein einmaliges Vorkommnis, und versuchte die verkohlte Milch mit Sand aus dem Topf zu entfernen. Vor dem scharfen, knirschenden Geräusch wäre Jánoska am liebsten bis ans Ende der Welt geflohen. Stattdessen musste er in den Garten, um noch mehr Sand zu holen.

›Was für ein irrwitziger Gedanke, mit Sand abzuwaschen‹, dachte er. Allerdings nur bis zu dem Tag, als er aus dem Fernsehen erfuhr, dass in Afrika ein halber Kontinent mit Sand abwusch.

In Berlin musste Jánoska meist mit kaltem Wasser abspülen, denn der Gasboiler ging nur in Ausnahmefällen an. Jánoska wusste nicht, wen er um Hilfe hätte bitten können, denn die Wohnungsbesitzer – Bogarts, Bekannte von Bekannten von Bekannten – waren für sechs Wochen nach Italien gefahren. Ebendiesem Umstand verdankte Jánoska die günstige Unterkunft. Er erwog, bei einem der Nachbarn zu klingeln, doch tagsüber war so gut wie nie jemand zu Hause, und abends tat sich Jánoska schwer, Fremde zu behelligen. Obwohl er die Deutschen mochte, sich für ihre Kultur begeisterte, ihre Sprache liebte. Er hätte sich für einen ganzen Monat als Sklave auf einer Galeere verdingt, wenn es ihm im Tausch dafür vergönnt gewesen wäre, sich auf Deutsch ähnlich fehlerfrei und gewählt ausdrücken zu können wie Professor Strényi, der Doyen der ungarischen Goethe-Forschung. Natürlich durfte man nicht vergessen, dass Professor Strényi VON HAUS AUS Deutsch konnte, weil seine Mutter eine Wiener Baronesse gewesen war und er die Sprache mit der Muttermilch eingesogen hatte. Im Gegensatz zu Jánoska, der als Frühchen überhaupt keine Muttermilch abbekommen hatte, geschweige denn eine mit deutscher Sprache versetzte. Der werte Leser möge sich einmal die Qualität von Inkubatoren (sowjetischer Import?) im Jahre 1950 vorstellen.

An Alexa hingegen schienen Fremdsprachen einfach so kleben zu bleiben. Vorsicht, eine stark anziehende Frau! Und eine bissige. Aber was sonst sollte man nach zehn Jahren Ehe auch erwarten? Jánoska seufzte. Er liebte es, wie ein alter Mann zu seufzen, was Alexa nie unkommentiert sein lassen konnte. »Ich bin nun mal ein alter Mann, also lass mich seufzen!« »Das sagst du noch so lange, bis du am Ende wirklich alt bist!«, entfuhr es Alexa mit blitzenden Augen. Jánoska zog den Kopf ein, er fürchtete sich vor Blitzen. Und zwar nicht nur ein bisschen. Als Kind hatte er sich bei Donner immer in die Hose gemacht. Nichtsdestotrotz hatte ihn sein Vater nie zu beruhigen versucht, sondern ihn nur angefaucht: »Gewöhne dich endlich dran, mein Sohn, denn der Himmel wird sich nicht nach dir richten!« Jánoska hatte versäumt nachzufragen, warum eigentlich nicht. Ohne Widerrede hatte er akzeptiert, dass immer er es war, der sich anpassen musste. Möglicherweise war diese Fahrt nach Berlin das erste Mal überhaupt, dass er nach seiner eigenen Vorstellung gehandelt hatte. Obwohl Alexa dagegen gewesen war. Und auch nicht hatte mitkommen wollen, sondern vorzog, mit den Kindern in Békásmegyer zu bleiben. Dieses eine Mal hatte sich Jánoska durchgesetzt. Auch in seiner ersten Ehe hatte er sich nur ein einziges Mal durchgesetzt: mit seinem Wunsch nach Scheidung. Und bei der zweiten war es dann im Prinzip genauso gewesen. Seine langjährigen Beziehungen verliefen immer nach diesem Muster. Und gingen nach diesem Muster kaputt. Auch mit Alexa schien er auf eine Sandbank geraten zu sein, und wusste der Teufel, ob sie ihr Boot wieder in Fluss bekamen. Oder waren sie ohnehin auf dem Meer unterwegs?

Anspielungen aufs Altsein rutschten Jánoska trotz aller Vorsicht immer wieder heraus, dabei sollte jemand, der mit einer zwanzig Jahre jüngeren Frau verheiratet war, nicht mit dem Feuer spielen. ›Doch ob es Alexa gefällt oder nicht: Früher oder später werde ich alt sein. Der Augenblick wird kommen, wo sich in mir kein Funken Mann mehr regen, Alexa aber immer noch durch und durch Frau sein wird. Notwendigerweise wird sie mich dann betrügen oder verlassen. (Von mir lassen, wie frühe ungarische Goethe-Übersetzer Anfang des 19. Jahrhunderts geschrieben hätten.) So gesehen ist es absolut unverständlich, warum mir jetzt die Sicherung durchbrennt, wenn man es so sagen darf.‹ Professor Strényi liebte diese Floskel und flocht sie bis zum Überdruss in seine Reden ein, wenn man es so sagen darf, und noch nie hat ihn irgendjemand mit der Antwort verblüfft: Nein, darf man nicht!

Mein Grundsatz lautet (und blöderweise lasse ich ihn andauernd verlautbaren), ein fortschrittlicher Mann könne es nur verachten, die Geschlechtsorgane seiner Partnerin als Privateigentum zu betrachten. Oh, klingt das gut! Eines geweihten Goethe-Forschers wirklich würdig! Hat doch der Meister – ER, nicht ich, nicht Dr Johann Meister – oft genug im Namen der Polygamie missioniert, manchmal auch offensiver als nötig. Schließlich stand man damals erst an der Schwelle zum 19. Jahrhundert. Wohlgemerkt: Er stand dort, auch wenn er seiner Zeit gelegentlich zwei Jahrhunderte voraus war, wie wir wissen. Aber Goethe hin oder her, mir wird schlagartig klar, dass ich nur solange nicht eifersüchtig bin, solange ich dazu keinen Anlass habe, solange die Möglichkeit, meine Freundin, (Geliebte, Ehefrau) könnte einen anderen begehren, nur in meiner Phantasie existiert. Ist sie auch noch so anständig, gleich nach dem ersten Rendezvous ein Geständnis abzulegen, mutiert der fortschrittliche Mann, für den ich mich halte, umgehend zum Durchschnittskerl, dahin sind die Grundsätze, das Ehrgefühl, die Großzügigkeit. Ich fange an zu hassen, verzapfe Unmengen wirres Zeug, tobe, drohe, zittere, misstraue, schmeichele, flehe, fluche, sehe Gespenster.

WIE JEDER ANDERE AUCH.

Furchtbar. Wer will schon sein wie jeder andere?

In helleren Momenten war Jánoska durchaus bereit zuzugeben, dass er entgegen seinen Bemühungen irgendwie durchschnittlich geblieben war: als Mann, als Vater, als Goethe-Forscher. Solche wie ihn gab es Hunderte auf der Welt. Ach was, Tausende. Wenn nicht noch mehr. Denn obgleich der teure Meister selbst ungeheuer viel geschrieben hatte, war das nichts im Vergleich zu all dem, was über ihn je geschrieben wurde. Nach eigenen Einschätzungen hatte Jánoska nicht einmal die Hälfte all dessen gelesen. Ein deutscher Verlag war gerade dabei, die Münchener Ausgabe von Goethes Gesamtwerk als Taschenbuch herauszugeben. *Der komplette Goethe.* Dreiunddreißig tiefrote Taschenbuchbände, zu denen sich anspruchsvollere Käufer einen attraktiven Koffer dazubestellen konnten, der sich sowohl zur Aufbewahrung als auch als Geschenkverpackung hervorragend eignete. Eine deutsche Ausgabe des Goethe'schen Gesamtwerks hatte er in seinem ganzen Leben noch nie besessen. Würde er auch jetzt nicht. Denn der sagenhaft günstige Preis, den der Verlagsprospekt pries, war für ihn unerschwinglich. Für einen überzeugten Goethe-Forscher wäre es wirklich angemessen gewesen, eine solche tragbare Form der Erzeugnisse seines Forschungsobjekts sein Eigen zu nennen, um sie überallhin mitnehmen und in seinen provisorischen Unterkünften in einer Ecke abstellen zu können. Geöffnet und auf die kürzere Seite gestellt fungierte der Koffer als praktisches Regal, wie auf dem Foto der Verlagswerbung dargestellt. ›Ich könnte mir die Summe zusammensparen‹, dachte sich Jánoska. ›Aber wozu? Genug, wenn Professor Strényi so ein Aufschneider ist.‹

Alexa wäre hundertprozentig für die Anschaffung gewesen. Geld zählte für sie nicht. Sie musste es ja auch nicht verdienen. Wenn sie ausnahmsweise welches hatte, dann nur weil sie zufällig fündig wurde. Normalerweise in Jánoskas Geldbeutel. Wohin es selbstredend nicht als Resultat seiner Goethe-Forschungen gelangte. Doch seit er bei der Zeitung tätig war, verfügte Dr János Mester über mannigfache Verbindungen und kam mit Leichtigkeit an Übersetzungsaufträge, wobei er sorgsam darauf achtete, nichts Schweres oder Anspruchsvolles anzunehmen. Am liebsten widmete er sich der Übersetzung von Softpornos, bei denen der Wortschatz ungefähr dem eines Grundschülers entsprach, plus die erotischen Fachausdrücke natürlich, deren es aber nicht so viele gab, dass es ihm Sorgen bereitet hätte. Das Buch auf einem speziell für diesen Zweck angeschafften Plastiknotenständer aufgestellt, hackte Jánoska die ungarische Version mit rasender Geschwindigkeit in den Computer. Würde er hin und wieder aus Versehen eine Seite überblättern, fiele das niemandem auf. Und er überblätterte manchmal aus Versehen eine Seite. Oder zwei.

Sexszenen nahmen sich in der Sprache Goethes, Schillers und Thomas Manns eigentümlich aus, doch Jánoska verfügte in Sachen Softporno über enorme Übung. Und auch Hardcorepornos waren nur dahingehend ein Problem, dass die wackeren Deutschen nur über ein sehr eingegrenztes Repertoire an einschlägigen Flüchen verfügten. Aber schließlich war das ganz gleich, denn so etwas wie ein Lektorat war in der ungarischen Verlagslandschaft so selten geworden wie weiße Raben, zumal bei solchen Halbweltherausgebern, wie es diejenigen waren, für die Jánoska diesen Mist produzierte. Seit neuestem kamen Pornos ohnehin immer mehr aus der Mode, so dass er sich wohl oder übel in Horror würde einarbeiten müssen. Oder Sci-Fi. Oder Krimis. Oder was es sonst noch so gab.

Jánoskas zweite ernsthafte Einnahmequelle war das Dolmetschen. In seiner Eigenschaft als Goethe-Forscher wurde er bevorzugt von großen Firmen engagiert, die sich vor ihren ausländischen Gästen mit ihm brüsten wollten. Was seine Auftraggeber allerdings nicht wussten: Jánoskas Dolmetscherkünste konnten bestenfalls als mittelmäßig bezeichnet werden. Blickte der Redner nach einigen wenigen Sätzen bedeutungsvoll auf Jánoska, hatte dieser den Anfang des Gesagten schon wieder vergessen. ›Sei's drum, die sollen mit anderthalb von drei Sätzen vorliebnehmen‹, dachte er sich dann.

Alexa würde ohne zu zögern die Goethe-Gesamtausgabe für ihren Mann bestellen. Schließlich liebte sie ihn. Leider nicht nur ihn. Jánoska brachte den Mut nicht auf, daran zu denken, dass sich Alexa in seiner Abwesenheit mit diesem Schleimbolzen (den er nie beim Namen nannte) zu Hause traf. Auch hatte er sich vorgenommen, nicht anzurufen. Sollte doch Alexa anrufen, wenn sie ihn zu sprechen wünschte. Allerdings hatte er vor seiner Abreise seiner Frau das Versprechen abgenommen, ihn einmal am Tag per SMS wissen zu lassen, wie es den beiden Kindern ging. Dieser Bitte kam Alexa nach, doch ihre Standardnachrichten – SANYIKA JUCIKA SEHR SUSS IHNEN GEHT ES GUT SIE FRAGEN OFT NACH PAPA MIR GEHT ES AUCH GUT KUSS A – schmerzten ihn mehr, als wenn sie gar nichts geschrieben hätte. Dennoch speicherte Jánoska diese Nachrichten ab, um sie in schweren Stunden wieder und wieder zu lesen. In ihren Kurznachrichten setzte Alexa weder Umlaute noch Satzzeichen und tippte die Worte mit rasender Geschwindigkeit in ihr Handy – was bei Jánoska aufgrund seiner Wurstfinger ein Ding der Unmöglichkeit war. Mit der Aufgabe, sich einzuprägen, wie oft er für ein ö oder ein ó den mno-Knopf drücken musste, war er schlicht überfordert und musste deshalb andauernd irrtümlich eingegebene ms und ns löschen. Obwohl Alexa die Segnungen der modernen Technik im Grunde ablehnte, bediente sie sich ihrer mit Talent und Geschick. Schnell hatte sie die Handhabung des Computers oder des programmierbaren DVD-Players heraus, ohne sich je mit den dazugehörigen, mitunter recht umfangreichen Bedienungsanleitungen abmühen zu müssen. Manchmal benutzte Alexa den englischen Ausdruck für Bedienungsanleitung.

MANUAL.

Früher hatte dieses Wort Anlass zu glücklichem Gelächter gegeben, besonders in Gesellschaft, wenn außer ihnen beiden niemand wusste, dass Alexa im Morgenrot ihrer Liebe Jánoskas Glied Manual genannt hatte. Der Grund dafür war Jánoska mittlerweile entfallen. Ach, wann hat sie dieses Kosewort das letzte Mal benutzt! Jánoskas Herz zog sich zusammen, er trat ans Fenster und blickte hinunter auf die Straße. Genau gegenüber mündete ein von einem kleinen Platz kommender Weg in die Raucherstraße. An den beiden Ecken befand sich ein Café, und als hätten sie sich abgesprochen, trugen die Bedienungen im selben Tempo Tische und Stühle auf den sauber gefegten Gehweg. Sollten sie sich nicht abgesprochen haben, dann wussten sie genau, wie spät es war, nämlich gleich acht, Öffnungszeit. Rechts ein arabisches Lokal namens Gibraltar, links eines von undefinierbarer Nationalität namens Rubycon. Beim Araber kostete das Abendessen fünf Euro, Apfelsaft inklusive. Im Rubycon kam das Tagesgericht auf sechs Euro, plus Getränk. Das Tagesmenü pflegte Jánoska zu bestellen, ohne vorher auf die Karte zu schauen. So ging er sicher, genügend Abwechslung zu haben.

In den Anfängen ihrer Liebe hatte Alexa nahezu jeden Körperteil ihres Mannes mit Kosenamen belegt. Inzwischen war so manche dieser Bezeichnungen wieder aus dem Gebrauch gekommen, doch die meisten hielten sich. Jánoskas gedrungene Finger waren sensible Würstel, seine Fußsohlen achaiische Krieger, einer bestimmten Sandale wegen. Sein Rücken waren Golanhöhen, seine Stirn hieß Gibraltar. Alexa wusste, dass Gibraltar ursprünglich Dschebel al-Tarik geheißen hatte, was so viel bedeutete wie »Berg von Tarik«. Jánoskas zerfurchte Stirn erinnerte sie an eine Felsenwand. Im Laufe der zehn Jahre, die sie sich nun kannten, hatte dieses Gibraltar beständig an Fläche gewonnen. Was Dr János Mester als schwerwiegende Ungerechtigkeit empfand, denn im gleichen Tempo ergraute er auch. Man wurde entweder kahl oder grau! Alexa lachte ihn aus: »Ich bitte dich, mein Lieber, du machst doch auch sonst allerhand Verwandlungen gleichzeitig durch!« Jánoska wurde misstrauisch: »Welche denn zum Beispiel?« Doch Alexa lachte nur und gab keine Auskunft. Ihrem Lachen hatte Jánoska nie widerstehen können, also ließ er die Sache auch jetzt auf sich beruhen. Erst später schwante ihm plötzlich, was seine liebe kleine Frau gemeint haben könnte. ›Werde ich langsam müde? Schlapp? Runzelig? Oder sonst was?‹

Wie sehr die Zeit verging, fiel ihm am meisten an seiner Handfläche auf. An seiner Hand überhaupt. In manchen Augenblicken kam sie ihm ganz fremd vor. Besonders bei grellem Licht bemerkte er unzählige feine Furchen, die ihm nie zuvor aufgefallen waren. An den Gelenken seiner sensiblen Würstel erschienen immer neue, immer tiefere Linien. Vereinzelt wölbte sich eine Ader unter der Haut. Dafür hatte die Behaarung eher zu- als abgenommen, und sie wurde hier und da blond. Der Einfluss seiner Frau? Alexas champagnerfarbene Haare fand er außergewöhnlich, so oft es ging, wühlte er darin. Doch in den letzten Jahren – im großen Ganzen seit der Geburt ihres ersten Kindes – hatte Alexa das nicht mehr gern gehabt. »Es ist unangenehm!«, sagte sie, und Jánoska zog sich beleidigt zurück. ›Warum ist es einer Frau unangenehm, wenn ihr Mann durch ihr Haar wühlt?‹, schmollte er. Es gab auch andere Verbote: Alexa duldete nicht mehr, dass Jánoska ihr das Gesicht ableckte, dabei schmachtete er ununterbrochen danach. Den leicht salzigen und würzigen Geschmack von Alexas Haut, in welchem er zudem – möglicherweise wegen der Haarfarbe – den von Champagner auszumachen glaubte, liebte er einfach.

›Warum hast du für Alexas Körperteile, die du so sehr liebst, nie Kosenamen erfunden? Besitzt du nicht einmal so viel Phantasie? Das ist wirklich seltsam, denn schließlich bist du der Schriftsteller. Alexa ist Turnlehrerin.‹ Insgeheim hoffte sie, eines Tages wie ein Schmetterling aus dem Kokon zu schlüpfen und eine weltberühmte Tänzerin zu werden. Die Isadora Duncan des argentinischen Tangos. Obwohl man Tango weder barfuss noch alleine tanzen konnte. Irrtum: Alexa hatte eine Bühnennummer ausgearbeitet, in der sie mit einem Garderobenständer Tango tanzte und mit dem spröden Möbelstück ein emotionales Verhältnis voller Spannung aufbaute. Aufzuführen pflegte sie die Nummer immer dann, wenn bei einem Engagement nur eine Gage gezahlt werden konnte. Ein paar Mal hatte Jánoska es gesehen und war dabei jedes Mal in sexuelle Erregung geraten.

›O wäre ich doch ein Garderobenständer!‹

Alexa verstand keinen Spaß. Dreimal die Woche ging sie zur Tanzstunde ins Ballettstudio, wo ihr Lehrer einen Saal gemietet hatte. Ihre Lehrerin vielmehr. Sie war im selben Alter wie Alexa und fing bereits an, über das Ende ihrer Karriere nachzudenken. Jánoska fragte sich, wann Alexa aus dem Kokon zu schlüpfen gedachte, wenn Profis in dem Alter, in dem sie auf ihren Durchbruch hoffte, bereits ans Aufhören dachten. Alexa zuckte nur die Schultern und meinte, bei ihr verliefe eben immer alles anders als bei anderen Leuten. Kein Grund zur Sorge. War es dann einmal so weit und sie die Isadora Duncan des argentinischen Tangos, würde sie sich einen großen offenen Sportwagen kaufen und peinlich darauf achten, nicht einmal aus Versehen lange Schals zu tragen, die sich in einem der Räder verheddern könnten. Jeder Lebensweg sei einmalig, es gäbe die Früh-Aufhörer und die Spät-Anfänger, und zu den Letzteren gehöre sie, Alexa. »Wenn sie hören, ich sei schon sechsunddreißig und Mutter von zwei Kindern, passt es ihnen nicht, klar, aber sobald ich auf der Bühne stehe, verstummen sie ganz schnell, das versichere ich dir!«

Alexas Argumentation klang überzeugend, und Jánoska machte sich nicht die geringsten Sorgen. (Nicht in diesem Fall.) Obwohl er nur schwer vergessen konnte, wie Alexa vor zehn Jahren geredet hatte: »Wenn die Leute hören, dass ich schon fünfundzwanzig bin, passt es ihnen nicht …« Doch Alexa war nicht der Typ, sich durch Tatsachen oder Altersangaben aus dem Konzept bringen zu lassen. »Das ist ja genau das, was ich so sehr an ihr liebe«, sagte Jánoska halblaut, während ihm einfiel, dass Alexas wichtigster Körperteil sehr wohl einen Namen bekommen hatte. Allerdings von Alexa selbst.

Vöglein. Nicht bereit, auch nur einen Schritt auf eigenen Füßen zu tun. Es liebte es, von Jánoska getragen zu werden, so lange, bis es sich aufschwang und davonflog, höher und höher, bis zur Sonne und zu den Sternen.

Jánoska schniefte und fing an zu weinen, während ihm die Morgensonne in die Augen blitzte. Er empfand aufrichtiges Mitleid mit sich selbst. ›Ich bin allein, kann nicht essen, kann nicht schlafen. Die Arbeit widert mich an, mein Rücken schmerzt, mir ist kalt. Sanyika und Jucika fehlen mir. Alexa fehlt mir – wobei gar nicht sicher ist, ob sie überhaupt noch meine Alexa ist. Wie gern hätte ich sie hierher mitgenommen, wie ursprünglich geplant! Sorgfältig hatten wir alles vorbereitet, hatten die große Wohnung am Prenzlauer Berg gemietet. Nicht nur Berlin, Deutschland und Goethe hätten uns erwartet, sondern auch die Tanzbühnen und die Künstleragenturen … Und jetzt warte ich, ich, ich! Jánoska! Dr János Mester, JOHANN MEISTER! SOLL DOCH DER TEUFEL ALLES HOLEN.‹

# III.

Bei meiner Rückkehr vom Ostberliner Festival stand die Erika schon auf meinem Schreibtisch. Lange hatte ich mich vergeblich nach ihr verzehrt – nun besaß ich sie endlich. Zu verdanken hatte ich sie Mama, die sie zuletzt immer zum Briefeschreiben benutzt hatte. Dabei gehörte sie eigentlich meinem Vater, der in seinem ganzen Leben nur sehr wenige Dinge besaß. Ich rede von den Dingen, die wirklich *ihm* gehört hatten. Die Erika hatte er irgendwo in Ungarn im selben Jahr gekauft, in dem ich geboren wurde. Ob vor oder nach dem denkwürdigen Ereignis, wusste er nicht mehr. Entdeckt hatte er sie im Schaufenster eines Kommissionshändlers auf dem Hauptplatz eines Städtchens, an dessen Namen er sich ebenfalls nicht mehr erinnern konnte. Sein ganzes Leben lang hatte er sich eine tragbare Schreibmaschine gewünscht, und diese hier hatte ihm auf Anhieb gefallen.

Sowohl die Schreibmaschine als auch ich waren also siebzehn Jahre alt. Irrtum: Die Erika war älter, da sie wohl kaum neu in Kommission gegeben worden war. Also ich siebzehn, die Erika sagen wir zweiundzwanzig.

Die Gitarren kämpfen. Internationales Festival des politischen Lieds. Berlin 1967.

Vielleicht sollte ich richtig Maschinenschreiben lernen, mit zehn Fingern. Dank des zweifarbigen Schreibbands konnte man schwarz oder rot schreiben. Von nun an würde ich ausschließlich auf der Maschine tippen. Und mein Tagebuch? Es musste sich noch zeigen, ob ich überhaupt Tagebuch führen würde. Die Lust daran hatte ich gründlich verloren. Verständlicherweise. Lieber reinigte ich die Erika. In einem glänzenden schwarzen Lederetui befand sich ein Reinigungsset, bestehend aus verschiedenen Bürsten und einem blauen, radiergummiartigen Ding, mit dem man die Farbe von der Walze abrubbeln konnte.

□□□□□□□□□□□□□□□□□□□□

Tja, ein kleines Malheur: Vor lauter Reinigen ist ein Buchstabe abgebrochen. Wenn Mama das erfuhr, würde sie mir die Erika sofort wieder wegnehmen. Das □ war abgebrochen, schlug ich das an, hatte ich nur ein □ auf dem Papier. Nur gut, dass nicht A oder E abgebrochen waren, sondern nur das □.

Vielleicht konnte ich es einfach auslassen.

Zum Te uel. Was ür eine iesheit.

Oder ich schrieb alles mit V, wie die Deutschen.

Vaulheit. Vahrrad. Vaxen.

Nein, das ging nicht.

Am besten ersetzte ich das Zeichen durch ein §. Das wurde eh nie gebraucht.

§akir. §urz. §alschparker.

Im Übrigen §ehlten auf der Maschine auch das lange í, ú und ű. Ich §ür meinen Teil p§legte die Striche mit einem dünnen §ilzstift nachzutragen. Zumindest in schriftlichen Dingen sollte der Mensch genau sein, meinte unser Ungarischlehrer Gáti. Seiner Meinung nach gab es kein zweites Volk au§ der Welt, das mit seiner Sprache so schlampig umging, wie die Ungarn. Und wie Genosse Ministerpräsident Kádár, p§legte er hinzuzufügen: »Nicht nur mit seiner Sprache.« Eine Schreibmaschine ohne langes í, ú und ű konnte man nur einem Ungarn problemlos andrehen. Wirklich lachha§t. Einem §ranzosen hätte man eine Schreibmaschine ohne Dächlein auf a und e oder accent grave nie andrehen können, von dem kleinen Schnörkel unter dem c ganz zu schweigen. Nie würde ein Deutscher eine Tastatur ohne Umlaute oder schar§em ß akzeptieren oder ein Spanier eine ohne umgedrehtes ! und ?. Und so hat Lehrer Gáti das í, ú und ű au§ seiner Maschine nachrüsten lassen. Ich beschloss, ihn zu §ragen, wo und für wie viel, und vielleicht konnte dort auch der abgebrochene Buchstabe repariert werden.

Ein merkwürdiges Ge§ühl, zu dem §estival nach Ostberlin reisen zu dür§en. Wo ich doch selbst nie Musik gemacht habe. Wie die Jung§rau zum Kinde war ich zu dieser ganzen Sache gekommen. Eines Tages wurde ich ins Schulsekretariat bestellt, wo der Rektor mich mit wichtigtuerischer Miene §ragte, ob ich einen Ka§§ee wolle. Er selbst mache sich nämlich gerade einen. Ich traute meinen Ohren nicht. Man bot mir im Rektorat Ka§§ee an! Mir! Ich sagte ja. Eine derartige Gelegenheit würde sicher nicht so schnell wiederkehren. »Zucker?«, fragte der Rektor und rieb sich die Hände. »Kein Zucker, nur Milch.« »Recht so!«, rief er, »so wird man nicht dick.« ›Wer es schon ist, kann es nicht mehr werden‹, dachte ich.

Wir tranken also Ka§§ee, wobei der Rektor schlür§te wie ein undichter Wasserhahn. Erst nach einer Weile rückte er mit seinem Anliegen heraus: »Was weiß man von dir in der KISZ-Zentrale?«, begann er. »Keine Ahnung«, erwiderte ich. »Man hat mich aber angeru§en und gesagt, ich soll dich heute Nachmittag um drei dorthin schicken.« »Mich? Heute Nachmittag? Um drei?« »§rag nicht so blöd! Wenn ich es doch sage!« »Nun gut«, meinte ich, »nur bin ich über all das überhaupt nicht in§ormiert.« »Hast du gar keine Ahnung, worum es sich handeln könnte?« »Nicht die Geringste.« »Nun, dann geh jetzt schön heim und zieh dich um. Und Morgen berichtest du mir dann alles, in Ordnung?« »In Ordnung«, sagte ich. Der Rektor war auch einer von denen, die es mit der Sprache nicht so genau nahmen. Was den Lehrer Gáti zur Weißglut brachte.

F F F F F f f f f f f ! ! !

Haha! Vivat! Hurra!

Huszár brachte mir einen Metallkleber, den sein Vater aus dem Krankenhaus hatte, wo so etwas zum Reparieren medizinischer Geräte benutzt wurde. Mit dem klebte ich den abgebrochenen Arm wieder an. Die Frage war nur, wie lange das hielt….

Ich begab mich in die KISZ-Zentrale, ein großes weißes Gebäude nahe der Margeriten-Brücke. Mama erzählte mir, in ihrer Jugend hätten sich dort Tennisplätze befunden, die dem ACD gehört hätten. Oft hatte Mama dort Tennis gespielt. ACD stand für Athletik-Club der Detektive. Die Schnüffler also. Innere Sicherheit. Die vom ACD hätten Mordsschläge draufgehabt, sagte Mama, besonders mit der Vorhand.

Anmelden musste man sich im Rückgebäude. Hinten das KISZ, vorne die PARTEI. Da ich nicht die geringste Ahnung hatte, was die von mir wollten, war ich ziemlich nervös. Man gab mir einen Einlassschein, den ich gegenzeichnen lassen musste, wenn ich mich im dritten Stock meldete. Ich nahm den Paternoster. Mit eigenen Augen hatte ich noch nie einen gesehen, wusste nur aus den Erzählungen eines Kumpels, dass es in irgendeinem Ministerium in der Szalaystraße einen gab. Erst fürchtete ich, den Einstieg zu verpassen, doch dann klappte es ganz gut. Es tat mir richtig leid, so schnell in den dritten Stock zu kommen.

Im Büro empfingen mich zwei KISZ-Leiter, die mich gleich auf Deutsch anredeten. Obwohl ich etwas in Verlegenheit geriet, verstand ich doch alles. Sie wollten wissen, woher ich deutsch könne, und ich erzählte ihnen, dass ich schon als Kind zur österreichischen Tante gegangen war, und nun im Gymnasium bei Frau Dr. Jenő Farkas Deutschunterricht hatte. Ob ich schon mal in Deutschland gewesen sei. »Ja, als Kind. Man hatte mich zum Zunehmen nach Kühlpunkt geschickt.« »Wo befindet sich Kühlpunkt?« »Oberhalb von Rostock leicht links, in der Mecklenburgischen Bucht.« »Ist das noch DDR?« »Ja, klar.«

Sie schienen zufrieden zu sein und erzählten mir, es solle eine Delegation zum Festival des politischen Lieds nach Ostberlin entsandt werden. Ein einziger offizieller Dolmetscher reiche aber nicht für vierzehn Leute, so dass man mich bat, mitzureisen. Empfohlen hatte mich Feri Muk von der Band Barrikade, weshalb man mich den Musikern zuzuteilen gedachte. Unterkunft und Tagegeld wurden vom KISZ bezahlt. Ob ich im Besitz eines Reisepasses sei? Nein. Dann rasch diese Formulare hier ausgefüllt und zwei Passfotos vorbeigebracht. Sonst bekäme ich keinen mehr, die Zeit sei sehr knapp, das Festival begänne bereits in zwei Wochen. Und die Schule? »Um die Schulbefreiung kümmern wir uns.«

Noch nie im Leben war mir ein derartiges Glück widerfahren. Ich durfte nach Ostberlin, wobei Flug, Unterkunft und Tagegeld vom KISZ bezahlt wurden! Dass ich noch gar kein KISZ-Mitglied war, verschwieg ich tunlichst. Ich war erst Anwart, man hatte mir bei der letzten Mitgliederversammlung nämlich ungenügende Aktivität bescheinigt. Kam das heraus, konnte ich das Festival gleich wieder abhaken, dachte ich, doch am Ende interessierte sich kein Mensch dafür.

Zehn Tage sollte sich die Delegation in der DDR aufhalten. Nach drei Tagen in Ostberlin würde man sich in zwei Gruppen teilen, wobei für die Band eine kleine Tournee nach Karl-Marx-Stadt, Jena und Erfurt geplant war, da in diesen

Städten viele junge Ungarn lebten und arbeiteten. Zum Abschlusskonzert würde sich die Delegation wieder in Ostberlin zusammenfinden.

Mama glaubte, ich mache Scherze. Dabei hatten wir gar nicht April. Papa schwieg misstrauisch, meinte nur: »Pass bloß auf, am Ende verlangen sie noch irgendwelche Gegenleistungen.« Ich verstand nicht, was daran so unglaubwürdig war, dass das KISZ einen kostenlosen Dolmetscher brauchte. Huszár hatte mir erklärt, ein regulärer Dolmetscher müsse regulär bezahlt werden, und das Tagegeld sei eigentlich da, um sich davon zu verpflegen. Wie auch immer. Hauptsache, ich durfte mit zu dem Festival, ganz gleich, wer was daran auszusetzen hatte.

Wir trafen uns um sechs Uhr früh in der Dorottyastraße. Zum Glück war ich pünktlich dort. Ein Sonderbus brachte uns zum Flughafen. Feri Muk grinste, als ich mich für die Empfehlung bedankte. Der andere Musiker von der Band hieß Balázs Kósa und war auch sehr nett. Bereits im Bus wollte er wissen, wie man auf Deutsch danke und bitte sagte und Prost. Die Sängerin hieß Fruzsina, sie sagte nicht viel, las die ganze Zeit nur, und zwar auf Französisch. Fruzsina Forró. Sie befand sich mitten in den Vorbereitungen für ihre Aufnahmeprüfung fürs Französischstudium. Balázs Kósa studierte Vermessungstechnik an der technischen Universität. Feri Muk ging eine Klasse über mir aufs Bajza-Gymnasium. In der Schule sah ich ihn kaum, denn wegen seinen Auftritten fürs KISZ war er dauernd befreit.

Anfangs dolmetschte ich alles, bis sich herausstellte, dass Feri Muk ein paar Brocken Deutsch verstand und Fruzsina, die Sängerin, ohnehin ständig in ihren Büchern las. Für ihre Umgebung bekundete sie wenig Interesse, nicht einmal für das, was es zu essen gab. Ein stilles Mädchen. Also dolmetschte ich hauptsächlich für Balázs Kósa. Die Berufsdolmetscherin, eine Frau mit einem Haarkranz, arbeitete viel weniger als ich. Sie tat nur das Allernötigste. Und selbst dem ging sie noch nach Möglichkeit aus dem Weg. Warum wurde die Band auch von zehn Leuten begleitet? Sie hatten alle überhaupt nichts zu tun und machten nur Sightseeing. Manche blieben der Band auf den Fersen, wie eine Schleppe am Brautkleid. Sollte der Teufel sich darauf einen Reim machen können. Geld spielte beim KISZ offenbar keine Rolle. Obwohl mein Tagegeld nicht gerade üppig war, doch für mich reichte es.

Vor drei Jahren war ich mit Huszárs am Plattensee gewesen, in der Ferienanlage des Krankenhauses. Dort hatte ich mich in ein Mädchen aus der DDR verliebt, in Karin Wangold. Eine Zeitlang schrieben wir uns Briefe, was aber nicht einfach war, so dass die Botschaften immer kürzer und seltener wurden und die Sache schließlich im Sande verlief. Jetzt aber ließ ich es mir natürlich nicht nehmen, ihr zu schreiben, dass ich nach Erfurt kommen würde. Auf der Landkarte hatte ich gesehen, dass Gotha, ihre Heimatstadt, nicht weit weg war. Ich hoffte sehr auf eine Antwort, doch nichts geschah. Dann fiel mir Jolánka ein, meine Sandkastenliebe. Von der ich keine Adresse und auch sonst nie eine Nachricht erhalten hatte. Keine Ahnung, an welchem Ende Deutschlands sie wohnte. Und daran ließ sich jetzt auch nichts mehr ändern.

In mein Tagebuch schrieb ich sehr viel über sie. Und über Karin. Überhaupt schrieb ich sehr viel über Mädchen. Genau gesagt: Ich schrieb ausschließlich über Mädchen.

Die Mädchen und ich.

Meine beiden Tagebücher waren voll davon. Als Kind hatte ich in mein Pepita-Heft geschrieben, später in das kleine Spiralheft. Beide lagen in der oberen Schublade meines Schreibtisches, in die sie perfekt hineinpassten. Nur dass Mama regelmäßige Regal- und Schubladeninspektionen durchführte. Und somit ständige Leserin meiner Tagebücher war, die ich eigentlich nur für mich persönlich schrieb. Und wäre ich nicht eines Tages früher als erwartet vom Deutschkurs heimgekehrt, wäre das nie ans Tageslicht gekommen. Im Wohnzimmer sitzend las Mama Papa etwas vor, worüber beide im größten Einvernehmen lachten. Sonst pflegten sie nie miteinander zu lachen. Und schon gar nicht im größten Einvernehmen.

*Du musst dich trotzdem bei ihr entschuldigen. Schließlich warst du nicht auf sie sauer. Du hättest das Honigbusserl Bea Pajor an den Kopf knallen sollen! Warum hast du das nicht getan? Weil du ein blödes Rindvieh bist. Und Bea Pajor auch ein blödes Rindvieh ist.*

Das war die Stelle, die Mama gerade vorlas. Und die die beiden so unwiderstehlich komisch fanden. Mit einem Satz war ich bei Mama, riss ihr das kleine Spiralheft aus der Hand, nahm das Pepita-Heft vom Tisch und brüllte wie ein Löwe. Das heißt ich hätte gern gebrüllt wie ein Löwe, doch die Laute, die sich meiner Kehle entrangen, klangen eher wie das Geheul eines Schakals. »Was zum Teufel fällt euch ein, anderer Leute Tagebücher zu lesen! Wohl nie etwas von Briefgeheimnis gehört, was?« Ich ließ sie nicht zu Wort kommen, lief hinaus in die Diele, kramte Zigaretten und Streichhölzer aus meinem Versteck und rannte hinunter hinters Haus. Dort riss ich alle Blätter aus den Heften und steckte sie in Brand. Mit dem harten Karton des kleinen Spiralheftes hatte ich am meisten Mühe, er wollte einfach nicht Feuer fangen. Mir riss der Geduldsfaden, und ich begann die beiden Hefte mit Klauen und Zähnen zu zerfetzen und im Wind zu zerstreuen. Das war das Ende meiner beiden geliebten Tagebücher.

Ich rauchte eine Zigarette nach der anderen. Wollte nie wieder nach Hause gehen. Angefangen beim Großonkeln bis zu Jolandas Pussi fielen mir immer mehr Details ein, die meinen Eltern in die Hände gefallen waren. Oh, verdammt! Ich streunte bis spätabends durch die Straßen, dennoch waren die beiden noch auf, als ich heimkam. Ich fauchte sie an, ja den Mund zu halten. Drei Tage lang nahm ich nicht einmal ihren Gruß entgegen. Behandelte sie wie Luft. Es half nichts. Mein eigenes eisernes Schweigen half auch nichts. Nichts und niemand half.

Die Berliner Mädchen gefielen mir unglaublich gut. Diese goldblonden Haare, diese himmelblauen Augen, diese butterhelle Haut! Und dann überall diese Sommersprossen! Die waren für mich das Höchste! Dennoch hielt ich mich in den ersten beiden Tagen zurück, sagte mir vor: »Ich gehe doch mit Kriszta Szegő und will ihr treu bleiben.« Ich schrieb Kriszta einen langen Brief, steckte ihn in einen Umschlag aus der Mappe im Zimmer und kaufte Briefmarken an der Rezeption. Voll edler Gefühle warf ich den Brief in den Briefkasten.

Am dritten Abend fand im Kongresspalast am Alexanderplatz ein großes Konzert statt, zu dem alle Mitglieder der Delegation freien Zutritt hatten. Ich musste mich hinter der Bühne bereithalten, um im Bedarfsfall für die Bandmitglieder zu dolmetschen. Die Barrikade war nicht die einzige ausländische Band, die beim Festival auftrat. Aus Moskau war Lutschina angereist, aus Barcelona Paco und Federico, aus Warschau Taddeusz Koniak. Und die Gebrüder Adler aus der Bundesrepublik. Auch eine chilenische Band wurde erwartet, die zu diesem großen Konzert aber nicht rechtzeitig hatte anreisen können. Den größten Erfolg erntete die Barrikade, was ein wenig auch mein Verdienst war. Bereits im Flugzeug hatten Feri Muk und ich eine Strophe auf Deutsch übersetzt. Es handelte sich um vier Zeilen eines Lieds, das Feri persönlich für die Barrikade geschrieben hatte.

AUS DER REDE WIRD KEINE SUPPE
DIE REDE IST NUR SCHWACHE WAFFE IN DEM KAMPF
DIE SUPPE WELCHE IST AUS DER REDE GEKOCHT
HAT KEIN GESCHMACK, NUR EIN DAMPF!

Nun ja, ich will nicht behaupten, dass das ein Geniewurf war, aber so ganz ohne Wörterbuch war es einfach nicht besser gegangen. Vielleicht würden es die Leute trotzdem verstehen. Wurde der Song auf Ungarisch gespielt, dann wurde diese Strophe zweimal gesungen, um dann von einem Kauderwelsch abgelöst zu werden, aus dem zwischendurch kaum wahrnehmbar Worte wie KISZ, Partei, Konferenz, Regierung und Ministerium herauszuhören waren. Das ging so lange, bis das Publikum begriff, dass Politikerreden parodiert wurden. Brach der Applaus los, wurde die letzte Strophe noch einmal gesungen. Dann war Schluss.

Wir sammelten Worte wie FDJ, Partei und Delegation, und als das deutsche Publikum bei der letzten, deutsch gesungenen Strophe in tosenden Applaus ausbrach, platzte ich schier vor Stolz. Der Kongresspalast fasste mehrere tausend Leute, und alle klatschten und trampelten mit den Füßen. Angesichts dieses Erfolgs nützte den Jungs von Lutschina auch der überdimensionale Samowar nichts, den sie als Geschenk für den Oktoberklub auf die Bühne schleppten. Am Ende sprachen alle nur von Barrikade, obwohl die kein Geschenk mitgebracht und im Ganzen auch nur vier Lieder gesungen hatten. Zwei auf Ungarisch, eines auf Englisch (We shall overcome) und ebenjenes mit dem Dampf.

Nach dem Konzert fand im Erdgeschoss des Kongresspalasts eine Party statt, zu der ich im Schlepptau von Feri Muk erschien. Er zwinkerte mir zu und meinte: »Jetzt sind die Mädchen dran!« Ich fühlte mich innerlich ein bisschen zerrissen. Im Hinblick auf Krisztina Szegő wäre ich der Party lieber ferngeblieben. Aber dann lieber doch nicht. Für die beiden Jungs von Barrikade lief die Party von Anfang an sehr gut. Sie krallten sich gleich die hübschesten Mädchen, und Balázs Kósa knutschte in weniger als zehn Minuten mit einer von ihnen rum. Obwohl seine einschlägigen Sprachkenntnisse über ein ICH LIEBE DICH nicht hinausgingen – und selbst das hatte er von mir. Den Ausschlag schienen nicht die Sprachkenntnisse zu geben. Feri Muk versuchte ständig, mich mit irgendwelchen Mädchen zusammenzubringen, aber das lockere Anbandeln war nicht meine Sache. Ich bekam den Mund erst auf, wenn eine Unterhaltung bereits im Gange war. Da die deutschen Mädchen aber alle so freundlich lächelten, kam irgendwann doch noch ein Gespräch zustande. Eine kleine Blonde mit Zöpfen hätte mir gut gefallen, doch ausgerechnet die nahm Feri Muk in Beschlag. Also blieb mir nur ihre Freundin Gisela.

Gisela Boerner

Sie hatte so schwarze Haare und Augen wie Kohle. Wir redeten. Und tanzten. Nur dass ich nicht tanzen kann. Aber mit Gisela ging es ganz leicht. Bei schnellen Nummern hieß es SHAKE IT – sprich auf einer Stelle zappeln –, bei langsamen Nummern zwei Schritte nach rechts, zwei nach links. Gisela schlang mir ihr Arme um den Hals, hielt mich dabei aber keineswegs so auf Distanz, wie es die ungarischen Mädchen auf den KISZ-Partys in Budapest taten. Giselas winzige Brüste schmiegten sich angenehm an meinen Brustkorb, und bald schon kam sie mir viel schöner vor als ihre kleine blonde Freundin mit den Zöpfen. In Gedanken bedankte ich mich bei Feri Muk, hätte es auch gern tatsächlich getan, aber er war mit der Blonden schon verschwunden.

Nur ein paar bunte Lichter blinkten im Halbdunkel. Die

Paare knutschten. Mir war klar, dass auch ich hätte knutschen müssen. Aber wie anfangen? Gisela war so klein, dass ich mich zu ihrem Mund weit hätte hinunterbeugen oder meinen Nacken im rechten Winkel einknicken müssen. ›Ich zähle bis zehn‹, beschloss ich, doch bei zehn war der Moment gerade ungünstig, weil die langsame Nummer gerade zu Ende und wieder Shake angesagt war. Ich beschloss, die nächste langsame Nummer abzuwarten.

»Hast du Durst?«, fragte Gisela, und ich bejahte. Also nahm sie mich an der Hand und führte mich nach hinten. Dort hatten die Gastgeber ein Büfett angerichtet, an dem man sich gratis mit Sandwiches und Erfrischungsgetränken versorgen konnte, die man hier Brause nannte. Da ich lieber knutschen wollte, schlang ich mein Sandwich in aller Eile hinunter, um so schnell wie möglich ins Halbdunkel der Tanzfläche zurückkehren zu können. Auf dem Rückweg küsste ich Gisela wie zufällig auf den Hals. Sie tat, als hätte sie es nicht bemerkt. Wieder tanzten wir eine langsame Nummer, und ich ließ meine Hand vorsichtig auf ihre Brust gleiten. Lächelnd neigte sie den Kopf, löste meine Hand mit der gleichen Vorsicht von ihrer Brust und legte sie sich auf den Rücken. »Schon gut, entschuldige«, flüsterte ich. »Du musst dich nicht entschuldigen, mir geht das nur zu schnell, verstehst du?« Ich verstand. Doch unversehens begann sie mich abzuknutschen. Sie mich. Sie stellte sich auf ihre Zehenspitzen und zog meinen Kopf zu sich herab.

Soll einer mal die Mädchen begreifen.

So ging das bis zum Morgengrauen. Hin und wieder versuchte ich heimlich ihre Brüste zu berühren, doch sie wehrte jedes Mal ab. Nur das Knutschen ging. Ohne Ende. Ich bekam einen Wahnsinnsständer, und Gisela duldete, dass ich ihn durch die Stoffhose hindurch an sie presste. Doch weiter kamen wir nicht. Gern hätte ich sie gefragt, ob ich sie in Ruhe lassen soll, wusste aber nicht wie. Mir fiel nur LASS MICH IN FRIEDEN ein, was aber nicht korrekt war. Schließlich kam ich zu der Ansicht, dass sie wohl kaum derart mit mir knutschen würden, wenn sie in Ruhe gelassen werden wollte.

Ich durfte sie nach Hause begleiten, wobei sie unglaublich weit wohnte, in einem Stadtteil namens Köpenick. Zurück fuhr kein Bus, ich musste mich zu Fuß auf den Weg machen. Es war schon Morgen, als ich endlich wieder beim Hotel ankam. Ich hoffte sehr, die Knutscherei würde anderntags (oder vielmehr selbigentags, nicht wahr) weitergehen, doch blöderweise begegnete ich Gisela Boerner kein zweites Mal auf dem Festival. Obwohl sie da war. Aber immer wenn ich nach ihr fragte, war sie noch nicht da oder gerade gegangen. Andauernd verpassten wir uns. Schließlich gab ich auf. Ohnehin brachen wir jetzt zu unserer kleinen Tournee auf. In die Provinzstädte, zu den jungen Ungarn, die dort arbeiteten. Mit dem Bus fuhren wir nach Karl-Marx-Stadt, nach Jena, nach Erfurt.

Barrikade erntete überall Wahnsinnserfolge, dabei hatte die Band nicht einmal genug Nummern für ein abendfüllendes Programm. Zwischen den Liedern traktierte Feri Muk das Publikum mit irgendeinem Schwachsinn. Die Leute waren komplett aus dem Häuschen, was verständlich war, denn so oft verirrte sich eine ungarische Band nicht hierher. Feri Muk liebte es, das Publikum zum Mitsingen zu animieren. Ein, zwei Lieder im Programm waren extra dafür vorgesehen. Mit großer Vorliebe dirigierte er auch den Applaus, wobei die Sängerin mit ihrer in zwei Stücke zerlegten Blockflöte, auf der sie sonst zu spielen pflegte, den Takt schlug.

In Karl-Marx-Stadt fand nach dem Konzert wieder eine Party statt. Im Speisesaal des Arbeiterheims leuchteten wieder dieselben bunten Glühbirnen wie auf der Berliner Party. Offenbar war das bei den Deutschen so Mode. Hier spielte eine Live-Band namens Maschinsky oder Naschinsky aus Berlin. Beatles-Aufstellung mit drei Gitarren und Schlagzeug. Alle drei Gitarren waren rot. Wieder zappelte ich zusammen mit einigen Mädchen, die sich mir auch vorstellten, deren Namen ich aber wegen der lauten Musik nicht verstand. Zudem trampelten die ungarischen Jungs gewaltig auf dem Steinboden herum, und statt zu tanzen vollführten sie ein wildes Gespringe. Ich trank Radeberger Bier, eine ostdeutsche Spezialität. Dabei war ich nicht gerade verrückt nach Bier. Nicht einmal, wenn es eine Spezialität war.

In Jena arbeiteten die Ungarn in erster Linie bei den weltberühmten Carl-Zeiss-Werken. Hergestellt wurden dort Mikroskope, Ferngläser, Lupen, Linsen und allerlei optische Geräte, alles mit deutscher Präzision, an die sich auch die Ungarn zu halten hatten. In Jena tanzten wir im Speisesaal, die Musik kam vom Band. Um sowohl dem ungarischen als auch dem deutschen Gaumen zu schmeicheln, gab es Bohnensuppe mit Einlage nach ungarischer und Hackepeter nach deutscher Rezeptur. Die in Jena lebenden Ungarn erzählten uns, Hackepeter sei dasselbe wie Tartar, nur aus Schweinefleisch. Ich konnte mit dieser Auskunft nichts anfangen, da ich auch Tartar nicht kannte, nicht einmal vom Hörensagen. Eine rötliche Masse. Die man auf BRÖTCHEN schmierte und mit Zwiebelringen belegte. Für meinen Geschmack etwas zu stark gewürzt. Aber nicht schlecht. Vielleicht weil ich so Hunger hatte. Die Bohnensuppe mied ich, um während des Tanzens nicht furzen zu müssen.

Drei Mädchen in weißen Kopftüchern bedienten am Büfett, Suppe und Hackepeter kosteten je dreißig Pfennig, Brause zwanzig. Eine der drei schaute mich so nett an, dass ich wegen ihr gleich noch einmal hinging. Das Trinkgeld, das ich ihr geben wollte, nahm sie nicht an, sondern fragte etwas, das ich nicht verstand. Durch Handzeichen versuchte ich ihr klarzumachen, dass ich bei dem Lärm nichts hörte, worauf sie GANZ EGAL sagte und abwinkte. Jetzt war es mir aber ganz und gar nicht mehr egal, und ich schlenderte ein drittes Mal zum Büfett, worauf sie mir einfach ein Brötchen in die Hand drückte. Ich bat sie, ihre Worte von vorhin noch einmal zu wiederholen, aber sie schüttelte nur den Kopf. In der blauen Iris ihrer Augen flackerte der Widerschein der bunten Glühbirnen.

BLAU, GRÜN.

Wie ein Blitz durchfuhr es mich, dass vielleicht ... Ich lehnte mich über den Tisch und begann mein übliches Sprüchlein aufzusagen: »Hallo, ich heiße ...« »Janoschka«, fiel sie mir ins Wort, und jetzt wusste ich, dass sie es war. Das Mädchen mit den abwechselnd blauen und grünen Augen. »Jolánka!«, rief ich, doch sie verbesserte gleich: »Jolanda.« Ilcsi hatte es mir damals schon gesagt, aber ich hatte es nicht glauben wollen. Auf Jolánkas Nachnamen konnte ich mich erst nach einer Weile besinnen.

Jolánka Jolanda Trabandt.

›Mit dt wie die ungarischen Diplomatenfahrzeuge‹, dachte ich. Das ist kein guter Witz. Verzeihung.

Stürmisch schloss ich sie in meine Arme, herzte und küsste sie, streifte ihr versehentlich sogar das weiße Tuch vom Kopf, so dass es auf den Kacheln landete. Während sie sich loszulösen versuchte, umarmte ich sie immer aufs Neue. Ich hielt ihr vor, mir ihre Adresse nicht gegeben zu haben, worauf sie entgegnete, sie habe damals ihrer Freundin Ilcsi einen Brief mit ihrer Anschrift für mich mitgegeben. Die verfluchte Ilcsi hatte ihn mir nicht gegeben. Eine solche Möglichkeit habe sie

(Jolanda) gar nicht in Erwägung gezogen. Sie habe gedacht, ich hätte sie eben vergessen, weil Männer doch so vergesslich sind.

Ich war überglücklich. Jolanda, Jolanda! Der schönste Name der Welt. Hunderte Male sagte ich »Jolanda« zu ihr, und sie erwiderte jedes Mal »Janóschka«. Wir fühlten uns herrlich. Hatte sie am Büfett nichts zu tun, hielten wir Händchen. Sie hatte lange, perlmuttfarben lackierte Nägel an ihren schönen langen Fingern, wie eine Filmschauspielerin. Und sie war einen Kopf größer als ich, wobei sie allerdings High Heels trug. Ihre Haare waren irgendwie geglättet und hingen ihr vorne als langer Pony in die Augen. Im Gegensatz zu Frau Dr. Jenő Farkas sah es bei ihr richtig schick aus.

Sehr zum Verdruss der anderen beiden Mädchen wich ich nicht mehr vom Büfett. Als die Party um Mitternacht zu Ende war, blieb ich bei Jolanda, obwohl ich zusammen mit den Barrikade-Leuten woanders untergebracht war. Sie erzählte mir, dass sich ihr Elternhaus in Georgenthal befand, sie aber in Jena aufs Gymnasium ging und dort im Internat wohnte. Ich sagte Feri Muk rasch Bescheid, dass ich nicht mit der Band ins Quartier fahren würde, worauf er mir die Adresse auf einen Zettel schrieb und mir viel Vergnügen wünschte. Wirklich ein netter Kerl.

Kritisch war nur, dass Jolanda in einem Mädcheninternat wohnte, und Jungs keinen Zutritt hatten. Doch sie fand eine Lösung, führte mich zum Hintereingang und schmuggelte mich durch den Heizungskeller ins Gebäude. Der Heizer hockte in seiner Kabine, sah mich, nahm aber keine Notiz von mir. Das im siebten Stock gelegene Zimmer teilte Jolanda mit zwei anderen Mädchen, von denen eines heimgefahren war und das andere überzeugt werden konnte, für diese Nacht anderswo Unterschlupf zu finden. Wir blieben allein, und

Jolanda schloss die Tür ab. Nun stellte sich heraus, dass wir entgegen meiner Annahme gleich alt waren und auch sie in die dritte Klasse des Gymnasiums ging. Wir erzählten einander alles, was sich seit Kühlpunkt ereignet hatte, und kamen schon bald auf die unbequemen Fragen zu sprechen. Jolanda wollte wissen, ob ich eine Freundin hätte, und ich sagte, nicht wirklich, zwar gäbe es da eine, Krisztina Szegő, aber das sei nichts Ernstes. Ich log, ich hätte mit Krisztina nur Händchen gehalten. Das Knutschen gab ich nicht zu.

Sie habe einen Freund, ließ mich Jolanda wissen. Seit fast zwei Jahren ging sie mit einem Typen aus Jena, den sie allerdings nicht allzu oft sah, weil ihre Eltern ihn nicht ausstehen konnten. Friedrich hieß er. Ging nicht aufs Gymnasium, sondern arbeitete bei der Eisenbahn. Sie trafen sich heimlich. Friedrich hatte ihr schon einen Ring gegeben, obwohl die Verlobung noch gar nicht stattgefunden hatte. Weil ihre Eltern damit sowieso nicht einverstanden wären. Aber wie auch immer, sie selbst betrachtete sich als verlobte Braut. Schließlich entschied sie selbst, welchen Mann sie heiraten wollte.

*Mich offenbar nicht. Puh, das tat weh. Verlobt und Braut …*

Meine Laune sank. Weil ich mir von dieser Sache so viel versprochen hatte. Zehn Jahre hatte ich Jolanda nicht gesehen, nicht einmal etwas von ihr gehört. Und jetzt stand ich da und war kurz davor, rausgeschmissen zu werden. Doch dann zog sie mich zu sich aufs Bett und nahm mich in den Arm. Lange lagen wir so da. Anfangs klopfte mein Herz ein wenig rascher als ihres, doch mit der Zeit wurde auch ihr Puls schneller, bis unsere Herzen im Gleichtakt schlugen. Dudumm, dudumm.

»Ich habe das Gefühl, dass ich dich liebe«, raunte sie mir ins Ohr, worauf ich sie verdutzt anschaute. »Aber was ist dann mit Friedrich und deinem Verlobungsring?« »Keine Ahnung, was mit Friedrich ist, ich weiß nicht einmal, was mit mir ist.«

Wir knutschten, und ich schob meine Zunge so weit wie möglich in ihren Mund, um nicht wieder hören zu müssen, »DU KÜSST NICHT RICHTIG«. Doch Jolanda sagte gar nichts, ließ nur ein leises Stöhnen vernehmen, das sich schön anhörte. Auch ich versuchte zu stöhnen, brachte aber nur ein Keuchen zustande.

Inbrünstig hoffte ich, heute würde endlich ALLES passieren, aber richtig dran glauben konnte ich nicht. Wir hatten uns ja gerade erst wieder gefunden, und so schnell ging das bei den Mädchen normalerweise nicht. Erst musste man miteinander gehen, dann Gespräche führen, charmant sein, Blumen schenken, die Sterne am Himmel anschauen. Und so weiter.

»Ich habe das Gefühl, dass ich dich liebe«, sagte sie erneut. »Ich liebe dich, ich liebe dich, ich liebe dich!« Also so was… Ich war total perplex. Sie streichelte mein Gesicht, und ich sah, dass sie tatsächlich einen Ring trug, nicht so dünn wie meine Eltern, sondern fast einen Zentimeter breit. Vielleicht nicht ganz so breit, aber ziemlich breit. Gerade als ich die eingravierten Schnörkel entziffern wollte, knipste Jolanda das Licht aus, und in der Dunkelheit leuchtete nur der Vollmond durchs Fenster. Und das Neonlicht der Straßenbeleuchtung. Wir knutschten, bis uns die Luft ausging, und ich hielt mich wirklich wacker mit meiner Zunge. Schade, dass Karin Wangold das nie erfahren wird. (Außer wenn sie zufällig Jolanda über den Weg lief.)

Bedauerlicherweise spritzte ich in diesem Moment in meine Hose. Erstaunlich, dass es erst jetzt passierte. Nach einigem Zögern erkundigte ich mich nach der Toilette, wo ich mir so gut es ging das Zeug mit Klopapier abwischte. Meine Unterhose war ganz nass. Sollte ich sie ausziehen? Nein, ich zog es vor, sie so lange abzutupfen, bis nur noch ein feuchter Fleck übrig war.

Als ich mich ins Zimmer zurücktastete, trat ich gegen etwas. Jolanda lachte, ergriff im Dunkeln meinen Arm und zog mich zu sich aufs Bett. Ganz unabsichtlich kam dabei meine Hand auf ihre Brust zu liegen. Sie schob sie beiseite, knöpfte ihre Bluse auf und zog ihren BH aus. Zwei schneeweiße Billardkugeln kamen zum Vorschein, und zwei winzige Nippel, umringt von kleinen rosa Kreisen. Unter der blassen Haut schlängelten sich bläuliche Bäche. Die Risse des Lebens, dachte ich. Obwohl das gar keinen Sinn ergab.

»Nicht mit dem Finger, mit der Zunge, und ganz sanft«, bat Jolanda. Mein Hirn kochte fast über. Vorsichtig beugte ich mich hinab. Ich weiß nicht, ob ich sanft genug war, fühlte nur und sah, dass die Nippel plötzlich anschwollen. Funktionierte das etwa auch so, wie bei den Jungs der Pimmel? Das hatte mir noch nie jemand gesagt.

Ich hörte etwas rascheln. Jolanda war dabei, ihren Rock und ihre dicke Strumpfhose auszuziehen. Ihr weinrotes Höschen leuchtete in der Dunkelheit wie Glut. Sie zog es beiseite. Mir pochte das Blut in den Schläfen, ich war einer Ohnmacht nahe. Jolanda ergriff meine Hand und presste sie dorthin. Es war feucht. Sie nahm meine beiden längsten Finger und streichelte sich rauf und runter und rechts und links. Dabei stöhnte sie leise. Erneut stand mein Schwanz, strammer noch als vorhin, und ich riss mir Hose und Unterhose vom Leib. ›Herrgott, jetzt passiert es gleich, obwohl sie verlobt ist, Herrgott!‹ Ich geriet in Hektik, drängte dorthin, wo man eindringen musste, spürte überall nur feuchtes Fleisch und glitschige Haarbüschel. Wie zum Teufel ging das denn? Ich barg meinen Kopf in der Kuhle an ihrer Schulter und hoffte, es würde sich eine Lösung finden, wenn wir so weit schon mal gekommen waren. Fremde und raue Laute entrangen sich meiner Kehle, auf ungarisch und auf deutsch:

»Ich liebe dich, szeretlek!« Es klang wie ein Flehen. Und das war es in der Tat.

Endlich fand ich die Öffnung, oder eher den Spalt, feucht und elastisch, aber sehr eng, und anstatt vorwärtszukommen, blieb ich bei einem Drittel stecken. Immer wieder glitt ich ab. Schließlich ergriff Jolanda meinen Pimmel und platzierte ihn auf ihrem behaarten Hügel. »Sei mir nicht böse, aber das darf nicht einmal Friedrich. Eine Weile möchte ich noch Jungfrau bleiben!« ›Schade‹, dachte ich, ›ich möchte nämlich keine Sekunde länger Jungfrau bleiben!‹ Es schien mir allerdings klüger, diesen Gedanken nicht auszusprechen, denn bis zu diesem Moment hatte ich die ganze Zeit versucht, den erfahrenen Mann zu spielen, der sein erstes Mal schon längst hinter sich hatte.

Nun begann Jolanda, meinen Schwanz auf dieser Hochebene hin- und herzurollen und ihn zu massieren. Wieder spürte ich ihren Ring, er schnitt mir ins Fleisch, was schmerzte, dennoch wollte ich nicht, dass sie aufhörte. Leider entlud sich schon wieder alles. Auf ihren behaarten Hügel. Mit kreisenden Bewegungen verteilte sie es auf ihrem Bauch und sagte, es sei gut für die Haut. ›So macht sie das also immer mit ihrem Friedrich‹, dachte ich mit einem bitteren Geschmack im Mund.

»Ich bin nicht bei Trost«, murmelte Jolanda und schnappte ihn mit dem Mund. Einfach so. Lutschte daran herum wie an einem großen Bonbon. Mehr war er im Moment auch nicht. Eingegangen, wie Mama zu sagen pflegte, wenn von etwas nur noch ein kläglicher Rest übrig war. Jolanda störte das nicht. Zudem richtete er sich in ihrem Mund wieder auf und pulsierte praller denn zuvor. Rührte der Schmerz von Jolandas Zähnen, oder war einfach nur mein Pimmel wund?! Jolanda kniete vor mir auf dem Bett und sah im Mondlicht ganz bleich aus, ihre Brust lag auf meinem Oberschenkel. Ich hatte Gänsehaut. Und das bei meiner Behaarung, die fast genauso dicht war wie bei meinem Vater und möglicherweise noch dichter werden würde, wenn es so weiter ging.

Mit einer geschickten Bewegung legte mich Jolanda auf den Rücken, ging über mir in die Hocke, seufzte und schrie dann auf »Jetzt!« Mit einer Vehemenz, als wollte sie sich aufspießen, warf sie sich auf mich und schrie noch lauter. Aus dem Nachbarzimmer klopfte jemand an die Wand. Als ich Jolandas Gesicht berührte, merkte ich, dass sie weinte. Sie zog sich zurück, sagte: »Es tut weh.« Erneutes Seufzen. »Sag nichts, tu mir den Gefallen und sag jetzt nichts.« Im Mondlicht bemerkte ich, dass sowohl das Bettzeug als auch ihre Oberschenkel blutig waren. Ich erschrak. Mit einem Papiertaschentuch versuchte sie sich abzuwischen und machte sich dabei auch die Hände blutig. Von wegen noch ein bisschen Jungfrau bleiben.

›Du bist also auch noch nicht weiter?‹, dachte ich bei mir. Aber Fragen stellte ich nicht. ›Wenn es blutet, ist das Häutchen gerissen. Dahin also die Jungfräulichkeit, oder nicht?‹ Ich schwieg. Mein Schwanz war immer noch steif, auch er blutig. ›Mach schlapp‹, redete ich ihm zu, doch er tat nie, worum ich ihn bat.

Während Jolanda ins Bad lief, bemühte ich mich, an etwas anderes zu denken, und summte Barrikade-Lieder. AUS DER REDE WIRD KEINE SUPPE. Vergeblich. Dieses Würstchen hatte nun mal sein Eigenleben und stand weiter fröhlich herum. Gut dass es nicht auch noch zu singen anfing. Proletarier aller Länder, vereinigt euch. Ich war drauf und dran, die Situation durch rasches Großonkeln zu entschärfen, als Jolanda aus dem Bad zurückkehrte und die Situation eigenhändig entschärfte. Mittels ihrer kräftigen, beringten Hand. Diesmal verteilte sie die Portion auf ihrer Brust.

ICH LIEBE DICH, JOLANDA TRABANDT.

Die ganze Nacht taten wir kein Auge zu. Am nächsten Morgen musste sie nach Georgenthal, und der Teufel wusste, wann wir uns wiedersehen würden. Von Friedrich ganz zu schweigen, der sie in Jena zum Bahnhof bringen sollte. Es dämmerte bereits. Als auch noch die Straßenbeleuchtung erlosch, begann ich wimmernd zu weinen. Was sollte ich ohne Jolanda nur machen? Auch sie weinte, aber nicht so sehr. »Eine Möglichkeit gibt es noch«, sagte sie. Wenn ich den Weg zum Bahnhof allein fände, könnte ich still und heimlich nach Georgenthal mitfahren. Friedrich musste in Jena bleiben und arbeiten, und ohnehin war er bei ihr zu Hause nicht gern gesehen. So weit, so gut, aber die Delegation? »Da musst du dir was ausdenken.« »Und deine Eltern? Werde ich bei ihnen nicht genauso unerwünscht sein wie Friedrich?« »Das lass mal meine Sorge sein.«

Rasch zog ich mich an. In meiner Hosentasche fand ich glücklicherweise den Zettel, auf dem Feri Muk die Adresse unserer Unterkunft notiert hatte. Ich legte den Weg im Laufschritt zurück, weckte Feri und erklärte die Situation. Ich bat ihn, nach Georgenthal fahren zu dürfen, um dann in Erfurt wieder zur Truppe zu stoßen. Er war sofort einverstanden und erklärte sich bereit, mich zwischenzeitlich beim Dolmetschen zu vertreten. »Hast du genug Geld?«, erkundigte er sich, und ich beruhigte ihn, ich hätte meine Tagesspesen noch gar nicht angerührt. Nach einigen albernen Verbeugungen stürmte ich davon. Beim Pförtner fragte ich nach dem Weg und erfuhr, dass der Bahnhof sich ganz in der Nähe befand. Ich legte die Strecke in Rekordzeit zurück. Am Fahrkartenschalter gab es Probleme, weil ich weder die Endstation der Georgenthaler Strecke kannte, noch wusste, ob man umsteigen musste oder nicht. Mehr als die Abfahrtszeit des Zuges hatte mir Jolanda nicht verraten. Doch am Ende reichte das, um eine Fahrkarte lösen zu können.

Ich stieg ganz hinten ein. Nur drei Wagen weiter verabschiedeten sich Friedrich und Jolanda am Bahnsteig voneinander wie Romeo und Julia. Bis zur Abfahrt hatte sogar die Balkonszene stattgefunden: Der Schaffner schloss die Türen und ließ seinen Pfiff ertönen, aber Friedrich öffnete sie noch einmal und sprang für einen Kuss auf. Und nachdem der Beamte ihn fortgescheucht hatte, die Tür erneut schloss und nach hinten ging, sprang Friedrich wieder auf und küsste Jolanda. Ein ungeschlachter germanischer Kerl. Ich hasste ihn aus tiefstem Herzen. Wie hatte sich Jolanda nur mit so einem verloben können? Meine Stimmung war mies, und voller Unruhe dachte ich an die Reaktion des Delegationsleiters, wenn er mein Fehlen bemerkte. Hoffentlich hielten die Jungs von Barrikade dicht.

Besorgt erkundigte sich Jolanda, warum ich so bedrückt sei, und gleich besserte sich meine Laune. Hauptsache, sie nahm mich mit ins Stroh, sprich nach Georgenthal. Sie sprach es Georschendahl aus. Wie auch ihre Eltern, und überhaupt alle Leute in dieser Gegend. Thüringer Dialekt! Wir knutschten in der Toilette, standen Arm in Arm auf dem Gang. Platzkarten hatten wir nicht.

In Georgenthal mussten wir einen langen Fußmarsch zurücklegen. Zum Glück hatten wir kaum Gepäck, ich nur meinen kleinen karierten Sportbeutel, Jolanda ihren Rucksack. Wir hielten Händchen, kam uns aber jemand entgegen, den sie kannte, ließ sie meine Hand schnell los. Sie kannte fast jeden und grüßte mit einem Grüß Gott. Ob sie gläubig sei, fragte ich, und sie sagte, das wüsste sie nicht, aber in ihrer Familie grüße man so. Nun gut. Ich sagte auch Grüß Gott. Ihren Eltern stellte sie mich als Klassenkameraden vor. Mir war das gleich, ich war froh, überhaupt hier zu sein.

Wir kamen durch eine Gegend mit vielen Gärten und erreichten endlich ein großes Haus. Haus Eichengrund, das Ferienheim der Jenaer Universität. Hier lebten die Trabandts als Hausmeister. Der abschüssige Grund, das schmucke Haus, eher schon Schloss, das Treppenportal und die hohen Eichen kamen mir irgendwie bekannt vor. Doch erst viel später kam ich drauf, dass Mama eine alte Postkarte besaß, auf der dieses Gebäude zu sehen war und auf der Haus Eichengrund gedruckt stand. Auf meine Fragen, was das sei, hatte Mama immer nur ein geheimnisvolles Gesicht gemacht und gesagt, dies sei ein ganz bedeutender Ort, zumal für mich. Für mich??? »Ja, für dich.« »Dann sag mir, was das ist!« Doch sie lachte nur und sagte: »Später.« Meiner Meinung nach werde ich es nie erfahren.

Während wir das Eisentor passierten und den Schotterweg hinaufstiegen, dachte ich noch nicht an Mamas Postkarte. Mir kam nur alles so bekannt vor. Die Hausmeisterwohnung stand zur Linken des Schlosses, ein kleines, ebenerdiges Haus, das wir durch eine Tür mit Fliegengitter betraten. Wir standen direkt in der Küche, wo eine rundliche Frau unter Tränen Zwiebeln schälte. Jolandas Mutter. MUTTI. Auch meine Augen füllten sich postwendend mit Tränen. Wegen der Zwiebeln. Ich konnte kaum etwas erkennen. Vor dem runden Ofen kniete ein schmächtiger Mann und füllte Holz ein. Jolandas Vater. VATI.

Warum wollte er mitten im Frühling einheizen? Seine Sache.

Meine ausgestreckte Hand nahm er nicht, also begnügte ich mich mit einem Kopfnicken. Manchmal benahm ich mich echt wie ein Idiot. Außerdem trat ein, was ich schon erwartet hatte: Jolandas Eltern waren über mein Erscheinen nicht im Geringsten beglückt. Sie ließen mich einfach in der Küche stehen und stritten sich im Wohnzimmer mit Jolanda. Sie log, ich sei der Leadsänger der Band Barrikade und nur hergekommen, weil einer meiner Urgroßväter aus Georgenthal stamme. Beeindruckend. Schön wär's ja, dann müsste ich mich mit der deutschen Deklination nicht derart herumquälen. Am Ende waren Mutti und Vati doch noch einverstanden, mich im Gästezimmer unterzubringen. In welchem leider auch der Hund zu übernachten pflegte. Und zwar mitten auf dem Bett. Ein riesiger Rottweiler, alt und fett. Wolfgang. Fette Kreaturen habe ich noch nie leiden können, ganz gleich ob Mensch oder Tier. Seit man mir die Mandeln genommen hat… Warum musste ausgerechnet ich so fett sein? So viele meiner Klassenkameraden waren schmächtig, konnten essen, was sie wollten, und waren trotzdem nicht mehr als ein dürres Klappergestell. Es war nicht fair, dass ich so dick war. Das ließe sich doch sicher gerechter verteilen. Sollte doch jeden Monat ein anderer fett sein.

Ursprünglich war eine Übernachtung geplant gewesen, doch dann wurden zwei daraus. Ich wusste, dass für die Barrikade ein Ausflug nach Weimar geplant war, und Jolanda meinte, wir könnten auch hinfahren, es sei nicht weit. Zu meiner Verwunderung bat sie Vati um den kleinen Schlepper. »Du kannst Traktor fahren?« »Ja klar, den Führerschein habe ich schon seit einem Jahr.« »Wirklich?« »Wirklich. Aber nur für Traktor und Motorrad. Wir haben uns in der Schule für Fahrstunden anmelden können, fast jeder hat die Prüfung abgelegt.«

Der Traktor war langsam und laut und stank wahnsinnig. Uns rüttelte es gnadenlos durch. Dennoch kniete ich unverdrossen hinter dem Sitz und legte meine Arme um Jolandas Leib. Kam uns ein Bekannter entgegen, stieß sie meine Arme fort, und ich bohrte meine Finger zwischen ihre Schenkel, was niemand sehen konnte. Sie wehrte es nicht ab.

In Weimar steht die Wiege der deutschen Kultur, ein Athen an der Ilm, so hatte es uns Frau Dr. Jenő Farkas erklärt. Jolanda ließ den Traktor sorgfältig abgesperrt am Stadtrand stehen. Von hier gingen wir zu Fuß weiter. »Lass uns die beiden Häuser anschauen, in denen Goethe gewohnt hat. Die wird man sicher auch der Delegation zeigen.«

Pityu Láng besaß eine japanische Unke namens Gőte, die vor den Menschen panische Angst hatte. Klopfte man an die Scheibe des Aquariums, flüchtete sie entsetzt unter die Kiesel. Genau genommen war es kein Aquarium, auch wenn es so aussah, sondern ein Terrarium.

Wir brauchten Eintrittskarten, Jolanda besorgte sie und nahm von mir kein Geld an. »Du zahlst dann in Budapest.« Nun gut. Zu besichtigen war ein weißes Haus in einem großen Garten, das wir schnell abgehakt hatten. Es war Goethes Gartenhaus. Auf einem Schild stand Johann Wolfgang von Goethe. Einmal schrieb ich in der Schule aus Versehen Geothe, worauf Frau Dr. Jenő Farkas explodierte. Überall gab es schöne Bäume und Sträucher, von denen die meisten vom Dichter und Staatsmann selbst gepflanzt worden sein sollen. Ich schaute gequält und schläfrig aus der Wäsche. Lehnte mich an einen Zaun. Hätte mich am liebsten mit Jolanda zu Hause auf dem Bett des Gästezimmers vergnügt.

»Wer ist bloß dieser verfluchte Goethe?«, fragte ich laut auf Ungarisch, obwohl ich allein dastand. Jolanda war auf der Toilette.

»Die Frage ist nicht, wer der verfluchte Goethe ist, sondern wer du bist, mein Junge!«

Vor mir stand ein großer, muskulöser Mann, auf dessen gewölbtem Schädel nur seitlich etwas graues Haar wuchs. Er blickte mich aus farblosen Augen an. In seinem dichten Schnurrbart hingen kleine Tabakkrümel. Das Hemd war oben aufgeknöpft, lange Brusthaare lugten heraus. Seine riesigen Schaufelpratzen machten mir Angst. Als er sie hob, dachte ich, er wolle mich ohrfeigen, doch er hielt sie mir nur zum Gruß hin. Sein Händedruck war so fest, dass ich vor Schmerz beinah aufschrie. »János Mester«, murmelte ich. »Dr Rudolf Ráth!«, sagte er mit trompetengleicher Stimme. Auch seine Frau stellte er mir vor. »Das ist Jolánka.« »Wie bitte???« »Jolánka«, wiederholte der Mann noch sonorer, »meine Frau. Über Goethe kann sie dir tagelange Vorträge halten.«

Als Jolanda wieder zu uns stieß, wusste ich bereits, dass Dr Rudolf Ráth Juraprofessor an der Budapester Universität war, Fachgebiet Römisches Recht, und Jolánka, seine Frau, Lehrerin am Krúdy-Gymnasium. Nun stellte ich ihnen Jolanda Trabandt vor und versuchte dann, Jolanda auf Deutsch zu erklären, was passiert war: Dass mir auf Ungarisch herausgerutscht war, ›Wer ist dieser verfluchte Goethe?‹ und so weiter. Irgendwie fehlten mir die richtigen Worte, und so übersetzte ich meinen ungarischen Ausruf mit WER ZUM TEUFEL IST GOETHE, was dem Ungarischen nicht ganz an Deftigkeit entsprach. Dr Ráth lachte. »Diesen braven Würstchenfressern und Biersäufern mangelt es ganz einfach an Flüchen, nicht so wie uns vollblütigen ungarischen Weintrinkern.«

Gemeinsam setzten wir die Besichtigungstour fort. Auf einmal sagte Jolánka (nicht meine, sondern die des Professors): »Dicht blühten schon die Kaiserkronen und die Lilien, und an beiden Seiten des Weges grünte schon die Malve.« Dann wiederholte sie das Originalzitat auf Deutsch. »Die Kaiserkronen und Lilien sprossten schon mächtig, auch kamen die Malven zu beiden Seiten des Weges schon grünend hervor.« Sie kannte sogar die ungarischen Namen der Pflanzen. Nicht schlecht. Jolanda und ich tauschten einen ratlosen Blick, worauf uns die Frau des Professors erklärte, dies sei ein Eckermann-Zitat, eben über diesen Garten geschrieben. ›Wer ist dieser verfluchte Eckermann?‹, dachte ich bei mir und sah, dass auch Jolanda keinen blassen Schimmer hatte.

Ráths verabschiedeten sich, der Kleinbus, der sie zum Ferienheim nach Georgenthal bringen sollte, wartete schon. Und als wir gemeinsam aus dem Goethe-Haus traten, stand dort just der Wagen von Haus Eichengrund. Natürlich kannte Jolanda den Fahrer, und wir mussten über die komische Situation sehr lachen. Nun stellte sich heraus, dass das Ehepaar zusammen mit anderen Professoren im Rahmen eines Austauschprogramms der Budapester ELTE-Universität einen zweiwöchigen Frühlingsurlaub in Haus Eichengrund verbrachte. Hätten Jolanda und ich das gewusst, hätten wir nicht den Traktor nehmen müssen, im Kleinbus wäre noch genügend Platz gewesen. »Also bis später in Eichengrund!«, rief Jolánka, die Frau des Professors. Doch Jolanda und ich überlegten es uns anders. Wir wollten lieber allein sein.

Während ihre Eltern den Tag über im Schloss arbeiteten, verließen wir keine Sekunde das Bett. Einmal stand plötzlich Jolandas jüngere Schwester (die ich noch gar nicht erwähnt habe) in der Tür. Uschi. Ein pummeliger Backfisch, der sich – obwohl Mädchen – ganz entschieden im Stimmbruch befand. Wir hatten gedacht, sie käme erst später aus der Schule. Unter wilden ›Pfuis‹ begann sie ihre Schwester zu erpressen, verlangte im Tausch fürs Dichthalten zehnmal Abwaschen und fünfmal Tischdecken, sonst würde sie petzen. Nachdem sie endlich draußen war, schlossen wir die Zimmertür ab. Nun fing Wolfgang, der Rottweiler, an zu knurren und an der Tür zu kratzen, weil er hereinwollte. Ließen wir ihn herein, knurrte und kratzte er, weil er hinauswollte. Ein derart unruhiges Tier ist mir im Leben noch nicht begegnet. Und dann wieder legte er sich mitten aufs Bett und rührte sich nicht von der Stelle, so dass Jolanda und ich uns mit dem schmalen Flickenteppich zwischen Bett und Wand begnügen mussten.

Nachdem der Professor und seine Frau mit dem Kleinbus davon gefahren waren, besichtigten wir auch das größere der beiden Weimarer Goethe-Häuser, das sich am Frauenplan befand. Am meisten beeindruckte mich die Kutsche des Dichters. Er musste darin sehr hoch gesessen und auf Menschen und Landschaften herabgeschaut haben. Allerdings auch hier keine Spur von der Barrikade-Truppe. Vielleicht beim Theater, wo man jeden Touristen hinzuführen pflegte. Vor dem Gebäude steht eine Doppelstatue von Goethe und Schiller, weil auch Schiller hier gelebt hatte. Von Liszt ganz zu schweigen, dessen Haus wir allerdings nicht besichtigten. Stattdessen tuckerten wir mit dem Traktor zum Haus Eichengrund zurück.

Die zwei Tage verflogen wie zwei Minuten, doch ich konnte meinen Aufenthalt nicht weiter verlängern. Ich musste zurück zur Delegation, die inzwischen wieder in Ostberlin war. Bei Jolandas Eltern bedankte ich mich für die Gastfreundschaft, und sie versprachen mir, mich in Budapest zu besuchen. Super! Jolanda brachte mich zum Bahnhof, und unterwegs kaufte ich in einem kleinen Geschäft einen elektrischen Rasierapparat und ein Zeiss-Fernglas. Und einen Armreif für Jolanda. Nur widerwillig nahm sie ihn an, und ich ahnte schon, dass sie befürchtete, ihrem Friedrich irgendwelche Erklärungen geben zu müssen.

»Keine Versprechen«, meinte sie dann am Bahnsteig. Budapest sei weit, sie verlobt, und ich mit meiner Krisztina zusammen. Das alles hörte ich nicht gern. Krisztina Szegő war in den vergangenen Tagen in galaktische Fernen abgedriftet, ohne dass ich deswegen Bedauern empfunden hätte. Ich wollte mit Jolanda zusammen sein. Mit Jolanda Trabandt.

Unmöglich, mir vorzustellen, ich würde sie nie wiedersehen. »Bitte keine Abschiedsszene«, bat Jolanda, umarmte und küsste mich, riss sich dann aus meinen Armen und flüchtete im Laufschritt. »Jolanda!«, rief ich ihr nach, doch sie drehte sich nicht um. Fuck fuck fuck.

Im Zug irrte ich ziellos auf und ab, hatte auch jetzt keine Platzkarte und ließ mich irgendwo auf den Boden plumpsen. Ich schaute den Leuten zu, die zur Toilette gingen. Jeder war allein. Meine Gedanken kreisten um Jolanda. Warum konnte sie keine Ungarin sein? Oder ich Deutscher? Mein Gott, wie sollte ich es nur ohne sie aushalten? Gar nicht. Am besten gleich vom Zug springen. Doch bei meinem Pech würde ich sogar das überleben. Und schwer verletzt warten müssen, bis man mich von der Böschung kratzte.

Vor Müdigkeit konnte ich kaum die Augen offen halten. Das bloße Schauen tat weh. Dabei grübelte ich die ganze Zeit, wie ich es anstellen könnte, in der DDR zu bleiben. In Jena. War es möglich, als ungarischer Schüler auf ein ostdeutsches Gymnasium zu gehen?

Mich beschäftigte auch die Frage, ob Jolanda jetzt noch Jungfrau war. Sie hatte mir kein weiteres Eindringen mehr gestattet, nur das eine Mal, als sie dann geblutet hatte. Woher konnte man denn wissen, ob ja oder nein? Und Friedrich … Den Gedanken an ihn verscheuchte ich lieber. Husch, husch.

Nur unter Schwierigkeiten fand ich in Ostberlin die Barrikade-Leute wieder. Erst suchte ich sie im Hotel, dann im Kongresspalast am Alexanderplatz, doch sie waren schon wieder weitergezogen. Beim Empfang des Genossen Bürgermeisters am Nachmittag würde ich sie allerdings bestimmt treffen. Ich streunte durch die Straßen und machte den Versuch, in einem Imbiss ein Viertel Hühnchen mit Kartoffelsalat zu essen. Auf der Toilette gab ich alles wieder von mir. Das Rathaus befand sich in der Nähe, doch die Wache ließ mich nicht ein, weil ich meine Einladung nicht vorweisen konnte. Dabei hatte ich eine bekommen, aber sie war mitsamt meinem Koffer in Jena geblieben. Sei's drum. Meinen Pass, meinen Geldbeutel und das Flugticket hatte ich.

Traurig und wie ein Schlafwandler trieb ich mich herum.

Erst am Abend traf ich Feri Muk und die anderen bei ihrem Auftritt in einem kleinen Theatersaal. Wieder hatten sie einen Bombenerfolg. Den zweiten Teil des Abends gestaltete die Band aus Chile, die wegen der Verspätung ihres Fluges beim ersten Konzert nicht hatte auftreten können. Quilapayu. Was so viel hieß wie Drei Bärte. Feri Muk und ich standen am Büfett und unterhielten uns. Das heißt, ich heulte mich bei ihm aus. Von den Chilenen habe ich nicht viel mitbekommen, doch das Publikum tobte, das hörte man bis hierher. »In Ostberlin leben enorm viele Lateinamerikaner«, meinte Feri Muk und ging wieder in den Saal. Ich zog es vor, weiter im Foyer zu bleiben und in meinem Kummer zu baden.

Später gingen wir essen, Jürgen, einer der Typen vom Oktoberklub, lud uns ein. Wir mussten nichts zahlen. Auch zwei deutsche Mädchen waren dabei, an die sich Balázs Kósa ranschmiss. Mir war es schleierhaft, warum Feri Muk nicht durchstartete, aber er meinte nur, die beiden seien nicht sein Fall. Es gab panierten Fisch und Dampfkartoffeln, was bei den Deutschen überhaupt sehr angesagt war. Ich persönlich kriege sie nur mit viel Salz runter. Auch Butter gab es dazu, die manchmal sogar gesalzen war, doch nicht gesalzen genug für mich. Fruzsina Forró meinte lachend, mir ginge wohl generell das Salz ab. Auch Balázs Kósa und Feri Muk lachten mit, und ich erwiderte: »Klar, so allein und verlassen wie ich bin!« Ich erntete eine Runde Mitleid und musste dafür erzählen, wie es mir in Jena und Georgenthal ergangen war. Obwohl ich die brisanten Details wegließ, verstanden mich doch alle, und Fruzsina Forró strich mir über den Arm: »Es ist schlimm, nicht wahr?« Das traf genau zu. Mit dem Hochhalten meines kleinen Fingers deutete ich an, wie schlimm. Diese Geste hieß: Ich bin so einsam wie mein kleiner Finger. Bin zur Zeit solo. Die beiden deutschen Mädchen kicherten ohne Unterlass. Von mir aus hätten sie sich ruhig verziehen können.

Zum Abendessen tranken wir deutschen Wein. Jürgen, der Typ vom Oktoberklub, sagte, es handele sich um einen berühmten Rheinwein, den auch Goethe schon getrunken hätte. Nun denn. Ich trank Goethes Wein, so viel nur ging. Wenn schon, dann richtig. Auch die anderen von der Barrikade ließen sich nicht lumpen. Und schließlich begann Fruzsina Forró zu singen.

Ein armer Bursch bin ich,
durch Wald und Wies' streif' ich …

Feri und Balázs improvisierten eine zweite Stimme, worauf sich ein Geiger des Tanzorchesters zu uns gesellte und mit seiner Geige mitspielte. Und das, obwohl er das Lied eigentlich nicht kennen konnte. Trotz seines zigeunerhaften Aussehens nahm ich an, er sei Deutscher, aber dann stellte sich heraus, er stammte tatsächlich aus Rumänien.

Mein Mädel hat mich lang verlassen,
Nichts wollt' ihr an mir passen …

Ganz beseelt sang Fruzsina ein Lied nach dem anderen, und die Gäste im Lokal applaudierten.

Wie willst du mich mit gebrochenem Arm herzen?

In Siebenbürgen, woher Fruzsina stammte, gehörten diese Lieder zum Allgemeingut. Und während sie sang, schaute sie mir immerzu direkt in die Augen.

Arm war ich und lebte unter Schmerzen,
liebte einzig eine Rose von Herzen.
Neider haben sie mir genommen,
Nun bin ich um alles gekommen.

Tränen rannen über mein Gesicht, und Fruzsina hörte auf zu singen, obwohl die Leute in allen Sprachen auf sie einredeten, sie solle weitermachen. Doch sie hatte bemerkt, dass mir schlecht geworden war, und begleitete mich zur Toilette. Allen Bemühungen zum Trotz konnte ich mich nicht erbrechen, würgte nur fürchterlich herum. In der Herrentoilette wusch sie mir das Gesicht. Sie habe Übung in diesen Dingen, erzählte sie, bei ihr zu Hause sei jeder zweite ein Säufer, und so manch einer kam des Öfteren in fürchterlicher Verfassung heim. Dann versuchten sie, ihre Mutter und ihre ältere Schwester die Männer von ihrem tajt siker zu kurieren. »Tajt siker heißt total besoffen, oder?« »Klar.« »Diesen Ausdruck habe ich noch nie gehört.« »Du hast von vielen Dingen noch nichts gehört.« Ich spritzte mir kaltes Wasser ins Gesicht und war froh, dass sie mir wenigstens nicht mit Jánoska kam.

Auf dem Rückweg zum Hotel hielten wir uns alle an den Händen, genau gesagt nahm jeder die Hand seines übernächsten Nachbarn, wobei sogar Jürgen vom Oktoberklub mitmachte. Es war ein altes Barrikade-Ritual. Im Gleichschritt ging's dahin, und allmählich fühlte ich mich besser. Ich hatte doch noch Freunde, die sich um mich kümmerten. Im Hotel ging keiner schlafen, nur Jürgen verabschiedete sich. Auch die beiden deutschen Mädchen blieben. Zecken, wie Feri Muk zu sagen pflegte. Mir war das egal.

In Balázs Kósas Zimmer ließen wir uns nieder, verdunkelten es, indem wir die Vorhänge zuzogen und selbst über die kleine Leselampe, die als letzte Lichtquelle leuchtete, ein rotes Handtuch legten. Eine von Balázs spendierte Flasche Cognac ging von Hand zu Hand. Genauer gesagt von Mund zu Mund. Ebenso machte eine halbe Stange Salami die Runde, die Feri herausgekramt hatte. Die deutschen Mädchen reichten lange Zigaretten herum, doch bei dem Versuch, sie auf Lunge zu rauchen, quollen mir die Augen aus dem Kopf. Balázs Kósa zog seine Gitarre hervor und spielte Beatles und Stones. *I can get no* … Die beiden Mädchen tanzten, ich hingegen war halbtot. Neben mir auf dem Bett saß Fruzsina Forró, aber eigentlich lagen wir eher mit dem Rücken an der Wand.

In einem helleren Moment merkte ich, dass wir knutschten. Aber was war denn das … ich war doch in Jolanda … ich liebte doch … ich…

Ich verstand einfach gar nichts mehr. Wollte auch nichts mehr verstehen. Ich hielt Fruzsinas Hand und spürte an ihrem Finger einen runden Ring. Hm … ›Bist du etwa auch verlobt?‹, dachte ich oder sprach es laut aus, ich weiß es nicht mehr. Und auch der weitere Verlauf des Abends ist mir komplett entfallen.

Unser Aufenthalt in Ostberlin dauerte noch zwei Tage, die ich ununterbrochen in Fruzsina Forrós Nähe verbrachte. Doch nichts geschah. Sie sagte lediglich, sie sei nicht verlobt, und den Ring habe sie von ihrer Großmutter geerbt. Eigentlich sei es ein Ring mit Stein, den drehe sie aber nach innen, weil er so spitz sei, dass sie immer Angst habe, jemanden damit zu verletzen. »Ich bin nicht verlobt, aber ich bin ein anständiges Mädchen und möchte erst herausfinden, wen ich liebe. Sollte ich mich von meinem Freund Elemér trennen, melde ich mich bei dir. Schreib mir auf alle Fälle deine Telefonnummer auf.« Nur hatten wir gar kein Telefon, worüber sie sich sehr wunderte. Aber dann notierte sie sich meine Adresse und versprach mir zu schreiben. Ich glaubte ihr kein Wort.

Dennoch war ich bis zur Heimreise bis über beide Ohren in sie verliebt.

FRUZSINA FORRÓ

Nie im Leben werde ich das begreifen. Wie konnte ich …? Wo ich doch nur Jolanda Trabandt liebte?! Was war denn da los? Tickte ich noch richtig?

Wieder zu Hause trauerte ich Tag und Nacht.

Keine Jolanda.

Keine Fruzsina.

Kein Niemand.

Irgendwie tat ich mich mit den deutschen Mädchen leichter. Im Deutschen war ich einfach mutiger, obwohl ich die Sprache kaum beherrschte. Oder geriet ich immer nur an die falschen Ungarinnen? Umgekehrt wäre es jedenfalls günstiger, denn ich lebe nun mal in Ungarn.

Immer wärmer blies der Wind durch die Straßen. Ich wurde ins Rektorat zitiert, und der Rektor putzte mich herunter, weil ich beim KISZ noch kein Reiseprotokoll abgegeben hatte. »Kein Mensch hat mir gesagt, dass ich das muss!« »Aber János Mester! Das weiß doch jedes Kind, dass man nach der Rückkehr aus dem Ausland ein Protokoll abgeben muss! Heute noch schreibst du es und gibst es morgen ab!« Nun gut.

Drei Seiten tippte ich voll, schrieb über alles außer Georschendahl und Jolanda. Das brachte ich dann in die KISZ-Zentrale. Ich wurde gar nicht eingelassen, man nahm mir das

Protokoll bereits an der Pforte ab und versprach, es weiterzuleiten. Offenbar war auch derjenige, der danach verlangt hatte, nicht wirklich daran interessiert. Die konnten mich mal! An diesem Tag schwänzte ich die Schule und entschuldigte mich damit, dass ich in der Zentrale so lange hatte warten müssen. Ich trieb mich in der Stadt herum und gab mich für einen Deutschen aus. Allerdings ohne mich auf Ost oder West festzulegen.

Von der Reise hatte ich noch vier Mark siebzig übrig, und ich versuchte, in einer Konditorei etwas dafür zu kaufen. Natürlich ging das nicht. Ich bat auf Deutsch um Entschuldigung und zahlte mit Forint.

FRIEDE, FREUNDSCHAFT, SOLIDARITÄT.

Erst spät am Nachmittag ging ich nach Hause und fand eine Postkarte von Fruzsina Forró auf meinem Schreibtisch. Das Bild zeigte die Fischerbastei, und Fruzsina schrieb, sie erwarte mich am folgenden Tag gegen siebzehn Uhr dort. Ich juchzte und sprang herum. Gott sei Dank war niemand außer mir zu Hause.

§RUZSINA §ORRÓ & & & & & & &

Keine Ahnung, wie ich die Zeit bis dahin überbrückte. Jedenfalls traf ich schon eine halbe Stunde früher an der Fischerbastei ein und lief nervös auf und ab. Ich hegte die Befürchtung, wir könnten uns auf dem großen Areal verpassen. Obwohl sich Fruzsi ein wenig verspätete, entwickelten sich die Dinge bestens: Mit ihrem Freund war Schluss. In einer Konditorei aßen wir ein Eis, und ich überlegte, meine Nummer mit dem Lecken anzubringen. Allerdings aßen wir das Eis mit Löffeln und aus Gläsern mit breiten Füßen, und es war ohnehin besser, diese Kindergartenwitze ein für alle Mal sein zu lassen. Fruzsi musterte mich durch ihre Brille und meinte dann leise, sie müsse mir etwas Wichtiges gestehen. Sie sei nämlich keine Jungfrau mehr, oder nur noch so halb, und das wolle sie mir lieber gleich gesagt haben. Ich geriet in Verlegenheit und schwieg, da ich nicht wusste, was ich darauf erwidern sollte. Nun wollte sie wissen, wie das bei mir sei. »Na ja, bei mir ist das auch so halb … obwohl ich nicht genau weiß, was du damit meinst.«

Lange schwiegen wir. Dann erzählte sie, wie Elemér und sie nach gründlichen Gesprächen übereingekommen waren, dass es an der Zeit sei, es auszuprobieren, doch dann hätte es ihr so weh getan, dass sie es nicht zu Ende machen konnten. »Im Großen und Ganzen ist es bei mir ähnlich.« »Zwei Halbjungfrauen also«, lächelte Fruzsi.

Mit einem Schlag wusste ich, dass Fruzsina Forró meine Frau werden musste, mochten meine Eltern sagen, was sie wollten. Sie und ich auf immer und ewig. Meine süße kleine Fruzsi!

Wir schmiedeten Pläne, irgendwohin zu verreisen, sobald die Schule zu Ende war. Weder ihre noch meine Eltern waren einverstanden. Doch was konnten sie schon tun? Höchstens uns gern haben. Ein wenig Erspartes hatte ich noch, und Fruzsi bekam etwas von ihrer Großmutter. Mir schwebte Deutschland vor, sie träumte von einem Badeurlaub am Meer in Rumänien. In Mamaia. Natürlich träumte sie in Wahrheit von der Côte d'Azur, doch das kam selbstverständlich nicht in Frage. Am Ende gab ich nach. Mamaia also. Mit dem Zug. Zweiter Klasse.

Leider ist aus der Reise nichts geworden. Typisch für mich. In der letzten Schulwoche standen nämlich plötzlich und ohne jede Vorwarnung die Trabandts vor der Tür: Jolandas Eltern. Mutti und Vati. Und behaupteten, ich hätte sie ausdrücklich eingeladen. Mama schnappte nach Luft. Papa war es egal, aber er bestand darauf, dass ich die Suppe auslöffeln und mich selbst um den Besuch kümmern sollte. Niedergeschlagen begleitete ich Mutti und Vati auf die Fischerbastei, zum Heldenplatz und nach Szentendre. Sie blieben volle acht Tage, während denen Fruzsi nicht ein einziges Mal bereit war, sich uns anzuschließen. Sie wollte mit Jolandas Eltern nichts zu tun haben.

Nicht auszudenken, was passiert wäre, hätten Mutti und Vati auch Jolanda mitgebracht. (Und Uschi, obwohl das auch schon egal gewesen wäre.) Schon bei dem Gedanken daran trat mir der Schweiß aus den Poren. Gott sei Dank war mir das erspart geblieben.

# 4.

Der Fahrradweg in der Prenzlauer Allee war mit kleinen roten Ziegelsteinen ausgelegt. Dort herrschte fast mehr Verkehr als auf der vierspurigen Autostraße daneben. Kaum hielt Dr János Mester mit seinem Fahrrad an der roten Ampel (die denjenigen zuliebe, die auf zwei Rädern unterwegs waren, in Augenhöhe am Pfosten befestigt war), war er im Nu von sechs, sieben Radlergenossen umringt. Ausnahmslos alle stützten sich mit dem linken Fuß am Boden ab, während sie den rechten auf dem Pedal hatten, genau wie Jánoska selbst. Doch der Sattel war bei den meisten so hoch, dass sie den Boden gerade noch mit der Fußspitze erreichen konnten. Wem das nicht behagte, weil er auf beiden Füßen stehen wollte, musste sein Rad zur Seite kippen. Wegen des Platzmangels entschied sich Jánoska für die Fußspitzenversion.

Warum schraubten die Berliner ihre Sättel nicht niedriger? Das Damenrad, das Jánoska aus dem Fahrradschuppen im Hof der Raucherstraße 33 geholt hatte, gehörte der Frau des Wohnungseigentümers. Den Fotos in der Wohnung nach zu urteilen musste sie eine zierliche Person von durchschnittlicher, eher kleiner Statur sein. Warum also war der Sattel ihres Fahrrads so eingestellt, dass er selbst für Jánoska zu hoch war?

Auf dem Fensterbrett des Schuppens (dessen Fenster nicht

größer waren als Schießscharten), lagen auf einer auseinandergeklappten Werkzeugtasche Kreuzschlüssel in verschiedenen Größen, außerdem eine Kombinationszange, wohl zu einem der Zündapp-Flitzer gehörig, von denen gleich zwei im Fahrradschuppen verstaubten. Jánoska hätte den Sattel also leicht auf eine bequeme Höhe einstellen können, doch er hatte keine Lust, die ölverschmierten Werkzeuge in die Hand zu nehmen. Und keine Geduld zum Herumschrauben. Mit dem Fahrrad unter seinem Hintern mutierte er wieder zum Kind. Zuletzt war er als Teenager Fahrrad gefahren, auf dem winzigen Grundstück seiner Eltern auf der Pap-Insel. Was aus dem monströsen Csepel-Herrenrad wohl geworden war, von dem er wegen der Querstange anfangs nur abspringen konnte? Beim überstürzten Verkauf des kleinen Holzhäuschens nach dem Tod seiner Eltern hatte Jánoska alles weggegeben, was dort gewesen war, und vielleicht fuhr heute noch jemand fröhlich mit dem Fahrrad seines Vaters durch die Gegend. Sofern es inzwischen nicht komplett verrostet war.

Was für ein Glücksgefühl, auf dem Streifen zwischen Fahrbahn und Gehweg dahinzubrausen, erheblich schneller als die Autos, die Haare flatternd, das Gesicht vom Fahrtwind gekühlt. ›Warum habe ich in Budapest eigentlich kein Fahrrad?‹ Jánoska verstand sich selbst nicht.

Mit dem Fahrrad würde er in der chronisch vom Verkehr verstopften ungarischen Hauptstadt viel schneller vorankommen, nie wieder würde er im Stau stehen müssen. Für diese Erkenntnis hatte er offenbar erst nach Berlin kommen müssen. Liebevoll wälzte er seinen genialen Einfall im Kopf herum. Fahrräder konnte man in jedem größeren Einkaufszentrum kaufen. Angeschaut hatte er sich bereits des Öfteren welche, zur Tat geschritten war er noch nie.

Nun fiel ihm auch wieder ein, warum. In Budapest gab es kaum Fahrradwege. Und ungarische Autofahrer nahmen auf Radler nicht die geringste Rücksicht. Gegebenenfalls waren sie ohne zu zögern bereit, den Radler umzunieten. Erst vor wenigen Wochen hatten Jánoska und seine Tennisfreunde lange auf die Ankunft ihres vierten Mitspielers warten müssen. Es handelte sich um den Neffen eines ständigen Spielers, einen jungen Kerl um die zwanzig namens Lali. Er sollte seinen Onkel vertreten. Schließlich wurde Lali auf seinem Handy angerufen, wo er denn bliebe, worauf er sich entschuldigte und um ein paar Minuten Geduld bat. Als er endlich eintraf, blutete er am Kopf und erzählte, was ihm gerade zugestoßen war. Er gehörte zur Gattung der hartgesottenen Fahrradfahrer. Als er nun auf dem Weg zum Tennisplatz gerade an einem parkenden Wagen vorbeifuhr, langte der Fahrer aus dem Fenster und stieß ihn mir nichts, dir nichts vom Rad. Bis er sich wieder aufgerappelt hatte, war der Heckenschubser längst über alle Berge. Und sollte diese lehrreiche Geschichte noch nicht genügen, dann sei noch hinzugefügt, dass aus dem Keller des Mietshauses in Békásmegyer nicht nur Fahrräder, sondern sogar Kinderwagen gestohlen wurden.

Das allerdings sollte kein Argument sein. OHNE RISIKO KEIN GESCHÄFT.

Obwohl die Radfahrer alle einer Kaste angehörten, schaute an der roten Ampel einer den anderen nicht an. Im Gegenteil, alle starrten geradeaus, als wäre sonst keiner da. Das mochte am Platzmangel liegen, man kam einander einfach zu nahe, wie in einem Aufzug, und auch dort gehörte es sich nicht, jemandem ins Gesicht zu starren. Ebenso wie bei den Autofahrern starteten auch unter den Radlern die Draufgänger durch, sobald die Ampel auf Grün sprang. Jeder weiß, dass ein Auto nichts anderes ist als die Verlängerung des männlichen Geschlechtsorgans. Für welchen Körperteil das Fahrrad wohl als Verlängerung diente? In seiner frisch entbrannten Begeisterung tippte Jánoska auf die Seele. Auf das Kind im Manne. Der geleistete Beitrag zum Umweltschutz kam als Befriedigung noch obendrein hinzu.

An der Ecke der Mollstraße dauerte die Rotphase überdurchschnittlich lang. Jánoska nutzte die Zeit, um heimlich die Fahrräder der anderen in Augenschein zu nehmen. Unmittelbar neben ihm saß ein Typ in kurzen Lederhosen auf einem blutroten Rennrad, dem Rolls-Royce im Aufgebot. Das alte schwarze Fahrrad einer etwa fünfzigjährigen Frau hingegen war der Wartburg. (Oder der Ford-T – Fahrrad und Besitzerin waren etwa gleich alt.) Jánoska versuchte dahinterzukommen, ob es sich bei dem Gefährt um eines dieser von Thomas Bernhard so oft beschriebenen so genannten Kampffahrräder handelte. Die hießen allerdings Steyr, während auf diesem hier keine Markenbezeichnung zu sehen war.

Als das rote Licht erlosch und die Ampel auf Gelb schaltete, ertönte eine schmierige, gelangweilte Frauenstimme auf Ungarisch: »An der nächsten Kreuzung rechts abbiegen.« In Anbetracht der Tatsache, dass diese Anweisung aus der Tasche von Jánoskas Trenchcoat ertönte, rissen alle sechs Radler den Kopf herum, bedachten ihn mit einem verständnislosen Blick und fuhren davon. Es war grün. Jánoska stand da, wischte sich den Schweiß von der Stirn, griff in seine Manteltasche und stellte das Ding leiser. Den Navigator.

Erneut rot. Neue Radfahrer reihten sich neben Jánoska auf. Unter ihnen eine junge Mutter mit Zwillingen in einem kleinen, abgedeckten Fahrradanhänger. Nicht schlecht. ›So was bräuchte ich zu Hause auch, dann könnte ich Sanyika und Jucika hinter mir herziehen. Aber nein, zu Hause wäre das viel zu gefährlich!‹

Nun wartete er im Kreise von acht Schicksalsgenossen. Als die Ampel auf Gelb schaltete, ertönte aus der Innentasche seines Trenchcoats etwas leiser, aber immer noch sehr bestimmt die gelangweilte weibliche Stimme: »Satelliten-Verbindung unterbrochen, Neuberechnung in Gang«, worauf Jánoska erneut verwunderte Blicke erntete. Bis er sich mit einer Geste hätte entschuldigen können, waren die anderen schon auf und davon. Er blieb, schwitzte und schaltete aus. Die Existenz dieses Geräts war dem verfluchten Professor Strényi zuzuschreiben.

Am heißesten Tag des Jahres hatte er ihn zu sich bestellt. Hatte ihm durch eine nassforsche Sekretärin telefonisch ausrichten lassen, der Herr Professor wünsche den Herrn Lehrer zu sprechen. Da er nur Lehrbeauftragter war, deutete Jánoska das »Herr Lehrer« als gutes Zeichen und sagte sofort zu. Goethe-Forscher und Germanisten hatten vor Professor Strényi in Habtachtstellung zu stehen, sonst brachten sie es nicht weit. Und wer zu Professor Császárs Gefolgschaft gehörte, schafften es ohnehin nur selten in die Pole-Position. Jánoska traf zwanzig Minuten vor dem vereinbarten Termin ein. Zehn davon spazierte er vor dem Gebäude auf und ab, unter dem Arm ein Buch, das er gerade deshalb mitgenommen hatte, weil er schon geahnt hatte, dass man ihn warten lassen würde. Nur selten gewährte ihm Professor Strényi eine Audienz. Die Frage war, warum der Alte ihn jetzt herbestellt hatte. Hatte er ein Lektorat zu vergeben? Einen Übersetzungsauftrag? Eine Studie?

Die Sekretärin wies wortlos auf die mit braunem Kunstleder bezogenen Sessel und hieb weiter auf ihre Schreibmaschine ein. Gehorsam ließ sich Jánoska hineinplumpsen. ›Sei doch nicht blöd und bleib mit deiner Allergie gegen Kunstleder lieber stehen!‹, dachte er sich noch, aber da war es schon zu spät. Verspannt bemühte er sich, nur Hose und Pulli mit der glatten Oberfläche in Berührung kommen zu lassen. Sein Buch legte er auf seine Knie und öffnete es. Georg Lukács' »Goethe und seine Zeit«. Offenbar ein Universitätsdruck, vor genau sechzig Jahren erschienen. Hungária Druckerei AG Budapest, V. Bezirk, Bajcsy-Zsilinszky-Str. 34. 1946 wurden die Straßennamen noch mit Bindestrichen geschrieben. Verantwortlicher Redakteur András Bródy. Verantwortlicher Direktor László Bródy. Zwei Brüder?

Dieses Buch hatte Dr János Mester in der Zentralbibliothek des Textilfachverbandes erstanden. Genauer gesagt *davor*. Als das Institut kurz nach der Wende aufgelöst wurde, standen vor dem Eingang tagelang Bücher auf dem Gehweg, mit Schnüren zu Packen zusammengebunden, Wind und Wetter ausgesetzt. Es war nicht klar, worauf sie warteten, auf eine Umzugsfirma oder auf die Müllabfuhr. Möglicherweise durfte sich Jánoska als Retter des Lukács'schen Werkes betrachten. Das alles lag nun wohl an die vierzehn Jahre zurück. So lange hütete er das Buch schon. Auf Georg Lukács gab heutzutage niemand mehr etwas. SIC TRANSIT GLORIA MUNDI. Dabei hatte er einst wirklich großes Ansehen genossen. An eine Zeitungsnotiz, die Anfang der siebziger Jahre in der »NÉPSZABADSÁG« erschienen war, konnte sich Jánoska heute noch erinnern. Darin betonte der greise Philosoph, ein mit ihm geführtes ausländisches Interview sei unzutreffend, er könne dafür keinerlei Verantwortung übernehmen. Grundsätzlich sei er nicht in der Lage, sämtliche derartige Texte zu kontrollieren, so dass er in Zukunft keine Interviews mehr zu geben gedenke. ›Sehr geschickt‹, dachte Jánoska, der Gift darauf genommen hätte, dass es sich lediglich um einen politischen Schachzug des Philosophen handelte. Lukács bildete für politisch Verfolgte oder deren Verwandte eine wichtige Anlaufstelle, denn trotz seines Rückzugs ins innere Exil hatte er doch großen Einfluss auf die Kádár-Riege. Der Umstand, dass er bereits während der Kommune 1919 Volkskommissar gewesen war, sicherte ihm freien Zugang zu den höchsten Kreisen der Parteiführung. Gleichzeitig aber wurde sein Lebenswerk in den Kulturzentren der westlichen Welt von großen Verlagen publiziert, und zwar in erster Linie diejenigen Bücher, die er von vornherein auf Deutsch verfasste (und die seine Schüler unter Beibehaltung des komplizierten deutschen Satzbaus in ein total verdrehtes Ungarisch zurückübersetzten). Georg Lukács saß indes am Donaukai und rauchte Zigarren. Nach seinem Ableben stand er nur ein kleines Stückchen weiter im St.-Stephans-Park, in Bronze gegossen.

»Bei der Beschäftigung mit Fragen der deutschen Kultur und der deutschen Literatur stoßen wir auf weit verbreitete Vorurteile, aufgrund derer viele Menschen mit Dingen deutschen Ursprungs nichts zu tun haben wollen. Dies ist kein neues Phänomen. Als Dezső Szabó seinerzeit den Deutschunterricht in der Mittelschule abschaffen wollte, argumentierte er folgendermaßen: ›Bei der deutschen Literatur handelt es sich primär um Rumpfliteratur, ein höheres Bildungsinteresse besteht nicht.‹ Natürlich kann den Bestrebungen, die der deutschen Kultur feindlich gesonnen sind, eine gewisse Berechtigung nicht abgesprochen werden. Schließlich war die zunehmende Verdeutschung der staatlichen ungarischen Kultur eines jener Mittel, mit deren Hilfe gewissenlose Parasiten der ungarischen Herrscherkaste das Land gleich zweimal in die Katastrophe führten. Das steht zweifellos fest. Die Frage ist nur, ob daraus notwendigerweise die von Dezső Szabó geforderte Konsequenz zu ziehen ist, die deutsche Kultur als solche von vornherein abzulehnen.«

Einmal mehr konstatierte Jánoska, dass auch Lukács sich

dem Einfluss der vor dem Krieg herrschenden offiziellen – also verdeutschten – ungarischen Kultur nicht hatte entziehen können. Als besonders störend empfand er das Wort »Mittel«, am liebsten hätte er es rot angestrichen. Doch das vergilbte, sechzig Jahre alte Papier forderte Respekt. Außerdem hatte Georg Lukács seinen Text im März 1946 verfasst, nicht einmal ein Jahr nachdem das deutsche Heer durch sowjetische (ukrainische? weißrussische? tatarische?) Truppen aus dem Land gejagt worden war. Damals klang das Wort deutsch anders als heute. Es schallte und polterte wie die Stiefel marschierender Soldaten.

»Mit so einem Schund geben Sie sich ab, lieber Kollege Mester?«, meinte Professor Strényi. Er sah aus wie ein Strommast, der Diät hielt. Jánoska erhob sich. »János Mester und Georg Lukács, wirklich amüsant!«, rief Strényi und bugsierte ihn in sein Büro. Wie ein Mädchen vor der heiligen Erstkommunion ließ sich Jánoska am Rand des schwarzen Kunstledersofas nieder (morgen früh würde er von Pusteln übersät sein), sogar die Hände hielt er gefaltet.

»Haben Sie jemals darüber nachgedacht, Ihren Namen in Vilmos umzuändern?«, fragte Strényi unter glucksendem Gelächter.

*Wilhelm Meisters Lehrjahre.*

»Spaß beiseite, ich hätte da ein Angebot für Sie, lieber Kollege!« Der Professor legte seine Hände auf den Couchtisch, als wolle er Klavier spielen. Während dieser Kunstpause trommelte Jánoskas Herz ein Schlagzeugsolo. »Wie ich höre, sind Sie ein ebenso wichtiger und viel beschäftigter Mensch wie ich. Im Herbst fahren Sie sogar für einen Monat nach Berlin, und da Sie dort ganz sicher einen Navigator brauchen werden, wollte ich Ihnen behilflich sein!« Er beugte sich vor, während Jánoska seine Lippen leckte und sich bemühte, seine komplette Ratlosigkeit zu kaschieren. Er hatte das Wort nicht verstanden, wusste also nicht, was es war, das er in Berlin so dringend brauchen würde. Professor Strényi zog das Gerät, das eine gewisse Ähnlichkeit mit einem Taschenrechner hatte, aus seiner Jackeninnentasche und legte es auf den Tisch. Dann brachte er einen schwarzen Stift zum Vorschein und begann damit auf das Display einzutippen, da die winzige Tastatur darunter eher für die Finger eines Sanyika oder einer Jucika ausgelegt war.

Jánoska stockte der Atem, während er sich erklären ließ, wie er mithilfe des Geräts Notizen machen, telefonieren, ins Internet gehen und navigieren konnte, wie der kleine Alleskönner fernerhin Handgeschriebenes automatisch in Gedrucktes verwandelte und dieses mittels eines Kabels in den Computer einspeiste – vorausgesetzt, man hatte zuvor eine Schriftprobe abgegeben. »Das ist doch wirklich GROSSARTIG!«, rief Prof. Strényi abschließend, wobei er das R in vollendetem Wiener Zungenschlag gurgelte. Sowohl auf dem Katheder als auch im privaten Kreise liebte er es, seine Rede mit deutschen Ausdrücken zu spicken. Früher hatte man ihm nachgesagt, im Eifer des Gefechts traktiere er manchmal auch seine Geliebte mit deutschen Instruktionen. Zwar setzte der frühe Tod der Geliebten – seiner ehemaligen Sekretärin – derlei Gerüchten ein Ende, doch von da an wurde kolportiert, er treibe es auch mit seiner Frau nur auf Deutsch. Eigenartigerweise war seine Frau zehn Jahre jünger als die Geliebte.

›Lieber Himmel, Strényi will mir einen Navigator schenken! Das glaubt mir kein Mensch!‹, dachte Jánoska, während der Professor das Thema wechselte und sich über das an der Universität herrschende allgemeine Chaos beklagte. Das neu eingeführte Bologna-System funktioniere noch nicht, das althergebrachte hingegen nicht mehr. Er drückte sein Bedauern über die Abschaffung der Aufnahmeprüfungen aus, dadurch habe alles einen eher unpersönlichen Anstrich bekommen, weil die kleinen Idioten (so nannte er die Erstsemestler) nun einfach aufgrund ihres Abiturzeugnisses auf die Universität gelangten. »Wer bei uns studieren will, muss die Germanistik als Einstieg auswählen und kann sich erst später auf ein Fachgebiet spezialisieren. Warum das ausgerechnet Einstieg heißt? So was Idiotisches! Sicher eine Übersetzung aus dem Englischen, wie fast alles … hörst du mir überhaupt zu?« Wenn Professor Strényi ungehalten wurde, duzte er jeden. Bei dem scharfen Ton zuckte Jánoska zusammen. »Natürlich höre ich zu, kenne mich nur mit dem Bologna-System nicht so gut aus. Ich habe noch keine feste Stelle an der Uni.«

Er verstummte auf eine Art, als hoffe er, vom obersten Herrn und Befehlshaber der Germanistik zusätzlich zum Navigator auch noch eine Professur geschenkt zu bekommen. Oder lieber statt des Navigators – er konnte sich ohnehin nur schwer vorstellen, jemals auf so ein Ding angewiesen zu sein. Aber sei's drum, einem geschenkten Navigator schaut man nicht ins Maul. Strényi drückte ihm das Gerät in die Hand, schlang Jánoskas Finger darum und sagte: »Viel Spaß damit!«

Wirklich nobel von ihm. Jánoska stand schon in der Tür und machte alberne Verbeugungen wie ein schlechter Schauspieler, als der Professor meinte: »Und wann bringen Sie das Geld vorbei?« »Welches Geld?« »Ach ja richtig, über den Preis haben wir noch gar nicht gesprochen. Also der Ladenpreis liegt bei hundertfünfzigtausend zuzüglich Mehrwertsteuer, ich habe ihn mit Nachlass für hundertzwanzig bekommen … Für neunzig würde ich ihn hergeben! Er ist noch keine anderthalb Jahre alt! Das ist sehr großzügig, finden Sie nicht?«

Jetzt knallt Jánoska dem alten Mann das kleine, eckige Gerät mit voller Wucht ins Gesicht, genau dorthin, wo Nasenwurzel und Augenbrauen zusammentreffen, bricht ihm das Nasenbein und schlägt beide Augen aus, so dass diese zusammen mit einem Teil der Wimpern als formloser Brei über sein Gesicht rinnen. Leider wieder einmal nur in seiner Vorstellung. In Wirklichkeit nickt er mit dienstbeflissenem Grinsen. »Ja, Sie sind diesmal wirklich großzügig.« »Was heißt da diesmal! Sonst etwa nicht?«, Strényi vorwurfsvoll. »Doch, natürlich … immer.«

Jánoska überlegte lange, ob er Alexa gestehen sollte, dass er für neunzigtausend Forint einen Minirechner erstanden hatte, den man im Bedarfsfall auch als Notizbuch und Telefon verwenden konnte, der aber in erster Linie ein Navigator war, dank dem er, Jánoska, sich nie wieder verirren würde. Am Ende erzählte er es ihr natürlich doch. Die Stimme seiner Frau überschlug sich: »János Mester, du bist ein kompletter Vollidiot! Du hast dir diese gebrauchte Scheiße, für die du im Leben nie eine Verwendung haben wirst, andrehen lassen, hast dich aus purer Servilität nicht getraut, abzulehnen?!«

Das schmerzte. Schmerzte sogar sehr. Weil darin etwas ganz Bestimmtes enthalten war: die Wahrheit.

Jánoska wusste es sehr zu schätzen, dass Alexa den materiellen Aspekt der Sache nicht zur Sprache brachte. Obwohl die neunzigtausend sehr fehlten, da jetzt mitten im Sommer die Einnahmen viel zäher und seltener aufs Konto tröpfelten als sonst. Jánoska saß in dem Loch, welches ihm als Arbeitszimmer diente, und blies Trübsal. Ursprünglich war dieser Raum von einem sowjetrussischen Architekten als Esszimmer vorgesehen gewesen, doch ein ordentlicher Esstisch passte hier nur ohne Stühle hinein, was nicht das Wahre gewesen wäre. Natürlich kann der Mensch im Stehen essen, tut es auch oft genug, und vielleicht hatte der sowjetische Architekt seinen

Raumaufteilungsplänen eben eine hektische Lebensweise zugrunde gelegt.

›Ich wäre zu begierig zu erfahren, was Alexa getan hätte, wenn ihr Chef ihr eine solche Offerte gemacht hätte!‹, dachte Jánoska und biss sich auf die Lippe. ›Dabei ist dieser Gedankengang völlig überflüssig, du weißt ganz genau, dass Alexa ohne zu zögern nein gesagt hätte. Und das Ding dem fetten, geschleckten Kerl notfalls ins Gesicht geknallt hätte. Genau zwischen Nasenbein und Augenbrauen. Und dass der froh hätte sein können, dass Alexa nicht seine Augen im Visier hatte. Alexa ist mutig, du hingegen bist feige.‹

An dieser Stelle drängt sich ein kleiner Abstecher in die ferne Zukunft mitten in den Text, obwohl das die herkömmliche Romanordnung über den Haufen wirft. Nichtsdestotrotz. Da das vorliegende Kapitel im September 2006 spielt, und nur wenig später zu Papier gebracht wurde, dürften darin kaum Ereignisse vorkommen, die sich erst nach diesem Zeitpunkt zugetragen haben. Hier eine Ausnahme: 2009 wird Professor Strényi gegen seinen Willen in den Ruhestand versetzt. Tödlich beleidigt beschließt er, nie wieder einen Fuß in die Universität zu setzen. Sein Wunsch ist es, ganz im Privaten eine letzte große Arbeit zu vollenden, die sich mit Goethes sämtlichen Lieben befasst. Das Material hierzu sammelt er bereits seit vielen Jahren. Die Überschrift könnte lauten: »Sämtliche Frauen, die Johann Wolfgang von Goethe je erobert oder begehrt hat«. Die Anzahl der Damen bewegt sich um die plus minus hundert – was Professor Strényi bereits seit zwanzig Jahren jedem erzählt, ob er es hören will oder nicht.

Zu Professor Strényis Werk hat auch Dr János Mester einen gewissen Bezug: Nach dem Erscheinen einer seiner frühen Studien über »Goethe und die Familie Levetzow« bestellt ihn der Professor durch seine Sekretärin zu sich und lässt ihm schon vorab Glückwünsche ausrichten. Dabei erwähnt er weder, dass er in seiner Publikation Jánoskas Text mit geringfügigen Streichungen und Änderungen verwendet hat, noch dass diese Publikation in einem deutschen Fachblatt erscheinen soll. Im Hinblick auf die entsprechende Fußnote (»Siehe János Mester: Goethe und die Familie Levetzow [ITK, Budapest, 1984/II. pp 32-38.]«) verzichtet Jánoska auf jeglichen Protest. Schließlich ist die Fußnote ein Zeugnis vor Gott und der Menschheit. Und sollte sich jemand aufgrund dieses Hinweises die Mühe machen, Jánoskas Text aufzublättern, wäre Professor Strényis Plagiat sofort enttarnt. Da eine solche Gefahr gleich null ist, kann Strényi es sich getrost leisten, János Mester mit einem Verweis auf die Wichtigkeit solcher Literaturhinweise abzuspeisen. Denn bei der Beurteilung eines Wissenschaftlers wird der Liste von Literaturhinweisen besonderes Gewicht beigemessen, wobei eine Erwähnung in einer ausländischen Fachzeitschrift besondere Beachtung findet.

Bedauerlicherweise ist es Professor Strényi nicht vergönnt, das Erscheinen seines wichtigsten Werkes – das schließlich unter dem Titel »Goethe und das weibliche Geschlecht« erscheint – zu erleben. Das unvollendete Manuskript wird von Dr János Mester redigiert. Mit einem bitteren Beigeschmack. Zum einen, weil »Goethe und die Familie Levetzow« auch in dieses Hauptwerk Eingang findet, diesmal ohne Quellenangabe, dafür quasi unverändert und als eigenständiges Kapitel, zum anderen, weil Jánoskas eigenes Werk »Goethes sämtliche Romanzen«, das sich einer ähnlichen Thematik widmet und dessen Material er während seines einmonatigen Berliner Aufenthalts im September 2006 zusammengetragen hatte, kaum Aufsehen erregt. Das posthume Werk des Professors trägt ohne Zweifel den Sieg davon. Wieder einmal ist Jánoska in den Hintergrund gedrängt worden. Weil es nun mal nicht möglich ist, gegen den zu Wind pinkeln.

Nach Prof. Zsigmond Strényis Beisetzung wird Jánoska von der Witwe in die kryptaartige Wohnung in der Innenstadt eingeladen, zu einem netten Kaffee, wie sie sagt. Nachdem sie sich zunächst an seiner Schulter ausheult, dreht sie ihm etwa zwei Dutzend Fachbücher über Goethe an, für sechzig Prozent des Ladenpreises, den sie mit Quittungen belegen kann. ›Derselbe Rabatt wie beim Navigator‹, denkt Jánoska resigniert. ›Es liegt offenbar in der Familie.‹

Unfähig, sich zu wehren, lässt sich Jánoska auf das Geschäft ein, obwohl er das Gefühl nicht los wird, Professor Strényi lache sich über ihn noch im Grab halbtot. In der drauffolgenden Woche liefert er das Geld ebenso in bar ab wie schon ehedem für den Navigator – obwohl er für die meisten Bücher nicht die geringste Verwendung hat, weil sie entweder komplett veraltet sind oder sich ohnehin schon in seinem Besitz befinden. Also schleppt er alles zu einem Antiquar, der für zwanzig Prozent des Anschaffungspreises ein Drittel von allem in Zahlung nimmt. Auf dem Rest bleibt Jánoska sitzen.

Doch kehren wir nun in Raum und Zeit dorthin zurück, wo er endlich die Kreuzung überquerte. Er ließ die Ecke Mollstraße/ Prenzlauer Allee hinter sich und rollte auf dem zunehmend abschüssigen Fahrradweg neben dem Gehsteig Richtung Alexanderplatz. Er wollte die Weltuhr besichtigen. Unterwegs rechnete er nach, wie lange es her war, dass sie ihm von den Jungs vom Oktoberklub gezeigt worden war. Du lieber Gott … 1967 war das gewesen! Vor nahezu vierzig Jahren! Jánoska wollte nicht wahrhaben, dass es Dinge gab, die sich vor vierzig Jahren hier in Berlin ereignet hatten und an die er sich kristallklar erinnern konnte. ›Zum Teufel! Wie hat nur so viel Zeit vergehen können, praktisch ohne dass ich es gemerkt habe?‹ Auf dem abschüssigen Weg gewann er immer mehr an Fahrt, seine Haare flatterten, in seinen Ohren brauste es, sein Gesicht glühte. Er erkannte, dass sein ganzes Leben in dieser Weise an ihm vorübergerauscht war. Jetzt erblickte er den Fernsehturm, war also am Alexanderplatz angekommen. In Ermangelung einer Rücktrittbremse bremste er mit der Hand, und nur mit Mühe gelang es ihm, am Wegrand zu halten und zugleich im Sattel zu bleiben. ›Du kommst noch unter die Räder, wenn du nicht Acht gibst.‹

Wieder stand er zusammen mit einem halben Dutzend anderer Radler an der roten Ampel, neben sich ein Gebäude, in dessen Erdgeschoss eine der Großbanken ihre Filiale hatte. Ein Mädchen in Jeans reinigte gerade die breite Fensterfront mit einem Fensterwischer, der an einem Stab befestigt war. Jánoska hätte schwören können, dass der Wischer von einem Auto abmontiert worden war. Er fokussierte seine Aufmerksamkeit auf den Po des Mädchens. Wenn sie sich rechts und links bückte, lugte zwischen T-Shirt und Hose nackte Haut hervor, auf der die derzeit so angesagte dunkle Tätowierung sichtbar war. Jánoska geriet in eine solche Ekstase, dass er die Grünphase verpasste. Unvermittelt drehte sich das Mädchen um und lächelte ihm zu. Mit so was hatte er nicht gerechnet, ihm brach der Schweiß aus allen Poren. ›Was jetzt?‹, fragte er sich, da er nicht wusste, wie weiter. Das Mädchen bückte sich nach dem Eimer, so dass ein noch breiterer Streifen ihres Hinterteils zum Vorschein kam und sogar das obere Ende des senkrechten Spalts sichtbar wurde. Dann trat sie zum nächsten Fensterabschnitt. An ihrer Stelle erblickte nun Jánoska sein eigenes Spiegelbild in der Fensterscheibe: Eine sieche Gestalt mit einer dunkel gerahmten, leicht schief sitzenden Brille und ewig borstigen Haaren, die stark von Haarausfall und Ergrauen in Mitleidenschaft gezogen waren. Um den Hals der

Seidenschal mit dem chinesischen Muster, an dem er selbst an den heißesten Sommertagen festhielt. Obwohl Jánoska auffällig mager war, wölbte sich vorne ein kleiner Bauch, so dass der Trenchcoat in Höhe der beiden unteren Knöpfe leicht spannte, wie eine offene Wunde. ›Herrgott… ich sehe fürchterlich aus!‹, dachte Jánoska und machte sich beim nächsten Grün auf die Flucht vor seinem eigenen Spiegelbild.

Kurz darauf erreichte er den Alexanderplatz, wo fast nichts mehr an früher erinnerte. Heutzutage sah er wie ein riesiger Paradeplatz aus. Autos durften ihn aus dieser Richtung kommend nicht befahren, sondern wurden von Verkehrsschildern hinter den Kaufhof und C&A umgeleitet. Seinerzeit hatten auch diese Kaufhäuser nicht existiert oder wenn doch, dann hatten sie anders geheißen. Verschwommen erstand in Jánoskas Erinnerung das Bild eines wolkenkratzerartigen Gebäudes, das auf der Höhe des zweiten oder dritten Stocks von einem breiten Mosaikstreifen geziert war, der Menschengestalten darstellte. »Haus der Lehrer« – ja, irgendwie schwante ihm noch, die vom Oktoberklub hätten erzählt, dies sei die Zentrale des Lehrerfachverbandes. Wo war es heute?

Von provisorischen Drahtzäunen umgeben erblickte er einen halbfertigen Betonkoloss, aus dem laut Beschilderung einmal ein Einkaufszentrum mit Namen ALEXA entstehen sollte. Jánoska purzelte um ein Haar vom Fahrrad.

›Alexa, Alexa, Alexa!‹ Mit einem säuerlichen Geruch, den er bald als die undurchdringliche Note seines eigenen Schweißes erkannte, brach die Einsamkeit über ihn herein. ›Was zum Teufel suche ich hier in dieser Stadt, wo zwar alle deutsch sprechen, mich aber niemand liebt? Ich werde während dieses Monats eingehen, es sind erst drei Tage vergangen, eher erst zweieinhalb, dabei kommt es mir vor, als wäre ich schon seit Wochen am Prenzlauer Berg.‹ Mit seiner Lage in unmittelbarer Nähe zum Alexanderplatz, des zentralen Platzes des ehemaligen Ostberlin, gehörte der Prenzlauer Berg angeblich zu den schicksten Vierteln der Stadt. Doch was war da so schick? Die kaputten Häuser? Das unübersichtliche Straßengewirr? Die heruntergekommenen Cafés? In denen manchmal nicht einmal eine ordentliche Sitzgelegenheit vorhanden war und wo stattdessen auf den Gehsteigen mit Kunstleder bezogene, aus alten Autobussen ausgebaute Sitzbänke herumgammelten, deren Innenleben heraushing? ›Auch mein Innenleben hängt raus. Warum habe ich Alexa nicht mitgenommen? Warum sind meine Kleinen nicht hier?‹

*Johann Wolfgang von Goethe ist natürlich da.*

›Ja, der schon …‹ Nie zuvor hatte er den Dichterfürsten derart gehasst. Mit Einsamkeit hatte der kein Problem. Hatte nie auch nur eine Minute allein sein müssen, außer wenn es ihm selbst so behagte. ›Ausgehend von Professor Strényis Berechnungen wissen wir, dass er nahezu hundert Frauen gehabt hat. Angenommen, er war mit dreizehn geschlechtsreif (zu welcher Annahme wir allen Grund haben), hat er diese vielen Frauen und Mädchen im Verlauf von siebzig Jahren konsumiert. So ein verdammter Hurensohn!‹ Jánoska jaulte auf, er selbst hatte es bis jetzt gerade auf zehn Frauen gebracht, 10, in Worten ZEHN. ›Zwar bin ich noch nicht dreiundachtzig, sondern erst sechsundfünfzig, doch wenn ich mich und meine Situation so anschaue, dürfte sich meine Liste kaum wesentlich erweitern. Doch bekanntlich zählt ja nicht die Quantität, sondern die Qualität …‹ Worauf sich nur klägliche Loser berufen.

Sein Fahrrad schiebend ging er weiter. Gegenüber auf dem gepflasterten Platz befand sich der weiße Kasten des ehemaligen Kongresspalastes mit der Halbkugel aus Glas oder Kunststoff auf dem Dach. Wie sich den Aufschriften auf den Flaggen entnehmen ließ, war das Gebäude jetzt die Heimat des bcc. Oder 5cc? Das schicke Grafikdesign konnte so oder so gedeutet werden. Jánoska erkundigte sich bei dem stocksteifen Wachmann, der vor dem Gebäude stand. »Berlin Concert Centrum«, verkündete der mit feierlicher Stimme. Erst beim Weiterradeln fiel Jánoska ein, dass es dann bkz heißen müsste, weil man im Deutschen Konzert mit K und Zentrum mit Z schrieb. Mögliche Erklärung: Auch in Deutschland grassierte die Anglomanie, so dass es Berlin Concert Centre hieß. Oder Center.

›Meine Damen und Herren, die Weltuhr!‹ Jánoska bremste ab und lehnte sein Fahrrad an die Metallverkleidung eines Betonpfeilers. Er ließ das Schloss am Hinterrad einschnappen, indem er den Hebel nach unten drückte. Worauf der kleine Metallschlüssel, den er zum Öffnen des Schlosses wieder in die Öffnung stecken musste, auf das Pflaster fiel und mit einem leisen metallischen Klirren im Gully verschwand. Jánoska fluchte laut. ›Wie zum Teufel soll ich jetzt heimkommen? Das Rad etwa auf dem Buckel heimschleppen? Und was werden Bogarts, die Wohnungseigentümer, sagen, wenn sie aus Italien heimkehrend verdutzt feststellen, dass sie ihr Fahrrad nicht mehr benutzen können. Es sei denn, sie besitzen zufällig einen Ersatzschlüssel, doch warum sollten sie? Zum Teufel! So was kann auch nur mir passieren!‹ Er ließ sich auf dem Kantstein nieder und starrte auf seinen Knöchel, der unten aus der Hose ragte.

In dem nicht ganz klar umrissenen Vorhaben, jemanden anzurufen, griff er in seine Mantelinnentasche. Doch da war nur der Navigator, nicht aber sein Handy. Sicher ist sicher, er schaltete ihn ein, schließlich hätte man damit auch telefonieren können, sofern eine SIM-Karte drin gewesen wäre. »Neuberechnung in Gang!«, verkündete die bis zum Überdruss bekannte Frauenstimme. »Neuberechnung tut jetzt allerdings not«, dachte Jánoska bei sich, hatte es aber wohl laut ausgesprochen, denn er erhielt eine ungarische Antwort: »Was kann ich für dich tun, János Mester?«

Ein Mann mit fahlen Haaren und struppigem Schnurrbart stand in einem makellosen weißen Smoking neben ihm auf dem Gehsteig. »Komm, János Mester, ich mache dir einen teuflisch starken italienischen Espresso, und du erzählst mir alles!« Damit reichte ihm der Mann die Hand. Zunächst dachte Jánoska, der andere wolle sich vorstellen, der aber zog ihn nur mit einem entschlossenen Ruck hoch und lenkte ihn zur offenen Terrasse eines Cafés. Zwischendurch säuberte er Jánoskas staubige Hose mit einer Stoffserviette. Ratlos lächelnd nahm Jánoska in einem geflochtenen Korbsessel Platz. »Aber … was machst du denn hier?« »Geld verdienen, und zwar wesentlich mehr, als daheim ich könnte!«

Bei der verwegenen Satzstellung zuckte Jánoska zusammen, korrigierte aber entgegen seiner Gewohnheit nicht. Er hörte sich den Bericht des ungarischen Kellners – Robi – an, der erzählte, wie es ihn unmittelbar nach seiner Scheidung im Jahre 2000 von Kapuvár zum Alexanderhof in Berlin verschlagen hatte. »Zu Hause hat es zum Leben einfach nicht gereicht, doch Gott sei Dank bin ich mütterlicherseits deutschstämmig, so dass auch die Staatsbürgerschaft kein Problem war.« János Mester kannte er aus der Mittelschule, war zwei Klassen unter ihm gewesen, in der c. Obwohl sich Jánoska überhaupt nicht an ihn erinnern konnte, behauptete er das Gegenteil. Jánoska bekam einen teuflisch starken italienischen Espresso, worauf sein Herz zu rumpeln anfing wie ein verrückt gewordener Wecker. ›Weiß der Teufel, warum immer alle glauben, Ungarn tränken so gern teuflisch starken italienischen Espresso. Italiener trinken doch auch keinen teuflisch starken ungarischen!‹

Obwohl er schon ahnte, dass Robi nicht würde helfen können, erzählte er von seinem Unglück. Der Kellner nickte: »Mein Vorschlag, János Mester: Bleib noch ein wenig hier auf der Terrasse in der Sonne sitzen und warte ab, bis Vili Vajda eintrudelt. An ihn kannst du dich doch erinnern? Er war mit mir in der c, er hat sicher die Lösung für dein Problem!« Über diese Mitteilung war Jánoska hocherfreut, ein wenig von oben herab meinte er:»Vili Vajda ist mein Freund.« In der Tat war Vili sein engster Freund überhaupt. »Dann haben wir ja einen gemeinsamen Freund!«, erwiderte Robi.

Ach, der gute alte Vili Vajda … Zwar hatte er über Robi noch nie ein Wort fallen lassen, aber ein hilfsbereiter Mensch war er. Wirklich.

Als Vili endlich eintraf, wurde er von Robi mit großem Trara vorgestellt: »Hier ist der kleine Gelehrte unserer Schule, ehedem im Dauerabo für die Physik- und Chemielehrmittelräume zuständig, heutigentags Mitarbeiter des Zentralen Forschungsinstituts für Chemie!« Mit einem Kopfnicken sagte Jánoska »Hallo Alter!«, worauf sie sich umarmten. »So gut kennt ihr euch?«, sagte Robi mit einem Hauch von Enttäuschung. »Ja, so gut kennen wir uns.«

Im Bajza-Gymnasium hatten sie nicht viel miteinander zu tun gehabt, weil Vili Vajda zwei Klassen unter ihm war und es nicht üblich war, sich mit Jüngeren abzugeben. Nach dem Abitur hatten sie sich eine Weile ganz aus den Augen verloren und waren einander erst später auf dem Platz des 7. November über den Weg gelaufen. »Was machst du so?« »Ich züchte Kristalle!« Wenig später führte der Zufall sie wieder zusammen, diesmal im Central, einem Budapester Selbstbedienungsrestaurant. Vili Vajda sah immer noch genauso aus wie im Gymnasium. »Was machst du derzeit?« »Ich züchte Kristalle.« »Immer noch denselben?« »Ja.« Beim drauffolgenden Mal gestand Vili Vajda unsicher lächelnd, immer noch unverändert den einen gewissen zu züchten. »Die wachsen sehr langsam, weißt du?«

Hier in Berlin züchtete Vili nun also dank großzügiger Fördergelder irgendeiner deutschen Stiftung auch Kristalle. Jánoska hegte die Vermutung, Vili würde im Zusammenhang mit dem in den Gully gefallenen Fahrradschlüssel auch keinen Rat wissen, so dass er die Rede gar nicht erst darauf brachte. Doch Robi, der Kellner, fing prompt davon an. Vili Vajda nickte bedächtig. »Ich denke, da habe ich eine Lösung, bin gleich wieder da!« Somit lief er zu seinem eigenen Fahrrad, das mittels einer kunststoffverkleideten Kette an einem provisorischen Bauzaun befestigt war. Schwarze Satteltaschen hingen zu beiden Seiten des Hinterrads, aus einer davon zog Vili einen grünen Plastikbeutel mit einem senffarbenen Gummiband hervor, wie man sie normalerweise für Aktenbündel verwendete. Daraus zog er einen Fadenknäuel, an dessen Ende ein Metallhaken befestigt war. »Mir ist es einmal mit meinem Autoschlüssel genauso ergangen, weißt du, und damals habe ich dieses Hilfswerkzeug angefertigt. Inzwischen habe ich damit vielen Leuten helfen können. Wenn sich an deinem Fahrradschlüssel ein Loch befindet, dann ist das Ganze ein Kinderspiel!«

Besorgt beobachtete Jánoska, wie Vili Vajda die Schnur mit dem Haken durch das Gitter hinabließ und den Fahrradschlüssel – selbstverständlich war ein Loch dran – mit sicherer Hand heraufzog. Nachdem er ihn noch mit einem Papiertaschentuch gesäubert hatte, überreichte er ihn Jánoska: »Hier, bitte, viel Spaß damit!« Der wusste sich vor Dankbarkeit kaum zu halten, und nachdem sie erneut in den geflochtenen Korbsesseln Platz genommen hatten, bat Jánoska, die Rechnung begleichen zu dürfen. »Das wird kaum möglich sein, denn Robi lässt die Ungarn nie zahlen, er lädt sie grundsätzlich ein.« Jánoska schloss seine Hand fest um das wertvolle kleine Metallstück: »Wie soll ich meiner Dankbarkeit dann Ausdruck verleihen?« Statt zu antworten, brach Vili in Tränen aus. »Daheim in Budapest läuft alles schief, und hier bin ich einsam.«

Mit einer Bewegung, die vermuten ließ, dass dies nicht zum ersten Mal geschah, reichte ihm Robi die Stoffserviette. Was war zu tun, wenn ein guter Freund eine Krise hatte? ›Eigentlich befindest du dich in einer ähnlichen Situation … oder könntest dich bald darin befinden, wenn es dir nicht gelingt, deine Ehekrise zu überwinden.‹ Jánoska dachte an die Wohnung in Békásmegyer, und Sanyika und Jucika … »Das passiert manchmal«, flüsterte Robi ihm zu, »schenk dem weiter keine Beachtung, du weißt ja, er kann die Deutschen nicht leiden.«

Jánoska wollte Vili irgendwie aufmuntern, blies aber nun stattdessen selbst Trübsal. ›Was soll aus mir werden? Jetzt gerade kommt es mir auch so vor, als könnte ich die Deutschen nicht leiden. Und ich bin auch so einsam!‹ Seine Schultern bebten. Robi brachte ihm eine saubere Serviette. »Hört sofort auf, sonst fange ich auch noch an!«, sagte er mit drohend erhobenem Zeigefinger. Nun allerdings begannen an den anderen Tischen die vernachlässigten deutschen Gäste unruhig zu werden, und mit einem »'tschuldigung!« überließ Robi die beiden wehklagenden Freunde sich selbst. Rasch nahm er Bestellungen auf und brachte Rechnungen, kassierte Bargeld und erledigte Kreditkartenzahlungen. Machte unzählige Verbeugungen. Und stand binnen Kurzem wieder an ihrem Tisch: »Glaubt bloß nicht, dass ich es besser habe, auch ich bin nach meiner Scheidung hergekommen …« Seine Augen füllten sich mit Tränen. »Das fehlt noch, dass du zu heulen anfängst, wo du doch hier bei der Arbeit bist!«, wies ihn Vili Vajda zurecht.

Robi nickte zustimmend und ging wieder davon. »Die Arbeit macht einen stark«, murmelte der Kristallzüchter und schnäuzte sich herzhaft in die Serviette,

Doch Jánoska war sich nicht sicher, ob seine Arbeit ihn oder irgendwen sonst stark machen würde. Wen juckte es schon, ob er tatsächlich jeden Ort abklapperte, in dem der Dichterfürst sich irgendwann mal aufgehalten hatte. Einem deutschen Kollegen zufolge bewegte sich die Zahl der Ortschaften, in denen Goethe im Laufe seines Lebens gewesen war, um die tausend, ebenso viele Gedenktafeln und Statuen hätte man also errichten können. An die fünfhundert gab es tatsächlich im wiedervereinigten Deutschland. Großes Land, großer Aufwand.

›Einen Großteil deines Lebens hast du an Goethe verschwendet, und nun ist es zu spät, nun hast du von nichts anderem eine Ahnung. Vielleicht hast du nicht einmal von Goethe eine Ahnung. Aber sei's drum, bis zu deiner Pensionierung ist es eh nicht mehr lang hin.‹ (›Oder bis zu deinem Tode.‹ Aber das klang zu pathetisch, in Gedanken strich er es wieder durch.) Er sah, dass Robi immer noch schniefte und reichte ihm seine Serviette mit der sauberen Seite. Vergeblich wartete er, dass auch der Kellner sich schnäuzte, dazu kam es nicht.

»War nett mit euch beiden, wir sehn uns!«, sagte Vili Vajda zum Abschied und eierte Richtung U-Bahn davon. Robi meinte versonnen: »Der zerstreute Professor! Schon wieder vergisst er sein Fahrrad!« »Zahlen bitte«, murmelte Jánoska mechanisch, und Robi brachte die Rechnung.

›Anscheinend bin ich doch kein Ungar‹, dachte er, während er seine Geldscheine herauskramte. Er bedachte Robi mit einem beachtlichen Trinkgeld, in der Hoffnung, ihn damit trösten zu können. Er saß schon auf dem Fahrrad, als er mäßig laut ausrief: »Und wer tröstet mich?«

Er schaltete den Navigator ein (auf leise), um auf dem kürzesten Weg heimzukommen.

Neuberechnung in Gang.

# IV.

Eine ostdeutsche Schwiegermutter ging mitunter mit schweren Nebenwirkungen einher. Zum Beispiel musste man seinen fünfundzwanzigsten Geburtstag irgendwo unterwegs feiern. Verdammte Scheiße. Dabei war es ohnedies schon hart genug, mit einem Trabant nach Gera zu gurken. Und dann Zsuzsi, die andauernd pinkeln musste. Alle anderthalb Stunden etwa. Die Arme hatte kein Glück mit ihrer Blase. Ohne Klopapier konnte sie sich nicht aus dem Haus wagen, und kam die Scheißerei über sie, musste innerhalb von anderthalb Minuten eine Toilette her. Solcherart waren die Bedingungen für die Fahrt nach Gera, die mit einem Trabant zwei Tage dauerte. Durch die ganze Tschechoslowakei, die schier kein Ende nahm, wo die internationale Hauptstraße ab und an quer durch Frau Havlickas Gemüsegarten führte und die Beschaffenheit der Fahrbahn ungefähr mit einem ungarischen Feldweg zu vergleichen war. Nach der Grenze musste man dann noch ein ganzes Stück durch die DDR tuckern.

Der Trabi in seiner Heimat. Sicher freute er sich.

Zsuzsi liebte es, den Gegenständen Namen zu geben. Unser Auto nannte sie Foxi, und zwar aus zweierlei Gründen. Zum einen wegen der schmutzigweißen Farbe und den braunen Flecken unbekannter Herkunft. Die Flecken waren schon da, als wir das Auto gebraucht kauften, und der Händler behauptete, auch er hätte es vom Vorbesitzer so bekommen. Zum anderen wegen der abgewetzten Sitze, aus denen überall Fadenenden herausschauten, so dass das Innere des Autos aussah wie ein Rauhaardackel. Für die beiden Vordersitze nähte Zsuzsi senfgelbe Überzüge, von denen man nicht gerade behaupten konnte, sie passten zur Farbe des Wagens, aber egal.

Ich war jemand, der Gegenstände benutzte und sie nicht mit menschlichen Eigenschaften ausstattete. Für mich war der Trabant nur der ID 75-25. Warum Zsuzsi meinte, unser Auto gliche einem Hund, war mir unbegreiflich. Hunde waren treu und ließen einen nicht im Stich. Der ID 75-25 hingegen war wie eine Frau, die ihre Tage hatte, launisch und unzuverlässig. Manchmal blieb er einfach liegen wie eine faule Sau.

Sollte ich unserem Trabant dennoch einmal einen menschlichen Namen geben, würde ich ihn Jolanda nennen. Worauf mir Zsuzsi mit Sicherheit das DDR-Porzellangeschirr an den Kopf schmeißen würde, das wir von ihrem Vater zur Hochzeit geschenkt bekommen hatten. Ich war tatsächlich so blöd gewesen, ihr von meinen früheren Lieben zu erzählen. Von Fruzsina Forró und Jolanda Trabandt sogar recht eingehend. Seltsamerweise war sie auf beide rasend eifersüchtig. So was Schwachsinniges. »Du bist selber schwachsinnig, dich darüber zu wundern«, meinte Vili Vajda dazu. »Frauen sind nun mal eifersüchtig. Grundsätzlich.« Jedenfalls die Frauen, mit denen er verheiratet gewesen war. Die, mit denen er nicht verheiratet war, auch. Vili absolvierte gerade seine zweite Ehe, und es sah nicht so aus, als würde die noch lange halten. Allerdings tat Vili auch alles, um seiner Frau nicht gefällig zu sein. Er war sich immer selbst am wichtigsten.

Zu Recht war man besorgt, wollte man es mit der Landstraße in einem 601er Trabant aufnehmen, zumal wenn es sich um einen derart sturmgepeitschten handelte, wie den ID 75-25. Ein- oder zweimal verreckte der garantiert unterwegs. Man war also gut beraten, folgende Ersatzteile mitzuführen: Unterbrecherkontakte, Zündkerzen, Keilriemen, Reservekanister mit Benzin. (Kein Kunststoffkanister, der war polizeilich verboten und konnte an der Grenze beschlagnahmt werden.) Die Hauptgefahr bestand jedoch darin, dass ein Zylinder ausfiel. Der Trabant hat nämlich nur zwei, fiel also einer aus, blieb auch nur noch einer übrig. Der Motor zog dann nicht mehr, das Auto fuhr höchstens dreißig, bevor es ganz stehenblieb.

Als beim ID 75-25 zum ersten Mal ein Zylinder ausfiel, waren wir gerade vom Plattensee nach Budapest unterwegs. Es war ein Sonntagnachmittag, die Straße Richtung Budapest nur einseitig befahrbar, weil auf der anderen Seite gebaut wurde, damit irgendwann alles eine richtige Autobahn wurde. (Ich konnte es kaum erwarten, im Juli sollte es so weit sein, aber ich glaube nur, was ich sehe.) An den Wochenenden fuhren wir oft zu Zsuzsis Freundin, mit der zusammen sie aufgewachsen war und deren Eltern in Kenese ein Holzhaus besaßen. Bereits bei Székesfehérvár fing der Zylinder zu spinnen an. Ich fluchte. Zsuzsi war – wie immer in solchen Fällen – panisch, glaubte, wir müssten am Straßenrand übernachten. Als Erstes musste ich also sie beruhigen, bevor ich mich dem eigentlichen Problem widmen konnte. Ich fuhr seitlich ran und öffnete die Motorhaube. Das Pamphlet mit dem Titel »Trabant – wie helfe ich mir selbst?« lag immer im Handschuhfach, für den Fall der Fälle. Mit dem ID 75-25 trat dieser Fall oft ein. Bei Ausfall eines Zylinders empfahl das Heft erstens die Reinigung der Benzinpumpe und zweitens die Überprüfung der Zündkerzen, die vielleicht hinüber waren.

Hier also der große schwarze Tank, darunter die Benzinpumpe, die möglicherweise verschmutzt war. Ich folgte den Anweisungen des »Wie-helfe-ich-mir-selbst« und bat Zsuzsi, sich zu bücken und den kleinen Hebel unter dem Armaturenbrett auf der Beifahrerseite zu schließen. Dann tauchte ich kopfüber in den Motorraum, schraubte den Deckel ab, reinigte den Filter und brachte den Deckel wieder an. Es war schon vorgekommen, dass ich nicht aufgepasst und den Deckel schief zugeschraubt hatte, worauf das ganze Benzin langsam ausgelaufen war. Ein Trabant hielt einen wirklich auf Trab.

Anhand der Abbildung fand ich die beiden Zündkerzen. Laut Expertenrat sollte man die nicht funktionierende mit einer Drahtbürste reinigen bzw. austauschen, sofern das Reinigen nichts half. Eine der beiden Kerzen war kalt, die andere heiß, ich verbrannte mir die Finger. Aus der Überlegung heraus, dass bei Lichtschaltern oder Steckdosen Hitze kein gutes Zeichen war, es sich bei Zündkerzen also sicher ähnlich verhielt, tauschte ich die heiße aus. Weiterhin funktionierte beim elenden ID 75-25 nur ein Zylinder. Zsuzsi konnte sich vor Entsetzen kaum noch halten, forderte, dass wir anhielten und winkten, damit uns jemand half. Ungeachtet dessen kroch ich mit dem Wagen zur nächsten Tankstelle, wo uns ein muffeliger Typ in einem roten ÁFOR-Overall empfing. Während ich ihm mein Leid klagte, maß er mich mit denselben verachtungsvollen Blicken wie seinerzeit mein armer Vater. »Tauschen Sie einfach die andere aus, junger Mann!«, sagte er. Ihm war natürlich bekannt, dass die funktionierende Kerze Funken abgab und aus diesem Grunde glühend heiß war.

Darüber wurde im »Wie-helfe-ich-mir-selbst« kein Wort verloren. Ein derart fundiertes Unwissen setzte der Verfasser einfach nicht voraus. Das ist das Problem mit Fachleuten: Sie haben einfach kein Gespür dafür, was genau einem Laien unklar ist.

Mittlerweile habe ich mich bei Werkstätten und anderen Trabifahrern schlau gemacht. Mit großer Umsicht habe ich den Kofferraum mit allem bestückt, was je notwendig werden könnte. Sogar eine Luftpumpe legte ich mir zu, obwohl es wahrlich kein Kinderspiel war, einen Autoreifen von Hand aufzupumpen. Der kreuzförmige Schraubenschlüssel, den ich mir besorgte, war im Falle eines Reifenwechsels Gold wert. Taschenlampen hortete ich gleich zwei, falls bei einer die Batterie ausging. So war das bei uns Trabantbesitzern. Das Leben ein einziges Abenteuer. Wobei eines feststand: Der Trabant war nicht erfunden worden, um Strecken wie die zwischen Budapest und Gera zurückzulegen. Und das gleich zweimal innerhalb von vierzehn Tagen. Als ich vorschlug, in den Osterferien zu verreisen, hatte ich mir auch nicht unbedingt Gera vorgestellt, sondern eher Mátraháza. Wo ich doch die Berge so liebte. Zsuzsi war eigentlich für den Plattensee, aber natürlich nicht im Frühjahr und nicht, wenn es ohne Unterlass schüttete.

Zu Ehren ihres Gatten, der Geburtstag hatte, fuhr meine ostdeutsche Schwiegermutter ein Festessen auf – eine jener typischen Veranstaltungen, die selbst dann unerträglich sind, wenn auf dem Tisch ausnahmsweise verwertbares Futter steht. Doch Hannelore kochte, als hielten wir alle strengste Diät. Mein Schwiegervater, Mihály Pataricza, hatte zeitlebens als Forstsachverständiger im Landwirtschaftsministerium gearbeitet. Sein Vater wiederum hatte in Siebenbürgen unzählige Hektar Nadel- und Eichenwälder besessen, die ihm nach dem Krieg sämtlich weggenommen worden waren. Daraufhin war die Familie nach Kiskunhalas übergesiedelt. Und nun mussten sich Gäste anlässlich eines jeden Mittagessens im Familienkreise anhören, in Ungarn werde das falsche Nadelgehölz angebaut, es gäbe zudem nicht genug Eichenwälder, wo doch die Eiche das Alpha und das Omega der Forstwirtschaft war. Dieses Alpha und Omega machte mich fertig.

Bei Hannelore wurden die Portionen millimetergenau berechnet. Die Anzahl der Schnitzel auf der Servierplatte entsprach genau der Anzahl der Personen am Tisch, wobei keine Scheibe größer war als eine Tafel Zetti, dafür aber wegen des ewigen Klopfens hauchdünn. Hannelore war besessen von dem Gedanken, sparsam sein zu müssen, weil ihr sonst nach dem Tod ihres Mannes nichts bliebe, sie hatte ja keine Arbeit und kein Einkommen. Sie musste ein wenig Geld auf die hohe Kante legen. Wie hätte sie auch arbeiten sollen, da sie kaum Ungarisch sprach? Die beiden hatten neunzehnhundertfünfundsechzig geheiratet, anderthalb Jahre, nachdem Zsuzsis Mutter gestorben war. Seitdem lebte Hannelore in Budapest, beherrschte aber bis dato keinen einzigen fehlerfreien Satz. Warum war ihr nie in den Sinn gekommen, sich für einen Sprachkurs anzumelden? Redete sie von einem Mann, sagte sie Burse statt Bursche. Meinte sie Frau, sagte sie Gattttin, mit mindestens vier t. Das also war meine Schwiegermutter.

»Wie ich höre, wollt ihr verreisen«, sagte Hannelore, nachdem die Puppenhausportion Pilzsuppe und das »Wienerische Schnitzel« nebst ein, zwei Kartoffeln pro Person – Butter nur in mikroskopischen Mengen – aufgegessen waren. »Wo soll's denn hingehen?« Mit Zsuzsi und mir kommunizierte sie immer auf Deutsch. Ihr Gatte bediente sich dann eines Wortschatzes von etwa zweihundert Wörtern, wobei er die Regeln der Grammatik souverän außer Acht ließ. »Wissen wir noch nicht«, erwiderte ich. »Warum fahrt ihr nicht nach Deutschland, ihr könntet irgendwo bei meinen Verwandten übernachten, bei meinem Vater in Gera, meiner älteren Schwester in Leipzig oder der jüngeren in Ostberlin.« Ein derartiger Rundumschlag bei Hannelores Familie war nicht gerade in meinem Sinne, doch noch bevor ich zu Wort kommen konnte, klatschte sich Zsuzsi freudig in die Hände. »O wie schön, Oma und Opa habe ich schon so lang nicht mehr gesehen!«

Ich ahnte gleich, dass diese Idee kaum Hannelores Selbstlosigkeit zu verdanken war. Und prompt schnappte die Falle zu. »Und wenn ihr schon fahrt, könnt ihr für die Alten in Gera ein kleines Päckchen mitnehmen.« »In Ordnung.« »Und aus Leipzig könntet ihr ebenfalls ein nicht allzu großes Päckchen mitbringen. Für den Fall, dass ihr nicht nach Leipzig wollt, wird die Verwandtschaft dafür sorgen, dass das Päckchen rechtzeitig nach Gera gelangt.« Den Auftrag für Ostberlin konnte ich unter dem Vorwand, das schaffe der ID 75-25 nicht, glücklicherweise abwehren.

Beim Schmökern im Straßenatlas entdeckte ich, dass Gera sich in nächster Nähe zu Jena befand und dass auch Gotha und Georgenthal nur einen Katzensprung entfernt waren. ›Das wäre was, wenn uns Jolanda über den Weg liefe! Oder gar Karin Wangold, die ich möglicherweise nicht einmal mehr wiedererkennen würde.‹

Zsuzsis Gründlichkeit haute mich um. Mit ihr an meiner Seite brauchte ich mir wirklich keine Sorgen zu machen. Ihre Handtaschen (oder Stoffbeutel) waren in unserem ganzen Freundeskreis bekannt. Es gab nichts, was darin nicht vorhanden gewesen wäre. Zum Beispiel eine Apotheke. Wann immer ein Heilmittel benötigt wurde – Zsuzsi konnte mit größter Wahrscheinlichkeit aushelfen. Sie führte Nagel- und Hautscheren unterschiedlicher Größen mit sich. Und Papiertaschentücher. Und Watte. Und Verbandszeug. Und Deodorant. Und Puder. Und Wundbenzin. Und Pflaster. Und Augentropfenhandcremeklopapiertampons. Dinge, die man bei uns nicht immer bekommen konnte, über die sie aber dank ihrer ostdeutschen Verwandtschaft massenhaft verfügte.

Leider hatte das zur Folge, dass wir es im Falle einer Reise nie unter drei Koffern schafften. Seit uns der ID 75-25 zur Verfügung stand, schenkte Zsuzsi meinen Bitten, die Gepäckmenge zu begrenzen, keinerlei Beachtung mehr. »So ein Schwachsinn, wozu haben wir denn den Wagen, wenn nicht um Gepäck zu transportieren.« Mit diesen Worten stopfte sie Kofferraum und Rückbank voll. Außerdem forderte sie die Anschaffung eines Dachgepäckträgers und nahm diese Forderung erst von der Tagesordnung, als sie erfuhr, dass ein Dachgepäckträger nicht nur die Fahrgeschwindigkeit beeinträchtigte, sondern auch den Benzinverbrauch in die Höhe trieb.

Zwei Wochen vor der Reise statteten wir Ráths einen Besuch ab. Seit dem Tod meiner Eltern waren sie für mich Vater- und Muttersatz geworden. Meldete ich mich länger nicht, riefen sie an. Sie wohnten am unteren Ende der Fillér-Gasse. In einem Haus, das aussah, als hätte man ihm mit einem Messer das obere Stück abgeschnitten. Ihre eigenen Kinder, die etwa so alt waren wie ich, hatten das heimische Nest längst verlassen. Der Professor und seine Frau hatten sich daraufhin beide ein eigenes Arbeitszimmer eingerichtet, um das ich sie aufrichtig beneidete. In einer so großen Wohnung war das allerdings auch kein Problem. Mir war bislang noch nie ein eigenes Arbeitszimmer vergönnt gewesen. Selbst bei meinen Eltern war die Diele Wohnzimmerersatz gewesen.

Erst starb Mama an der grässlichsten Krankheit der Welt. Ein Jahr später folgte Papa. Herzversagen. Was in meinen Augen die gnädigere Lösung war. Nun war ich Waise und wusste nicht, ob ich die Wohnung würde halten können. Ráths rieten mir, sie zu verkaufen, allein schon der Erinnerungen wegen. Es sei besser, ein neues Leben anzufangen, sich vielleicht eine

Wohnung in einem Neubau zuzulegen. Was sie zu sagen vergaßen: Die Wohnung sollte mindestens drei Zimmer haben. Aber sei's drum, so hatte ich am Ende ein wenig Geld übrig. Onkel Rudi und Tante Jolánka halfen mir unglaublich viel. Es gab Zeiten, in denen ich dreimal die Woche bei ihnen war. Ich bekam ein Abendessen, und wir unterhielten uns. Ich begann zu rauchen und schwarzen Kaffee zu trinken, weil Tante Jolánka diese Dinge sehr liebte. Aber natürlich nicht so sehr wie Johann Wolfgang von Goethe und Friedrich Schiller. Onkel Rudi rauchte nicht, er spielte stattdessen Tennis. Mit ihm war ich das erste Mal auf den UVATERV-Plätzen. Und blieb für immer dort hängen.

Der Neubau entstand in Angyalföld in der Jász-Straße. Einer von Onkel Rudis ehemaligen Studenten half mir, die Wohnung zu ergattern, was nicht einfach war, denn es gab mehr als genug Interessenten. Als die Wohnung endlich übergeben wurde, waren Zsuzsi und ich schon längst zusammen. Wir hatten sogar schon geheiratet. Die Hochzeit hatte etwa zeitgleich mit dem Verstreichen des ersten Übergabetermins stattgefunden. Wir wohnten zur Untermiete, bis endlich mit Müh und Not der fünfte Übergabetermin eingehalten wurde. So in etwa zumindest.

Die Wohnung hatte anderthalb Zimmer, und es war eine unbeschreibliche Seligkeit, die eigenen vier Wände beziehen zu können. Dabei funktionierte anfangs schlichtweg nichts. Der Wasserhahn tropfte, aus dem Gasherd kamen nur kleine Explosionen, und schon der Föhn genügte, um die Sicherung rauszuhauen.

Im »halben« Zimmer schliefen wir, im »großen« Zimmer fand alles andere statt. Ich absolvierte mein letztes Jahr an der Uni, zum Büffeln hockte ich am Küchentisch, dort tippte ich meine Sachen und machte meine Notizen. Für die Mahlzeiten musste ich meine Papiere auf dem Sekretär im Wohnzimmer deponieren. Dem einzigen Möbelstück, das ich von früher behalten hatte.

Ráths schlossen Zsuzsi sofort ins Herz. Wie zwei alte Freundinnen tuschelten Jolánka und sie in der Küche. Ich habe den Verdacht, dass Ráths bei unserer Eheschließung eine nicht ganz unwesentliche Rolle gespielt haben. Ebenso wie schon bei meiner Zulassung zur Universität. Für Germanistik reichte es zwar nicht (obwohl Jolánka mich für die Aufnahmeprüfung vorbereitet hatte), dafür aber für das Lehramt in Ungarisch. Ich weiß bis heute nicht, ob Dr Rudolf Ráth seine Beziehungen hatte spielen lassen oder ob mein Erfolg darauf gründete, dass er mich so lang ermutigte, bis ich bei der mündlichen Prüfung tatsächlich so etwas wie Selbstbewusstsein an den Tag legte. Jedenfalls war er es gewesen, der mir die gute Nachricht überbrachte: »Du hast es geschafft, aber es ist noch absolut geheim!«

Nach meiner Rückkehr vom Berliner Festival meldete ich mich erst mal lange nicht bei ihnen. Bis eines Tages Frau Dr Jenő Farkas mitten in einer Deutschstunde wissen wollte: »Woher kennst du Jolán Starmüller?« »Wen?« Im Moment ging mir nicht auf, dass sie von Jolánka Ráth sprach. Pony drückte mir einen Zettel in die Hand. »Du sollst sie anrufen.« Jolánka war über meinen Anruf über die Maßen erfreut. »Komm uns so bald wie möglich besuchen, ich habe ein Geschenk für dich.« Das brachte mich in Verlegenheit. Sie fuhren russischen Crèmekuchen, Kaffee und frische Walnüsse auf. Dr Rudolf Ráth knackte die Nüsse mit der bloßen Hand, immer drei auf einmal, und mit einer solchen Leichtigkeit, als handele es sich um Eier. Auch ich versuchte es, kam aber nicht weit, nur meine Handflächen röteten sich. Ein mageres Würmchen kroch über das Tablett, ich zeigte es den beiden und schüttelte mich vor Ekel. Onkel Rudi lachte nur, schnappte das Würmchen und ließ es in seinem Mund verschwinden. »Schmeckt nussig«, verkündete er. Jolánka lachte, und ich hätte mich fast übergeben.

Bei besagtem Geschenk handelte es sich um den Eckermann. Gespräche mit Goethe. Das Buch, aus dem Jolánka in Weimar zitiert hatte, als wir uns in Goethes Gartenhaus zum ersten Mal im Leben begegnet waren. »Glaub nicht alles, was da drinsteht«, sagte sie jetzt, »Johann Peter Eckermann hat so manches frei erfunden. Seine Unterhaltungen mit Goethe hat er oft erst später aus dem Gedächtnis zu Papier gebracht, hier und da hat er auch Klatsch für bare Münze genommen, zum Beispiel bei der Geschichte, eine von Schillers Schreibtischschubladen sei voller faulender Äpfeln gewesen, weil deren Geruch den Meister zum Schreiben inspirierte.« Erschienen war das Buch 1956 im Verlag Művelt Nép, in einer Übersetzung von Viktor Lányi. Redaktion und einleitende Studie von József Túróczi-Trostler. Er setzte auseinander, häufig seien literarische Genies entweder in ihrer Jugend oder in reifen Mannesjahren oder als Greis zu Berühmtheit gelangt. Als Beispiele nannte er Byron, Puschkin und Petőfi für die Jugend, Dante, Shakespeare und Arany für das reife Mannesalter, und schließlich Homer, der sich der Nachwelt als Greis eingeprägt hat. Johann Wolfgang von Goethe hingegen gehöre zu den sehr wenigen, denen es vergönnt war, in allen drei Lebensabschnitten ein ganz Großer zu sein. Mit Fug und Recht kann ich behaupten, das Erwachen meines professionellen Interesses an Goethe ist der Wirkung dieses Satzes zuzuschreiben. In gewissem Sinne hatte ich also alles Jolánka zu verdanken.

Sprach sie über Literatur, war ich schlichtweg überwältigt. Damals schwor ich noch ausschließlich auf ungarische Dichter: Attila József, Dezső Kosztolányi und Miklós Radnóti. Und auf französische. Rimbaud, Verlaine, Apollinaire. Jolánka hingegen schwor auf die deutschen. Goethe, Schiller, Heine. Fleißig lieh sie mir ihre Gedichtbände, drängte sie mir geradezu auf. So kam ich auch zu der fünfbändigen Ausgabe von ausgewählten Goethe-Werken (mit braunem Einband), die Anfang der sechziger Jahre erschienen war. Wochenlang lebte ich nur noch in diesen Büchern. War vollkommen vernarrt. Begann immer wieder von vorne, sobald ich am Schluss ankam. Der erste Band wurde meine Bibel. Lieder. Balladen. Elegien. Gott und Welt. Vermischte Gedichte. Xenien. Epigramme. Parallel dazu las ich den Eckermann. Dabei ging mir auf, dass das Leben Goethes, dieses wunderbaren Mannes, mindestens ebenso reichhaltig gewesen ist wie das Lebenswerk, das er hinterließ. Leben und Literatur. Ich abonnierte das gleichnamige ungarische Wochenblatt. »Das größte Meisterwerk, das uns Goethe hinterlassen hat, war sein Leben selbst«, schrieb Előd Halász, dessen Name mir von den Deutsch-Ungarisch-Wörterbüchern geläufig war, im Vorwort. Erfreut stellte ich fest, dass ich aus eigenem Antrieb auf ähnliche Gedanken gekommen war wie der große Germanist und Wörterbuchautor. Der im Übrigen zu Jolánkas Freundeskreis gehörte.

Leben musste man also, lange und erfüllt, so lautete Johann Wolfgang von Goethes Botschaft an die Nachwelt. ›Vielleicht kann ich diesen Ratschlag beherzigen‹, dachte ich. Denn leben an sich tat ich ja. Der Rest ließ sich machen.

»Objektiv betrachtet hat Goethe in seinem Leben so viel erlebt, dass man damit mehrere Menschenleben füllen könnte, wobei all seine Erlebnisse zur Entfaltung und Bereicherung seiner Persönlichkeit beigetragen haben, ganz gleich ob er im Einzelfall die Rolle des Protagonisten oder des Betrachters gespielt hat. Seine Lebenskunst bestand in der Fähigkeit, den Bedürfnissen seines Ichs in harmonischer und organischer Weise nachzukommen. Sein Leben muss deswegen als sein bedeutendstes Meisterwerk betrachtet werden, weil er einerseits zulassen konnte, dass seine Persönlichkeit von der Wirklichkeit geformt und geprägt wird (wobei ihm seine einzigartige Auffassungsgabe bzw. Aufnahmefähigkeit eine große Hilfe war), er sich andererseits unablässig diversen Beschäftigungen widmete: Er schuf, formte, forschte und lenkte, sein Leben stand im Zeichen unablässiger Aktivität, im Großen wie im Kleinen.« Ich hatte das Gefühl, dies sei eine außerordentlich wichtige Feststellung. Ich las den Abschnitt immer wieder. Lernte ihn auswendig, obwohl er so verwickelt war, als wäre er auf Deutsch. Und sehr gehaltvoll. Wie die von Előd Halász zitierte Gedichtstrophe.

> Alles geben die Götter, die unendlichen,
> Ihren Lieblingen ganz,
> Alle Freuden, die unendlichen,
> Alle Schmerzen, die unendlichen, ganz.

Bei Ráths gab es oft Kastanienpüree. Piree, wie Jolánka sagte. Aus der kleinen Privatkonditorei unten an der Ecke. Nie im Leben habe ich jemanden mit einer solchen Wonne essen sehen wie Jolánka, wenn sie ihr Püree löffelte. Sie schloss die Augen, war vorübergehend nicht ansprechbar und ging vollkommen in dem Genuss auf.

Beiläufig erzählte ich von unserem Vorhaben, mit dem Trabant nach Gera zu fahren, worauf Jolánka die Hände zusammenschlug und ausrief: »Und wir fahren in den Osterferien nach Georschendahl!« »Wir könnten euch mitnehmen«, schlug Zsuzsi vor, doch Onkel Rudi lehnte das Angebot dankend ab. »Ich glaube, in einen Trabant passe ich nicht hinein.« Also beließen wir es bei dem Vorsatz, die beiden in Georgenthal zu besuchen. ›Keine sehr gute Idee‹, dachte ich, ›fehlt nur noch, dass uns Jolanda über den Weg läuft, und wenn nicht sie, dann ihre Eltern. Diesen Ausflug werde ich still und heimlich zu verhindern wissen.‹ Was sich Zsuzsi einmal in den Kopf setzte, konnte ich nur durch geschicktes Taktieren zu umgehen versuchen. Offener Widerstand führte bloß zu verhärteten Fronten, und dazu, dass Zsuzsi an ihrer Idee umso hartnäckiger festhielt.

Kennengelernt habe ich Zsuzsi im ELTE-Klub, wo wir hinzugehen pflegten, wenn Omega spielte. Ich forderte sie auf. Zunächst tanzten wir nur, später unterhielten wir uns auch. Manchmal begleitete ich sie nach Hause. Und mit der Zeit dann. Langsam, aber gründlich.

Sie hat mir viel Gutes angedeihen lassen. Begleitete mich ins Krankenhaus, als es mit den Krankheiten meiner Eltern losging. Der Geruch von Krankenhäusern war mir ein Gräuel, ein paar Mal wurde mir sogar schlecht. So richtig. So dass der diensthabende Arzt geholt werden musste. Sowohl bei Mama als auch bei Papa war das vorgekommen. Mama war vor lauter Schreck aus dem Bett gesprungen, wobei sie ihre Infusion vergaß, so dass Nadel und Pflaster von ihrem Unterarm gerissen wurden und das Blut nur so spritzte. Rumms! fiel ich in Ohnmacht und schlug mit dem Kopf auf dem Kachelboden auf. Erstklassig. War Zsuzsi anwesend, fühlte ich mich viel ruhiger. Meiner Meinung nach hat sie den Beruf verfehlt, sie ist eine geborene Ärztin oder Krankenpflegerin. Doch für das Medizinstudium hatte sie sich nie beworben, weil sie befürchtete, nicht genommen zu werden – gerade in den naturwissenschaftlichen Fächern war sie in der Schule schlecht gewesen. Also entschied sie sich für Jura und hatte jetzt zwar auch einen Dr, aber einen Dr jur, was nicht das Gleiche war. Dr Zsuzsanna Pataricza. Ich wusste, Zsuzsi würde mich pflegen, was auch immer mir im Leben zustoßen sollte. Vom Lösen eventuell auftretender rechtlicher Fragen ganz zu schweigen, für die sie immer professionelle Lösungen parat hätte. Was wollte ich also mehr?

Für Zsuzsi war es ausgemacht, dass wir wunderschöne Kinder haben würden. Schon als kleines Mädchen hatte sie beschlossen, es unter drei nicht zu machen. Sie stellte sich zwei Buben vor, und dazwischen ein Mädchen. Ich hingegen hatte für Kinder keinen Kopf. Wir beide waren Kinder genug, dachte ich. Fest aneinandergeklammert versuchten wir, uns gegenseitig unsere Eltern zu ersetzen. Zwar war ihr Vater noch am Leben, doch rechnen konnte sie mit ihm nicht. Noch nie hatte Zsuzsi irgendwas von ihm bekommen. Am allerwenigsten Liebe.

Trotz aller Bemühungen wurde meine kleine Gattin einfach nicht schwanger. Sie begann sich Sorgen zu machen, war niedergeschlagen und nervös. Ich war erst der zweite Mann in ihrem Leben, sie die dritte oder vierte Frau in meinem. Je nachdem, ob ich Karin Wangold dazurechnete oder nicht. (Diese drei Sekunden, wo ich so halb ...) Wenn nicht, dann blieben nur Jolanda Trabandt zum Ersten, Fruzsina Forró zum Zweiten. Keiner bietet mehr? Zsuzsanna Pataricza zum Dritten!

Fruzsina Forró hatte es gern gemacht, wollte aber immer oben sein. Reiten, kommen, fertig. Liebend gern hätte ich mit ihr das eine oder andere von dem ausprobiert, was ich von Jolanda kannte. Doch wie anfangen? Noch bevor ich den Mut aufbrachte, etwas zu sagen, gab mir Fruzsina den Laufpass. Sie war nämlich in der kostenlosen Zahnarztpraxis in der Révai-Straße gewesen, wo fertige Medizinstudenten an jedem üben durften, der sich dort hineintraute. Auch ich ließ mich dort behandeln. Eines Tages war sie von einem der Zahnmediziner angequatscht worden:»Bevor ich dir für den Dreier links unten eine Füllung verpasse, wüsste ich gern, ob du Lust hast, dich zwecks eines Rendezvous mit mir zu treffen.«

Zwecks eines Rendezvous, so der blöde Kerl. Worauf Fruzsina erwiderte: »Gern.« Sobald sie ihr Abitur hatte, heirateten sie. Sie wurde seine Assistentin. Verdammt. Geliebt habe ich Zahnärzte nie. Seitdem hasse ich sie.

Im Bett war Zsuzsi noch einfallsloser als Fruzsi. Beim Sex legte sie sich brav auf den Rücken und zog die Hose ihres dicken Flanellschlafanzugs runter. Lange war sie nicht fähig, einen Orgasmus zu bekommen. Machte mir was vor. Gab es erst nach Jahren zu. Eigentlich erst, als sie endlich welche hatte. Allerdings wusste ich anfangs selber nicht, dass die Chancen, eine Frau zum Höhepunkt zu bringen, enorm stiegen, je länger man als Mann durchhielt. Ich war furchtbar blöd. War über diese Dinge niemals aufgeklärt worden. Irgendwann kam ich dann drauf. Ich musste mich zwingen, an etwas anderes zu denken. An Wiesen mit Wildblumen. An Schwierigkeiten am Arbeitsplatz. An Essen. An Geld. Das schien der richtige Weg zu sein, obwohl ich manchmal übers Ziel hinausschoss und unerwartet schlappmachte. Den Mittelweg, meine Damen und Herren, den goldenen Mittelweg!

Oh, wie ich Flanellschlafanzüge hasste! Doch Zsuzsi hielt hartnäckig daran fest. Sie sei so verfroren. Was allerdings stimmte, sie hatte immer eiskalte Hände und Füße. Trotzdem sollte ich Feuer fangen, nicht wahr. Ich gab mir große Mühe, meine Truppe so tief wie möglich in sie hineinzukatapultieren. Ohne Ergebnis. Pünktlich wie ein Zugfahrplan bekam Zsuzsi ihre Monatsblutungen. Sie weinte jedes Mal. Bekam hysterische Anfälle. Schlug mit den Fäusten gegen die

Wand. Rannte zum Frauenarzt. »Alles in schönster Ordnung, Sie können so viele Kinder bekommen, wie Sie nur wollen.« »Drei will ich«, erwiderte sie mechanisch. »Ich weiß, ich weiß, zwei Buben und ein Mädchen«, sagte ich, merkte aber gleich, dass sie mir eine scheuern würde, wenn ich nicht den Mund hielt. Ich schaute, dass ich weiterkam.

Warum sollte ich über Kinder nachdenken, wenn ich erst fünfundzwanzig war und vom Leben bis jetzt so wenig Gutes abbekommen hatte? Reisen wollte ich, Spaß haben und das Leben genießen! Ein Buch schreiben, eine wissenschaftliche Karriere machen, eine angesehene Anstellung finden! Sollte ein Kind dazwischen kommen, würde ich es ohne Zweifel lieben, doch der brennende Wunsch nach Vaterschaft loderte noch nicht in meiner Seele. Flackerte nicht einmal. Ich wusste nicht, wie ich Zsuzsi das beibringen sollte, wartete auf eine passende Gelegenheit.

Auch als wir Richtung Bratislava aufbrachen, war sie mal wieder überzeugt, schwanger zu sein. Andauernd ermahnte sie mich, langsamer zu fahren, um das neue Leben nicht aus ihr herauszuschütteln. Gerne sprach sie so davon: Das neue Leben. Wobei ich immer an Weizenfelder denken musste, sicher wegen des Gedichts von Endre Ady. Ich war nicht gerade beglückt, mit siebzig über die Landstraße kriechen zu dürfen, es wurde Mittag, bis wir endlich die ungarische Grenze passierten. Das nächste Ziel war Prag, irgendwo davor oder danach wollten wir übernachten, um am nächsten Tag Richtung ostdeutsche Grenze weiterzufahren. Im Gegensatz zu den tschechischen Grenzern interessierten sich die Ostdeutschen brennend für die beiden dicken Pakete in unserem Kofferraum. Wir hatten natürlich keinen blassen Schimmer, was sie enthielten. Der grün uniformierte Offizier schnitt das dicke Packpapier mit einer Schere durch und schüttete den

Inhalt mit verachtungsvoller Miene auf ein Gestell. In einem der Pakete befanden sich achtzehn Stangen ungarische Salami, einzeln in Butterbrotpapier gewickelt, im anderen lagen vierzig Päckchen Fecske-Zigaretten. In abgehackten Sätzen verkündete der Beamte, wir hätten in schwerwiegender Weise gegen die Zollbestimmungen der Deutschen Demokratischen Republik verstoßen, was Beschlagnahmung der Güter, Strafanzeige und eine Geldbuße nach sich ziehe, möglicherweise sogar Einreiseverbot.

Ich war verzweifelt. Die eigene Schwiegermutter brachte einen derart in die Bredouille! Und die arme Zsuzsi erst! Allerdings konnte es für Zsuzsi im Hinblick auf Hannelore keine Überraschungen mehr geben. Betrübt betrachtete ich die wirr daliegenden Salamis und musste bei ihrem Anblick an Mikadostäbchen denken. Welche hätte man herausziehen können, ohne dass sich die anderen bewegten? Seit Jahren hatte ich keine ganze Stange Salami mehr gesehen, nicht einmal eine einzige, geschweige denn so viele. Mir lief das Wasser im Mund zusammen. »Lieber Genosse«, begann ich mit gedämpfter Stimme, »gäbe es da nicht eine Möglichkeit …« Der Grenzer machte keine Anstalten, mir entgegenzukommen. »Wie meinen Sie?« »Nun … eine Möglichkeit, eine für alle Beteiligten befriedigende Lösung zu finden? Damit sowohl die Ziege satt wird als auch der Kohl verschont bleibt.« Das ungarische Sprichwort übersetzte ich wörtlich. Dunkel entsann ich mich, dass es auch im Deutschen etwas Ähnliches gab, doch es fiel mir nicht ein. Beide Daumen in den Gürtelschlaufen bellte der Offizier: »Hälfte-Hälfte.« Und als ich mich noch immer nicht rührte, sagte er plötzlich ungehalten: »Packen Sie schon ein, bevor ich es mir anders überlege!«

Mit der Hälfte unserer Salamistangen und Zigaretten durften wir also in die DDR einreisen. HERZLICH WILLKOMMEN.

Meine Hände waren voll von dem staubigen Schimmel, mit dem echte ungarische Salami aus welchem Grund auch immer bedeckt ist. »Nur die Ruhe, wir haben es geschafft«, sagte Zsuzsi in dem Versuch, mich zu trösten. Bis Jena sprach ich kein Wort mehr, und auch dann brach ich mein Schweigen nur, um sie zu ermahnen, wegen des Babys nicht zu rauchen. Schon gar nicht im Auto. Sie ignorierte es, kurbelte lediglich das Beifahrerfenster bis zum Anschlag hinunter und blies den Rauch dort hinaus. Der Luftzug drückte ihn mir direkt ins Gesicht.

Vor ein paar Jahren ist bei mir eine Kunstlederallergie diagnostiziert worden. Gerate ich damit in Kontakt, bekomme ich sofort Ausschlag. Dadurch wurde mir eine zuvor nie beachtete Tatsache bewusst: Die DDR war das Land des Kunstleders. Nahezu alles, was hier hergestellt wurde, war mit Kunstleder überzogen. Die Sitze des Trabants ebenso wie seine Türverkleidung. (Die aus diesem Grunde eher Türverlederung heißen sollte.) Ich polsterte den Fahrersitz mit einer dreifach gefalteten Decke, was nicht sehr bequem war, doch die handelsüblichen Überzüge waren viel zu dünn, um bei meinem Problem Abhilfe zu schaffen. Auf längeren Strecken war die Decke allerdings auch keine Ideallösung, von Zeit zu Zeit verrutschte sie und fiel trotz Sicherheitsnadeln runter. Verdammt! Noch vor Prag war mein Rücken von Pusteln übersät. Bis zur DDR waren auch Hals und Kinn in Mitleidenschaft gezogen. Was für wunderbare Ferien! Zsuzsi fühlte sich durch meinen Ausschlag irritiert. Zwar gab sie es nie zu, aber in solchen Momenten konnte sie mich nicht ansehen. Wollte ich alles aufzählen, was mich an Zsuzsi irritierte, würde das eine lange Liste ergeben. Nun ja. Friss oder stirb.

Lange hockten wir wortlos im ID 75-25, Zsuzsi zum Fenster gewandt, mit dem Rücken zu mir. Etwa alle zwanzig Minuten zündete sie sich eine Zigarette an, was wirklich zu weit ging. Seit Neuestem rauchte sie Mentholzigaretten, bei denen mir allein vom Geruch schon schlecht wurde. Ich war über die Maßen betrübt. Wir waren erst drei Jahre zusammen. Wie sollte das noch werden, ein ganzes Leben lang? Wie war das doch gleich, warum hatte ich sie überhaupt geheiratet? Weil sie darum gebeten hatte. Und warum tat ich immer alles, worum man mich bat? Bedauerlicherweise hatten sich auch die Ráths sehr für diese Ehe eingesetzt, Zsuzsi passe so gut zu mir, so ein stilles, ordentliches, kluges und liebenswertes Mädchen. Das alles war richtig. Den beiden war nur entgangen, wie nervtötend sie sein konnte. Besonders, wenn man auf engem Raum mit ihr eingesperrt war.

Ráths waren seit ungefähr dreißig Jahren verheiratet. Der liebe Gott hatte sie einfach füreinander geschaffen. Während Onkel Rudi an seinem Schreibtisch sitzend römisches Recht studierte, korrigierte Jolánka Klassenarbeiten. Etwa stündlich trafen sie sich im Wohnzimmer, Jolánka machte in ihrer elektrischen Unipress-Maschine einen teuflisch starken Kaffee, den die beiden zusammen tranken und dazu gefüllte Waffeln knabberten, bevor jeder zu seiner Arbeit zurückkehrte. Das Mittagessen nahmen sie in der Gaststätte an der Ecke ein. In der ENTE. An Werktagen war es anders, da mussten beide unterrichten. Wobei der Herr Professor nur dreimal die Woche in die Uni ging. Also aßen sie nur in der Ente, wenn Jolánka früher Schluss hatte und Onkel Rudi zu Hause forschte. Auch uns luden sie einmal dorthin ein. Gebratene Ente gab es nicht, obwohl das die Spezialität des Hauses war.

Jolánka und Onkel Rudi stellten aber eher die Ausnahme dar. Eine typische Kriegsehe. Treu wartete Jolánka ab, bis Onkel Rudi den Weltkrieg verlor und die Russen die Deutschen aus dem Land jagten, danach gaben sie sich das Ja-Wort.

»In der Hochzeitsnacht habe ich mich ganz schön blamiert«, erzählte Onkel Rudi lachend. »Er hatte so viel getrunken, dass er einfach schlappgemacht und bis zum nächsten Morgen geschnarcht hat.« Doch Jolánka sah es ihm nach. Soweit ich das beurteilen konnte, sah sie ihm immer alles nach. Streit gab es bei den beiden nicht. Auf Onkel Rudis Schultern hätte man Holz hacken können. Auf Jolánkas hingegen Eisen. Es gab nur eines, womit man sie aus der Fassung bringen konnte: Wenn es einem an Liebe zur Poesie und zur Literatur mangelte.

Ich war dem Tode nahe, als wir endlich in Geras Gartenstadt vor dem crèmefarbenen Haus mit der Holzverkleidung hielten, in dem Hannelores Eltern wohnten. Es war schon dunkel. Ab Jena waren wir hinter einem riesigen Lastwagen hergetuckert, der uns kurz zuvor wild hupend eingeholt hatte. Der Fahrer saß so hoch, dass ich ihn durch den Rückspiegel nicht sehen konnte. Was mochte das Rindvieh wollen? Die Straße war zweispurig, warum überholte er nicht? Er hupte und hupte, wie ein Wahnsinniger. »Gib doch Gas, du Trottel, wenn es dir so brennt!« Langsam tauchte er neben dem Trabant auf. Am Steuer saß ein unglaublich fetter Kerl und wies mit dem Finger zur anderen Straßenseite. Ich schaute in die Richtung, in die er zeigte, und erblickte einen riesigen Schrottplatz mit unzähligen ausgeschlachteten, übereinander gestapelten Autokarosserien. Lauter Wartburgs und Trabants. Der Kerl meinte wohl, der ID 75-25 sei reif zum Verschrotten. »Hurensöhne!«, brüllte ich auf Ungarisch, »ihr habt ihn doch erfunden!«

Zsuzsi versuchte mich zur Besinnung zu bringen und zeigte nach hinten. Erst da bemerkte ich den dichten, öligen Rauchschweif von mindestens fünfzig Metern Länge, den wir hinter uns herzogen. ›Du lieber Himmel, habe ich doch glatt die Ansaugpumpe nicht richtig zugemacht!‹ Ein Glück, dass die

Zündkerzen nicht hinüber waren. Eine Weile ließ ich den Motor auf Hochtouren laufen, damit er sich aushusten konnte. Mittlerweile stank es auch im Auto bestialisch. Was für ein wunderbares Ding, so ein Zweitakter! Vielleicht sollte ich wenigstens für einen Wartburg sparen. Der rauchte nicht so. War auch größer. Und aus Metall, nicht aus Pappmaché.

Minutenlang saß ich vor dem Haus stumm im Auto, bevor ich mich imstande fühlte auszusteigen. Inzwischen waren Oma und Opa heruntergekommen, die ostdeutsche Großmutter schlank wie ein Teenager, der ostdeutsche Großvater hingegen dick, wie der hupende Lastwagenfahrer. Er hatte ewig tränende Augen und dicke, runzlige Haut von bräunlicher Farbe. Er küsste mich auf die Wange und rieb mir dabei seinen salzigen Schweiß ins Gesicht. Auch Oma gab mir einen Kuss, wobei ihre Haut rau war wie Schmirgelpapier. Beide verströmten einen schwer definierbaren Geruch. Ich konnte nur raten: Mottengift? Brennspiritus? Gesarol?

Über die furchterregend quietschende Holztreppe bugsierte ich Zsuzsis höllenschwere Koffer in den dritten Stock und ging dann nochmals hinunter, um die mehr schlecht als recht eingewickelten Salamis und die Zigaretten zu holen. Puh, wohnten die beiden weit oben! Zudem stellte sich heraus, dass das Gästezimmer im vierten Stock lag und nicht mehr war als ein dem Dachboden abgetrotztes Kämmerchen. Dorthin gelangte man nur über eine schmale, steile Treppe, die eher einer Leiter glich. Verflucht. Drei Koffer hinaufzuhieven war nicht ohne. Nach diesem Kunststück verspürte ich weder Lust noch Kraft, zum Abendessen in den dritten Stock hinunterzuklettern. Es war ohnehin nichts anderes zu erwarten als höfliche Schleimerei bis spät in die Nacht. Genau das Richtige nach einer ganztägigen Autofahrt.

Am Waschbecken spritzte ich mir so lange kaltes Wasser

ins Gesicht, bis ich mich einigermaßen erfrischt fühlte. Im kaputten Spiegel sah ich, dass mein Hals und Kinn von Ausschlag übersät waren. Ganz toll! Die Kalziumsalbe, die mir der Arzt verschrieben hatte, und die manchmal sogar half, hatte ich natürlich zu Hause vergessen. ›Obwohl ich keine Schönheit bin, erobere ich doch die Herzen, wie ich das mache, ist doch klar, mit Lachen und mit Scherzen.‹ Diesen blödsinnigen Schlager summte ich vor mich hin und klopfte mit dem Fuß den Rhythmus dazu, bis mir einfiel, dass es möglicherweise nach unten durchdrang. Also ließ ich es sein und kletterte in den dritten Stock hinunter. Zsuzsi unterhielt sich vergnügt und im größten Einvernehmen mit Oma. Opa deckte den Tisch, wobei ihm ein etwa zwanzigjähriges Mädchen zur Hand ging, das sich mir unverzüglich vorstellte: »Ich heiße Britta.« Sie roch nach frischer Seife. Der erste Wohlgeruch in der dicken Luft dieser Wohnung.

Aus irgendeinem Grund war es für mich ausgemacht, Britta sei die jüngste Tochter des Hauses, obwohl ich von ihr noch nie etwas gehört hatte. Auch hätte ich nachrechnen können, dass sie dafür eigentlich zu jung war. Leider behandelte ich sie eine ganze Stunde lang wie ein Familienmitglied, bis sich herausstellte, dass sie die Tochter der Nachbarn aus dem Erdgeschoss war, die den alten Rehleins manchmal im Haushalt half, um damit ihr Taschengeld aufzubessern. »Oh Verzeihung!« Was für eine Blamage.

Britta trug eine schneeweiße Schürze mit Trägern und einem quadratischen Latz vorne über der Brust und Rüschen an allen Seiten. Auch ihre Bluse und ihr Rock waren weiß und frisch gestärkt. Unter dem Latz war die Bluse aufgeknöpft, man hatte freie Sicht, besonders wenn sie sich bückte, was sie oft tat, weil sie immer wieder in den Backofen schauen oder etwas in den Mülleimer werfen musste. Anfangs gab ich mir

Mühe, woanders hinzuschauen, doch der Anblick zog meine Augen magisch an. ›Wie frische Semmeln aus dem Backofen‹, dachte ich, zumal irgendwie auch noch Mehl auf die beiden Brüste geraten war. Unsere Salami fiel mir ein, und weiterführend, dass ich gleich einen Ständer bekommen würde. Rasch suchte ich unter dem Damasttischtuch Schutz.

Was für eine Schande, dass ich mich von einer Göre derart verwirren ließ! Von einer Frau. Einer Deutschen. Einer Ostdeutschen. Mich würde mal interessieren, wie die westdeutschen Frauen waren. Vermutlich nicht viel anders. Ein Volk blieb doch ein Volk, auch wenn ein Walter Ulbricht in Gemeinschaft mit den Sowjets das Land zweiteilt und in Berlin eine Mauer errichtet. Obwohl, so ganz ein Volk waren sie ja nie gewesen. Waren immer schon Sachsen, Bayern, Preußen und so weiter und so fort. Mit hochrotem Kopf saß ich da. Britta schien absichtlich ihr Spielchen mit mir zu treiben, hüpfte ständig um mich herum und presste mir einmal sogar ihre Brust in den Rücken, als sie die Porzellanschüssel mit dem Kartoffelsalat über meine Schulter hinweg auf den Tisch stellte. Es fehlte nicht viel, und ich hätte ins blühende Fleisch ihres Halses gebissen. Wie ein Vampir.

Ich versuchte rauszukriegen, ob Zsuzsi etwas bemerkt hatte, doch sie schien ganz in die Unterhaltung mit ihrer Stiefgroßmutter versunken zu sein. ›Tief durchatmen, János Mester, und an etwas anderes denken!‹ An Johann Wolfgang von Goethe zum Beispiel. An dessen zwei Weimarer Wohnhäuser, die ich unbedingt zu besuchen *goedachthe*, sollte es nach mir gehen. Oder an meine Dissertation, die ich weiterzubringen *goedachthe*, damit sie endlich in Druck gegeben werden konnte. Oder an meinen gesicherten Arbeitsplatz in einem Forschungszentrum für Massenkommunikation, wo ich mein Brot im Außendienst verdiente. Mit Fragebögen für wissenschaftliche Zwecke in der Hand musste ich an wildfremden Wohnungstüren klingeln, die Adressenliste war aufgrund von Volkszählungsdaten zusammengestellt. Brrr, wie ich das hasste. Aber es war gut bezahlt, und ich hatte immer wieder mal ein paar Tage frei, um mich mit Goethe zu beschäftigen. (Dabei hätte ich mich mit nichts anderem beschäftigen sollen …) Wäre es mir rechtzeitig gelungen, unter Professor Strényis Fittichen unterzukommen, statt Professor Császár in den Arsch zu kriechen, hätte sich vielleicht alles anders entwickelt. Doch späte Reue führte zu nichts.

Als das Abendessen endlich auf dem Tisch stand, wünschte uns Britta einen guten Appetit, zog ihre Schürze aus und hängte sie an die Küchentür. Nun erst fiel ihr der offene Knopf an ihrer Bluse auf, und sie machte ihn eilig zu. Doch noch durch den gestärkten Stoff hindurch luden ihre frischen Semmeln zum Reinbeißen ein. ›Du bist furchtbar!‹, rüffelte ich mich. ›Komm wieder runter, aber ganz schnell!‹ Auch nachdem Britta gegangen war, blieb der Seifenduft in der Küche hängen. Und in meiner Nase.

Es gab Pfannkuchensuppe, eine Spezialität aus Österreich. Und Hackepeter, von Oma Mett genannt. Schließlich folgte eine kalte Platte mit hart gekochten Eiern, Leberpastete, etwas Blutwurstartigem und Käse. Eine unserer Salamistangen kam auch auf den Tisch, Opa zog sie sofort zu sich, schnitt sie mit seinem Taschenmesser statt in Scheiben in große Würfel und verschlang sie im Alleingang. Ein Wunder, dass er nicht platzte. Ich hielt mich an den Hackepeter, während meine Gedanken um Jolanda kreisten, um Jolanda Trabandt. Sie war schon drauf und dran, Britta aus meinem Kopf zu verdrängen. Oder die beiden gerieten durcheinander. Lieber Gott, wie lange hatte ich Jolanda nicht mehr gesehen! Sie fehlte mir entschieden. Offenbar war ich dabei, den Verstand zu verlieren.

Fantasierte von Jolanda, obwohl ich doch mit Britta beschäftigt war. Dabei brauchte ich mich weder wegen der einen noch wegen der anderen abzuplagen, weil ich am Ende ja doch mit Zsuzsi vorliebnehmen musste. Ich war total bescheuert.

In einer Backform servierte Oma ein an Buchteln gemahnendes Gebäck, von dem ich so viel aß, dass mein Gürtel zu spannen begann und ich ihn weiter stellen musste. Zsuzsi und die Alten redeten ununterbrochen, nicht eine Sekunde stand ihr Mundwerk still, mir brummte der Kopf. Ich konnte es kaum erwarten, ins Bett zu kommen. Was auch nicht ganz ohne Komplikation abgehen würde, denn es gab nur ein einziges Badezimmer, im dritten Stock, und wir mussten warten, bis sich die Alten in ihr Schlafzimmer verzogen hatten. Für die abendliche Toilette brauchte Zsuzsi mindestens zwanzig Minuten, manchmal sogar vierzig. Was ziemlich qualvoll sein konnte, wenn einen der Harndrang überkam. Zu Hause passierte es manchmal, dass ich es einfach nicht mehr aushielt und dann in der Küche von einem Schemel aus in die Spüle pinkelte. Natürlich schrubbte und spülte ich sie danach gründlich. Doch woanders kam so etwas natürlich nicht in Frage. Ein Hoch auf Wohnungen mit separaten Klos, Freunde! ›Gleich mach ich mir in die Hose, verdammt!‹ Also klopfte ich, doch Zsuzsi antwortete nicht. Darauf öffnete ich die Tür, und sie sprang wie von der Tarantel gestochen von der Schüssel auf. Wütend fauchte sie: »Beim Arsch deiner Mutter, kannst du nicht anklopfen?« »Habe ich! Ich mach mir gleich in die Hose, verflucht!« Weiter kam ich nicht, denn sie schlug mir mit voller Wucht die Tür vor der Nase zu.

Ich tappte im Flur auf und ab. Beim Arsch meiner Mutter? Nie zuvor hatte Zsuzsi derartige Ausdrücke gebraucht. Warum war sie nur so aufgebracht? Schließlich hatte *sie* die Tür nicht verriegelt! ›Beim Arsch DEINER Mutter‹, dachte ich.

Beim Anblick der grauen Wandverkleidung kam mir eine Gedichtzeile von Endre Ady in den Sinn, in der er sich weigert, sein Lied für die Grauen und Unscheinbaren dieser Welt zu singen. Beim Arsch seiner Mutter. Zumindest ein Poet musste für jeden singen wollen. Gelingen würde ihm das eh nicht. Das hatte schon Goethe gesagt. Zu Eckermann. Wenn es denn stimmte.

In kleinen Fichtenholzrahmen hingen alte Familienfotos an der Wandverkleidung, in Augenhöhe und in Dreierreihen. Hannelore als kleines Mädchen im Garten, mit einem Reifen. Opa als Offizier, schlank wie ein Schilfrohr. In Wehrmachtuniform. Eines der Fotos war am Budepester Donaukai aufgenommen: Opa in Habtachtstellung vor der Burg. Der Fotograf musste gekniet haben, um das Bauwerk ins Bild zu kriegen. Den Weltkrieg hatte Opa also genauso verloren, wie Dr Rudi Ráth. Nur dass es … eben doch nicht ganz das Gleiche war. Papas wüstes Schimpfen auf die Nazis fiel mir ein. Ostnazi. Westnazi. Opanazi. Achtung Falle, meine Damen und Herren!

Als ich mir noch einmal vergegenwärtigte, wie Zsuzsi aufgesprungen, wie verlegen und wütend sie gewesen war, ging mir urplötzlich ein Licht auf. Vermutlich hatte sie … hmm … sie hatte sich wohl gerade … äh … an sich zu schaffen gemacht! Es konnte nur darum gehen. Zu neunundneunzig Prozent. Wenn nicht gar hundert. Ich war entsetzt. Aber klar, alle machten das. Sie also pflegte es auf der Schüssel zu tun. Nur schwer konnte ich mir eingestehen, dass mich die Sache störte. Rasch suchte ich die Vergangenheit nach verräterischen Anzeichen ab. Umsonst. Bisher hatte sie es immer geschafft, es unbemerkt zu erledigen. Genauso wie ich. Und wie jeder andere. Das war ein gewisser Trost.

Nach den Geräuschen zu urteilen begann sie jetzt erst zu duschen, so dass es noch mindestens zehn Minuten dauern würde. Wollte ich nicht riskieren, dass meine Blase platzte, musste ich etwas unternehmen. So wie ich war, in Klamotten, jedoch barfuß, schlich ich lautlos die Treppen hinunter, was an den Treppenabsätzen am schwierigsten war. Es herrschte absolute Finsternis, und nirgends fand ich einen Lichtschalter. In jedem Stockwerk tastete ich die Wände ab, doch nichts.

Ich gelangte in den Vorgarten, auf den man aus dem ersten Stock des gegenüberliegenden Hauses freie Sicht hatte. Ein halbes Dutzend Leute saßen mit feierlichen Gesichtern an einem runden Tisch auf dem Balkon. Die Gastgeberin war gerade dabei, die Torte mit den vielen Kerzen abzuräumen. Da hatte jemand Geburtstag. In aller Eile begab ich mich hinters Haus. Hier wurde der Zaun von einer dichten Hecke gesäumt, deren äußersten Busch ich ausgiebig bewässerte. Ich hatte perfekte Aussicht auf die Wohnungen in unserem Haus. Im Erdgeschoss stand die Balkontür offen, Britta schaute fern, während sie auf dem Fahrrad trimmte. Sie trug ein weißes Träger-Shirt und schwarze Trainingshosen. Ihr Busen wogte rhythmisch. Mein Zielwerkzeug (wie Vili Vajda diesen Körperteil zu nennen beliebte) schoss in die Höhe wie ein Schlagbaum. Ich konnte mich von Brittas Anblick einfach nicht losreißen. Wollte mit einem derartigen Ständer allerdings auch nicht ins Haus zurück. Man stelle sich nur die Szene vor, wie ich über den dritten Stock schleichend plötzlich vor Opa stehe, oder besser noch vor Oma. Einfach großartig.

Ich pirschte mich zurück zum Haus. Die Treppe knarzte derart, dass ich mich nicht im Geringsten gewundert hätte, wäre Britta oder sonst jemand mit einer brennenden Fackel aus einer der Wohnungen gestürzt gekommen: ›Wer geistert hier mitten in der Nacht durchs Haus?‹ Warum gerade Fackel, könnte ich spontan nicht sagen. Ein Filmerlebnis vielleicht.

Nach fünf, sechs Minuten weiteren Wartens überließ mir

Zsuzsi das Terrain. Hände, Gesicht, Zähne. Dann unter die dicke, eiskalte Bettdecke, die ein Geräusch von sich gab, wie wenn man auf dünnes Eis tritt. Tief sank ich in die Matratze ein. Rutschte in die Kuhle in der Bettmitte, wo ich am tiefsten Punkt mit Zsuzsi zusammenstieß, die von der anderen Seite hergerutscht war. Ich versuchte mich auf meiner Hälfte wieder emporzuwälzen, vergeblich. ›Das wird ja eine Nacht!«, dachte ich, während Zsuzsi wegen meines vermeintlichen Annäherungsversuchs kicherte. Normalerweise war ich die treibende Kraft. Eigentlich immer. Ergriff ausnahmsweise sie die Initiative, geschah es immer nonverbal. Sie schob ihre dicke Schlafanzughose an den Oberschenkeln bis zum Knie hinunter und drehte sich auf den Bauch. Nun ja. Der Frauenarzt hatte ihr geraten, es von hinten zu machen, da sei die Chance, meine kleinen Kämpfer könnten ihr Ziel erreichen, am größten. Also dann … los geht's.

Hatte ich im Garten eine Latte aus Hartholz gehabt, so war hier im kühlen Bett höchstens noch ein kleines Ringelschwänzchen übrig. An Zsuzsis Hinterteil gepresst hoffte ich auf eine Inspiration. Sie missverstand mich, ließ ein lang gezogenes »Na!« vernehmen und rief: »Was zum Teufel willst du?« »Nichts, zum Teufel«, murmelte ich und dachte an Britta. An ihre Semmelbrüste und ihren knackigen kleinen Hintern.

Doch am Ende versagte ich trotz aller Versuche. Das geschah nicht zum ersten Mal. Seit das Stöpseln hauptsächlich dem Kindermachen diente, ließ meine Begierde zunehmend zu wünschen übrig. Nahte da schon die Imp ? Niemals werde ich das Wort vollständig aussprechen oder niederschreiben. Schon aus Aberglauben nicht.

Irgendwann brachte ich bei Onkel Rudi die Rede darauf. Nur so ganz nebenbei. Erkundigte mich, wie oft er es mit Jolánka tat. Nach langem Nachdenken erwiderte Onkel Rudi:

»Eine Zahl kann ich dir nicht nennen, aber ich habe so ein Gefühl, irgendwie sind alle Männer imp, ganz gleich welchen Alters, welcher Rasse oder welcher Herkunft. Doch eine niveauvolle Frau wird sich über das Problem hinwegsetzen, und so löst sich dann die Sache ganz von alleine.« Das klang ja vielversprechend.

Die Blamage war perfekt, und Zsuzsi zerrte ihre Schlafanzughose wieder hoch. Mit einem gramvollen Seufzer, als würde sie alles durchschauen, drehte sie sich zur Seite. Ungehalten polterte ich los: »Könntest du der Sache vielleicht noch zwei Minuten widmen?« »Klar«, sagte sie kleinlaut, »soll ich die Hose wieder runterziehen?«

Darauf erwiderte ich nichts mehr, murrte nur noch stumm in mich hinein, ›zieh sie runter oder lass es bleiben, nur triff endlich im Leben eine Entscheidung wie ein erwachsener Mensch.‹ Geduldig ließ Zsuzsi alles über sich ergehen, küsste mich dann auf die Wange und sagte: »Gute Nacht, Jánoska.« Auch jetzt sagte ich nichts. Grollte stumm. Verreck.

Statt zu verrecken, hüllte sich Zsuzsi innerhalb von Sekunden in eine dichte und gleichmäßige Wolke aus Schlaf. Immer schlief sie so schnell ein wie ein Eilzug. Wofür ich sie zeit meines Lebens beneidete. Ich war ein schlechter Schläfer, besonders wenn ich von einem anderen Körper erdrückt wurde. Ich kauerte mich an den Bettrand, aber dort fror ich, weil das Zimmer nicht geheizt war. Ich schlüpfte in Zsuzsis blauen Frottiermantel, da ich selbst keinen dabeihatte. So wankte ich hinunter in den dritten Stock und legte mich im Wohnzimmer auf die Couch. Zum Zudecken benutzte ich die Handtücher, die ich im Badezimmer fand. Ein nasses legte ich zuoberst.

Die ganze Nacht wälzte ich mich auf der Couch herum und stellte mir die Posen vor, in denen im Erdgeschoss die süße

Britta vor sich hin schnaufen mochte. Das war wie warmen Kakao trinken. Zu Hause würde ich mir jetzt die Mühe machen, einen zu kochen. Doch hier hatte ich keine Lust, Omas Küchenschränke im Dunkeln zu durchwühlen.

Hin und wieder nickte ich für ein paar Minuten weg. Manchmal träumte ich. Zum Beispiel, dass ich auf dem UVATERV-Platz Tennis spielte. Im Doppel. Beim Aufschlag schlug mir mein Partner den Ball in den Nacken: Ich war vom Sofa gefallen und hatte meinen Kopf am Couchtisch angeschlagen. Die Beule wuchs. Was zum Teufel suchte ich eigentlich hier in Gera, bei Hannelores Eltern? Plötzlich war ich mir nicht sicher, diese wunderbaren Ferien zu überleben.

Mit einiger Mühe kroch ich zurück auf die Couch und sah jetzt eine neue Britta vor mir. In einer gestärkten Schürze, und sonst nichts drunter. Hui, da war ich auch gleich gestärkt! Doch hier auf der Couch großonkeln? Das ging nicht. Ich erwog, ins Badezimmer zu gehen, verspürte aber nicht die Kraft dazu. Also gab ich mich der Analyse meines Traums hin. Warum hatte ich den Tennisball an den Kopf gekriegt? Offenbar hatte ich mich selber abgeschossen. Selbstbestrafung wegen Britta? Wo doch nicht das Geringste passiert war? Nein. Wegen meines Versagens vorhin bei Zsuzsi? Schon eher. Morgen früh würde ich das Versäumte nachholen. Oder morgen Abend.

Ach Britta, Britta … Aber genug jetzt. Husch.

Zurück zum Tennisplatz. Ich ließ lang zurückliegende Einzel-Matches Revue passieren, die ich gewonnen hatte. Dann Doppel-Matches. Der Wettkampf von vier Männern war kein Sport und auch kein Spiel. Das war Krieg pur. Man hatte keine andere Möglichkeit, als die anderen reinzulegen. Beschiss im Quadrat.

Taucht auf dem Nebenplatz ein weibliches Wesen auf, steht

das Leben plötzlich still. Alle schielen heimlich zu IHR. Der Mensch, der männliche zumal, ist nicht mehr in der Lage, sich normal zu benehmen. Erwidert die Frau seinen Blick, reißt er die Augen rasch von ihr los. ›Nein, Sie irren sich, Madame, ich habe Sie nicht angestarrt!‹ Doch so bald wie möglich stiert er wieder hinüber. So läuft das ab, und zwar unabhängig davon, ob die Frau blüht oder schon welkt, ob sie wunderschön ist oder nicht. Als dem einzigen Weibchen auf weiter Flur gehört ihr die ungeteilte männliche Aufmerksamkeit. Im Spiel der Männer häufen sich die unforced errors. Trotz extrem unvorteilhafter Tenniskleidung (von Trainingshosen ganz zu schweigen) wird immerzu nach der Frau gespitzt. Mit Stielaugen begaffen wir ihren hüpfenden Busen, ihren wogenden Hintern, und wer all dem widerstehen kann, ist gar kein richtiger Mann.

Ist keine Frau anwesend, benehmen wir uns ganz normal. Doch sobald eine auf der Bildfläche erscheint, verwandeln wir uns in testosterongesteuerte Hornochsen. Sind Frauen genauso? Dann jedenfalls nicht auf dem Tennisplatz. Spielen vier Frauen Doppel, können sich auf dem Nachbarplatz noch so viele Männer herumtreiben, die Damen nehmen von ihnen keine Notiz. Oder kaschieren sie es einfach nur geschickter?

Ich stand auf. War noch unentschlossen. Konnte der Versuchung schließlich doch nicht widerstehen. In der Hoffnung, Britta noch einmal zu sehen, schlich ich in den Garten hinunter. Am Horizont wurde es schon hell. Bereits auf der Treppe spürte ich, wie sich das Unglück zusammenbraute, ein großes, unaufhaltsames Unglück. In meinem Magen wuchs etwas. Ein unangenehmer Geschmack stieg mir durch die Speiseröhre in den Mund. Der Hackepeter. Nur mit Mühe erreichte ich den Busch, den ich am Abend bewässert hatte. Obwohl ich jedes Aufsehen vermeiden wollte, zwangen mich meine verkrampft zuckenden Bauchmuskeln, jedes Mal zu schreien, wenn ich den Mund öffnete, während sich mein Mageninhalt in regelmäßigen Attacken auf den unglückseligen Strauch ergoss. Ein Himbeerstrauch, nun sah ich es. Aaaahh! brüllte ich mit Ingrimm und Ausdauer.

Am Rande meines Bewusstseins nahm ich wahr, dass ich den Hackepeter vor einem ständig wachsenden Publikum von mir gab. Das Mett. Brittas Eltern zeigten mit dem Finger auf mich. Opa schrie: »Nicht auf den Strauch!« Oma wollte wissen, ob sie mir ein Glas Wasser bringen sollte. Britta warf ein Päckchen Papiertaschentücher herunter. Leider in die Mitte des Gartens. Es dauerte lange, bis ich es holen konnte.

In den folgenden Tagen fuhren wir nach Weimar und Gotha. Jolánka und Onkel Rudi in Georschendahl zu besuchen, schafften wir nicht mehr, die Zeit reichte nicht.

Doch bleibender als jede andere Erinnerung prägte sich mir das ein, was ich neben jenem armen, so schändlich zugerichteten Himbeerstrauch hatte durchmachen müssen, erst im Stehen, dann auf den Knien. Dabei war ich dem Hackepeter aufrichtig dankbar. Ihm war es zuzuschreiben, dass ich es schaffte, mich komplett von Britta zu befreien. Scheinbar war dies die Lösung für Probleme dieser Art.

# 5.

Berliner Katzen schienen ihre Wollust weniger laut in die Welt hinauszuschreien, dafür aber umso schmerzvoller. Hörte Jánoska zu Hause in Békásmegyer Katzen schreien, meinte er jedes Mal, es handle sich um ein verzweifeltes Baby. ›Was für lieblose Eltern‹, dachte er, sprach es manchmal sogar aus. Alexa beruhigte ihn dann: »Das ist nur ein Kater, der gern vögeln möchte.« Auf das ö legte sie eine besondere Betonung.

Dr János Mester stand am Fenster in der Raucherstraße 33 und stützte die Ellenbogen auf das Geländer des französischen Balkons, der genau genommen nichts anderes war als ein Eisengitter vor einer großen Glastür, die auf die Straße ging. Das kanariengelbe Haus gegenüber hatte zwischen den Etagen schmale Vorsprünge aus grauem Blech, auf denen wie auf einem Korso Katzen auf und ab flanierten. Die meisten waren rot getigert. Jánoska fragte sich, ob das nur in diesem Viertel so war oder in ganz Berlin, vielleicht sogar in ganz Deutschland. Jedenfalls wurde sein Trommelfell von dem Geschrei der Katzen in Berlin weit weniger strapaziert als in Budapest. Vielleicht, weil diese hier deutsch miauten? Oder weil sie disziplinierter waren, ebenso wie das Volk, in dessen Mitte sie lebten?

Katzenweibchen waren – ähnlich wie Hunde – nur an bestimmten Tagen des Jahres paarungsbereit. Dann war es ihnen nahezu egal, mit wem sie es trieben. Wie viele Probleme sie sich auf diese Weise ersparten! In seiner Vorstellung beamte sich Jánoska auf den grauen Katzenkorso, wo ihn die Miezen mit bereitwillig gespreizten Beinen erwarteten. Er bestieg eine jede und erfüllte die ihm genetisch eincodierte Aufgabe. Bekamen Katzen in ähnlicher Weise einen Orgasmus wie Menschen? Fingen sie zu zittern an, wenn es so weit war? Kreischten sie? Was fühlten Kater, wenn sie ihre Kinder in die Welt verströmten? Wenn man sie nur fragen könnte! Seit Jánoska erwachsen war, musste er beim Orgasmus winseln. Er hegte die Befürchtung, dieser Laut, der an die Sirene eines Spielzeugrettungswagens erinnerte, könnte lächerlich klingen, und er hätte ihn gern unterdrückt. Wäre er ein Kater, wäre das nicht von Belang. Kater taten, was sie wollten.

Als rot gestreifter Katzenkerl ist Jánoska der König der Etage. Und er genießt es. Bis er Alexa erblickt. Die Katzen-Alexa hat die gleiche Champagnerfarbe wie die echte Alexa, doch statt glatter Haut mit Sommersprossen hat diese hier überall Fell. Ihre Wollust tut sie etwas sanfter kund als die anderen, doch ebenso schmerzerfüllt. Hinter ihr tummeln sich die Katzenkerle. Einer trägt eine Armbinde mit der Aufschrift »Freiwillige Polizei«, Drängler verweist er mit strenger Miene zurück in die Schlange: ›Ein wenig Geduld, bitte, jeder kommt dran, es zählt die Reihenfolge der Ankunft!‹ Der Katzenkerl namens Jánoska befindet sich nicht auf derselben Etage wie die Wartenden, nicht einmal am selben Gebäude. Das ist zu viel, der echte Jánoska jault auf. Die Vision verflüchtigt sich, und Jánoska hat wieder nur die auf den Mauervorsprüngen flanierenden roten Vierbeiner vor sich. Deren durchdringendes Geschrei scheint nie von dem Tier zu kommen, welches Jánoska gerade im Visier hat. Oder sieht man ihnen nicht an, wenn sie schreien?

*Mir sieht man auch nicht an, wenn ich schreie.*

Jánoska kauerte sich im Schneidersitz auf den Boden. Ob es auch andere Sitze gab? Metzgersitz? Jägersitz? (Klar! Der hieß dann Hochsitz!) Jánoska streckte sich auf dem Rücken aus. Kühle Nachtluft strich über seine Haut. Anfang September. (Reminiszenz an Sándor Petőfis Gedicht.) Was für ein eifersüchtiges Rindvieh der aber auch gewesen sein muss! Verfügte mit Anfang zwanzig, woran sich Júlia Szendrey zu halten hatte, sollte er, Petőfi, Gott bewahre, vor ihr das Zeitliche segnen. Was zugegebenermaßen nicht unwahrscheinlich war. Der Dichter hätte es nur allzu gern gesehen, dass das hinterbliebene Weiblein den Witwenschleier nie wieder ablegt. Anfang 1848 schwängerte er sie, wofür sich Júlia mit der Anfertigung der ersten ungarischen Kokarde revanchierte und diese dem Dichter am 15. März eigenhändig an die Brust heftete. Alles Weitere kann man in den Geschichtsbüchern nachlesen, nicht wahr. Später vermählte sich Júlia Szendrey noch zweimal, was unter rechtschaffenen Patrioten für einigen Aufruhr sorgte. Die Nation wünschte, die Dame möge ihr weiteres Leben mit dem oben erwähnten Schleier auf dem Kopf fristen. Sogar János Arany verfasste ein Poem »Die Witwe des Patrioten«, lehnte sich mit der Pfeife im Mund befriedigt zurück und freute sich über den Schlag, den er der flatterhaften Júlia mitten ins Gesicht versetzt hatte. Er war unverfroren genug, sich in dieser Sache zu äußern, er, der der Nachwelt so gut wie kein einziges Liebesgedicht hinterlassen hat! Was verstand er überhaupt von diesen Dingen?! Goethe, ja, der wusste, was Liebe war, Eifersucht oder Polygamie!

›Und du, was weißt du denn?‹ Jánoska drehte sich auf den Bauch. Der Fellteppich auf dem Boden erinnerte ihn an einen in seichtem Meerwasser planschenden, langhaarigen ungarischen Hirtenhund. Im Alter von sieben Jahren, in Kühlpunkt, hatte er so etwas mal gesehen. Allerdings war das keine ungarische, sondern eine deutsche Rasse mit langen Haaren gewesen. Ein Tier von der Wasserwacht. Mit der Schnauze schubste er die Badenden in Richtung Ufer.

Der dicke Flor war sanft und pieksig zugleich, was ihn an seine Frau denken ließ. Alexa. Die Turnlehrerin, die in naher Zukunft eine internationale Tangokönigin sein würde, mit Gabó an ihrer Seite. Der Anblick ihrer beim Tanzen auf- und abwandernden Wadenmuskeln sowie der tiefen, senkrechten Kuhle an den Außenseiten ihrer Oberschenkel wirkte auf Jánoska äußerst erregend. In den speziellen Sandalen mit den steifen Sohlen und den weit hinten angebrachten, hohen Absätzen, die sich Alexa extra für den argentinischen Tango machen ließ, waren ihre Beinmuskeln derart angespannt, als wollten sie gleich aus der Haut platzen. So oft es die Umstände erlaubten, fiel Jánoska auf die Knie und presste seine Stirn in Alexas Schenkelkuhle. Natürlich nicht in aller Öffentlichkeit. Obwohl Alexa sich darüber am meisten gefreut hätte. Sie störte sich nicht daran, angegafft zu werden. Im Gegenteil! Als Bühnenmensch war sie geradezu süchtig danach. Sie trug ihre Nacktheit mit einer Selbstverständlichkeit zur Schau, als sei sie ... Jánoska fiel kein passender Vergleich ein. Es störte sie auch nicht, wenn Sanyika sie nackt sah. »Früher oder später wird er den weiblichen Körper ohnehin kennenlernen müssen!« Jánoska dagegen war verklemmt genug, sich eilig ein Handtuch vorzuhalten, öffnete sein Sohn – oder gar seine Tochter – unerwartet die Badezimmertür.

Klingeling! Wer mag das um diese Uhrzeit sein? ›Es weiß doch kein Mensch, dass ich hier bin‹, denkt Jánoska mit einem Seufzer und rührt sich nicht vom Fleck. ›Sicher ein Versehen, jemand hat sich in der Tür geirrt.‹ Klingeling schon wieder, und ein drittes Mal, und dann viele Male und ganz lange – der Jemand scheint sich am Klingelknopf festgesaugt zu haben. ›Was für ein sturer Mensch!‹, denkt Jánoska, während er sich aufrappelt, seinen halb geöffneten Hosenschlitz in Ordnung bringt und in den Flur wankt. Seine Fußsohlen glühen auf den kalten Kacheln, es ist eben doch schon Herbst, trotz des schönen Wetters. Er dreht das Deckelchen beiseite und spickt durch das winzige Guckloch hinaus. Im Treppenhaus ist es vollkommen finster. »Wer ist da?«, stößt er unsicher hervor, zunächst in seiner Muttersprache, dann auf deutsch. Keine Antwort. Vorsichtig zieht er den Metallriegel des Sicherheitsschlosses zurück. Im selben Moment wirft sich ihm jemand um den Hals, stößt ihn von den Beinen, so dass sie beide auf dem Boden landen. »Alexa!« Jánoska traut seinen Augen nicht. »Wie kommst du hierher?« Die Frage kann er nicht mehr stellen, denn Alexas Zunge bohrt sich mit männlicher Entschlossenheit in seinen Mund, mit einer kraftvollen Bewegung reißt sie ihm die Hose vom Leib, ein unheilvolles Krachen ertönt. Eine Naht? Der Gürtel? Egal, irgendwas eben. »Wenigstens die Tür sollten wir zumachen«, haucht Jánoska, worauf Alexa erwidert: »Ach was, sollte uns einer sehen, kommt wenigstens etwas Leben in dieses abgewrackte Haus!« Abgewrackt war es in der Tat, Außenputz war kaum noch dran, es sah aus, als wäre der wegen einer bevorstehenden Neuverputzung abgeschlagen worden. Dabei hatte nur der Zahn der Zeit daran genagt, allem Anschein nach war es seit dem zweiten Weltkrieg kein einziges Mal mehr renoviert worden. Als Alexa ihm die Unterhose bis zu den Schenkeln herunterreißt und dann mit den Füßen weiter nach unten schiebt, lässt auch diese (die Unterhose) einen Klagelaut vernehmen. Höchste Zeit für die Entkleidung seiner Frau. Er zieht ihr T-Shirt vorsichtig hoch, so dass der Bauch mit den süßen Sommersprossen zum Vorschein kommt. Seit den Geburten ist die Haut nicht mehr ganz straff, dennoch so sehr nach Jánoskas Geschmack, dass er sanft hineinbeißt. Alexa lässt einen dünnen, lang gezogenen Laut vernehmen, der Jánoska nur noch mehr anspornt, so dass er seine sensiblen Würstel in allen Richtungen über die heiße Haut gleiten lässt. Mit zehn Fingern pflügt Alexa über die Golanhöhen und vergräbt ihre Zähne in den Felsen von Gibraltar. Ein Tigerweibchen, wie Jánoska zu sagen pflegt. Ein Raubtier ist er selbst nicht, eher ein Pflanzenfresser, vielleicht ein Nashorn, ein kleineres, ängstlicheres Exemplar, der voll auf den Perlenglanz der Zähne des Tigerweibchens steht, auch wenn er sich für die Bisse nur bedingt begeistern kann. Dafür langt er dem Tigerweibchen unglaublich gern in den Mund, was dieses nur selten duldet, er ist verrückt nach dem weichen Gaumen, den Rundungen des Zahnfleisches und der kleinen Mulde in der Zungenmitte. Noch bevor er all diesen Dingen seinen Besuch abstatten kann, gerät Manual in Gefangenschaft, mit eiserner Faust verhaftet Alexa ihn und sperrt ihn erst in das Tal zwischen ihren Brüsten, dann hinter das Gatter ihrer Zähne. Sein eigenes Gewinsel gemahnt Jánoska an das Geschrei der Katzen, er schämt sich, kann aber nicht anders »Noch nicht«, winselt er. Plötzlich wechselt Alexa die Stellung, legt ihren Mann flach, wobei sich Jánoska den Kopf an der scharfen Kante des Gaszählerschränkchens stößt, macht nichts. Heiß und fest stülpt sich das Vöglein über Manual, Alexa reitet ihn, wobei ihre kleinen Brüste einen wilden Tanz vollführen. Die Hüften auf und ab, so gut es geht ergreift Jánoska die beiden Brüste, während Alexa ihrem Pferd die Sporen gibt, um es zu einem noch schnelleren Galopp anzupeitschen. Alle geben unartikulierte Laute von sich, Alexa, Jánoska, Manual und das Vöglein. Kurz vor der totalen Auflösung springt Alexa plötzlich von ihrem Rappen und geht vor Jánoska auf alle viere: »Von hinten ist es doppelt so viel wert!« Nach Herzenslust darf Manual im Vöglein stochern, wobei Jánoska aus diesem Winkel eine perfekte Aussicht hat auf die Resultate von Alexas unzähligen Tanzstunden, ihres seit jungen Jahren betriebenen Trainings, des Joggens, Hüpfens und Kniebeugens. Wäre nicht das Tangotanzen dazwischengekommen, hätte es Alexa als Mittelstreckenläuferin weit gebracht. Umgeben von diesen gut ausgebildeten Muskeln fühlt sich Jánoska immer in Sicherheit: Einen mittelkräftigen Kerl bringt Alexa im Bedarfsfall jederzeit zu Boden. Es macht ihn glücklich, dass ausgerechnet er, Jánoska, sie von hinten nehmen darf, also vielleicht doch nicht der schwächliche, kraftlose Waschlappen ist, als den Alexa ihn so oft bezeichnet. Waschlappen tut schon sehr weh. Wenn aber nicht nur das Vöglein, sondern Alexas ganzer Körper sich windet, wie von einem Sturm auf offenem Meere gepeitscht, dann hat Manual ja doch einiges auf dem Kasten, ist Jánoska doch ein toller Kerl. Oder nicht?! Schon ist der submarine Vulkanausbruch nicht mehr aufzuhalten, beide schreien im Rhythmus der Meereswellen, Alexas eine Oktave höher als Jánoska. Kurz darauf rollt sich Alexa auf den Rücken. »Steck schnell einen rein«, befiehlt sie, »schnell, schnell!« Jánoska gehorcht, Alexa schlingt ihm die Beine um den Hals. »Hast du keinen längeren?«, das ist ihr übliches Spiel, denn natürlich hat er keinen längeren als den mittleren, mal ganz abgesehen davon, dass ja nicht die Länge zählt. Jánoska tastet mit seinem sensiblen Würstel so lange umher, bis er die kleine Kuhle unter dem Schambein findet, die sich schwammig, elastisch und glitschig zugleich anfühlt, und wo er zunehmend fest drückt, weil sich hier irgendwo der G-Punkt befinden muss, über den er in Frauenmagazinen so viel nachlesen könnte, vorausgesetzt er würde so was jemals in die Hand nehmen, tut er aber nicht, kennt den G-Punkt deshalb nur vom Hörensagen, ist sich nicht einmal sicher, ob er wirklich existiert. Eines hingegen weiß er gewiss: Tut er das, was er tut schnell und ausdauernd genug, bricht aus Alexa über kurz oder lang wieder das inbrünstige Stöhnen hervor. So ist das alles, so läuft das ab, immer in derselben Art, derselben Reihenfolge, derselben Leidenschaft. Bekanntermaßen ist das Vöglein recht faul, geht nicht gern zu Fuß, spannt lieber die Flügel und fliegt davon wie ein Feuerwagen.

Als sein Atem endlich wieder ruhiger ging und er sich hätte erkundigen können, wie Alexa von Budapest hierhergekommen war, nach Berlin, in die Raucherstraße 33, war niemand mehr da, den er hätte fragen können. Allein und bibbernd lag er auf dem rauen Fellteppich im Wohnzimmer, vor der sperrangelweit offenen Balkontür. Es war Viertel nach zwei. ›Scheinbar bin ich hier eingeschlafen.‹

Er rappelte sich auf, um die Kälte auszusperren. Widerwillig fügte sich die herunterhängende Türklinke. ›Ich sollte das Bett machen und schlafen gehen.‹ Schon ließ ihn sein Traum im Stich, an seiner Stelle kehrte wieder die Einsamkeit zurück. Jánoska fuhr rasch in die Schuhe, steckte Geldbeutel und Wohnungsschlüssel ein, überlegte, ob er Schuppen- und Fahrradschlüssel mitnehmen sollte, entschied sich dann aber dagegen. Im Treppenhaus fand er keinen Lichtschalter, tastete sich blind an den Unebenheiten der Wand entlang.

Selbst zu dieser späten Stunde erweckte die Raucherstraße den Eindruck, als sei es helllichter Tag. In den beiden Cafés gegenüber herrschte reger Betrieb, die meisten der auf dem Gehweg aufgestellten Tische waren besetzt. In kleinen Glashüllen flackerten Kerzen, hier und da glimmten Zigaretten. Bleich schien am dunklen Himmel der Mond. Jánoska entschied sich für das arabische Lokal. In dem schlauchförmigen Innenraum war keine Menschenseele, trotz der geöffneten Glasfront saßen die Gäste wegen des milden Wetters lieber an den Tischen draußen. Hier unten fror Jánoska nicht mehr. Offenbar war es in der Wohnung kälter als auf der Straße. Er wollte gerade wieder kehrtmachen, als ihm das große Mädchen auffiel. Sie stand auf endlos langen Beinen oben auf der Theke. Die enge Jeans umhüllte eine knabenhafte Figur, die untere Bauchpartie ließ sie frei. So waren die Konturen ihres Beckens deutlich sichtbar. Das Mädchen hatte einen derart winzigen Hintern und einen so flachen Bauch, dass man nicht wusste, wie die Hose überhaupt oben bleiben konnte. Selbst in ihrem quer gestreiften T-Shirt erschien sie nicht im mindesten dick, und ihre Brüste, die nicht viel größer waren als Tischtennisbälle, zeichneten sich an einer unvorstellbar hohen Stelle unter dem Stoff ab. Veilchenblaue Augen, blondes, kurzes Haar, gleichmäßige Zähne – Jánoska vermaß ihr Äußeres, als mache er Inventur. Das Mädchen wechselte die Glühbirne in einem lampenartigen Ding aus rötlichem Kupfer. Mit einem Blick zu ihm fragte sie mit heller Stimme: »Was kann ich für dich tun?«

Beim »Du« schmolz Jánoska dahin. Stellte nebenbei fest, dass er bei geeigneter Gelegenheit durchaus in der Lage wäre, sich in dieses deutsche Mädchen zu verlieben. Aber so was ging natürlich nur, wenn man es sich gestattete. Und außerdem eine Unterhaltung anfing, beziehungsweise sich nach dem Ende ihrer Schicht erkundigte. Um sie nach der Arbeit abzupassen und zum Essen einzuladen, wenn auch nur ins gegenüberliegende Rubycon. Biss sie an, konnte man gemeinsam in die Wohnung auf der anderen Seite der Kreuzung hinaufgehen, etwas Näherliegenderes gäbe es nicht. Jánoska malte sich den weiteren Verlauf der Beckenlinie aus, und was er wohl zu sehen bekommen würde, zöge er die Jeans über die endlos langen Beine. Mit Sicherheit steckte der nicht allzu hohe Hügel, den das Mädchen gemäß den Vorgaben von Frauenzeitschriften rasierte oder mit Wachs behandelte, in einem Tanga. Die Frage war, ob er dadurch noch knabenhafter wirkte oder im Gegenteil. Bei diesem Gedanken begann sich Jánoskas Schweif zu rühren. ›Der treue Typ, der ich bin, ist der nicht!‹

Allerdings gab es wenig Grund zu der Annahme, der Sex mit diesem Mädchen könnte auch nur annähernd so aufregend sein, wie er mit Alexa gewesen war.

Oder immer noch war.

»Gewesen war« auszusprechen tat sehr weh.

Jánoska fühlte sich außer Stande, den Gedanken zuzulassen, mit Alexa sei Schluss. Könnte Schluss sein. Könnte WIRKLICH Schluss sein. Es juckte ihn in den Fingern, unverzüglich in Budapest anzurufen, doch zum Glück hatte er sein Handy in der Wohnung gelassen. Um halb drei schlief Alexa sicher tief und fest. Wenn sie überhaupt zu Hause war … Aber wegen der Kinder musste sie zu Hause sein! Wenn sie nicht eines ihrer Geschwister gebeten hat … ›Du wirst doch nicht eifersüchtig sein wollen, wo doch das großgewachsene Mädchen gerade von der Theke klettert? So viel größer als du ist sie gar nicht. Einen Kopf vielleicht. Sollten sich die Dinge dementsprechend entwickeln, würde sie sich bücken müssen. Zumindest solange ihr nicht in der Horizontalen seid.‹

Jánoska bestellte einen Latte macchiato, außer Acht lassend, dass er normalerweise nicht einmal nachmittags Kaffee zu trinken pflegte, geschweige denn mitten in der Nacht. Glücklicherweise bestand das in einem riesigen Glas servierte Getränk hauptsächlich aus Milchschaum, enthielt höchstens einen Fingerhut voll Kaffee, der Koffeingehalt war verschwindend gering. Lediglich um das Gespräch in

Gang zu halten, erkundigte sich Jánoska nach dem Internetzugang. Das Mädchen lächelte so vertraulich, als kannten sie sich schon seit Kindertagen: »Benutzt du unseren Rechner, kostet die halbe Stunde einen Euro, mit deinem eigenen Notebook fünfzig Cent.« Jánoska trottete nach hinten zu den drei Bildschirmen, das Mädchen folgte ihm. Sie bot ihm einen Stuhl an, setzte sich dann neben ihn und tippte mit ihren langen Fingern in rasender Geschwindigkeit etwas auf der Tastatur, bis auf dem Bildschirm die Google-Homepage erschien.

Jánoska bedankte sich, worauf das Mädchen geheimnisvoll lächelte und mit einem »Ach, nicht der Rede wert« neben ihm sitzen blieb. Das war doch vielversprechend. Mit geneigtem Kopf schlug Jánoska im Sitzen kaum merklich die Hacken zusammen und sagte: »Gestatte, dass ich mich vorstelle: Johann Meister!« Er streckte ihr die Hand entgegen. Das Mädchen lächelte noch mehr, und Jánoska hätte schwören können, sie habe mehr als zweiunddreißig Zähne. »Ich heiße Rita!« »Lovely Rita Meter Maid!«, gab Jánoska die Beatles-Liedzeile zum Besten. Rita verstand ihn nicht. Offenbar gehörte sie nicht mehr zur Beatles-Generation. Zwischenzeitlich hatte Jánoska seinen elektronischen Briefkasten aufgerufen. Die erste Nachricht enthielt als Anhang Bilder von Sanyika und Jucika, wie sie auf dem Spielplatz in Békásmegyer spielen. »Deine Kinder?« »Mhm ...« Jánoska überlegte, ob er rasch das Fenster schließen oder die Namen der Kinder sagen sollte. »Wie heißen sie?« »Der Blonde heißt Sanyika, die Braune Jucika.« »Schöne Kinder!« »Möchtest du auch mal welche?«»Unbedingt!« »Wie viele?« »Mindestens drei!«

An diesem Punkt blieb die Unterhaltung stecken. Einerseits, weil sich Jánoska nicht zu sagen traute: »Ich mache dir eins, wenn du willst.« Andererseits, weil auf der Straße jemand zahlen wollte. Rita eilte zur Kasse und begann ebenso schnell auf die Knöpfe einzuhämmern wie vorhin auf die Computertastatur. Ihr Duft blieb bei Jánoska hängen, sie roch herb und sauber. War es ein Parfüm, dann ein sehr raffiniertes, folglich auch teures, was er dem Mädchen nicht zutraute. Wahrscheinlich war es eine Mixtur aus Seife oder Duschgel und Deo, versetzt mit dem unverwechselbaren Aroma der Jugend. Sehnsüchtig wartete Jánoska, dass der Duft erneut an seine Nase schlug, und hoffte, Rita möge nach Verrichtung ihrer Pflichten wieder zu ihm zurückkehren.

Alexas Geruch fiel ihm ein. Ihre diversen Gerüche vielmehr. Ihre Haut roch nach Oliven, nicht nach dem Öl, sondern nach der Frucht. Vor etwa zehn Jahren waren sie in einem Olivenhain gewesen, während ihres Campingurlaubs in Griechenland. Ihrem Mund entströmte meist ein herber Duft nach Leben, vielleicht wegen des vielen Gemüses, das sie anstelle von gekochten Speisen zu verschlingen liebte, zumeist unmittelbar nach der Rückkehr vom Markt. Nicht immer war das ein guter Geruch, doch Jánoska liebte ihn. Liebte auch Alexas Schweiß, der ihn irgendwie an den sommerlichen Plattensee erinnerte, und den kein Deo der Welt überdecken konnte. Das Vöglein jedoch beschwor eins zu eins das Meer herauf – auch und gerade durch seinen Geschmack. ›Schade, dass wir nur zweimal am Meer gewesen sind. Wer weiß, ob sich noch mal jemals eine Gelegenheit bieten wird.‹

»Willst du was essen?«, ließ sich das Mädchen neben ihn plumpsen. »Danke… ich habe keinen Hunger.« Irgendwie fühlte er sich ertappt.

Sein Interesse an dem großgewachsenen Mädchen erlosch. ›Wenn es stimmt, dass man aus der Größe der Hand auf die

Maße des primären Geschlechtsorgans schließen kann, haben wir ohnehin ein ernsthaftes Problem.‹

ZAHLEN BITTE.

# V.

Ein Umzug konnte unglaublich schmerzhaft sein, selbst wenn sich nur die Anschrift änderte. (Ganz zu schweigen von dem Fall, dass sich alles änderte.) Wie es anderen Menschen ging, weiß ich nicht, aber bei mir war es so, dass ich dort, wo ich lebte, richtiggehend Wurzeln schlug. Musste ich umziehen, musste ich alle meine Wurzeln ausreißen.

Mein Leben wurde in Kartons verpackt. Bitter. Meine ganze Vergangenheit. Ein Kinderspiel war das nicht, ich war schließlich eher dreißig als zwanzig. Grauenvoll. Mein Leben war von Büchern und Papieren überschwemmt. Bei dem Gedanken, alles zusammenpacken zu müssen, standen mir die Haare zu Berge. Für das Verpacken von Büchern hatte ich mir ein System erdacht. Meine Freunde, denen ich gelegentlich beim Umziehen half, waren damit immer sehr zufrieden. Vili Vajda hatte mir sogar mal einen goldenen Siegelring geschenkt, weil ich es geschafft hatte, seinen gesamten Bücherbestand von seiner alten in die neue Wohnung zu verfrachten und dort in der alten Ordnung wieder ins Regal zu stellen. Oder eher in der alten Unordnung. Jedenfalls so, wie es vorher gewesen war. Sehr kompliziert war das nicht. Man musste sich leere Kartons besorgen. Am besten nicht zu alte Bananenkisten. In die packte man die Bücher in der Reihenfolge hinein, wie man sie aus dem Regal nahm. Umwickelte dann den Karton mit einer dicken Schnur, auf die man eine Katalogkarte auffädelte, die von Natur aus schon mit einem runden Loch versehen war. Darauf notierte man die Nummer des Kartons und den Inhalt. Zum Beispiel A-An. Oder Goethe-Monographien und -Biographien. Darüber hinaus konnte man alles auch noch in einem kleinen Notizheft festhalten, falls beim Transport eines der Kärtchen verloren ging.

Schwieriger war die Sache mit den Papieren. (Was konnte man wegwerfen, was nicht.) Sämtliche Schriftstücke, Notizen und Dokumente, die sich im Laufe eines Vierteljahrhunderts angesammelt hatten, mussten einzeln durchgesehen werden. Eine aufwühlende Reise durch die Zeit. Nichts konnte man wegwerfen. Oder alles. Zwischen diesen beiden Extremen hin- und hergerissen werkelte ich vor mich hin. Zwang mich, so viel wie möglich auszusortieren. Nach dem Motto: Was man in den letzten fünf Jahren nicht angerührt hat, wird man auch in den nächsten fünf nicht anrühren. Dennoch stand ich am Ende vor sechzehn vollen Bananenkisten. Sortierte am Ende die weggeworfenen Sachen sicherheitshalber noch einmal durch und legte dies oder jenes wieder zurück. Eine siebzehnte Kiste füllte sich mit der Aufschrift »Gerettetes«.

Ein auseinanderfliegender Packen von Akten war ein herzzerreißender Anblick. Als ich mit Zsuzsi umgezogen war, hatte ich eine Holzschublade fallen lassen, mit ihren Papieren. Alles flog in sämtliche Richtungen davon, manches konnte ich nur retten, indem ich drauftrat. Unsere Liebesbriefe, die sie allesamt aufbewahrt hatte, zusammengehalten von einem Gummiband. Seitdem war der Abdruck meiner Turnschuhe drauf zu sehen. Damals schon hätte ich ahnen müssen, dass diese Ehe nicht lange halten würde. Scheidung nach vier Jahren. Weil ich mich in Gigi verguckt hatte. Meiner Meinung nach wären wir auch dann auseinandergegangen, wenn Gigi in einem anderen Jahrhundert oder auf einem anderen Erdteil gelebt hätte. Wir passten einfach nicht zueinander. Was Zsuzsi nie zugeben wollte.

In eine Extrakiste packte ich meine persönlichen Notizen, meine Ausweise, Urkunden und Zeugnisse. In meine Tagebücher warf ich nur einen kurzen Blick. Der Verlust der ersten beiden schmerzte mich noch immer – das Pepita-Heft und das kleine Spiralheft. Wie blöd von mir, ich hätte sie nur besser verstecken sollen und fertig. Ein paar gute Verstecke hatte ich, zum Beispiel die rote, ovale Blechdose auf dem obersten Regalbrett in der Speisekammer. Die rührte nie jemand an, eine dicke Staubschicht bedeckte sie. Sicher hätten sowohl das Pepita- als auch das kleine Spiralheft bequem darin Platz gehabt. (Solange ich zu Hause wohnte, versteckte ich meine Kondome dort. Es ist nie aufgeflogen.) Mama behauptete, ursprünglich hätte die Dose Schokolade enthalten und sei ein Hochzeitsgeschenk zu ihrer ersten Vermählung gewesen, 1942. Diese Ehe, mit einem gewissen Laci Krámer, hielt nur zwei Jahre, weil der Kerl am Ende des Krieges nach Kanada auswanderte. Er bat meine Mutter mitzukommen, doch sie zog es vor, wegen ihren Eltern in Ungarn zu bleiben. Wäre sie damals mitgegangen, wäre ich in Kanada auf die Welt gekommen und heute ein Kanadier. Oder auch nicht, denn 1947 kehrte Laci Krámer nach Europa zurück und wurde Leiter eines Hamburger Schifffahrtsunternehmens. Dort geboren, wäre ich deutscher Staatsbürger geworden. Westdeutscher. Aber lassen wir das. Ich war nun mal Ungar. Schluss aus. Punktum.

Mit Schreibmaschine geschriebene Tagebücher heftete ich in schwarzen Mappen ab. In einer Mappe hatten etwa drei Jahrgänge Platz. Ausgenommen 1976 bis 1977, dafür brauchte ich eine extra Mappe – klar, das war ja auch die Zeit des Umbruchs (und der Scheidung).

Die neue Wohnung würde mein erstes richtiges Zuhause sein, das ich vielleicht vorbehaltlos würde lieben können, hatte es doch bei der Auswahl keinerlei Zwänge gegeben. Wir hatten sie nach unserem Geschmack ausgesucht und hatten dabei nur ganz geringe Kompromisse eingehen müssen. Allerdings gehörte die Wohnung mehr Gigi als mir, denn einen Großteil des Geldes hatten ihre Eltern beigesteuert. Mein Anteil betrug nur ein Drittel. Sei's drum, ich plante ja auf lange Sicht. (Und hoffte, Gigi tat das auch.) Eine weitere Scheidung würde ich nicht überleben. Ein Witz, dass ich das sagte, wo doch ich derjenige gewesen war, der sich unbedingt hatte scheiden lassen wollen. Dabei war es ein mörderisches Gefühl, mit jemandem, der hundertprozentig zu deinem Leben gehört hatte, auf einmal, schnippschnapp, nichts mehr zu tun zu haben. Und obwohl ich von morgens bis abends über Zsuzsi herziehen könnte, war eines sicher: Sie hat in meinem Leben wirklich für Ordnung gesorgt. Sie war es, die Rechnungen bezahlte, amtliche Dinge erledigte und alle wichtigen Daten im Kopf hatte. Als Juristin fand sie sich im Dschungel der Bürokratie blendend zurecht. Sie hatte einiges auf dem Kasten, nur eines konnte sie nicht: Unser gemeinsames Leben von der auf ihm lastenden Langeweile befreien. (Ich konnte es auch nicht.)

Meine Begegnung mit Gigi war einfach Schicksal. Der Kontakt entstand über eine Kleinanzeige. Wobei das jetzt missverständlich ist – Gigi hatte wegen ihrer Schreibmaschine inseriert. [»Kugelkopf-Schreibmaschine Marke IBM mitsamt Zubehör zu verkaufen, guter Zustand, nur an Liebhaber.«] Seit Jahren schon wünschte ich mir eine IBM-Kugelkopf-Schreibmaschine. Genauer gesagt seit ich im Büro des Synchronstudios eine gesehen hatte. Besonders hingerissen war ich von dem sauberen Schriftbild, das jederzeit mit Gedrucktem konkurrieren konnte. Darüber hinaus waren alle Buchstaben mit dem langen Strich vorhanden, ganz zu schweigen von den französischen Akzenten, den deutschen Umlauten und dem scharfen ß. Ach ja, und die normalen und eckigen Klammern. (Auf der Erika ging es nur /so/, und das sah so hässlich aus.)

IBM!!!

( ) ( ) ( ) ( ) ( ) ( )

Mit Kugelkopf!

[ ] [ ] [ ] [ ] [ ] [ ]

Die Korrekturtaste war auch eine wunderbare Erfindung. Vertippte man sich, konnte man einfach zurück, und die Maschine löschte den Fehler. Ein Typ vom Synchronstudio hatte mir erklärt, dass man auch andere Kugelköpfe kaufen könnte (er selbst besaß nur einen) und dann komplett andere Buchstabensätze zur Verfügung hätte. Doch das Beste war vielleicht, dass die Maschine, obgleich elektrisch, so leise war. Im Gegensatz zu den tschechoslowakischen Geräten, die ratterten wie Traktoren. Wer konnte schon bei einem solchen Lärm auch nur einen einzigen guten Gedanken fassen? Das schaffte ich zuweilen nicht einmal in völliger Stille. Völlige Stille herrschte wohlgemerkt nie, draußen war Straßenlärm, drinnen tickte der Gaszähler, gluckten die Wasserleitungen in der Wand, surrte das Gas in den Konvektoren, knackte das Blechgehäuse, wenn die Flamme ausging, tickte der Wecker, rauschte die Luft in der eigenen Luftröhre und in der Lunge und zu guter Letzt dröhnten die unregelmäßigen Schläge des Herzens. (Von meinem Vater hatte ich eine leichte Herzrhythmusstörung geerbt.)

Ich wählte die angegebene Nummer und verabredete mich mit Gigi. Tatsache ist, dass ich mich zunächst in die IBM verliebte. Gigi kam erst später. Lange probierte ich herum. »Eigentlich gehört sie meinem Mann«, sagte Gigi, »aber er braucht sie nicht mehr.« Drei zusätzliche Kugelköpfe gab es dazu. Ich handelte nicht. Später gestand Gigi, dass sie durchaus bereit gewesen wäre, mit dem Preis runterzugehen. Was soll's. »Aber dann gebe ich Ihnen das Etui und die Zusatzköpfe gratis dazu.« Wir schlugen ein, und jetzt erst blickte ich ihr in die Augen. Hach! Zwei kleine Sonnenscheiben. Um ein Haar hätte ich vergessen, ihre Hand wieder loszulassen. Obwohl ich den harten Ehering genau wahrnahm. Klar. War jemand in diesem Alter nicht verheiratet, dann nur, weil er schon wieder geschieden war.

Hin und wieder rief ich sie an, immer unter dem Vorwand der IBM, denn mir fehlte die Gebrauchsanweisung, die sie mir nicht gegeben hatte. Sie versprach, sie zu suchen. Fand sie nicht. Gab auf meine Fragen jedoch immer präzise Antworten. Eines Tages hatte sie dann genug von meinen Anrufen und schlug vor, vorbeizukommen und alles zu erklären. Zsuzsi, die zu dieser Zeit an einen neuen Arbeitsplatz wechselte, war gerade zu Hause. Früher hatte sie bei der Immobilienverwaltung gearbeitet, wollte von dort ins Binnenhandelsministerium wechseln. Die letzten beiden Wochen bekam sie Urlaub, war über die Maßen glücklich, ging jeden Tag ins Széchényi-Bad zum Schwimmen, traf sich mit ihren Freundinnen, machte Termine beim Friseur, bei der Maniküre, beim Schneider, beim Zahnarzt, holte mit einem Wort alles Versäumte nach. Großer Kundendienst. Sie war es, die die Tür öffnete, als Gigi klingelte. Ich bekam ihre Unterhaltung mit. »Guten Tag!« »Wen suchen Sie?« »Herrn János Mester.« »Warum?« »Muss ich Ihnen das jetzt sagen?« »Wenn Sie hereinwollen, dann schon.« »Wenn das so ist! Wegen der Schreibmaschine.«

Ich schämte mich wegen Zsuzsis aggressivem Ton und begriff nicht, was in sie gefahren war. Wahrscheinlich war sie eifersüchtig, worauf ich in dem Moment jedoch nicht kam, weil es dafür gar keinen Grund gab. Also erklärte ich mir ihre Gereiztheit damit, dass sie gerade ihre Tage hatte. Ich tappte in den Flur hinaus. »Kommen Sie, Gigi, ich habe Sie schon erwartet!« Bis ich ihr aus dem Mantel geholfen hatte, hatte sie auch ihre schwarzen Pumps, die Zsuzsis schwarzen Pumps genau glichen, abgestreift. Beim Anblick der beiden Frauen, wie sie im dunstigen Licht des Flurs nebeneinanderstanden (in der Luft sah man schwebende Staubteilchen), durchfuhr mich der Gedanke, wie aufregend Gigi aussah und wie plump Zsuzsi im Vergleich zu ihr wirkte. Und zwar nicht nur, weil Gigi zu ihrem gewagten Dekolleté einen schwarzen Mini und dunkle Strümpfe trug, während Zsuzsi im dicken Bademantel an der Wand lehnte und eine beleidigte Miene zur Schau trug, sondern auch, weil Zsuzsi in diesem Moment so viel älter aussah. (In Wirklichkeit betrug der Altersunterschied nur vier Jahre.)

Ich führte Gigi in die Speisekammer, die ich zum Arbeitszimmer umfunktioniert hatte. An der quer im Raum befindlichen Holzplatte – meinem Schreibtisch – nahmen wir Platz, und ich schaltete die IBM ein. Zsuzsi zuliebe ließ ich die Tür offen. Gigis Pianistinnenfinger flitzten über die schöne Tastatur, während sie erklärte und erklärte, was aber kaum bis zu meinem Hirn vordrang. Ihre dunklen Locken flogen nur so, wenn sie den Kopf drehte, und berührten meine Schulter. Ich stellte mir vor, wie es wäre, sie auf der nackten Haut zu spüren. ›Mein Gott, diese Frau ist genauso großartig wie die Maschine der Firma IBM, die alle Bedürfnisse zu erfüllen in der Lage schien. Manchmal berührten sich auch unsere Schultern, was mich derart erregte, dass ich stur auf die Tastatur blicken musste, damit sich mein wackerer Krieger nicht kampfbereit machte. Ich hatte Angst, ihr um den Hals zu fallen, wenn ich den Blick noch einmal auf sie richtete.

Erst nachdem sie gegangen war, merkte ich, dass wir alles in allem nicht mehr als neunzehn Minuten nebeneinander gesessen hatten. Diese neunzehn Minuten besiegelten mein weiteres Schicksal. Dabei wusste ich nicht einmal, wer und was sie war, was sie beruflich machte und das Wichtigste: Mit wem sie verheiratet war. Vor meinem nächsten Anruf nahm ich lange Anlauf. Wählte hin und wieder ihre Nummer, legte aber wieder auf, bevor es klingelte. Starrte auf das schwarze Telefongehäuse, auf die dunklen Ziffern auf dem weißen Hintergrund und auf das kleine Metallschild vorne unten: »Eigentum der ungarischen Post«. Die Aufschrift nervte mich, des Öfteren hatte ich schon versucht, das Schildchen mit einem Schraubenzieher zu lösen, nie war es mir gelungen. Plötzlich ging es ganz einfach, allerdings brach ein Teil des schwarzen Bakelitgehäuses mit heraus.

Schließlich rief sie an, sie habe die Gebrauchsanweisung gefunden und würde sie mir gern geben. Wir verabredeten uns im Café Donaupark, das etwa auf halber Strecke lag, wenn sie von Óbuda, und ich von Angyalföld kam. Noch bevor ich durch die metallgerahmte Glastür trat, ertönte in der Gegend meiner Hirnanhangdrüse ein warnendes Quieken. (Die warnende Stimme sollte Recht behalten.)

Um ein Haar hätte ich Gigi nicht wiedererkannt. Sie trug eine Brille, und ihre Haare schimmerten rötlich statt dunkelbraun. Sie lachte und sagte: »Die Farbe ist kein bisschen anders.« Wahrscheinlich herrschten hier einfach nur andere Lichtverhältnisse als in meiner Speisekammer. »Auf alle Fälle sehen Sie auch jetzt phantastisch aus!«, brachte ich hervor. Sie winkte ab, sie sähe fürchterlich aus. Wir lachten, und ich sagte: »Angesichts der für mich geltenden Regeln kann zwischen Ihnen und mir sowieso nichts passieren. Ich gerate nämlich immer nur an Frauen, die irgendwie einen Bezug zu Deutschland haben.« Gigi blickte mich mit ihren unbeschreiblichen Augen an und schluchzte auf. Also so was … Da saß ich nun mit einer in Tränen aufgelösten Frau im Café. Das ganze Lokal starrte uns an. Sogar der Kellner trat zu uns. »Kann ich irgendwie helfen?« »Nein, danke, wir kommen zurecht!«, murmelte ich.

Sowohl Gigis Vater als auch ihr Mann arbeiteten auf einer Baustelle in Westdeutschland, in der Nähe von Düsseldorf. Ohne Aufenthaltsgenehmigung, ohne Arbeitserlaubnis, sozusagen schwarz. Die dortige Verwandtschaft half ihnen. Gigis Angehörige waren nämlich Donauschwaben – so viel zu ihrem Bezug zu Deutschland. Sie waren nach dem Krieg ausgesiedelt worden. Ihrem Vater war es gelungen, sich wieder nach Ungarn durchzuschlagen, er ging nach Budapest, studierte an der Technischen Universität und blieb erst mal wieder hängen. Jetzt verdienten die beiden Männer ganz gut, Gigi und ihre Mutter waren wirklich sehr zufrieden. Bis eines Tages der Brief kam. Sowohl Vater als auch Gatte hatten in Deutschland politisches Asyl beantragt. Der größte Witz war, dass sich aus dem Brief zwischen den Zeilen herausstellte, beide hätten mit Frauen angebandelt.

»Würde ich so etwas in einem Roman lesen, ich würde es für absolut unglaubwürdig halten!« »Du kannst es ruhig glauben!«, sagte Gigi mit feuchten Augen. Das Quieken in meiner Hirnanhangdrüse mutierte zu einem sanften Celloklang und sang im Duett mit Paul Anka ›You are my destiny‹.

Gigi erkundigte sich, ob meine Frau neulich sauer gewesen sei. »Warum sollte sie denn sauer gewesen sein?« »Weil ich aus Versehen in ihren Schuhen gegangen bin.« »Wirklich?« »Ja, und ich würde meine gerne zurückhaben, weil sie ganz neu sind, ihre aber schon ziemlich ausgelatscht.« Witzig, dass Zsuzsi die Verwechslung gar nicht aufgefallen war. Unzählige

Male versprach ich Gigi, die Pumps auszutauschen, doch wie so vieles wurde auch dies durch die Scheidung hinweggefegt.

GIZELLA TISCH (GIGI)

Seit wir in der Árpád-Fejedelem-Straße wohnten, war es ein wahres Vergnügen, aus dem Fenster zu schauen. Die Aussicht ging auf die Donau. Ein paar Alte im Haus erzählten, in ihrer Jugend habe es am Flussufer ein Strandbad gegeben. Schade, dass dem heute nicht mehr so war. Das wäre was, in Badehosen und Flip-Flops kurz runterzuschlappen, ausgiebig zu schwimmen und dann an den Schreibtisch zurückzukehren, zu Goethe oder zu lukrativeren Galeerenarbeiten. Seit Neuestem übersetzte ich die Synchron-Dialoge deutscher Filme ins Ungarische, es war gut bezahlt, doch fast immer bekam ich die Texte im letzten Moment und musste dann Tag und Nacht durchackern, um termingerecht fertig zu werden. Allerdings gab es dann Eilzuschläge. Nicht dass wir an Geldmangel litten, Gigi verdiente mit ihren Trinkgeldern mindestens genauso gut wie ich. Sie mochte allerdings überhaupt nicht, dass die Farbe manchmal ihre Nägel angriff.

Mein Gefühl sagte mir, sie würde nicht lange als Friseurin arbeiten. Allein schon deshalb, weil kurz nach unserem Einzug in die neue Wohnung jemand in Gigis Bauch Einzug hielt. Sie ließ es mich auf eine entzückende Art wissen. Eines Tages ließ sie ein Buch auf dem Esstisch liegen. »Babypflege«. Erst dachte ich, sie hätte es für eine ihrer Freundinnen gekauft, gleich zwei von ihnen waren schwanger. Doch als ich sie fragte, was das sei, schwieg sie. Schaute nur. Und mit was für einem Blick! So erfuhr ich von meiner baldigen Vaterschaft. ›Schau, schau‹, dachte ich, ›denkt man nicht darüber nach, passiert es ganz von alleine, will man es aber erzwingen, wird einfach nichts daraus.‹ Auch Zsuzsis Frauenarzt hatte das immer gesagt, doch sie hatte ihm nie geglaubt. Sie glaubte niemandem. Dass sie toben würde, wenn sie erfuhr, dass Gigi und ich ein Kind erwarteten, hatte ich mit einberechnet. Aber dass sie, wie ich später erfuhr, den gesamten Inhalt des Küchenschranks in Scherben hauen würde … Was für ein Jammer, dass ich Mamas Meissner Porzellan nicht mitgenommen hatte. Sie hatte es noch von ihrem ersten Mann zur Hochzeit geschenkt bekommen.

Nachdem auch Gigis Scheidung endlich über die Bühne war, heirateten wir in aller Eile. Im Hinblick auf die stürmischen Umstände beließen wir es bei einer Feier in kleinstem Rahmen. Für Gigi war ihre Mutter die Trauzeugin, für mich mein Freund Vili Vajda. Alle wussten, was dem Standesbeamten nicht bekannt sein konnte: Dass wir bereits zu dritt waren.

PÁL MESTER. PALIKA. DREITAUSENDZWEIHUNDERT GRAMM, FÜNFUNDFÜNFZIG ZENTIMETER.

Gigi hatte eine schwere, aber lohnende Geburt. (Ihre Worte.) Palika geriet einfach prächtig, bei allen Pflegerinnen auf der Station war er die Attraktion schlechthin. Sein rundes Köpfchen hatte einen leichten, lockigen Flaum, der kurioserweise tiefrot war. Wie Gigis Haare. Obwohl die natürliche Farbe von Gigis Haaren kastanienbraun war. (Brünett, wie sie es nannte.) Ging es mit der Zeit ins Erbgut über, wenn sich die Mutter die Haare färbte? Sicher nicht. Aber mir konnte man ja alles erzählen. Ich verknipste einen halben Film, als man mir den Kleinen zum ersten Mal hinter der Glasscheibe zeigte.

Seltsamerweise schrieb ich nie zu dem Zeitpunkt über mein Leben, wenn etwas passierte, sondern immer erst später. Wenn schon wieder etwas anderes geschah. Gigi meinte, das läge an meiner Unfähigkeit, in bestimmten Situationen den Tatsachen ins Auge zu blicken, aus Angst, etwas zu übersehen oder nicht richtig zu sehen. Ich zöge es vor, aus einer sicheren Distanz zurückblicken. Mir fiel die Kinnlade runter. Solche Gedanken machte sich meine kleine Gigi! Obwohl sie gar keine Akademikerin war, sondern einfach nur über einen gesunden Menschenverstand verfügte. Später irgendwann stieß ich im »Buch der Zitate« auf diesen Satz, wo Gigi ihn mit Bleistift angestrichen hatte. Sei's drum, auch wenn sie nicht selber draufgekommen war, hatte sie den Satz sehr klug angewendet.

Über Monate hinweg taten wir kein Auge zu, weil Palika ständig Bauchschmerzen hatte. Warum allerdings immer nur nachts, konnte ich mir auch nicht erklären. Ich ging seltener zum Tennis und nahm wieder zu. War auch so nicht gerade dünn, aber achtundsiebzig Kilo hatte ich nie überschritten. Mein Bauch nervte mich fürchterlich, im Sitzen berührte er meine Oberschenkel. Zog ich die Hose hoch, zwickte sie meine Hoden ein. Machte ich den Gürtel weiter, damit er nicht einschnitt, rutschte die Hose unter den Bauch. So oder so: Es war fürchterlich unbequem. Ich probierte es mit Hosenträgern, es gab welche mit schmalen Gummibändern, doch sie wirkten unglaublich lächerlich, und der größte Witz war, dass ich von der Seite unleugbar schwanger aussah. Gigi amüsierte das, sie meinte, als Beitrag zur Gleichberechtigung zwischen Mann und Frau sollte unser nächstes Kind ich austragen. Der Scherz gefiel mir, doch nur solange sie ihn unter vier Augen erzählte. Mit einer strengen Diät bekam ich drei Kilo weg und war glücklich. Ließ ich in meinem Eifer nach, hatte ich sofort wieder vier Kilo drauf. Allerdings lösten sich bis zu Palikas erstem Geburtstag sowohl meine als auch Gigis sämtliche Gewichtsprobleme. (Solidarität.)

Zu dieser Zeit wurden wir von finanziellen Sorgen geplagt, Gigis Einnahmen inklusive Trinkgelder fielen weg, ich wiederum kam bei der Synchronisiererei nicht an genügend Aufträge heran, weil auch die anderen Übersetzer von finanziellen Sorgen geplagt waren. Was ich nicht wissen konnte: Die

Schlaueren führten einen Teil ihrer Honorare an den Redakteur ab, damit wenigstens der keine finanziellen Sorgen hatte. Hätte mir jemand einen wohlmeinenden Tipp gegeben, wäre ich dem guten Beispiel zwar zähneknirschend, doch unverzüglich gefolgt. Glücklicherweise machte mein Schwiegervater um diese Zeit die Entdeckung, dass er seinem schlechten Gewissen am ehesten durch Überweisungen in D-Mark abhelfen konnte. Im Dollarladen neben der Basilika kauften Gigi und ich amerikanische Zigaretten. Mehrmals verbriet ich die Pointe, wir könnten die Sünde so auch gleich beichten. Gigi fand das nicht komisch, sie war in einem bigotten katholischen Elternhaus aufgewachsen. Sogar ihr Vater war streng gläubig. Du sollst nicht ehebrechen, nicht wahr. In München, wo er mittlerweile lebte und als Packer in einer Bäckerei arbeitete, ging der Alte jeden Tag in die Kirche. Den Briefen an seine Tochter legte er manchmal Heiligenbilder bei. So kamen wir in den Besitz von westdeutschen Heiligenbildern, hauptsächlich vom hl. Paulus (weil er Pál hieß), und von der Jungfrau Maria (weil … warum eigentlich?). Einige davon befestigte Gigi am Kühlschrank, damit war die religiöse Praxis für sie erschöpft. Und damit, dass sie zum Gedenken an ihre Großeltern hin und wieder Kerzen auf dem Kühlschrank anzündete. Manchmal stellte ich zwei dazu, für Papa und Mama. An der Tür die Heiligen, obendrauf die Kerzen. Der Wachsgeruch zeitigte immer eine trübe Stimmung. »Wollen wir es nicht mit Weihrauch versuchen?«, schlug ich vor, doch auch dieser Scherz zündete nicht.

Ich überlegte ernsthaft, eine feste Arbeitsstelle zu suchen, wobei dieser finale Schritt folgende Konsequenzen nach sich gezogen hätte: Erstens wäre mein Buch [Johann Wolfgang von Goethe und Johann Peter Eckermann] nicht zur Vollendung gekommen. Und zweitens wäre Gigi wahnsinnig geworden, weil alle Sorgen um Palika an ihr hängen geblieben wären. Das war die Situation, als ich unerwartet ein Stipendium bekam. Das verlieh mir Flügel. Plötzlich blickte ich viel optimistischer in die Zukunft. Ich hatte schon ganz vergessen, dass ich mich beworben hatte. Ich bewarb mich so oft, ohne je in die engere Wahl zu kommen. Außenseiter wie ich hatten kaum eine Chance. Auch diesmal war die Wahl nur deshalb auf mich gefallen, weil sich unter den Bewerbern fast nur Studenten befanden und kaum seriöse Forscher, das wurde mir bald klar. Es ging um drei Monate, Geld gab es nur so viel, wie man für das Zimmer im Studentenwohnheim brauchte. Doch drei Monate in Westberlin! Zwei Typen in haargenau den gleichen dunklen Anzügen, den gleichen Krawatten und den gleichen Schuhen hielten einen Informationsabend im Gebäude des Stipendienrats in der Dorottyastraße. Beide waren um die dreißig, etwa so alt wie ich selbst. Alle anderen Stipendiaten waren erst zwanzig. Ich wollte wissen, wovon man in Westberlin leben sollte, wenn das Stipendium gerade für die Unterkunft reichte. Die beiden Typen sahen sich schelmisch lächelnd an, dann sagte der Größere (der der Chef zu sein schien) nach einer Effektpause: »Nun, da werden die Genossen wohl auf ihre eigene Findigkeit angewiesen sein!«

Der Witz an dem Ganzen war, dass uns die beiden unverhohlen dazu ermunterten, gegen die Devisenbestimmungen zu verstoßen, uns aber zugleich in einem fort mit Genosse titulierten. Dabei sollte man meinen, Genossen kauften nichts bei verdächtigen dunkelhäutigen Subjekten, die in Unterführungen westliche Devisen anboten, und sie schmuggelten auch keine Devisen in Schuhsohlen versteckt außer Landes. Ich war nicht in der Partei, fühlte mich aus diesem Grund auch nicht als Genosse und hatte genau diese Art der Schmuggelaktion vor. Gigi empfahl, derartige Geschäfte lieber über ihren Vater abzuwickeln. Zahlte ich ihm den Gegenwert von ein paar seiner Monatsüberweisungen in Forint, könnte er mir in Deutschland D-Mark geben. Das war ein guter Plan. Doch wie einfädeln? Weder Brief noch Telefon waren geeignet, das eine konnte geöffnet, das andere abgehört werden. Nur selten kam es vor, dass ein Brief aus dem Westen ungeöffnet ankam, immer klebte das obligate Etikett drauf: »Die Sendung wurde beschädigt«. Im Normalfall war es dann in braunes Packpapier gewickelt oder steckte in einem Plastikbeutel. Briefumschläge waren ja so empfindlich …

Als jemand aus unserem Freundeskreis nach Deutschland fuhr, nach Nürnberg genauer gesagt, beauftragten wir ihn mit der Abwicklung. Dem Bericht des Freundes zufolge tat Gigis Vater zunächst verständnislos, erklärte sich dann aber bereit, vorausgesetzt der Transaktion würde der offizielle Umtauschkurs der Banken zugrunde gelegt. »So ein Halsabschneider!«, entfuhr es Gigi.

Da ich gern zu dritt gefahren wäre, legte ich das Stipendium auf Eis, sprich ich versuchte das Antrittsdatum so weit wie möglich hinauszuschieben. Das Stipendium beinhaltete auch ein Flugticket, allerdings nur für mich, und so versuchte ich zu erreichen, dass man es mir bar auszahlte, damit wir mit unserem Auto fahren konnten. Einem Lada 1200. ›Nach Berlin kann man doch mit dem Auto fahren‹, dachte ich, über Prag waren es nicht mal tausend Kilometer. Plante ich zwei Tage ein, war das durchaus zu schaffen. Gigi wollte gern mitkommen, wusste nur nicht, wie sie es mit Palika schaffen sollte, weil in Westberlin weder ihre Mutter noch ihre Freundinnen zur Verfügung standen, um ihr zur Hand zu gehen. »Aber ich bin doch da!« »Aha, du bist also da!« Ihrem Tonfall nach zu urteilen schien sie mir nicht so recht zu trauen. Wozu sie eigentlich keinen Grund hatte, denn ich drückte mich wirklich nicht vor den Aufgaben, die mit Palika zusammenhingen. Aber was soll's.

Mein Sohn hat mein Leben komplett umgekrempelt. Von meinen Prioritäten ganz zu schweigen. Auf der obersten Stufe des Podests stand jetzt Palika. Nie hätte ich geglaubt, dass ich mich dermaßen ändern könnte. So sehr war ich von Freude erfüllt. Locker konnte ich auf alles verzichten, um rechtzeitig zu Palikas abendlichem Bad zu Hause zu sein, um ihn in die Babywanne (und später in die große) heben zu können und seinen kleinen Körper einzuseifen. An ihm war nicht ein Gramm zu viel. Ein kleiner Athlet. Morgens ohne ihn aufzuwachen war ganz schlimm, so sehr hatte ich mich daran gewöhnt, als Erstes ihn zu erblicken, wenn ich die Augen aufschlug. Es war ein feststehendes Ritual, dass er morgens zu uns ans Bett kam, sich mit seinen Händchen am Laken festkrallte, daran herumknüllte und ganz still dastand. Wie ich das liebte! Kaum kam ich etwas zur Besinnung, hob ich ihn herauf und legte ihn neben mich. Streichelte ihn. Knabberte an seinem Ohrläppchen, war der einköpfige Zauberdrache. Er gluckste, wofür ich ihn hätte auffressen können. Leise unterhielten wir uns, damit Mama noch ein paar Minuten schlafen konnte. Sie war kein Weltmeister im Aufstehen.

Die Arbeit an meinem Buch [Johann Wolfgang von Goethe und Johann Peter Eckermann] brachte ein Dauerproblem mit sich: Millionenfach mussten Wörtchen wie »sagte« oder »schrieb« aufs Papier. Das war des großen Goethe unwürdig. Also beschloss ich, es konsequent wegzulassen. »Ich wünsche, dass Sie diesen Winter bei mir in Weimar bleiben«, Goethe. So war das noch irgendwie erträglich. »Was werde ich nun diesen Winter nicht noch bei ihm lernen, und was werde ich nicht durch den bloßen Umgang mit ihm gewinnen, auch in Stunden, wenn er eben nicht grade etwas Bedeutendes spricht!«, Eckermann.

Jeder Mensch, der einigermaßen bei Verstand war, kapierte doch ohnehin sofort, dass das Betreffende gesagt beziehungsweise geschrieben worden war. Anführungsstriche reichten vollkommen aus. Natürlich waren auch Variationen denkbar. Synonyme. Ausdrücken, mitteilen, feststellen, behaupten, Bescheid sagen, sich äußern, sprechen, erwähnen, darlegen, zur Sprache bringen, berichten, rezitieren, fabulieren, erzählen, eingestehen und so weiter. Ich persönlich fand das Variieren noch nerviger. Eine an den Haaren herbeigezogene Umschreibung war doch der Oberfrust. Seufzte Goethe. Sah Christiane ihn erstaunt an. Wandte sich Johann an ihn. Bloß nicht! Dann schon lieber die nackten Anführungsstriche.

Was für ein Glückspilz dieser Eckermann doch gewesen war! Er durfte in unmittelbarer Nähe des Dichterfürsten leben, musste als Gegenleistung dafür nur die Unterhaltungen zu Papier bringen. In der Regel führte Goethe das Wort. Diktierte regelrecht, sich darüber vollkommen bewusst, dass er seine Worte an die Nachwelt richtete. Für Leute wie Eckermann und mich, die mit keinerlei besonderen Talenten ausgestattet waren, konnte es kein größeres Geschenk geben, als dieselbe Luft zu atmen wie Goethe. Was hätte ich dafür gegeben, einen Tag mit ihm verbringen zu können! Oder wenigstens einen Vormittag! Eine Stunde! In Weimar, im oberen Stock des Hauses am Frauenplan. Beim Nachdenken ging er gern in seinem Arbeitszimmer auf und ab, wobei es ihn nicht störte, wenn sein Sekretär oder Eckermann sitzen blieben. ›Bei Gott, Goethe zuliebe wäre ich sogar bereit, das Stenographieren zu erlernen. Vielleicht wüsste er es zu schätzen. Leicht war es ja nicht. Das weiß ich von Mama, die Ende der dreißiger Jahre Kurse im Schnell- und Maschinenschreiben absolviert hatte.‹

Wer von den heutigen Schriftstellern wäre es wert, dass man ihm ein solches Opfer brachte wie Eckermann Goethe? Ich wüsste keinen. In Ungarn jedenfalls nicht. Und in Deutschland? Heinrich Böll vielleicht? Nein, den konnte man mit Goethe nicht vergleichen. Kämen auch Amerikaner in Betracht, dann fiele meine Wahl auf Ernest Hemingway. Ein Jammer, dass er sich erschossen hat. Doch über etwas anderes als Jagen, Angeln und Stierkampf hätte man sich mit ihm auch nicht unterhalten können. Doch, über Frauen. (Das allerspannendste Thema.) Unter den Franzosen wünschte ich mir Albert Camus. Er starb sogar noch früher, 1960, ein Jahr vor Hemingway, bei einem Autounfall, sein Verleger, der am Steuer saß, überlebte

Warum war ausgerechnet ich ein so bedeutungsloser Punkt im Weltall? Warum konnte ich in diesem verdammten Leben nicht wenigstens einmal etwas Großartiges vollbringen? Warum konnte ich nicht zumindest in einem noch so winzigen Bereich herausragend sein? Warum habe ich nie gelernt, mit drei Bällen zu jonglieren? Mit dem Bauch zu reden? Delphin zu schwimmen? ARGENTINISCHEN TANGO ZU TANZEN?

Goethe war in allen erdenklichen Disziplinen an den Start gegangen und hatte es in allen aufs Podest geschafft: Lyrik, Prosa, Wissenschaft, Zeichnen, Politik, Theaterbau, Liebe, Ehe, Vaterschaft, Seelenruhe, Gesellschaftsleben, Selbstvertrauen ... Kein Wunder, dass Eckermann derart hin und weg war. Ich wäre ebenso hin und weg, wäre es mir vergönnt, als Chronist über Goethes letztes Lebensjahrzehnt zu berichten. Oder ganz gleich über welches. Johann Meister, der ständige Gesprächspartner des jungen Goethe. Meine und Eckermanns Aufzeichnungen als Gesamtausgabe. »Der junge und der greise Meister aus nächster Nähe.« Johann Peter Eckermann und Johann Meister. (Untertitel: »Wer war dieser großartige Goethe?«) »Tja, schön geträumt. Nur dass du dann erwachst und merkst, dass du nur in der Scheiße rührst!«, die großartige Gigi.

In den letzten Jahren hat endlich auch das ungarische Fernsehen die wichtigeren Matches von Wimbledon übertragen. Vili Vajda schaute sich das Finale bei uns an. Natürlich war er für den zappeligen Amerikaner (John McEnroe), während ich mich auf die Seite des schweigsamen Schweden (Björn Borg) stellte. Unvergesslich! Borg gewann in fünf Sätzen und war somit zum fünften Mal Wimbledon-Sieger. Vor lauter Freude kamen mir die Tränen. Gigi hingegen begriff nicht, was daran so toll war, zwei verschwitzte Millionäre mit einem derart kleinen Ball spielen zu sehen, dass dieser auf dem Bildschirm kaum zu erkennen war. Auch Zsuzsi hatte nicht verstanden, was mir am Tennis so wichtig war. Deswegen versuchte ich es Gigi gar nicht erst zu erklären.

Gigi verweigerte rundweg jeden Sex, solange ein Dritter in der Wohnung schlief. (Vili war zu Hause gerade rausgeflogen und verbrachte einige Nächte bei uns.) Seit Palikas Geburt war der Sex ohnehin etwas ins Hintertreffen geraten. Solange Gigi noch stillte, konnte davon keine Rede sein, für eine Weile riet sogar der Arzt davon ab. Manchmal stellte ich mir vor, dass wir uns trotzdem aufrafften, und wie mir aus Gigis von Babylippen überreizten Brustwarzen plötzlich Muttermilch entgegenschoss. Sie machte es nicht gern von hinten, zog fast immer das Reiten vor. Wogegen ich nicht das Geringste einzuwenden hatte, doch VARIETAS DELECTAT. Klar war Gigi im Vergleich zu Zsuzsi für viel mehr zu haben, nahm den kleinen Mann sogar für ein paar Minuten in den Mund, wenn ich sie sehr darum bat. Hin und wieder bat ich sie darum. Doch in letzter Zeit nicht mehr. Ich nahm zur Kenntnis, dass Palikas Ankunft grundlegende Veränderungen gezeitigt hatte und dass Gigi jetzt in erster Linie Mutter war und erst dann Ehefrau. Auch ich war jetzt in erster Linie Vater und erst dann Ehemann. Aber wie auch immer, ich wartete schon ungeduldig, dass der Weg wieder frei wurde.

Als uns der Arzt unter der Voraussetzung, es nicht zu wild zu treiben, endlich wieder grünes Licht gab und auch die Milch langsam verebbte, unternahm ich Abend für Abend Versuche. Doch Gigi fühlte sich immer zu müde. Das musste ich verstehen. Also probierte ich es morgens. Morgens war Gigi immer mürrisch. Hatte sie keine Lust, gab sie mir das mittels eines Schlagertitels zu verstehen: »No milk today!« Milch gab es so gut wie nie. Mit der Zeit gewöhnte ich mir ab, die Initiative zu ergreifen. Im Grunde fehlte es mir gar nicht so sehr. Genauer gesagt fehlte es mir in Gedanken, aber nicht in der konkreten Situation. Auch ich war müde geworden. Wachte Palika nachts auf, war ich meistens derjenige, der nach ihm schaute, weil ich den leichteren Schlaf von uns beiden hatte. Tun konnte ich allerdings nicht viel. Sobald Palika sprechen gelernt hatte, spielten sich diese nächtlichen Szenen nach dem immer gleichen Muster ab: Palika brüllte in seinem Gitterbettchen. Ich rannte hinüber. »Was ist, mein Kleiner?« »Mama soll kommen!« »Die Mama schläft, ich bin doch da und will alles tun, was du willst. Hast du Durst? Hast du Hunger? Hast du neben die Windel gepinkelt? Hast du schlecht geträumt? Nun sag Papa, was du hast.« Darauf Palika: »Ich will die Mama!«, und so weiter und so fort. Schließlich schlüpfte ich zurück ins Bett und rüttelte Gigi wach. »Entschuldige, er will dich.« So ging das zwei- bis dreimal pro Nacht. Ganz schön aufreibend.

Ich probte den Aufstand, schließlich ging es doch nicht, dass gar nichts mehr zwischen uns stattfand, nur weil wir einen kleinen Sohn hatten! Gigi hielt dagegen, eine Zeitlang sei das normal, ich könne meine Freunde fragen. Ehepaare mit kleinen Kindern hätten keinen Sex. Oder nur sehr selten. Und wenn dann morgens. Nur war sie leider ein Morgenmuffel. Das lag vielleicht daran, dass sie nachts auf die Welt gekommen war, nachts war sie in ihrem Element, dann lebte sie auf. Wäre sie nach dem ganztätigen Rackern überhaupt noch am Leben. »Ich darf dich dran erinnern, dass wir vor Palikas Geburt nie vor Mitternacht ins Bett gegangen sind, eher erst gegen eins.« Richtig. Meiner Natur nach war auch ich eher ein Nachtmensch. Eine Eule. Kein Wunder, dass mein Buch nicht vorankam, obwohl ich spürte, welch ein großer Wurf mir gelingen konnte, so groß, dass … Verdammt groß eben.

In diesen Monaten litt ich oft an Herzstechen. Mir war klar, dass ich aufpassen musste, meine Neigung zu Herzproblemen war genetisch bedingt. Unter großen Opfern gewöhnte ich mir das Rauchen ab. Dennoch stieg und stieg mein Blutdruck. Die Bezirksärztin verordnete Betablocker. Dann tat mir der Rücken weh. Vielleicht war es ratsam, sich vor dem Tennisspielen aufzuwärmen. Offensichtlich begann ich doch älter zu werden und abzubauen. Mit großer Sorge konstatierte ich, dass mein kleiner Mann auch nicht mehr der Alte war. Er schwang sich nicht mehr so ohne weiteres bei jeder Berührung in den Sattel, um in voller Kampfmontur ins Feld zu ziehen. Gigi hatte ihn noch nie gern in die Hand genommen, sie tat es nur selten, als ein Zeichen besonderer Huld. Inzwischen widerfuhr mir nur noch ausnahmsweise das Glück, steif genug zu werden, wenn Gigi sich gerade willig zeigte. Mit meinen Wurstfingern versuchte ich zu tarnen, dass die Hauptstreitmacht nicht kampfbereit war. Etwa um diese Zeit begann ich auch im großen Stil zu naschen. Besorgt erwartete ich, wie sich die Dinge entwickeln würden, wenn diese Negativtendenz weiter anhielt.

Nach langem Hin- und Herüberlegen fragte ich schließlich Vili Vajda um Rat. Kopfschüttelnd meinte er: »Da kann man nichts machen, mein Freund, du tust gut daran, dich noch in jungen Jahren dran zu gewöhnen, ohne Schwanz zu bumsen. Je älter du wirst, umso erniedrigender wird das nämlich. Das weiß ich von einem meiner Kumpel, der Frauenarzt ist.« Mein Großonkel fiel mir ein. Von Mama wusste ich, dass er als größter Schwanzexperte von ganz Großwardein gegolten hatte, vielleicht sogar von ganz Siebenbürgen. Durch den Haupteingang seiner Praxis verkehrten die Frauen und die Mädchen, an der Hintertür gaben sich die von Geschlechtskrankheiten und Imp geplagten Männer die Klinke in die Hand. Wäre er noch am Leben, wüsste er sicher ein Mittel für mich. Vorausgesetzt, ich hätte den Mut, mich an ihn zu wenden. Gott, wie peinlich.

Bis ich Palika gebadet, ins Bett gebracht und ihm seine Gutenachtgeschichte vorgelesen hatte (das alles fiel in mein Ressort), war ich in der Regel total fertig. Die Tür des Kinderzimmers auf Spalt geöffnet, ließ ich mich neben Gigi aufs Sofa plumpsen und starrte auf den Fernseher. Abend für Abend stieß ich erst eine halbe Stunde nach Filmbeginn hinzu, aber Gigi hatte weder Lust noch Energie, das bisher Geschehene zu erzählen. Meistens konnte man es sich eh irgendwie zusammenreimen. Mit leerem Gesichtsausdruck stierte Gigi auf den Bildschirm, während ihr die Augen hin und wieder zufielen. Das konnte natürlich auch eine Art Urteil über die Qualität des ungarischen Fernsehprogramms sein, denn im Falle eines wirklich guten Programms wäre sie vielleicht wachgeblieben. Unter solchen Bedingungen konnte man auf keinen Sex hoffen. Dennoch kuschelte sie sich im Bett manchmal an mich, ich weiß allerdings nicht, ob deswegen oder nur für einen Gutenachtkuss.

War Ersteres der Fall, überhäufte ich sie mit Küssen und wartete, dass sich unten etwas rührte. Rührte sich nichts, griff ich nach ihren Brüsten, knabberte an ihrem Hals und vergrub meine Finger in ihre Pobacken. Half all das immer noch nichts, rieb ich meinen matten Krieger an ihrem Oberschenkel, was normalerweise ein Wundermittel war. Schon bei der geringsten Schwellung trachtete ich, so schnell wie möglich einzudringen, denn erfahrungsgemäß pflegte er sich dort meistens zusammenzureißen. Eine andere Reihenfolge hätte mich äußerst beglückt, doch ich war froh, dass überhaupt etwas lief. Gigi war lieb, tat im Falle meines Versagens immer so, als sei sie zu müde für die Sache, drehte sich gähnend auf die andere Seite und sagte: »Wir können das ja morgen zu Ende bringen, mein Lieber. Gutnacht.«

Nach meinem letzten solchen Versagen wälzte ich mich noch lange schlaflos umher. Musste ich der unumstößlichen Tatsache ins Auge blicken, dass mir die Imp im Nacken saß? Schließlich konnte es doch nicht sein, dass ich ständig müde, abgearbeitet oder schlecht gelaunt war! Vielleicht sollte ich mit Gigi darüber reden. Mein Gott, wie peinlich! Aber immer noch besser, als abzuwarten, dass *sie* mit *mir* darüber redete. Denn dann wäre es vielleicht schon zu spät. Laut Vili Vajda gehörte die Schwächung der Manneskraft zu den üblichen Nebenwirkungen von Blutdrucksenkern. Aber Vili war kein Arzt, er war Chemiker. Die Meinung eines Fachmanns hätte mich mal interessiert. Bloß wo den finden? Und dann wie anfangen? ›Herr Doktor, ich brauche Ihre Hilfe, mein Ding will irgendwie nicht richtig stehen!‹ Schon bei dem Gedanken, so etwas einem Fremden anvertrauen zu müssen, verfiel ich in Agonie.

Im Café Künstler war ich mit zweien meiner Studentinnen verabredet, deren Seminarscheine ich unterschreiben musste. An der Pädagogischen Hochschule gab ich in Vertretung von Feri Balázs Stunden, der zum Ende dieses Semesters aus Göttingen zurückkehren und die Prüfungen selbst abnehmen sollte, doch er kam nicht. Angeblich hatten sich auch die beiden Mädels im Ausland aufgehalten und sich deswegen erst jetzt melden können. Ungarische Studenten übertrafen an Schlampigkeit sogar noch … ihre Professoren. Was mich betraf, so war es das erste und letzte Mal, dass ich an der PH Stunden gab. Es war einfach lächerlich schlecht bezahlt, und die Studenten brachten einen schier zum Wahnsinn. Einer der Typen zum Beispiel beschwerte sich, dass »Schuld und Sühne« auf der Pflichtlektürenliste stand, obwohl es nicht von einem Ungarn war, sondern von irgendeinem russischen Kauz. »Der Kurs heißt ja auch ›Ungarische und fremdsprachige Literatur‹.« »Ja schon, aber was bringt es, sich durch ein so dickes Buch zu quälen, wenn doch gleich am Anfang verraten wird, wer der Mörder ist?«

Nachdem ich mir die fadenscheinigen Ausreden der beiden Weibsen zu Ende angehört hatte, unterzeichnete ich ihre Scheine und beglich die Rechnung. Auf dem Zebrastreifen vor der Oper trat plötzlich eine leicht schielende – wobei dieser Eindruck möglicherweise ihren bifokalen Brillengläsern zuzuschreiben war – Frau an mich heran und hielt mich am Jackett fest. »Erkennst du mich etwa nicht?« ›Gut erkannt‹, dachte ich, da ich in der Tat keine Ahnung hatte, wen ich vor mir hatte. Meinen Ärmelaufschlag fest im Griff führte sie mich zum Gehweg, während sie mir ins Ohr wisperte: »Serbus, Jánoschka, hodj vadj? Egeschegedre!«

Du gütiger Himmel! Das war ja meine kleine Jolanda! Aus Georschendahl!

Mit einer Freundin und ihrer jüngeren Schwester Uschi besuchten sie Budapest, waren mit einem Trabant hergefahren. »Stell dir nur vor.« (Ein Lada war auch nicht viel besser. Weder mit dem einen noch mit dem anderen dieser volksdemokratischen Erzeugnisse war es möglich, eine längere Distanz zurückzulegen, ohne mit den gelben Engeln diverser Länder Bekanntschaft zu schließen. Keinen Kilometer ohne Automobilclubausweis und Schutzbrief!)

Mit Jolanda kehrte ich zurück ins Café Künstler, praktisch an denselben Tisch, von dem ich gerade aufgestanden war. Jetzt begriff ich nicht mehr, warum ich sie vorhin nicht erkannt hatte, warum ich von ihrer Haarfarbe (rot) und ihrer Brille so in die Irre geführt worden war. Die schöne Stimmung der Jenaer und Georgenthaler Tage stellte sich binnen Sekunden wieder ein, und was auch immer ich sie fragte, sie stand bereitwillig Rede und Antwort. Ich umgekehrt natürlich auch. Über die Geburt meines Sohnes freute sie sich von Herzen, ebenso darüber, dass ich mich beruflich mit Goethe beschäftigte. Und dass ich mit Gigi ein zufriedenes Leben führte und dass mein Buch vorankam. Ich meinerseits war glücklich, dass sie in Gotha (schon wieder Gotha, gab es in Deutschland denn überhaupt keine andere Stadt? Ich hoffte, sie war nicht mit Karin Wangold befreundet!) an der Kasse des Stadttheaters arbeitete, dass sie eine hübsche Maisonette-Wohnung gemietet hatte, dass sie endlich einen Typen kennengelernt hatte, mit dem sie es ernst meinte. (Günther, ein Riesenkerl, Kopf- und Barthaare von undefinierbarer Farbe, aber mit einem Schwanz, wie man ihn in der Größe nur selten sah. Passten sie nicht auf, tat er ihr beim Eindringen weh – sie passten auf.)

Mit verbindlichem Lächeln erkundigte ich mich, ob es sie seinerzeit nicht gestört hätte, dass auch ich einen Schwanz hatte, wie man ihn in der Größe selten antraf, allerdings am anderen Ende der Skala. Jolanda lachte. »Ein Riesenknüppel würde doch gar nicht zu dir passen!« »Knüppel?«, wiederholte ich, und wir mussten beide lachen. Die Zeit verging rasend schnell, und ich musste im Laufschritt zum Synchronstudio. Doch vorher machten wir aus, uns im Laufe der drei Tage, die Jolanda in Budapest verbringen würde, auf jeden Fall noch einmal zu sehen. Sie gab mir die Telefonnummer ihrer Pension. Auf die Frage, warum sie mir ihr Kommen nicht brieflich angekündigt hätte, erwiderte sie erstaunt, sie hätte mir geschrieben und den Brief bereits vor vier Wochen auf die Post gegeben.

Ich war auch erstaunt, denn bekommen hatte ich ihn nicht. Dabei hatte es bislang immer nur mit westdeutschen Postsendungen Probleme gegeben. Erst als ich in den Bus stieg, kam mir plötzlich der Gedanke, der Brief könnte doch angekommen und von Gigi abgefangen worden sein. Sie war diejenige, die die Post aus dem Briefkasten zu nehmen pflegte. Ich überlegte, ob sie aus purer Eifersucht zu so etwas in der Lage wäre, und konnte es nach reiflicher Überlegung nicht ganz ausschließen. Aber verdächtigen mochte ich sie auch nicht.

Ich war in Gedanken nur noch bei Jolanda, bei dem, was sich im Jahre 1967 zwischen uns ereignet hatte (mein Gott, das war schon dreizehn Jahre her! An 1957 mochte ich gar nicht mehr denken!). Kühlpunkt existierte nur noch ganz verschwommen. An Jena und Georgenthal konnte ich mich dafür umso klarer erinnern. Bereits am selben Nachmittag rief ich bei ihr an. Ihre Pension befand sich merkwürdigerweise ganz in der Nähe des Synchronstudios. Wir verabredeten uns für einen Kaffee am folgenden Vormittag. Erst nach dem Auflegen fiel mir ein, dass ich keinen Kaffee mehr trank, seit ich Herzbeschwerden hatte. ›Dann trinke ich eben Tee!‹ Aber Tee hasste ich, ich trank ihn nur Gigi zuliebe.

Am Abend dieses Tages unternahm ich mehrere Anläufe,

um Gigi von meiner Begegnung mit Jolanda zu berichten, doch der Zeitpunkt war nie günstig. Auch egal. Ich wusste ohnehin nicht mehr genau, wie viel ich Gigi von diesen alten Geschichten erzählt hatte – also lieber nicht dran rühren. In drei Tagen würde Jolanda wieder in die Ostdeutsche Volksrepublik zurückkehren, und ich hatte allen Grund zu der Annahme, dass ich dann für lange Zeit wieder nichts mehr von ihr hören würde. Vielleicht sogar nie mehr. Diesen Abend artete der Gutenachtkuss in eine richtiggehende Knutscherei aus. Anfangs versuchte ich noch, mir Jolanda aus dem Kopf zu schlagen, doch verblüfft merkte ich, dass mein kleiner Soldat beim Gedanken an die Georgenthaler Szenen sofort strammstand. Gigi liebte es, wenn auf zwei, drei leichte und langsame Stöße ein heftigerer und tieferer folgte, und das so lang, bis ich kam. Überschwänglich läutete ich zum Sturm, ›Gott sei Dank, die Imp scheint passé zu sein.‹ Zufrieden schnaufend lagen wir da. Der Witz war, dass wir all das Jolanda zu verdanken hatten. ›Morgen bedanke ich mich bei ihr‹, dachte ich und sank in einen tiefen, erholsamen Schlaf, bei dem mir sogar der Speichel aus dem Mund lief.

Pension Amor. Offenbar auf Deutsche und Österreicher spezialisiert. Eine Rezeption gab es nicht, ich sagte im Speisesaal Bescheid, dass ich Jolanda Trabandt suchte. Man rief sie im Zimmer an. In Jeans und Matrosenshirt kam Jolanda die Treppe heruntergelaufen, auf dem Kopf ein zu einem Turban gewickeltes weißes Handtuch. An der Hand führte sie mich in den zweiten Stock zu Zimmer 208. Es war winzig, eigentlich hatte nur das französische Bett Platz darin, statt Schreibtisch war ein dünnes schwarzes Brett an der Wand befestigt, darüber an einer Metallhalterung ein Miniaturfernseher. »Nimm Platz!« Jolanda warf ihr Handtuch aufs Bett, so dass ihr die Haare in feuchten Locken auf die Schultern fielen. Sie lief kurz hinaus und kehrte nach einigen Sekunden mit einem Tablett zurück, darauf befanden sich eine halbe Flasche Wein, ostdeutsche Schokolade und zwei Wassergläser. »Weingläser habe ich nicht.« Sie stellte das Tablett zwischen uns aufs Bett und schenkte ein. Wir stießen an und tranken auf unser Wiedersehen. Dann legte sie ihren Kopf in meinen Schoß. Gigi fiel mir ein und der riesige Günther, obwohl ich schon wusste, dass es kein Zurück gab.

JOLANDA TRABANDT

Sie zog mich zu sich. Dabei stieß ich eines der Gläser um, doch zum Glück war nur noch ein kleiner Rest Wein drin, der am Rand des Tabletts hängen blieb. Nun stellte Jolanda alles aufs Fensterbrett, schüttete sich dabei den Wein vom Tablett in den Mund. Und von dort in meinen. Ich heftete meine Lippen an ihre, was sie mit einem Biss erwiderte. Wir rissen einander die Kleider vom Leibe, ich lag splitterfasernackt rücklings auf dem Bett, sie kniete in Höschen und BH über mir, als ihr plötzlich etwas einfiel. »Hast du Gummis dabei?« »Gummis?« Der Gedanke war mir gar nicht gekommen, dass sie und ich … Und Gummis hatte ich schon seit Jahren nicht benutzt … »Macht nichts, dann nehmen wir eben alles durch, was sonst noch so möglich ist«, murmelte sie. Sie hielt Wort. Zunächst machte sie es mir mit der Hand. Dann nahm sie ihn in den Mund. Währenddessen naschte auch ich ausgiebig. Sie bot mir ihren Hintern, und ich steckte meine Zunge hinein – es ekelte mich kein bisschen. Obwohl es für mich neu war.

Nach einem kurzen Verschnaufen setzte sie sich auf, legte sich rasch das Handtuch um und lief erneut ins Nachbarzimmer. Mit zwei in Cellophan verpackten Präservativen kehrte sie zurück. Sie gehörten ihrer Freundin Lola, die immer eine Notreserve zur Hand hatte. Als offenherziger Mensch ging sie nie ohne Kondom aus dem Haus. Nun liehen wir sie uns einfach.

Ich konnte mich nicht entsinnen, das letzte Mal derart steif gewesen zu sein. Unter lautstarkem Stöhnen erlebte Jolanda gleich zwei Höhepunkte. Ich hoffte, weder Jolandas Freundin noch ihre Schwester hockten im Nebenzimmer. (Gott sei Dank besichtigten sie gerade die Burg.)

Mit Jolanda war alles so leicht und so selbstverständlich, als gäbe es auf der ganzen Welt nichts als uns zwei. Beim Abschied begleitete sie mich bis zum Ende des Flurs. Dort umarmte sie mich, streichelte meinen Kopf. »Sei ein braver Junge!« Dann lief sie zurück ins Zimmer, und ich machte mich leichten Herzens auf den Heimweg. Meine Knie zitterten, mir war schwindelig, und ich musste kurz auf dem Treppenabsatz verschnaufen, um nicht hinunterzukullern.

Ich hatte Angst, Gigi würde merken, womit ich den Vormittag zugebracht hatte. Als Alibi hatte ich ihr erzählt, ich müsste heute im Studio arbeiten. Als ich zu Hause eintrudelte, war sie gerade mit der Zubereitung von Palikas Abendessen beschäftigt, so dass ich ins Bad schlüpfen konnte, ohne vorher genauer in Augenschein genommen zu werden. Ich betrachtete mich im Spiegel: Man sah es. Dass ich Gigi betrogen hatte. Gleich würde der Himmel grollen und der Boden schwanken. Nichts dergleichen geschah. Dabei war es eine hässliche Sache. Zsuzsi hatte ich nie betrogen. Zwar fielen mir manchmal die Augen aus dem Kopf, wenn ich eine Frau nach meinem Geschmack erblickte, doch mehr als das war nie gewesen. Bis Gigi auf der Bildfläche erschienen war.

Schon nach wenigen Stunden schien mir Jolanda nur noch ein Traumbild zu sein, nichts Wirkliches. Sie nie wiederzusehen betrübte mich nicht im Geringsten, man musste eine Sache immer dann beenden, wenn sie am besten war, oder? Nach Palikas abendlichen Ritualen setzte ich mich an die IBM, legte mir die Bücher zurecht, die ich zum Arbeiten brauchte, und genoss bis zum Morgengrauen die Gesellschaft des großen Goethe.

Schrieb folgenden Eintrag in mein Tagebuch:

MEIN BESTER TAG SEIT JAHREN.

Näher wollte ich nicht darauf eingehen. Wer weiß, ob es eines Tages nicht doch Gigi in die Hände fiel. Denn dann könnte ich mich sofort scheiden lassen.

Ich formulierte einen Brief an Jolanda, in welchem ich ihr den genauen Zeitraum meines Westberliner Aufenthalts und die Adresse des Wohnheims mitteilte. Dabei ahnte ich schon, dass es ihr wohl kaum möglich sein würde, nach Westdeutschland zu kommen. Auch ich würde wahrscheinlich nicht in den Osten hinüber können. Das heißt hinüber könnte ich schon, nur nicht zurück, denn das Stipendium berechtigte nur zu einer einmaligen Einreise in die Bundesrepublik. Nichtsdestotrotz würde ich in Deutschland sein, ihrer Heimat. Hätte der zweite Weltkrieg nicht stattgefunden, dann … aber lassen wir das.

Ich bekam eine schriftliche Mahnung vom Stipendienrat: »Sehr geehrter Genosse Mester, bitte treten Sie Ihr Stipendium unverzüglich in diesem Kalenderjahr an, weil wir uns andernfalls gezwungen sehen, es Ihnen wieder zu entziehen.« »Unverzüglich« und »in diesem Kalenderjahr« nahmen sich seltsam aus, so direkt nebeneinander. Für Stilgefühl waren die Genossen Stipendienräte noch nie bekannt gewesen. Gigi und ich einigten uns auf September, Oktober und November. Aber genau da wurde an ihrer Gebärmutter eine Zyste diagnostiziert, die nach Meinung des Arztes sofort operiert werden musste. Der Oktober ging drauf. Im November musste ich in ärztliche Behandlung, weil mein linker Arm taub war und ich in der Brust Druck verspürte. ›Jetzt ist es also so weit‹, dachte ich. ›Jetzt gibt es keine Ausflüchte mehr, ich muss mich im Krankenhaus durchchecken lassen.‹ In diesen paar Tagen, die Gigi allein mit Palika verbrachte, bekam sie graue Haare. Der Kleine machte gerade seine erste Trotzphase durch. Wir gaben ihm einen neuen Namen, er hieß nun Meister Nein. (Ich musste zugeben, ich tat mich in der Woche, die Gigi im Krankenhaus zubrachte, auch nicht leicht.) Man stellte fest, dass meine Herzrhythmusstörungen schlimmer geworden und der Blutdruck wieder gestiegen war. Also: Bewegung an der frischen Luft, keine Aufregung – und Tabletten. Ein harntreibendes Mittel, zweierlei Blutdrucksenker, etwas zur Stärkung des Herzens, Vitamine. Morgens fünf Tabletten, abends drei. Wundervoll. In dem Kunststoffbehälter, den man mir im Krankenhaus gegeben hatte, legte ich die einzelnen Dosen zurecht. Wie ein alter Mann. Das Fach für mittags blieb vorläufig leer.

Der Gedanke lag nahe, die drei Monate Berlin sausen zu lassen, so viele schlechte Vorzeichen konnten kein Zufall sein. Gigi meinte allerdings, ich würde es ein Leben lang bereuen und sollte einfach allein fahren. Dann wäre ich ungestört und könnte mein Buch endlich zu Ende bringen. Das Ganze würde außerdem weniger kosten. Ganz zu schweigen davon, dass Palika in Deutschland krank werden könnte. Oder sie. Oder ich. Zunehmend begeisterte sie sich für den Gedanken, das ich allein fahren solle. Um sie bräuchte ich mir keine Sorgen machen, sie würde für die drei Monate zu ihrer Mutter ziehen, ihr damit sogar einen großen Gefallen tun, würde die sich doch endlich mit ihrem Enkel so richtig austoben.

Schließlich gab ich nach und suchte alle nötigen Bücher und Notizen zusammen. Jeden Tag stellte ich das Gepäck auf die Personenwaage im Bad. Im Hinblick auf den hohen Aufschlag für Übergepäck wollte ich die Grenze von zwanzig Kilo auf keinen Fall überschreiten. Kleidung nahm ich kaum mit. Wozu anziehen, wenn ich mich Tag und Nacht mit nichts anderem als Goethe beschäftigen würde.

Der Tag, an dem ich in Westberlin ankam, war der, an dem John Lennon in New York von einem geisteskranken Fan erschossen wurde. Sämtliche deutsche Zeitungen berichteten. Während ich damit beschäftigt war, mir eine Leselampe zu besorgen. Das Zimmer im Charlottenburger Wohnheim war so winzig, dass ein Bett quer gar nicht reingepasst hätte. Am Kopfende sorgte eine taschenlampengroße Neonröhre für diffuses Licht. Am Schreibtisch keine Lampe. Eine kaufen? Schade ums Geld. Ich fragte beim Hausmeister, er hatte keine. Zu meiner Schande muss ich gestehen, dass ich nach zwei Tagen aus einem offenstehenden Zimmer einfach eine mitgehen ließ. Nachts schlief ich höchstens vier Stunden, den Rest der Zeit verbrachte ich am Schreibtisch, in Bibliotheken oder Archiven. Meine IBM hatte ich dabei, mit offizieller Zollerklärung.

Seit Palika unser Leben bereicherte, empfand ich oft eine starke Sehnsucht nach Einsamkeit. Deshalb überraschte es mich etwas, wie schlecht ich sie jetzt ertrug. An den Abenden, wenn im Wohnheim in einem halben Dutzend der Zimmer kleinere oder größere Partys gefeiert wurden, tat mir vor Einsamkeit jede Faser weh. Was hätte ich drum gegeben, auch eingeladen zu werden! Aber ich kannte niemanden, nicht einmal meine ungarischen Mitstipendiaten. Und selbst wenn, mit einem Dreißigjährigen wollten diese Frischlinge sowieso nichts zu tun haben.

Mit meinem Krieger stimmte dennoch irgendwas nicht. Hatte er sich früher bei der kleinsten Berührung wie ein Mast aufgerichtet, musste er mittlerweile durch gutes Zureden überzeugt werden, wobei er selbst dann bestenfalls einem harten Gummischlauch glich, niemals aber einem stolzen Holzpflock. Früher oder später werde ich ihn zum Arzt bringen müssen. Schrecklich! Vielleicht waren ja andere Organe schuld. Die Prostata oder die Vorsteherdrüse (wobei das dasselbe war), die Hoden und die Nebenhoden … Wo genau die Nebenhoden waren, wusste ich nicht einmal.

Ich großonkelte fleißig und dachte dabei mal an Gigi, mal an Jolanda. Mit Jolanda tat ich mich leichter, was sicher der Tatsache zuzuschreiben war, dass ich mit ihr nur einige wenige Male geschlafen hatte. Diese Male konnte ich an einer Hand abzählen. Okay, an zwei. Ging es auch mit Jolanda nicht, suchte ich woanders Hilfe. Bei Liv Ullmann und Bibi Anderson. Die beiden waren eine sichere Bank. Eines qualvollen Abends beschwor ich beide zugleich herauf, phantasierte bis zum Morgengrauen über Szenen mit zwei Frauen. Mit zwei so göttlichen Frauen. Oder meinetwegen auch mit zwei durchschnittlichen. Ob Goethe das jemals gemacht hat? Einen schriftlichen Beweis dafür gab es nicht. Doch gab es in anderen Fällen schriftliche Beweise für etwas? Hatte er Lust darauf bekommen, wird er es ganz gewiss getan haben. Wird auch das nicht ausgelassen haben. Denn an weiblicher Hingabe mangelte es ihm wahrlich nie. Die Frauen beteten ihn an. Kein Wunder angesichts seines königlichen Aussehens, seines begnadeten Geistes, seines soliden materiellen Hintergrunds, seines freundschaftlichen Verhältnisses zum Großherzog, in dessen Gunst er stand … So war das natürlich leicht. Vermutlich verfügte er darüber hinaus auch noch über ein recht imposantes Zielwerkzeug.

Einmal die Woche rief ich von der Post aus Gigi an, immer spät abends, wenn es am billigsten war. Manchmal musste ich anderthalb Stunden warten, weil alle in Westberlin lebenden, wenig betuchten Osteuropäer ebenfalls dann nach Hause telefonieren wollten, wenn es am billigsten war. Gigi fehlte mir. Der kleine Palika fehlte mir. Sehr. Furchtbar sehr. Die anmutigen Beinchen, die abzuküssen ich kein einziges Mal versäumte, sooft ich ihn aus der Badewanne hob. Sein fröhliches Glucksen. Seine witzigen Ausdrücke. Ach, mein süßer kleiner Palika!

Zugleich – jawohl zugleich! – vermisste ich Jolanda. Zu ihr stand ich in brieflichem Kontakt und erfuhr so, dass sie weiterhin an der Gothaer Theaterkasse arbeitete, dass Günther sie jedes Wochenende besuchte und dass ihr Vater leider nicht mehr lebte. Die Hausmeisterarbeiten im Ferienheim von Georgenthal besorgte ihre Mutter alleine. Auch hörte ich, dass ihre kleine Schwester Uschi eine erfolgreiche Malerin geworden war und ganz groß Karriere gemacht hatte. Bedeutende Museen widmeten ihr Dauerausstellungen. Eine solche sollte am siebten Januar in Westberlin eröffnet werden, bei dieser Gelegenheit wollte auch Jolanda, wenn irgend möglich, ihre Schwester begleiten. Das klang verführerisch. Aber ich würde nur glauben, was ich sah.

Auch Liv Ullmann und Bibi Anderson fehlten mir. Mit diesen beiden stand ich nicht in Briefkontakt. Da es bei mir sowohl am Schwedischen als auch am Norwegischen haperte.

Die Feste zum Jahresende gingen ziemlich elend über die Bühne. Vor allem Weihnachten. Als Ersatz für das typisch ungarische Weihnachtsmohngebäck, das es in Deutschland natürlich nicht gab, besorgte ich mir Bremer Mohnstollen. Die Armut meines Zimmers fand ich an diesem Tag besonders unerträglich, ich ging raus, um eine Kneipe zu suchen. Aber an Heiligabend hatte alles zu. War eigentlich auch besser so, denn einen trinken zu gehen war ein teures Vergnügen. Ich ging mehr als sparsam mit meinem Geld um. Wollte am Ende tolle Geschenke für Gigi und Palika besorgen. Lego für Palika, das wusste ich schon. 4711 Kölnisch Wasser für Gigi. Und was sie sich sonst noch wünschte.

Ich spazierte hinunter an die Spree. Der Fluss war hier schmal, im Vergleich zur Donau in Budapest fast nur ein Bächlein. Ich kauerte mich auf einen Stein und lauschte dem Plätschern des Wassers. Trauer erfüllte meine Seele. Von ferne trug der scharfe Wind Fetzen von Weihnachtsliedern heran. STILLE NACHT. Zuckerguss im Quadrat. SUPERSÜSS.

Plötzlich brüllte jemand hinter mir, doch ich verstand nichts. Ein Typ in einer schwarzen Skimütze stand da, in der Hand eine zum Schlag erhobene Holzkeule. Erst allmählich begriff ich, was er wollte: Es ging um Geld oder Leben! Ich bekam einen Lachanfall. »Alles, was ich habe, soll dir gehören, mein Freund!«, sagte ich und stülpte meine Taschen um. Daraufhin zeigte er auf meine Uhr. Ich schnallte sie los und gab sie ihm. Nach einiger Betrachtung warf er sie mir vor die Füße: »Pfui Teufel, was für ein Schrott, wie kannste nur ’ne DDR-Uhr tragen?« »Tut mir leid!« Dass ich mir vor meiner Abfahrt im Uhrenladen extra diese Billiguhr zugelegt hatte, um nicht die Uhr meines Vaters mitbringen zu müssen – am Ende passierte ihr noch was! –, erzählte ich ihm nicht. »Deinen Ring!« Den aber brachte ich nicht so einfach vom Finger. Drohend schwang er seine Keule. Schließlich bekam ich ihn doch irgendwie runter und überreichte ihn ihm. »Meine Frau wird entzückt sein!« »Du wirst sie schon zu trösten wissen!«, sagte er, indem er sich langsam davonmachte, rückwärts und mit dem Gesicht zu mir, bis er in der Dunkelheit zwischen den Bäumen verschwand.

Da hatte ich nun mein Weihnachtsfest.

Einen Trauring zu rauben! Das war doch wirklich die Höhe! Warum hatte man mich nicht gewarnt, was für ein gefährlicher Ort das hier war? Nun ja… wer hätte mich auch warnen sollen? Ich sprach ja mit überhaupt niemandem. Kontakt pflegte ich nur zu Bibliothekaren und Archivmitarbeitern.

Jolanda sandte mir eine Doppelkarte mit einem geschmückten Weihnachtsbaum und wünschte frohe Feiertage. Beim Aufklappen spielte die Karte STILLE NACHT. Sie konnte nicht wissen, wie sehr ich das Lied hasste. SCHEISSE.

An Silvester konnte ich Gigi nicht anrufen, die Schlange vor der Tag und Nacht geöffneten Post reichte bis zur Ecke des Häuserblocks. Also schrieb ich ihr einen Brief. Schrieb auch gleich an Jolanda, Briefmarken hatte ich glücklicherweise zu Hause. Noch am einunddreißigsten warf ich beide Briefe in den Briefkasten. Im Speisesaal des Wohnheims spielte eine Rockband, und eine Weile hörte ich zu. Die jungen Leute bewegten sich im Takt und waren schon ziemlich betrunken. Ich gönnte mir ein wenig Sekt, den es in Plastikbechern gab, und wartete dann an die Wand gelehnt, dass es Mitternacht wurde. Das Sprichwort besagte, die Zeit krieche manchmal bleischwer dahin. Hätte ich in der Schule in Chemie aufgepasst, dann hätte ich gewusst, was noch schwerer war als Blei.

Mein Herz.

Abgesehen von den drei ungarischen Stipendiaten wohnten hauptsächlich Stundenten aus der Sowjetunion, aus Jugoslawien, Bulgarien und Polen im Wohnheim. Die Zusammensetzung der Band war russisch-polnisch-jugoslawisch. Irgendwann kündigten sie an, ein paar heimatliche Melodien spielen zu wollen. So kamen sie von Rock auf Polka und Mazurka und schließlich auf Poljuschka und Kalinka. Wie wild tanzten die Jungs den russischen Hocketanz und schmissen dabei ihre Beine. Vor ihnen drehten sich die Mädchen, die Arme in die Hüften gestemmt. Ganz wie ein russisches Tanzensemble. Slawische Mädchen flochten ihre hellen Haare zu Zöpfen, und die flogen jetzt nur so. Fünf oder sechs von ihnen waren in Tracht, trugen gestickte russische Hemden.

Ich war ohne Zweifel übergeschnappt. Halluzinierte sekundenlang, dass die Tänzer nackt herumhüpften, auf einer Lichtung im Wald. Und dann wieder in russischer Tracht im Speisesaal. In immer rascherer Abfolge sah ich diese beiden Bilder vor mir. Dabei hatte ich kaum etwas getrunken. Verblüfft konstatierte ich meine eigene wahnsinnige Begierde, die sich zugleich auf jede einzelne und völlig wahllos auf alle zusammen bezog. Ich hätte jeder von ihnen die Kleider vom Leibe reißen können, um auf dem Steinboden über sie herzufallen, das Einzige, was mich davon abhielt, war die Befürchtung, von den Jungs zu Brei geschlagen zu werden.

Noch vor Mitternacht räumte die Band die Bühne, das Radio wurde eingeschaltet. Eine männliche und eine weibliche Stimme kommentierten die letzten Minuten des Jahres, als handele es sich um ein Fußballspiel. Auf Deutsch zählten die Heimbewohner die zwölf Schläge der Uhr und stimmten dann ihre jeweiligen Nationalhymnen an. Vier oder fünf Melodien vermischten sich zu einer feierlichen Musik. Plötzlich wurde mir bewusst, dass ich der Einzige war, der die ungarische Hymne sang. Gott segne das Ungarnvolk. Wo waren meine Landsleute geblieben? Noch vor Beginn der allgemeinen Anstoßerei und Küsserei floh ich wieder in mein unwirtliches Zimmer. Was Gigi wohl gerade machte? Und Jolanda? Palika schlief hoffentlich.

Ich weinte mich in den Schlaf.

Gleich zu Beginn des neuen Jahres ereilte mich die schlechte Nachricht, dass Jolanda ihre Schwester unter keinen Umständen begleiten konnte. Sie schrieb mir einen zwei Seiten langen, äußerst höflich formulierten Brief. Höflich wegen der Zensur, wie ich schon ahnte. Dieser verdammte Sozialismus.

Sie durfte einfach nicht ausreisen. Warum zum Teufel hatte diese monströse Mauer auch gebaut werden müssen! Diese Schweine! Wirklich unglaublich, dass ein Deutscher einen anderen Deutschen nicht besuchen durfte. Ganz zu schweigen davon, dass Jolanda nicht mal einen bescheuerten Ungarn besuchen durfte! In meiner Aufgebrachtheit schrieb ich einen zornigen Brief an Gigi, in dem ich ihr den Verlust meines Eherings mitteilte. Einen noch zornigeren schrieb ich Jolanda, die Sache täte mir aufrichtig leid, doch schon der große Genosse Stalin hätte gesagt, was nicht geht, das soll man nicht erzwingen. Den Kommentar des großen Goethe erwähnte ich nicht: »Zeigt es sich, dass ich bei einer Frau keine Aussichten habe, gelingt es mir mit der Zeit immer, mich von sämtlichen qualvollen Wünschen zu befreien.« Schade, dass er nicht berichtet, wie.

›Ich werde die Sache nicht auf sich beruhen lassen!‹

Mit zahlreichem Umsteigen fuhr ich hinaus nach Zehlendorf. Dort befand sich die Westberliner Vertretung der Volksrepublik Ungarn. Ich stellte einen Antrag auf ein DDR-Visum. Mündlich, und auf einem Vordruck auch schriftlich. Ich schwenkte meinen Stipendiaten-Ausweis, meinen Vertrag mit dem Akademischen Buchverlag und meinen Dienstausweis vom Synchronstudio. Ich schwafelte etwas von einem Film, der über Goethe und Eckermann gedreht werden sollte, der Grund, warum ich unbedingt für einen Ortstermin nach Weimar musste. Noch zwei weitere Male fuhr ich nach Zehlendorf, um Dampf zu machen, bis ich das Visum endlich in der Tasche hatte. Ich ging davon aus, dass es mir nur genehmigt worden war, damit ich die Zuständigen nicht weiter belästigte.

Per Express-Einschreiben benachrichtigte ich Jolanda und verließ Westberlin am vierzehnten Januar am Übergang

Friedrichstraße. In Ostberlin war alles so billig, dass ich mit dem Taxi zum Bahnhof fuhr, von wo aus ich mit einmaligem Umsteigen nach Gotha gelangte. Jolanda erwartete mich am Bahnhof, in einem himmelblauen Trabant mit der Aufschrift »Theaterkartenbüro«. »Mein Dienstwagen.« Mich wunderte das nicht. Ich hatte ja auch schon Polizei- oder Militärtrabis gesehen, Letztere ohne Dach (ein Jeep, nicht wahr) und mit grüner Tarnfarbe gestrichen.

Auf der Fahrt sprachen wir kein einziges Wort. Mit ihrer rechten Hand wühlte sie in meinen Haaren, ich hingegen streichelte mit der linken ihre Oberschenkel, ließ die Finger bis zu deren Ansatz hochgleiten. Sie packte mich mit ihren heißen Muskeln, meine Hand geriet in Gefangenschaft.

Georgenthal. Sie lenkte den Trabant in den Garten von Haus Eichengrund. Im Laufschritt näherten wir uns dem Hintereingang des Hauptgebäudes, betraten das Untergeschoss, wo durchdringender Essensgeruch herrschte. Jolanda schloss in dem dämmrigen Flur die weiße Tür eines winzigen Zimmers auf. Es sah meinem Zimmer im Wohnheim gespenstisch ähnlich, mit dem einzigen Unterschied, dass dieses hier halb unterirdisch lag und jeder durch das Fenstergitter hereinschauen konnte. Jolanda zog den gelben Nylonvorhang zu und lächelte auf ihre einzigartige Art. »Da Karin zu ihrem Sohn nach Dresden gefahren ist, habe ich mir den Schlüssel zu ihrem Dienstzimmer geben lassen. Ich hoffe, es passt dir!« »Klar… Wer ist Karin?« »Die Köchin.«

Diensttrabi und Dienstzimmer. Für den Dienst am Arbeitervolk.

Fünf Tage konnte ich bleiben. Ohne Günther-Gefahr, da er immer nur am Wochenende kam.

Goethe und Eckermann büßten fünf Tage ein. Ich hingegen hatte das Gefühl, zehn Jahre gewonnen zu haben. Das

Bett verließen wir nicht einmal zum Essen. Auf einem ovalen Kunststofftablett brachte Jolanda die nötige Verpflegung direkt aus der Küche hierher.

Manchmal ging mir durch den Kopf, wie sich mein Leben entwickelt hätte, wäre Jolanda Ungarin.

Dann wieder schien es mir weiser, darüber nicht nachzudenken.

Schließlich war alles Zukünftige ungewiss.

Es lebe der Augenblick. Und der Mensch darin.

Und die fünftägige Ewigkeit.

## 6.

Am Himmel schwebte ein schwarzes Pferd, drehte sich langsam im Kreis, flog aber nicht davon. ›Pegasus!‹, dachte Dr János Mester. ›Ein Fingerzeig des Himmels für mein Buch? Nein, ich fürchte, dem Himmel bin ich nicht so wichtig.‹

Entdeckt hatte er das Pferd am Haupteingang des Berliner Zoos, dem so genannten Elefantentor. Diesen Treffpunkt hatten Jolanda und er vereinbart, allerdings ohne dass Jánoska wusste, dass der Zoo zwei Haupteingänge hatte. Von der U2 kommend stand er sich zunächst an dem näher zur U-Bahn-Station gelegenen Löwentor die Beine in den Bauch. Erst aus den dort ausliegenden Broschüren erfuhr er, dass auch die Elefanten ein eigenes Tor hatten, welches sich neben dem Aquarium in der Budapester Straße befand. ›In ihrer umsichtigen Art hat Jolanda vermutlich gleich dafür sorgen wollen, dass ich mich heimisch fühle.‹ Also eilte er zum Elefantentor, wo Jolanda tatsächlich stand und in einer Zeitung blätterte. In der Hand hielt sie zwei Eintrittskarten – ebenfalls typisch für sie. Seit Deutschland wiedervereinigt war, ließ sie Jánoska nie mehr zahlen.

Im Laufe der letzten Jahrzehnte hatte sich Jolanda kaum verändert. Im Gegensatz zu damals, als sie sich in Budapest zum ersten Mal als Erwachsene über den Weg gelaufen waren. Um neunzehnhundertachtzig herum. Als Jánoska auf dem Zebrastreifen vor der Oper von dieser fremden, scheinbar schielenden Brillenträgerin angesprochen worden war. Auf die Schnelle hatte er gar nicht gewusst, wen er vor sich hatte. Nach seinen Berechnungen hatten sie sich dreizehn Jahre nicht gesehen, waren inzwischen beide etwa dreißig. Heute hingegen war Jolanda zweifache Mutter, Jánoska dreifacher Vater. Die Jahre waren wie im Flug vergangen.

Jolanda ihrerseits fand den Mann sowohl vor der Budapester Oper als auch im Berliner Zoo ziemlich verändert, über die von der Zeit angerichteten Schäden sah sie jedoch großzügig hinweg. Dreifaches Küsschen zur Begrüßung. »Du hast dich überhaupt nicht verändert!«, im bilingualen Duett. Sie stellten sich am Ende der Schlange an, und während sich Jolanda unterhakte, meinte sie: »Bin ich verrückt geworden oder fliegt da oben ein Pferd?« »Ja, ich glaube, es ist ein Pferd, aber sicher kein lebendiges!« »Willst du damit sagen, da oben fliegt ein totes Pferd?«, Jolanda mit gerunzelter Stirn. Zwischen ihren Augenbraunen erschienen die beiden Gänsefüßchen, die der Mann so sehr liebte. »Sieht ganz so aus!« »Hoffentlich lässt es nichts fallen, sonst beschwere ich mich!«

Jánoska fand das unglaublich geistreich, und der guten Laune der beiden konnte weder der sich zuziehende Himmel noch die trostlosen Blicke der eingesperrten Tiere etwas anhaben. Das über ihnen schwebende Pferd fesselte ihre Aufmerksamkeit. Sie warteten, dass etwas damit geschah. Dass es platzte. Dass es abstürzte. Dass es loswieherte.

»Warum wolltest du nicht bei uns wohnen?«, fragte Jolanda. Darauf Jánoska verlegen: »Wäre das in Frage gekommen?« Sie nickte. »Warum nicht?« »Aber … Wilhelm … Dings … Wäre er nicht eifersüchtig geworden?« »Ach, mein lieber Janóschka, derlei Probleme haben wir schon lange hinter uns!« Der liebe Jánoska schluckte, worauf sie sanft seinen Unterarm drückte.

»Du machst mir Spaß! Wir sind seit zweiundzwanzig Jahren zusammen, da geht jeder seiner eigenen Wege.« »Aha … und was hast du ihm gesagt, wo du heute hingehst?« »Ich habe ihm gesagt, dass ich mit dir in den Zoo gehe.« Jolanda. Seine Jolánka. Unerschütterlich lächelnd. Er hakte nach: »Kriegst du keine Probleme?« »Ich habe dir doch gesagt, dass wir eine offene Ehe führen!«

Offene Ehe … Auf Deutsch klang das noch bescheuerter als auf Ungarisch. In der senkrechten Kuhle von Jánoskas Rücken begann der Schweiß zu rinnen. War denn die ganze Welt aus den Fugen geraten? Warum konnten sich die Menschen nicht treu bleiben, wenn sie sich doch liebten? Warum die ewige Rumprobiererei mit immer neuen Partnern? Warum ließen sich Frauen lieber von Männern beglücken, die sie kaum kannten? Warum beglückten Männer lieber halbfremde Frauen? Es hatte seinen Reiz, zugegebenermaßen. Doch warum nur? ›Um bei der Wahrheit zu bleiben, du selbst hast in deinem Leben auch schon Phasen gehabt, wo du deinen Kramer ohne zu zögern überall reingetan hättest, wo es nur möglich gewesen wäre. Dein Pech, dass im Moment Alexa diejenige ist, die eigentlich immerzu vögeln möchte, ganz gleich mit wem. Verflixt!‹

Alexa hasste Jánoskas Verflixterei. »Wenn du schon fluchen musst, dann wenigstens richtig! Fluch saftig und herzhaft, so wie das Leben ist! Tu nicht rum wie eine Prinzessin!« »Verdammt!«, zischte Jánoska. ›Verdammte Scheiße!‹ brachte er trotz aller Ermunterung nicht über die Lippen. Dieser Wortwechsel hatte bei einem ihrer letzten großen Kräche stattgefunden und hatte damit geendet, dass Alexa das Sektglas zerschmiss. Jánoska machte keine Anstalten, die Scherben zusammenzukehren, wie es sonst seine Art gewesen wäre, schmiss im Gegenteil seinerseits das Glas auf den Boden und brüllte: »Da hast du dein Leben! Oder glaubst du etwa, ich kann das nicht?« Unvermittelt lächelte Alexa: »Na also, so gefällst du mir. Das ist endlich echt!«

Was für ein unglaublicher Schwachsinn! Was war daran echt, Großmutters ängstlich gehütete Sektgläser – die wir von ihr zu unserem fünften Hochzeitstag geschenkt bekommen hatten – zu zerdeppern? Wieso sollte das das Leben sein? Einfach idiotisch.

›Warum klammerst du dich eigentlich so sehr an Alexa, wenn sie dir dermaßen auf den Geist geht?‹

Tu ich nicht. Oder doch. Tu ich doch, weil …

Wildes Meer, wilde Wogen.

»Du weinst ja!«, Jolanda. Sie standen bei den Elefanten. Die Dickhäuter genossen das für Berlin so untypische, milde Herbstwetter und streuten sich Sand auf den Rücken. »Was hast du?« Ihr Tonfall erinnerte Jánoska an den seiner Mutter, so dass er zu schluchzen begann wie zu Schulzeiten, wenn er in der Klasse in die Hose gepinkelt hatte. Jolanda dirigierte ihn zum nächsten Imbiss, fragte nicht lang, was er wollte, sondern brachte Milchkaffee und Bockwürste herbei. Schniefend bedankte sich Jánoska. Von normalem schwarzem Kaffee bekam er brennende Magenschmerzen. ›Was soll's … Das soll meine größte Sorge sein!‹

Jolanda Trabandt hörte ihn bis zum Ende aufmerksam an und rührte unablässig in ihrem Kaffee, von links nach rechts, ohne einen Schluck zu trinken. ›Er wird kalt‹, dachte Jánoska in der auf seine Erzählung folgenden Stille. ›Macht nichts, es gibt ja Leute, die kalten Kaffee mögen.‹ »Wenn ich dich richtig verstanden habe«, begann Jolanda, »ist die Situation folgende: Alexa liebt dich zwar, hat aber einen kleinen Galan, der aus ihrer Vergangenheit aufgetaucht ist.« »Das ist richtig … Aber zudem will sie auch noch eine offene Ehe! Sie sagt, sie fühle sich seit den Geburten der Kinder zum ersten Mal wieder als Frau, und jetzt will sie mit jedem ins Bett, auf den sie Lust kriegt!« Jánoska japste vor Entrüstung. »Schon klar, und was findest du daran so verwunderlich?« »Was meinst du damit?« »Hör mal, wie lange seid ihr jetzt zusammen?« »Zehn Jahre.« »Nach so langer Zeit ist das wahrlich kein Wunder! Du könntest ihr ruhig ein wenig Auszeit gönnen!« »Eine Auszeit?!« Jánoska zog das Wort in die Länge wie ein Erstklässler, der eben erst lesen lernt. Dann räusperte er sich: »Jolanda, das ist doch nicht irgendeine Posse, sondern mein Leben!« »Ja, und ihres!«

Jánoska musste erneut schlucken. Seine Bockwurst hatte er bereits hinuntergeschlungen und seine fettigen Hände an seiner Hose abgewischt. Jolandas Wurst harrte unangetastet ihres Schicksals. Nun schob sie ihm ihren Teller hin: »Iss, ich habe ohnehin keinen Hunger.« Jánoska zierte sich, doch Jolanda winkte ab: »Wenn du sie magst, gehört sie dir, wenn nicht, bleibt sie liegen.« Also machte sich Jánoska auch über die zweite Portion her. Unter seiner Windjacke trug er ein Poloshirt, das seinen Unterarm bis zum Ellenbogen freiließ, und Jolanda begann ihn zu kraulen. Zielsicher wandelte sie an der Grenze zwischen freundschaftlichem Tätscheln und erotischem Streicheln entlang, wich weder nach der einen noch nach der anderen Seite ab. Von Zeit zu Zeit zwirbelte sie die feinen Härchen zu winzigen Büscheln. Es zwickte angenehm. Erneut begann der Schweiß in Jánoskas Rückenkuhle zu rinnen. ›Gleich fange ich an zu stottern … dabei … habe ich doch gar nichts angestellt!‹, verteidigte er sich vor sich selbst, wie ein Schulkind an der Tafel.

Jolanda im Tonfall eines Vertrauenslehrers: »Weißt du, ich liebe Kohlrabi über alles, doch müsste ich ihn jeden Tag essen, würde ich sterben. So ist das. Anfangs steht der Mensch allein in seinem Leben, ist zwar frei, aber eben auch einsam. Also macht er sich auf die Suche nach jemand, der die Einsamkeit mit ihm teilen will. Und wer sucht, der findet! Zack, ist man in das passende Objekt verliebt, zieht zusammen, heiratet vielleicht sogar. Schon ist die Einsamkeit dahin, doch leider auch die Freiheit. Kaum ist das erste Glück verflogen, blickt man plötzlich auf und fragt sich, was jetzt, soll dieser Trott etwa bis zu meinem Tod so weitergehen? Bloß das nicht! Man flieht, erlangt von neuem die Freiheit, damit aber auch die Einsamkeit, DA CAPO AL FINE. (Seit Neuestem arbeitete Jolanda Trabandt in der Musikbibliothek.) So oder so, man fühlt sich einfach nicht wohl. Aus den Reihen derer, denen die Freiheit unbestritten wichtiger ist als ein Leben zu zweit, rekrutieren sich die Junggesellen und Junggesellinnen, diejenigen aber, die sich besser mit dem Verlust der Freiheit abfinden als mit der Einsamkeit, mutieren zu treuen, langjährigen Ehepartnern. Aber ohne Abstriche geht es nicht, und sollte jemand diesen gordischen Knoten lösen können, gebührt ihm dafür der Nobelpreis.«

Im Hintergrund kreischten und winselten die Affen, doch was wussten die schon von Beziehungsproblemen! Sie lebten in harmonischer Weibergemeinschaft, das Ordnungsprinzip war denkbar einfach: Der stärkste Affe durfte ran, der Rest musste zuschauen. Jánoska hätte wetten können, er mit seiner mickrigen Statur hätte sich weit hinten in der Rangfolge der Affen befunden, so dass sich sein Neid auf Orang-Utans, Gorillas und Schimpansen stark in Grenzen hielt. Noch immer schwebte das dunkle Pferd am Himmel und drehte sich im Kreis. Der beste Einfall, den Jánoska an diesem Tag hatte, war, sich im Zooladen zu erkundigen, ob es schwarze Pferde-Luftballons zu kaufen gab. Gab es selbstverständlich, in vier Größen. Den kleinsten kaufte er für Jolanda Trabandt, ihn aufzublasen gelang ihm jedoch nicht. Er war schon drauf und dran, noch einmal zurückzugehen und nach einer Pumpe zu fragen, doch Jolanda meinte, Wilhelm könne ihn aufblasen, er besäße fünf Pumpen, zwei für Gummimatratzen, zwei für Fahrräder und eine elektrische, die man in den Zigarettenanzünder des Autos reinstecken konnte.

»Reinstecken« klang auf Deutsch bei Weitem nicht so erotisch wie auf Ungarisch, Jánoska inspirierte es trotzdem.

Ein viel zu helles Zimmer. Jánoska sitzt auf dem Bett, während Jolanda vor ihm kniet und mit den Knöpfen an seiner Hose kämpft. In den sechziger Jahren sind Hosenschlitze nur ausnahmsweise mit Reißverschlüssen ausgestattet. Durch den schrägen Spalt der Unterhose zieht sie den sich ungeduldig gebärdenden Körperteil heraus und beginnt ihn zu liebkosen, während Jánoska, dem dergleichen noch nicht so oft widerfahren ist – genau betrachtet noch nie – so angespannt dasitzt, als sei er in eine Falle geraten. Er fürchtet, sein Pimmel werde den Wünschen und Vorstellungen nicht entsprechen. Nicht groß, nicht stark, nicht männlich, nicht behaart, nicht scharf genug. Mit halb geschlossenen Augen beugt sich Jolanda zu ihm herab, unten ihre Finger, oben ihr Mund. Es ist kaum auszuhalten, Jánoskas Kehle entringen sich seltsame gutturale Laute. Er windet sich, möchte sich wenigstens für einen Moment von Hand und Mund lösen, denn… »Mein Gott, ich komme, ich komme, ich komme!« Jolanda stört das nicht, sie lässt nicht von ihm ab, trotz des ekstatischen Veitstanzes, den er vollführt. »M… macht… es dir nichts, dass…« Jánoska traut sich nicht, den Satz zu Ende zu sprechen. Jolanda lacht.»Warum sollte es? Es schmeckt doch gut!«

Das alles war vor so langer Zeit, dass ein Teil der Bilder schon vergilbt ist, doch Dr János Mester half ihrer Qualität nach. Wenig erfolgreich versuchte er, einen vernünftigen Satz zustande zu bringen: »Wäre es sehr ungehörig von mir… wäre es eine sehr ungehörige Bitte, dass du mitkommst… ich meine, dass wir in die Raucherstraße gehen?« »Warum, willst du eine rauchen?« Jolanda umarmte ihn und schlang ihren Arm um seinen Hals, wie in alten Zeiten. Nun war kein weiteres Fragen oder Antworten mehr nötig. Nötig war jetzt die U2, die glücklicherweise gerade in dem Moment einfuhr, als sie unten an der Rolltreppe ankamen. An der Eberswalderstraße stiegen sie aus und legten die sieben Ecken bis zur Raucherstraße im Laufschritt zurück. Irgendwie gelangte Jolandas Bein bereits im Treppenhaus um Jánoskas Hals, was rein physikalisch eine Unmöglichkeit war, auf den verwinkelten Pfaden der Erotik jedoch zu den selbstverständlichen Wundern gehörte.

Das Sicherheitsschloss wollte Jánoskas zitternden Fingern nicht gehorchen, also nahm Jolanda den Schlüsselbund an sich und schloss auf, indem sie die Tür am verzierten Knauf zu sich zog. Bereits im Flur rissen sie sich die Kleider vom Leib, landeten dann ohne Umschweife auf dem Küchentisch, Jánoska wie eine Puppe mit gespreizten Beinen, Jolanda vor ihm auf den Knien. Mit Hand und Mund machte sie sich an die Arbeit. Jánoska versuchte sie zu sich hochzuziehen, doch Jolanda widersetzte sich, und so raunte er ihr ins Ohr: »Setz dich auf mich und reite mich ein bisschen!« Kopfschüttelnd meinte Jolanda: »Das ist eine ungehörige Bitte!«, und brachte zu Ende, was sie begonnen hatte. »Dann zieh dich wenigstens aus!«, keuchte Jánoska, worauf sich Jolanda den schwarzen BH und das Höschen willig abstreifen ließ. Unter der glänzenden Haut schimmerten dunkel die Adern, und obgleich ihre Muskeln die frühere Straffheit nicht mehr hatten, besaß ihre Hand noch immer dieselbe Kraft. Ihre Lippen schienen voller geworden zu sein, und gekonnt spielte sie mit seinem

Glied – seit Georgenthal schien sie ihre Technik noch verfeinert zu haben. Vergeblich versuchte Jánoska, das Tempo zu drosseln, um das Gefühl des Im-siebten-Himmel-Schwebens länger auszukosten, doch schon bald stürzte er ins Nichts. Beziehungsweise auf die hölzerne Tischplatte.

Damals in Georgenthal, in Jolandas Heim, hatte die Sache bereits am frühen Vormittag ein Ende gefunden, als Jolandas jüngere Schwester Uschi plötzlich im Zimmer gestanden hatte. Daraufhin hatten sie es dann nur noch hinter verschlossener Tür getrieben. »Noch mal so?«, Jolanda damals. Unfähig, einen Laut herauszubringen, hatte Jánoska nur genickt.

»War es gut?«, Jolanda jetzt, und auch diesmal brachte es Jánoska nicht über ein Kopfnicken hinaus. »In so einer großen Wohnung wird doch irgendwo ein Bett aufzutreiben sein«, mutmaßte Jolanda. Auf dem Weg ins Schlafzimmer meinte Jánoska: »Also ist meine Bitte von vorhin doch nicht so ungehörig?« Zwar war er zu allem bereit, doch fehlte ihm zum Letzten der Mut. Jolanda verstand das nicht: »Wo ist das Problem?« »Ein Problem ist das nicht, nur … Musst du … ääh … Müssen wir nicht verhüten?« Jolanda lachte schallend. »Ach was, mein Lieber, ich muss nicht mehr verhüten!« »Warum?« »Ich habe die Wechseljahre längst hinter mir!« »Tatsächlich? Aber du bist doch noch so jung!« »Genauso jung wie du … Hast du das vergessen?«

Lustvoll ritt Jolanda der kompletten Auflösung entgegen, über Stock und Stein, über jeden Abgrund hinweg, bis Ross und Reiter in einen tosenden Ozean stürzten. Der »Erlkönig« kam Jánoska in den Sinn. Zunächst die Ballade. Dann die Lieder: Schubert, Schumann.

Die Zeit schien stillzustehen, er lag mit geschlossenen Augen an irgendeinem Ufer. Zur Besinnung kam er erst, als seine Füße zu frieren begannen. »Nun wäre diese Ehe auch endgültig gebrochen«, murmelte er auf Ungarisch. »Wie bitte?« Jolanda hob ihren Kopf unter der Achsel des Mannes hervor. »Nichts, nur … es war sehr schön!«, Jánoska jetzt auf Deutsch. »Das war es in der Tat, dabei haben wir es schon so lang nicht mehr geübt!« Jolanda erhob sich und spazierte splitterfasernackt, nur in High Heels, aus dem Zimmer – offenbar hatte sie ihre Schuhe die ganze Zeit über angehabt. Ihre Beine waren immer noch genauso göttlich wie früher, an ihrer Hüfte prangte eine grünliche Verzierung, wie man sie manchmal an schmiedeeisernen Toren sah. »Ähm, du hast dir das tätowieren lassen?«, fragte Jánoska. »Klar, wer sonst?« »Wegen deinem Mann?« »Nein, wegen mir selber. Je älter ich werde, umso heimischer fühle ich mich in meinem Frausein.«

Jánoska kam das irgendwie bekannt vor. Jolanda setzte ihm auseinander, sie hätte sich nach der Geburt ihrer Kinder endgültig mit dem Ende ihres Sexuallebens abgefunden. Sie war praktisch zu einem Milchspender beziehungsweise einer Haushalts- und Kindererziehungsmaschine verkommen. Doch dann hatte sie das Glück, wieder zu ihrer Weiblichkeit zurückzufinden. Und jetzt, wo die Kinder größer waren, hatte sie auch wieder mehr Zeit für sich.

Betreten lauschte Jánoska den Worten der Frau, wohl wissend, dass er nichts weiter war als eines der Mittel, Jolandas Freizeit möglichst aufregend zu gestalten. Er hoffte, zumindest ein bisschen auch der Zweck zu sein.

Jolanda ging auf Toilette und pinkelte – nach den Geräuschen zu urteilen in einem kräftigen Strahl. Probleme beim Wasserlassen kannte sie nicht. Nach ihrer Rückkehr streckte sie sich neben Jánoska aus und redete ohne Punkt und Komma. Wilhelm habe in der ganzen schweren Zeit nichts, wenn nicht sogar weniger als nichts unternommen, damit es seiner Frau besser ginge. Er kehrte das Problem einfach unter den Teppich: »Ach, Liebling, mir gefällst du auch so!«, sagte er und tätschelte ihre aus den Fugen gehenden Rundungen. Und wollte er besonders liebenswürdig sein – was nicht allzu häufig der Fall war –, setzte er noch hinzu: »Von guten Dingen kann man gar nicht genug bekommen!« Jolanda teilte eher die Ansicht einer ihrer filigranen Kolleginnen: »Gutes gibt es immer nur in kleinen Mengen.« Jolanda begann im Studio zu trainieren. Färbte sich die Haare rot und ließ sich eine Biodauerwelle machen. Kaufte sich ihre Klamotten nicht mehr am Wühltisch, sondern beim Kaufhof am Alexanderplatz. Ließ sich – wie Jánoska jetzt erst bemerkte – auch die linke Brust mit irgendeinem fernöstlichen Krikskraks tätowieren. »Das ist ein japanisches Liebessymbol!« Zuletzt schenkte ihr Wilhelm noch ein goldenes Fußkettchen zum Geburtstag. Mit gemischten Gefühlen legte sie es an. Fußfesseln trugen nur Sklaven und gefährliche Verbrecher. »Betrachte dich als Sklavin der Liebe!« konterte der Gatte. Bei der Erinnerung daran verzog sich Jolandas Mund zu einem Lächeln: »Wem ich sklavisch ergeben sein sollte, hat er nicht gesagt!« Sie begann Jánoskas Zehen zu küssen und die Zwischenräume zu lecken. »Hat das bei dir schon mal jemand gemacht?« »Nein, noch nie.« »Dann versprich mir, dass es mir vorbehalten bleibt!«

Jánoska versprach es. ›Kostet mich ja nichts‹, dachte er. Die Chance, neben den beiden aktuellen Frauen noch mit einer anderen ein sexuelles Verhältnis einzugehen, schätzte er gleich null ein. Und für seine Zehen beziehungsweise deren Zwischenräume hatte Alexa bislang herzlich wenig Interesse bekundet, woran sich so schnell wohl auch nichts ändern dürfte. Das Thema erledigte sich also ganz von selbst.

Jolanda hüpfte aus dem Bett, ihr eigenes Alter Lügen strafend (obwohl es Jánoska gar nicht in den Sinn kam, über das Alter der Frau nachzudenken – für ihn war und blieb sie das fröhliche siebzehnjährige Mädchen, von dem er damals in Georgenthal so viel gelernt hatte), und begann ihre Kleidungsstücke zusammenzusuchen, die intimsten zuerst. Jánoska blieb liegen und wickelte sich in die Kamelhaardecke, deren eigentliche Berufung es war, den halben Meter langen Riss in einem der Sessel zu kaschieren. »Ich muss gehen, mein kleiner Käfer!« Jolanda küsste ihn auf die Wange. »Dein lieber Gatte wartet, nicht wahr?« Offenbar mangelte es Jánoska an menschlicher Größe, um der Frau diesen billigen Seitenhieb zu ersparen. Ohne den Blick abzuwenden, erwiderte Jolanda: »Warum sollten wir nach so vielen Jahren so tun, als seien wir in den Flitterwochen?!« »Schon gut, entschuldige«, blies Jánoska zum Rückzug. »Nun murr doch nicht … Du bist für einen Monat in Berlin, und wir können uns noch sehr oft sehen, wenn du magst.«

Nachdem die Wohnungstür hinter ihr ins Schloss gefallen war, drehte sich Jánoska auf den Bauch. Also … was war das jetzt? Und was sollte das noch werden? Mit freudiger Erschöpfung entsann er sich dessen, was sich abgespielt hatte. Momentaufnahmen spulten sich vor seinem geistigen Auge ab, wie digitale Fotos am Computer betrachtet. Bei einem Bild verweilte er lange: Jolanda, wie sie über ihn gebeugt auf seiner Flöte spielt und dabei mit den nackten Waden baumelt.. ›Mag Jolanda es wirklich so gern, mich in den Mund zu nehmen? Tut sie das bei Wilhelm mit demselben Enthusiasmus? Von allen anderen ganz zu schweigen?‹

Einmal hatte Alexa darauf bestanden, Jánoska solle sein eigenes Zeug probieren. Er fügte sich, indem er seinen Ekel überwand. »Na so was! Das schmeckt ja süßlich!« Vorgestellt hatte er sich immer einen ölig sauren Geschmack.

Nach mehrmaligem Abspielen dieser Szene hatte Jánoska keinen Zweifel mehr, dass Jolanda bei seiner Explosion in ihrem Mund richtiggehend geschmatzt hatte. Alexa stöhnte eher. Wenn überhaupt. Bei der Liebe war Alexa zu Beginn ihrer Beziehung sehr offensiv gewesen, oft genug hatte sie ihre Wünsche unverhüllt geäußert. Und Jánoska damit gründlich vor den Kopf gestoßen. »Das Blasen liebe ich sehr«, hatte sie beim ersten Mal gesagt. Jánoska traute seinen Ohren nicht. Die Derbheit schmerzte ihn, doch der Mut und die Natürlichkeit flößten ihm Respekt ein.

Kurz nach ihrem Kennenlernen ließ ihn Alexa wissen, dass sie es hinunterzuschlucken pflegte. Da Jánoska sich nicht als vollkommen ahnungslos outen wollte, nickte er nur. Immerhin war Alexa zwanzig Jahre jünger, in ihrer Generation war das möglicherweise die gängige Praxis. Als hätte das Mädchen seine Gedanken erraten fügte sie hinzu: »Ich habe einen Freund oder eher guten Bekannten, dem ich jedes Mal einen blase, wenn ich ihn sehe, fast immer kommt es so, dass ich ihm einen blase. Sex haben wir nicht. Nur das.«

»Das … ist also kein Sex?« Das war Jánoska auch neu. Das Leben war voller Überraschungen. Er war gerade fünfundvierzig geworden, und er konnte oder wollte sich nicht eingestehen, was ihm mit Alexa widerfuhr. Noch tummelte er sich in den Ruinen seiner zweiten Ehe und war sich sicher, nie wieder glücklich sein zu können. Er stellte sich vor, wie Gigi immer unausstehlicher wurde und im gleichen Zug auch er selbst. Wobei die Lage durch die nacheinander auftretenden Schrecken des Älterwerdens, unter denen bislang nur seine Wirbelsäule und sein Herz-Kreislauf-System gelitten hatten, nur noch erschwert werden würde. Nach und nach würden sämtliche Körperteile in Mitleidenschaft gezogen werden. Sein Geschlechtsorgan war schon seit langem befallen. Wobei Gigi einfühlsamerweise so tat, als merkte sie nichts. Auf eine Regulierung ihres Hormonhaushalts war sie vermutlich nicht mehr angewiesen. Zu Jánoska sagte sie zu dieser Zeit Väterchen, ihren eigenen Vater nannte sie ein selbstsüchtiges Aas. Jánoska war das gleich, er war froh, dass es nicht umgekehrt war. Denn hin und wieder hätte er es verdient, das sah er ein.

›Kaum zu glauben, dass Jolanda in meinem Alter ist. Falten sieht man in ihrem Gesicht nur, wenn man sie ausdrücklich sucht. Figur und Haut sind makellos. Obwohl ... Ihre Oberschenkel waren nicht mehr ganz so straff, und von oben her betrachtet sah man oberhalb der Kniekehlen Spuren von Orangenhaut. Doch was ist das schon im Vergleich zu deinen ehemaligen Klassenkameradinnen beim letzten Jahrgangstreffen? Lauter alte Weiber!‹ Allerdings ging Jánoska davon aus, dass er selbst wie ein alter Mann aussah.

Einen Hinweis gab es jedoch, dass Jolanda nicht Alexas Generation angehörte: Die üppige Behaarung. Mit dreißig rasiert sich jede Frau oder enthaart sich mit Wachs. Nach Alexas Meinung war sie selbst eine Ausnahme. In ihrer Generation gab es unter Jungs nur zwei Partythemen: Ob die Betreffende rasiert war und wie gut sie blies. Diese Dinge hatte Jánoska mit ziemlichem Befremden zur Kenntnis genommen. Mit niemandem auf der Welt hätte er je solche Details besprechen wollen.

Ehrlich gesagt konnte Jolanda auch sehr gut blasen. Gigi hingegen hatte keine Lust, Jánoska derlei Freuden zu bereiten. Und Zsuzsi, seine erste Frau, hatte möglicherweise nicht einmal gewusst, was das sein sollte. Rückblickend konnte Jánoska nicht begreifen, warum er nicht in der Lage gewesen war, mit Zsuzsi über diese Dinge zu reden. Oder mit Gigi. Warum der Mann, der er früher gewesen war und mit dem er inzwischen nur noch den Namen Jánoska gemeinsam hatte, dies oder jenes getan hatte. Oder nicht getan hatte.

Am allerwenigsten verstand er seine Ehen. ›Lassen wir

das … Ich bin Goethe-Forscher und kein Psychologe.‹ Endlich rappelte er sich auf. Da er fror, stellte er sich unter die heiße Dusche, bis sich seine Haut rötete, rasierte sich und zog sich an. Dann setzte er sich an den metallenen Schreibtisch und begann seine Notizen zu ordnen. Bis zum heutigen Tage schrieb er immer noch in Hefte, mit Bleistift oder Füller. Zwar benutzte er auch seinen Laptop, doch richtig vertrauen konnte er ihm nicht. Recherchen betrieb er für zwei Bücher, nicht nur für Goethes sämtliche Romanzen (das vielleicht alle Dämme brechen würde, sollte es endlich fertig werden).

Die Pläne für das andere Buch waren streng geheim. Eine Art autobiographisches Essay. »Goethe und ich.« Oder: »János Mester auf Johann Wolfgang von Goethes Spuren.« Ein Projekt, über das er bisher mit keinem Menschen gesprochen hatte. Aus Angst, ausgelacht zu werden. Dabei war ihm sogar schon einmal der Gedanke gekommen, über János Mesters sämtliche Romanzen zu schreiben. Ein schmales Bändchen freilich …

Für den Goethe-Band quollen drei dicke Ordner von Zeitungsartikeln, Fotokopien und Notizen über. Für seine eigene Autobiographie reichte ein dünnes Dossier. Der Schreibtisch erwies sich als zu klein, und er begann seine Papiere auf dem Parkettboden und den Teppichen auszubreiten. Beide Themen. Normalerweise hatte er Angst, sie durcheinanderzubringen, jetzt aber hätte er nichts dagegen gehabt. In der Hoffnung, der Luftzug würde ihm diesen Gefallen tun, öffnete er die Balkontür. Doch draußen war es absolut windstill.

# VI.

*Ich verlor an Gewicht.* **War glücklich, weil ich dachte, es käme vom Tennisspielen.** Doch als ich mich dann von morgens bis abends müde fühlte, begann ich mir doch Sorgen zu machen. WOBEI SICH GIGI EHRLICH GESAGT VIEL EHER SORGTE ALS ICH. *Ich hörte nicht auf sie. Gab nicht einmal Acht.* War komplett vernarrt in meinen Commodore 64 und in den Seikosha.

ÚŰ Í, úű, í. ÄÂÇ, äâç. ß!!!

Zu verdanken hatte ich ihn Vili Vajda.

***DANKESCHÖN!***

**~ % = # & { } [ ]***

Vor einem halben Jahr hatte er mir den Computer gezeigt, mit dem er arbeitete und der aussah wie ein kleines graues Klavier mit schwarzen Tasten. Oder wie eine supermoderne Schreibmaschine, ohne Walze, ohne Kugelkopf, ohne Papier. *Commodore 64*. Ebenfalls dabei war ein grauer Kasten, in den man die Diskette einschob, um auf ihr Daten zu speichern, damit sie nicht verloren gingen. Auf dem roten Junostj-Minibildschirm, der durch ein Kabel mit dem Rechner verbunden wurde, erschien dann alles. (Rot war nur das Gehäuse, der Bildschirm war schwarz-weiß.) Vili hatte zwei Computer, einen daheim, einen im Labor. Der einzige Unterschied zwischen den beiden bestand darin, dass der im Labor vom Institut angeschafft worden war und einen ordentlichen Farbmonitor hatte.

»Warum benutzt du zum Schreiben eigentlich keinen Computer?«, erkundigte sich Vili. Computer sprach er wie ein Engländer aus. Kompjuter. »Was meinst du damit?«, fragte ich verständnislos. So etwas hätte ich mir nie leisten können. Allein schon der sündhaft teure Preis! Zudem konnte ich mir nicht vorstellen, wie aus meinem Geschreibsel ein Manuskript entstehen sollte (ein Machinaskript genauer gesagt), ich konnte doch nicht jedes Mal den Junostj in die Redaktion mitschleppen! Vili wieherte los: »Glaubst du etwa allen Ernstes, ich gebe jedes Mal den Monitor ab? Mach dich doch nicht lächerlich! Schau her!« Er betätigte diverse Tasten, worauf es unter dem Schreibtisch zu rattern begann. Dort stand auf einer kleinen Kommode ein Gerät, welches endlos Papier einzog, und zwar auf einer Walze, die genauso aussah wie bei der Schreibmaschine. Dieses Papier war an beiden Seiten mit einem gelochten Streifen versehen. Das Gerät druckte Vilis Zahlenkolonnen und die wenigen Sätze, die er dazwischen tippte.

»Aber was ist mit den Strichen über den Buchstaben, von denen es im Ungarischen nur so wimmelt?« »Nichts, dies hier ist eine ausländische Software, von der es noch keine ungarische Version gibt.« »Aber ohne die geht es nicht, hier ist ja nicht einmal ein langes ő vorhanden, ich aber kann bei der Rechtschreibung keine Abstriche machen … Außerdem hast du für heute genug über mich gelacht!« »Noch lange nicht!«, wieherte er wieder wie ein Pferd.

Missmutig hörte ich ihm zu. »Warum so engstirnig, mein Alter, was zählen schon die paar Striche? Wenn die dir so wichtig sind, kannst du sie mit Kuli nachtragen!« Ich schüttelte den Kopf. Zu sehr war ich daran gewöhnt, dass auf dem

Kugelkopf der IBM alle Striche drauf waren, die ich benötigte. Schulterzuckend führte Vili mir vor, dass auf dem Bildschirm alle Buchstaben mit Strichen zu sehen waren und der Drucker sie nur nicht ausdrucken konnte. »Wenn dir das so wichtig ist, wird sich sicher ein Fachmann finden, der eine Lösung weiß«, meinte er. »Sag mir Bescheid, wenn sich einer gefunden hat!«
»Depp!«

Infiziert war ich trotzdem. Die Vorstellung, alte Texte von der Diskette aufrufen zu können, war großartig! Im Bedarfsfall aus zwei alten Versionen etwas Neues zu basteln! Häufig war ich gerade auf so etwas angewiesen. Eigentlich fast immer. Also kaute ich Vili das Ohr ab, er möge mich mit einem Computerfachmann zusammenbringen. Schließlich stellte er mir Tibor Gazda vor, seines Zeichens Computertechniker beim Zentralen Chemischen Forschungsinstitut. Er druckte die Buchstaben des Alphabets sehr groß aus und zeichnete mit Bleistift senkrechte Striche drüber. Sämtliche Buchstaben bestanden aus neun Punkten, mit neun senkrechten Nadeln war der Drucker ausgestattet. Nun nahm er den Drucker auseinander und ließ ein Teilchen herausspringen. Es handelte sich um ein schwarzes Kunststoffplättchen, an dessen Unterseite kleine Kupfereinlagen glänzten. Dieses Teil hieß EP-ROM und enthielt das ganze Können des Druckers. »Man muss jeden Buchstaben aus neun Punkten konstruieren, ein Programm schreiben, auf das EP-ROM brennen, fertig.«

Ich hegte wenig Hoffnung. Obwohl ich für die Gestaltung der Buchstaben nicht lang brauchte – eine Aufgabe, die die beiden mir übertragen hatten, weil ich derjenige war, der solche Ansprüche stellte. Was ja stimmte. Auf Karopapier probierte ich herum, genauer gesagt auf Millimeterpapier. Neun Punkte waren ziemlich wenig, wenn man bedachte, dass g, j oder y tiefer anfangen mussten als die anderen Buchstaben und Großbuchstaben mit Strich nicht genauso klein sein durften wie die entsprechenden Kleinbuchstaben, der Strich deshalb um Haaresbreite höher angesetzt werden musste. Am Ende war das Ergebnis ganz passabel. Ich übergab Vili die Bögen, der sie wiederum Tibor Gazda gab. Im Abstand von drei Wochen erkundigte ich mich nach dem Stand der Dinge. Mit sphinxhaftem Lächeln sagte dann Vili Vajda: »Noch nicht.«

Noch nicht.

Noch nicht.

Allmählich wurde ich ungeduldig. Um mich zu beruhigen, meinte Vili, Tibor Gazda sei wie ein Schildkröte: Versuchte man sie zu hetzen, setzte sie sich gar nicht erst in Bewegung.

Noch nicht.

Noch nicht.

›Nie mehr‹, dachte ich resigniert.

Überfallartig erschien Vili in der Volkshochschule, wo ich nachmittags Deutschunterricht erteilte – für Erwachsene, die gegen Fremdsprachen immun waren, dieser Tatsache aber nicht ins Auge blicken wollten. Zwischen zwei Unterrichtsstunden saß ich oft im Büro und las. Vili polterte herein, als wollte er durch die Wand brechen: »Komm mit!« »Wohin denn?« »Nicht fragen, Mantel anziehen!« »Nur mal langsam, ich muss um vier noch eine Stunde halten!« »Bis dahin bist du zurück!« Er bugsierte mich hinaus. »Bist du verrückt geworden?« »Du wirst gleich verrückt werden, *just you wait, Henry Higgins!*« Dies war sein Lieblingsausspruch, aus »My fair Lady«, wie ich inzwischen wusste. Er fuhr einen Ford, wobei ich nie begriffen habe, wie er sich den leisten konnte. Gigi und ich hatten sogar für den Lada einen Kredit aufnehmen müssen. Verdienten Chemiker so gut?

Er fuhr mich zu meiner Wohnung in der Árpád-Fejedelem-Straße. Als wir aus dem Aufzug stiegen, öffnete sich die

Wohnungstür wie von alleine, und Gigi stand lächelnd da. Vili führte mich geradewegs in die Dienstmädchenkammer, in der ich untergekommen war, seit Palika mein ehemaliges Arbeitszimmer bezogen hatte. Ursprünglich hatten wir geplant, für Gigi einen Friseursalon einzurichten, privat und schwarz. Doch dann gelang es Gigi und ihrer Mutter, Gigis Vater eine Strickmaschine aus dem Kreuz zu leiern, und seitdem produzierten sie Pullover in der Dienstmädchenkammer bei Gigis Mutter. Der Platz war knapp, doch im Vergleich zur Speisekammer in Zsuzsis und meiner Wohnung konnte ich mich nicht beschweren. Sollten wir noch ein zweites Kind bekommen, würde ich auch hier in die Speisekammer ziehen müssen. Gigi hätte gern noch ein zweites Kind gehabt, doch es klappte seit Jahren nicht. Ich fand es nicht schlimm, ich war schon fünfunddreißig, Windeln waschen und bügeln fehlte mir gar nicht. Im Gegenteil: Wenn ich mit meiner Zeit und meinen Kräften gut haushaltete, konnte ich es sogar als Goethe-Forscher noch zu etwas bringen.

Als Erstes stolperte ich über die IBM, die irgendjemand auf den Boden gestellt hatte. Doch noch bevor ich meine Entrüstung zum Ausdruck bringen konnte, erblickte ich auf meinem Schreibtisch den Commodore 64, das Laufwerk, den sowjetroten Junostj und den Seikosha-Drucker. »Wie? Was? Wer? Äääh …«, stotterte ich. Vili nahm mich an der Schulter und drückte mich auf den Stuhl. Dann schaltete er die Geräte ein. »Moment mal, warum hast du das ganze Zeug hergebracht?«, rief ich. »Damit du es lernst.« »Mach keine Witze, ich hab für so was doch sowieso kein Geld!«

Vom Preis hatte ich gar keine Vorstellung, nur dass es sicher sehr teuer war. Als Vili sagte, mit einem Junostj würde es etwa achtzig, mit einem richtigen Monitor hunderttausend kosten, zog ich die Luft ein. Dabei riet er mir ausdrücklich zu einem richtigen Monitor, denn beim Junostj flimmerte das Bild, was zunächst zu Augen-, später zu Kopfschmerzen führen würde. Er entschuldigte sich, nur einen Junostj gebracht zu haben, meinte aber, einem geschenkten Monitor soll man nicht ins Maul schauen, das heißt soll man natürlich schon, nur nicht zu lange. »Das kann ich nicht annehmen!« Er quittierte meinen Ausruf mit dem für ihn so typischen oberlehrerhaften Kopfnicken. »Ich wusste, dass du das sagen würdest, aber hör mal zu, das sind meine Geräte von zu Hause, wo ich in letzter Zeit kaum noch arbeite.« »Warum?« »Weil ich da so gut wie nie bin.« »Bist du schon wieder rausgeflogen?« »Ausnahmsweise bin ich freiwillig gegangen.«

Bis er mir alles erzählt hatte, waren anderthalb Stunden vergangen, und ich musste wieder zur Volkshochschule. Er brachte mich hin und redete auf der ganzen Fahrt ohne Punkt und Komma. Während meiner Unterrichtsstunde saß er im Klassenzimmer und schleppte mich anschließend in eine Kneipe. Als ich mich endlich aufraffte und zum Aufbruch mahnte, befand er sich erst am goldenen Schnitt seiner Erzählung – so Vili wörtlich. Also kam er wieder mit zu mir. Nachdem ich mich noch kurz Palika gewidmet und zu Abend gegessen hatte, schlossen wir uns im Dienstmädchenzimmer ein. Gigi saß vor dem Fernseher und schaute »Blaulicht« an, selbst durch die geschlossene Tür war alles klar zu hören. Vili brachte seine Geschichte im Flüsterton zu Ende.

Hier der Inhalt im Groben. Es hatte eine Frau gegeben. (Die es jetzt nicht mehr gab.) Mit der Vili. Genauso wie mit der Freundin dieser Frau. Das flog auf, und als er sich eines Tages zum Schäferstündchen in die angemietete Wohnung begab, warteten beide Frauen auf ihn. Zum Aufwärmen ohrfeigten sie ihn ausgiebig. Danach stießen sie gemeinsam an. Schließlich landeten sie alle drei im Bett. Nicht im Traum hätte Vili je geglaubt, so etwas mal mitmachen zu können. Zwar hatte er gewisse Erektionsschwierigkeiten, die beiden Frauen hingegen liefen zur Hochform auf. Beim Anblick dieser höchst ästhetischen Angelegenheit lief ihm das Wasser im Mund zusammen. Hier und da half er ein wenig mit.

Beim Anhören seiner Story lief mir das Wasser im Mund zusammen. Er war eben schon immer ein Glückspilz!

Jetzt waren da also zwei Frauen und Vili hoffte, die süße Romanze würde ihre Fortsetzung zu dritt finden, doch die Hauptfrau, also die ursprüngliche, gab ihm unumwunden zu verstehen, einen derartigen Jahrmarkt habe es in Pest nur einmal gegeben, worauf Vili in nicht genug zu verachtender Weise einwarf: in Buda. Das war Öl ins Feuer, die Frau brach in wildes Geschrei aus: »Ich weiß, dass es Buda heißt, du Rindvieh, ich habe nur deswegen Pest gesagt, weil wir es in Pest getrieben haben! Dass du nie irgendwas kapierst! Du Vollidiot!« Und schon war sie auf und davon. Nun spekulierte Vili darauf, wenigstens die andere möge nicht so sauer sein, damit ihm wenigstens eine Frau blieb, wenn auch eine nicht ganz so gute wie die, die ihm den Laufpass gegeben hatte. Allerdings war die noch wütender und stattete Vilis Frau einen Besuch ab, um sie darüber ins Bild zu setzen, mit was für einem Schwein sie verheiratet war.

»Und jetzt?«. Gedankenverloren drückte Vili auf den Tasten des Commodore 64 herum, worauf auf dem Bildschirm sinnlose Wortfetzen erschienen. Seufzend meinte er: »Jetzt wird mir meine kleine intellektuelle Ehefrau mit der Zeit verzeihen müssen.« »Bist du sicher?« »Sicher ist nur der Tod, alles andere ist höchstens wahrscheinlich … Es gibt Momente im Leben, da tut jeder mal was Verbotenes!«, zitierte er einen Schlagertext. Die Korrektur auf »jede Frau« verkniff ich mir. Sann stattdessen darüber nach, warum ich nicht auch mal das

Glück hatte, mit zwei Frauen… Oder zumindest mit einer. Mit einer richtig scharfen. Nur nicht dieses böse Ende! Bei der Vorstellung, jemand könnte Gigi anrufen, um zu verkünden: »Guten Tag, Schätzchen, dich kenne ich zwar nicht, deinen lieben Gatten dafür umso besser!«, lief es mir eiskalt über den Rücken.

Als mein Kumpel endlich die Fliege machte (ich wunderte mich, dass er seinen Ford so sturzbetrunken noch zu fahren wagte), schlief Gigi schon den Schlaf der Gerechten. Also ließ ich mich an meinem Schreibtisch nieder und schaltete aufgeregt alle vier Einheiten ein. Es gelang mir, von der Diskette A das Programm Easy Script zu öffnen und von der Diskette B die Gebrauchsanweisung, die Vili eigenhändig als File verfasst hatte. Sie begann folgendermaßen: »Bislang habe ich den Umgang mit dem Computer noch jedem beibringen können. Also keine Sorge, ich mache auch vor dir nicht Halt. Den Computer kaputt zu machen ist nicht möglich, außer du lässt ihn fallen. WICHTIG: Der Computer hat immer Recht!«

Ich tippte die ersten beiden Sätze meines Lebens in den Computer.

*Nur die Ruhe, ich kann nichts falsch machen!!!!!! Schlechte Nachricht: Er hat immer recht!!!!!!*

Nun sicherte ich das auf der Diskette, doch als ich es erneut aufrufen wollte, erschien nur eine leere Seite. Verzweiflung übermannte mich. Was, wenn mir ein ganzer Artikel auf diese Weise verloren ging?

*Was, wenn gar ein komplettes Buch verschwinden würde??????*

Ich versuchte es erneut, und diesmal gelang es mir, das Geschriebene wieder auf den Bildschirm zu holen. Mit der Zeit kam ich dahinter, dass der Fehler an den Pfeiltasten gelegen hatte. *Nur die Ruhe, ich kann nichts falsch machen* war nicht verschwunden, nur aus dem Bildschirm gerutscht.

*Herholen. Wegklicken. Es wird schon gehen.*

Manchmal tauchten Schwierigkeiten auf wie zum Beispiel das eine Mal, als der Drucker verrücktspielte und nur noch schwarze Balken druckte, in denen die Buchstaben weiß ausgelassen waren. Ganz toll!. Ich rief Vili an, der Drucker sei hinüber, doch er lachte nur und erklärte mir noch einmal, wie man dem Commodore 64 Befehle erteilte: Es konnte schon mal passieren, dass man die Befehlstaste aus Versehen drückte und so dem Commodore ungewollte Befehle erteilte. Am besten, ich fand die Stelle, an der der umgekehrte Druck begann, suchte sie dann auf dem Bildschirm, wo ein kleines Symbol anzeigte, welcher Befehl an welcher Stelle eingegeben worden war. Dann löschte ich es einfach, und schon war wieder alles in Ordnung, denn der Computer … »Ja, ich weiß.«

In den folgenden Wochen hockte ich Tag und Nacht vor dem Bildschirm. Gigi murrte, der Commodore 64 sei schlimmer als jede Droge. Sie hatte Recht, ich konnte einfach nicht genug davon kriegen. Überrascht entdeckte ich, wie dieses Gerät meine ganze Produktion revolutionierte. Wollte ich in einem Text einen bestimmten Abschnitt wiederfinden, musste ich nur einen charakteristischen Begriff in die Suche eingeben, und schon spuckte der Computer die richtige Stelle aus. Beim Ausdrucken konnte ich die Schriftgröße variieren. Und die Schriftart. Einfach wundervoll. Und dann die ganzen Spiele auf meiner C-Diskette: Autorennen, Patience, Tennis, Fußball, Billard, Geisterschloss!

Anfangs versuchte ich Gigi einzubeziehen, doch sie leistete trotzig Widerstand. »Ich habe auch ohne diesen Schwachsinn schon genug Probleme!« Ich hingegen war bereits komplett abhängig, träumte davon, nach und nach alles bisher Geschriebene in den Computer zu hacken, um meine Arbeiten auch auf Diskette zu sichern. Hätte mir für »Johann Wolfgang von Goethe und Johann Peter Eckermann« der Commodore 64 bereits zur Verfügung gestanden, hätte ich für jedes Detail nur das betreffende Kapitel durchforsten müssen, anstatt meine Korrekturen auf der Durchschrift der Schreibmaschine mit Tinte oder mithilfe von nachträglich getippten und dran gehefteten Zetteln vornehmen zu müssen. Für die durchgehende Änderung von Namen oder Jahreszahlen musste ich nur search und replace drücken.

*Das Morgenrot einer neuen Epoche brach an.*

Auch der Gedanke, ich sollte vielleicht Englisch lernen, kam mir zum ersten Mal in Zusammenhang mit dem Computer. Für einen solchen Plan sprach auch, dass es über Goethe Standardwerke gab, die nur auf Englisch zugänglich waren. Glücklicherweise nicht sehr viele.

Dabei musste ich leider der Tatsache ins Auge blicken, dass ich ausgerechnet im Morgenrot einer neuen Epoche in ernsthaften Schwierigkeiten steckte. Lange wollte ich das nicht mal mir selbst eingestehen. Konnte es niemandem erzählen. Erzählte es also Vili. Er lachte und schlug sich auf die Oberschenkel. »Also hör mal, alter Knabe, ich habe wirklich genug davon, dass du dich immer nur totlachst, wenn ich dir meine intimsten Probleme anvertraue!«, schnaubte ich. Meinen Tonfall und mein Schnauben nachäffend erwiderte er: »Immer nur, immer nur! Du stehst hier nicht auf dem Katheder, lass dich ruhig herab zu uns gewöhnlichen Männern, denn wir sitzen alle im gleichen Boot! Zwischen dreißig und vierzig hat jeder Mann genug von seiner Ehe, die Frau, die er am Anfang angebetet hat, hängt ihm zum Hals raus. Entweder lässt er sich scheiden oder er frischt seinen eintönigen Alltag mit einem Fremdkörper auf. Das Angebot ist reichhaltig, zwischen dreißig und vierzig haben auch die Frauen ihre Männer satt, es ist mehr als sonnenklar, dass alle Welt sich nach

Neuem umtut! Auf gut deutsch, jeder will vögeln, einfach nur vögeln! Dummköpfe schmieren es in jeder öffentlichen Toilette an die Wand: Kurz ist das Leben, lang der Tod dann, jeder soll vögeln, was er nur kann! Nur du mit deinem Diplom und deiner Dissertation willst davon noch nichts gehört haben? Aber ich sage dir eins: Entweder akzeptierst du das, oder du lässt dich kastrieren!«

»Schrei doch nicht so!«. Die Wände unserer Wohnung in der Árpád-Fejedelem-Straße waren hauchdünn, und obgleich wir allein waren, konnten die Nachbarn sicher alles mithören. Ich wollte nicht, dass mich jemand bei Gigi verpfiff. »Ich will aber schreien, ja ich brülle sogar!« »Zum Teufel mit dir!« »Arsch!« Er war vollkommen außer sich und rannte tödlich beleidigt davon. Noch am selben Abend entschuldigte er sich am Telefon. »Ich bin es, der sich entschuldigen muss!« »Nein, ich hätte nicht so aus der Haut fahren dürfen, sei mir nicht böse!« »Sei du mir nicht böse!« »Jetzt fängst du schon wieder an! Hör sofort auf, sonst knall ich den Hörer hin!« »Du Arsch«, murmelte ich und wusste, es herrscht wieder Frieden.

Vili Vajdas Argumentation enthielt einen wahren Kern. Tauchte irgendwo am Horizont eine Frau auf – und zwar ganz gleich was für eine –, quollen mir die Augen aus dem Kopf, dass es nicht mehr normal war. Mir dieser Tatsache voll bewusst, versuchte ich mich möglichst unauffällig zu benehmen. In öffentlichen Lokalen zum Beispiel setzte ich mich grundsätzlich mit dem Gesicht zum Spiegel, um das Terrain auf diese Weise ohne Aufsehen sondieren zu können. Gigi entging es leider dennoch nie, sie sagte dann: »Wenn dir eine gefällt, schau sie dir ruhig an, mich stört das nicht!« Sie log. Denn gefiel mir eine tatsächlich, so dass ich sie in aller Ruhe betrachtete, war Gigi tödlich beleidigt, obwohl ich nichts tat, als die Frau in meiner Phantasie ein wenig auszuziehen, was schließlich keine Sünde war, oder?

Gigi echauffierte sich: »Wenn du eine Frau in deiner Phantasie vögelst, ist das nicht sehr viel anders, als es wirklich zu tun!« Das begriff ich nicht, immerhin herrschte in diesem elenden Land zumindest Gedankenfreiheit, wenn schon keine Rede- und Pressefreiheit! Gigi schüttelte den Kopf, als hätte sie Wasser in den Ohren. Sie verstand mich nicht. Zu ihrer Entschuldigung sei gesagt, dass auch ich selbst mich nicht verstand. Mir kam es nicht im Entferntesten in den Sinn, mich mit einer anderen Frau einzulassen oder gar an Scheidung zu denken. Meine Frau war Gigi, mit ihr wollte ich durch dick und dünn. Zwar hatte ich seinerzeit auch in Bezug auf Zsuzsi ähnliche Gedanken gehegt, doch Zsuzsi konnte als lässliche Jugendsünde betrachtet werden. Da ich dringend jemanden gebraucht hatte, hatte ich das erstbeste Mädchen geheiratet, das mir das Gefühl gab, auf mich angewiesen zu sein. Ein weiterer Grund mochte darin bestehen, dass wir beide einsam waren. Oder dass mein Vater es versäumt hatte, mir zu sagen, dass man lieber nicht zum Standesamt rannte, nur weil ein anderer Mensch es wünschte und man selbst ein guter Junge sein wollte. Das beglückende kleine Wörtchen hatte ich nur ausgesprochen, um Zsuzsi eine Freude zu machen.

Trouble, trouble.

Mein Gewichtsverlust begann pathologische Züge anzunehmen. Immer schon hatte ich gern auf der Seite geschlafen, nun ging es nicht mehr, weil die Matratze gegen meine vorstehenden Rippen drückte. Gigi bat, befahl und drohte so lange, bis ich mich endlich in die Praxis des Bezirksarztes begab. Wir gehörten zum Bezirk von Frau Dr Skoda. Dr Ilona Skoda. Bei dem Namen musste ich an Jolanda Trabandt denken. Obwohl Jolanda groß und schlank war, Dr Skoda hingegen, um bei einem stilechten Vergleich zu bleiben, wie ein hochgestellter Autoreifen aussah. Noch nie im Leben habe ich so etwas gesehen: Dass jemand nur seitlich zunahm, vorne und hinten hingegen überhaupt nicht.

Das EKG fiel nicht gut aus. Meine Herzrhythmusstörungen hatten sich bedeutend verschlechtert. Zwar meinte Dr Skoda, so junge Männer wie ich pflegten üblicherweise keinen Herzinfarkt zu bekommen, wies mich aber sicherheitshalber in die Herzklinik ein, die verdammt weit weg war, jenseits des Nagyvárad-Platzes. Dort empfing mich ein Arzt in meinem Alter. Ein älterer wäre mir lieber gewesen. Und dann hieß er auch noch Dr Vöglein.

*Vöglein, Vöglein.*

Er unterzog mich einer eingehenden Untersuchung, zum Teil mit medizinischen Gerätschaften, zum Teil mit seinen blanken Ohren. Mit Saugnäpfen an der Brust musste ich auf einem Hometrainer Fahrrad fahren. Ihm zur Hand ging eine hübsche Assistentin, der ihr weißer Kittel verdammt gut zu Gesicht stand. Der obere Knopf stand offen, ihre Brust vibrierte bei jeder Bewegung. Drehte sie mir den Rücken zu, widmete ich mich der Betrachtung ihres birnenförmigen Hinterteils und genoss es, dass sie sich hin und wieder bücken musste. Plötzlich befürchtete ich, ich könnte einen Ständer kriegen, hier auf dem Fahrrad, nackt, nur mit Unterhose bekleidet. Doch der Arzt schaltete das Fahrrad in einen zunehmend schwereren Gang, so dass die Anstrengung meine Befürchtungen aus der Welt räumte.

Dr Vöglein vertrat die Ansicht, ich bräuchte viel stärkere Medikamente. Zudem sollte das Einsetzen eines Herzschrittmachers in Erwägung gezogen werden. »Herzschrittmacher? Bei mir? Aber um Gottes willen, Herr Doktor, ich bin doch erst fünfunddreißig!« »Na und?« Der Arzt verstand mein Problem nicht. Klar war ich auf dem Tennisplatz nur noch ein Schatten meiner selbst, doch konnte ein Herzschrittmacher daran etwas ändern? »Auf jeden Fall, denn Patienten mit Herzschrittmachern ist das Tennisspielen strengstens verboten, sie dürfen höchstens schwimmen, und zwar nur Brustschwimmen, und auch das nur langsam und vorsichtig. Das Ideale jedoch sind lange Spaziergänge mit vielen Pausen.« »Nun mal ganz langsam, das muss ich erst mal verdauen.« »Gut, verdauen Sie ruhig, aber kommen Sie jeden Monat zur Kontrolle.«

Ich steckte ihm einen Tausender zu. »Aber das ist doch nicht nötig!«, sagte er mit großer Zuvorkommenheit und geleitete mich hinaus. Dass der Luxus eines Herzleidens bei Dr Vöglein so viel kostete, hatten mir die Patienten auf dem Gang verraten.

Bei meinem Bericht wurde Gigi blass. »Was gibt es da noch zu überlegen, ist dir dein Tennis etwa wichtiger als Palika?« »So gestellt ist die Frage eine Falle«, erwiderte ich und goss damit Öl ins Feuer. Ihr Gekreisch trieb meinen Blutdruck rasant in die Höhe. Systole, Diastole, Extrasystole.

*Um meine Herzensangelegenheiten steht es schlecht.*

War es möglich, dass ich in naher Zukunft den Löffel abgeben würde? Na großartig!

Ich vernachlässigte den Commodore 64. Was sollte ein Mensch auch machen, wenn er es möglicherweise nicht mehr lang machte? Schwierige Frage.

Ich sollte eine Frau vögeln. Noch eine. Um meine kümmerliche Liste ein wenig aufzupeppen.

Karin Wangold (1964)
Fruzsina Forró (1967)
Jolanda Trabandt (1967, 1980)
Dr Zsuzsanna Pataricza (1972–1976)
Gizella Tisch »Gigi« (1977–)

Das war's. In fünfunddreißig langen Jahren hatte ich es nur in fünf Frauen gebracht. Vili würde sich totlachen, wenn er das wüsste. Aber Vili wusste es ja! Und wie auch immer, er lachte sich so oder so tot. Ich hingegen hatte nichts zu lachen und würde so oder so bald tot sein.

1977 bis … wann?

Ich träumte, Gigi und ich ließen uns scheiden, und erwachte, weil ich nach Luft rang. Ich wollte keine Scheidung. Schon dran zu denken war ein eisiges, gruseliges Gefühl. Einmal war mehr als genug gewesen … Meine zweite Ehe war ich nicht ohne Gewissensbisse eingegangen. Man begab sich vor den Standesbeamten (oder zum Priester, falls man gläubig war), gelobte der Auserwählten Treue bis in den Tod – tja, und dann hielt man sie nicht. Sorry, hat eben nicht funktioniert. Aber dann ein zweites Mal hinzugehen und erneut Treue bis in den Tod zu geloben (also zu lügen) … Der Gesetzgeber sollte regeln, dass jeder nur einmal heiraten darf. Hatte man Kinder, sah es mit einer Scheidung sowieso anders aus. Kinder brauchten Mama UND Papa.

Scheiden lassen wollte ich mich nicht, doch in diesem Leben außer mit Gigi mit keiner anderen Frau mehr zu schlafen, meine Liste endgültig abgeschlossen zu haben, war auch ein eisiges, gruseliges Gefühl.

*Ich brauche eine neue Frau!*

Aber woher nehmen? Und wen, wann und wo?

Als erwachsener, geschlechtsreifer Mann durfte ich mich nicht derart hilflos und idiotisch aufführen. Alle ließen es krachen, nur ich guckte in die Röhre, anstatt mich ins Gewühl zu stürzen.

Angeblich war der Sexualimpuls im Kleinhirn beheimatet. Hatte jemand mit so ausgeprägten Impulsen ein besonders großes Kleinhirn?

Seit Jahren stellte ich mir beim Großonkeln Filmschauspielerinnen vor. In letzter Zeit vermehrt ungarische denn ausländische. Die hätte ich – zumindest theoretisch – wirklich kennenlernen können. Das Allerneueste aber war, dass ich mir Gigis Freundinnen ins Bett phantasierte. Nicht dass ihre Freundinnen Sexbomben gewesen wären, aber zwei hatten eine ausgesprochen gute Figur, während Gigi seit der Geburt eher auseinandergegangen war. Unablässig plante sie, eine strenge Abmagerungskur zu beginnen, mit Diät, Gymnastik und Joggen auf der Donauinsel. Zur Tat schritt sie nie. Und wenn doch, hielt ihre Begeisterung höchstens ein paar Tage an. Als ich sie darauf ansprach, brach sie in Tränen aus. Wer brauchte schon so was. Da hielt ich dann lieber den Mund.

Als es mir mit Herz und Blutdruck dank der Medikamente etwas besser ging, erreichte mich die Nachricht, ein Verlag in München interessiere sich für »Johann Wolfgang von Goethe und Johann Peter Eckermann«. (Ein sehr großer Verlag war es nicht. Man könnte sagen, eher winzig.) In Fachkreisen nannte man dieses Buch lediglich »Die beiden Johanns«. Beziehungsweise eigentlich nannte ich es so, insgeheim hoffend, die Bezeichnung würde sich mit der Zeit durchsetzen.

Dass die beiden Johanns auch in Goethes Sprache herausgegeben werden sollten, machte mich überaus glücklich, und ich hoffte, das Projekt würde einem anspruchsvollen Übersetzer anvertraut werden. Leider wurden die Verhandlungen über die eine Agentur abgewickelt, die sich in die Sache aber nicht im Geringsten reinhängte, weil es kein Honorar gab, sondern lediglich zwanzig Freiexemplare plus hundert Sonderdrucke vom letzten Kapitel, und eine Einladung nach München inklusive Buchpräsentation, Interviews, Empfang und Abendessen. Aus derlei Dingen konnte die Agentur keinen Gewinn ziehen, was in meinen Augen ihr Problem war.

Irgendwann hatte ich von dem Getrödel genug und wandte mich persönlich an den Verlag mit der Bitte, sich nicht länger mit dem offiziellen Weg aufzuhalten. Meinen Brief gab Vili Vajda in Wien auf die Post, wohin er anlässlich eines Kristallkongresses reiste. Mit einiger Sorge wartete ich, was die überkorrekten Deutschen zu diesem Vorschlag sagen würden, bekam aber schon bald eine Antwort, sie seien sehr erfreut, hätten eine solche Lösung auch schon in Erwägung gezogen und davon nur aus der Befürchtung heraus Abstand genommen, mich in Schwierigkeiten zu bringen. Größere Schwierigkeiten hätte ich gehabt, wäre das Projekt in Schall und Rauch aufgegangen. Und so streng wie früher wurden die Dinge auch nicht mehr gehandhabt.

Ich besorgte mir einen München-Stadtplan, las in meinem Reiseführer das Kapitel über München und kaufte eine Karte für den Schlafwagen. Gigi verriet ich nicht, dass ich für die Fahrtkosten selber aufkommen musste. Ein wenig beiseitegelegtes Geld hatte ich noch. Der Film »Oberst Redl« hatte in Cannes eine Auszeichnung erhalten, worauf im Rahmen einer kleinen, von den »Objektiv Studios« veranstalteten Party jedem, der an dem Film mitgearbeitet hatte, ein weißer Umschlag zugesteckt worden war. Sogar mir. Ich war bei der Produktion als Übersetzer, zum Teil sogar als Dolmetscher tätig gewesen, was ich eigentlich nicht so gern machte.

In München war ich noch nie gewesen, war immer nur mit dem Auto dran vorbeigefahren. Und diesmal hatte ich die Hinfahrt praktisch komplett verschlafen, da ich mein Schlafwagenabteil glücklicherweise mit keinem anderen Reisenden teilen musste. Am Bahnsteig des Münchner Hauptbahnhofs erwartete mich ein groß gewachsenes Mädchen in einem Kostüm wie ein Schachbrett, in der Hand ein Stück Pappe mit der Aufschrift JANÓS MESTER. Ich winkte ihr zu. Bei der Begrüßung meinte sie verwundert: »Ich habe gedacht, Sie seien viel älter.« Dann reichte sie mir die Hand. »Darf ich mich vorstellen, ich bin die Übersetzerin, Rosa Laxenburg.« Als ich ihren Namen in einem der Briefe des Verlags zum ersten Mal las, hatte ich zunächst Rosa Luxemburg gelesen. (Sehr humorvolle Eltern.) Also hatte ich sie daheim auch immer so genannt. Nun musste ich aufpassen, mich nicht zu versprechen. Sie hieß Laxenburg, wie der Wiener Stadtteil.

Während wir aufs Taxi warteten, erzählte sie mir, ohne Luft zu holen, welche Ehre es für sie sei, mein Buch ins Deutsche übertragen zu dürfen. Etwas Vergleichbares sei in der Heimat Goethes und Eckermanns nämlich noch nie erschienen, obwohl sich das Thema doch wirklich anbot. Dieses seltsame Paar. Die Anspielung auf den Titel der bekannten Komödie ging mir nicht auf, so dass ich auch nicht lachte. Allmählich begriff ich dann, welch erlesenen Humor Rosa Laxenburg hatte, der allerdings nur von den wenigsten verstanden wurde – von mir zum Beispiel nicht. Ich sagte ihr, der Strich in JÁNOS befände sich auf dem a, worauf sie sich vielfach entschuldigte, sie wüsste das, hätte es nur in der Hektik verwechselt. Die vorbereitete Pappe hätte sie zu Hause vergessen und hätte sich am Bahnhof ein neues Blatt Papier besorgen müssen.

Die Pension befand sich am Tassiloplatz, und ich wollte wissen, ob sich in der Nähe auch die Aristide-Straße befände. Jetzt verstand sie wohl nicht. »Ja, der Verlag ist ganz in der Nähe, nur zwei Straßenecken von hier, Sie werden es gleich sehen.« Sie brachte mich zu meinem Zimmer und sah sich in dem öden Raum um. Angesichts der winzigen Fenster sowie der salpeterbeschlagenen Wände machte sich auf ihrem Gesicht ein Ausdruck von Betrübnis breit, durch den sich die schlaksige Frau in einen sitzengelassenen Donald Duck verwandelte (eine Metamorphose, die sich im Folgenden des Öfteren mit ihr vollzog). »Nun, dann lasse ich Sie alleine, damit Sie sich ausruhen und duschen können. Heute Abend hole ich sie zum Abendessen ab, das Ihnen zu Ehren veranstaltet wird.« Damit überreichte sie mir einen Stadtplan, auf dem sie den Tassiloplatz mit rotem Filzstift einkreiste und den Namen des Stadtteils unterstrich: AU.

Ich befand mich also in der AU. Nur einen Steinwurf vom Ostfriedhof entfernt. Ich nahm mir vor, an einem der weniger stressigen Tage nachzusehen, welche berühmten Münchner dort beerdigt waren. Am Ende schob ich es so lange vor mir her, bis es zu spät war. Es gab keinen einzigen weniger stressigen Tag. Obwohl ich auf der ganzen Fahrt geschlafen hatte, war ich müde und legte mich aufs Bett, um mich Rosa Laxenburgs Rat folgend auszuruhen. Später wollte ich vielleicht auch duschen.

Oben auf dem Schrank stand ein kleiner Minifernseher, und ich beschloss, ein wenig fernzuschauen, schon wegen der Sprache. Erreichen konnte ich das Gerät nur vom Stuhl aus, drückte vergeblich auf den Knöpfen herum, konnte es nicht einschalten. Erneut ließ ich mich auf das quietschende Bett sinken. Erblickte auf dem Nachttisch ein flaches, längliches Plastikteil, wie ich es in Filmen schon mal gesehen hatte, drückte dann so lange auf den viereckigen Knöpfen herum, bis auf dem Bildschirm endlich ein Bild erschien. Boris Becker machte gerade einen Aufschlag, der Löcher in den Rasen riss. (Dem Gerät einen Laut zu entlocken gelang mir nicht.) Mit offenem Mund schaute ich zu. Das deutsche Wunderkind war mir bislang nur aus der Zeitung bekannt gewesen. Ein hochgeschossener Teenager. Aber das war ja … das Finale von Wimbledon!

Die Vorbereitungen meiner Münchner Reise hatten die

englischen Tennismeisterschaften, das Turnier aller Turniere, vollkommen aus dem Brennpunkt meiner Aufmerksamkeit verdrängt. Nicht eines der Matches hatte ich je gesehen, obwohl die Spiele seit einigen Jahren auch vom ungarischen Fernsehen übertragen wurden. Dieser Bursche war also tatsächlich ins Finale gekommen, während sämtliche Favoriten ausgeschieden waren. Wahnsinn. Der Gegner hieß Kevin Curren, in der Zeitung hatte ich gelesen, dass auch er sich gut schlug und dass auch seine Finalteilnahme als Überraschung galt. Becker war der jüngste Spieler aller Zeiten, dem die Möglichkeit offenstand, Wimbledon zu gewinnen. Und der erste Deutsche überhaupt.

Kein Zweifel, gewinnen würde Kevin Curren, der bereits über seinen Rückzug aus dem Tenniszirkus nachdachte, ein schlauer, routinierter Fuchs mit vielen schönen Ergebnissen im Doppel. Diese Gelegenheit würde er sich nicht nehmen lassen, nicht von einem Siebzehnjährigen. Ich dankte dem Schicksal und dem Fahrplan der Deutschen Bahn, dass ich mir das hier anschauen durfte. Meinen Durst löschte ich am Wasserhahn der Dusche, aus der Hand, das bereitgestellte dicke Wasserglas wirkte wenig vertrauenerweckend.

Becker und Curren verschnauften gerade (bei ungeradem Spielstand), als es klopfte. Ich öffnete die Tür. Vor mir stand Rosa Laxenburg, mit breitem Lächeln und einer braunen Pappschachtel in der Hand. Ich glotzte blöd. In dem Ton, in dem man jemandem alles Gute zum Geburtstag wünscht, rief sie: »Überraschung!«, und reichte mir die Schachtel. Drei Exemplare meines Buches lagen darin. »Oooh!«, rief ich nun wie ein echt überraschtes Geburtstagskind, legte die Bücher vorsichtig auf den Couchtisch und schloss meine Übersetzerin in die Arme. Ich hob sie hoch und begann mit ihr Pirouetten zu drehen. ›Wie beim Eistanz‹, dachte ich, stolperte aber im selben Augenblick über eine Unebenheit im Teppichboden und stürzte mitsamt Rosa zu Boden. Besorgt versuchte ich herauszufinden, ob wir den Sturz mit heilen Knochen überstanden hatten. Rosa lag unten, ich halb auf dem Rücken auf ihr. Sie schlang ihre Arme um mich. »Ich wusste gleich«, rief sie, »dass Sie der Mann meines Lebens sind! Das habe ich gefühlt!« Sie keuchte neben meinem Hals und biss mir ins Ohrläppchen.

Du lieber Himmel, ich hatte es nicht gewusst, hatte es nicht gefühlt. Hatte an so was gar nicht gedacht. Sie war zu groß, zu jung, zu deutsch, zu bebrillt. Zu Donald Duck. Zu … verdreht. (Sollte sie auch mein Schicksal verdrehen? … Ach, nein.)

*VI. Rosa Laxenburg (1985)*

Warum warf sich mir eine solche Frau auf den ersten Blick um den Hals, wo ich doch so hässlich war und so linkisch und … nicht gerade hart. Es war mir ein Rätsel. Obwohl er bei ihr enorm stand. Dabei hätte ich nicht behaupten können, dass sie mir gut gefiel – auf den ersten Blick jedenfalls nicht. Wirkte also der Zauber des Unbekannten als Aphrodisiakum? Kaum dass mein Schwanz begriff, was ihm widerfuhr, war er steinhart. Woher diese außerordentliche Antriebskraft? Ihre Möse sah nämlich gar nicht aus, als sei sie die Heimat der Wollust, glich eher einer nässenden Wunde. Auch roch sie nicht immer sehr anregend – obwohl laut Fachliteratur der Duft dazu diente, die Männchen anzulocken.

Rosa Laxenburgs Pussi war blassrosa und roch nach Seife. Die spärliche Behaarung ging ins Rötliche. Mit einem Wort, sie war adrett und appetitlich.

Nackt sah Rosa viel besser aus als mit ihrem Schachbrett. Ich hatte gedacht, sie sei eine Bohnenstange, doch jetzt sah ich ihre faustgroßen, apfelrunden Brüste, die zuvor von ihrer Jacke kaschiert, ihre geschwungenen Hüften und ihre wohlgeformten Schenkel, die vom dicken Rock verdeckt gewesen waren. Und als sie auch noch ihre Brille ablegte, sah ich in ihren veilchenblauen Augen das Versprechen bedingungsloser Hingabe. Galt es wirklich mir? Lieber keine Fragen stellen.

Ich saugte an ihren Brüsten herum und stellte fest, dass ihre Brustwarzen so dick waren wie die Spitze meines kleinen Fingers. So etwas hatte ich noch nie gesehen. Mein Neid galt den Babys, die sie einmal zur Welt bringen würde (ich ging davon aus, dass sie noch keine hatte). Mit einem Aufschrei begann ihr nicht vorhandener Bauch zu zucken, und alles schien darauf hinzudeuten, dass sie einen Orgasmus gehabt hatte. Nur vom Herumsaugen an ihrer Brust. Gab's denn so was? Scheinbar ja. Nun drehte sie mich mit einer einzigen Bewegung auf den Rücken, bestieg mich und ritt mich, bis sie auch auf diese Weise zum Höhepunkt kam. In ihrem Unterleib zuckten sämtliche Muskeln, und sie schrie wie bei einer Niederkunft. (Gigis Laute waren mir noch ganz klar in Erinnerung, ich hörte sie noch auf dem Flur des Krankenhauses, zum Ort des Geschehens hatte man mich nicht vorgelassen.) Kurz darauf brach auch bei mir der Damm, wobei ich geistesgegenwärtig genug war, meinen Schwanz rechtzeitig herauszuziehen und auf ihren Bauch zu legen. In dem allgemeinen Chaos, das mein Leben ohnehin schon war, hätte ein kleines deutsches Baby gerade noch gefehlt.

Sie war größer als ich. Wie groß mochte sie wohl sein? »Ich habe früher Basketball gespielt«, erzählte sie, nachdem wir aufs Bett umgezogen waren, »heute noch jogge ich dreimal die Woche um den Friedhof herum.« Ich hatte gedacht, sie wohne hier in der Nähe, doch es stellte sich heraus, ihre Wohnung befände sich am anderen Ende der Stadt, im südlichen Teil von Moosach, nahe des Westfriedhofs. Ich sollte ihr in ihrer kleinen, feinen Maisonette-Wohnung unbedingt einen

Besuch abstatten. ›Wahnsinn‹, dachte ich, ›sie hat sich offenbar vorgenommen, diese Woche komplett mit mir zu verbringen, und zwar im Bett.‹ Nie hätte ich damit gerechnet, dass meine Wünsche so schnell in Erfüllung gehen würden. Von Rosa Laxenburg konnte ich einfach nicht genug bekommen, mein sexueller Appetit erwies sich als unstillbar. Wir machten es von hinten, von der Seite, von vorne, im Schneidersitz, mit dem Mund, mit der Hand, ja sogar mit den Zehen, was also wirklich ...! Sie bestimmte. Als ich mich gerade in ihren Mund ergoss, sah ich mit halbem Auge, dass Boris Becker in Wimbledon gewonnen hatte, weiterhin ohne Ton. Einmal im Leben hatte ich keine Lust, mit ihm zu tauschen. War mit meiner Rosa außerordentlich glücklich.

Rose, Rosenknospe.

Dass wir zum Abendessen zu spät kamen, war mir vollkommen gleichgültig. Ausgerichtet wurde es in einem schlauchförmigen Restaurant am Goetheplatz (wo sonst). Am Büfett warteten drei, vier Leute vom Verlag, zwei Journalisten und etwa ein halbes Dutzend weiterer Menschen, die gern schon angefangen hätten, anstandshalber aber den Ehrengast abwarten mussten. Der Verlagsleiter, ein Mann mit stark slawischem Aussehen und einem mächtigen Bart (ein Türke, wie ich später erfuhr), hielt eine geschnörkelte Rede und leerte sein Sektglas auf mich. Daraufhin stieß ich mit allen an, mit Rosa sogar mehrmals. Rosa kam mir immer schöner vor, dabei bedauerte sie zutiefst, nicht mehr die Zeit gehabt zu haben, sich zu Hause noch einmal umzuziehen. Mit einem aufmunternden Lächeln gab ich ihr zu verstehen, dass sie auch so die schönste Frau im Lokal war. (Außer ihr waren nur noch die an die anderthalb Zentner schwere Redakteurin und die verhärmte Gattin des Türken anwesend.) Die Männer lächelten nachsichtig. In Windeseile hatten sie alles erfasst.

Jetzt erst begriff ich, was es hieß, Tag und Nacht mit jemandem zusammen zu sein. Rosa und ich waren Tag und Nacht zusammen, entweder in meiner Pension oder in ihrer Wohnung. Außer diesen beiden Zimmern habe ich von München so gut wie nichts gesehen. Ein einziges Mal zogen wir los, um die Stadttore – Isartor, Sendlinger Tor, Karlstor –zu besichtigen, tatsächlich schafften wir nur zwei. Ein andermal nahmen wir uns vor, die Altstadt zu besichtigen. Noch bevor wir dort angekommen waren, begannen wir in Torbögen und Hauseingängen zu knutschen. Ich auf Zehenspitzen natürlich. Und schon machten wir uns im Laufschritt auf den Weg zurück in die Au, zum Tassiloplatz, bevor uns die Polizei wegen Erregung öffentlichen Ärgernisses festnehmen konnte.

Am meisten mochte Rosa Laxenburg, wenn ich ihren festen Bauch mit Wein oder Sekt begoss und diesen dann aufschlürfte, oder wenn ich ihre Brüste mit Sahne oder Schokosauce einschmierte und anschließend ableckte. Ersteres führte dazu, dass ich meine Stunden in einem stetigen Rausch verbrachte, Letzteres, dass ich ein wenig zunahm. Schaden konnte das nicht. Entgegen allem Anschein war Rosa nur sechs Jahre jünger als Gigi, aber noch nie verheiratet gewesen. Mal begründete sie das damit, dass sie keinen Grund zur Eile hätte, mal damit, dass die Männer, die ihr gefielen, entweder verheiratet oder schwul waren. (Hier zog ich den Kopf ein.) Kaum waren wir am ersten Abend in die Pension zurückgekehrt, rief Gigi an. »Darf ich verbinden?«, fragte der Portier. »Ja … das heißt nein! Ich rufe zurück, danke!« Mit hochrotem Kopf legte ich den Hörer auf. »Deine Frau, nicht wahr?« Ich nickte. »Ruf sie ruhig an!«, sagte sie und ging in die Dusche. Ihr Gang war anmutig wie der einer Gazelle. (Ich konnte kaum an mich halten, hatte den Drang, ihr nachzurennen.) Sie schloss die Badezimmertür, und das Wasser begann zu rauschen.

Dem Prospekt der Pension entnahm ich, dass man direkt aus dem Zimmer nicht ins Ausland telefonieren konnte. Also rief ich den Portier an und bat ihn, sich zu kümmern. Keine fünf Minuten später klingelte der Apparat. (Rosa duschte und duschte, ließ das Wasser jedenfalls laufen, sei es aus Feingefühl, sei es aus Selbstschutz.) Gigis Stimme klang überraschend klar: »Was zum Teufel ist da los, warum hast du vorhin aufgelegt?« »Ich habe nicht aufgelegt, ich habe nur … gerade geduscht.« »Quatsch keinen Mist, ich habe gehört, wie du zum Portier erst ja, dann nein gesagt hast, und dass du lieber zurückrufst. Ist eine Frau bei dir? Versuch ja nicht zu schwindeln, ich krieg's ohnehin raus!« »Du stellst ja Fragen!!!«, ereiferte ich mich, leider ein wenig übertrieben. Wie auf glühenden Kohlen saß ich da, fürchtete, Rosa könnte jeden Moment ins Zimmer kommen, und dann wäre der Teufel los. Doch Rosa war vernünftig genug, abzuwarten, bis ich mit Gigi fertig war. Als ich endlich auflegen konnte, stand mir der Schweiß in dicken Tropfen auf der Stirn. Eine Minute später kam Rosa aus dem Bad, in meinem blauen Bademantel, der ihr bis zur Hälfte der Oberschenkel reichte. Die Lust war mir gründlich vergangen, mit krummem Rücken kauerte ich auf dem Bettrand. Auf einmal schämte ich mich wegen meiner Nacktheit und verbarg mich unter der Decke.

Rosa Laxenburg kniete sich hinter mich, ergriff meine Hand und führte sie an ihre empfindlichsten Punkte. Zu ihren Brüsten und ihren Pobacken und zu der Hochebene darüber, die von zwei winzigen Einbuchtungen geziert wurde (Knöpfe von Polstermöbeln machen solche Vertiefungen), an ihre Schenkelinnenseiten, zwischen denen sich – wie sehr sie die Beine auch aneinanderpresste – ein länglicher, ovaler Spalt befand, in den meine Hand genau hineinpasste.

»Habe ich Ihre Gefühle verletzt?«, fragte ich. (Noch immer

sagten wir Sie zueinander.) »Nein, ich weiß doch, dass Sie verheiratet sind. Eifersüchtig bin ich nicht, jedenfalls nicht so, wie Sie meinen.« Ich fragte mich, woher sie wissen wollte, wie ich was meinte, ließ das Thema aber lieber sein und bat sie, von sich zu erzählen. Ihre Eltern waren Lehrer am Gymnasium, unterrichteten Sprachen, ihr Papa Französisch, ihre Mama Italienisch. Außerdem hatte sie zwei jüngere Brüder, die beide noch aufs Gymnasium gingen, nach ihr hatten ihre Eltern eine längere Pause eingelegt. Ihre Unlust, eine Familie zu gründen sei vielleicht gerade auf die Tatsache zurückzuführen, dass sie ständig auf ihre Brüder habe aufpassen müssen, der kostenlose Babysitter war eine praktische Sache. So war sie also als Teenager schon in eine Art Mutterrolle geschlüpft und hatte jetzt genug davon. »Ich habe einen Sohn, Palika, er ist acht geworden, wollen Sie ein Foto sehen?« Rosa Laxenburg blickte an mir vorbei, überlegte und schüttelte schließlich energisch den Kopf. »Verzeihung«, murmelte ich und steuerte seichteres Gewässer an: »Wo haben Sie Ungarisch gelernt?« »Nirgends.« »Aber … Sie haben doch die Johanns übersetzt?!« »Ja, auf der Grundlage einer Rohübersetzung.« Sie lächelte mit ihren veilchenblauen Augen, als verstünde sie mein Problem nicht. Misstrauisch erkundigte ich mich: »Und wer hat die Rohübersetzung gemacht?« »Tante Roschika.« »Und wer ist Tante Roschika?« »Oh, eine Ungarin, eine furchtbar nette Frau, sie lebt seit Jahren hier und ist eine gute Freundin meiner Eltern. Sie hat den Text auf Band gesprochen.«

Wie ein vergifteter Pfeil traf mich das mitten ins Herz. Am liebsten wäre ich sofort aufgesprungen, um das Buch aufzuschlagen, doch eine innere Stimme sagte mir, das hätte Zeit. Die Würfel waren gefallen, das Unglück konnte nicht mehr rückgängig gemacht werden. Kein Grund, sich die Laune vermiesen zu lassen, zumal wenn eine so tolle Frau in meinem Bett lag, splitterfasernackt. ›Konzentriere dich lieber auf sie!‹

Meine schlimmsten Ahnungen bestätigten sich. Rosa Laxenburgs Übersetzung hatte mit dem Original etwa so viel zu tun wie Ostberlin mit Westberlin. Mir war es unbegreiflich, wie der Verlag sich das vorgestellt hatte, allerdings nur bis zu dem Tag, an dem ich dem Verlag in Begleitung Rosa Laxenburgs einen Besuch abstattete. Vom Tassiloplatz aus waren es wirklich nur zwei Straßenecken. Neben dem Klingelknopf stand: Ronni und Anja Koller, ebenso an der Tür im dritten Stock. Anja Koller war die Gattin des Chefs, Ronni der Direktor persönlich, aber er hielt es für klüger, nicht seinen eigenen Familiennamen zu benutzen. »Ein Verlag mit türkischem Namen wirkt nicht so vertrauenerweckend«, erklärte er. Jetzt fiel mir auch auf, dass sein Deutsch ein wenig gebrochen klang. »Warum verlegen Sie eigentlich mein Buch über Goethe und seinen Chronisten?«, fragte ich. »Weil wir von der Goethe-Stiftung finanzielle Unterstützung dafür erhalten haben.« »Aha«, mehr brachte ich nicht heraus.

So schnell wie möglich verließen wir die Räume des Verlags, die mit der Zweizimmerwohnung des Verlegerpaars identisch waren, fuhren mit der U-Bahn in die Innenstadt und tranken in der Maximilianstraße einen Kaffee. Dort konnte ich mich gleich vergewissern, dass »Johann Wolfgang von Goethe und Johann Peter Eckermann« in besseren Buchläden nicht erhältlich war. ›So viel dazu‹, dachte ich. Mir war sogar die Tatsache gleich, dass ich zum Abholen der zwanzig Freiexemplare und hundert Sonderdrucke noch mal zum Verlag zurückmusste, um diese dann eigenhändig nach Budapest zu befördern. Ebenso beschwerte ich mich nicht über das Ausbleiben der zugesagten Buchvorstellung und der Interviews. Ich konzentrierte mich auf Rosa Laxenburg. »Was du gegessen hast, kann dir niemand mehr nehmen«, hatte Papa immer gesagt. ›Und was du gevögelt hast auch nicht‹, pflegte ich in Gedanken hinzuzufügen.

Am letzten Abend führte mich Rosa zu einem großen, an eine gotische Kathedrale gemahnenden Gebäude, einem Wirtshaus von schier ungeheuren Ausmaßen. Der erschreckend hohe Raum war total verqualmt, mehrere hundert besoffene Deutsche grölten und knallten ihre Literkrüge auf die Tische. »Hier hat Hitlers Brauhaus-Putsch stattgefunden«, sagte Rosa Laxenburg und schlug vor, ebenfalls ein Bier zu trinken. Mir war nicht so richtig danach zumute, zum Abschied hätte ich am liebsten noch einmal ausgiebig gevögelt. (Im Übrigen schwante mir, dass sie im Irrtum war, wollte aber nicht diskutieren. Doch im nächsten Buchladen las ich in einem Lexikon über Bayern nach, dass der Bürgerbräu-Keller 1979 abgerissen worden war.)

Am Tag meiner Abreise sahen wir uns nicht mehr, genauer gesagt, wir gingen in den frühen Morgenstunden auseinander. Rosa Laxenburg meinte, ich möge mich bei ihr melden, sollte ich jemals Single sein. Und gab mir ihre Visitenkarte.

In Budapest erwartete mich keine Gigi am Bahnhof, obwohl ich sie am Abend zuvor angerufen hatte, während Rosa mal wieder stundenlang unter der Dusche gewesen war. Ich nahm ein Taxi zur Árpád-Fejedelem-Straße. Als ich zu Hause ankam, war sie allein, Palika war im Deutschkurs. Im Fernsehen lief die Übertragung des großen Live-Aid-Konzerts, Gigi saß davor. Sagte lange kein Wort, nachdem ich sie mit Küsschen begrüßt hatte. Der Fernsehsprecher berichtete, dass Phil Collins sowohl in London als auch in Philadelphia aufzutreten gedachte, wobei er den Weg in einem mit Überschallgeschwindigkeit fliegenden Flugzeug, einer Concorde, zurücklegen würde. Das war ein Leben!

Abends im Bett musste ich Gigi lange bearbeiten, bevor sie verkündete: »Ich habe deinen Koffer vor die Tür gestellt.« »Was meinst du damit?« »Dass du aufgeflogen bist, János Mester!« »Aufgeflogen?« »Ja, mit deinen Kondomen.« »Was für Kondomen?« »Ich habe sie gefunden!« »Aber ich bitte dich, kein Mensch benutzt dabei ein …«, sprudelte ich unbedacht los, kam aber nicht weiter und wusste gleich, dass ich in die Falle gegangen war. Nun war ich wirklich aufgeflogen. Diese Verschlagenheit hätte ich Gigi gar nicht zugetraut.

Den nun folgenden Tobsuchtsanfall, das Türenschlagen und Tellerfliegen zu beschreiben habe ich keine Lust. Ich war ja selbst schuld. Mit einer doppelten Dosis Blutdrucksenkern ging ich zu Bett und betete. *Trouble. Trouble* im Quadrat.

# 7.

Für die Öffentlichkeit nicht zugängliche Bibliotheken und Archive übten auf Dr János Mester seit jeher eine erregende Wirkung aus. Er wurde von euphorischer Freude erfüllt, wenn er an einem Ort Einlass fand, wo andere Leute nicht reindurften. Zumindest nicht alle. In der ersten Hälfte seines Lebens war er sich stets wie ein Staatsbürger zweiter Klasse vorgekommen, später dann nur noch wie einer dritter Klasse. Solange in Ungarn der Sozialismus geherrscht hatte, hatte er kaum reisen dürfen. Wenn doch, musste er die Devisen, ohne die er in der Westgeldzone zum Bettler oder Obdachlosen verkommen wäre, in den Sohlen seiner Schuhe außer Landes bringen. Seit er neuerdings in einer Art Economy-Class des Kapitalismus lebte, bestand seine Hauptlebensaufgabe darin, in Ungarn nicht zum Bettler oder Obdachlosen zu verkommen. Zu denjenigen seiner Freunde und Bekannten, die gut bezahlte Posten ergatterten oder allerlei Firmen gründeten, schaute er ehrfürchtig auf. Wobei diese Freunde und Bekannten von Jánoskas Ehrfurcht nichts ahnten, weil sie hinter allerlei geringschätzigen Bemerkungen gut getarnt war: »Ihr habt eure Seelen verkauft! Reichtum ist unmoralisch! Geld stinkt! Ihr lebt wohl nach dem Motto: Erst der Bauch dann die Tugend …!«

Wie er auf diesen Schwachsinn kam, wusste er selbst nicht.

Zumal er eindeutig das Gefühl hatte, er selber sei der Loser, während die Findigeren lebten wie die Maden im Speck. Insgeheim träumte auch Jánoska von einem in Rotmetallic glänzenden Sportwagen, von einer Villa in Hűvösvölgy, von Fernreisen nach Bangkok. Zugeben konnte er das allerdings nicht einmal vor sich selbst, geschweige denn vor seinen Gattinnen. Lieber traktierte er sie mit Vorträgen über den Wert des Wissens – womit er eine Zeitlang tatsächlich Eindruck machte.

Dénes, einer von Jánoskas ehemaligen Kommilitonen, hatte ein eigenes Übersetzungsbüro und betreute für gutes Geld die fremdsprachigen Broschüren verschiedener Banken. Ihn beneidete Jánoska von allen seinen Freunden am meisten. Als Junge aus der Provinz war Dénes zu Studienzeiten noch ärmer gewesen als er selbst. Nicht einmal für die Mensa reichte es bei ihm, so dass er gezwungen war, in seinem Zimmer im Wohnheim auf einem Rechaud herumzuhantieren, das Menü Dénessuppe und Dénespörkölt. Die Suppe bereitete er aus Pulver zu, angereichert mit Spiralnudeln und Joghurt, das Pörkölt aus Resten von Wurstaufschnitt. Jánoska schmeckte das. Natürlich nicht ganz so gut wie die Speisen in den Luxusrestaurants, in die ihn Dénes jetzt einzuladen pflegte. Allerdings zeigte sich bald, dass auch ein Übersetzungsbüro nicht nur reines Honigschlecken war. Dénes' Nikotin- und Alkoholkonsum stieg dramatisch an, beim Reden wurde er oft von einem hartnäckigen, bellenden Husten geschüttelt. »Mein lieber Freund«, stieß er am blendend weiß gedeckten Tisch im Bistro Jardin des Hotel Kempinski hervor, »wenn ich auch nur noch ein einziges Mal vor einem Bankdirektor zu Kreuze kriechen muss, werde ich wahnsinnig!« Jánoska schloss die Augen und konnte sich Dénes' Zu-Kreuze-Kriecherei nicht vorstellen. Er selbst wäre jederzeit bereit gewesen, egal vor wem zu Kreuze zu kriechen, sofern es gut bezahlt war. Vielleicht sollte er seine Dienste als Zu-Kreuze-Kriecher anbieten. Aber als geweihter Priester der Literaturwissenschaften durfte er solche Gedanken natürlich nicht aussprechen, und so stopfte er sich selbst das Maul mit den aufgetischten exquisiten Speisen. Was man heute runterschlingen kann, sollte man nicht auf morgen verschieben.

Im Zusammenhang mit Johann Wolfgang von Goethe wurden in so vielen Bibliotheken, Archiven oder sonstigen Sammlungen wertvolle Werke, Dokumente und Schriftstücke aufbewahrt, dass Jánoska kaum hoffen konnte, im Laufe seines Lebens auch nur annähernd alles sichten zu können. Deshalb waren seine Pläne weit bescheidener. Bereits früher hatte er die Sammlungen der drei wichtigsten Goethe-Städte Frankfurt, Leipzig und Weimar durchforstet. Nun wollte er in Berlin das für sein Buch notwendige Material zusammentragen. Das als Bonus zum Navigator mitgegebene Empfehlungsschreiben Professor Strényis war Gold wert. Wobei es Jánoska als himmelschreiende Ungerechtigkeit empfand, wie so wenige, eilig aufs Papier geworfene Sätze eines senilen und beschränkten alten Mannes bewirken konnten, dass sich ihm Tür und Tor öffneten, während seine eigenen Beteuerungen in Berlin nicht einen Pfennig wert waren. ›Und zu Hause?‹ Lassen wir das.

Dénes wollte Jánoska in Berlin einen Besuch abstatten, was eine gute Gelegenheit gewesen wäre, sich für die Essenseinladungen zu revanchieren, und sei es auch nur durch die Unterkunft in der Raucherstraße. Doch seit Jánoska in Berlin war, hatte sich Dénes nicht gemeldet, hatte nicht einmal auf Jánoskas Einadung per SMS reagiert. Was möglicherweise darauf zurückzuführen war, dass Jánoska in Berlin eigentlich zwei riesige, ungepflegte Chow-Chows hätte hüten sollen, solange die Bogarts mit ihrem Wohnwagen in Italien weilten. Doch noch vor seiner Ankunft in der Raucherstraße 33 waren beide

Tiere unter mysteriösen Umständen verendet. Möglicherweise hatte der Nachbar oben drüber, der sich durch das Gebell immer gestört fühlte und aus diesem Grund mit den Bogarts in ewigem Zwist lebte, sie vergiftet. Doch wie auch immer es zu dem traurigen Ende der beiden Tiere gekommen war – im Kinderzimmer hingen mehrere Doppelporträts der beiden –, Jánoska trauerte ihnen nicht nach. Jetzt musste er sich nur um einen Nymphensittich namens Christiane kümmern, was eine wesentlich einfachere Aufgabe war. Hatte der Vogel seinen Namen von Christiane Vulpius? Wohl kaum.

Als Jánoska Dénes im »Goldenen Drachen« in Szentendre erzählt hatte, mit was für Hunden er seine Berliner Unterkunft teilen würde, erschrak dieser: »Chow-Chows? Und gleich zwei? Das ist ja fast schon ein Rudel! Weißt du denn nicht, wie gefährlich Chow-Chows sind? Sie lehnen sich gegen ihre Herrchen auf, fallen sie stets in einem bestimmten Monat an, und wird dann seitens des Menschen nicht hart genug durchgegriffen, übernimmt der Hund das Kommando, wird Rudelführer! Bist du denn in der Lage, hart genug durchzugreifen? Denn wenn nicht, wirst du bei lebendigem Leibe zerfleischt werden!«

Jánoska war aufrichtig besorgt, da er sich in keinerlei Weise sicher war, hart genug durchgreifen zu können. Blieb also die Frage, in welchem Monat die Hunde rebellierten – und die Hoffnung, es wäre nicht gerade der September. In ihrem ersten Brief hatte Frau Bogart geschrieben, die Hündchen (die auf dem beigefügten Foto wie zwei riesige rote Bären aussahen) seien ausgesprochen zahm, mochten lediglich nicht, wenn man sich hinter sie stellte. Jánoska fasste den Entschluss, unter allen Umständen vis-à-vis zu bleiben – mit ein wenig Glück schauten die Chow-Chows (im Übrigen Vater und Sohn) immer in die gleiche Richtung. In ihrem Grab (sofern sie ein solches hatten) taten sie es bestimmt.

Die tägliche Futterration betrug ein Pfund rohes Fleisch pro Hund. Und so fand Jánoska in der Tiefkühltruhe einunddreißig Plastikbeutel sorgsam abgepackter Fleischportionen. Einige verbrauchte er in aller Ruhe selbst – die rothaarigen Hunde konnten sie ohnehin nicht mehr brauchen. Gern hätte er gewusst, was für eine Beerdigung die beiden bekommen hatten, doch Herr Bogart sprach bei der Wohnungsübergabe so zielstrebig und in derart präzisen Sätzen, dass eine Nachfrage sowohl wegen des Stils als auch wegen des knappen Zeitrahmens nicht möglich war. Und geziemt hätte es sich wahrscheinlich auch nicht – zu frisch war noch die Wunde.

Möglich, dass sich Dénes aus Furcht vor den Hunden nicht meldete, auf die nicht mehr bestehende Chow-Chow-Gefahr hatte ihn Jánoska nicht hingewiesen. ›Käme er zu Besuch, könnte ich ihn mit Vili Vajda bekanntmachen‹, dachte er und stellte sich den netten Abend vor, den sie im Gibraltar oder im Rubycon verbringen könnten. Vorausgesetzt, Dénes fände eines der Lokale seiner Person würdig. Was unwahrscheinlich war. Je länger er in Gedanken bei Dénes und Vili Vajda verweilte, umso mehr wuchs seine Einsamkeit, die auch durch den hektischen Liebesakt mit Jolanda nicht hatte gemildert werden können.

Vor vier oder fünf Jahren waren Jolanda und ihr Mann in ein kleines Dorf nahe Berlin umgezogen, in ein wintertaugliches Wochenendhaus. Zu ihrem Arbeitsplatz fuhr Jolanda jeden Morgen eine Stunde mit öffentlichen Verkehrsmitteln und bummelte am Abend auf die gleiche Weise wieder nach Hause. Eine echte Odyssee, doch Autofahren war teuer und dauerte im Berufsverkehr mindestens genauso lang. Nur ein einziges Mal fuhr Jánoska zu ihr hinaus. Am Zoologischen Garten musste er von der U-Bahn in die S-Bahn umsteigen und bis zur Endstation Spandau fahren. Von dort wäre es noch mit dem Bus weitergegangen, doch Jolanda holte ihn mit dem Auto von der S-Bahn ab. Am automatischen Gartentor empfing ihn Wilhelm mit breitem Lächeln. Als hätte er von nichts eine Ahnung. Dabei hatte ihm Jolanda alles erzählt. Es war ein furchtbarer Nachmittag, der darin gipfelte, dass Jolandas blonde Kinder auftauchten und Jánoska mit Fragen über Ungarn, Budapest und Goethes Lieben bestürmten. Und alles mit TOLL und SUPER, manchmal sogar mit SUPER-SUPER kommentierten.

»SUPER-SUPER«, murmelte Jánoska auch im Studiensaal der Berliner Staatsbibliothek. Worauf die Frau mit dem Haarkranz, die ihn hereingelassen hatte, sofort an seinen Tisch geeilt kam: »Haben Sie einen Wunsch?« Jánoska winkte ab. »Ich habe nur Selbstgespräche geführt.« Vor ihm auf dem Tisch lag die englische Visitenkarte der Frau, Dienstbezeichnung Superintendant. TOLL.

Jánoska war unfähig, sich auf Johann Wolfgang von Goethe zu konzentrieren, interessierte sich im Moment mehr für Friedrich Schiller. Den hatte er noch nicht so satt. Vorgenommen hatte er sich den Briefwechsel der beiden Dichtergiganten. ›Woher hatten die eigentlich die Zeit, einander so viel zu schreiben? Ganz zu schweigen davon, dass der eine in Jena, der andere in Weimar lebte, und es kein Problem gewesen wäre, bei Bedarf an geistigem Austausch kurz hinüberzureiten oder -zukutschieren. Manchmal taten sie das auch. Trotzdem veröffentlichten sie Teile ihrer Briefe wortgetreu als ästhetische Studien. Jede Zeile schlachteten sie aus. Vor allem Goethe, der persönliche Aufzeichnungen mit ungeheurer Ausbeute als literarische Texte wiederverwertete. Der Gipfel war die »Italienische Reise«. Genau genommen hätte der Titel »Reisen« lauten müssen, unternahm Goethe in den knapp zwei Jahren ab September 1786 doch mehrere Ausflüge. Am Ende konnte er mit seinen Reisetagebüchern und sonstigen Notizen drei Bände füllen. Jánoska hatte nie begriffen, warum er mit der Veröffentlichung bis 1813 wartete – dem Jahr, in welchem er die erste Portion aufbereitete, sprich für die Publikation vorbereitete. Und wenn er schon so lang gewartet hatte, warum ließ er dann Teile wie diesen stehen: »Euren lieben Brief Nr. 24 erhielt ich vorgestern, eben als ich nach dem Vatikan ging, und habe ihn unterwegs und in der Sixtinischen Kapelle aber- und abermals gelesen, sooft ich ausruhte von dem Sehen und Aufmerken. Ich kann euch nicht ausdrücken, wie sehr ich euch zu mir gewünscht habe, damit ihr nur einen Begriff hättet, was ein einziger und ganzer Mensch machen und ausrichten kann; ohne die Sixtinische Kapelle gesehen zu haben, kann man sich keinen anschauenden Begriff machen, was *ein* Mensch vermag.«

Es ist hinlänglich bekannt, dass Goethe sein Reisetagebuch in erster Linie für Carl August, Großherzog von Weimar, des Weiteren für dessen Mama, die Großherzogin, und nicht zuletzt für die eigene Geliebte, die um einiges ältere und auf die italienischen Mädchen und Frauen rasend eifersüchtige Frau von Stein schrieb. Aber was spielte das mehr als zwei Jahrzehnte später noch für eine Rolle? Was lag Goethe daran, seine Leser wissen zu lassen, wie sehr er sich die Anwesenheit der genannten Personen in der Sixtinischen Kapelle gewünscht hatte? Frau von Stein dürfte sich ohnehin schwarzgeärgert haben, denn die Frauen, mit denen sich Goethe in Italien der Reihe nach vergnügte, tauchten auch in seinen Briefen auf – da er gar nicht daran dachte, in dieser Hinsicht ein Blatt vor den Mund zu nehmen. Beziehungsweise vor den Gänsekiel.

Zu Jánoskas sorgsam gehüteten Schätzen gehörte eine im Jahre 1913 in Leipzig gedruckte Ausgabe von Goethes »Italienische Reise«. Das Buch hatte er in Leipzig selbst erstanden.

Die ungarische Ausgabe desselben Buches – in blaues Leinen gebunden und mit vergoldetem Goethe-Porträt – erbte er später von einem entfernten Verwandten, allerdings ohne Schutzumschlag. Die Übersetzung hatte György Rónay besorgt, während das Nachwort György Mihály Vajda verfasst hatte. Beigefügt waren ein halbes Dutzend Zeichnungen Goethes. Denn der vielseitige Maestro hatte auch gezeichnet und gemalt. Welche Ergebnisse diese Ausflüge des Dichterfürsten in die unwegsamen Gefilde der bildenden Kunst gezeitigt hatten, durfte Jánoska in einer Sammlung bewundern, zu der ihm nicht einmal Professor Strényis Empfehlungsschreiben Zutritt verschaffen konnte. Diese Tür hatte sich ihm nur aufgrund einer Bestätigung der Deutschen Akademie der Künste geöffnet, die bezeugte, dass er ein großer und wichtiger ungarischer Goethe-Forscher war. Neidlos musste er anerkennen, dass Johann Wolfgang es auch als Maler weit gebracht hätte, sofern er der Malerei genug Zeit gewidmet hätte. Nur: Zeichnen und Malen war schwerlich im Zimmer auf und ab spazierend möglich, dabei noch diktierend und je nach Bedarf mehrere Schreiberlinge gleichzeitig beschäftigend, wie es dem Meister ja zu arbeiten beliebte.

›Wie geistreich das alles ist‹, murmelte Jánoska, indem er im Briefwechsel mit Schiller blätterte. Dabei hatte Goethe seinen Dichterkollegen jahrelang keines Wortes gewürdigt und ihn ständig um seine Gunst buhlen lassen. Wie schaffte der es, sich bei einem so hochmütigen und eitlen Menschen wie Goethe doch noch einzuschmeicheln? Nur durch übelste Speichelleckerei! Da nützt alles Beschönigen nichts, Friedrich hat es getan, und zwar wiederholt und mit großer Entschlossenheit. Jánoska unterdrückte ein Gähnen. Nicht einmal auf Schiller konnte er sich mehr konzentrieren, also verabschiedete er sich von der Frau mit dem Haarkranz und ging hinaus in die schöne Herbstsonne. Sein treuer Drahtesel wartete an einen Laternenpfahl gelehnt auf ihn. Nur schwer ließ sich das Schloss öffnen, schließlich gelang es ihm. Sicherheitshalber parkte Jánoska nur noch weit entfernt von allen Kanalgittern und sonstigen Öffnungen.

Er radelte durch die Innenstadt und verspürte schon fast so etwas wie Glück. »ICH BIN EIN BERLINER!« – wie John F. Kennedy. ›Du wärst gern ein Berliner!‹, ließ sich sein misslauniges Alter Ego vernehmen. ›Sei froh, hier sein zu können, aber vergiss nicht, dass du in absehbarer Zeit nach Budapest zurückkehren musst, zu all den Sorgen, die du dortgelassen hast!‹ »Was sagst du da?« fragte Jánoska sich selbst, »du hast sie doch alle hierher mitgebracht, du Idiot!«

Seine Laune verschlimmerte sich, und statt zu bummeln, zu Mittag zu essen und in der Sonne zu sitzen, kehrte er geradewegs in die Wohnung zurück. Das Fahrrad stellte er in den baufälligen Betonschuppen zwischen die anderen Räder, Kinderwagen und Mopeds und sprang die Treppe hinauf. In der Wohnung kam ihm das Sonnenlicht irgendwie grauer vor, und auch die Kälte ging ihm durch Mark und Bein. Fröstelnd rieb er sich die Hände. Wie man die Heizung einschalten konnte, hatten ihm Bogarts nicht gesagt. Im Wohnzimmer stand ein Kachelofen, in den anderen Räumen befanden sich nur Elektroheizkörper. Also hoffte Jánoska auf einen milden Herbst, damit sein Schlottern einmal nachließ. ›Was ist nur mit dir los? Die Leute laufen alle in T-Shirts herum!‹

Plötzlich erklang ein merkwürdiges Klingeln, das ihn an die Glöckchen der Krishna-Anhänger erinnerte. Erst nach einer Weile begriff er, dass das Geräusch von dem Nymphensittich kam. Bislang hatte der Vogel stumm in seinem Käfig gesessen, und auch Jánoska hatte sich nicht weiter um ihn gekümmert, außer ihm jeden Morgen frisches Wasser zu geben und den durchsichtigen Plastikbehälter mit der von Bogarts bereitgestellten Körnermischung zu füllen. Und auch Christiane hatte bis jetzt den Mund gehalten. Den Schnabel. Was wollte das Tier jetzt? Jánoska versuchte mit dem Vogel Blickkontakt aufzunehmen, doch der Nymphensittich putzte stumm sein Gefieder. Waren die Töne doch nicht von ihm gekommen?

Sobald Jánoska dem Käfig den Rücken kehrte, brach Christiane erneut in Geklingel aus. »Was hast du denn? Hungrig oder durstig kannst du nicht sein …«, und plötzlich fiel ihm ein, dass er ganz vergessen hatte, den Käfig zu säubern. Noch kein einziges Mal hatte er das gemacht, obwohl ihm Bogarts eingeschärft hatten, wie empfindlich Christiane im Hinblick auf Reinlichkeit sei. Was Bogarts nicht wissen konnten: Auch Jánoska war, was Reinlichkeit betraf, sehr empfindlich, allerdings nicht hier in diesen heruntergekommenen Zimmern der Raucherstraße, wo er noch kein einziges Mal geputzt oder aufgeräumt hatte. Verständlich also, dass der arme Vogel rebellierte, der rote Plastikboden seines Käfigs war mittlerweile fingerdick mit Guano überzogen. Wenn der ungleichmäßige, grau-weiße Vogeldreck, der am ehesten noch wie geborstener Beton aussah, diese Bezeichnung verdiente. »Na komm!«, sagte Jánoska und öffnete die Käfigtür. Zunächst rührte sich Christiane nicht, trippelte dann mit vorsichtigen Schritten auf ihrer Stange rückwärts. »Jetzt mach kein Theater, komm schon raus!« Beherzt griff Jánoska in den Käfig. Der Sittich ging mit lautem Kreischen auf ihn los und hieb mit seinem Schnabel zwei tiefe Wunden in seine Hand. »Verdammt!«, fluchte Jánoska und steckte sich die blutenden Finger in den Mund. »Gut, wenn du nicht willst!«, rief er, klappte seitlich die Spangen zurück und hob den Drahtkäfig vom roten Plastikbecken. Nun flog Christiane mit einer graziösen Bewegung heraus, quer durchs Zimmer, durch die offene Tür. Jánoska folgte ihr.

Er fand den Vogel auf dem Küchenschrank, wo er aufgeregt hin und her trippelte und statt des Klingelns eine Art Gurren von sich gab. Jánoska kam es vor, als sei der Vogel irgendwie irritiert. »Was willst du?«, erkundigte er sich, doch Christiane antwortete nicht. Auf einem Stuhl stehend versuchte Jánoska, ihn einzufangen, aber er wich geschickt zurück. Plötzlich geriet Jánoska in Wut, holte mit einer Hand zum Schlag aus, während er sich mit der anderen auf den Schrank stützte. Der Nymphensittich hüpfte beiseite, krähte wie eine Krähe und flog zurück ins Zimmer. Langsam herabschwebende Federn zeichneten die Flugbahn nach. Für die Dübel war Jánoskas Gewicht zu viel, der Küchenschrank löste sich aus der Wand, stürzte mitsamt Jánoska zunächst auf die Spüle, und von dort auf den Linoleumboden. Krach, Schepper, Dröhn. Und: Du-dumm! Seitlich liegend lauschte Jánoska auf seinen Herzschlag. Trp, trp, trp!, zog der Vogel über ihn hinweg, wollte erneut auf seiner Hochebene landen, fand aber nur noch gähnende Leere, wo zuvor ein Schrank gewesen war. Also flog er im Segelflug zu einer anderen Landefläche: auf die Oberkante des auf Kippe geöffneten Fensters.

›O mein Gott … wenn der wegfliegt, bringen mich Bogarts um!‹, dachte Jánoska und wollte aufspringen, verspürte aber einen stechenden Schmerz in der Rippengegend. ›Da werden wohl einige gebrochen sein‹, dachte er betrübt. In den letzten zehn Jahren war er mehrmals irgendwo runtergefallen, auf dem Röntgen waren dann angeknackste oder gebrochene Rippen zu sehen gewesen. Einmal war befürchtet worden, die gebrochene zehnte Rippe könnte sich in die Lunge bohren, was am Ende aber nicht eintrat.

Plötzlich sah Jánoska Alexa vor sich, wie sie ihn dazu ermahnte, auf himmlische Zeichen zu achten. »Meine Rippe bricht … meine Seite …« Auf einmal konnte er nicht verstehen, warum ihm dieser Zusammenhang noch nie aufgegangen war.

Mit einer bedächtigen Bewegung schloss er langsam das Fenster. Christiane blieb oben sitzen, stieß sich erst kurz bevor ihre Krallen zwischen Rahmen und Fenster eingeklemmt worden wären ab und flog mit gemächlichen Flügelschlägen ins Zimmer. Jánoska stand der Schweiß in dicken Tropfen auf der Stirn, doch darüber hinaus war da noch etwas seltsam dickflüssig Feuchtes. Er langte hin. »Das geht jetzt aber wirklich zu weit! Der hat mich angeschissen!« Oder hatte er nur gepinkelt? Vögel pinkeln nicht, warum die Sache also beschönigen? »Er hat geschissen! Was für himmlische Zeichen kommen denn da wohl noch?«

Jánoska brauchte anderthalb Stunden, um das Schlachtfeld einigermaßen wieder zu beseitigen. Er schraubte den Küchenschrank an die Wand und legte eine Liste der zerbrochenen Gläser an, um sie neu zu beschaffen – in Anbetracht dessen, was passiert war, war sie nicht einmal allzu lang. Dann säuberte er den Käfig und saugte mit Elan die Wohnung. Anschließend verarztete er seine Hand und tastete seine Rippen ab. Dabei diagnostizierte er, dass von Dislokation nicht die Rede sein konnte, wahrscheinlich nicht einmal von Rippenbruch, höchstens von einer Prellung oder einem leichten Knacks. Saß er entspannt auf einem Stuhl, spürte er kaum Schmerzen. Also nichts wie an den Schreibtisch und etwas Nützliches getan!

Ein Problem zu lösen gelang ihm allerdings nicht: Das Zurückbefördern des Vogels in sein Gefängnis. ›Soll das Mistvieh doch herumfliegen – solange nur sämtliche Türen und Fenster verschlossen sind.‹ Aber was, wenn Christiane auf die Möbel schiss? ›Dann … dann scheißt sie eben auf die Möbel und fertig! Ist ja nicht mein Vogel. (Obwohl ich die Scheiße am Ende natürlich doch wegmachen werde.)‹

Über den Vogel fiel ihm Alexa ein. Ihr Vöglein. »Mein Gott, wie es mir fehlt!«, rief er und hieb auf die Schreibtischplatte. Schon im Schwung kam ihm der Gedanke ›nicht dass du den auch noch runterreißt, du Rindvieh!‹, so dass seine Faust mit gedrosselter Kraft auf dem glatt gehobelten Holz auftraf.

Mit einem tiefen Seufzer, der in ein Gähnen überging, zog Jánoska seinen Laptop zu sich. Begann dann aber doch lieber in seinen Aktenordnern zu wühlen. Bis ihm das karierte Moleskine-Notizbuch in die Finger geriet, das er extra mitgebracht hatte, um das übliche Ritual des Tagebuchschreibens auch in Berlin fortsetzen zu können. Seitdem dieses außergewöhnliche Notizbüchlein – das der Legende nach schon Künstler wie Hemingway und Picasso für Aufzeichnungen verwendet hatten – auch in Budapest erhältlich war, benutzte er kein anderes mehr. Verewigte darin seine Erlebnisse eines jeden Auslandsaufenthalts. Anfangs, um den Daheimgebliebenen mit genauen Reiseberichten dienen zu können, später einfach aus purer Gewohnheit.

Er löste das schwarze Gummiband seines Moleskines. Auf der Umschlaginnenseite fand sich ein in englischer Sprache gedrucktes Etikett: »Im Verlustfalle bitte ______________ kontaktieren.« Jánoska trug seinen Namen und seine Mobilfunknummer ein, ließ die Anschrift jedoch weg, da er nicht wusste, ob er die Berliner oder die Budapester Adresse eintragen sollte. Egal, der eventuelle Finder sollte einfach anrufen. Weiter unten stand: »Finderlohn $ ______«. Schwungvoll schrieb er zehn hin, überlegte es sich dann anders und korrigierte auf zwanzig. Vielleicht waren die karierten Seiten zum Zeitpunkt des Verlustes schon voller wichtiger Notizen.

Dr János Mester, Aufzeichnungen von der Deutschlandreise. Berlin, Prenzlauer Berg, Raucherstraße 33, Dienstag, 19. September 2006.

In Ermangelung eines Besseren fügte er nach kurzem Zögern hinzu: Wilhelmine, Diana.

(Mit großer Vorliebe verwendete auch Goethe derlei Datierungen: Am Tage der Verkündigung der seligen Jungfrau Maria.)

Seit seiner Ankunft hier hatte sich schon so viel ereignet, dass er in dem Wollknäuel keinen Anfang fand. Ein Jammer, dass er seine alten Tagebücher nicht mitgebracht hatte, von denen es etwa zwei Dutzend gab. Mindestens die Hälfte davon befasste sich mit Deutschland. Seine Germanischen Reisen. Oder Reisen in Germanien. Er rechnete nach: Neun deutsche Reisetagebücher hatte er bislang geschrieben. Er sah die verschiedenen Hefte und Bücher vor sich, unter anderem den Kalender von 1959, den ihm sein Vater nach Ablauf des Jahres überlassen hatte, damit er darin herumzeichnen konnte. Die Wochentage waren in drei Sprachen gedruckt, Ungarisch, Englisch und Deutsch, damals hatte Jánoska ihre Namen gelernt, inklusive Sonnabend, wie dieser Tag in dem in schwarzes Kunstleder gebundenen Büchlein hieß. (Samstag war ihm bis heute nicht geläufig.)

›Heute ist Dienstag (Tag des Dienens). Wem könnte ich einen Dienst erweisen, und welchen?‹

›Dir selbst. Du könntest dich endlich aus dem Sumpf befreien, vor dem du dich in diese Multikultistadt geflüchtet hast. Fröstelnd und beklommen hockst du in dieser muffigen, viel zu großen, vor Leere gähnenden Wohnung, während deine Seele bei Alexa und den Kleinen geblieben ist. Es ist höchste Zeit, deinen Mut hervorzukramen, um dir in den denkbar leuchtendsten Farben auszumalen, was aus dir wird, wenn mit Alexa nichts mehr ist.‹

*Ich werde alleine leben müssen, und das wäre …* – er strich es durch.

*Muss ich ausziehen oder sie? Und wohin?*

*Was ist mit Sanyika und Jucika? Warum dürfen sie nicht mit Mama UND Papa aufwachsen?*

*Warum muss jede Ehe an den Arsch gehen?*

*Wann habe ich den entscheidenden Fehler begangen?*

*Gibt es noch ein Zurück?*

*Könnte ich Alexa wenigstens anrufen! Aber ich habe versprochen, sie nicht zu belästigen. Und sie ruft nie an. Lebt ihr Leben. Trifft sich möglicherweise Abend für Abend mit ihrem Typen. Ich frage mich, wer in der Zeit auf die Kinder aufpasst?! Ihre Mutter? Ihre Schwester? Die hat sie noch nie um so etwas gebeten.*

Bevor er sich richtig besinnen konnte, hatte er auf seinem Handy die fünf gedrückt, die Taste, unter der Alexa ihre eigene Mobilnummer einprogrammiert hatte. Längere Zeit war aus dem Telefon nur ein unschlüssiges Rauschen zu vernehmen, bevor endlich das Tuten erklang. Null. Eins. Zwei. Drei. Vier. »Geh schon ran!« Sechs. Sieben. Acht. Naaa! Alexas Mailbox. »Danke für deinen Anruf. Hinterlass mir eine nette Nachricht!« Piiiep. Etwas in Jánoskas Brustkorb schwoll zu Fußballgröße an. Er tippte aufs Herz. Alexas Stimme klang wie das Rauschen des jungen Meeres. Es gab keine Worte dafür, wie sehr es ihn aufwühlte. Statt einer Nachricht rief er erneut an. Und dann noch mal und noch mal.

›Das ist ja die reinste Onanie! Widme dich lieber deinem Tagebuch!‹ Er liebkoste Hemingways und Picassos legendäres Notizbüchlein. Das Papier war so glatt, dass er blind hätte sagen können, es stamme nicht aus einer ungarischen Papierfabrik. Die Ecken waren sorgfältig abgerundet, um Eselsohren zu vermeiden – für Jánoska ohnehin ein Gräuel. Knickte er versehentlich eins in eines seiner Hefte, versuchte er es minutenlang mit dem Fingernagel von der anderen Seite her zu glätten. Am liebsten würde er es ungeschehen machen, ja, das war es, was er wollte. ›Nicht einmal mit Eselsohren gelingt mir das‹, dachte er betrübt.

Behutsames Klacken: Sein Handy. Selig riss er es hoch: »Hallo Alexa!«, rief er unnatürlich laut. »Hallo«, Alexa tonlos, »wie geht's?«

Nichts Gutes ahnend biss sich Jánoska in die Zunge, um seine Frau nicht mit einer ganzen Ballade zu überschütten. Um nicht loszujammern, wie sehr er sie. Und was sie für ihn. Wie Brot für den hungrigen Leib, usw. usw. Stattdessen murmelte er abwartend: »Geht schon. Und die Kinder?« »Sind im Kindergarten … Sie sind sooo süß!« Beim lang gezogenen sooo schwoll der Fußball in Jánoskas Brust erneut an. Nach einer kurzen Pause meinte Alexa: »Hör mal, ich muss was mit dir besprechen. Ich habe mit ihm geredet.« »Mit wem?« »Tu doch nicht so unwissend, mit IHM!« Nun war Alexas Stimme kein Meeresrauschen mehr, sondern ein Ozean an Gereiztheit. »Ja …«, sagte Jánoska zitternd. »Ich würde ihn gerne sehen, aber wie du ja weißt, habe ich niemanden, der auf die Kinder aufpasst. Also wollte ich dich fragen, ob es dir sehr unrecht wäre, wenn er hierherkäme?« »Wo hierher?« »Warum machst du es mir eigentlich so schwer? Hierher, zu mir, in unsere Wohnung!«

In Jánoskas Kopf schwirrte ein ganzer Schwarm entrüsteter Fragen. ›Wie bitte?! Wie stellt ihr euch das vor? Während die Kleinen im Kinderzimmer schlafen, treibt ihr es munter im Wohnzimmer …! Wie kommst du nur auf solche Ideen? Überhaupt, warum musst du mich zu Tode quälen?‹ Doch zu stellen wagte er keine einzige. Ein Fremder antwortete durch seinen Mund: »In Ordnung … Wie du willst!« »Danke!«, und wieder rauschte das junge Meer. »Ich koche was für ihn, wir essen, unterhalten uns ein bisschen, das ist alles.« »Einverstanden«, murmelte Jánoska und versuchte vergeblich, seine Zähne in seiner Zunge zu vergraben, es rutschte ihm doch heraus. Mit weinerlicher Kinderstimme sagte er: »Du fehlst mir sehr.«

Nichts. Alexa log natürlich nicht. Auf ein »du mir auch« konnte Jánoska nicht hoffen. Schon mit der leisesten Andeutung hätte er sich begnügt. Mit einer spaßigen Anspielung. Einem klitzekleinen Zeichen. Nichts. Es folgten lediglich ein paar Worte über Alltagsdinge, und schließlich legte Alexa mit einem mechanischen »Pass auf dich auf« den Hörer auf. Super. ›Warum soll ich auf mich aufpassen? Mein Leben ist keinen müden Pfifferling mehr wert. Und überhaupt: Was interessiert es sie, ob ich auf mich aufpasse, wenn sie sich mit IHM rumtreibt? Aber genau das ist es ja: Es interessiert sie gar nicht. Das hat sie mehr als deutlich zum Ausdruck gebracht. ER interessiert sie. Dieser Andere. Für ihn kocht sie, für ihn plätschert sie.‹

»Aaaah!« schrie Jánoska so laut, dass Christiane mit entsetztem Geschrei in die Küche flatterte. ›Verreck doch, du verdammter Vogel!‹

*Es ist aus. Aus. Aus. Aus.* Wie ein Muster malte er die Worte mit Erstklässlerbuchstaben. ›Was machst du da, du Arsch? Schade um das teure Papier und die grüne Pelikan-Tinte. Schreib doch endlich etwas Sinnvolles!‹

*Jolanda*

Verwundert starrte er auf den Namen. ›Pardon, das war ich nicht, das war meine Hand … Schließlich ist Jolanda eine verheiratete Frau, Mutter von zwei Kindern. Eine Deutsche. Die hier lebt. In einer offenen Ehe. Ich hingegen werde Ende des Monats nach Hause zurückkehren. Jolanda gehört der Vergangenheit an. Der Halbvergangenheit. Der abgeschlossenen Gegenwart. Ausgeschlossen, dass zwischen uns etwas vorgefallen wäre, wäre Alexa hier. Es hätte keinen Neuanfang gegeben. Wenn man das als Neuanfang bezeichnen kann. Schwer zu entscheiden, wie es unter den gegebenen Umständen wirken wird, wenn ich es zu Hause erzähle.‹

Erzählen? ›Würde sich schon gehören. Alexa beehrt mich ja auch mit ihrer rückhaltlosen Aufrichtigkeit, nur recht und billig, wenn ich es genauso handhabe. Nur dass ich eben an dieser unerschütterlichen Aufrichtigkeit zugrunde gehe.‹

Schau, schau. ›Wäre es dir lieber, sie erledigte ihre erotischen Affären hinter deinem Rücken? Nein, gut wäre das nicht.‹

ABER WAS WILLST DU DANN?

*Ich habe schon lang nichts mehr zu wollen, höchstens noch zu wünschen. Und was ich mir wünsche ist: Dass Alexa sich nicht nach anderen Typen sehnt, sondern nur nach mir, und dass wir bis zum Ende der Welt mit den Kleinen zusammenleben. Wobei es gar nicht so lange sein muss – es reicht bis zu meinem Lebensende.*

›Diese Option steht nach zehn Jahren offenbar nicht mehr zur Disposition. Nicht für dich. Im Übrigen: Kommst du dir nicht lächerlich vor, Jolanda gevögelt zu haben, dass die Wände wackeln, dich aber zu beklagen, dass Alexa kochen und sich unterhalten will …? Okay, möglicherweise passiert mehr, es kommt zu Küssen und zu Vermischung von Speichel. Oder … sie tun es wirklich, und auch andere Säfte vermischen sich. Dann die Muskelzuckungen, und wenn du Glück hast, wird es Alexa irgendwann wieder mit dir machen, denn im Grunde liebt sie dich ja. Warum bist du nur so ein blöder eifersüchtiger Hornochse?

Vielleicht, weil du dir mit zwei kleinen Kindern ein anderes Leben erträumt hast? In Frieden miteinander alt werden, ruhiges Glück? Heile-Welt-Sprüche auf einem gestickten Wandschmuck, oder was?‹

*Die Sache ist inzwischen komplett verfahren. Wir müssten dringend miteinander reden. Sofern das noch geht. Und eine Übereinkunft treffen.*

*Aber was für Übereinkünfte können wir jetzt noch treffen?*

›Ich müsste dieses ganze Berlin sein lassen, mich ins Auto setzen und heimfahren. Versuchen herauszufinden, welche Fäden noch intakt sind. Ob sie ausreichen, um den Knopf am Bund unseres gemeinsamen Lebens zu halten. Ach, aber jetzt ist es nicht möglich, denn Alexa hat ihr Rendezvous sicher schon ausgemacht.‹

Oh Gott!.

›Bist du eigentlich von allen guten Geistern verlassen? Warum hast du gesagt, es stört dich nicht? Warum ziehst du dich immer gleich zurück, anstatt deine Gefühle zu zeigen? Kein Wunder, dass sie die Nase voll hat von dir.

Ich habe die Nase auch voll von mir und lasse das Jammern jetzt sein, um mit meinem Berliner Reisetagebuch zu beginnen.‹

Im Jahre zweitausendsechs unserer Zeitrechnung, am ersten Tage des September, dem Namenstage von Egon, Sonnenaufgang sechs Uhr zwei, Sonnenuntergang neunzehn Uhr fünfundzwanzig. In Békásmegyer verließ ich die Wohnung, stieg in meinen Ford und brach nach Berlin auf. Eigentlich wollte ich um Mitternacht losfahren, doch das klappte nicht. So konnte ich wenigstens den Hintern jener Nachbarin bewundern, die ich ohnehin so gern anschaue. In der ganzen Wohnsiedlung hat sie den besten Arsch. (Na also. Ich verzehre mich ja auch nach anderen Frauen. Vielleicht wäre es das Einfachste, einmal bei ihr zu klingeln und … Doch darüber ein andermal mehr.)

Das geschmeidige Gleiten seines Füllers wirkte ungemein beruhigend auf Jánoska. Hier und da ragten die Buchstaben über die Ränder der Karos, die er mit kindischer Sturheit Quadrate nannte. Sich selbst auf die Schulter klopfend meinte er: »Na siehst du, schon haben wir's. Arbeiten muss man. Und dienen. Etwas oder jemandem.«

*Dienen und schützen.*

Mit kleinen Kreisen machte er die Parole der ungarischen Polizei, die er unwillkürlich zu Papier gebracht hatte, unleserlich.

Plötzlich erklang ein zuvor nie vernommener Laut. Dingdang-dong! Die absteigende Tonfolge erinnerte ihn an etwas. Sol-Mi-Do. Hm … könnte die Türklingel sein. Daheim in Budapest meldete ein Kling-klong, wenn jemand vor der Tür stand. Er eilte zur Tür.

Ein wenig außer Atem stand Jolanda im dämmrigen Hausgang, neben sich einen eleganten, altmodischen Kasten. Holzstangen und verchromte Metallspangen hielten das schwarze Leder oder Kunstleder in Form. Noch nie hatte Jánoska so kristallklar gespürt, wie es war, wenn einem das Blut in den Adern gefror. Mit rasender Geschwindigkeit spulte sein Hirn diverse Möglichkeiten ab: ›Jolandas Mann hat gerade heute genug bekommen und seine Frau rausgeschmissen. Jolanda selbst hat erkannt, dass sie hinfort mit mir und nur mit mir leben will. Zwar will Jolanda nicht mit mir leben, zieht dennoch hier ein, um die kurze Zeit, die ich noch in Berlin bin – keine zwei Wochen mehr –, besser nutzen zu können. Jolanda ist von ihrem Mann aus irgendwelchen ganz anderen Gründen verprügelt worden, worauf sie ihre Siebensachen gepackt hat. Was gibt's noch?‹

So wirklich nach seinem Geschmack war keine einzige dieser Möglichkeiten, doch auch jetzt schaffte er es nicht, seine wahren Gefühle zu zeigen. »Jolanda!«, rief er, breitete die Arme aus und verzog den Mund zu einem Lächeln. (Das jedenfalls war die Absicht.) »Grins nicht so angestrengt, hilf mir lieber beim Tragen, das Zeug ist verdammt schwer!« Jánoska nahm den schwarzen Plastikgriff und zerrte daran. Er bekam den Koffer nicht vom Fleck. »Puh … wie hast du den die Treppe raufgebracht?« »Schwer!«, sagte Jolanda und schlenderte durch die Tür herein. Mit Müh und Not zerrte Jánoska das Ding über die Schwelle, wobei er kräftig schnaufte und den Griff mit beiden Händen umklammerte. Es gelang ihm, den Koffer ins Zimmer zu schleppen, doch in seiner Wirbelsäule verspürte er glühendes Stechen. ›Oh Gott, bloß nicht wieder einen Hexenschuss!‹ Doch sich jetzt mit eingeklemmten Nerven zu beschäftigen, hätte er als Gipfel der Unmännlichkeit empfunden, und so schloss er die Tür mit brettgeradem Rücken und trippelte mit kleinen Schritten zu Jolanda zurück, die genau in diesem Augenblick von dem erschrockenen Nymphensittich eine Ohrfeige verpasst bekam. »Hilfe, da ist ein Vogel hereingeflogen!«, kreischte sie. »Eigentlich wohnt er hier«, versetzte Jánoska und ließ sich vorsichtig auf einem Stuhl nieder. Die Ellenbogen auf den Tisch gestützt, versuchte er seinen Rücken zu entlasten. »Du kannst so lange hierbleiben, wie du möchtest«, murmelte er heiser.

Jolanda lachte schallend und schüttelte ihre zerzauste Mähne wie ein scheuendes Pferd. »Aber wo denkst du hin, wie kannst du nur glauben, ich würde hier ohne jede Vorwarnung mit meinem Krempel auftauchen? Das ist wirklich der Witz des Monats! Den müsste man im Fernsehen bringen!«

Missmutig wartete Jánoska, dass Jolanda zu lachen aufhörte und endlich verriet, was sie wollte. Doch die Frau genoss die Situation: »Du bist drollig, Janóschka, aber jetzt mal im Ernst … Willst du nicht endlich einen Blick auf das Paket werfen?«, fragte sie, indem sie ihre Lachtränen abwischte. Nun war Jánoska endgültig perplex. Verdutzt betrachtete er den Schuber. Er sah neu und teuer aus. Erst als er sich stöhnend hinabbeugte, bemerkte er die weißen Umrisse eines Porträts. »Oh … Das ist ja Goethe!« Unter dem Porträt ein Zitat: »Denn was man schwarz auf weiß besitzt, kann man getrost nach Hause tragen.« Faust I. Was suchte der Dichterfürst auf Jolandas Koffer?

»Nun mach ihn schon endlich auf!« Mit der Spitze ihrer Pumps trat Jolanda gegen den Koffer, worauf der dumpf dröhnte wie eine große Trommel. Nun legte ihn Jánoska auf die Seite und öffnete die altmodischen Schnallen. Weinrote Bücher standen in drei Reihen da, und auch der Prospekt, den er bereits kannte – einer davon lag sorgsam ausgebreitet auf seinem Schreibtisch –, kam zum Vorschein. (Er hatte ihn im Buchladen an der Ecke Senefelderstraße a*us dem Roman eines zeitgenössischen Autors genommen:* »Vom Lieben und Hassen«.) Ich liebe und hasse.

Zu seinen Füßen lag nun also die neue Taschenbuchausgabe. Johann Wolfgang von Goethes sämtliche Werke. Als er mit dem Prospekt in der Hand nach Hause gekommen war, hatte er kurz darüber nachgedacht, sich den Schuber zuzulegen, und meinte nun zu Jolanda: »Kannst du Gedanken lesen?«, worauf Jolanda lachend erwiderte: »Na klar!«

*Was für ein Geschenk! Wie soll man sich für so etwas bedanken? Wie es erwidern?*

Dreiunddreißig Bücher mit weichem Einband. Das Lebenswerk des Dichtergiganten. Über die Früchte seines literarischen Schaffens hinaus sämtliche Tagebücher, Reiseskizzen und naturwissenschaftliche Studien, vom Briefwechsel und den Versuchen auf dem Gebiet der bildenden Kunst ganz zu schweigen. Furchterregend und majestätisch. Alles in dem edlen Schuber, der auf dem Foto im Prospekt und nun auch zu Jánoskas Füßen zu sehen war. Der nach Art eines Schiffskoffers aufrecht gestellt ein tragbares Bücherregal abgab. Sofern also jemand aus irgendeinem Grund Goethes Gesamtwerk mit sich herumzutragen wünschte, konnte er es hiermit tun. Und offen gestanden gehörte Jánoska zu den Wenigen, die dringend auf Goethe angewiesen waren.

Voller Ergriffenheit hockte er neben dem Koffer. »Ach du liebe Zeit…«, rief er und wurde blass, als er in dem neuen Prospekt entdeckte, wie viel diese Ausgabe kostete. Stotternd wandte er sich an Jolanda: »Aber… das habe ich nicht verdient!«, was sie in keinerlei Weise bestritt. »Natürlich nicht, aber nun hast du es trotzdem bekommen, und von einer so alten Bekannten wie mir kannst du es ruhig annehmen.«

Jánoska schwieg, und Jolanda stieß ihn in die Seite: »Nun stehe hier nicht derart doof herum!«

Das nach Vorstadt klingende »doof« echote im Zimmer. »Du willst den gebührenden Dank, nicht wahr?«, sagte Jánoska und küsste Jolanda unbeholfen auf die Wange. »Ja… wobei das auf keinen Fall reicht.« Jolanda umarmte ihn stürmisch, sie stolperten über den Goethe-Koffer, und Jánoska landete auf Jolanda. Mit einem Stöhnen meinte sie: »Dafür sind wir definitiv zu alt, du Rindvieh!«

Jánoska ließ sich neben sie rollen und schloss sie in die Arme.

Trp, trp, trp!

Über Jolandas Schulter sah er, wie Christiane, der Nymphensittich, in einem geschwungenen Bogen in den Käfig zurückflog und den Kopf unter den Flügel steckte.

# VII.

Warum verliebt man sich in jemanden? Warum gerade in diese und nicht in jene Person, warum gerade jetzt und nicht später oder früher? Welche unsichtbare Macht mischt da die Karten?

*Nun, ich weiß es nicht. Weiß das überhaupt jemand? Dann soll er es bitte verraten.*

*Wusste es Goethe? Den Wahlverwandtschaften nach zu urteilen hatte er zumindest eine Ahnung. Wie auch von der Möglichkeit, mit zwei Frauen gleichzeitig. Auch wenn es tödlich ausging.*

Im Krankenhaus verlegte ich mich wieder darauf, mein Tagebuch mit der Hand zu schreiben. Ich benutzte ein Heft, genauer gesagt einen Blindband. Eine Buchattrappe, die ich vom Akademischen Verlag geschenkt bekommen hatte. Bevor ein Werk gedruckt wird, wird eine Attrappe hergestellt, die die gleichen Maße hat wie die endgültige Ausgabe, den gleichen Einband, das gleiche Papier – nur sind die Seiten leer. Aus dem von mir verwendeten Blindband sollte einmal ein Fremdwörterbuch im Taschenformat werden, dahinein schrieb ich, und zwar mit Füller und grüner Tinte, wie Kosztolányi. Mittlerweile dürfte das Wörterbuch längst erschienen sein.

Wegen des vielen Arbeitens mit dem Computer hatte ich im Laufe der letzten Jahre buchstäblich verlernt, mit der Hand zu schreiben. Zunächst fiel mir auf, dass ich nicht mehr in der Lage war, meinen eigenen Namen mehrmals hintereinander gleich hinzuschreiben. Meine Bank bat mich, meine Unterschrift nicht zu variieren, weil sonst mein Konto gesperrt werden würde. Also kramte ich meinen alten Füller hervor, besorgte mir eine Flasche mit grüner Tinte und begann zu üben. Ich kam rasch zurecht. War ja auch toll, wie die farbige Tinte in gleichmäßigem Fluss aus der Feder strömte. Nachdem ich Lila, Blau und Rot ausprobiert hatte, beschloss ich, bei Grün zu bleiben.

Nach vielen, vielen Jahren erschien Gabi Huszár eines Tages plötzlich wieder auf der Bildfläche. Er war Urologe geworden. Da ich nicht in Arztkreisen verkehrte, waren wir uns nie über den Weg gelaufen. Nun führte uns der Zufall in der Bank zusammen. Er hatte ordentlich zugenommen, sein Bauch quoll über die Hose, und ich erkannte ihn kaum. »Na du?«, riefen wir zweistimmig. »Ich habe meine Konten hier.« »Und ich – nebbich – arbeite hier.« Nebbich verstand er nicht. »Das ist Jiddisch und heißt etwa leider.« »Ich wusste gar nicht, dass du Jude bist!« »Warum sollte ich Jude sein?« »Nun ja … bei diesen Ausdrücken!« »Den habe ich auch nur aufgeschnappt, du Spaßvogel!« »Dann ist ja gut.«

Auf die Frage, ob ich Jude war oder nicht, ging ich lieber nicht näher ein. Es war viel zu kompliziert, um es mitten in der Bank zu erörtern, wo Gabi Huszár in der Schlange stand. Obwohl ich kein Hebräisch sprach, nicht in die Synagoge ging und auch die Bräuche nicht befolgte, war ein Teil meiner Vorfahren jüdisch. Was war ich dann?

*Gemischter Salat.*

Sollte sich herausstellen, dass Gabi Huszár Antisemit war, durfte ich mich nicht mit ihm abgeben, egal wie sehr ich mich über das Wiedersehen freute. Ich erwirkte am Schalter, dass er außer der Reihe bedient wurde. Es ging um irgendeine Überweisung in D-Mark. In der Halle nahmen wir in den Ledersesseln Platz. Um ihm zu imponieren, rief ich bei der Sekretärin an, worauf uns die gute alte Margó Német auf einem Tablett zwei Tassen Kaffee brachte. Ich machte die beiden miteinander bekannt: »Dr Gábor Huszár, ein alter Freund, Margó Német, Sekretärin hier im Hause.« Gabi Huszárs Mundwinkel verzogen sich zu einem breiten Lächeln: »Küss die Hand, gnä' Frau!« Das war offensichtlich seine Art, bei Frauen zu punkten.

Margó Német war die Sekretärin des Abteilungsleiters und seine rechte Hand. Eine äußerst vorzeigbare Frau. Penibel achtete sie darauf, dass bei ihr sowohl oben als auch unten ein wenig mehr rauslugte, als unbedingt nötig. Es wurde gemunkelt, der Abteilungsleiter vögele sie regelmäßig. Dabei war Margó verheiratet, mit einem vierschrötigen und kraftstrotzenden Kahlkopf. Sollte an den einschlägigen Gerüchten etwas Wahres sein, wäre ich anstelle des Abteilungsleiters nicht so sorglos gewesen.

Margó Német stakste auf ihren High Heels davon, während sie derart provokativ mit dem Arsch wackelte, dass nicht nur Gabi Huszár, sondern auch ich und der Typ vom Sicherheitsdienst ihr lange nachgafften. »Einen Arsch hat sie, das ist Tatsache!«, entfuhr es mir. »Ich für meinen Teil würde sie sofort vögeln!«, kommentierte Gabi Huszár.

*Ab einem bestimmten Alter würde ein Mensch – ein Mann zumal – ungefähr jede Frau mit einem gutem Arsch und guten Titten vögeln. Dennoch schreitet er selten zur Tat, reißt lediglich das Maul auf. Was ist es dann, was die Anziehung bei bestimmten Frauen stark genug macht, dass er sich tatsächlich in Bewegung setzt?? Wenn ich das nur durchschauen könnte!*

*Gigi zum Beispiel ist eine mindestens ebenso attraktive Frau wie Rosa Laxenburg. Dennoch habe ich mich kopfüber in die Affäre mit dieser Bohnenstange gestürzt, dabei meine Ehe riskiert und fast verspielt. Bin ich wirklich so ein Idiot?*

»Bist du wirklich so ein Idiot?«, meinteVili Vajda, als ich ihm berichtete, dass ich die Sache mit Rosa Laxenburg zugegeben hatte. Dass Gigi mich vielmehr in die Falle gelockt und überführt hatte. »Alter Freund, weißt du denn nicht, dass jeder normale Mann leugnet bis zum Gehtnichtmehr, dass er auch dann noch leugnet, wenn er im Bett in flagranti erwischt wird?« Das war mir zu hoch: »Wie denn das?« »Zum Beispiel so: ›Liebling, dies hier ist nicht das, wonach es aussieht!‹ Zeitgleich erspinnt er in rasender Geschwindigkeit irgendwelche Märchen.«

Was sollte man in beschriebenem Fall noch für Märchen erspinnen! Überhaupt, »erspinnen«! Das war Margó Némets Ausdruck, angeblich hieß es in ihrer Gegend so, der Ausdruck wanderte in der Bank von Mund zu Mund. Plötzlich kam mir ein Verdacht. »Sag mal, kennst du eine Margó Német?« Vili nach einigem Überlegen: »Ist das eine mit ziemlich guter Figur? Die in der Bank arbeitet? Ja ja, mit der habe ich mal was gehabt. Soll ich es dir erzählen?« »Nein.«

›Mein Gott … Vili Vajda hat Margó gevögelt, er hat auch Margó Német gevögelt!‹ »Was ist denn?«, sprach Vili die Frage aus, die ich mir gerade selber stellte. Ich war doch nicht etwa eifersüchtig auf meinen Freund? Wegen Margó mit ihrem vierschrötigen Mann und ihrem Abteilungsleiter, ganz zu schweigen von dem bekannten Rockmusiker, der bei ihr ein und aus ging – offiziell ein Bekannter aus ihrem Dorf. ›Ach, lassen wir das. Meine Chancen bei ihr tendieren gegen null. Doch wie hat es Vili Vajda nur in den erlauchten Kreis geschafft? Besser als ich sah er auch nicht aus, hatte schon eine viel größere Glatze, wodurch sein Kopf noch runder wirkte, fast immer war seine Brille zerbrochen, seine Hose zerknittert, seine Schuhe ausgelatscht. Er sah aus wie ein Penner.

»Vili, wie machst du das nur bei den Frauen?«, ich. »Also, ich versuche sie zu unterhalten … Eine andere Chance habe ich nicht.«

*Hm. Vili war am Gymnasium in der Tat eine große Quatschtüte gewesen. Aber war das wirklich schon alles? Ein bisschen Unterhaltung, rein verbal? Er wird schon auch Geld investiert haben: teure Restaurants, Blumen, Schmuck. Das konnte ich mir nicht leisten.*

Als Gabi Huszár erfuhr, dass ich noch nie beim Urologen gewesen war, blieb ihm die Luft weg. (Gefragt hatte er, wann ich das letzte Mal dort gewesen war.) »Ab vierzig muss man jedes Jahr hingehen, du Depp!« Ich zuckte nur die Schultern, mir war ja klar, was das beinhaltete. Und ich konnte mir nicht einmal im Traum vorstellen, dass mir irgendein Wildfremder in den After griff. »Warum muss man unbedingt davon ausgehen, dass etwas nicht stimmt?« »Weil nur dann geholfen werden kann, wenn man das Problem im Frühstadium entdeckt«, schnaubte er. Ich nervte ihn fürchterlich, das spürte ich. »Ich bin aber noch nicht so alt!«, rief ich. »Doch, doch, du bist so alt! Aus medizinischer Sicht bist du auf jeden Fall so alt!«

Und wenn ich schon im Krankenhaus lag, sollte ich mich wegen meines Bluthochdrucks und meiner Herzrhythmusstörungen auch gleich durchchecken lassen. Hatte ich befürchtet, Gigi würde das übertrieben finden, täuschte ich mich gewaltig: »Sehr richtig, dann sehen wir wenigstens klar!«

*Haben wir bislang nicht klar gesehen? Bin ich Gigis Ansicht nach krank? (Eher hypochondrisch, wenn ich gleich so was denke.)*

Nun gut. Gabi Huszár arbeitete in der Klinik in der Baross-Straße, wies mich dort ein. Er bat einen Kardiologen dazu.

Schickte mich zum Röntgen. Nahm Blut ab. Machte ein EKG. Bohrte mir am Ende seinen durch einen Gummihandschuh geschützten Zeigefinger in den After. Zuvor hatte er sich erkundigt, ob mir ein anderer Urologe lieber sei, aber nach einigem Nachsinnen fand ich, wenn schon, dann er. Allerdings hatte ich nicht bedacht, was für riesige Hände er hatte. Auch mit einem neuartigen Gerät untersuchte er mich, das der Klinik erst seit Kurzem zur Verfügung stand. Etwas mit Ultraschall. Die Tage krochen im Schneckentempo dahin. Vormittags musste ich wenigstens zu den Untersuchungen, doch an den Nachmittagen ging ich vor Langeweile fast ein. Ich verstand nicht, warum ich nicht nach Hause durfte. Endlich traten der Stationsarzt – ein Internist –, der Kardiologe und Gabi Huszár an mein Bett, alle drei in schneeweißen Kitteln. Mit betrübten Gesichtern teilten sie mir mit, mein Blutdruck sei etwas hoch, und ich hätte leichte Herzrhythmusstörungen, so dass ich irgendwann – nicht jetzt – möglicherweise einen Herzschrittmacher brauchen würde. Außerdem sei meine Prostata ein wenig größer als normal, was aber harmlos sei, in meinem Alter sei die Prostata bei jedem zweiten Mann vergrößert.

*Ich schwebe also nicht in Lebensgefahr. Fünf Tage haben die Herren Doktoren gebraucht, um herauszufinden, was ich immer schon gewusst habe. Klasse.*

Es gab allerdings eine Sache, deretwegen der ganze Zirkus doch einen Sinn gehabt hatte: Irgendwann gab Gabi Huszár nämlich preis, dass sämtliche blutdrucksenkenden Medikamente die Manneskraft schwächten. Zwar hatte ich so etwas schon mal gehört, den Gedanken aber noch nie weitergesponnen. Und so schmiss ich mein kleines Kissen hoch in die Luft, kaum dass Gabi Huszár aus dem Krankenzimmer getreten war, traf die Beleuchtung, und eine der Neonröhren erlosch. Meine drei Mitpatienten bedachten mich mit vorwurfsvollen Blicken, während sie offenbar dachten, ich gehöre eher in die Psychiatrie als in die Urologie, auch wenn ich ein persönlicher Patient des Chefs war. ›O ihr verfluchten Ärzte, warum habt ihr mir nie klipp und klar gesagt, dass meine Imp von euren Pillen kommt?‹, dachte ich und warf ohne zu zögern die gerade erhaltenen Medikamente in den Mülleimer. Den Bluthochdruck hatte ich ja auch erst, seit er mir von Frau Bezirksärztin Dr Skoda diagnostiziert worden war. Nun, in Zukunft wird sie ihn einfach nicht mehr messen. Schließlich litt ich unter keinem der typischen Symptome wie Kopfschmerzen, Schwindel oder Nervosität. Und sollte ich um den Preis einer kürzeren Lebenserwartung meinen intakten Ständer wieder erhalten, so war die Entscheidung absolut klar. Bis mir Palika einfiel. Ihn wollte ich schon noch gern aufwachsen sehen. Hm.

Die Bank überhäufte mich mit immer neuen Aufträgen, und so begann ich mich finanziell zu konsolidieren. Ironie des Schicksals, dass meine Einnahmen für die Haushaltskasse gerade jetzt nicht mehr so wichtig waren, denn Gigis Geschäfte gingen ausgezeichnet. Ihre Mutter und sie hatten weitere Strickmaschinen angeschafft, standen inzwischen aber nicht mehr selbst am Gerät. Die Tisch'sche Strickstube befand sich in einem gemieteten Raum im Untergeschoss eines Neu-Pester Gebäudes. Die Arbeit verrichteten ältere Frauen, Gigi kümmerte sich nur noch um die Geschäftsführung, die Materialbeschaffung und die Auslieferung. Für Letzteres legte sie sich gemeinsam mit ihrer Mutter einen Wartburg-Kombi zu, wobei die beiden langfristig die Eröffnung einer eigenen Boutique planten. Nie im Leben hätte ich gedacht, dass meine Frau einmal mehr verdienen würde als ich. Ein seltsames Gefühl. Nicht unbedingt schlecht, aber seltsam. Gigi verlieh diese Tatsache großes Selbstvertrauen. Ihren Angestellten gegenüber gewöhnte sie sich einen gewissen Befehlston an – und Palika und mir gegenüber auch. Brachte ich das zur Sprache, fiel sie mir ins Wort. »Lass gut sein, ich bin froh, dass ich nach so viel Arbeit überhaupt noch ein Wort herausbringe.« ›Normal zu sprechen wäre sicher weniger anstrengend als herumzukeifen‹, dachte ich, sagte es aber nicht.

Der Abteilungsleiter war mit meiner Arbeit zufrieden und empfahl mich dem Chef. Inzwischen oblag mir die Übersetzung des gesamten gedruckten Materials der Bank. Dabei lernte ich enorm viel. Doch nach einer Zeit begann es mich zu schmerzen, in Goethes Sprache Worte wie Bilanzsumme aufs Papier bringen zu müssen. Dennoch blieb ich dabei, es war einfach zu gut bezahlt. Man offerierte mir eine feste Stelle, doch das wollte ich nicht. Ich war in meinem ganzen Leben noch nie fest angestellt gewesen. So gesehen war es ein Glück, dass ich kurz nach dem Studium in die Literaturabteilung der Künstlerstiftung der Volksrepublik Ungarn aufgenommen worden war, was mir einen Stempel in meinen Personalausweis bescherte. Der zeugte von meiner Tätigkeit als Übersetzer, so dass ich nicht als gemeingefährlicher Arbeitsverweigerer galt. Es gab Kollegen, die sich um derlei nicht kümmerten, bis sie von der Polizei aufgegriffen wurden. Dann allerdings füllten sie das Anmeldeformular mit rasender Geschwindigkeit aus.

Ich hatte mich schon sehr daran gewöhnt, nicht nach der Stechuhr arbeiten zu müssen. Gab es etwas zu tun, ging ich in die Bank, und wenn nicht, verließ ich sie wieder. Mit einem ganztätigen Bürojob hätte ich mich eigenhändig aus dem Kreis der Goethe-Forscher katapultiert. Mir war es aber wichtig dazuzugehören. Nicht mehr so wichtig wie früher, aber immer noch ziemlich. In wissenschaftlichen Kreisen wurde ich wegen meiner Übersetzungstätigkeit für die Bank ohnehin scheel angesehen – man fand, ich verkaufe meine Seele. Die konnten ja nicht wissen, dass bei dieser Tätigkeit nur mein Hirn zum Einsatz kam. Welches durch das bisschen Geldverdienen sicher keinen Schaden nahm. Es nutzte sich nicht ab, wurde nur ein wenig geschliffen.

Jolanda und ich schrieben uns sporadisch. Seit ich in der Bank arbeitete, konnte sie ihre Briefe dorthin adressieren, Vili war einfach nicht sicher genug – man konnte nie wissen, wann er wieder zu Hause rausflog. Ich hoffte, dass entweder Jolanda irgendwann nach Budapest kommen würde oder ich sie besuchen konnte, obwohl ich eigentlich genau wusste, dass unsere Beziehung zu Ende war. Seit einigen Jahren lebte Jolanda mit einem Typen zusammen, der Wilhelm hieß und der es ernst meinte. Er wollte heiraten, sobald Jolanda schwanger geworden war. Und so arbeiteten sie unermüdlich an der Sache, jedoch ohne Ergebnis. Nach einiger Zeit konsultierten sie einen Arzt – vergeblich. Ich schrieb, sie sollten es umgekehrt versuchen, doch Jolanda verstand mich nicht und erkundigte sich in ihrem nächsten Brief, was ich meinte, von hinten, oder was?! Natürlich nicht (obwohl das gar keine üble Idee war), sie sollten die Sache einfach nur vergessen, einfach nicht dran denken, ein Kind zeugen zu wollen, und schon würde es klappen. Worauf sich Jolanda verbat, sich auf Kosten ihres Elends zu amüsieren. Dabei hatte ich es durchaus ernst gemeint.

Warum konnte ich sie mir nach all den Jahren immer noch nicht aus dem Kopf schlagen? Warum geriet ich im Gegenteil immer in Erregung, wenn sie mir einfiel? Die Bilder unserer im Georgenthaler Garten Eden verbrachten Tage verloren nichts von ihrer Lebendigkeit. Oft träumte ich von dem Zimmer im Untergeschoss des Hauses Eichengrund, wohin ich während meines Westberliner Stipendiums geflohen war.

Dabei liebte ich Gigi wirklich. Wie viel einfacher alles wäre, könnte ich mich in aller Aufrichtigkeit vor meine Frau hinstellen und sagen: »Glaub mir, dass ich den Rest meines Lebens mit dir verbringen will, mit dir und Palika, nur hätte ich so gern mal ein wenig Urlaub, zwei Wochen vielleicht oder, okay, eine. Und du wirst sehen, dass ich dich nach deren Ablauf noch mehr lieben und dich noch mehr auf Händen tragen werde.«

Bloß: So etwas war mit Gigi nicht zu machen. Nach der München-Geschichte hatte sie anderthalb Jahre lang nichts anderes getan, als mich anzuschreien. Und Porzellan zu zerschmeißen. Und damit zu drohen, ihn mir abzuschneiden. Mich umzubringen. Oder sich. Oder uns beide. »Wenn Palika nicht wäre, hätte ich es schon längst getan, das kannst du mir glauben!«

*Ich glaubte es.*

Sie verstand nicht, warum ich nicht in der Lage war, diese Dinge wie ein Gentleman zu regeln, so wie ihr Vater, der auch seine Affärchen gehabt hatte – die Männer sind alle Tiere –, von seiner Familie jedoch alles fernhielt, und Mama bis zu dem Tag, als er für immer in Deutschland blieb, nie weh tat. »Die hat sich nie mit so was herumplagen müssen!«, schrie sie und ließ ihre Faust auf den Küchentisch niedersausen. Der Krach ging mir auf die Nerven, und ich hielt ihre Hand fest. Nun boxte sie mir gegen den Brustkorb, bis ich sie zur Seite schob. Auch ich brüllte jetzt: »Ich fasse es nicht, auf einmal ist dein Vater, der euch in der Scheiße hat sitzen lassen, ein großartiger Gatte! Du hast doch wissen wollen, was war, du hast mich mit deinem Kondomtrick aufs Glatteis geführt!« »Gar nichts wollte ich wissen!«, schrie Gigi, »aber ich hatte ja keine Wahl, so sehr hat man es dir angesehen, und schließlich bin ich ja kein Kohlkopf, sondern eine sensible Seele!«

*Ein allzu starkes Gift hätte ich darauf nicht genommen, denn wenn es jemand so oft verlautbaren ließ, tat er das vielleicht, weil er selbst nicht daran glaubte.*

*Ich schwor mir hoch und heilig, nie wieder etwas zuzugeben, Schluss. Sie soll bekommen, was sie verlangt.*

Wie viel einfacher wäre alles, würde auch sie mich betrügen. Wir wären dann beide den Druck los. Die Losung hieße Frieden, dafür würden wir kämpfen. Was für eine blöde sozialistische Parole! Massenhaft hatten wir sie im Gymnasium, bei Ausflügen und in KISZ-Lagern hersagen müssen! Oder das: Der Zug rattert durch Berg und Tal, auf dich fiel heute meine Wahl. Als wenn das alles so einfach wäre.

Komisch, dass Gabi Huszár mir all die Jahre überhaupt nicht gefehlt hatte – ich ihm auch nicht –, wir uns jetzt aber jeden Freitag trafen, im Dreierverbund mit Vili Vajda. Entgegen meiner Befürchtung, Gigi würde toben, stellte sich heraus, sie hatte gar nichts dagegen. Dafür wollte sie sich aber donnerstags mit Szilvi treffen. (Seit Gigi in der »privaten« Geschäftswelt verkehrte, war Szilvi zu ihrer besten Freundin avanciert. Sie besaß eine Boutique in der Sándor-Fejedelem-Straße, Gigi belieferte sie.) »Mach das ruhig mit dem Donnerstag, mein Schatz.«

Anfangs gingen wir immer ins Erzsike, Gabi Huszárs Stammkneipe. Doch dann legte sich Vili mit dem Kellner an, und wir mussten ins Zanzibar wechseln, Vilis Stammkneipe. Montag, Dienstag, Mittwoch, Donnerstag, Zanzibar. Regelmäßig erschienen dort auch Vilis prahlerische Freunde, hinter denen angeblich immer mal wieder die Geheimpolizei her war. Meine Sorge, auch wir könnten eines Tages ins Visier geraten, quittierte Vili lediglich mit einem Knurren: »Wo denkst du hin, Alter, die Zeiten sind vorbei!« »Woher willst du das wissen?« Eine Antwort bekam ich nicht. Übrigens kannte Vili fast jeden, der Kristallforscher war zu einem lässigen Weltmann mutiert, der Teufel weiß wie.

Er regte an, zu dritt zum Heldenplatz zu gehen und der Beisetzung Imre Nagys beizuwohnen. Gabi Huszár redete sich auf seinen Bereitschaftsdienst raus, doch meiner Meinung nach schwindelte er, aus Angst, Schwierigkeiten zu bekommen. Ich sagte, wir sollten das ein andermal besprechen, ich hätte keinen Terminkalender dabei. Auch ich schwindelte. Aus Angst vor Schwierigkeiten. Schaute mir die Sache dann im Fernsehen an.

Im Allgemeinen trank ich im Zanzibar nicht so viel, meistens nur ein Glas trockenen Rotwein, ganz selten mal zwei. Gabi Huszár hingegen betrank sich regelmäßig, besonders an Tagen, an denen ihm ein Patient unter den Händen gestorben war. Vili Vajda war dann so nett, ihn nach Hause zu fahren. An dem Abend, als Gabi unter den Tisch kotzte, weil der gestorbene Patient noch nicht mal achtzehn war, erschien Margó Német im Zanzibar. Den Reißverschluss ihres Strickpullovers halb geöffnet, damit alle ihren Busen bewundern konnten, und die schwarze Stretchhose so eng, dass die Umrisse ihres Höschens erkennbar hätten sein müssen – wenn da was gewesen wäre. War aber nichts. Also nahm ich an, dass sie keines anhatte, es war ihr zuzutrauen. Ich winkte ihr, worauf sie an unseren Tisch kam. »Was machst du hier?«, fragte ich. »Meinen Kummer vergessen!«, erwiderte Margó, mit unbeschreiblicher Verzweiflung in ihren Augen. »Was ist passiert?« »Ich bin verlassen worden«, murmelte sie. »Kaum zu glauben, dass eine so himmlische Frau von ihrem Mann verlassen wird!«. »Wenn es doch nur mein Mann wäre!«

Ich verstummte, während sich Vili Vajda unverzüglich an sie ranmachte. Er setzte sich dicht neben sie und flüsterte ihr dauernd etwas ins Ohr. Margó Német blickte hilfesuchend um sich, während ich nicht wusste, was tun. Plötzlich sagte sie: »Sag mal, was müsste ich dir zahlen, damit du mir deinen besoffenen Freund vom Leibe hältst?« Beleidigt ließ Vili von ihr ab:»Bitte, bitte, gar nicht nötig, ich habe schon verstanden!« Kurz darauf zahlte er und geleitete Gabi Huszár aus dem Lokal. Noch im Gehen warf dieser Margó Kusshändchen zu.

Mit Margó trank ich mein drittes Glas Wein, während sie einen weiteren Cognac bestellte, sich in Bezug auf ihr Unglück jedoch ausschwieg. Also bot ich ihr an, sie mit meinem Wagen nach Hause zu fahren. Erst auf der Straße fiel mir ein, dass ich im Moment gar kein Auto hatte. Es war gestohlen worden. Eine Vollkaskoversicherung hatte ich zum Glück. Aber eine Entscheidung, ob ich mir einen Lada oder einen Skoda kaufen sollte, hatte ich noch nicht getroffen. Am liebsten hätte ich Vili Vajda seinen fünf Jahre alten Opel Manta abgekauft. Für den hätte das Geld von der Versicherung vielleicht noch gereicht. »Ich bin total blöd«, entschuldigte ich mich bei Margó, doch dann bog gerade ein Taxi um die Ecke, ich winkte und sagte: »Jetzt bringe ich dich doch nach Hause.« Sie hatte nichts dagegen. An ihrer Wohnung in der Nähe des Kolosy-Platzes stieg ich mit aus, da ich von hier zu Fuß nach Hause trotten konnte. Ich stand unschlüssig daneben, während sie nach ihrem Schlüssel kramte. Plötzlich sah sie mich an: »Ich versuche mir gerade darüber klar zu werden, ob ich dich hereinbitten soll!« »Und?« »Ich kann mich nicht entscheiden.«

Voller Unruhe wartete ich, und während sie aus der Tiefe ihrer Tasche den Schlüssel hervorzog, drehte sie sich zu mir: »Wenn du deswegen keine Probleme kriegst, dann komm!« Ihr Atem roch nach Cognac. »Probleme?« »Ich meine zu Hause, mit deiner lieben Gattin.« Schweigend folgte ich ihr mit den männlichsten Schritten, deren ich nur fähig war.

Wer hätte gedacht, dass es im historischen Kern Óbudas

noch derart heruntergekommene Häuser gab. Als wären wir plötzlich hundert Jahre zurück und hundert Kilometer außerhalb versetzt worden, in ein aussterbendes Dorf. Im Erdgeschoss befanden sich vier Wohnungen, Margó führte mich zur hintersten. Im engen Hof wuchs wild wucherndes Unkraut, in der Mitte stand ein Ziehbrunnen (nicht in Gebrauch), ansonsten bröckelnde Mauern, ein verbeultes Dach, Gestank von angebranntem Essen und abgestandenem Urin. »Nicht gerade romantisch«, sagte sie und sprach damit meine Gedanken aus. Auch jetzt sagte ich nichts. Nun standen wir in einer heruntergekommenen Küche mit zwei Elektroplatten, einer Pritsche und einer bäuerlichen, grün gestrichenen Anrichte. Sowohl rechts als auch links eine Tür, wobei eine wohl in die gute Stube führte, während die andere … in die schlechte. Alles stakte vor Schmutz. »Oma hat heute schon wieder nicht geputzt!«, las Margó erneut meine Gedanken. Wir verzogen uns in ihr Zimmer, doch schon bald stand Oma in der Tür: »Oh, ich dachte du bist alleine, Margóci!«

Margóci erinnerte mich an unseren gemeinsamen Kollegen namens Margócsy. Oma schien eins zu eins einem Roman von Zsigmond Móricz entsprungen zu sein. Nun, so lange nicht Margós Mann in der Tür stand … Margó stellte mich vor: »Das ist Dr János Mester aus der Bank.« »Hast du dir schon wieder Arbeit mitgebracht?«, Oma vorwurfsvoll. »Nein, nein, das hier ist etwas anderes, wir unterhalten uns nur.« Damit schob sie ihre Großmutter mit liebenswürdiger Bestimmtheit hinaus und schloss die Tür. »Seit mich dieses Aas verlassen hat, geht das die ganze Zeit so!«

Nun berichtete sie endlich, wie das Aas sie verlassen und sie sich gezwungen gesehen hatte, hierher zu ihrer Großmutter zu ziehen, wollte sie nicht Nacht für Nacht mit anhören, wie ihr seit langem treuloser Mann seine neue Tussi im Nebenzimmer vögelte.

Matt nippte ich an meinem Vermouth. (Ich hasste Vermouth, aber Margó hatte nichts anderes.) Eigentlich hatte ich mir alles anders vorgestellt. In Gedanken war ich dabei, Margó zu vögeln. Hier und heute würde es allerdings kaum so weit kommen. Also nichts wie gute Miene zum bösen Spiel machen und den Psychomülleimer spielen. Das andere dann vielleicht ein nächstes Mal. Gute Taten ziehen meist Gutes nach sich.

»So kann ich nicht leben«, wiederholte sie ein ums andere Mal, »ich kann es einfach nicht! Lieber haue ich ab.« »Spaßvogel, das ist doch heutzutage nicht mehr nötig, man nimmt einfach seinen Pass und macht sich auf den Weg, viel wichtiger ist die Frage, was man dann macht.« »Ganz egal, alles wäre besser, als diese elende Wohnung bei Oma. Notfalls würde ich sogar auf den Strich gehen, hübsch genug wäre ich ja, oder? Wie viel würdest du für eine Stunde mit mir zahlen, Jánoska?« »Äh, ich weiß nicht. Ich habe eine Frau noch nie dafür bezahlt.« »Ach, aber natürlich, deine Gattin melkt dich doch jeden Monat ordentlich, oder?« »Ehrlich gesagt verdient sie mehr als ich.« »Du Glückspilz!«

Insgeheim hoffte ich, mit der Zeit würden wir die Kurve doch noch kriegen, aber Margó schien sich nur für die Chancen einer Landesflucht zu interessieren. In Unmengen schüttete sie den ekelhaften Vermouth in sich hinein, während sie ihre Stuttgarter Zukunft plante, wohin es auch eine ihrer Freundinnen mittels einer Scheinehe verschlagen hatte. Vielleicht ließ sich auch für sie eine Scheinehe arrangieren, was den ganzen Papierkram enorm vereinfachen würde.

Scheinehe. Nicht schlecht. Ich stellte mir vor, wie Jolanda und ich in Gotha vor den Standesbeamten traten. Oder in

Weimar. Oder in Georgenthal. Wodurch ich allerdings nur in den Osten gelangen würde, nicht aber in den Westen. Mussten ostdeutsche Brautleute auch eine Flagge mit den Nationalfarben tragen?

Offenbar hatte ich schon seit einiger Zeit nicht mehr zugehört. Margó hielt mir ein zerknittertes Blatt Papier unter die Nase. »Was sagst du dazu?«

*PANEUROPÄISCHES PICKNICK in Sopron, am eisernen Vorhang! Herzliche Einladung an alle! 19. August 1989 ab 15 Uhr. Schirmherren der Veranstaltung: Dr. Otto Habsburg und Imre Pozsgay. Motto: Abreißen, mitnehmen!*

»Géza hat gesagt, dass für die Dauer des Picknicks die Grenze aufgemacht wird«, (Géza war der Abteilungsleiter.) »Also, Margó, ich weiß nicht!« »Weißt du gar nichts? Ich frage nur wegen einer ostdeutschen Freundin, die im Moment in der Hoffnung auf ein Ausreisevisum mit ihrem Mann in Prag auf bundesdeutschem Botschaftsgelände zeltet. Wenn der eiserne Vorhang bei Sopron aber abgerissen wird, dann ist doch die Grenze offen und der Weg frei! Oder nicht?« »Hm, vielleicht!«, sagte ich gleichgültig. Im Grunde hielt ich es für ausgeschlossen, dass die Grenzwache die Leute einfach so durchließ.

Ich beriet mich mit Vili Vajda. Von Freunden hatte er gehört, das paneuropäische Picknick sei genau zu dem Zweck organisiert worden, den in Ungarn angeschwemmten DDR-Bürgern die Flucht zu ermöglichen, das sei ein offenes Geheimnis. Auch habe Miklós Németh den Genossen bei einer streng vertraulichen Fortbildung erklärt, an einem Blutvergießen entlang der Grenze sei niemand interessiert, die ganze Sache sei eine rein innerdeutsche Angelegenheit, sollen doch die beiden deutschen Staaten sehen, wie sie eine Lösung finden. Zwar hatte auch ich im Fernsehen gesehen, wie der österreichische und der ungarische Außenminister gemeinsam den Stacheldraht durchgeschnitten hatten, dachte aber, das sei nur für die Medien, und glaubte keine Minute, dass plötzlich jeder gehen dürfen könnte, wohin er wollte. Irgendwo in der Nähe von Zugliget gab es ein großes, vom Malteser Hilfsdienst eingerichtetes Lager, in welchem unzählige DDR-Bürger zelteten und darauf warteten, dass etwas geschah, auch das wurde im Fernsehen gezeigt. Vilis Meinung nach würden die früher oder später ganz sicher nach Österreich verfrachtet werden.

Jolanda! Ich musste ihr Bescheid sagen! Die Frage war nur wie. Briefe konnten geöffnet, Telefonate abgehört werden. Am besten reiste ich nach Gotha. Allerdings durfte Gigi nicht erfahren, warum. Von der Hauptpost aus sandte ich ein Telegramm an Jolanda. Ich brauchte ewig, bis ich die drei deutschen Sätze beieinander hatte. Vier Vordrucke gingen drauf. Weder wollte ich sie erschrecken noch in Rätseln sprechen und am allerwenigsten sie in Gefahr bringen. Am Ende schrieb ich Folgendes: MOECHTE DIR SOBALD WIE MOEGLICH WEGEN WICHTIGER SACHE BLITZBESUCH ABSTATTEN STOP WANN PASST ES STOP ANTWORTTELEGRAMM BEZAHLT AN BANKANSCHRIFT SENDEN STOP JÁNOS MESTER

Drei Tage lang meldete sich Jolanda Trabandt nicht, und ich begann schon zu befürchten, sie sei umgezogen, als mir Margó Német endlich das grüne Postkuvert überbrachte. Jolanda hatte kein Wort verschwendet. ›Schreib mir wann, erwarte dich, Kuss.‹

Gigi gegenüber gab ich vor, zu einer Konferenz zu müssen, was sie problemlos schluckte. Ich lieh mir Vili Vajdas Opel Manta, besorgte mir vom Automobilclub einen Schutzbrief, tauschte ostdeutsche Mark und tschechoslowakische Kronen. Wenige Tage vor der geplanten Abfahrt lud mich Margó Német auf einen Kaffee in die Cafeteria ein, um eine wichtige Sache zu besprechen, wie sie sagte. Ich hatte nicht den blassesten Schimmer, um was es sich handeln konnte. »Ich habe gehört, dass du mit dem Auto fährst. Könntest du mich bis Gera mitnehmen?« Ohne das blöde Gesicht zu beachten, das ich schnitt, fuhr sie fort: »Meine Freundin und ihr Mann – ich habe dir doch erzählt, dass sie in Prag die westdeutsche Botschaft belagert haben – sind leider schon wieder in Gera, sie haben heimreisen müssen … Verstehst du?!« Ich verstand. »Klar nehme ich dich mit.« »Danke. Heißt aber nicht, dass ich mit dir vögeln will. Allerdings auch nicht, dass ich es nicht will!«, lächelte sie. Der Anblick ihrer ebenmäßigen Perlmuttzähne brachte mich in Hitze, vor Freude juchzte ich wie ein kleines Kind, so dass sich mehrere Kollegen nach uns umdrehten. Ich wurde rot, und Margó lachte.

Sie schlug vor, die Benzinkosten zu teilen, was ich aber ablehnte. Dem Opel Manta sei es schließlich vollkommen egal, wie viel Leute drinsaßen. Wir nahmen uns vor, nach Prag einen Stopp einzulegen, da eine Übernachtung in der Tschechoslowakei nach Meinung mehrerer Kollegen billiger war als in der DDR. Ich war jedoch weniger an den Übernachtungskosten interessiert als an der Tatsache, mit Margó ein Zimmer zu teilen, ich redete mir ein, sie könne möglicherweise Nummer sieben werden. Dieser Gedanke brachte mir allerdings unweigerlich eine Gedichtzeile von Attila József in den Sinn: Du selbst sei der Siebte! Gleich zweimal war ich mit diesem Gedicht bei Vortragswettbewerben angetreten – leider mit wenig Erfolg, worauf Lehrer Gáti lapidar erklärte, meine Kombination von Stimmbruch und Gelispel sei der Jury einfach zu viel gewesen.

Margó Német stieg am Novotel zu, begann zu reden, sobald sie es sich auf dem Beifahrersitz bequem gemacht hatte und hörte bis zur Grenze nicht mehr auf. Kaum hatten wir die tschechoslowakische Grenze passiert, öffnete sie erneut ihren Mund, um ihn nicht mehr zu schließen, bis ich an einer Tankstelle hielt – mit brummendem Kopf und schmerzendem Rücken. Mit dem Hintergedanken, sie würde zumindest während des Essens schweigen, lud ich sie zum Mittagessen ein. Die Rechnung ging nicht auf. Dafür aber blähten sich ihre Brüste erfreulicherweise unter dem gemusterten, ärmellosen Pulli, wobei ihre Brustwarzen seltsamerweise nicht zu erkennen waren. Vielleicht wurden sie von ihrem Stütz-BH kaschiert. Lehnte sie sich zurück, hatte ich Einblick unter ihren kurzen Rock, besonders wenn sie die Beinstellung wechselte. Ihr Höschen war dunkel wie die Nacht. Mir lief das Wasser im Mund zusammen.

Sie bot an, ein Stück zu fahren, aber ich wollte ihr Vilis Auto nicht überlassen. »Einen so tollen Wagen fahre ich gerne selber!«, schwindelte ich und fügte hinzu: »Ich komme doch so selten dazu!«, was stimmte. Kurz nach Prag errechnete ich, wir seien schon weit über sechshundert Kilometer gefahren. Mehr sollte man von einem weißen Mann nicht erwarten (außer er war Fernfahrer). Mir tat alles weh, und beim ersten tschechischen Dorf mit irgendeinem unaussprechlichen Namen bog ich von der Landstraße. Eine Pension war nicht zu finden, lediglich eine private Übernachtungsmöglichkeit, ein muffiges Zimmer im Seitengebäude eines Bauernhauses, mit winziger Dusche und Toilette. Margó meinte, für eine Nacht sei das ok. Der Wirt mit dem blatternnarbigen Gesicht, der auf Deutsch rumstammelte, verlangte den Zimmerpreis im Voraus. Sobald wir allein waren, warf sich Margó der Länge nach aufs eingedellte Bett, der Blick unter ihren Rock wurde frei – ihr Höschen eine schwarze Fahne –, und sagte: »Die ganze Fahrt über haben wir nur von mir geredet, sprechen wir jetzt mal ein bisschen über dich! Gefalle ich dir?« »Äääh ... ja, sehr.« »Möchtest du meine kleine Nana stopfen?« »Mhm«, nickte ich.

*Obwohl ich es vielleicht nicht so ausgedrückt hätte.*

*Wenn im Leben doch alles so einfach wäre!*

*Margó Német galt als ein schweres Geschütz. Machte sie ihre Beine so bereitwillig für mich breit, musste das heißen, dass ich kein so hoffnungsloser Fall war.*

Aus dem Stand warf ich mich auf sie, sie aber rollte zur Seite, so dass ich aufs leere Bett plumpste, dorthin, wo sie vorher gelegen hatte. Sie setzte sich auf. »Die Sache ist durchaus denkbar, aber nicht jetzt. Ich will erst was essen, ich habe einen Bärenhunger!« Nun gut. Bei unserem Wirt zog ich Erkundigungen ein, ob es im Dorf eine Wirtschaft gab, worauf er uns unter ständigem »Jawohl!« zu verstehen gab, er habe verstanden. Im Handumdrehen zauberte er ein Rührei mit Speck und Brot auf den Tisch. »Bajernfriehschtick!«, sagte er mit eigentümlichem Akzent. Gern hätte ich das Essen ins Zimmer mitgenommen, doch Margó machte sich gleich am Küchentisch darüber her. Sie ließ ein übertriebenes Schmatzen vernehmen, welches an die Adresse des tschechoslowakischen Bauern ging, der uns daraufhin eine grüne, etikettlose Flasche mit selbstgekeltertem Wein hinstellte. In Anbetracht dieser essigsauren Brühe hörte auch Margó zu schmatzen auf. Viel Zeit ging mit dem Essen verloren, immer nervöser blickte ich zur offenbar in der DDR gefertigten Kuckucksuhr an der Wand, aus der jede Viertelstunde ein Kunststoffvogel heraussprang und einen Eulenruf ertönen ließ. Obwohl es wohlgemerkt keine Eulenuhr war. Aber wie auch immer.

Es wurde schon dunkel, bis wir endlich wieder im Zimmer waren. Diesmal war ich fest entschlossen, die Initiative

Margó zu überlassen, um mich nicht wieder zum Deppen zu machen. Ich roch nach Schweiß, mein Atem war nicht mehr ganz frisch. Im Ton gesellschaftlicher Plauderei erkundigte ich mich, wer zuerst duschen durfte, und sie zeigte mit dem Finger auf mich. Also gut. Bewaffnet mit meinem Kulturbeutel marschierte ich in die Dusche, säuberte mich vom Staub der Reise, wusch mich gründlich unter den Achseln, am Hintern, am Schwanz und bürstete meine Zähne. Dann rasierte ich mich, sparte nicht mit Deo und Duftset (Gesichtsbalsam, After Shave, Eau de Cologne).

Ich gab die Dusche frei und verbarrikadierte mich auf der Toilette. Pinkeln war einfach, doch wie sollte ich kacken, wenn draußen alle Geräusche hörbar waren! Hätte es ein Waschbecken gegeben, hätte ich das Wasser laufen lassen können. So musste ich warten, bis nebenan das Wasser zu rauschen begann. Aber es geschah nichts… Worauf wartete denn die Gute? Ich gab mir Mühe, es zurückzuhalten, es ging nicht. Am Ende war es so laut, dass ich vor Scham fast versank. Die verdächtige Stille veranlasste mich zu der unmöglichen Vermutung, Margó würde lauschen. Schwanz und Hintern würde ich auf jeden Fall noch mal waschen müssen. Also noch mal in die Dusche, wenn Margó fertig war, obwohl ich schon im Schlafanzug war. Wie Peinlich. Wenigstens begann jetzt hinter der papierdünnen Wand endlich das Wasser zu rauschen.

Ich nahm reichlich von dem gefalteten Klopapier, wischte mich vorne und hinten ab und hockte mich aufs Bett. Nach einer Zeit bemerkte ich, dass ich in Habtachtstellung dasaß. ›Entspann dich, Jánoska!‹, dachte ich und ließ mich zur Seite kippen. Der Riegel sprang auf, und Margó trat splitterfasernackt ins Zimmer, drehte eine Pirouette wie eine Eistänzerin. Über ihrer Scham und auf ihrer linken Brust prangten zwei grünliche Tätowierungen, mein Schwanz wedelte steif und fest. Margó kniete sich auf alle viere aufs Bett und kommandierte wie ein Offizier: »Von hinten macht es doppelt Spaß!« Worauf ich zögernd einwarf: »Äh, aber brauchen wir keine Socke?« »Keine Panik, ich nehme die Pille. Jetzt mach schon!«

Also machte ich. Glitt ohne großen Widerstand hinein, vielleicht sogar zu leicht. So eine riesige Höhle war mir noch nie untergekommen. Und auch wenn es hieß, nicht die Quantität zähle, sondern die Qualität, stimmte das nur zur Hälfte. Aus dem Mund einer Frau war dieser Satz immer als Zuspruch gemeint, aus dem Mund eines Mannes immer als Ausrede. Margó machte allerdings nicht den Eindruck, als würde sie irgendwas stören. Und ich meinerseits gab mir große Mühe, meiner Aufgabe mittels Abwechslungsreichtum und Tempo gerecht zu werden (rechts-links-Mitte, fein-fein-Vollgas). Aus Margós Gewimmer schloss ich, dass ich auf dem richtigen Weg war, und half ein wenig mit der Hand nach. Als wir auf die Zielgerade einbogen, gaben ihre Knie nach, und sie legte sich auf den Bauch. Das Tattoo oberhalb der Pobacken fiel mir jetzt erst auf: Ein grünes Muster nach Art japanischer Tuschezeichnungen, dessen Anblick mich noch mehr in Fahrt brachte. Zu gern hätte ich möglichst lange durchgehalten, was mir aber nicht gelang. Seit Menschengedenken war nicht mehr so viel aus mir herausgespritzt wie jetzt. (Weil eines meiner Prostatamittel als Nebenwirkung die Samenmenge reduzierte. Doch Margós Einfluss erwies sich als stärker.)

Während wir auf dem Rücken liegend wieder zu Atem kamen, strich ich mit dem Daumen über die grünen Muster. Das auf ihrer linken Brust stellte zwei Vögelchen dar, deren Schnäbel sich berührten. Über ihrer Scham zeigte ein verschnörkelter Pfeil die einzuschlagende Richtung. »Hat das Tätowieren nicht weh getan?«, fragte ich. »Ach, Jánoska, das sind doch Abziehtattoos! Ich kaufe sie bei meiner Kosmetikerin, die sie sich aus der Bundesrepublik schicken lässt!« Beflissen nannte sie mir die Adresse des Friseur- und Kosmetikladens, desselben, in welchem Gigi gearbeitet hatte, als ich sie kennenlernte. Gut möglich also, dass sich Gigi auch so etwas gekauft hätte, wenn … Wahrscheinlicher war allerdings, dass das Ganze damals noch nicht erfunden war.

Obwohl ich noch große Pläne hatte, schlüpfte Margó Német in ihr Nachthemd: »Du hast gekriegt, was du wolltest, der Kindergeburtstag ist zu Ende, ich bin müde!« Damit drehte sie mir ihren unvergesslichen Arsch zu. Eine Weile streichelte ich sie noch in der Hoffnung, sie noch einmal inspirieren zu können, aber sie schlief ein. Ich auch.

Während wir an einer Tankstelle frühstückten, fragte ich sie, woher sie Vili Vajda kenne, worauf sie nur den Kopf schüttelte und sagte: »Den kenne ich nicht.« »Aber du bist doch mit ihm im Bett gewesen!« »Ganz bestimmt nicht, ich sage dir doch, dass ich ihn nicht kenne!« »Aber er hat behauptet …« Wieder schüttelte Margó den Kopf: »Glaubst du im Ernst, dass mich jeder Typ gebürstet hat, der sich damit brüstet?«

*Also hatte mich Vili angelogen. Mich, seinen besten Freund. (Er sagte immer, er sei mein bester Freund. Beziehungsweise ich seiner. Dass er mein bester Freund sei, sage ich natürlich.) Das allerdings werde ich ihm gleich bei meiner Rückkehr unter die Nase reiben, dass er Margó Német gar nicht gevögelt hat. Er nicht. Ich hingegen schon. (Ich sage übrigens doch nichts. Besser, er weiß von nichts.)*

In der DDR waren die Straßen viel besser als in der Tschechoslowakei. Dennoch war es schon später Nachmittag, als ich Margó Német bei ihrer Freundin in Gera absetzte und nach Gotha weiterfuhr. So leicht ich in Gera die gesuchte Straße gefunden hatte, so mühsam war es in Gotha, mich zu Jolandas

Wohnung durchzufragen. Entweder sagten die Passanten, sie wüssten nicht, wo die Straße ist, oder sie schickten mich in die falsche Richtung. Absichtlich etwa? Schließlich kam ich doch noch ans Ziel. Jolanda wartete schon am Fenster und stieß, als sie mich erblickte, einen Triumphschrei aus. Im Laufschritt kam sie mir entgegen, und auch ich wollte aus dem Wagen springen, doch vom langen Fahren war mein Rücken so steif, dass der Versuch misslang.

Jolanda Trabandt wurde und wurde einfach nicht älter. Wie machte sie das bloß?

»Wilhelm?« »Pst, später«, machte sie mir durch Zeichen klar.

Sie hatte Thüringer Kartoffelklöße und Rostbratwürste vorbereitet, dazu tranken wir Radeberger Bier aus der Flasche, das mir schnell zu Kopf stieg. Eilends erklärte ich ihr den Grund meines Kommens, zeigte ihr das Flugblatt, übersetzte es Wort für Wort. »Meine Freunde sind der Meinung, die Grenze würde für die Zeit des Picknicks geöffnet werden. In Budapest kursiert das Gerücht, viele DDR-Bürger wollten diese Gelegenheit zur Flucht nutzen, weil man wahrscheinlich nicht auf sie schießen wird. Willst du immer noch so sehr in die Bundesrepublik, scheint das jetzt eine gute Gelegenheit zu sein.« Jolanda nickte. »Die Sache ist mir auch schon zu Ohren gekommen, und ich habe mir tatsächlich überlegt, es zu versuchen, viel zu verlieren habe ich ohnehin nicht mehr, nachdem ich nach meinen Eltern jetzt auch noch meine kleine Schwester verloren habe.« »Um Himmels willen, wann, wie?« »Vor zwei Monaten. Sie hat mit ihrem nagelneuen Trabant einen Unfall gehabt, sie war schuld. Der Lastwagen, mit dem sie frontal zusammengeprallt war, hatte das Fahrzeugwrack hundert Meter mitgeschleift. Offenbar hatte sie das Lenkrad vor Schreck verrissen.« »Was hat sie so erschreckt?« »Das hat man nie rausfinden können.«

Abenddämmerungslicht und Leichenhausstimmung machten sich in der Küche breit. Es war schwierig, das Gespräch fortzusetzen. »Du Ärmste … mein Beileid!«, streichelte ich ihre Hand. »Das ist noch nicht alles … Wilhelm … ist im Gefängnis.« »Wie bitte?« »Wegen staatsgefährdender Verschwörung.« »Jetzt hör auf …« Mein Stuhl begann sich zu drehen, hatte ich doch gedacht, diese Zeiten seien vorbei. Nun, hier offensichtlich nicht. »Wilhelm hatte die Angewohnheit, freitags mit seinen Kollegen ein Bier zu trinken, immer in derselben Kneipe, er aß dort auch zu Abend, und zwar Ketwurst.« (Die ostdeutsche Version von Hot Dog, wie ich wusste.) »Einmal hat Wilhelm einen Witz über Walter Ulbricht erzählt, daraufhin hat ihn jemand denunziert. Verhaftet haben sie ihn in seinem Büro, das war letztes Jahr, er hat zwei Jahre gekriegt.« »Du lieber Himmel! Warum hast du es mir denn nicht geschrieben?« »Bist du wahnsinnig?« »Ach ja, klar … War es wenigstens ein guter Witz?« »Ich habe keine Ahnung, und selbst wenn ich es wüsste, ich würde ihn nicht noch einmal erzählen – mit der Aussicht auf zwei Jahre Gefängnis!«

Wir verstummten beide, ich war ganz verunsichert. Vertraute Jolanda nicht einmal mehr mir? Ich wusste nicht, was tun, was sagen, wartete ab.

»Willst du noch Bier?«, fragte Jolanda. »Ein wenig.« Und nach einer längeren Pause: »Willst du Sex?«

Ich dachte nach, um Zeit zu gewinnen: »Wie ist's mit dir?« »Ich habe zuerst gefragt.« »Ja, warum eigentlich nicht … wenn es nicht … wenn wir damit nicht … du weißt schon.« »Ich weiß nicht, was wir damit, ich weiß nur, dass ich schon sehr lange keinen Sex mehr hatte und du im Grunde genommen gar nicht mehr zählst. Verstehst du?«

Ich wähnte zu verstehen. »Kann ich vorher noch schnell duschen?« »Klar!« Jolanda brachte ein weißes Frottierhandtuch und drückte es mir in die Hand. Da Toilette und Badezimmer in einem Raum waren, konnte ich meine Geräusche durch das Anstellen der Dusche neutralisieren. Zufrieden konstatierte ich, dass ich innerhalb von vierundzwanzig Stunden bereits zum zweiten Mal von einer Frau ausdrücklich gefragt wurde, ob mir danach wäre. Hoch lebe Deutschland! Zur Vervollständigung hätte nur noch Karin Wangold gefehlt. Ich gab mir redlich Mühe, meine Gedanken von Gigi, Margó und dem im Knast darbendem Wilhelm abzulenken.

Mit nur einem Vulkanausbruch begnügte sich Jolanda beileibe nicht, im Gegenteil, vor dem dritten gab es gar keine Pause. Müde und abgekämpft wie ich war, war es äußerst fraglich, ob ich dreimal hintereinander einen hochbekommen würde. Doch Jolanda meinte: »Überlass das nur mir.« Was ich auch tat. Es war paradiesisch, und auf einmal war Margó Német, auf die ich so scharf gewesen war, nichts als eine blasse Erinnerung, dabei hatten wir es erst gestern Abend getan. Was sollte man davon halten? Warum brachte die Wirklichkeit jeden noch so wilden Männertraum zum Platzen? Und warum erlebte man dann wieder mit jener Frau die wahnsinnigsten Sachen, die man schon seit Kindertagen kannte? Auch wenn sie in einem anderen Land lebte. ›Hättest du sie je wirklich gewollt …‹

*Warum können wir nicht in Ehren halten, was uns zuteilwird, und wollen immer das, was nicht möglich ist? (Noch nicht?) Was für ein blöder Hund der Mensch doch ist. Der Mann. Frauen sind irgendwie anders. (Glaube ich. Hoffe ich.)*

Der Abschied am nächsten Morgen fiel sentimental aus. Vielleicht steigerte ich mich auch nur rein, aber dennoch. Wir verabredeten alles ganz genau. Einige Tage vor dem Picknick sollte Jolanda nach Budapest kommen. Wohnen würde sie bei uns, ohne dass wir Gigi verrieten, wer sie war. Aus diesem

Grund würde sie den Namen ihrer Schwester benutzen. Am 19. August würde ich sie dann nach Sopron bringen, der Rest hing von ihr ab, von ihrem Glück. SORS BONA NIHIL ALIUD.

In Gera gabelte ich Margó Németh wieder auf, und da ich jetzt kampferprobter war, störte mich ihr dauerndes Gequatsche nicht mehr so sehr. Bis wir die ostdeutsch-tschechoslowakische Grenze erreichten, wusste ich alles über ihre Freundin, deren Familie, und sogar über ihren treulosen Liebhaber. In der Tschechoslowakei lenkte Margó das Gespräch erneut auf den Gauner, der sie verlassen hatte und der nicht ihr Ehemann war. Zwischen den Zeilen hörte ich heraus, dass sie mit dem Abteilungsleiter sehr wohl was gehabt hatte, angeblich hatte er ihr sogar versprochen, sich scheiden zu lassen und sie in aller Stille zu heiraten. »Aber Männer sind alle Schweine!«, hämmerte Margó mit den Fäusten auf das Handschuhfach. Ich nahm ihre Hand, »Vili Vajda nimmt es mir sicher übel, wenn sein Auto Schaden nimmt.« In der Hoffnung, den Heimweg ohne Übernachtung zu schaffen, drückte ich wie besessen aufs Gaspedal. (Mit Erfolg – eine halbe Stunde vor Mitternacht parkte ich den Wagen in der Árpád-Fejedelem-Straße.)

Mit Gigi kam ich schnell auf einen grünen Zweig, erzählte ihr, wir müssten eine von Vilis DDR-Bekannten, eine gewisse Uschi Singer, für zwei Nächte bei uns aufnehmen.

Seit Neuestem verkaufte Vili Samisdat-Zeitungen im Zanzibar. Einen Preis nannte er nie, jeder Käufer sollte zahlen, was er für angemessen hielt. Also kaufte ich für zweihundert Forint einen »Sprecher«.

*Die offizielle Bezeichnung des Eisernen Vorhangs lautet »Alarmanlage Typ SZ-100«. Montiert wurde er in den Jahren zwischen 1965 und 1971 aufgrund eines Beschlusses des Politischen Komitees der USAP vom 11. Mai 1965, auf einer Gesamt-*

*länge von 246 km. Minenfelder hatte es zuvor schon gegeben, und zwar seit 1949. Über den Abbau fasste das Politische Komitee am 28. Februar 1989 den Beschluss, welcher dann am 2. Mai 1989 in Hegyeshalom im Beisein von mehreren hundert in- und ausländischen Journalisten verkündet wurde. Zeitgleich wurden sämtliche elektrischen Vorrichtungen endgültig abgeschaltet.*

Mit Vili Vajdas Opel Manta brachte ich Jolanda nach Sopron. Zu gern hätte ich irgendwo auf einem Parkplatz gehalten, aber Jolanda schob meine Hand fort, sie war zu aufgeregt. Das verstand ich. Deswegen wollte ich ja auf den Parkplatz fahren, weil auch ich zu erregt war. Dies sei das letzte Mal, dass er mir sein Auto lieh, hatte Vili gesagt, ich solle mir endlich selber ein Fahrzeug zulegen. Zeit wär's in der Tat.

Plötzlich steckten wir in einer endlosen Kolonne von DDR-Fahrzeugen und konnten die letzten Kilometer nur kriechend zurücklegen. In den Maisfeldern entlang der Straße standen überall verlassene Trabants, Wartburgs und Ladas. Andernorts saßen ganze Familien auf Campingstühlen neben Campingtischen, aßen und tranken, als wären sie schon seit Tagen hier.

Als die Fahrzeugkolonne endgültig zum Stehen kam, machte sich Jolanda ans Verabschieden. Ihr metallgerahmter Rucksack, den ich vom Rücksitz holte, kam mir tonnenschwer vor, doch Jolanda schulterte ihn routiniert – sie machte oft Bergtouren mit Freunden. »Lieber Janóschka, ich bin dir für alles zutiefst dankbar, aber wir müssen diese Sache jetzt beenden, du weißt schon, das mit uns, das muss ein Ende haben. Ich liebe dich, aber es ist an der Zeit, mich selbst und Wilhelm ernst zu nehmen; ich hoffe, er findet einen Weg nachzukommen, wenn er draußen ist, denn ich möchte eine richtige Familie, möchte Kinder, möglichst zwei, sonst läuft mir die Zeit davon, verstehst du!«

Der Satz geriet sehr lang, und am Ende ging ihr die Puste aus.

(Unsere Sätze wurden länger und länger.)

Rasch gab sie mir drei Küsschen und verschwand in der Menschenmenge, noch bevor ich sie erwidern konnte.

›Sie ist unserer Zeit davongelaufen‹, dachte ich.

Eine innere Stimme sagte mir, dass ich sie nie wiedersehen würde.

Ein bitteres Gefühl.

Happy Glasnost.

# 8.

Deutschland befand sich immer noch im Papstfieber: Mitte September 2006 hatte Papst Benedikt XVI. eine triumphale Rundreise durch sein Geburtsland unternommen. Im Hinblick auf den nahenden Besuch in Bayern hatten Journalisten am 5. August in Castel Gandolfo ein Gespräch mit dem Heiligen Vater geführt. Zum ersten Mal wurde diese Aufzeichnung am 13. August vom Bayerischen Rundfunk, von der ARD, dem ZDF, der Deutschen Welle und vom Radio Vatikan gesendet. Dr János Mester konnte sich an den vielen Wiederholungen mehr als sattsehen.

An dem Tag, an dem der Papst in Regensburg seine Rede hielt, machte Jánoska einen Ausflug nach Weimar. Bei diesem Besuch wollte er gründlich vorgehen und sich möglichst viele Notizen machen. Das enorme Verkehrsaufkommen und die dadurch entstandenen Staus führte er nicht auf den Sonntag, sondern auf die Anwesenheit des katholischen Kirchenoberhaupts zurück. Obwohl er wusste, dass die Deutschen sonntags unheimlich gern durch die Gegend fuhren. Als gäbe es das Benzin umsonst. Wollte denn die ganze Nation ausgerechnet heute die Goethe- und Schiller-Stadt besichtigen?

Die Weimarer Ausfahrt erkannte Jánoska kaum wieder. Ein Glück, dass ihn die Schilder direkt und zuverlässig zur »Parkgarage an Goethes Wohnhaus« leiteten. Wieder an der

Oberfläche, musste er nur noch um einen Häuserblock gehen, um auf dem dreieckigen Frauenplan zu stehen. Auch das Gebäude schien seit dem letzten Mal einige Veränderung durchgemacht zu haben. Allerdings hätte Jánoska im ersten Moment nicht sagen können, in wiefern. Erst allmählich ging ihm auf, dass sich auf dem Platz viel zu wenig Menschen befanden. Wann immer er früher hier gewesen war, hatten die Menschen bis auf die Straße Schlange gestanden. Wo waren all diejenigen hin, die vorhin in den Autos gesessen hatten?

In der Vorhalle besorgte er sich eine Eintrittskarte. Das metallene Drehkreuz, das ihn an die Pariser Metro erinnerte, war auch neu. Am oberen Absatz der breiten Holztreppe, wo der Besucher durch eine Intarsie im Boden – SALVE war dort zu lesen – begrüßt wurde, holte er die erste Gruppe Touristen ein, einen Haufen kleinwüchsiger Japaner. Mit Minikameras made in Japan filmten sie so synchron, als täten sie es auf Kommando.

*Hangari wa doko desuka?*

Wo befindet sich Ungarn? Dies war der einzige japanische Satz, den Jánoska kannte, *Sayonara Tokyo* nicht mitgerechnet. Vor fünf Jahren hatte sich Alexa und Gabó ganz unerwartet die Aussicht auf die Teilnahme an den Tangoweltmeisterschaften in Nagasaki eröffnet, woraufhin Alexa sich mithilfe von »Japanisch leicht und schnell« eilends ein paar Sätze angeeignet hatte. Doch am Ende durften sie nicht mit – der Modetanz-Verband entschied sich in allerletzter Minute für die Entsendung eines anderen Paares. Alexa hatte minutenlang geflucht, ohne Luft zu holen.

Jánoska überholte die Japaner von links und gelangte in die wohlbekannten Räumlichkeiten. Andacht überkam ihn. Wie Johann Wolfgang von Goethe höchstpersönlich schritt er durch die Zimmer, den Bauch vorgereckt, die Arme hinter dem Rücken verschränkt. Wie ein Schatten folgte ihm Eckermann, machte auf seinem tragbaren Schreibpult – welches Jánoska an die Tabletts erinnerte, auf denen in seiner Kindheit im Kino Brezeln verkauft wurden – mit dem Gänsekiel Notizen. ›Nun, mein liebstes Eckermännchen, dass sich mein Haus in eine Sehenswürdigkeit ersten Ranges verwandelt hat, mag ja hingehen, soll das Volk ruhig sehen, wie ich gelebt und wo ich geschaffen habe. Aber wie viele Menschen sich gleichzeitig hier drin aufhalten dürfen, sollte wirklich begrenzt werden, nicht wahr? Dass ich in meinem eigenen Heim vor lauter Fremden keinen Platz mehr habe, ist schlichtweg eine Zumutung.‹ Eifrig ließ Eckermann seine Zustimmung erkennen, während er seine Notizen nicht mal für die Dauer eines Wimpernschlags unterbrach.

Jánoskas Besuch fiel kürzer aus, als ursprünglich geplant, er wusste selbst nicht, warum. ›Vielleicht, weil ich alleine bin und niemandem etwas erklären kann.‹ Alexa hatte er in letzter Zeit regelmäßig zu Tode genervt, wenn er sich diensteifrig in Stellung brachte, sobald etwas besichtigt wurde, was in sein Hoheitsgebiet fiel. Vor einigen Jahren – die Kinder waren noch nicht auf der Welt – war er mit Alexa in Weimar gewesen. In fieberhafter Erregung hatte er beschrieben, wie der Dichterfürst dieses Haus vom Großherzog geschenkt bekommen hatte, wie viele Menschen hier gelebt hatten und mit was für Karossen Goethe unterwegs gewesen war. In der Remise zeigte er seiner Frau, wie hoch der Sitz von Goethes Wagen gewesen war – meterhoch war Johann Wolfgang über den Köpfen der Menschen geschwebt.

»Woher der Frauenplan seinen Namen hat, habe ich dir noch nicht erzählt?«, fragte er Alexa voller Eifer und war schon dabei loszulegen, ohne ihre Antwort abzuwarten. »Du hast es schon erzählt«, setzte ihm Alexa einen Dämpfer auf, »du hast so gut wie alles schon erzählt.« Niederschmetternd.

Seinen Besuch beendete Jánoska im Museumsshop, wo er einen Anstecker mit der Aufschrift SALVE kaufte und eine Tasse mit dem Namenszug des Dichters. Nach dem er bezahlt hatte, suchte er im Untergeschoss die Herrentoilette auf. Er war gerade dabei, in die Mitte des Pissoirs zu zielen, als ein Mann mit seinem kleinen Sohn die Toilette betrat. Jánoska fuhr zusammen – der Kleine sah Sanyika zum Verwechseln ähnlich. Der Urinstrahl geriet aus der Bahn und spritzte neben das Pissoir. Der Mann sprang beiseite und zerrte den Kleinen mit sich, als befürchte er, Jánoska könnte seinen Sohn benässen. Wobei zu dieser Sorge nicht der geringste Anlass bestand, denn Jánoska benässte ausschließlich sich selbst. Und zwar nicht nur ein bisschen. Mit dem Zeigefinger auf ihn zeigend piepste der Junge in schönstem Thüringer Dialekt: »Schau mal, was der Mann da macht!« Mit hochrotem Kopf und ohne sich die Hände zu waschen verließ Jánoska die Toilette, lehnte sich im Vorraum an die Wand und versuchte etwas zur Ruhe zu kommen.

»Der Mann macht die Wand schmutzig!«, ertönte die Mäuschenstimme wieder – der kleine Junge war ihm gefolgt. In einer der Kabinen sitzend rief ihm sein Vater nach: »Wolfi, wo bist du? Komm wieder her!« »Ich warte draußen«, erwiderte das Kind. »Weißt du eigentlich, dass Goethe auch Wolfi hieß?«, fragte ihn Jánoska mit einschmeichelnder Stimme. »Weiß ich. Oder glaubst du, du wärst der Erste, der mir das sagt?« Mit der Unrast eines Vierjährigen fummelte der Junge am Feuermelder herum. »Lass das, sonst geht die Sirene los!« Jánoska entfernte die so vertraut heißen und dreckigen Kinderfinger aus der Nähe des Knopfs. Verschmitzt grinsend schob Wolfi seine Hand wieder zurück. »Bist du taub?«, rief Jánoska, als würde er

Sanyika zurechtweisen. Die beiden Hände rangen miteinander, als spielten sie Armdrücken. Plötzlich entglitt die Hand des Jungen Jánoskas Griff, und mit ungebremster Kraft sauste seine Hand auf den roten Knopf. Lauter als erwartet heulte die Sirene auf. »Siehst du, das meinte ich!«, keuchte Jánoska.

»Du hast draufgedrückt!«, wies Wolfi erneut mit dem Zeigefinger auf ihn. Endlich trat der Vater durch die Tür, während er sich die Hände mit seinem Baumwolltaschentuch abtrocknete – offenbar auch kein Freund von Heißlufttrocknern. »Papi, der Mann hat auf den Alarmknopf gedrückt!«, petzte der kleine Gauner mit arglistigem Blick.

Jánoska blieb nichts anderes übrig, als die Treppe hinaufzurennen zu den beiden Frauen am langen Empfangspult, die aus ihren Drehsesseln aufgesprungen waren und im Duett »Feuer! Feuer!« schrien und »Bitte alle Besucher unverzüglich das Gebäude verlassen!«. Es dauerte eine Weile, bis Jánoska ihnen erklärt hatte, dass der Knopf aus Versehen gedrückt worden war und dass es nirgends brannte. Und obwohl die Frauen wie verrückt auf der Tastatur ihres Computers herumhackten, gelang es ihnen nicht, die heulende Sirene zum Schweigen zu bringen. Jánoska rechnete mit einer saftigen Strafe in Höhe von mehreren hundert Euro, aber man beließ es dabei, ihn mit vernichtenden Blicken zu strafen. Im Laufschritt flüchtete er aus dem Heim seines Idols und setzte die Besichtigung der Weimarer Sehenswürdigkeiten andernorts fort. Eigentlich hatte er auch der nahe gelegenen Gedenkstätte Buchenwald einen Besuch abstatten wollen, fühlte sich dazu bis zum Nachmittag aber nicht mehr imstande. Vor seinem geistigen Auge sah er aus Menschenhaut gemachte Lampenschirme und unzählige Kinderschuhe. ›Mein Gott, Sanyika, Jucika …‹ Tränen tropften aufs Lenkrad. Wie gern hätte er den kleinen Jungen von vorhin mal in den Arm genommen.

Buchenwald suchte man auf den meisten Landkarten vergeblich, der Name war von den Nazis erfunden worden. In Wahrheit befand sich das Konzentrationslager auf dem Etterberg, in unmittelbarer Nähe der Etterburg, wenn sich Jánoska richtig entsann. ›Das sollte dich wirklich nicht abhalten, du Blödmann, wer weiß, wann du wieder in diese Gegend kommst?‹, sprach eine Stimme in seinem Bauch. ›Ruhe da unten!‹, befahl er sich und versuchte mit aller Kraft, an etwas anderes zu denken. ›Na also. Denk an den Papst!‹ Benedikt XVI. Benedictus.

Zehn Tage später träumte er von Goethe und Papst Benedikt XVI. Auf Ungarisch erklärte der Heilige Vater dem Dichter, für seinen Budapest-Besuch gäbe es durchaus persönliche Gründe – wobei sein Tonfall stark an Professor Strényi erinnerte. ›Ich möchte noch einmal die Orte meiner Kindheit und Jugend wiedersehen und all die Menschen treffen, die meinen Lebensweg geprägt haben.‹ Verwundert erkundigte sich Johann Wolfgang: ›Ihre Heiligkeit ist demnach nicht in Deutschland geboren?‹ ›Doch, natürlich, in Bayern, und heute noch besitze ich ein Häuschen in meiner Heimatgemeinde, um das sich ein paar zuverlässige Leute kümmern, allerdings lässt es sich mit Ihrem Palast am Frauenplan nicht vergleichen, es ist wirklich nur eine bescheidene Hütte.‹ ›Und wieso sprechen Sie Ungarisch?‹ ›Aus demselben Grund wie Sie‹, erwiderte der Papst mit seinem berühmten Lächeln, und Jánoska dachte: ›Da sieht man's wieder, fast jeder in dieser Welt ist Ungar.‹ Der Papst nickte: ›Man muss immer den Weg finden, der in die Zukunft führt, doch ohne Erleuchtung von oben geht es nicht.‹

In diesem Augenblick erwachte Jánoska und stellte mit Freuden fest, dass ihm ein Licht von oben in die Augen leuchtete. Allerdings nicht das von Benedikt XVI. gemeinte: Durch die hohe Balkontür fielen die Strahlen der Sonne auf sein Gesicht. Völlig steif lag er auf dem Wohnzimmerteppich, Jolandas Kopf auf seinem linken Arm. Nicht zum ersten Mal übernachtete sie bei ihm in der Raucherstraße 33. Offenbar duldete es Wilhelm tatsächlich. ›Zwei alternde Körper, von oben erleuchtet‹, dachte Jánoska trübselig. Wobei der Körper der Frau viel jünger aussah als sein eigener.

*Hast du komplett den Verstand verloren? Warum fischst du hier mit Jolanda im Trüben, wenn du dich nach Alexa sehnst?*

»Guten Morgen, wie geht's?«, Jolanda gähnte und gab dabei einen Heulton von sich. Jánoska drückte sich vor der Antwort, er wusste selbst nicht genau, wie es ihm ging. Die Bilder der Nacht standen ihm klar vor Augen. Gegen Morgen hatte er zeitweise rücklings auf dem Teppich gelegen, während Jolanda, die eben noch einen Ritt hingelegt hatte, sich auch drehte, immer auf ihm drauf, dabei den Kramer die ganze Zeit in sich drin. Jánoska befürchtete schon, er könnte abbrechen. Ein Glück, dass der Kramer des Mannes – anders als der mancher Tierarten – keine Knochen hatte.

Im Bett war Jolanda schlichtweg ein Naturtalent. (Auf dem Teppich offenbar auch.) Trotzdem war es an der Zeit, sich auf Französich zu verabschieden. Wie man sich wohl auf Deutsch verabschiedete? Wahrscheinlich militärisch: Hacken zusammen, Habtachtstellung, Salutieren, Kompanie marsch. Er stellte sich vor, wie Jolandas leicht hängenden Brüste – klar, nach zwei Kindern – im Marschrhythmus schaukelten. Lag sie auf dem Rücken, merkte man nichts von Hängen. Im Laufe der Jahre waren die Warzen größer geworden, die Höfe breiter und dunkler.

»Na, mein Jánoska, Gewissensbisse?« »Muss das jetzt sein? Sehr nett ist das nicht!« »Nicht sehr nett ist, nach so einer Nacht so ein Gesicht zu machen!« »Du hast Recht, entschuldige bitte.« »Entschuldige dich nicht, entspann dich lieber!« Den Ratschlag befolgend lockerte Jánoska seine steifen Glieder und setzte sich auf. Jolanda verstand den Wink. »Keine Sorge, ich gehe schon, ich will dir nicht auf der Pelle hocken.«

Fertig angezogen und geschminkt drückte sie ihm einen Abschiedskuss auf die Lippen und flüsterte: »Ich dachte, du würdest dich mehr freuen.« Da Jánoska annahm, sie meine den Sex, erwiderte er: »Ich habe mich sehr gefreut, glaub mir, ich habe es wirklich sehr genossen ...« Jolanda fiel ihm ins Wort: »Ich meine doch die Goethe-Gesamtausgabe und den Koffer dazu, du Dummkopf!« Damit war sie schon auf der krachenden und quietschenden Holztreppe. »Ja klar, ich danke dir, ich danke dir von Herzen!«, rief ihr Jánoska ins Treppenhaus nach. Gegenüber wurde die Tür aufgerissen, und heraus schaute ein Mädchen mit dem Aussehen einer Gymnasiastin, mit John-Lennon-Brille und Knabenfrisur, um nachzusehen, woher der Lärm kam. Mit seinem verbindlichsten Gesichtsausdruck sagte Jánoska: »Guten Tag, ich heiße János Mester und wohne bis zum Ende des Monats hier!« Damit reichte er ihr seine Hand zur Begrüßung. Vorsichtig wich das Mädchen zurück, wobei hinter ihr eine weitere Göre zum Vorschein kam, ebenfalls mit Nickelbrille, aber mit längeren Haaren: »Sehr erfreut«, sagte sie kühl und schlug mit dem Knie die Tür zu.

›Sind das etwa zwei Lesben? Wundern würde es mich nicht, hier am Prenzlauer Berg ...‹ Er schlappte zurück in die Diele, wo ihm ein Blick in den Spiegel verriet, dass es sich wohl nicht nur darum handelte, sondern möglicherweise auch darum, dass er selbst außer einer Unterhose und seinem lässig um den Hals geschlungenen Seidenschal nichts anhatte. Sein magerer Körper wurde durch den kleinen Kugelbauch zur schieren Karikatur. Diese allzu legere Eleganz und dieser nicht gerade männliche Körper hätten selbst hartgesottene Heterofrauen abgeschreckt.

›Du hättest Jolanda ruhig etwas Nettes sagen können. Für den Sumpf in deinem Leben kann sie schließlich nichts. Es gibt Spinnen, die blöd genug sind, ihr Netz um sich selber zu spinnen. Und du bist die blödeste dieser Spinnen.‹ Ein scharfes Stechen im Magen machte ihm bewusst, dass er an einem Geschwür wohl kaum vorbeikommen würde. Alles, was ihn in seinem Leben je bedrückt oder geschmerzt hatte, versuchte er mit seinem Verdauungsorgan zu bewältigen. Jetzt legte er vorsichtig die Hand drauf.

Anderthalb Stunden lang lag er bis zu den Ohren im heißen Wasser in der Badewanne. Kühlte das Wasser ab, ließ er heißes nach, bis es auf der Haut brannte. Die Hitze tat ihm gut. Laut Alexa war das genau das, was ihm fehlte. Wobei Alexa eine ganze Liste von den Dingen hatte, die Jánoska fehlten. Ganz oben standen folgende Punkte. Erstens: Ihr Mann lege sie in Ketten. Zweitens: Mithilfe massiven Psychoterrors erpresse und unterdrücke er sie ohne Unterlass. Drittens: Dies tat er vermutlich, weil er ein Seelen-Analphabet war. Das waren die drei Hauptgründe, warum Alexa neben ihm zu ersticken drohte und aufgrund derer sie sich nach anderen Männern verzehrte. Nach Männern, die sie nicht in Ketten legten oder mithilfe von Psychoterror unterdrückten und erpressten, die keine Seelen-Analphabeten waren. Hilflos schüttelte Jánoska den Kopf. Zu gern hätte er verstanden, was sie damit meinte.

»Nicht ich lege dich in Ketten! Sondern die Tatsache, dass wir Kinder haben!«, schrie er entrüstet. Scharf wie ein Samuraischwert erwiderte Alexa: »Na bitte! Dir kann ich ja lange was erklären, wenn du nicht einmal bereit bist, darüber nachzudenken, was ich sage!« Jánoska sprang auf: »Wie kommst du drauf, dass ich nicht darüber nachdenke? Ich denke sehr wohl darüber nach! Ich bin nur nicht einverstanden!« Auch Alexa sprang auf. »Red doch nicht wie bei einer geschäftlichen Besprechung! Was heißt denn da, du bist nicht einverstanden? Wenigstens aus purer Abenteuerlust könntest du doch mal erwägen, ob ich nicht Recht habe! Schreck doch nicht immer davor zurück, das Negative zu sehen! Denn das eigentliche Problem ist nicht, dass etwas falschläuft, das Problem ist, dass man nicht darüber spricht! Nicht einmal so viel weißt du! Du bist wirklich ein psychologischer Volltrottel, du Arschloch!!!« »Was du nicht sagst!« Alexa rannte hinaus und »bumm!« knallte die Küchentür zu, »bumm!« die Badezimmertür.

*Der reinste Kindergarten.*

»Verdammt!« Wie ein zappelndes Vöglein schlug Jánoskas Herz unter den Rippen, während er in der Küche auf und ab rannte. Als er sich den Streit jetzt noch einmal vergegenwärtigte, flog das zappelnde Vöglein tiefer zu seiner Magenöffnung, nistete sich in dem dort lodernden Feuerball ein. ›Wenn er nicht aufpasst, wird er sich verbrennen. Es sei denn, er ist ein Feuervogel.‹ Er knirschte mit den Zähnen. Vöglein hatte in Alexas und seinem Vokabular eine ganz spezielle Bedeutung, wie wir wissen. Alexas süßes Vöglein …

›Also. Stellen wir uns einmal vor, Alexa ist nicht mehr da. Ausradiert aus deinem Leben. Sie bleibt mit Sanyika und Jucika in der Wohnung in Békásmegyer, und du fängst woanders von vorne an, ziehst irgendwo zur Untermiete ein. Die Hälfte vom Wert der Immobilie einzufordern bringst du nicht übers Herz. Du verzichtest darauf.

Seit es Alexa nach anderen Typen gelüstet, beweist sie dir anhand eurer zehn gemeinsam verbrachten Jahre ununterbrochen, was für ein blöder Hammel du schon immer gewesen bist. Wenn du aber schon immer so ein blöder Hammel gewesen bist, wie hätte sie von dir dann je ein anderes Benehmen erwarten können als das, welches du immer schon an den Tag gelegt hast? Im Gegenteil, eigentlich müsste sie dir mit dieser Einsicht sogar deine Sünden aus der Vergangenheit verzeihen.‹ Als Jánoska anlässlich eines Streits diesen Gedanken formulierte, verkündete Alexa nur :»Ende der Diskussion!«, und rannte hinaus. Erniedrigt und gedemütigt hockte Jánoska auf dem harten Küchenstuhl. Gern wäre er hinter ihr hergerannt, ahnte jedoch, dass der Moment nicht mehr weit war, wo er sich nicht mehr beherrschen und sie schlagen würde. Womit dann wirklich alles zu Ende wäre. Ein Goethe-Forscher mittleren Alters durfte seine Frau nicht schlagen. Ruhe, Ruhe, einatmen, ausatmen, Gelassenheit, Gelassenheit.

Schnitt ihm Alexa das Wort ab oder ließ ihn stehen, rotierte in Jánoskas Innerem die Empörung wie das Rad einer Wassermühle. ›Wie kommt sie dazu zu entscheiden, wann die Diskussion beendet ist? Was bildet sie sich eigentlich ein, jedes Mal davonzurennen, wenn man ihr widerspricht? Für wen hält sie sich eigentlich?‹ Er hetzte sich so lange auf, bis er Alexa doch noch ins Schlafzimmer folgte. Keine Lage der Welt war so schlimm, dass sie sich nicht noch weiter verschlimmern ließ. Vollkommen außer sich tobte Alexa:»Warum lässt du mich nicht endlich in Frieden? Bleib mir vom Leib! Ich will nichts mit dir zu tun haben! Verzieh dich!« ›Verdammt, die ist total übergeschnappt‹, dachte Jánoska, ›wohin soll ich mich in einer Plattenbauwohnung denn verziehen?‹ So endeten in der Regel alle Versuche, die Lage zu besprechen. Schon seit Jahren schien sich ihre Beziehung in immer demselben Fahrwasser zu bewegen – schäumende Gischt, steife Brise, immer mehr tote Fische.

Ein Datum prägte sich Jánoskas Gedächtnis besonders tief ein – obwohl er es sonst mit Zahlen nicht so hatte. Der Beginn von Alexas Eskapaden konnte auf Anfang März festgelegt werden, und der erste März war der Tag, an dem sie gleich mehrere Stunden mit dem Typen verbrachte, dessen Namen hinzuschreiben Jánoska sich weigerte. Er nannte ihn nur A. A wie Arschloch.

Als Jánoska Alexa kennenlernte, hatte A bereits zu ihrem Inventar gehört. »Da ist ein Typ«, hatte ihm Alexa zu Beginn ihrer Liebe erzählt, »bei dem ich nicht weiß, woran ich bin. Wir haben uns auf einer Party kennengelernt, spontan hatte ich das Gefühl, er sei der Mann meines Lebens. Verklemmt war ich noch nie, also ging ich von mir aus auf ihn zu und stellte mich vor. Als ich seinen Namen auch beim zweiten Wiederholen nicht verstand, winkte er ab. Doch später beim Heimfahren gelang es mir, im selben Taxi unterzukommen und ihm meine Telefonnummer zu geben. Er hingegen hat weder seine Nummer noch seine Anschrift je preisgegeben. Einmal im Monat klingelt er bei mir, meist spät abends. Ich lasse ihn immer rein, obwohl ich mich mit ihm nur herumquäle, weil wir weder zu einer Unterhaltung noch zu einer ordentlichen Bumserei fähig sind. Im Grunde genommen stehe ich nur Schlange, um ihm hin und wieder einen zu blasen.« »Warum jagst du ihn nicht zum Teufel?« »Darüber habe ich auch schon nachgedacht. Ich schaffe es einfach nicht. Zu gern würde ich ihm wenigstens einmal zeigen, wie das ist, wenn ich auch mal einen Orgasmus hätte.« »Du hattest also noch nie einen?« »Nein, nicht wirklich… Vielleicht einmal, wenn überhaupt. Auch da bin ich mir nicht ganz sicher, außerdem war ich mit beteiligt, also… verstehst du…?«

Jánoska nickte, obwohl er gar nichts verstand. Aber er wusste schon, dass er sich – wollte er mit Alexa zusammenbleiben – am besten damit abfand, nicht immer alles zu verstehen. Weder damals noch in den folgenden Jahren hätte er je gedacht, A könnte nach so langer Zeit plötzlich wieder auf der Bildfläche erscheinen. Wie hatte dieser Idiot das nur geschafft?

Begegnet waren sie sich zufällig bei einem Tanzwettbewerb in Debrecen, wo Alexa ihr Glück versuchte. Gabó war leider erkrankt, und sie musste mit einem Einspringer antreten. Die Zeit reichte nicht, um sich aufeinander einzustellen, sie patzten und kamen nicht ins Finale. Ihren Frust ließ Alexa in der Hotelbar aus, wo sie an der Theke einen Rosé nach dem anderen trank. Plötzlich saß A neben ihr. Alexa überhäufte ihn mit Vorwürfen wegen seines spurlosen Verschwindens seinerzeit, doch A behauptete, Alexa hätte ihn abblitzen lassen. »Ich? Wann denn? Wie denn?« »Du hast doch verkündet, du hättest dich bis über beide Ohren in diesen Goethe-Forscher verknallt!«

Verlangen überkam sie, wie sie erzählte. A, inzwischen musikalischer Leiter eines modernen Tanzensembles, war als Begleiter einiger Mitglieder seiner Truppe zu dem Tanzwettbewerb angereist. Auch die waren nicht ins Finale gekommen. Alexas Auftritt hatte er sich angesehen. Gierig erkundigte sich Alexa, was sie falsch gemacht hatte, und er sagte es ihr. Sie habe kein Selbstvertrauen, und das sähe man jeder ihrer Bewegungen an. Alexa stimmte ihm zu und gab ihm gleich am Tresen den ersten Kuss. Später fanden sie in einer Ecke des dritten Stocks zwei Sessel und einen Tisch, und das erwünschte Zwielicht. Dort geschah dann dies und das. Auf Jánoskas erregtes Fragen erwiderte Alexa lediglich: »Petting.«

»Petting, verdammte Scheiße!«, brüllte Jánoska, und es schwindelte ihn.

Seltsamerweise zeigte Alexa keine Spur von Kummer oder Reue. Fast schon abweisend hörte sie sich Jánoskas Flut von Vorwürfen an. Dieser wiederum tobte, bis ihm die Luft ausging und er nur noch Gestotter zuwege brachte. Dass seine Frau mit diesem Arsch …! Während er zu Hause die Kinder hütete, um ihr eine ungestörte Wettbewerbsteilnahme zu ermöglichen! (Sie stattdessen aber nur ihrer Lust frönte!) Das war der Gipfel der Zumutung. Was erlaubte sie sich? Glaubte sie, sie dürfe alles?

»Jetzt komm wieder runter! Wäre es dir lieber zu hören, dass ich diesen Typen zwar wahnsinnig begehre, ihn am liebsten mit Haut und Haaren fressen würde, dir zuliebe aber ein braves Mädchen geblieben wäre und nichts getan hätte? Willst du so eine Frau? Ist es wirklich das, was du willst?«

Jánoska hatte das Gefühl, frontal gegen eine aus dem Nichts entstandene Betonmauer gerast zu sein. Bumm! Hilflos schlotterte er von den Zehennägeln bis zu den Haarspitzen. »Nein, was ich möchte, ist, dass du nur mich begehrst!«, flüsterte er. »Sei nicht albern! Diese Option steht nicht zur Verfügung! Sei froh, dass sie so viele Jahre bestanden hatte! Glaub mir, das Ganze ist auch für mich kein Volksfest, aber so schmerzlich es auch ist, für seine Gefühle kann man nichts. Wenn man sie unterdrückt, wird man nur krank. Also bitte, gib mir meine Freiheit zurück!« Sie nahm ihn bei den Schultern, als wollte sie ihn schütteln. »Was zum Teufel willst du?«, schnaubte Jánoska wie ein gereizter Bulle. »Bist du taub? Meine sexuelle Freiheit will ich! Gehen dürfen, wohin ich will, ohne mich wie eine Gefangene zu fühlen, wie deine Gefangene!« »Mein Gott, so fühlst du dich neben mir, wo ich dir doch alle Freiheiten lasse!« »Nein, Jánoska, das tust du nicht, du strafst, erpresst, erdrückst mich, nur mit sehr subtilen Mitteln.«

Danach redeten sie tagelang nicht miteinander. A und Alexa trafen sich regelmäßig, wobei sie sich unterhielten, sich umarmten, sich küssten, aber nie weiter gingen, weil Alexa erklärt hatte, dass sie sonst jemandem sehr weh tun würden.

A hatte das klaglos hingenommen. Sagte nur, in dem Fall zöge er es vor, sich zehn Jahre lang gar nicht zu sehen. Das akzeptierte Alexa, allerdings ziemlich betrübt. Doch zu einer E-Mail oder einer SMS rang sie sich von Zeit zu Zeit durch, immer unter irgendwelchen fadenscheinigen Vorwänden, wie Jánoska schien. Erfuhr sie von einer Auftrittsmöglichkeit, ließ sie ihn es wissen, weil er doch so schlecht verdiente. Fiel ihr der Name einer seltenen Tanzfigur nicht ein, fragte sie ihn. Sie machte ihn auf interessante Veranstaltungen aufmerksam.

Jánoska schmollte und tobte abwechselnd. Innerlich taufte er A in Doppel-A um. Es half nichts. Unaufhaltsam entfernte sich Alexa von ihm, und er registrierte gar nicht mehr, mit welcher Rasanz. Vielleicht fehlte ihm dazu ganz einfach der Mut. Dabei hätte er gut daran getan, genau aufzupassen. Doch Gefahrensituationen hatte Dr János Mester noch nie mit kühlem Kopf meistern können. Bei ihm funktionierten Sinne und Gaben nur so lange einigermaßen reibungslos, solange es um seine Angelegenheiten gut stand. Und selbst dann …

Etwa um diese Zeit fand die »Nacht der Eifersucht« statt. Alexa verbarrikadierte sich im Bad, duschte lange, wusch und trocknete sich die Haare, summte unterdessen mit Kinderstimme vor sich hin, während Jánoska vor Wut schäumte, aber unfähig war, seinen Gefühlen freien Lauf zu lassen. Nicht einmal weinen konnte er, obwohl er sich davon etwas Erleichterung erhofft hätte. Und wieder malträtierte der Feuerball seine Magenwand.

Bereits im Vorfeld hatte Alexa angekündigt: »Heute Abend gehe ich aus!«, worauf Jánoska die Luft wegblieb. »Wie bitte? Einfach so? Wenn ich aber auch ausgehe und nicht auf deine Kinder aufpasse?« »Dann sage ich selbstverständlich ab und gehe morgen, oder wann immer du bereit bist, auf die Kinder aufzupassen.« Alexa verschanzte sich hinter einem verstockten Lächeln, es war klar, dass sie keinen Millimeter nachgeben würde. Mit einem hysterischen Aufstampfen rief Jánoska: »Wenn das dein letztes Wort ist, dann geh doch, fick dich zu Tode, verdammte Scheiße, und bleib gleich wo der Pfeffer wächst!« Worauf Alexa nur nickte: »Für heute kann ich das noch nicht versprechen, aber glaub mir, auch die Zeit wird einmal kommen!«

Bevor sie die Wohnung verließ, ging sie in die Küche, um sich von den frisch gebadeten Kindern zu verabschieden. »Wo geht die Mama hin?«, fragte Sanyika. Jánoska wies auf seine Frau, wie ein Zirkusartist auf seinen Partner, und dachte: ›Löffele du aus, was du dir eingebrockt hast!‹ »Mama, bleib hier!«, flehte Jucika. »Ich muss jetzt leider fort, mein Schatz.« »Aber wohin gehst du denn?« »Sagen wir mal, ich möchte mich mit einem alten Freund unterhalten!« Alexa küsste die Kinder, umarmte schließlich auch Jánoska, rief »Gute Nacht!« und stürmte davon. Sanyika und Jucika wollten in gewohnter Weise im Wohnzimmer auf den Heizkörper gehoben werden, um von dort ihrer Mutter nachwinken zu können. Doch diesmal warf Alexa keinen Blick zurück, sondern setzte sich in ihren uralten Ford und fuhr flott aus der Parklücke. Um sich ein eigenes Auto leisten zu können, musste sie eine Menge nebenher jobben (sie hielt Schwimmkurse für kleine Kinder), aber das Auto war das Unterpfand ihrer Unabhängigkeit, auf das sie nicht verzichten wollte.

Wie er es geschafft hatte, die Kinder zu füttern, ihnen ihre Gutenachtgeschichte vorzulesen und sie ihr übliches Gebet aufsagen zu lassen (was sonst in Alexas Ressort fiel), blieb Jánoska nur nebelhaft in Erinnerung. ›Müde bin ich, geh zur Ruh, schließe beide Äuglein zu, Vater lass die Augen dein über meinem Bette sein. Alle, die mir sind verwandt, Papa, Mama, Oma, Uroma‹ – hier folgte die Aufzählung der gesamten Verwandtschaft und des gesamten Freundeskreises –, ›Gott lass ruhn in deiner Hand. Amen.‹ Heute wollten Sanyika und Jucika noch ein Märchen hören, und Jánoska gab nach, las ihnen noch eine Geschichte vor.

›Vielleicht hätte ich das Vorlesen endlos in die Länge ziehen sollen‹, dachte Jánoska beim Verlassen des Kinderzimmers. ›Was zum Teufel soll ich jetzt mit mir anfangen?‹ Mit quälender Hartnäckigkeit folgte seine Phantasie Alexa. Vermutlich hatten sie sich in der Nähe von A's Wohnung verabredet. Nun, vielleicht ein paar Blocks weiter, schließlich war auch A verheiratet, hatte ein anderthalbjähriges Kind – hatte nur keine Lust, diese Details mit Alexa zu teilen. Seltsam: Daran fand Alexa nichts auszusetzen. A wollte nicht preisgeben, mit wem er verheiratet war. »Du schon, du hast mich gleich preisgegeben, nicht wahr?« »Das ist etwas anderes.«

In Anbetracht solcher Antworten konnte Jánoska nur heulen. Alles, was Alexa tat, war entweder in Ordnung oder etwas ganz anderes. Diese blöde Kuh! Widerliche Hexe! Verdammtes Aas!

Als Sanyika und Jucika endlich schliefen, zeigte die digitale Uhr am Videorecorder dreiviertel zehn. 21:45. Jánoskas Blick sog sich daran fest, in Erwartung der 46. ›Was ist denn los, ist das Ding im Eimer?‹ Er rückte näher ran, ging in die Hocke. ›Los!‹ Endlich sprang die Ziffer um. ›Wie soll ich diese Nacht bloß überstehen?‹

Erst jetzt kam ihm der Gedanke, Alexa könnte möglicherweise die ganze Nacht wegbleiben. Sollte sie dennoch heimkommen, dann sicher nicht wegen ihres Gatten, sondern lediglich der Kinder wegen. ›Nehmen wir einmal an, sie ist bis eins wieder da. Das wären ab jetzt drei Stunden und dreizehn Minuten.‹ Denn die Uhr zeigte erst 21:47. ›O verflucht ...!‹ Mit der Faust hämmerte er auf die Bodenfliesen ein, solange seine Knochen die Beanspruchung aushielten.

Dann wankte er mit schmerzender Hand ins Wohnzimmer. Der Fernseher summte leise, immer noch lief »Das große Krabbeln«, Jucikas Lieblingsfilm. Sanyika bevorzugte »Shrek«. Zu Weihnachten würde er den beiden »Shrek 2« schenken, und zwar auf DVD, denn für Alexa hatte er schon einen DVD-Player besorgt, mit dem man auch aufnehmen konnte. In seiner Verpackung lag er in einem der Schränke versteckt. ›Werden wir an Weihnachten überhaupt noch zusammen sein?‹ Diese Frage tat derart weh, dass er sich auf den dicken, blau gemusterten IKEA-Teppich fallen ließ. Er stoppte den Zeichentrickfilm und begann durch das Fernsehprogramm zu zappen. Nichts konnte er längere Zeit ertragen. So viel Schwachsinn! Den Erfinder des Fernsehens sollte man mit Rutenhieben strafen.

Endlich schaltete er das Gerät aus und trottete zu seinem Arbeitskabuff. Unschlüssig blickte er um sich. Mit den selbst gebastelten Möbeln hatte er das Optimum aus dem Raum herausgeholt, es gab einen winzigen Schreibtisch, an den Wänden Bücherregale, einen kleinen Schrank, eine auf Maß geschnittene Schaumstoffmatratze, auf der er sich mit angewinkelten Beinen langlegen konnte. Plötzlich sehnte er sich nach frischer Luft, stand auf und trat durch die schmale Tür hinaus auf den Wohnzimmerbalkon. Nachtwind wehte ihm ins Gesicht. Er schielte hinter sich auf die Anzeige des Videorecorders. Es waren nur ein paar Minuten vergangen. ›Verdammt, ich bin verloren‹, dachte er und biss sich auf die Lippe. Er spürte den süßen, metallischen Geschmack von Blut.

›Was zum Teufel soll ich bis Mitternacht machen?‹

Erneut setzte er sich vor den Fernseher, schaltete das Gerät aber nicht ein. Das leise Atmen der Kinder drang durch den schmalen Spalt der Tür. ›Die schlafen den Schlaf der Gerechten‹, dachte er. ›Warum kann ich das nicht auch? Weil ich kein

Gerechter bin! Ich brauche ein Schlafmittel!‹ Wieder trottete er zu seinem Arbeitskabuff. Für die Nächte harter Tage bewahrte er in der obersten Schublade seines Schreibtisches eine Schachtel Stillnox auf. Wird es je eine dunklere geben als die heutige? Es war nur noch eine einzige Tablette übrig, zum Einnehmen füllte Jánoska Sanyikas Zahnputzbecher mit Wasser – seinen hatten die Kinder beim abendlichen Baden irgendwohin verräumt, er fand ihn nirgends. Er bildete sich ein, der Kunststoff habe Sanyikas Duft angenommen. Es tat ihm gut, daran zu riechen. ›Meine lieben Kleinen!‹, dachte er gerührt, schlich ins Kinderzimmer und hockte sich auf den Teppich. Er schaute seinem Sohn zu, wie dieser auf seinem Affen liegend schnaufte und wie seine Tochter mit dem Daumen im Mund schlief. ›Mein Leben ist gleich doppelt mit Sinn erfüllt, dazu noch Palika, das macht schon drei. Ich sollte mich damit abfinden, dass es einen vierten nicht gibt.‹

Er hoffte, sein Aufenthalt im Kinderzimmer habe Stunden gedauert, doch als er ins Wohnzimmer zurückkehrte, stellte er betrübt fest, dass die Uhr erst 22:04 zeigte. ›Lass dich doch nicht so hängen, tu was, andauernd beschwerst du dich, nicht genügend Zeit für dich zu haben, bitte, jetzt hast du die ganze Nacht!‹ Zurück in seinem Arbeitskabuff, stöpselte er seinen Laptop an – der Akku war kaputt, dass er sich nicht mehr laden ließ. ›Nun, dann wollen wir mal sehen.‹ In einer deutschen literaturwissenschaftlichen Zeitschrift war er auf einen Artikel gestoßen, den er für das Monatsheft des Budapester Goethe-Instituts übersetzen wollte. Darin versuchte ein Autor, den Jánoska von diversen Tagungen oberflächlich kannte, zu beweisen, dass Johann Wolfgang von Goethes Hände gründlich mit Blut besudelt gewesen waren. Sowohl als Privatperson als auch im Rahmen seiner Mitgliedschaft in bestimmten Institutionen habe er an Entscheidungen mitgewirkt, die zu Hinrichtungen geführt hätten. Als ein besonderes Beispiel führte der Autor den Fall einer Frau an, deren einziges Vergehen darin bestand, dass ihr dasselbe Schicksal widerfahren war wie Gretchen im Faust. In dem Artikel wurden mehrere deutsche und internationale Goethe-Experten zitiert. Der ungarische Vertreter war natürlich Professor Strényi, dessen Standpunkt sich wie folgt zusammenfassen ließ: »Natürlich haben wir das gewusst, aber geliebt haben wir ihn ja nicht deswegen.« So ein Schwachsinn. ›Meinen Kopf drauf, dass er es nicht gewusst hat. Genauso wenig wie er den Meister liebt. Nur leben will er von ihm.‹

›Jetzt sind sie sicher schon zusammen. A nimmt Alexa in den Arm. Streichelt sie. Küsst sie. Mindestens.‹ Jánoska sprang auf und stieß mit dem Kopf gegen den an die Decke geschraubten Holzkasten, in dem er die handschriftlichen Kopien seiner alten Manuskripte aufbewahrte, chronologisch geordnet. ›Na klasse, jetzt blute ich auch noch am Schädel!‹, dachte er und betastete sich mit den Fingern. ›Wie Alexa wohl reagieren würde, wenn sie mich beim Heimkommen auf dem Boden fände, in meinem Blut? Wäre sie nach der ersten Überraschung und dem obligatorischen Schrecken einfach nur erleichtert? Ach, mögen ihr doch beide Beine abfaulen!‹ Jánoska stellte sich seine Frau mit Krücken und zu Stumpen verstümmelten Gliedmaßen vor. ›Nein, lieber doch nicht.‹

Er war unfähig, sich auf den deutschen Text zu konzentrieren, schloss das Dokument und schob es wieder in den entsprechenden Ordner. ›Hätten wir eine Flatrate, könnte ich jetzt im Internet surfen.‹ Aber ins World Wide Web konnte er nur übers Telefon, und er wollte sein Geld nicht ohne Sinn und Zweck vergeuden. Seine E-Mails hatte er schon in der Redaktion gelesen und beantwortet.

›Aber was dann? Was soll ich nur tun?‹

Endlich begann die Schlaftablette zu wirken, sein Kopf wurde schwer. In Kleidern schlüpfte er ins Bett. Allmählich fielen ihm die Augen zu, sein Bewusstsein schwand. Im Traum segelte er zwischen Sandbänken auf sturmgepeitschtem Meer. Knapp vor dem Schiffbruch schreckte er hoch und wusste nicht, wo er war. Nach einigem Herumtasten wurde ihm klar, dass er neben dem Bett auf dem Boden lag. Das passierte öfter.

Er machte Licht. Schadenfroh grinste ihm der Wecker entgegen. Es war viertel vor elf. ›Ich glaub's einfach nicht, warum habe ich nicht wenigstens bis Mitternacht schlafen können? Hätte ich noch was von dem Schlafmittel, würde ich schnell ein paar Tabletten einwerfen.‹ Er gab klägliche Laute von sich und badete in Schweiß. Lief wieder ins Kinderzimmer. Dann zum Fernseher. In die Küche. Zurück zum Fernseher. Hin und her, immer im Kreis. Während die Zeit stillzustehen schien und nur der Irrsinn immer weiter fortschritt.

Er lauschte, ob Sanyika und Jucika fest genug schliefen und schloss aus den Geräuschen, dass dies der Fall war. Dann öffnete er die Wohnungstür, ließ sie erst einen Spalt offen, zog sie dann doch hinter sich zu. In Flip-Flops, die auf den Stufen laut knallten, rannte er einen Stock tiefer und klingelte bei der Nachbarin mit dem Tanga. Überraschend schnell wurde die Tür geöffnet. Angesichts der nur mit einem ärmellosen T-Shirt und einem Tanga bekleideten Frau wurde Jánoska über und über rot. Mühsam brachte er ein »Guten Abend« über die Lippen, während er seine Blicke mit aller Kraft von dem Tanga fernzuhalten versuchte, der – das hatte er auf den ersten Blick gesehen – mit albernen Snoopy-Hunden gespickt war. »Entschuldigen Sie bitte, haben Sie vielleicht ein Schlafmittel?«, stieß er hervor. Die Frau nickte und machte kehrt, so dass Jánoska ungeniert ihren Hintern begutachten konnte.

Einen derart runden und straffen hatte er schon lange nicht mehr gesehen. Und in echt sowieso noch nie. Er versuchte, nicht laut zu schlucken.

»Da, bitte!«, drückte ihm die Frau eine Schachtel in die Hand. »Vielen Dank!« »Für Arzneimittel darf man sich nicht bedanken!« »Weiß ich, ich habe nur nicht dran gedacht.« Erst jetzt wurde der Frau bewusst, wie provokant ihre Bekleidung war. »Oh, Verzeihung!«, hauchte sie und bedeckte sich mit beiden Händen. »Nicht doch, ich muss mich entschuldigen!«, sagte Jánoska zur zufallenden Tür. Er lief wieder hinauf in die Wohnung, wo Sanyika und Jucika noch ebenso tief und fest schliefen wie zuvor. Er nahm zwei von den Tabletten und begann erneut durch die Kanäle zu zappen. In seinem Kopf schwirrten die quälendsten Bilder herum, Alexa und A …

Diesmal erwachte er bäuchlings auf dem IKEA-Teppich. Auf dem Bildschirm flimmerte das Testbild mit dem dazugehörigen Pfeifen. Er schaltete das Gerät aus. 1:31. Beim Kontrollrundgang durch die Wohnung fand er von Alexa keine Spur. In einem Anfall wilder Wut begann er zu fluchen und die Mütter aller Beteiligten wahllos als Huren zu beschimpfen. Er eilte zu seiner Tasche, zog sein Handy hervor. Keine Nachricht. Kein entgangener Anruf. Er wählte Alexas Nummer. Fast im selben Moment hob sie ab: »Hallo!« »Wo bist du?« »Ich sitze im Taxi, bin in fünf Minuten da.« »Im Taxi?«, fragte Jánoska mit unverhohlenem Hohn, »und wo ist dein Wagen?« »Ich bin gleich da!«, beendete Alexa das Gespräch.

Wie ein gefangenes Tier rannte Jánoska durch die Wohnung. Die acht Minuten, bis sich der Schlüssel endlich im Schloss drehte, kamen ihm wie eine Ewigkeit vor. Unschlüssig, ob er Alexa entgegenlaufen sollte oder nicht, stand er im Wohnzimmer. Schließlich schlich er sich ins Bett und stellte sich schlafend. ›Wozu soll das gut sein? Du hast sie erst vor acht Minuten angerufen, du Blödmann …‹ Also nichts wie zurück ins Wohnzimmer.

Alexa machte zwar einen frischen Eindruck, doch an den Augen war die Farbe etwas verschmiert. Sie küsste ihren Mann rasch und marschierte dann ohne ein weiteres Wort ins Badezimmer. ›Das darf nicht wahr sein, sie will mich bei lebendigem Leibe sezieren!‹ Mit hämmerndem Herzen wartete Jánoska, dass seine Frau wieder erschien. Vergeblich. Dann hörte er, wie Alexa im Schlafzimmer unter die Bettdecke schlüpfte. Nun ging auch er zum Bett und ließ sich auf seine Hälfte fallen. Lange lag Alexa stumm da. Dann meinte sie: »Was willst du wissen?« In der Finsternis zuckten in Jánoskas Gesicht sämtliche Muskeln: »Alles.« »Nun … es ist vollbracht.« In Jánoskas Eingeweiden stimmte ein Chor südslawischer Klageweiber sein Geheul an, doch er riss sich zusammen: »Und wie war's?« Nach einer neuerlichen, nicht enden wollenden Pause: »Gut. Sehr gut.«

»Elend verrecken sollst du!«, heulte Jánoska. »Natürlich bin ich bereit, die Konsequenzen zu tragen, aber erst morgen, jetzt muss ich schlafen, gute Nacht!« Alexa drehte sich zur anderen Seite, und schon bald zeugte ihr regelmäßiger Atem davon, dass sie nicht gespaßt hatte. ›Und wie zum Teufel soll ich schlafen?‹ Niemand antwortete.

Das nervtötende Geheul der Klageweiber begleitete Jánoska auch nach Berlin. ›Blöder Sack!‹, wies er sich zurecht, ›denk nur an Jolanda und frag dich, warum es dich so sehr stört, dass Alexa dies und jenes nicht mit dir regelt, sondern mit diesem Arsch.‹

Auf diese Frage gab es keine akzeptable Antwort, auch wenn Jánoska schon hundertmal darüber gegrübelt hatte. Zuletzt im kalten Badewasser in der Berliner Raucherstraße. Schlotternd stieg er aus der Wanne und rieb sich mit dem

Frottierhandtuch ab, bis seine Haut rot war. »Ach, Alexa … könnte ich dich doch für immer vergessen!«, seufzte er und ahnte gleich, dass das nicht möglich sein würde.

Bis zum Morgen wälzte er sich unruhig im Bett herum.

Am kommenden Vormittag traf er sich mit Vili Vajda im Gibraltar. Geduldig hörte sich der Kristallzüchter alles an und meinte dann: »Im Leben kommt man nun mal nicht ohne Krisen und Katastrophen aus. Bisher ist dir in der Hinsicht wenig widerfahren, nun scheint auch deine Zeit gekommen zu sein. Trage es erhobenen Hauptes und sei froh, dass es sich nicht um Krankheit, nicht um deine Kinder, nicht um den Tod eines nahen Menschen handelt!«

»Durch deine Worte habe ich jetzt etwas, woran ich mich festhalten kann!«, legte Jánoska seine Hand mit einer Geste freundschaftlicher Dankbarkeit und Verbundenheit auf Vilis Schulter, doch Vili Vajda zuckte zusammen, als befürchte er einen homosexuellen Annäherungsversuch. Plötzlich musste Jánoska lachen: »Keine Panik, trotz allem stehe ich immer noch auf Mädchen!« »Gut … nichts anderes hatte ich gehofft!«, zog der Kristallzüchter die Augenbrauen zusammen.

# VIII.

Es kam der Tag, an dem ich einsehen musste, dass kein Mensch auf der Welt noch einen Commodore 64 benutzte. Das Gerät war jetzt, Mitte der neunziger Jahre, vollkommen veraltet, Leute wie Vili Vajda hatten schon längst auf IBM umgesattelt. »Aber was wird aus den vielen Texten, die ich mit dem Commodore geschrieben habe?«, fragte ich, worauf Vili gewohnheitsgemäß loslachte: »Keine Panik, Alter, ich bin im Besitz einer kleinen Software und eines Kabels, mit deren Hilfe wir alles auf den neuen Computer überspielen können, vorausgesetzt, wir investieren ein wenig Zeit.«

Ich beneidete Vili Vajda. Ich beneidete ihn um seinen Lebensstil, um seine Erfolge im Ausland, um seine Computer. (Nicht dass ich sie ihm nicht gegönnt hätte, nur hätte ich so was auch gerne gehabt.) Seinen Laptop nahm er überallhin mit. Ich hingegen hatte zweieinhalb Jahre gebraucht, bis ich mir alle Teile meines Commodore zusammengekauft hatte und so die nicht mehr benötigten Teile an Vili zurückgeben konnte. Als ich ihm zu guter Letzt endlich das Diskettenlaufwerk brachte – das Klavier, wie er es nannte –, lachte er nur. »Das wäre doch wirklich nicht nötig gewesen, dieses Spielzeug benutze ich schon lange nicht mehr.« So ein Blödmann. Ich aber auch. Immer und ewig hechelte ich den anderen eine Runde hinterher. Manchmal sogar zwei.

Mir war klar, dass der Commodore nicht mehr zeitgemäß war. Es störte mich auch, meine Arbeiten nicht mehr auf Disketten abliefern zu können, weil die nirgends mehr akzeptiert wurden. Aber in Anbetracht der Tatsache, dass es mir seinerzeit so schwer gefallen war, den Umgang mit dem Computer zu erlernen, hatte ich jetzt keine Lust, noch einmal von vorne anzufangen. Vili Vajda meinte, das herausragende Merkmal eines hochentwickelten Computers sei, dass man nichts lernen müsse. *Self-explanatory* sozusagen. Seit er gelegentlich in den USA gastierte, spickte er seine Rede vorzugsweise mit englischen Ausdrücken. Mit stark südungarischem Akzent, wie Gabi Huszár anzumerken pflegte.

Unter keinen Umständen wollte ich mich von meinem erfahrenen Linienschiffskapitän (was Commodore nämlich hieß) trennen, bevor ich mein Buch »Goethe und die Bühne« fertig hatte, an dessen siebtem und letztem Kapitel ich gerade arbeitete. Jetzt auf IBM umzusteigen wäre lebensgefährlich gewesen. Außerdem war es am günstigsten, das Gerät im Ausland zu kaufen und es dann durch den Zoll zu schmuggeln, weshalb nur ein Laptop in Frage kam. Nach Vilis Ansicht reichten tausend D-Mark. Er schlug vor, einen Kurztrip nach München zu unternehmen – oder nach Wien –, wo er gute Läden kannte. Noch schob ich es vor mir her. Ich hatte keine tausend Mark.

Überhaupt ging es mir finanziell nicht sehr gut. Meinen Job in der Bank hatte ich in einem leichtsinnigen Moment an den Nagel gehängt, das Übersetzen des Finanzkauderwelschs hing mir einfach zum Hals raus. Ich dachte an Dénes, seine Bilanzsumme und wie Recht er doch gehabt hatte. Außerdem wollte ich meinem »Goethe und die Bühne« mehr Zeit widmen. Andere Goethe-Forscher machten das schließlich als Fulltimejob, opferten dem Meister acht Stunden täglich. Ernsthafte Ergebnisse konnte man mit halber Energie nicht erzielen.

Dann tauchte am Horizont die Baseler Tagung auf. Obgleich mich allein schon das Thema ziemlich entmutigte: »Goethe auf den Bühnen der Welt«. Ich ahnte zwar, dass sich bis zum Erscheinen meines Buches niemand mehr an dieses Symposium erinnern würde, dennoch war es ein schwerer Schlag, andere in meinem Thema herumwühlen zu sehen. Sicher sollte auf der Tagung eine ganze Reihe von Studien zum Thema »Goethe und die Bühne« vorgestellt werden, aber sei's drum, zumindest lag ich in Bezug auf den Zeitgeist richtig. Sollte mein Beitrag ein gewisses Aufsehen erregen, konnte das nur zu meinem Besten sein. Wie ein Hund hätte ich das Revier dann schon mal markiert. Obwohl ein Goethe-Forscher aus Osteuropa – vom Balkan! – gegen diejenigen aus dem deutschsprachigen Raum von vornherein chancenlos war. Das gesamte Terrain triefte bereits von deren Duftmarken.

Auf nach Basel also. Zu den Glocken von Basel. Auch Dornach wollte ich besuchen. Das Örtchen befand sich zehn Kilometer südlich von Basel, im Jura-Gebirge, wie ich der Landkarte entnahm. Dort war das Goetheanum beheimatet, die Hochburg der Anthroposophie. Von Rudolf Steiner und der von ihm entwickelten Wissenschaft hatte ich nur ganz schemenhafte Vorstellungen, aber als Goethe-Forscher musste ich mich nun mal mit allem auseinandersetzen, was irgendwie mit Goethe zu tun hatte.

Nach Basel durfte ich dank Professor Strényi. Allerdings hätte ich mir gleich denken können, dass die Tagung keine große Sache war, wenn er sie mir so ohne weiteres überließ. Zur gleichen Zeit fand nämlich in Berlin ein großer Goethe-Kongress statt, das vielleicht wichtigste Ereignis in der gesamten Fachwelt, und dorthin entsandte der Professor natürlich sich selbst. Meinen Tagessatz zahlte die Akademie, das Hotel stellten die Schweizer. Im Gegensatz zu Goethe war ich noch nie in der Schweiz gewesen. Möglich, dass dies die Gelegenheit war, den Laptop zu kaufen. Obwohl ich ihn am Flughafen nur in meinem Koffer durch den Zoll würde schmuggeln können, was er vielleicht nicht überleben würde – so wie Flughafenarbeiter mit Koffern umgingen.

Als sich herausstellte, dass nicht alle Tagungsteilnehmer in Basel selbst untergebracht waren – ich zum Beispiel wurde mit einem Kleinbus nach Dornach verfrachtet, wo die Hotels vermutlich billiger waren –, wusste ich nicht, ob mich das freuen sollte oder nicht. Möglicherweise wurden nur die hochverehrten Wissenschaftler aus Osteuropa, diese Fachleute zweiter Klasse, außerhalb untergebracht – im Verbund mit den asiatischen Goethe-Forschern, sofern es solche gab (ich habe jedenfalls noch nie von welchen gehört). Aber was soll's, die Unterkunft war, obwohl ohne Stern, ganz passabel. Ich packte aus. Wie ich vom Balkon aus sah, war das Goetheanum nur einen Steinwurf entfernt. Am besten ging ich gleich rüber, wer weiß, ob ich später noch dazu kommen würde, ich war ja nur für drei Tage hier.

Angesichts des hochmodernen Gebäudes kam ich aus dem Staunen nicht heraus. Das war einundzwanzigstes Jahrhundert pur. Aus dem Prospekt erfuhr ich, dies sei bereits das zweite Goetheanum, das erste, aus Holz erbaute, sei 1922 in Brand gesteckt worden. Die Anthroposophen hatten Feinde der Steiner'schen Lehre hinter dem Anschlag vermutet. Im Großen Saal wurde der »Faust« gespielt, bedauerlicherweise in einer zum Mysterienspiel reduzierten, zudem durch zahlreiche Streichungen verstümmelten Fassung, was auf keinerlei Verständnis meinerseits stieß.

Mit dem IBM vor Augen, drehte ich jeden Rappen zweimal um. Das Personal des Null-Sterne-Hotels benahm sich, als wären wir im Hotel Imperial in Wien, es ließ mich in aller Deutlichkeit spüren, dass heimliche Verköstigung auf dem Zimmer sich hierzulande keiner Beliebtheit erfreute. Nichtsdestotrotz schmuggelte ich in Plastiktüten versteckt Brot, Mortadella und Milch aufs Zimmer. Tut mir leid! Auf dem winzigen Kühlschrank verkündete ein Schild auf Englisch und Deutsch, dass von Gästen, die dort »eigene« Lebensmittel aufbewahrten, ein Aufpreis verlangt wurde. Wahrscheinlich wegen des Mehrstroms, den man zur Kühlung einer Stange Salami brauchte. ›Der Teufel soll euch holen!‹, dachte ich und kaufte immer nur so viel Wurst, wie ich auf einmal verzehren konnte. Den Abfall packte ich in meine Aktentasche und entsorgte ihn in einem öffentlichen Papierkorb. ›Da habt ihr's, ihr Schweizer! Ihr könnt mich mal!‹

Am zweiten Abend nahm ich mein bescheidenes Mahl, zu dessen Aufwertung ich mir im Laden eine Flasche Wein besorgt hatte, auf dem Balkon meines Zimmers ein. Ich genoss die Abenddämmerung, schaute den immer strahlender leuchtenden Sternen zu, deren Helligkeit von einer himmlischen Hand reguliert zu werden schien. In einer Gartenwirtschaft an der Ecke spielte bis Punkt 22 Uhr eine Combo, angeführt von einer Ziehharmonika. Um zehn wurde es still. Ich ging schlafen.

Kurz darauf stand ich vor Schreck senkrecht im Bett. Ohrenbetäubender Lärm, ein wahnsinniger Knall, Metall auf Metall, Glasscherbengeprassel auf dem Asphalt. Ich trat auf den Balkon und sah, dass ein schwarzer VW-Käfer mit einem nicht viel kleineren Motorrad zusammengestoßen war. Puh! In Helm und dunkler Lederkleidung wie ein Alien lag der Motorradfahrer auf dem Rücken am Fahrbahnrand. Aus der Gartenwirtschaft traten Leute und stellten ihre Bierkrüge auf den

Natursteinrand des Zauns. Einer von ihnen leitete den spärlichen Verkehr über den gegenüberliegenden Parkplatz um, während ein anderer dasselbe für den Gegenverkehr tat. Zwei weitere hockten sich zu dem Motorradfahrer, der keine großen Schmerzen zu haben schien, denn er gestikulierte gelassen, während er auf dem Boden liegend etwas erklärte. Seine ursprüngliche Position behielt er offenbar bei, um den binnen Minuten eintreffenden Polizisten die Unfallaufnahme zu erleichtern. Blaulichter blinkten, irgendwie kräftiger als bei uns. Auch der Fahrer des VW zeigte keine Spur von Aufregung, er stieg erst aus seinem Wagen, als die Polizisten ihn dazu aufforderten. Nicht ein gereiztes Wort war zu vernehmen, nicht eine nervöse Bewegung zu sehen.

›Dieses Land funktioniert einfach‹, dachte ich.

»Dieses Land funktioniert einfach!«, sagte jemand auf Ungarisch. Eine Frauenstimme mit einem klaren Klang, frisch wie … Ich suchte nach einem passenden Vergleich und lieh ihn mir bei Johann Wolfgang von Goethe: wie Glocken in der Morgendämmerung. Auf dem Nachbarbalkon stand ein Mädchen mit offenen Haaren, halb verdeckt von der Geranienflut, die die Brüstungen der Balkone zierte. Und überhaupt das ganze Gebäude.

»Sind Sie aus Ungarn?«, fragte das Mädchen. »Ich kann es nicht leugnen«, ich reichte ihr die Hand und stellte mich vor: »Dr János Mester.« »Alexa Dózsa.« Ihr Händedruck war kräftig wie der eines Mannes. Erst jetzt fiel mir auf, dass sie obenrum zwar einen dicken Pullover trug, unten jedoch nur ein Höschen, keinen Tanga, sondern ein Höschen mit schwarzer Spitze, das nur wenig bedeckte. Ich wurde rot, worauf das Mädchen lachte: »Tut mir leid, dass ich Sie in Verlegenheit bringe, aber ich habe meine einzige Hose mit Senf besudelt.« »Verstehe … Ich bin Goethe-Forscher«, sagte ich wie ein

Idiot. »Ich eher Flötistin!«, erwiderte sie und fügte hinzu, »das sollte ein Witz sein, ich habe nur leider so gar kein Gespür für Humor.«

Ich wusste nicht, was ich von ihr halten sollte. Kokettierte sie mit mir? Oder war ihr nur langweilig?

Erhellt wurden die Balkone von Wandleuchten mit gelben Glühbirnen, die an Öllichter erinnerten. In diesem Licht schienen Alexas Haare in Flammen zu stehen. (Am nächsten Morgen sah ich sie bei Tageslicht. Sie hatten die Farbe von Champagner in einem sehr sauberen Glas.) Wenn Alexa sprach, kreisten ihre Hände unablässig über den Geranien – sie begleitete ihre Worte mit heftigem Gestikulieren. Nach Basel war sie nicht wegen der Goethe-Tagung gekommen, sondern wegen des Pilgertreffens der Antroposophen, und zwar auf eigene Kosten. Die Begeisterung für Steiner hatte sie von ihrer Großmutter väterlicherseits geerbt, während sich ihre Mutter, eine strenggläubige Katholikin, vor diesen Lehren fürchtete und sie für ein Werk des Teufels hielt. Für Alexa aber war es unvorstellbar, dass es keine Reinkarnation geben sollte, für sie stand fest, dass wir allen, mit denen wir in diesem Leben zu tun hatten, auch in unserem vorigen Leben schon begegnet waren.

*Sie sprach schnell und machte selten einen Punkt. Zu meiner Verblüffung ertappte ich mich dabei, ebenfalls schnell zu sprechen und nur selten einen Punkt zu machen. Nach Luft zu schnappen. Ja, im Prinzip war's genau das.*

In ihren großen grünen Augen funkelte der Widerschein der gelben Glühbirnen wie winzige Brillanten. Ich hegte nicht den geringsten Zweifel, dass sie Recht hatte: Wir begegneten uns nicht zum ersten Mal, hatten ganz sicher schon irgendwo und irgendwann miteinander zu tun gehabt. Und würden gewiss noch miteinander zu tun haben. Gewiss, gewiss, gewiss!

Einzig der Mut fehlte mir, die v-förmige Brüstung mit den Geranien mit einem Satz zu überwinden, dafür tat ich aber alles, um das Gespräch in die Länge zu ziehen, bis das Mädchen aus vollem Mund gähnte. »Sind Sie müde?«, fragte ich betrübt. »Nein, mir ist kalt. Ich muss immer gähnen, wenn ich friere, wissen Sie.« »Und was machen Sie, wenn Sie müde sind?« »Dann gehe ich schlafen!« Mit beiden Händen zum Abschied winkend verschwand Alexa in ihrem Zimmer.

Nun begann ich mir vorzustellen, was passieren würde, wenn ich mit einer Flasche Wein in der Hand bei ihr anklopfte, aber … Mitten in der Nacht bei einem jungen, wildfremden Mädchen zu klopfen … Ich war fünfundvierzig Jahre alt und die Sache unvorstellbar. Eine geschlagene halbe Stunde stand ich noch auf dem Balkon herum, ohne Rücksicht auf meine eiskalten Füße.

An meiner Zimmertür klopfte es. Auf dem braunen Teppichboden des Flurs stand Alexa, barfuß, um die Hüften einen improvisierten Rock aus einem schneeweißen Frottierhandtuch, in der Hand eine Flasche Wein und einen Korkenzieher. »Haben Sie Gläser?« »Nur einen Zahnputzbecher.« »Haben Sie in der Minibar nachgeschaut?« Sie holte zwei Weingläser aus dem Schränkchen. »Worauf wollen wir anstoßen?« »Auf uns!«, sagte ich und versuchte mich zusammenzureißen.

Die dünnwandigen Gläser gaben einen angenehmen Klang von sich. ›So weit, so gut‹, dachte ich, ›doch was jetzt?‹ Der Schweiß rann mir an Rücken und Stirn herunter, während ich mich beschämt fragte, was hier eigentlich lief. Mir fiel ein, dass ich heute Abend noch Gigi anrufen wollte, das hatte ich ihr versprochen, und sie würde böse sein, wenn ich mich nicht meldete.

»Ich habe Sie in Verlegenheit gebracht, nicht wahr?« »Ja, das haben Sie, aber warum fragen Sie, wenn Sie es doch ohnehin schon wissen?« »Nur so!« Sie legte sich auf den Boden. »Ich liebe es, auf dem Parkettboden zu liegen, Sie nicht?«

Ich stand immer noch da, als hätte ich einen Stock verschluckt, doch jetzt ließ ich mich auf die Knie nieder, legte mich auf die Seite und stützte mich auf den Ellenbogen. Ich ließ meiner Bewunderung freien Lauf, denn an diesem Mädchen gefiel mir einfach alles, auch das, was sie im Laufe unserer bis zum Morgengrauen dauernden Unterhaltung an sich auszusetzen hatte: Die nicht vorhandene Taille, die krumme Wirbelsäule, die Cellulitis an der Rückseite ihrer Oberschenkel.

»Wen interessiert das schon, Sie sind einfach wundervoll«, flüsterte ich. »Warum flüstern Sie, wir sind allein!« Und sie blickte mich mit diesen Augen an, die so grün waren wie ein klarer Bergsee.

»Sie sind wohl verheiratet!« »Ja … stört Sie das?« »Wenn es Sie nicht stört!«

›Das ist der Punkt‹, dachte ich. ›Hier liegt der Hund begraben. Wen würde das in so einem Moment nicht stören …‹ Ich biss mir auf die Lippe.

Ohne Luft zu holen, erzählte Alexa alles von sich. Sie war Lehrerin, Sportlehrerin, hatte sogar, weil sie ursprünglich Athletin werden wollte, die Sporthochschule absolviert, wichtig war ihr aber nicht das Unterrichten, sondern das Tanzen, der argentinische Tango, denn der Tango war das Leben selbst, war Spontaneität, war Leidenschaft, war gemeinsames Pulsieren mit einem anderen menschlichen Wesen. Und hatte man das Glück, einen Partner wie Gabó zu haben, war nichts unmöglich, bereits jetzt tanzten sie in der A-Kategorie, visierten als Nächstes die S-Kategorie an, dann die Weltmeisterschaft, was nicht so unerreichbar war, wie es vielleicht klang, es hatte schon mal einen ungarischen Tangoweltmeister gegeben, einen zweifachen. Leider war sie, Alexa, kein Wettkampftyp, so dass sie sich auch mit Tanz als Performance beschäftigte, mit Show-Tanz also, wie die offizielle Bezeichnung lautete. Jánoska hätte ja keine Ahnung, welch ein kompliziertes Kastensystem in der Tanzwelt mittlerweile herrsche, allein schon die unzähligen Verbände, die in den letzen Jahren gegründet worden waren, der Wettkampftanzverband, der Verband für modernen Tanz, der Sporttanzverband und der Modetanzverband, dem der argentinische Tango mitsamt Samba und Salsa angehörte, nicht aber der europäische Tango, einfach lächerlich.

Vor Staunen blieb mir der Mund offen stehen. Vieles hatte ich diesem Mädchen zugetraut, nur nicht argentinischen Tango, war doch die Paarung zwischen Anthroposophie und Sportpädagogik in meinen Augen schon seltsam genug. Szenen aus »Der letzte Tango in Paris« begannen sich vor meinem inneren Auge abzuspulen: Mit ihrem Partner Gabó glitt Alexa durch den großen Spiegelsaal, er halb Marlon Brando, halb Gabriel Garcia Marquez als Zwanzigjähriger. Alexa im schneeweißen Musselinkleid, Gabó in einem pechschwarzen Smoking. Beide glitten wie auf Kufen durch den Saal, um sie herum schwermütige Musik. Meine Stimmung sank. Dieses schöne Paar war sicher auch privat … Ich hatte keine Chance.

Dumm war nur, dass Gabó auch mit einem anderen Mädchen trainierte, und zwar Tango nuevo, und über den Modetanz hinaus auch noch in einem Ensemble Cello spielte, in erster Linie Piazzolla natürlich. »Er ist sehr beschäftigt!«, erklärte Alexa, worauf ich erleichtert dachte: ›Dann vielleicht doch nicht … dann habe ich vielleicht doch …‹ Schulterzuckend meinte sie: »Jeder ist sich selbst der Nächste, deshalb habe ich mir für die Bühne ein paar Solonummern erarbeitet, in einer tanze ich mit einem Garderobenständer, erobere ihn und verlasse ihn dann eiskalt, kaum dass er sich mir ergeben hat, sechseinhalb Minuten. Einmal bin ich mit der Nummer in einem Szegediner Kellerlokal aufgetreten, wo es öfter solche Abende gibt, worauf ein Journalist in der ›Délmagyarország‹ schrieb, ich hätte das Potential, die Isadora Duncan des Tangos werden, was zwar schmeichelhaft ist, aber ein totaler Schwachsinn, denn die hat barfuß getanzt, während ich mir meine Tangoschuhe eigens anfertigen oder aus Argentinien kommen lassen muss, preislich kommt das auf dasselbe raus, das Paar kostet so oder so dreißigtausend und hält höchstens ein halbes Jahr, dazu kommen die Kleider, und da man beim argentinischen Tango ziemlich konservativ ist, kommen nur zwei Farben in Frage, rot und schwarz ...« Alexa hielt inne und sagte dann lächelnd: »Stendhal.«

Das auch noch? Ich jubelte. Fühlte mich wie ein Pionier, den es auf einen neuen Erdteil verschlagen hat. Mister Livingstone, wenn ich mich nicht irrte.

Die Musik zu ihrer Solonummer wollte mir Alexa gern auf ihrem Walkman vorspielen. Da sie die Schaumstoffhülsen längst verloren hatte, fielen die kleinen Knopflautsprecher am Ende des Kabels ständig aus meiner Ohrmuschel. »Was für riesige Ohren Sie haben!«, sagte sie und steckte ihren Zeigefinger in mein Ohrloch. »Das hat mir noch nie jemand gesagt!«, erwiderte ich, nicht ganz sicher, was ich davon halten sollte. »Ich meine nicht die Ohrmuscheln, sondern die Öffnung!« Ihr kräftiger Fingernagel bohrte sich tief in mein Ohr, drohte den Gehörgang zu sprengen, während ich das Ganze als eine Art Prüfung betrachtete und versuchte, es auszuhalten.

»Puh, Ihr Ohrenschmalz ist aber zäh!« Alexa verrieb es zwischen den Fingern. Das war mir auch noch nie zu Ohren gekommen: Dass Ohrenschmalz irgendwie war. Ekelige Körpersäfte hatte man gefälligst stillschweigend zu entfernen und im Übrigen so zu tun, als gäbe es sie nicht. Wen kümmerte es schon, ob sie zäh waren oder flüssig? In diesem Licht betrachtet war es unbegreiflich, warum ich ihre Feststellung mit einer gewissen Zufriedenheit quittierte. ›Vielleicht ist es gut, dass es zäh ist, überhaupt, was für eine Frau, die sich sogar für mein Ohrenschmalz interessiert!‹ Plötzlich überkam mich die Lust, meinerseits etwas in Alexas Ohren zu stopfen (tat es natürlich nicht), um dann sämtliche sonstigen Öffnungen der Reihe nach herzunehmen, einzeln oder gleichzeitig. Doch dann dachte ich wieder nüchtern. ›Du blöder Depp, dieses junge Mädchen pfeift auf deine unsichere Männlichkeit, für sie bist du nichts weiter als ein Zeitvertreib, also Vorsicht, Freundchen.‹

Vergeblich versuchte ich mich zu bändigen, vor Aufregung führten meine Nerven wilde Tänze auf. Nur mein Schwanz stellte sich tot. Sollte einer das begreifen können. Ich begriff das nicht.

Alexa spulte das Band an den Anfang und steckte mir die Knopflautsprecher ins Ohr. Geigen flehten, ein Cello versuchte sie brummelnd zu trösten, den Takt schlugen Gitarrensaiten, in der tiefsten Lage trauerte ein Bass. »Das ist kein Orquesta Típica«, sagte Alexa ein wenig lauter als nötig, um die Musik zu übertönen, »denn es sind zu wenig Streicher, kein Klavier und auch nur ein Bandoneon. Trotzdem geht die Musik zu Herzen, wie immer bei Piazzolla.« Ich nickte. Plötzlich überkam mich die Lust zu tanzen – und zugleich eine gewisse Melancholie.

Nun holte Alexa den Garderobenständer vom Hotelgang. Zwar entspreche er nicht ganz ihrer Requisite, erfülle seinen Zweck aber vollkommen, meinte sie. Sie steckte die kleinen Knopflautsprecher in ihre eigenen Ohren und führte mir den Mittelteil ihrer Nummer vor. Wie sie den Holzständer immer wieder umkreiste und im Laufe des Tanzes immer weiter zu sich zog, bot sie einen derart erotischen Anblick, dass es mir äußerst schwer fiel, ruhig sitzen zu bleiben. Und dann flog das um ihre Hüften geschwungene Handtuch während einer Drehung auch noch davon. Außer Atem beendete Alexa ihre Vorstellung und stellte den Walkman ab. »Oh pardon!« Aber sie ließ das Handtuch liegen und setzte sich aufs Bett, wo sie sich den Schweiß vom Gesicht wischte, und auch vom Bauch, indem sie unter ihren dicken Pullover griff.

Mir blieb buchstäblich die Spucke weg, während sich Alexa auf dem Bett rekelte. Entlang den Muskelsträngen an ihren Oberschenkeln verliefen ungewöhnlich lange und tiefe Furchen. ›Liebesgruben‹, dachte ich. Und: ›Ich bin verloren.‹

Beim besten Willen kann ich mich nicht mehr entsinnen, ob ich mich rührte oder nicht. Jedenfalls schob mich Alexa zur Seite, sagte: »Morgen ist auch noch ein Tag!«, und war schon aus dem Zimmer. Kaum dass sich die Tür hinter ihr geschlossen hatte, begann ich zu fürchten, das Ganze sei nur ein Traum gewesen. Und ahnte bereits, dass ich die Nacht schlaflos verbringen würde.

ALEXA DÓZSA

*Sportlehrerin, Anthroposophin, zukünftige Isadora Duncan des argentinischen Tangos.*

Schön und gut. Nur.

*Sie könnte meine Tochter sein, vorausgesetzt ich hätte rechtzeitig angefangen.*

Beladen mit der Last dieses Gedankens trat ich mit der Flasche in der Hand auf den Balkon, trank den restlichen Wein und starrte, die Ellenbogen auf die Geranienkästen gestützt, nach unten. Verlöre ich jetzt das Gleichgewicht oder spränge runter, wäre das sicher mein Ende. ›Soll ich mich scheiden lassen? Schon wieder?‹, fragte ich mich fröstelnd.

Während ich mich schlaflos im Bett wälzte, vernahm ich durch die offene Balkontür derbes, gesundes Männerschnarchen. Nicht im Traum kam mir der Gedanke, das zwanzig Jahre jüngere Mädchen könnte so erbarmungslos schnarchen. Wie mir auch nicht die Idee kam, Alexa könnte – verrückt sein. Obwohl sie gar kein Hehl daraus machte. Mehrmals schon hatte sie es gesagt.

*Ich bin verrückt!*

Ich hatte es nicht ernst genug genommen.

Beim Frühstück trafen wir uns wieder. Und verbrachten von da ab jede Minute der noch verbleibenden siebenunddreißig Stunden gemeinsam. Alexa war nicht nur wunderschön, sie war auch klug. In ihrem Zimmer aßen wir zu Abend, neben dem Couchtisch auf dem Teppich liegend. Gemessen an meinen Möglichkeiten hatte ich im Laden an der Ecke üppig eingekauft, packte den teuren Wurst- und Käseaufschnitt aus und deckte den Tisch. Dass Alexa alles mit einem gequälten Lächeln auf einen Extrapappteller schieben würde, traf mich unerwartet: »Da ist Fleisch drangekommen, das esse ich nicht.«

Dabei hätte ich mir denken können, dass ihre Essgewohnheiten genauso ungewöhnlich waren wie alles an ihr. Überraschend. Unberechenbar. Verrückt.

*Und ohne irgendein System.*

»Wäre es Ihnen sehr unangenehm, wenn ich Sie küssen würde?«, fragte Alexa mit vollem Mund. Zunächst wusste ich nicht, was erwidern, sagte dann: »Jetzt gleich oder nachdem Sie den Käse hinuntergeschluckt haben?« »Vorläufig ziehe ich nur Erkundigungen ein!«, Alexa lächelnd. Das war mir zu hoch. Was war denn der Unterschied zwischen einer konkreten Absicht und Erkundigungen einziehen? Wollte sie jetzt knutschen oder wollte sie nur einen zwanzig Jahre älteren Mann provozieren?

Nachdem Alexa ihren Schweizer Käse (Appenzeller) gründlich gekaut hatte, schluckte sie ihn hinunter und trank zwei Schlucke Schweizer Wein (Fendant), dann lehnte sie sich über den Tisch, nahm meinen Kopf in ihre Hände und zog ihn zu sich. Wie ein Blinder tastete ihre Zunge in meinem Mund herum, langsam, gründlich, neugierig. Auch jetzt schien sie Erkundigungen einzuholen. »Im Küssen sind Sie aber nicht gerade ein Meister!«, stellte sie fest. (Das hatte ich doch schon mal wo gehört.) »Dann … bringen Sie es mir doch bei!«

Vorsichtig entkleidete ich sie, wollte nicht glauben, dass sie es zulassen würde. Endlich vom Pullover befreit, reckten sich ihre kleinen Brüste stolz in die Luft, und beim Anblick der rosa Nippelchen fiel mir »Pelle, der Eroberer« ein, ohne dass es mir gelungen wäre, den Zusammenhang herzustellen. Erobern ließ ich mich aber sofort, während Alexa sich selbst prüfend taxierte: »In der Pubertät hat man mich in der Familie ständig aufgezogen, ich hätte weder Busen noch Taille, so dass ich vor Jungs lange Zeit Angst hatte. Bis ich dahinterkam, dass die meisten Männer kleine Brüste mögen. Seitdem bin ich stolz auf sie.«

»Ich mag auch kleine Brüste«, sagte ich mit einem blöden Lächeln. Dass auch ich auf ihre Brüste stolz war, verkniff ich mir. (›Ich habe den Verstand verloren.‹)

Auf dem Teppich des Dornacher Hotelzimmers hatte Alexa nichts dagegen, sich mit mir einzulassen. Im Gegenteil, sie war eher die treibende Kraft. Nackt und keine dreißig Zentimeter voneinander entfernt ließen wir zunächst die Hände zaghaft über den Körper des anderen wandern. Unfähig, meinen Blick von dort abzuwenden, sah ich, dass Alexas Pussi von champagnerfarbenen Seidenhaaren bedeckt war, die Rosenblütenblätter darunter in festlichem Ornat. (In dieser Nacht tauften wir es Vöglein, nachdem Alexa gesagt hatte, es sei erst faul, fliege dann aber umso höher. ›Flieg, Vogel, flieg!‹)

Alexa platzierte das Kondom in dem Ring, den sie mit Daumen und Zeigefinger ihrer linken Hand bildete, und blies hinein. »Ich habe immer Socken dabei«, erklärte sie. »Gehört zu meiner Pflichtausrüstung, wie das Warndreieck im Auto.« Wie ich mich später überzeugen konnte, steckte auch in ihrer Monatskarte für die Straßenbahn ein Kondom. Mit ihrer rechten Hand ergriff sie mein Glied und erkundigte sich im Ton naturwissenschaftlichen Interesses: »Sind Sie sicher, dass Sie mich vögeln wollen?«

Leider gerierte sich mein Soldat (der in Alexas Namensgebung später Manual hieß) nicht gerade wie ein übereifriger Krieger, sondern eher wie ein hilfloser Patient im Wartezimmer des Bezirksarztes. »Ganz sicher!«, erwiderte ich, wobei wenigstens meine Stimme einigermaßen fest war.

Also begann Alexa Manual zu bearbeiten, worauf der mit der Zeit zu einem stolzen und wild strampelnden Indianer mutierte. Alexa konnte das Warndreieck mit fleißigen, kräftigen Fingern überziehen. Mit erhobenem Tomahawk preschte Chingachgook aus dem Tannenwäldchen, das die felsige Berghöhe säumte, flog mit seinem Pferd durch die Lüfte und über den Abgrund, so dass die Hufe Funken schlugen.

Wieder bei Puste, wollte ich etwas Besonderes sagen, wobei mir nichts einfiel. Alexa zog mir die »Socke« aus und untersuchte ihren Inhalt: »So was… wie zäh!« ›Also auch zäh‹, dachte ich, ›gut zu wissen.‹ Sie legte ihren Kopf auf meinem Bauch, ihre Locken kitzelten. »Drückt das?«, Alexa, und obwohl es drückte, leugnete ich, damit sie so blieb.

»Wundervoll, wie Sie sich mir hingegeben haben!«, murmelte sie zu meinem ungeheuren Erstaunen. Außer zu genießen, wie sie mit mir spielte wie auf einem Musikinstrument, hatte ich rein gar nichts getan. Außerdem hatte ich bis jetzt immer in dem Glauben gelebt, die Frauen gäben sich den in sie eindringenden Männern hin. »Sie schmecken sehr gut!« »Das ist … wirklich sehr liebenswürdig … und wie … genau?« »Ölgrün«, erwiderte meine intellektuelle Pädagogin, und fügte hinzu: »Ich blase für mein Leben gern.« Das musste ich erst mal verdauen. War es möglich, dass eine Frau das nicht nur dem Mann zuliebe tat? Dass es also kein reiner Liebesdienst war, sondern auch für sie selbst ein Genuss?

»Was hätten Sie jetzt am liebsten?«, erkundigte sich Alexa. »Ich … Was hätten Sie denn gern?« »Ich habe zuerst gefragt!« Ihre riesigen grünen Augen blitzten, dass es mich nur so blendete, und ich presste meinen Kopf in ihre Schultergrube: »Ich möchte das, was Sie möchten.« »Das ist gut, denn ich will alles.« (Zu diesem Zeitpunkt wusste ich noch nicht, dass dieses »alles« bei Alexa den gesamten erotischen Speiseplan beinhaltete, inklusive herkömmlichem Liebesakt als Höhepunkt des Ganzen.)

*Alles.*

*Ich fand keine Worte.*

Sie schlug vor, einen kleinen Spaziergang zu machen. Auf dem grasigen Hügel hinter dem Hotel blieb sie stehen: »Los, wir rollen runter!« Ich sträubte mich, aber sie kannte kein Pardon, zog mich auf den feuchten Boden und schubste mich runter wie eine Teppichrolle. Eine Armlänge hinter mir rollte auch sie, am Fuß des Hügels stießen wir zusammen. Wir umarmten uns. »Stecken Sie mir einen Finger rein!«, sagte sie, indem sie den Reißverschluss ihrer Hose runterzog. Der gelbe Senffleck war immer noch zu sehen. Trotz des engen Gummizugs ihres Höschens, der mir in die Hand schnitt, steckte ich ihr den Daumen rein, so tief ich konnte. Bewegte ihn dort drin. Mit dem Nagel stieß ich an einen kleinen Hügel, eine kleine Anhöhe, auf der nie Rasen gemäht wurde. »Haben Sie keinen längeren?«, Alexa. Daraufhin brachte ich erst meinen Zeigefinger, dann den Mittelfinger zum Einsatz. Der war der längste. Alexa seufzte und stöhnte, die Töne brachen immer tiefer und immer stärker aus ihr hervor, bis sie aufschrie und zu zucken begann. Eine Wunderkerze von der Größe einer Pappel. Nie zuvor hatte ich so etwas gesehen-gehört-getan. »Nicht aufhören!«, forderte sie, worauf ich meinen Finger erneut an den Hügel drückte, der zugleich seidig war und rau. Noch zweimal entflammte die Pappel. Ein Niagarafall von Sternenfunken.

»Ich glaube es einfach nicht!«, stöhnte ich. »Ich auch nicht.« (Ab hier begannen wir uns zu duzen.)

Später sagte sie, anfangs hätte sie befürchtet, dass ich hässliche Beine hätte, alt, mit krummen Nägeln, so dass meine Kinderfüße mit den kurzen Zehen eine echte Überraschung für sie waren. Dass ich Kinderfüße hatte, war mir bislang auch nicht bewusst gewesen. Wahnsinn, dass ein fünfundzwanzigjähriges Mädchen so verrückt nach mir sein konnte. Obwohl ich schon fünfundvierzig war, hässlich und auch im Bett nicht sehr gut. Während sie nur mit Hilfe von Superlativen beschrieben werden konnte. Ich fand keine Worte.

Doch nicht nur Worte fand ich keine, auch mich selbst nicht. Mit getrennten Maschinen flogen wir heim, in meiner Tasche glühte ihre Visitenkarte.

*Was wird nun werden?*

*Was soll werden?*

Das einzig Kluge wäre, den kleinen Pappkarton in winzige Stücke zu reißen und alles aus dem runden Flugzeugfenster zu schmeißen. Allerdings würde die Maschine dann vermutlich abstürzen.

*Ich werde auf jeden Fall abstürzen.*

›Schieb doch keine Panik, du Dummkopf, freue dich lieber über die drei himmlischen Tage, die du mit ihr verbracht hast, und finde dich damit ab, dass mehr für dich nicht drin ist. Kehre heim zu Frau und Kind, lebe weiter dein Leben, denn diese Beziehung hat keine Zukunft. Ausgeschlossen, dass ein so ungewöhnliches Mädchen mit dir zusammenbleibt. Sie ist zu ungewöhnlich. Und zu jung. Also sei stark.‹ Ich verschränkte rechte und linke Hand ineinander, beide waren eiskalt. Dabei hatte Alexa mehrmals erwähnt, wie heiß meine Hände waren – nun, ohne sie offenbar nicht. Meine Finger zitterten bedenklich, und ich bat die Stewardess um einen kleinen Cognac. Nüchtern ertrug ich das alles nicht.

Ich konnte die Visitenkarte weder zerreißen noch fortwerfen, also versteckte ich sie in der unordentlichsten Schublade meines Schreibtisches. Dann versuchte ich zum gewohnten Trott überzugehen. Konzentrierte mich auf all das Gute, das Gigi und Palika für mich bedeuteten. Und auf Johann Wolfgang von Goethe, der Ruhe und Frieden brauchte, und kein Erdbeben. Ich versuchte mir einzureden, die Eigenschaft von Erdbeben und Lavaausbrüchen sei bei aller Heftigkeit eben auch die Kurzlebigkeit. Alles vergebens, nach zwei Tagen rief ich sie an.

Lange schreckte ich davor zurück, Alexa in meinem Tagebuch zu erwähnen, welches ich inzwischen auf meinem neuen Laptop schrieb. Gekauft hatte ich ihn in Basel, und zwar mit Alexas Hilfe, die mich zu einem Apple Macintosh überredete. Einmal im Leben konnte auch ich ins kalte Wasser springen. Ein Powerbook. So klein und dünn, dass es in meine Aktentasche passte. Ich liebte es schon in dem Augenblick, in dem ich es das erste Mal sah.

*Welcome to Macintosh!*

Mein Tagebuch versteckte ich unter »NOTIZEN« in einem

Ordner namens »ARBEIT«. An den Anfang des Dokuments mit dem Titel »AAA« kopierte ich das Konzept von »Goethe und die Bühne«, sollte Gigi also auf dem Laptop herumschnüffeln und zufällig auf das Dokument stoßen, würde sie meinen, den Goethe-Text vor sich zu haben. Die Geduld, bis zum Schluss zu lesen, hätte sie sicher nicht.

Interessant, dass ich in meinen Tagebüchern nie über platonische Beziehungen schrieb. Auch nie über Palika, aber das war klar, für ihn führte ich ein spezielles Kindernotizbuch. Darin standen seine ersten Worte, sein Gewicht, sein Lieblingsspielzeug. Seine drolligen Wortverdreher. Die waren ohnehin die erfrischendste Lektüre der Welt. Eines Tages wollte ich ihm dieses Buch schenken. Vielleicht zu seinem zwanzigsten Geburtstag nächstes Jahr.

Was platonische Beziehungen betraf, war es bezeichnend, dass auch Goethe welche vorzuweisen hatte. Und das, obwohl es ihm wirklich nie an Mut gemangelt hatte.

Um nur ein Beispiel zu nennen: Wie sehr hatte ich mich seinerzeit nach Zsuzsis Kollegin Virág verzehrt. Hätte ich mit ihr wenigstens einmal allein sein können! Sie wäre auf die Sache vielleicht eingegangen. Aber sie ratschte immer nur mit Zsuzsi in der Küche, wenn sie in ihrer Eigenschaft als Single hin und wieder nach der Arbeit bei uns klingelte. Aber es gab auch andere. Die längste Zeit hindurch betete ich Ildikó an, eine Kollegin von der Germanistischen Fakultät, und obwohl wir manchmal halb offiziell miteinander zu tun hatten, lud ich sie nicht einmal zu einem Kaffee ein – ihr Mann war Wasserballtrainer, fast zwei Meter groß, mit einer Narbe im Gesicht. Warum ich Szilvi, Gigis Freundin, nur heimlich begaffte, blieb trotzdem ein Rätsel. Auch sie hatte nach einem halben Leben Jogging und Aerobic eine makellose Figur – und war schon seit Jahren geschieden.

*Mit meinen Seidenschals und der ewig schief sitzenden Brille war ich einfach nur ein feiger Hund.*

Aber noch war es vielleicht nicht zu spät.

Noch hatte ich eine Chance.

ALEXA

A LEX

LEX

A

# 9.

Dr János Mester tätschelte seinen Koffer-Goethe, als wäre es ein Haustier. Sein Platz in der Wohnung in der Raucherstrasse war der Esstisch. Dort pflegte er ihn mit großer Umsicht abzustauben, ihn gelegentlich zu streicheln und über seine Metallstäbe und Chromschnallen zu streichen, dann den Koffer zu öffnen und die weinroten Bände zu befühlen, um schließlich das Ganze dem Foto im Prospekt entsprechend als Bücherregal aufzustellen, allerdings nicht auf dem Fußboden, wie auf dem Bild, sondern auf der Tischplatte, die sich unter dem Gewicht bog. So musste sich Jánoska weder bücken noch niederknien, was Johann Wolfgang von Goethe vermutlich von ihm erwartet hätte.

Er zog eines der berühmten Werke heraus, schlug es auf, roch daran, schob es wieder zurück. Die weinroten Bände behandelte er wie rohe Eier und malte sich aus, wo er sie zu Hause unterbringen würde. Zu Hause … Hatte er so was überhaupt noch?

In seiner Vorstellung versuchte er eine durchschnittlich heruntergekommene Anderthalbzimmer-Plattenbauwohnung mit seinen eigenen Möbeln einzurichten. Nicht in Békásmegyer, sondern auf der Budaer Seite der Árpád-Brücke. Welche eigenen Möbel besaß er überhaupt? ›Alles gehört euch gemeinsam, du Rindvieh!‹ Nun, dann eben mithilfe der

IKEA-Produktfamilie. ›Selbst dazu reicht das Geld nicht.‹ Dann eben mit Secondhandmöbeln. Beim Gedanken ans Ergebnis wurde ihm schlecht. ›Abgewetzt, zerschlissen und zusammengewürfelt. Wie ich selbst.‹ Erneut lehnte er sich über den Koffer und versuchte sich durch dessen intensiven Duft Linderung zu verschaffen. Mit der linken Hand nestelte er an seinem unvermeidlichen Seidenschal herum. Schon als Kind hatte er statt mit einer Puppe mit einem Stück glänzenden Stoffs gespielt, es herumgeknüllt und ihm Kosenamen gegeben: Kuschel.

Erst nachdem er Jolandas kostbares Geschenk drei Tage lang verhätschelt hatte, wurde ihm klar, dass er noch keinen der dreiunddreißig Bände gelesen hatte. Dabei waren die doch eigentlich dafür vorgesehen. Aber im Moment hatte er leider nicht die geringste Lust auf Johann Wolfgang von Goethes Meisterwerke. Eine schöne Geschichte: Ein Goethe-Forscher, der keine Lust hatte, Goethe zu lesen.

*Vielleicht sollte ich mich einmal fragen, warum ich mein ganzes Leben für ihn geopfert habe!*

*Andererseits: Wem sonst hätte ich es opfern sollen?*

In Gedanken begab er sich zurück in seine Kindheit. Als Grundschüler hatte er allen verkündet, Chemiker werden zu wollen. Weil er zu Weihnachten »Der kleine Chemiker« geschenkt bekommen hatte: eine große Schachtel mit Chemikalien, Reagenzgläsern, Pinzetten, Mischgefäßen und einer Anleitung für Versuche. Es gelang ihm, in der Küche eine Keramikschüssel zu sprengen und Wand und Decke neben dem Herd schwarz zu färben. Als Gymnasiast war er schon eher auf dem Zahnarzttrip, damit seinem Onkel nacheifernd. Allerdings genügten wenige Tropfen Blut, um ihn einer Ohnmacht nahe zu bringen. Blieben nach Anwendung des K.o.-Prinzips nur noch Geisteswissenschaften. In einer Probeunterrichtsstunde blamierte er sich bis aufs Blut. Die Schüler unterhielten sich von Anfang der Stunde an ungeniert, warfen Sachen durch das Klassenzimmer und beachteten ihn nicht, ganz gleich, was er tat. Tricks anderer Lehramtsanwärter – leise sprechen, mit einem Lineal auf den Tisch klopfen, den Oberkasper kaltstellen – zeigten, wenn er sie anzuwenden versuchte, nicht die geringste Wirkung. In der schriftlichen Beurteilung seiner Probestunde wurde ihm von einer Laufbahn als Lehrer abgeraten. Er nahm es leichten Herzens, hatte sich selbst schon längst davon abgeraten. Was blieben noch für Möglichkeiten? Intellektuelle Hilfsarbeit, Übersetzerei, Korrigiererei. Und natürlich Goethe.

In der Hoffnung, sich Erleichterung zu verschaffen, wenn er sein Herz auf dem Papier ausschüttete, zog er sein Moleskine hervor. Stellte fest, dass es gar nicht so einfach war, sein Herz auszuschütten. Er kritzelte Muster aufs Papier, um dadurch einen Einstieg zu finden. Hinzuschreiben, dass Gott ihn verflucht hatte, hatte er nicht den Mut. Alexa kam ihm in den Sinn. Wobei von kommen nicht die Rede sein konnte, denn in seinem Kopf war Alexa dauerpräsent, wie ein auf unbestimmte Zeit aufgestellter Wachposten. Seine Hand zuckte, um in lauter Kleinbuchstaben »alexa« ins Notizheft zu schreiben. Sein Füller kreiste über dem Papier, schlug aber nicht zu.

Nun fiel ihm Jolanda Trabandt ein. ›Was will ich eigentlich von dieser zweifachen Mutter mit ihrer offenen Ehe? Gar nichts! Warum nehme ich ihre sexuellen Dienste und sündhaft teuren Geschenke dann an?‹

Warum, warum, warum.

›Weil du zu schwach bist, sie zurückzuweisen. Weil du in letzter Zeit von niemandem mehr so überrascht worden bist, dass es dir die Sprache verschlagen hat. Weil sie im Bett (auf dem Teppich, auf dem Tisch) mit dir spielt, dass du zum Symphonieorchester mutierst. Weil sie es schafft, euch gemeinsam zum Gipfel des Mont Blanc zu bringen, wie auf das Zeichen eines Dirigenten. Weil Jolanda … Jolanda ist.

Nur dass du eigentlich in Alexa verliebt bist.

Sicher?

Nach all dem?

*Sicher ist nur der Tod. Ich hingegen weiß nur, dass ich nichts weiß. Aber so mag ich nicht leben. Wobei es nicht mal ganz sicher ist, dass ich überhaupt leben mag. Denke ich an Sanyika und Jucika, habe ich natürlich keinen Zweifel: Die beiden möchte ich schon noch groß werden sehen, und das dauert noch mindestens zwanzig Jahre. Dann bin ich 76 … Grauenvoll! Alexa hat vollkommen Recht: Mit dieser Aussicht kann sie nicht tatenlos herumsitzen. Zur dem Zeipunkt wird sie erst 56 sein. Obwohl 56 bei Frauen etwas anderes ist als bei Männern. Wenn ich mir Alexa allerdings so anschaue, schadet ihr das Altern kaum. Nützt ihr eher. Sie wird immer schöner. Oder bin ich nur so sehr von ihr geblendet? Ich habe ja auch bei Jolanda das Gefühl, das Altern schadet ihr nichts. Schon gut, schon gut, es ist vollkommen egal.*

Das zweite »schon gut« strich er durch. Wenn Alexa die Geduld verlor, pflegte sie Telefongespräche mit diesen Worten zu beenden: »Schon gut, schon gut, tschüss, tschüss!« Und im Laufe der Jahre verlor sie die Geduld immer schneller. Der Grenzstein einer neuen Epoche wäre möglicherweise die dreifache Wiederholung: »Schon gut, schon gut, schon gut, tschüss, tschüss, tschüss.«

Jánoska fertigte eine weitere Reihe Muster an. Er war nicht glücklich zu sehen, dass sein Gekritzel aus lauter gotischen As bestand. Der Gerechtigkeit halber brachte er eine Reihe J aufs Papier, was aber bei Weitem nicht so schön geriet. Er nahm sein Handy, wählte Alexas Nummer. Hörte es läuten, aber Alexa hob nicht ab. ›Verdammte Scheiße, offenbar ist sie gerade …‹ Er drückte die rote Taste. Vielleicht hatte er sich verwählt, probierte es noch einmal. Diesmal ließ er es zwölfmal läuten, vergeblich. Genervt warf er das Handy in die Ecke, wo es geräuschvoll aufschlug und in drei Teile zerfiel. ›Wenn es jetzt kaputt ist, dann stehe ich schön da, allein und ohne Verbindung zur Außenwelt.‹ Rasch sammelte er die Teile auf. ›Jetzt spinn doch nicht so! Vor zehn Jahren hast du von der Existenz von Mobiltelefonen noch nicht einmal was gewusst!‹ ›In dieser Wohnung gibt es aber kein Festnetz!‹ ›Na und? Du hast deine ganze Kindheit ohne Telefon verbracht. Was ist dabei, zur Telefonzelle zu spazieren?‹ Welche in der Raucherstraße keine Zelle war, sondern ein Apparat an einer Hauswand, ähnlich wie in Cafés und Restaurants.

Außer einem Riss in der durchsichtigen Plastikabdeckung des winzigen Displays hatte das Gerät keinen größeren Schaden davongetragen. Ein Anruf in Abwesenheit. Alexas Nummer! Schnell, schnell!

»Hallo, Jánoska!« Diesmal ging Alexa sofort ran. »Hallo, du hast mich angerufen.« »Nein, du hast mich angerufen, ich habe nur zurückgerufen.« Mit seiner einschmeichelndsten Stimme sagte Jánoska: »Du fehlst mir. Sehr!« »Verstehe!« »Hm … Mehr hast du dazu nicht zu sagen?« »Ich bitte dich!«, Alexas Stimme wie ein arktischer Eissturm. »Schon gut, ich dachte nur …« Alexa auf minus dreißig Grad: »Was dachtest du? Dass ich dir was vormachen werde? Das werde ich nicht! Nur um dir einen Gefallen zu tun? Solltest du es wirklich wollen, kann ich es natürlich machen, aber das wäre wirklich das Allerletzte!«

Jánoska sagte, er wolle es nicht, dachte aber bei sich, dass er vorübergehend nichts dagegen hätte, weil er in dieser fremden

Wohnung sonst die Wände hochging. Ganz zu schweigen davon, dass er den Vogel mal wieder komplett vergessen hatte. Er eilte zum Käfig. Christiane blickte ihm mit geneigtem Kopf sehr vorwurfsvoll entgegen und gickerte. Kein Wunder: Kein Futter, kein Wasser, keine Sauberkeit! Rasch verabschiedete sich Jánoska von seiner Frau und legte auf, insbesondere um weiteren verletzenden Bemerkungen aus dem Weg zu gehen. ›Du bist ein feiger Hund‹, rief er sich erbarmungslos die Wahrheit in Erinnerung. Dann versorgte er den Nymphensittich mit Körnern und Wasser, wobei er das Ausmisten auf ein anderes Mal verschob. ›Ich putze auch die Wohnung nicht, warum soll ich also deinen Käfig putzen?‹

*Ich sollte hier endlich raus. Und zur Bibliothek der Stiftung fahren. Oder Jolanda zum Mittagessen einladen. Aber warum? Ich würde wieder nur über meine Ehe sprechen, was uns beiden nicht guttut, und schon gar nicht auf Deutsch.* SCHEIDEN LASSEN. *Brrr … Denk dir was Besseres aus, los, los, schnejj, schnejj!*

»Schnejj schnejj« war Jucikas Kindersprache. Sofort trübten sich Jánoskas Augen. ›Meine Jucika! Mein Sanyika!‹ In seiner Vorstellung streichelte er seinen Kindern die Haare. Er konnte nach Hause kommen, wann er wollte – waren die beiden da, liefen sie ihm »Papa, Papa!« rufend entgegen. Dann warf sich Jánoska auf die Knie, schloss sie in seine Arme und drückte ihre Köpfchen an seine Schulter. Das war das vollkommene Glück. Verdammt. Im Vergleich dazu war es fast egal, was Alexa mit diesem Typen trieb.

Nun … es war nicht egal.

Männliche Eitelkeit? Revierkampf? Neid? Eifersucht? Wobei die zwei Letztgenannten ein- und dasselbe waren, und manche indogermanische Sprachen für beides nur einen Ausdruck hatten.

Jánoska floh ins Freie und holte das Fahrrad aus dem

Schuppen. Den Schlüssel zum Fahrradschloss vergaß er in der Wohnung, er musste noch einmal zurückgehen. Ohne in den Sattel zu steigen schob er das Rad auf die andere Straßenseite, kam aber nur bis zum Gibraltar. Dort sperrte er das Hinterrad ab, indem er den Schlüssel abzog, und nahm auf einem der altersschwachen Sofas auf dem Gehweg Platz. Ihn fröstelte.

›Was aus dem Oktoberklub wohl geworden ist?‹

Er hätte nicht sagen können, wie er jetzt da draufkam. An die ostdeutsche Protest-Song-Band (damals Pol-Beat genannt) hatte er seit mindestens zehn Jahren nicht mehr gedacht. ›Die Funktionsweise des Gehirns ist doch wirklich rätselhaft‹, dachte er. Und strich diese Banalität umgehend wieder. Wie auch die folgende. (Nicht rätselhafter als die des Herzens.) ›Du würdest gut daran tun, ein wenig auf dein Niveau zu achten. Wer ein Sklave der Eitelkeit, der entbehrt meist der Weisheit. Was Goethe zu diesem Reim wohl gesagt hätte?‹ In der Hoffnung, auf etwas Vergleichbares zu stoßen, blätterte er im Kopf Goethes, Schillers und Heines Gedichte durch. ›Einmal sollte man eine komparative Studie über die Techniken des Reimens in der deutschen und in der ungarischen Dichtung schreiben. Oder wenigstens die Strophenenden bei Goethe und einem beliebigen ungarischen Dichter vergleichen. Goethe und Arany. Oder Goethe und Petőfi. Möglicherweise Goethe-Schiller und Petőfi-Arany. Wobei die Sache enorm vereinfacht würde, gäbe es auch Schiller, Petőfi und Arany in einem Koffer.‹

Jánoska beschloss, nicht weiter zu frieren, und begab sich in das Innere des höhlenartigen Cafés. Hinter der Theke stand die große, wohlriechende, knabenhafte Kellnerin. »Was darf ich dir bringen?«, fragte sie mit einem Lächeln, das Jánoska als einen Hauch zu herzlich empfand. »Einen Espresso«, erwiderte er, obwohl sein Magen in lodernden Flammen stand. Mit einer Geste bat er das Mädchen, die Zeituhr einzuschalten, und setzte sich dann zum Surfen an den mittleren Computer. Auf der deutschen Google-Seite gab er »Oktoberklub« in die Suchmaske ein und wartete. Der Rechner lieferte jede Menge Treffer. Den ersten klickte er an. Wikipedia, die freie Enzyklopädie. In den Wikipedia-Beitrag über Goethe und dessen Schaffen hatte auch Dr János Mester das eine oder andere eingeschmuggelt. Hatte außerdem auch über sein eigenes berufliches Schaffen einen kurzen Artikel geschrieben, ohne das irgendjemandem zu verraten. Wer weiß, wozu das noch gut sein könnte. Den Artikel über den Oktoberklub übertrug er in sein Moleskine-Notizbuch. Er wusste selbst nicht, warum.

*In den 1960er-Jahren entstand in der DDR die Singbewegung als Versuch junger Menschen, Folk- und Protestsongs aus den USA aufzunehmen und mit Inhalten aus der eigenen Lebenswelt zu versehen. Hieraus formierte sich 1966 in Ostberlin der Hootenanny-Klub, der bald sehr populär wurde. 1967 wurde der Hootenanny-Klub unter starker Mitwirkung von Partei und FDJ zum »Oktoberklub«. Dieser wurde fester Bestandteil von offiziellen Festen und Kundgebungen von Staat und Partei.*

Jánoska war versucht hinzuzufügen: Zu den Gästen des jährlich vom Oktoberklub veranstalteten internationalen Song-Festivals hatte einst auch die ungarische Band Barrikade gehört, deren Songtexte zum Teil von Dr János Mester ins Deutsche übertragen wurden (siehe auch den Wikipedia-Artikel zu seiner Person).

*Zu den Gründungsmitgliedern des Oktoberklubs zählten Reinhold Andert, Georg Bach, René Büttner, Jörn Fechner, Sabine Fehse, Wolfgang Gregor, Reinhard Heinemann, Achim Hürtgen, Lutz Kirchenwitz, Nora Löhr, Bert Ostberg, Tatjana Phillip und Jürgen Pippig. Bekannte weitere Mitglieder waren Gisela Steineckert, Antje Garden und Tamara Danz. Ihre be-*

*kanntesten Songs »Sag mir, wo du stehst« und »Wir sind überall« sind bis heute unvergessen.*

An die Namen konnte sich Jánoska größtenteils erinnern, Gesichter hingegen waren ihm kaum noch gegenwärtig. Beim weiteren Surfen stieß er bald auf die Homepage von Jürgen Pippig – der war zu einem abgehalfterten Playboy verkommen.

*Zu was für einem abgehalfterten irgendwas ich verkommen bin, steht noch nicht fest.*

Erst jetzt bemerkte Jánoska, dass nicht nur der Espresso vor ihm stand, sondern auch die knabenhafte Kellnerin. »Oktoberklub?«, piekste sie mit dem Zeigefinger auf Jürgen Pippigs Brille. »Du interessierst dich für den Oktoberklub?« Jánoska nickte: »Ja, ich habe die vor langer Zeit mal kennengelernt.« »Ich auch!« »Mach keine Witze, zu deren Glanzzeiten warst du noch gar nicht auf der Welt!« »Das stimmt, aber meine Mutter war dabei gewesen.« »Eeeecht? Wer ist sie?« Jánoska ging noch einmal auf die Namensliste. Erneut tippte das Mädchen mit ihren kurzen Fingernägeln auf den Monitor. ›Der Nagel ist echt‹, dachte Jánoska, ›sauber und gesund, wenn auch ein wenig weißer als nötig. Wohl zu viel gereinigt. Oder zu viel abgespült. Wie heißt sie doch gleich? Ach ja, Rita.‹

»Sie steht nicht auf der Liste!«, blickte Rita enttäuscht auf den Bildschirm. »Warum steht ausgerechnet Mama nicht drauf?« »Wie heißt sie denn?« »Ingrid, Ingrid Schalowitz.«

Das kam Jánoska bekannt vor, aber nicht bekannt genug. »Ingrid Schalowitz«, wiederholte er beflissen, »schöner Name. »So ein Schwachsinn!«, prustete das Mädchen los, und Jánoska bemühte sich mitzulachen. Aber dann sagte Rita abrupt: »Du hast Probleme, nicht wahr?« Statt einer Antwort klickerte Jánoska mit der Maus herum. Auf dem Monitor erschien das Cover der lieferbaren CD des Oktoberklubs. DA SIND WIR

ABER IMMER NOCH… Darauf ein Wald von Wolkenkratzern mit einer Reklametafel auf dem allerhöchsten: AMIGA. (Der Name des Labels.) Darunter eine Art Transparent: Zwanzig Jahre Oktoberklub. Herausgekommen war die Platte 1985, bei einer Bestellung über das Internet konnte man sie für sechs Euro erstehen. Nur dass der Titel inzwischen lauten müsste: Vierzig Jahre Oktoberklub. Herr Jesus.

Auf einer anderen Homepage entdeckte er einen Hinweis auf einen öffentlichen Auftritt von Oktoberklub, der im Rahmen irgendeiner Protestveranstaltung an diesem Nachmittag um drei am Frankfurter Tor stattfand. Wogegen protestierten die jetzt noch?

»Wo befindet sich das Frankfurter Tor?«, erkundigte sich Jánoska. »Nicht weit von hier, nur wenige Haltestellen mit der Straßenbahn.« »Hast du Lust, zu dieser Protestveranstaltung mitzukommen und das anzuhören?« »Ist das dein Ernst?«, rief Rita, und ihre kräftigen weißen Zähne kamen zum Vorschein. »Absolut!« Jánoska machte eine etwas zu schwungvolle Handbewegung und stieß das hohe Wasserglas um, das sie ihm ungefragt zu seinem Espresso dazugestellt hatte. Er leistete ganze Arbeit – seine Hose war patschnass. »Na super!« Aber Rita sprang auf und rief: »Komm!« An der Hand zerrte sie ihn vom Stuhl und hinter die Theke. Jánoska folgte ihr willenlos. Sie liefen durch die Küche, wo ein ein kränklich aussehender Junge am Herd herumfuhrwerkte. ›Da muss einer Ham&Eggs bestellt haben‹, dachte Jánoska angesichts des Gebrutzels in der Pfanne, ›vielleicht sogar zwei.‹ Immer weiter zog ihn Rita hinter sich her, bis sie in einen dreieckigen Raum kamen, in dem ähnliche graue Blechspinde standen, wie in den Umkleiden am Tennisplatz in Budapest. Seitlich Herren- und Damentoiletten. Von irgendwoher zauberte Rita eine abgewetzte Stoffhose hervor: »Ich hoffe, die passt dir!«

Sich in dem übel riechenden Raum waschen zu müssen, gefiel Jánoska bei Weitem nicht so gut wie der frivole Gedanke, in die Hose des Mädchens schlüpfen zu dürfen. Aber zu früh gefreut: Die Hose war ihm viel zu groß, ach sei's drum, er behalf sich mit einem Stück Strick, das er durch die Gürtelschlaufen fädelte und am Bauch festknotete. Bis zur Wohnung würde das reichen, er musste ja nur auf die andere Straßenseite. Er stellte sich vor, wie es wäre, mit Rita hinaufzugehen. Mit einer so jungen Frau hatte er noch nie zu tun gehabt. Obwohl… als er Alexa kennengelernt hatte… Allerdings war er damals auch erst fünfundvierzig gewesen, das war schon noch ein Unterschied. Man konnte Rita eigentlich auch nicht als Frau bezeichnen, eher als Mädchen, ganz egal wie groß gewachsen sie war. Auch mit einer so Großen wie sie hatte er es noch nie zu tun gehabt. (Obwohl auch Rosa Laxenburg nicht klein war, aber nicht so groß wie Rita.) Er würde sich ganz schön strecken müssen. Solange sie noch nicht in der Horizontale waren. ›Stopp, du Idiot! Wie kommst du darauf zu glauben, dass sie sich mit dir einlassen könnte? Sie ist doch nicht auf den Kopf gefallen!‹

In einer Jeans, die der vorigen genau glich, kam Rita wieder zum Vorschein. Offenbar war das ihre Arbeitskleidung, und sie hatte ein paar Exemplare im Spind. »All right?«, erkundigte sie sich auf Englisch, und »All right!«, antwortete Jánoska dümmlich. Die nasse Hose über seinem linken Arm hielt er so weit wie möglich weg von sich. Während Rita ihn wieder hinausführte, starrte Jánoska wie hypnotisiert auf die knabenhafte Rückenansicht des Mädchens. An ihr war kein Gramm zu viel. Die Wölbungen ihres Hinterns waren sehr fest, in der Brustgegend wölbte sich rein gar nichts. ›Brustwarzen wird sie dennoch haben. Vermutlich blassrosa. Die würde ich gern mal anfassen.‹ Er nahm erneut am Computer Platz.

Der Tisch war in der Zwischenzeit von der anderen Kellnerin – im Vergleich zu Rita eine Zwergin – abgewischt und das schmutzige Glas weggeräumt worden. Zudem brachte sie einen frischen Espresso, sobald sie Jánoska erblickte: »Aufs Haus!« »Danke!« Erneut legte Jánoska seine Finger auf die Tastatur und schielte dabei verstohlen nach rechts. Rita ließ sich neben ihn plumpsen: »Du bist Tscheche, nicht wahr?« »Nicht doch!«, sagte Jánoska in einem Ton, als sei es eine besondere Schande, Tscheche zu sein. Dann fragte er: »Bist du etwa Tschechin?« »Nicht doch! Ich bin halb Dänin. Sieht man mir das nicht an?« »Äääh … Ich glaube, ich bin vor dir noch nie einer Dänin begegnet.« »So viele gibt es auch nicht, das stimmt, ich bin hier geboren worden, weil mein Vater in einem Orchester Anstellung gefunden hat.« »Das ist toll!« »Na ja, gut bezahlt ist es nicht … Aber wo kommst du dann her?« »Aus Ungarn!«, Jánoska nach kurzer Pause. »Das ist ja toll!«

Von wegen toll. Dänin zu sein war bestimmt viel besser. Doch das behielt Jánoska für sich. »Fertig!«, sagte er und schloss das Google-Fenster. Wollte damit andeuten, Rita könne den Zähler abstellen. »Das geht aufs Haus, heute sollst du verwöhnt werden, kann ich noch etwas für dich tun?«

Jánoska zögerte. ›Hättest du Mumm, würdest du ihr ins Gesicht sagen, dass … Hast du aber nicht.‹ Räuspernd meinte er: »Ehrlich gesagt … was das angeht …«, doch Rita hatte für so was keine Geduld: »Willst du mich ficken?«, worauf Jánoska wie gelähmt verstummte und das Mädchen weiter drängte. »Nun, was ist, ja oder nein?« »Ja, natürlich, obwohl ich …« Rita nickte: »Okay, wie du meinst.« »Mit einem Wort … du meinst … dass vielleicht … eventuell …?« Rita legte ihre Hand auf sein Knie: »Hängt ganz davon ab.« »Äääh … wovon?« »Ob du hundertzwanzig Euro hast.«

»Hundertzwanzig Euro«, wiederholte er, wie um es sich zu merken, »ich dachte nicht… auf die Idee bin ich gar nicht gekommen, dass du…« Mit keck zur Seite gelegtem Kopf erwiderte das Mädchen: »Väterchen, ich studiere an der Uni, von meinen Eltern kriege ich keine Unterstützung, irgendwie muss ich mich durchschlagen.« »Verstehe… demnach… machst du es für hundertzwanzig mit egal wem?« »Nein, Moralapostel zahlen hundertfünfzig!« Jánoska dachte über das Gehörte nach, während Rita hinzusetzte: »Das war ein Scherz.«

›Wenn das ein Scherz ist, warum muss ich dann nicht lachen? Offenbar verstehe ich den dänischen Humor nicht.‹

»Jetzt sei doch nicht schockiert, tu einfach so, als hätte ich nichts gesagt!«, Rita. Jánoska brummte vage, es war schwer, so zu tun. Sein Blick glitt über die schmalen Schultern des Mädchens, über ihre flache und dünne Figur, und er sann darüber nach, dass sie nicht gerade das war, was sich ein Mann unter einer… äh… Frau erträumte, die gegen Bares zu allem bereit war. Obwohl man in männlichen Wunschträumen nicht selten der Pädophilie begegnet und die hochgeschossene Kellnerin mit ihrer vermutlich unbeharrten Scham solchen Phantasien sicher genügte.

»Du, Ungar, was bist du von Beruf?«, Rita. »Ich forsche in Sachen Goethe.« »Was für'n Ding?«

Ein Satz aus uralten Zeiten hallte in Jánoskas Kopf wider.

Wer zum Teufel ist dieser Goethe?

»Ich erforsche Johann Wolfgang von Goethes Leben und Werk!«, verkündete Jánoska, als stünde er auf dem Katheder. »Aha!«, meinte Rita mit einem Grinsen, das vermuten ließ, sie hätte etwas Besseres erwartet. »Du weißt natürlich, wer Goethe war?«, Jánoska hakte nun doch noch mal nach. »Natürlich, das wissen schon Kindergartenkinder.«

NATÜRLICH.

Jánoska bedankte sich für Getränke und Internet und kehrte in die Wohnung zurück. Erst dort fiel ihm ein, dass er das Fahrrad am Gehweg vor dem Gibraltar vergessen hatte. ›Macht nichts, ich gehe später runter und hole es. Dann kann ich auch die geliehene Hose zurückgeben.‹

Er zog die Baumwollhose aus und legte sie zusammen. Dann warf er die durchnässte Hose auf einen Stuhl, um sie trocknen zu lassen. Jetzt hieß es aufpassen, denn noch eine hatte er nicht dabei. Er setzte sich an den Schreibtisch und begann den Inhalt seiner Mappen zu ordnen.

*Goethe und Napoleon waren sich ein einziges Mal begegnet. Nachdem sich der große Dichter vom großen Feldherrn verabschiedet hatte, wandte sich der Soldat mit den Worten an seine Umgebung: »Was für ein Mann!«*

›Nachher fahre ich auf jeden Fall zum Frankfurter Tor und höre mir den Oktoberklub an. Vielleicht treffe ich jemanden aus der alten Garde. Außerdem wäre es witzig, Ritas Mutter auftreten zu sehen.‹

›Vielleicht sollte ich Vili Vajda anrufen und fragen, ob er Lust hat mitzugehen. Oder am Abend auf eine Flasche Wein vorbeizukommen. Um mir zum hundertsten Mal das Kristallzüchten zu erklären. Und die Bude vollzuqualmen. Aber lieber sein Zigarettengestank als der Moder der Einsamkeit.‹

*Den Tabakqualm, von dem Schiller ständig umgeben war, ertrug Goethe nur schwer, seine empfindlichen Augen litten darunter. Auch störte ihn die unvermeidliche Wein- oder Schnapsflasche in der Hand seines fähigsten Kollegen sehr.*

Vili Vajda ging nicht ran. War er gerade beim Kristallzüchten, oder was?

*Schiller wiederum störte sich an Goethes Manieriertheit, seiner makellosen Eleganz. Obwohl sie das beste und erfolgreichste*

*Paar der Weltliteratur bildeten, fiel es ihnen nicht einmal zur Zeit ihrer größten gemeinsamen Triumphe ein, sich zu duzen. Schiller nannte Goethe Herr Exzellenz, Goethe Schiller Herr Doktor, Anreden, an denen Goethe unbedingt festhielt, war er selbst ja in der Tat Minister und Schiller Arzt.*

# IX.

Als ich in der »Népszabadság« die Todesanzeige las, war ich völlig außer mir. Jolánka – Onkel Rudis Jolánka, Dr Rudolf Ráths Frau – war gestorben. Nach langem Leiden stand dort, was nur heißen konnte: An der grässlichsten Krankheit der Welt. Die Arme. Der Kontakt war schon lange abgebrochen, nach meinen Berechnungen hatte ich die beiden seit mindestens zwanzig Jahren nicht mehr gesehen. Schaudernd dachte ich daran, was für ein schrecklicher Mensch ich war, durch und durch undankbar, treulos, liederlich.

Der Beerdigung wohnte ich bei und sah, dass sich Onkel Rudi abgesehen von seinem mittlerweile völlig kahlen, aber immer noch imposanten Schädel kaum verändert hatte. Er hielt sich tapfer, obwohl ihm ununterbrochen die Tränen übers Gesicht liefen. Die Trauergemeinde bildete eine lange Schlange, und während ich mit Vorwürfen gerechnet hatte, drückte mir Onkel Rudi nur die Hand und sagte: »Dich, Jánoska, hat sie vor allen anderen geliebt.«

*Vor allen anderen, mein Gott, das waren Jolánkas Worte gewesen: Goethe ist mir vor allen anderen lieb, so hatte sie sich schon in Georgenthal, respektive Weimar ausgedrückt.*

»Besuch mich mal, wenn es deine Zeit erlaubt«, klopfte mir Onkel Rudi auf die Schulter, »ich bin in letzter Zeit sehr einsam.« Er gab mir seine Visitenkarte, auf der als Adresse nicht mehr die Fillér-Gasse stand, sondern eine Straße in Leányfalu. Und eine Handynummer. Dabei hatte ich immer in dem Glauben gelebt, Onkel Rudi sei den Errungenschaften der modernen Technik nicht hold. Vielleicht war ihm das Handy von der Uni zur Verfügung gestellt worden. Auch ich hatte erst letztes Weihnachten von Alexa ein Handy geschenkt bekommen, obwohl ich den Errungenschaften der Technik alles andere als abhold war. Mir war nur das Geld zu schade, wollte mich jemand anrufen, konnte er mich auf dem Festnetz erreichen.

Ein paar Monate später rief ich Onkel Rudi an, der außer sich war vor Freude. »Ich erwarte dich am Wochenende, Samstag oder Sonntag, mittags, abends oder zum Kaffee, wie es dir recht ist.« »Ich komme aber nicht alleine.« »Deine Familie ist natürlich ebenfalls herzlich willkommen.« »Nun ja, ich…« »Ach ja, natürlich«, fiel mir Onkel Rudi ins Wort, »siehst du, wie dumm ich alter Mann geworden bin, ich habe ja davon gehört, komm, mit wem du willst!«

Unterwegs berichtete ich Alexa alles, was sie über Ráths wissen musste. Mit Leichtigkeit fanden wir das Haus in der Straße direkt an der Donau, am Eisentor ein Emailschild: OFFEN! WENN DU DICH VOR DEM HUND NICHT FÜRCHTEST, DANN TRETE EIN! In der Hoffnung, mir würde kein Rottweiler oder kaukasischer Hirtenhund seine Zähne entgegenfletschen, ging ich voraus. Angerannt kam ein gewöhnlicher Schäferhund, der seine Kette rasselnd hinter sich herzog. Mit etwas Glück wäre ich ein paar Schritte früher stehen geblieben, und er hätte mich nicht erreicht, so aber sprang er an mir hoch, ich fiel rücklings hin, und er war über mir. Mit geschlossenen Augen erwartete ich den tödlichen Biss. »Ruhig, mein Hündchen, du kannst ihn wieder loslassen, der Onkel beißt nicht!«, hörte ich Alexas Stimme.

Worauf sich das Biest aus meiner Magengrube bequemte und sich an Alexa ranschmiss. Sie bückte sich und streichelte ihn, was der Hund schwanzwedelnd genoss. Bis ich mich endlich aufrappelte, kam schon Onkel Rudi daher, er trug Gummistiefel und eine rote Schürze mit der Aufschrift BESTER KOCH DER WELT. »Er ist zahm wie ein Lämmchen, nur aufgrund eines unerklärlichen Missverständnisses ein völliger Menschennarr.« Na vielen Dank.

Der Hund hieß Gaius. Der Name stammte von einem Rechtsgelehrten aus dem 2. Jahrhundert, der mit seinen Theorien als Grundsteinleger des Römischen Rechts galt. Mir schwante, diesen Namen seinerzeit von Zsuzsi schon gehört zu haben. Allerdings nicht im Zusammenhang mit dem Rechtsgelehrten, sondern mit der römischen Eheschließungszeremonie, bei der das junge Paar am Ufer eines Gewässers – am besten des Meeres, aber ein Fluss tat es auch – erscheinen und folgende Formel sprechen musste: Ubi tu Gaia ego sum Gaius. Wo du die Braut, da ich der Bräutigam. Dies die Worte des Mannes. Worauf die Frau zu erwidern hatte: Ubi tu Gaius ego sum Gaia. Das war alles. Ob bei den Römern Scheidungen ähnlich reibungslos über die Bühne gingen, verriet Zsuzsi nicht.

Unter heftigem Kettengerassel zog sich der Schäferhund in seine Hütte zurück, und wir gingen ins Haus. »Dies ist das ehemalige Sommerhaus meines Sohnes. Nach der Geburt seines dritten Kindes haben wir ihm und seiner Familie die Wohnung in der Fillér-Straße überlassen und sind hierhergezogen.« Onkel Rudi bat uns, auf der verglasten und beheizten Veranda Platz zu nehmen. Für die Wärme sorgte ein großer Kachelofen. Die dazugehörige Schaufel und das Schüreisen – beide gegen einen altmodischen Kohleeimer gelehnt – waren so blitzblank (mit Hochglanzpolierer gereinigt?), dass man sie als Essbesteck hätte benutzen können.

*In meiner Kindheit gab es bei uns auch nur einen mit Kohle beheizten Kachelofen, eine Zentralheizung bekamen wir erst später.*

»Wie sehr habe ich mir gewünscht, ihr bliebe noch ein bisschen Zeit!«, sagte Onkel Rudi. »Jolánka hat immer gesagt, sie wolle nur noch das einundzwanzigste Jahrhundert erleben und dann in Frieden sterben … Am Ende fehlten ihr nur drei Monate, drei unselige Monate, mehr wäre es bis zum Jahresende nicht mehr gewesen, aber dann haben wir sie doch schon vorher zu Grabe tragen müssen … Keine Sorge, gleich reiße ich mich wieder zusammen.« Mit einem Papiertaschentuch wischte er sich die Tränen ab, riss sich in der Tat zusammen: »Das Abendessen ist sofort fertig … Wie heißt du doch gleich?«, wandte er sich an Alexa. »Alexa Dózsa.« »Schöner Name, stammst du wirklich von DEM Dózsa ab?« »Wer weiß«, Alexa schulterzuckend, »sicher ist nur, dass in meiner Familie alle recht viel Feuer im Blut haben.« »Seid ihr beide verheiratet?« »Noch nicht.« »Sondern?«, Onkel Rudi mit leichtem Ärger in der Stimme. »Sondern verliebt!«, Alexa. »Bis über beide Ohren«, ich. »Schon klar … Aber was ist aus der kleinen Zszuzsi geworden?« »Hm, wir haben uns scheiden lassen.« »Wegen ihr?«, Onkel Rudi, mit dem Kopf in Alexas Richtung deutend. »Nein, wegen Gigi, meiner zweiten Frau. Alexa wird bald meine dritte sein.« »Schöne Geschichte! Hältst du etwa gerade um meine Hand an?« Alexa tat entrüstet, doch ich wusste, dass sie mich nur neckte.

Dr Rudolf Ráth, Leiter des Lehrstuhls für Römisches Recht (inzwischen nicht mehr, Anfang des Jahres war er in Pension gegangen, das erfuhr ich erst später), fragte uns aus wie bei einer Prüfung: »Wie lange kennt ihr euch schon?« Worauf wir im Kanon erwiderten. »Seit vier Jahren«, ich, »seit fünf«, Alexa. »Und habt ihr in den fünf Jahren noch keine Zeit gehabt zu heiraten?« »Ich musste mich erst scheiden lassen, du weißt ja, wie das ist, Onkel Rudi.« »Nein, das weiß ich nicht, Jánoska, ich habe mich noch nie scheiden lassen.« »Glückspilz!«, murmelte ich, worauf sich Alexas Jochbein weiß färbte, das sichere Zeichen eines nahenden Wutausbruchs. Wie gern hätte ich den Glückspilz rückgängig gemacht. Doch dann bat Onkel Rudi sie, den Tisch zu decken, so dass die heraufziehende Gewitterfront sich nicht entladen konnte.

Die illegale Phase unserer Liebe hatte fast ein Jahr gedauert, da ich schlichtweg unfähig war zu akzeptieren, dass ich eine Entscheidung treffen musste. Abend für Abend ging ich in der Hoffnung ins Bett, bis zum nächsten Morgen würde sich alles irgendwie gelöst haben. Gigi in die Augen zu schauen brachte ich nicht mehr fertig, zwei Jahrzehnte waren einfach eine schwerwiegende Verpflichtung. Palika in die Augen zu schauen brachte ich ebenfalls nicht fertig, Jungs in seinem Alter bildeten mit ihrer Mutter quasi eine Einheit. Klar war nur, dass ich ohne Alexa nicht existieren konnte.

*Wie soll ein Herz da nicht brechen.*

Mich in dem Dauerchaos zurechtzufinden, gelang mir nicht, die Folge war eine Dauerkrise. (Der griechische Ursprung dieses Wortes bedeutet so viel wie Entscheidung.) Doch langsam und ganz allmählich entfernte ich mich immer mehr von meinem alten Leben. Von meinem zweiten alten Leben.

Unter dem Motto »Im Leben jedes Menschen gibt es Momente, wo er etwas Verbotenes tut!« zog ich endlich aus. Palika erklärte ich die Lage auf der Galerie des Café Hungaria: »Es gibt da ein Mädchen ... eine Frau ... in die ich mich verliebt habe, also was kann ich tun?« »Ich habe es schon geahnt«, erwiderte er ernst und erwachsen, »und jetzt, was weiter?« »Jetzt werde ich ausziehen, aber dich liebe ich noch genauso wie ...« Er fiel mir ins Wort: »Kein Geschwafel bitte,

Papa. Mama wegen eines jüngeren Huhns zu verlassen ist einfach Scheiße!« Ich versuchte mir Alexa als Huhn vorzustellen. Es ging nicht. Dann stellte ich mir vor, meinen Sohn zu ohrfeigen, weil er sie ungesehen beleidigt hatte. Genauso unmöglich.

Übergangsweise kam ich in Vili Vajdas Apartment unter, der mittlerweile in die Wohnung seiner zweiten Frau gezogen war. Alexa traf ich in ihrer Untermiete in der Tétényistraße. Dann verkaufte ich meinen Ford Escort und legte mir von dem Geld – aufgestockt um den Betrag, den ich bei der Scheidung von Gigi bekam, und einem Sparkassenkredit – die Wohnung in Békásmegyer zu. Gern hätte ich Palika oft dort zu Gast gesehen, doch Alexa machte es ihm nicht einfach – sie grollte ihm, weil er bei jeder Gelegenheit zu seiner Mutter hielt, ganz gleich worum es ging. Völlig prinzipienlos. Obwohl es auch eine Art Prinzip war, seine Mutter mit Zähnen und Klauen zu verteidigen, jenseits jeglicher objektiver Tatsachen.

Das bisherige Leben einzupacken ist das Schlimmste, was es gibt: Echte und digitale Manuskripte in Bananenkisten verstauen, alte Tagebücher sichten, Hefte und Notizbücher ebenso wieder zur Hand nehmen wie die Disketten, die nunmehr den Titel AAA trugen. Alexa, Alexa, Alexa. Ich konnte nur hoffen, Gigi würde während des Packens nicht heimkommen.

Ein großes Dilemma stellte meine Bibliothek dar, mitnehmen wollte ich nur, was mir persönlich gehörte. Der Gedanke, Palika müsste zwischen gähnend leeren Regalen leben, war mir ein Gräuel, und für sein Studium würde er die Standardwerke ohnehin brauchen. Zudem war es ausgerechnet Palika gewesen, der die Bücher nach der letzten Wohnungsrenovierung gegen ein kleines Entgelt mit einem Klassenkameraden eingeräumt hatte. Sich von all den geliebten Bänden zu trennen war aber auch kein erbauliches Gefühl, verdammt noch mal. Mit zielsicherer Hand will man sich Hesses Romane aus dem Regal greifen, hält dann auf halbem Wege inne und wird sich gewahr: Das war in einer anderen Wohnung, in einem anderen Leben. Verdammter Mist!

Auf Alexas Drängen meldete ich mich zu einem Englischsprachkurs an. »Im einundzwanzigsten Jahrhundert kommt man ohne Englisch nicht mehr aus. Es ist die Weltsprache. Und während sogar Deutsche Englisch sprechen, können umgekehrt Engländer kein Deutsch!« Ich stimmte ihr zu, ging mir aber mit meiner miserablen Aussprache selber auf die Nerven.

Mit etwas Glück fand ich eine feste Arbeitsstelle, denn im Dschungel des Kapitalismus konnte ich als Freischaffender nicht länger überleben. Ich nahm den Job eines Korrektors bei einer Tageszeitung an, was zwar mit mehr oder weniger festen Arbeitszeiten einherging, wo ich aber immerhin nicht nach der Stechuhr arbeiten musste. Morgens trat ich an, wann immer es ging, am frühen Nachmittag, wenn ich alles durchgesehen und abgegeben hatte, ging ich nach Hause. Dass mir auf diese Weise weniger Zeit blieb, zu forschen und in Bibliotheken zu sitzen, war mir gleich – nach der denkbar lauen Aufnahme meines »Goethe und die Bühne« war ich ohnehin ziemlich entmutigt. Ehrlich gesagt konnte von einer Aufnahme gar nicht die Rede sein. Zwei kurze Rezensionen, eine weitere Erwähnung, Schluss. Ich musste begreifen, dass das, wofür ich mich interessierte, nicht einmal in Fachkreisen Aufmerksamkeit erregte. Was kein Wunder war, denn die Bühnenwerke des teuren Meisters kamen in Ungarn nur alle Schaltjahre mal zur Aufführung.

*Auf Goethe war ich mittlerweile ziemlich sauer. Ich hatte bisher so viel meiner Lebenszeit für ihn vergeudet, dass es jetzt genügte. Nun war er dran, etwas für mich zu tun. Und tat er nichts, war auch von meiner Seite aus Funkstille angesagt. (Okay, das war ein Witz, ein schlechter Witz.) Überhaupt: Wenn ich schon Englisch lernte, sollte ich mich vielleicht mit Lord Byron beschäftigen! Mit Goethe hatte ich schließlich auch zu einer Zeit angefangen, als meine Deutschkenntnisse noch alles andere als sattelfest gewesen waren. Und Lord Byron hatte als einziger unter den Zeitgenossen die uneingeschränkte Verehrung und Wertschätzung Goethes genossen.*

Vom vielen Lesen auf minderwertigen Monitoren verschlechterte sich meine Sehkraft rasant, die Dioptrien stiegen besorgniserregend. Dabei wurde mein Gesicht durch dicke Brillen furchtbar entstellt, zum Teufel, mit so was sah ich aus wie ein gestrandeter Fisch. Alexa überredete mich zu Kontaktlinsen, an die ich mich nur schwer gewöhnte, anfangs hatte ich das Gefühl, mir beide Augen ausdrücken zu müssen, wenn ich die Linsen drinhatte. Mir liefen dauernd die Tränen. Ich wechselte häufig hin und her.

»Jolánka hatte auch Kontaktlinsen«, erzählte Onkel Rudi, »aus purer Eitelkeit. Frauen, nicht wahr!« »Jánoska benutzt sie auch aus purer Eitelkeit. Männer, nicht wahr!«, verkündete Alexa. Onkel Rudi lachte, und es machte mich glücklich zu sehen, dass Alexa ihm gefiel. Zum Abendessen gab es Karpfen à la Dr Rudolf Ráth, mit in Scheiben geschnittenen harten Eiern. Danach servierte er uns selbst geerntete Walnüsse mit Honig, die er auf die für ihn so charakteristische Weise zu dreien mit der Hand knackte. Mir schwante Übles. Und tatsächlich: Schon kroch der erste Wurm zwischen den Schalen hervor. Ich wusste, was kam: Onkel Rudi verschlang ihn. Alexa lachte kokett, suchte sich ihrerseits einen und verschlang ihn ebenfalls (sie als Vegetarierin!): »Mhm, schmeckt nach Nuss, probier doch auch mal, Jánoska!« »Danke, lieber nicht.«

Ich war furchtbar stolz auf sie.

Der Abend geriet zum schönsten des Jahres 2000. Bei Einbruch der Dunkelheit zündete Onkel Rudi eine Petroleumlampe an, und sogar deren Gestank war eine Wohltat. Er benutze sie aus Gründen der Sparsamkeit, wie er uns sagte, Petroleum sei viel billiger als Strom. Auch ich erwog, eine Petroleumlampe zu kaufen, doch diese Idee geriet wieder in Vergessenheit.

Onkel Rudi sahen wir nie wieder. Zwar erlebte er noch das einundzwanzigste Jahrhundert, folgte Jolánka aber gleich zu Beginn des Jahres. Gern wäre ich bei seiner Beerdigung dabei gewesen, hatte aber Alexa schon versprochen, sie zu ihrem Vortanzen (einer Audition, wie sie sagte) nach Wien zu bringen, und jetzt konnte ich das keinesfalls absagen. Für diesen Tag hatte sie sich sogar in der Schule freigenommen. Diese freien Tage wurden ihr von der Schulleiterin nur widerwillig gewährt, doch zum Glück war Alexa im Moment die einzige Sportlehrerin an der Schule, und außerdem hatte sie an dem betreffenden Tag nur eine Unterrichtsstunde. Meinen Ford Fiesta besaß ich zu dieser Zeit schon. (Leasing.) Bisher hatte ich in meinem ganzen verdammten Leben noch kein einziges neues Auto besessen, ein funkelnagelneues, welches ich als erster Besitzer vom Händler abholen durfte. Der markante Geruch, der noch nach Wochen zu riechen war, erregte mich jedes Mal, wenn ich mich reinsetzte.

Onkel Rudis Kindern sandten wir ein Kondolenztelegramm. Ach, warum hatte ich diese Chance nur so vertan! Warum hatte ich die beiden nie besucht, als Jolánka noch am Leben gewesen war, warum hatte ich Gigi nie mitgenommen, um sie vorzustellen, und vor allem warum nie Palika! Jetzt ließ sich das nicht mehr gutmachen – auch das nicht. Dabei hatte mich Jolánka wirklich geliebt. Vor allen anderen. Gott und der Welt klagte ich mein Leid, ich sei Waise, wobei sie wirklich wie eine Mutter für mich hätte sein können, wenn ich es nur zugelassen hätte.

Das Vortanzen wurde im Untergeschoss eines Gebäudes am Rand des vierten Bezirks abgehalten, das aussah wie eine kaputte Kirche. Nur schwer fand ich den Weg dorthin, und um ein Haar wären wir zu spät gekommen. Alexa war entsetzlich nervös, kletterte schon im Auto auf den Rücksitz, um sich dort umzuziehen und mit ihren Dehnübungen zu beginnen, mit denen sie sich aufzuwärmen pflegte. In Anbetracht der Tatsache, dass man sie in solchen Momenten nur unter Lebensgefahr ansprechen konnte, hielt ich den Mund. An der gesuchten Adresse ließ ich sie raus und drehte dann auf der Suche nach einem Parkplatz unzählige Runden. Doch obwohl der Ford Fiesta wirklich kein sehr großer Wagen war, fand ich keinen. Wie machten die Wiener das bloß? Ein Rätsel. Schließlich bog ich in ein Parkhaus, obwohl ich schon ahnte, dass das kein billiger Spaß werden würde. Zum Glück hatte ich tausendfünfhundert Schilling mitgenommen, sicher ist sicher, zumal bei einer Auslandsreise. Solche Gedanken verabscheute Alexa, hörte sie mich so etwas sagen, brach sie in Geschrei aus, sie war eher ein risikofreudiger Typ. Wie sie happige Situationen ohne mich meistern wollte, hätte ich nur zu gern mal gesehen – aber sei's drum, ich war ja da. Wobei sie dieses Argument damit parierte, sie sei schließlich schon immer ohne mich zurechtgekommen, was zweifellos stimmte. In dem Wissen, sie sei für unerwartete Zwischenfälle gerüstet (zum Beispiel für den Fall, dass einen Tag vor dem Vortanzen der Auspuff des nagelneuen Ford Fiesta kaputtgeht – glücklicherweise nicht in Wien, wo Autoreparaturen sündhaft teuer waren, wie überhaupt alles sündhaft teuer war für jemanden, der sein Geld in Forint verdiente), wäre allerdings auch ich sicher risikofreudiger gewesen.

Als ich auf der schwarzen Eisentreppe ins Untergeschoss hinunterschlappte, waren die Tänzerinnen schon fleißig dabei, sich im Vorraum warm zu machen. Bei dem geplanten Projekt handelte es sich um eine Tanztheateradaption des »Faust«, von einem argentinischen Regisseur. Was würde der arme Goethe wohl dazu sagen? Vermutlich würde er sich darauf beschränken, ohne mit der Wimper zu zucken seine Tantiemen einzufordern. Nur dass er bedauerlicherweise seit hundertachtundsechzig Jahren tot war, und die urheberrechtlich geschützte Periode deshalb mehrfach abgelaufen.

Irgendwie hatte Alexa spitzgekriegt, dass Mephisto von einer farbigen lateinamerikanischen Tänzerin getanzt werden sollte und der Faust vom älteren Bruder des Regisseurs. Und dass die Lateinamerikanerin die Geliebte des Bruders oder des Regisseurs war. Ich stellte mir Fausts und Mephistos erste Begegnung als argentinischen Tango vor, mit roten Rosen im Mund, und fragte mich, ob die Dornen vorher entfernt werden würden. Eigentlich sollten sie ruhig stachelig sein – der Tango war schließlich das Leben selbst. Und ohne Dornen keine Liebe.

Für die Produktion fehlten nur noch Margarethe und Marthe, für diese beiden Rollen fand das heutige Vortanzen statt. Engagiert würden je zwei Tänzerinnen pro Rolle, um das Stück in wechselnder Besetzung spielen zu können. Durch Abzählen fand ich heraus, dass an den Barren vor den Spiegelwänden siebenundzwanzig Gestalten ihre Dehnübungen machten, vier von ihnen würden engagiert werden. ›Ist das hier das einzige Vortanzen, stehen die Chancen gut‹, dachte ich optimistisch.

Ich wünschte so sehr, Alexa möge erfolgreich sein, sie hätte es wirklich verdient, so wie sie sich mit Tanzstunden und im Kraftraum mit Liegestützen und Kniebeugen abquälte. Von

Kindesbeinen an bereitete sie sich auf die Bretter, die die Welt bedeuten, vor. Und dies hier wäre der ideale Augenblick. Sie war dreißig, hatte schon Erfahrung, war aber noch jung genug. Und wenn sie Kinder wollte, war es auch damit langsam Zeit. Nach ihrer eigenen Rechnung hatte sie noch fünf Jahre, um Karriere zu machen.

In dem Bemühen, mich möglichst unauffällig zu verhalten, setzte ich mich hinten auf eine niedrige Turnbank. Es machte mich stolz, dass Alexa zu mir gehörte. ›Seht nur alle ruhig her und beneidet mich! Sie ist jung, klug, schön und aufregend.‹ Doch die Rolle des Tennisvaters behagte mir nicht, zumal auch andere ihre Freundinnen herbegleitet hatten und sich noch nervöser aufführten als die Damen selbst. Wie viele ungelenke Gestalten! Ohne es verschreien zu wollen, war ich insgeheim sicher, Alexa würde unter den vier Ausgewählten sein. Bei den anderen Mädchen handelte es sich fast ausnahmslos um Teenager mit leeren (um nicht zu sagen dummen) Augen, wo auf der Bühne ausdrucksvolle Augen doch so wichtig waren, oder nicht? Primitiver ausgedrückt: Alexa war einfach die beste Frau im Angebot, was sicher ins Gewicht fiel, und außerdem sprach sie Englisch und verstand Deutsch. Ich machte mit Mittel- und Zeigefinger das Victory-Zeichen und drückte ihr auf diese Art die Daumen.

Sie wurde als Dritte aufgerufen. Bereits nach zwei Minuten erschien sie wieder und trat die Eisentür mit dem Fuß hinter sich zu. Das laute Donnern verriet sofort, was passiert war. »Ja, ja, schön, schön… Aber leider doch nicht!«, das war es, was meistens passierte. Man würdigte ihr Talent, ihre technischen Fähigkeiten und ihre Herangehensweise, fand aber dann doch, sei sie schon zu alt für den Beginn einer Bühnenkarriere. So ging das seit fünf Jahren – seit ich sie kannte. Um Protektion in Anspruch zu nehmen war sie zu stolz, hatte infolgedessen auch keine und vertraute einzig und allein auf ein göttliches Wunder. Da viele andere Menschen dies auch taten, fand Gott sicher nicht die Zeit, seine Wunder auch in diesem dunklen Untergeschoss zu verrichten.

Alexa war rasch umgezogen, und wir mussten ohne göttliches Zeichen das Feld räumen. Wie ein geschlagenes Heer trotteten wir Richtung Parkhaus. Nicht einmal ihre Sporttasche durfte ich tragen – sie wollte sich mit der Schlepperei selbst bestrafen. »Wenn ich wenigstens gut gewesen wäre!«, sagte sie immer wieder. Gleich die erste Schrittfolge war schiefgegangen, was sie derart aus dem Konzept gebracht hatte, dass sie es vorzog, aufzuhören und um die Erlaubnis zu bitten, noch einmal anzufangen. Was natürlich eine Todsünde war, doch ihre Experimentierfreude war mal wieder zu groß gewesen.

*Immer ist ihre Experimentierfreude – eines ihrer Lieblingsworte – größer als ihr Realitätssinn.*

Die Bitte wurde gewährt, doch Alexa merkte, dass man sie schon nicht mehr beachtete. In dem Versuch, sie zu trösten, sagte ich: »Schau, sie haben doch gesagt, was sie immer sagen, dass du mit dreißig schon ein bisschen zu alt bist, insofern zählt die verpatzte Schrittfolge doch gar nicht so viel.« Sie fauchte mich an: »Für mich zählt ausschließlich, ob der Auftritt gelungen ist, ob ich alles getan und alles gezeigt habe, was ich kann. Wenn sie dann ungerecht sind, ist das ihr Bier! Unglaublich, dass du das nicht begreifst!« Sie ließ mich stehen und rannte voraus, obwohl sie gar nicht wusste, in welche Richtung sie gehen musste. Die schwere Sporttasche dürfte ihrer Schulter ziemlich zugesetzt haben, dabei klagte sie in letzter Zeit oft über Rückenschmerzen. Gern hätte ich ihr die Tasche abgenommen, traute mich aber nicht, etwas zu sagen. Wenn sie tobte, war es besser, den Mund zu halten.

Bis Békásmegyer saß sie stumm neben mir, während ich froh war, nach Hause zu kommen. Ich wohnte gern hier, mochte nur den Namen nicht, wobei Megyer noch ging, wenn man an die erschöpften Magyaren dachte, die bei der Landnahme ihre Zelte an der nördlichen Donau aufgeschlagen hatten, doch Békás, zu deutsch Frosch, war mir unbegreiflich, ich wurde schon beim Gedanken an Frösche von Brechreiz geplagt. Békésmegyer wäre viel besser gewesen, bedeutete Békés doch Frieden. Und meinen Frieden wollte ich, im Gegensatz zu Alexa, eigentlich immer haben. Ihrer Meinung nach war die für mich so typische konfliktscheue Art im Grunde nur Unaufrichtigkeit, die mich früher oder später krank machen würde. Gut möglich. Dennoch hasste ich Diskussionen, Streit und Türenschlagen.

*Und wenn es immer so weitergeht? Wenn sie es nie schafft? Dann gehe ich kaputt. Dabei wird sie nicht jünger. In den letzten fünf Jahren hat sie den Durchbruch nicht geschafft. Wer will garantieren, dass sie es in den kommenden fünf schafft?*

Am Abend erwartete ich Palika zum Essen, doch er sagte im letzten Moment ab. Zum Glück hatte ich Alexa nicht gebeten zu kochen. Es war mein fünfzigster Geburtstag. Alexa wollte heimlich eine große Party organisieren, verplapperte sich aber, so dass ich es ihr zum Glück rechtzeitig wieder ausreden konnte. Ich war kein Partylöwe, feierte lieber im engen Familienkreis. Was dann wegen des Vortanzens verschoben wurde. Trotz allem überreichte mir Alexa ihre Geschenke: Einen langärmeligen Baumwollpullover mit der Aufschrift VIRGIN (eine Anspielung auf meinen Aszendenten), ein Buch über Barock, das ich mir gewünscht hatte und eine gerahmte Montage. HOW I MARRIED A VIRGO. Fotos von ihr und mir. Der Versuch, mithilfe von Fotos darzustellen, wie genau ich es mit allem nahm – nach Alexas Ansicht übertrieben genau. Es war ein witziges und lehrreiches Tableau. Wir stießen mit Weißwein an, worauf sie wegen Kopfschmerzen früh ins Bett ging. Ich schrieb ihre Schmerzen eher der erlittenen Niederlage zu.

Palika benahm sich Alexa gegenüber lange Zeit feindselig, was ich verstand, auch Alexa benahm sich Palika gegenüber feindselig. Was ich ebenfalls verstand. Anfangs hieb Palika in die gleiche Kerbe wie seine Mutter, und die wiederum vertrat die Ansicht, Alexa sei ein elendes Flittchen, das ihren armen, unschuldigen Gatten verführt hatte. Ich fand es völlig normal, dass Palika sich auf die Seite seiner Mutter schlug, wie konnte man ihm dafür böse sein? Abgesehen davon konnte Gigi mit ihren moralischen Ansprüchen ganz ruhig sein: Kaum ein Jahr nach meinem Auszug ließ sie sich mit Misi Stollár ein, einem Mann aus ihrem engeren Freundeskreis – der natürlich verheiratet war! Ab einem bestimmten Alter war mehr oder weniger jeder verheiratet, wenn er nicht schon wieder geschieden war. (Verwitwete bestätigten nur die Regel.)

Wegen meiner gelegentlichen Besuche bei Gigi grollte mir Alexa, und es passte ihr auch nicht, dass ich zu ihrer Geburtstagsparty ging. Und als ich von Gigi zu Weihnachten einen Norweger-Pulli geschenkt bekam, spuckte sie Gift und Galle. »Wie kommt diese Kuh dazu, dir Geschenke zu machen, noch dazu ein Kleidungsstück! Das ist ein intimer Gegenstand!« Zugegebenermaßen fand ich den Norweger-Pulli auch übertrieben, trug ihn also nie und verschenkte ihn bald. Andererseits fand ich an Gigis Schenkwut nichts auszusetzen – wenn es ihr so viel Freude machte. Natürlich verstand ich auch Alexa – ich verstand immer alle, das war's ja gerade. Aber da wir schon zusammenwohnten, dachte ich, es wäre vollkommen gleich, was Gigi tat. Alexas Vorwurf lautete, ich stünde nicht zu ihr, hätte mich zum Beispiel nach zwei Jahren noch immer nicht scheiden lassen. »Es fehlt dir doch wohl nicht ausgerechnet das juristische Plazet?«, fragte ich. »Doch, genau das fehlt mir! Wo gibt's denn so was, dass man seine Familie verlässt und sich dann nicht scheiden lässt?« Also ließ ich mich scheiden, worauf eine Zeitlang Frieden herrschte. Doch es dauerte nicht lange, bis sie eines Tages beim Abendessen verkündete: »Da wir Kinder wollen, sollten wir jetzt heiraten.« »Wir wollen Kinder?«, entfuhr es mir, während mir der Bissen im Hals steckenblieb. »Natürlich wollen wir Kinder, was hätte eine dauerhafte Zweierbeziehung sonst für einen Sinn?«

Ein paar hätte ich aufzählen können, tat es aber nicht, sagte nur, dass in der Blaupause meines Lebens keine Kinder mehr vorgesehen waren, dazu fühlte ich mich zu alt. Mit einem Nicken meinte Alexa: »Vollkommen klar, das kann ich akzeptieren, allerdings musst auch du akzeptieren, dass ich in diesem Fall jemand anders mit der Vaterschaft beglücken werde – mich hat der liebe Gott nämlich zur Mutter geschaffen, und wenn du keine Kinder mit mir willst, dann …« »Du lässt mich also sitzen, wenn ich keine Kinder will?« Wie eine schlafende Eule neigte Alexa ihren Kopf zur Seite: »Tut mir leid, ich muss das in Erwägung ziehen … Es sei denn, du akzeptierst, dass ich von einem anderen Mann schwanger bin, und bleibst dennoch mit mir zusammen …«

Sie hatte mich in die Enge getrieben, ich musste einsehen, dass sie mit dreißig nicht auf Mutterschaft verzichten konnte, nur weil ich zwanzig Jahre älter war. Eine erwachsene Entscheidung war vonnöten: Entweder musste ich auf sie verzichten oder mich noch enger an sie binden.

*Heiraten, zum dritten Mal?*

Als Alexa an jenem Abend aus der Schule heimkam, brannten auf dem Küchentisch die Kerzen, und ich erwartete sie mit einem Abendessen. Ich hielt um ihre Hand an. Nach einer

Wartezeit von dreißig Tagen stellten wir uns auf dem Standesamt am Bakáts-Platz vor. Trauzeugen waren mein Sohn und Alexas Mutter. Die mir jetzt endlich verzieh, dass ich ihr Töchterchen verführt hatte.

*Ubi tu Gaia ego sum Gaius.*

Wir nahmen die Kinderproduktion in Angriff. Für Alexa stand es fest, dass der geschickteste Krieger meiner kleinen Mannschaft unverzüglich ans Ziel gelangen würde, wo ihr Ei ihn mit offenen Armen erwartete. Als sie ihre Periode bekam, war sie tief betrübt. Ups!

Zum Trost sagte ich, wir müssten nicht gleich im ersten Monat einen Volltreffer landen. »Aber im zweiten dann«, erwiderte sie. Im dritten. Vierten. Im fünften flossen schon Tränen. »Woran kann das nur liegen, wo ich doch so gesund lebe?« Mit leerem Gesichtsausdruck starrte sie ins Nichts. Sie aufzuheitern gelang mir nicht, manchmal machte sie mir sogar Vorwürfe: »Es liegt daran, dass du es nicht wirklich willst!«

Daran war in der Tat etwas Wahres, vor allem anfangs. Mit Besorgnis dachte ich an das Babygeschrei, die durchwachten Nächte, den Zirkus mit den Windeln – obwohl die Einweg-Windeln heutzutage etwas ganz anderes waren als die ekelhaften weißen Laken zu Palikas Zeiten. Damals waren in ganz Budapest keine Windeln aufzutreiben gewesen, ich musste nach Bratislava fahren und dort vierzig Stück kaufen – später stellte sich heraus, dass ich sechzig hätte kaufen sollen. Zudem hatten die tschechoslowakischen Windelhersteller den Saum vergessen, so dass mir nichts anderes übrigblieb, als eine Nähmaschine auszuleihen und die Tücher unter großen Schwierigkeiten und um den Preis einiger zerstochener Finger selbst einzusäumen, so gut es ging.

Auch die Vorstellung, Alexas makellose Figur könnte unter der Schwangerschaft vorübergehend leiden, machte mich nicht gerade glücklich. Mit etwas Pech würde sich in ihren perfekten, wie von Benvenuto Cellini persönlich modellierten Beinen Wasser ansammeln, ihre Wirbelsäule würde schmerzen. Und war das Baby erst mal geboren, würde sie sich in ein säugendes Muttertier verwandeln (wobei ich vor der Bezeichnung Kuh doch zurückschrecken würde). ›So egoistisch darfst du nicht sein‹, sagte ich mir, ›sie wird schon wieder abnehmen, was bei ihrem sportlichen Körper schneller gehen wird als bei anderen Frauen. Ihr perlmuttschimmernder Bauch wird sicher nicht so gewellt bleiben wie der von Gigi.‹

*Je mehr die Zeit verging, umso mehr begann auch ich mir zu wünschen, dass sie endlich schwanger würde. Ganz ehrlich und aus vollen Herzen.*

Gaga, den Theaterregisseur, lernte ich durch Vili Vajdas Vermittlung im Zanzibar kennen. Gaga hieß er, weil er immer alle gaga fand. Fast alle. Eines Tages bat mich dieser Gaga, die kanonische Übersetzung von Maria Stuart zu entstauben, damit er das Stück auf die Bühne bringen konnte, in Veszprém zum Beispiel. Ich war nicht begeistert, fand, ich hätte kein Recht, in der ungarischen Übersetzung von Homálynoky, dieses heute vergessenen Dichters, herumzupfuschen. »Menschen aus Fleisch und Blut sprechen nicht so, schon gar nicht heutzutage!«, verkündete Gaga. »Ja schon, aber das Deutsche ist heute auch nicht mehr so wie damals, als Schiller das Stück 1800 vollendete, dennoch fällt es niemandem ein, es entstauben zu wollen.« »Das ist etwas anderes, das deutsche Publikum ist viel toleranter als das ungarische, die wollen im Theater nur das Feeling vermittelt bekommen, dann gehen sie heim und lesen das Stück in aller Ruhe.«

Widerwillig sichtete ich den Text unter diesem Aspekt und stellte fest, dass irgendjemand (der Dramaturg, wie sich später herausstellte) kräftig gestrichen und sämtliche kleineren Rollen eliminiert hatte. War denn so etwas gestattet, fragte ich mich, entschied dann angesichts des mir zugedachten stattlichen Honorars, gestattet sei es nicht, machbar aber schon. Also durchkämmte ich die erhabene Übersetzung in dem Bemühen, sie mit meinen Vorschlägen nicht allzu sehr zu verhunzen. Am Ende zeigte sich Gaga sehr zufrieden und verkündete im Zanzibar, ich sei ein Genie. »Aus diesem erfreulichen Anlass gebe ich für alle eine Runde aus!« Die großzügige Geste wurde nur dadurch etwas geschmälert, dass außer uns lediglich eine dreiköpfige Tischgesellschaft anwesend war.

Anderntags teilte mir Gaga telefonisch mit, die Darstellerin der Maria würde sich gern über den Text unterhalten. »Gefällt er ihr nicht?« »Doch doch, sie hat da nur ein paar kleine Bitten.« Also gut.

Ein wenig befremdete es mich schon, dass die hochverehrte Künstlerin Andrea Herceg einen Termin nach dem anderen absagte – ich hatte schließlich auch andere Sachen zu tun. Erst bestellte sie mich ins Pilvax, um dann anzurufen und mich zu sich nach Hause in die Anker-Gasse zu bitten. Ihre ganze Wohnung machte den Eindruck einer einzigen riesigen Küche, die sowohl längs als auch quer von langen Pulten durchzogen war. Diesseits befand sich ein Esstisch mit zehn Stühlen nebst einer Sitzgarnitur, jenseits ein großes rundes Bett, wie ich es bis dahin nur in Filmen gesehen hatte.

Die Schauspielerin hatte sich wie eine Geisha gekleidet, trug einen tiefblauen Seidenkimono und weiße Pantoffeln, hatte die Haare mit zwei schwarzen Stäbchen hochgesteckt, wie man sie in chinesischen Restaurants zum Essen benutzte. Eine platinblonde Geisha. Anbetracht der Tatsache, dass man Künstlern und Künstlerinnen, die man sonst nur von der Leinwand oder von der Theaterbühne kannte, selten von Angesicht zu Angesicht gegenüberstand, war ich ziemlich verlegen. Sie servierte einen Tee.

Von Gaga wusste ich, dass sie in der Branche »kleiner Prinz« hieß und dass sie den besten Arsch des Jahrgangs hatte – was als ihre größte Stärke galt. (Demnach war sie im Kopf nicht ganz so üppig ausgestattet.) Der beste Arsch des Jahrgangs – das blieb natürlich nicht ohne Wirkung auf meine Phantasie. Besorgt kauerte ich auf dem Sofa: War der Bezug aus Kunstleder, würde ich nichts zu lachen haben, sondern binnen kurzem von Ausschlägen übersät sein. Aber vielleicht reichte es bei einer Künstlerin, die in der Hauptstadt auftrat, für echtes Leder. Während ich wartete, dass sie mit ihrem Anliegen herausrückte, sah ich in ihren Augen eher Neugier als Dummheit. In der Hoffnung, ihr etwas Neues sagen zu können, begann ich über das Stück zu referieren.

*Maria Stuart ist leidenschaftlich, wunderschön, edel und mutig. Sie ist das Opfer ihres eigenen Leichtsinns und ihrer überzogenen Gefühle. Elisabeth hingegen ist klug, kaltblütig und erfahren, allerdings von herrschsüchtigem Naturell und nicht frei von einer gewissen Bosheit. Obwohl sie vorgibt, konsequent die Staatsinteressen zu vertreten, ist sie im Grunde nur eifersüchtig auf Maria. Am Ende mutiert Maria zur Märtyrerin und moralischen Siegerin.*

Diese einer Monographie entnommene Passage hatte ich für sie kopiert, um ihr eine Freude zu machen (vergaß aber am Ende, es ihr zu geben). Zudem empfahl ich ihr, Stefan Zweigs Werk »Maria Stuart« zu lesen, was ihr den historischen Hintergrund verdeutlichen würde. »Zweig?«, wiederholte sie, als hätte ich etwas Unanständiges gesagt. Also winkte ich ab: »Vergessen Sie's, ich kann Ihnen das Wesentliche auch so erzählen.« »Sag bitte du zu mir! Ich heiße Andi.« »Gut, ich heiße János.«

›So weit, so gut‹, dachte ich und rührte in meinem heißen Tee. Andi erkundigte sich, woher ich so gut Deutsch könne und mit welchem Fachgebiet ich mich beschäftige, wurde beim Stichwort Goethe lebhaft, sie habe zu Hochschulzeiten eine Rolle im »Clavigo« gespielt. »Mit Schiller beschäftigst du dich gar nicht?«, fragte mich Andi. »Doch, im Moment sogar sehr viel.« »Das ist gut!«, meinte sie und legte ihre Beine aufs Sofa, indem sie die Pose der Madame Récamier einnahm. Ihre Fußsohle und mein Knie waren kaum einen Zentimeter voneinander entfernt. Insgeheim versuchte ich unter dem Kimono den besten Arsch des Jahrgangs zu erspähen, doch sie ertappte mich: »Starre nicht auf meine Beine, während ich mit dir rede, okay?« »Entschuldigung … Aber ehrlich gesagt habe ich nicht auf deine Beine gestarrt.« »Sondern?« »Äh … Auf deinen Popo.« »Meinen Popo?«, lachte sie und warf den Kopf zurück: »Warum nicht gleich mein Popöchen?« »Nun dann … Deinen Arsch eben.« »Jetzt pass mal auf!«, sagte sie und begann sich in verworrenen Theorien über die Auseinandersetzung zwischen Maria Stuart und Königin Elisabeth zu ergehen. »Elisabeth von England hält die schottische Königin Maria neunzehn Jahre lang gefangen, Schillers Drama handelt ganz offenbar in erster Linie vom Kampf der beiden Frauen. Ich verstehe also nicht, warum du Marias Part derart gekürzt hast, dass ihr weniger bleibt als Elisabeth! Wo ist außerdem die Hinrichtung, bei der Maria endlich ihren Mut, ihre Überlegenheit, ihre moralische Größe beweisen kann? Antworte bitte!«

»Pass mal auf, die Fassung ist auf dem Mist des Dramaturgen gewachsen, er war es, der da so beherzt und wenig zimperlich gekürzt hat, obwohl Maria Stuart unter Fachleuten als das Paradebeispiel der vollendeten Dichte gilt. Die ganze Handlung spielt sich in drei Tagen ab, dennoch gelingt es

Schiller, zwei komplette Menschenleben zu schildern.« Andi schwieg misstrauisch, meinte dann: »Mit den Streichungen hast du also gar nichts zu tun?« »Überhaupt nichts, ich habe lediglich die Übersetzung ein wenig entstaubt.«

In ihren Augen flackerte Unlust auf. Offenbar hatte sie den falschen Mann zum Tee eingeladen und zu becircen versucht und sich vergeblich in eine Geisha verwandelt, denn ihre Wünsche hätte ich selbst dann nicht erfüllen können, wenn sie mich im Evaskostüm empfangen hätte und ich den besten Arsch des Jahrgangs ungehindert hätte in Augenschein nehmen können. Leichten Schrittes trat sie an den langen Tresen, um Tee nachzuschenken, wobei der perfekt einstudierte Hüftschwung keinen Zweifel daran ließ, dass sie sich über die Situation vollkommen im Klaren war. ›Das war's, ich habe verspielt‹, dachte ich, war aber außerstande, aufzustehen – besonders in einer gewissen Hinsicht, was ich mit meinem Jackett zu kaschieren suchte. »Andi, ich muss dir was sagen.« »Ja?« Sie warf mir über die Schulter einen Blick zu, als wüsste sie genau, was ich sagen wollte, und über ihr Gesicht huschte ein Schatten von Langeweile. (Ach, ich kann diese Männer einfach nicht mehr ertragen!) Ich räusperte mich, was klang wie das Knurren eines schlafenden Hundes, und sagte – päng – rundheraus: »Ich bin verrückt nach dir!«

Beide waren wir etwas überrascht, es war uns klar, dass ein Mann seine Begehrlichkeiten normalerweise eleganter zum Ausdruck zu bringen pflegte. Andi schwang den Tee in ihrer Tasse: »Du hast wohl eine Erektion, was?« Ich nickte zaghaft. »Ach, du Ärmster! Du darfst nicht böse sein, aber mein Freund ist so eifersüchtig, dass er schon beim geringsten Verdacht losprügelt, verstehst du?« »Warum hast du mich dann eingeladen?« »Reden ist erlaubt… Aber es ist klüger, wenn du jetzt gehst!«

Zum Abschied bekam ich zwei Küsschen. ›Was hast du denn auch gedacht? Eine Künstlerin wie sie hat die Auswahl unter den schärfsten Typen, bei ihr wirst du nicht landen.‹ So sehr juckt sie mich allerdings auch nicht. ›Warum hast du es dann gesagt?‹ Nur so … als Sport … Super Sache, dass ich überhaupt den Mut dazu hatte. Trial and error, fertig, mehr war's nicht.

Obwohl ich sicher war, sie nie wiederzusehen, wollte es das Schicksal, dass ich Andi Herceg anlässlich einer Besprechung in Gagas Wohnung, bei der einige Schauspieler, der Bühnen- und Kostümbildner und natürlich der Dramaturg anwesend waren, wiedertraf. Offenbar hatte Andi begriffen, was zu tun war, kokettierte ohne Unterlass mit dem bärtigen Kerl herum, der eine Zigarette nach der anderen rauchte. Ob von den gestrichenen Passagen wieder etwas eingefügt wurde, erfuhr ich nicht, ich konnte nur eine Stunde bleiben. Ohnehin überkam mich das Gefühl, Gaga rede nur deshalb so viel über das Stück, weil seine Chancen, es auf die Bühne zu bringen, immer mehr sanken. Gerade als ich meinen Mantel nehmen wollte, trat Andi auf der Suche nach der Toilette in den Flur, gab mir ein schmatzendes Küsschen und sagte: »Schade, dass du schon gehst!« »Ich … würde mich gern mal mit dir verabreden«, murmelte ich. Sie erwiderte nichts, schloss die Tür hinter sich und schob den Riegel vor. ›Will sie mich verarschen? Gleich schiebt sie ihr Höschen runter‹, dachte ich und eilte aus der Wohnung, hinaus auf den Hausgang, wo mich Küchendunst empfing.

Als Nächstes liefen wir uns im Zanzibar über den Weg, wo sie in Begleitung zweier Typen auftauchte – vielmehr hereintrippelte –, mit denen sie vermutlich zuvor schon irgendwo getrunken hatte, denn alle drei hatten verdächtig glänzende Augen. Auch diesmal fiel mir Andi um den Hals, wobei ich deutlich ihre Brüste spüren konnte. »Wie geht's, wie steht's, kleiner Goethe?«, rief sie und stellte mir die beiden Typen vor, deren einer der Dramaturg war (er hatte sich den Bart abgenommen, so dass ich ihn gar nicht wiedererkannte) und der andere ein Journalist. Eines hatten wir alle drei gemeinsam: Liebend gern hätten wir mit der teuren Künstlerin ge.... Vielleicht hatte der Dramaturg, irgendein Lajos, es schon geschafft? (Wohl noch nicht, aber er kam der Ziellinie am nächsten, das sah ich.)

Dann kreuzten sich im Café Künstler unsere Wege, wo ich auf Alexa wartete, die mit ihrem Lehrer in der Ballettschule trainierte. Sie hatte eine kleine Rolle in dem Theaterstück »Romeo und Julia« ergattert, welches in Veszprém mit Tanzeinlagen inszeniert werden sollte. »Kleine Rollen gibt es nicht, nur kleine Tänzer!«, Alexa. (Und kleine Goethes.) Verkörpern sollte sie Lady Capulets Zofe, ihr Plan war, aus der Masse hervorzustechen, wofür ihr insgesamt zwei bis drei Minuten auf der Bühne zur Verfügung standen. Das Regiekonzept besagte, dass in den Traumszenen Tänzer die Schauspieler ablösen sollten. Alexa kam als Einzige vom argentinischen Tango, alle anderen Tänzer waren klassische Balletttänzer, was Alexas Selbstvertrauen enorm stärkte. Auch Gabó war gecastet, aber nicht genommen worden – zum ersten Mal hatte Alexa ihn ausgestochen.

Ich drückte ihr sehr die Daumen, war nur etwas besorgt, man könnte sie in der Schule rauswerfen, wenn sie zu oft in Veszprém war. Sie aber sah den Dingen mit heiterer Gelassenheit entgegen: »Die Vorstellungen sind ja abends, vormittags gibt es nur Proben!« Aber einen ganzen Monat lang! »Egal, wichtig ist nur, dass die Sache gut läuft, eine andere Stelle finde ich immer, wenn ich dann überhaupt noch unterrichten will.«

»Schon wieder?«, Andi Hercegs fragender Blick im Café Künstler. Um-den-Hals-fallen, Bussi-Bussi: »Sollten wir uns noch einmal über den Weg laufen, musst du mir ein Pfand geben!«, rief sie mit erhobenem Zeigefinger, als würde sie mir drohen. Ihre geröteten Augen fielen mir jetzt erst auf. »Stimmt was nicht?« »Ach, es ist nichts, mein Privatleben ist nur soeben in Scherben gegangen, nicht der Rede wert. Tschüssi-Bussi!«, und schon war sie draußen. ›Die ist durchgeknallt, und zwar nicht wenig.‹

Alexa begann nach Veszprém zu pendeln – in der Schule hatte sie einen Monat unbezahlten Urlaub bekommen –, und ich stand ohne Frau und ohne Auto da. Beides fehlte mir sehr. Während sich der Vierunddreißiger-Bus durch den morgendlichen Stoßverkehr stadteinwärts quälte und ich zwischen den nicht gerade wohlriechenden Fahrgästen eingekeilt dastand, hatte ich das Gefühl, vor Gereiztheit Ausschlag zu bekommen.

Zu dieser Zeit geschah es, dass die mittlerweile totgeglaubte Maria Stuart unerwartet wieder erstand und Gaga mich anrief, ich solle unbedingt zur Leseprobe dazukommen. »Zu welcher Leseprobe?« »Dreimal darfst du raten, verfickt!« »Von Ficken kann leider nicht die Rede sein!«, erwiderte ich in dem Bemühen, mich dem in Theaterkreisen üblichen lockeren Ton anzupassen. »Dann mal ran, nur komm unbedingt.« »Wohin?« »Nach Veszprém.« »Nach Veszprém?« »Bist du besoffen oder schon so alt, dass du derart schwer von Begriff bist?«

Veszprém. Tanzprobe für Alexa, Leseprobe mit Andi. Ups! Am Ende freundeten sie sich noch an.

So oft es ging, fuhr ich also mit Alexa nach Veszprém, spielte sozusagen ihren Privatchauffeur. Die Stunden des Wartens verbrachte ich in der öffentlichen Bibliothek, wo ich Notizen machte, übersetzte, herumschmökerte. War es dann so weit, fuhr ich mit dem Wagen durch das Steintor an der

Rückseite des Theaters und wartete, dass Alexa die Treppe herunterlief, mit nassen Haaren und ihrer großen Sporttasche. Ich liebte es, wie ihre Brüste unter dem feuchten T-Shirt herumhüpften. Sich nach dem Duschen abzutrocknen, dafür fehlte Alexa die Geduld. Bis Budapest redete sie nur von der Probe, war aufgedreht, weil man zufrieden mit ihr war, und niedergeschmettert, weil sowohl Regisseur als auch Choreograph Holzköpfe waren. Ihre Mittänzer in den kleinen Rollen waren ausnahmslos dumme kleine Jungs und Mädels um die zwanzig. Einmal hatte sie eines der Mädchen gefragt, warum sie am Schluss, wenn sich die Tragödie ihrem Ende näherte, lächelte, worauf diese sie nur mit großen Augen angeschaut hatte: »Ach, das ist eine Tragödie?«

Einmal fand ich die Bibliothek wegen Wasserschadens geschlossen, also hockte ich mich im Buchladen gegenüber vom Theater im Schneidersitz auf den Boden, lehnte mich mit dem Rücken an das Regal und blätterte in einer nach frischem Druck riechenden Anthologie mit dem Titel »Deutsche Ritterdichter«. Ohne zu wissen, dass es bereits erschienen war, war es mir hier ganz zufällig in die Hände geraten. Einige der darin enthaltenen Gedichte hatte ich übersetzt, dafür aber weder ein Belegexemplar noch Geld bekommen. So sah der drittklassige Kapitalismus aus: Renn deinem Geld hinterher, wenn du willst. Ich las zuerst meine eigenen Beiträge, von denen manche ganz anständig geworden waren, aber leider bei Weitem nicht alle.

»Du hier?«, sagte jemand und ließ sich neben mich plumpsen. Bussi-Bussi. »Andi?« (Die Frage, was sie hier suchte – in einer Buchhandlung, nicht wahr –, verkniff ich mir.) Sie war von Kopf bis Fuß schwarz gekleidet. »Warum trägst du immer Schwarz?«, plapperte ich einen Satz von Tschechow. »Ich trauere um mein Leben«, gab sie das Zitat zurück – die

Rolle hatte sie schon mal gespielt, das wusste ich. Unsere Schultern berührten sich, während wir auf dem Boden hockten, Andis starkes Parfüm überdeckte den Geruch der frischen Druckerschwärze. »Ich habe heute Geburtstag«, murmelte sie betrübt. »Ist das so schlimm?« »Ja, denn es hat mir noch niemand gratuliert.« »Dein Freund auch nicht?« »Wir liegen gerade im Clinch.« »Schlecht … Aber wenn du willst, kann ich dir gratulieren.« »Wirklich?« »Tu doch nicht so, du weißt ganz genau, wie sehr ich …« Ihre Stimme klang ernüchternd: »Diese Sache haben wir schon mal geklärt!« »Ach schade.« Doch plötzlich schien sie sich anders zu besinnen: »Also gut, lass uns etwas trinken gehen. Weißt du was Nettes?« »Was stehen denn für Möglichkeiten zur Auswahl?«, fragte ich unentschlossen. »Café, Kneipe, Restaurant.« Ich beugte mich zu ihr und sagte: »Ehrlich gesagt wäre ich lieber mit dir allein … auch wenn wir die Sache schon geklärt haben.« Nun wirkte sie unentschlossen: »Weißt du was, ich habe heute Geburtstag, also komm meinetwegen mit! Aber versprechen kann ich nichts!«

Ich folgte ihr zu ihrer Unterkunft im Künstlerquartier, aber bei dem Gedanken, Alexa oder sonst jemand könnte uns sehen, brach mir der Schweiß aus. Zumal Andi nicht mal was versprochen hatte. Wegen einer läppischen Geburtstagsgratulation auf die Schnauze zu fallen, wäre wirklich dumm. Und dann noch die unnötige Gefahr, bei einer eventuellen Polizeikontrolle auf der Heimfahrt den Führerschein weggenommen zu kriegen, wegen Alkohol am Steuer. Alles in allem war mir beim Betreten des winzigen Apartments im zweiten Stock bereits jegliche Inspiration verflogen. Ich war mir sicher, Andi trieb nur ihr Spielchen mit mir. Also rasch anstoßen und dann gleich wieder runter in den Buchladen.

Ich verriet nicht, dass ich das seltsame Getränk, das sie mir anbot, noch nie getrunken hatte. Cointreau. Was sie als »Ko-Intru« aussprach. (Es gibt kein Gesetz in der Welt, das vorschreibt, dass man Fremdsprachen beherrschen muss.) »Alles Gute zum Geburtstag!«, sagte ich und stieß mit ihr an. Dieser Cointreau war ein feiner Likör, den ich zwar nicht immer haben musste, der aber annehmbar schmeckte. Sie gab mir zwei Küsschen, klammerte sich an meine Schultern und umarmte mich. Auch ich nahm sie in die Arme, spürte dabei ihren BH-Träger unter meinen Fingern, doch kaum versuchte ich sie ein wenig fester zu drücken, verkrampfte sie sich. »Schon gut, die Sache ist geklärt!«, sagte ich missmutig. »Halt die Klappe und hab ein wenig Geduld!«

›Geduld habe ich schon, nur keine Zeit‹, dachte ich mit einem heimlichen Blick auf die Uhr. In fünfundsiebzig Minuten kam Alexa die Treppe heruntergelaufen, dann musste ich im Ford sitzen. Meine Libido litt – unter dem Geduldhaben noch mehr als unter dem Ko-Intru –, doch Andis Duft und ihre Berührungen betörten mich. »Ich wäre so weit«, keuchte ich. »Ich weiß«, flüsterte sie. »Es ist so erregend, dich zu berühren!« (Ein selten blöder Satz!) Jetzt knutschten wir schon, wobei Andis Zunge viel größer war, als ich erwartet hatte. Ich fragte mich, wie sie in diesen kleinen Mund hineinpasste. Als ich sie aufs Bett ziehen wollte, stoppte sie mich: »Warte mal, ich habe gerade erst eine langjährige Beziehung hinter mir und bin nicht sicher, ob ich das will.« »Verstehe«, log ich.

Ich verstand es nicht. Aber wie auch immer, wenn sie nicht wollte, war es besser, ich ging. Ich blieb. Setzte mich neben sie aufs Bett, kaute auf meinen Lippen herum und stierte auf den Nachttisch, wo neben einem altmodischen Wecker zwei weiße, durch eine dicke Nylonschnur verbundene Kugeln lagen. In den sechziger Jahren war das ein modisches Teenie-Spielzeug gewesen, ich nahm sie in die Hand. »Sind das Click-

Clacks?« »Nein, Geisha-Kugeln«, erwiderte Andi, indem sie sie mir fortnahm. Fügte dann angesichts meines verdutzten Gesichtsausdrucks hinzu: »Sag jetzt bloß nicht, dass du so etwas noch nie gesehen hast!« »Habe ich wirklich nicht. Wozu benutzt man die?« »Ich glaube es einfach nicht, weißt du es wirklich nicht?« Ich kramte in meinem Gedächtnis und schüttelte den Kopf, »Geisha-Kugeln, warte mal, bestimmt nimmt man die zum …« »Zum Masturbieren«, sagte Andi ohne Umschweife. »Also so etwas wie ein Vibrator?«, fragte ich in dem Bemühen, natürlich zu wirken. »Aber nein, ein Vibrator ist ein Kunstschwanz mit Batterien, klar? Die hier schiebt man sich einfach so rein. Asiatinnen sind in der Lage, sie in ihrer Scheide rundrum zu drehen.« »Und du?«, fragte ich mit versagender Stimme. »Ich kann es erst auf und ab, aber ich übe.«

Auf-und-ab, auf-und-ab, rotierte in meinem Kopf der Zylinder der Begierde. Ich sank auf Andis Schoß und tastete mich mit der Hand an ihren Busen vor. Dort wartete ich, dass sie mich zurückpfiff, doch sie ließ es geschehen, obwohl sie selbst nichts unternahm. Also glitt ich mit dem Kopf unter ihren Rollkragenpulli, wo ich eines interessanten BHs ansichtig wurde, der nur unten stützte, zu den Brustwarzen hingegen freien Zugang gewährte. Die waren dunkelbraun und zerfurcht wie Baumstämme. Abwechselnd lutschte ich daran, erst an der einen, dann an der anderen, dann wieder an der einen und wieder an der anderen. Jeden Moment rechnete ich damit, zum Anstand ermahnt zu werden, doch sie begann stattdessen zu stöhnen: »Oh, Jánoska, Jánoska, was machst du bloss mit mir?« Mir kam das Kinderlied in den Sinn: »Hey, Jánoska, Jánoska, warum bist du so klein?«

Dabei war ich so groß, dass es größer nicht mehr ging. Als Andi den Reißverschluss meiner Hose öffnete und ihn herauszog, spürte ich, wie ihre Ringe drückten, aber es war angenehm. Ihren Rollkragenpulli zerrte ich ihr nur so vom Leib, doch mit ihrem Hosenrock kam ich nicht zurecht. Sie machte keine Anstalten, mir zu helfen, so dass ich mich darauf beschränkte, meine Finger als lebende Geisha-Kugeln in ihr Höschen zu schieben und vor allen Dingen weiter nach hinten zum besten Arsch der Nation – und tatsächlich: Er war fest, glatt und rund. Gern hätte ich wie ein mannhafter Festungsverteidiger standgehalten, aber ich schaffte es nicht lange. Mein heißes Pech spritzte auf ihre Haut. Andi schaffte es nicht zum Höhepunkt, dennoch widersetzte sie sich meinen Versuchen, sie auszuziehen. »Für diesmal reicht es mir auch so, ich habe mit dem anderen noch nicht ganz abgeschlossen.« »Wie bitte?« »Sei doch nicht so blöd, ich habe dir doch gesagt, dass ich gerade eine lange Beziehung hinter mir habe.« »Ach ja.«

Mit einem Papiertaschentuch säuberte sie sowohl meinen erschlafften Krieger als auch sich selbst. »Ich danke dir sehr«, raunte ich ihr ins Ohr, während ich erneut zum Wecker schielte: Wir hatten die Wohnung vor kaum sieben Minuten betreten. Eilends zog sie sich an, ich meinerseits musste ja nur den Reißverschluss hochziehen. Beseelt von dem Gedanken, die verehrte Künstlerin doch noch gehabt zu haben (mehr oder weniger), trachtete ich danach, mich so schnell wie möglich aus dem Staub zu machen.

Doch Fehlanzeige: Es folgte ausgiebiges Philosophieren. Es sei nicht ihre Art, mit verheirateten Männern anzubandeln. Und schon gar nicht mit einem, dessen Frau gerade nebenan im Theater probe, das sei ihr vor Zoli – der langjährigen Beziehung – furchtbar peinlich. Dass es nämlich richtig zu Ende war, hatte sie ihm noch nicht gesagt, sie hätten nur mal so davon gesprochen, die Sache aber noch nicht eindeutig für beendet erklärt, und sie für ihren Teil zöge es vor, ihr Privatleben anständig zu regeln. Zwar war auch Zoli verheiratet, lebte aber von seiner Frau getrennt. Schließlich wolle sie mir nicht verheimlichen, dass ich schon nach ihrem Geschmack sei, unter den gegenwärtigen Umständen eine Fortsetzung unserer Beziehung für sie jedoch nicht in Frage käme. »Okay?«

Ich zuckte bloß die Schultern und dachte nur: ›Jetzt bin ich abgefertigt.‹ Laut sagte ich: »Schon gut, Andi, aber solltest du dir die Sache anders überlegen, dann ruf mich an!« »Ich werde nicht anrufen, Jánoska!«, sie. Bussi-Buss, und ich düste los, kam gerade noch rechtzeitig, um die Tür des Fords zuzuschlagen, bevor Alexa in der Glastür des Künstlereingangs erschien und auf der Suche nach mir den Hals reckte. Ich fuhr an die Stufen heran, und während mir der Schweiß den Rücken hinunterlief, hoffte ich inständigst, Andis Parfüm möge mich nicht verraten.

Alexa schöpfte keinen Verdacht, und noch zweimal traf ich mich mit der Künstlerin mit dem schönen Arsch zum Schäferstündchen. Einmal im Künstlerquartier, einmal in ihrer Budapester Wohnung. Doch als ich von dort heimkam, wartete Alexa im Flur auf mich. »Komm bitte mit in die Küche, ich möchte dich was fragen.« Wir nahmen einander gegenüber Platz, und eine Zeitlang schaute sie mich mit ihren großen grünen Augen nur an. Ich saß in der Tinte, das war klar. Sie legte beide Hände auf den Tisch und sagte: »Ich will mich kurz fassen. Hast du was mit Andi Herceg?«

Während ich sprachlos dasaß, fing sie an zu schreien. »Und quatsch bloß keinen Mist, du weißt, dass ich das nicht ertragen kann!« »Ääh … nein … ja … jein.« »Du Dreckskerl, wie kannst du nur so fies sein! Willst du, dass sich diese Person über mich lustig macht? Hatten wir uns nicht auf restlose Ehrlichkeit geeinigt? Oder hast du gehofft, es kommt nicht raus? Irgendwann kommt alles ans Tageslicht! Verschwinde aus meinem Leben, aber sofort!« Damit sprang sie auf und rannte aus der Wohnung, die Treppen hinunter.

Für mich brach eine Welt zusammen. Unbegreiflich, dass mir die mittelmäßige Affäre mit Andi so wichtig hatte sein können, Alexa deswegen Alexa aufs Spiel zu setzen.

›Los, ihr nach, sie um Verzeihung bitten, ihr die Wahrheit sagen! Und dann auf die Knie fallen!‹ Ich spürte, dass das nicht reichen würde. ›Dann probier's auf allen vieren. Oder bäuchlings kriechend.‹

## 10.

*22. September 2006. Liebes Tagebuch, was soll ich bloß schreiben? Dass ich das nahende Ende meiner Berliner Auszeit zu akzeptieren versuche? Obwohl sie gar nichts gelöst hat?*

Dr János Mester wusste nicht, ob er froh sein sollte oder traurig. Er war froh. Und traurig. Drei Wochen lang war es ihm vorgekommen, als nehme dieser Monat einfach kein Ende. Jetzt, da nur noch wenige Tage übrig waren, vollzog sich ein Wandel, und die Zeit begann davonzurasen. Ähnlich wie es ihm mit seiner Lebenszeit ging: Drei viertel davon waren im Schneckentempo vergangen, der Rest raste einfach davon.

Die letzte Woche verbrachte er mit unablässigem Abschiednehmen. AUF WIEDERSEHEN, sagte er zu allem und zu jedem: den knarzenden Brettern im Treppenhaus, zum Hund in der Pizzeria an der Ecke, zum Kirchentor, dessen Anstrich Blasen warf. Und zum bebrillten Besitzer des Olivenölladens, dem Mann – oder eher Jungen – mit der Lederschürze, der während dieses Monats Jánoskas Post entgegengenommen hatte. Im Ganzen drei Briefe. Und einen Sack voll Postsendungen, Zeitungen und Prospekte für die Wohnungseigentümer.

Was war das für Post, die man in vier Wochen im Ausland auf dem üblichen Postweg zugesandt bekam?

ERSTENS. Eine Nachricht des ungarischen Verlegers, wobei Verleger ein wenig hochgegriffen war. Goethe – ja, der hatte einen Verleger. Jánoska hingegen wurde manchmal gedruckt, jedoch immer so, dass er das Gefühl haben musste, man tue ihm – oder seinem Studiengegenstand – einen Gefallen. »Studien und Sachbücher zu Goethe *müssen* wir manchmal herausgeben!«, so die trübselige Redakteurin, indem sie die Nase hochzog. »Wieso *müssen*?«, Jánoska, der der trübseligen Redakteurin die Frage nicht ersparen wollte, obgleich er die Antwort schon ahnte. »Weil es dafür manchmal – selten genug – von irgendeiner Stiftung finanzielle Unterstützung gibt. Außerdem sollte ein angesehener Verlag ein paar ernsthafte Werke vorzuweisen haben, auch wenn die kein Mensch liest, um sie bei eventuellen Geldgebern in die Waagschale werfen zu können.«

›Tja, vor der eigenen Tür kehren, bitte! Du selbst wirfst Goethe auch in die Waagschale, wenn du etwas erreichen willst. Fast die gesamte Liste deiner Publikationen verdankst du dem Meister. Verdammt noch mal, du bist schlimmer als Johann Peter Eckermann, der auf einen Wink Goethes sein ganzes Leben aufgegeben hat.‹ »Ich muss geradeheraus sagen, ich wünsche, dass Sie diesen Winter bei mir in Weimar bleiben«, so Goethe laut Eckermann am Montag, den 15. September 1823, worauf der derart geehrte Chronist alles stehen und liegen ließ, um der Bitte des Meisters nachzukommen. Wie eine folgsame Ehefrau im 19. Jahrhundert. In Aussicht gestellt hatte ihm Goethe eine Wohnung – und dass er keine unausgefüllte Minute haben sollte. Von Geld war keine Rede. Dennoch zog Eckermann nach Weimar, um im Laufe des folgenden knappen Jahrzehnts mit Goethe aufzustehen und mit ihm zur Ruhe zu gehen. Materiell war es so knapp, dass er seine Erwählte lange nicht heiraten konnte. Als es dann endlich so weit war, blieb den beiden nicht mehr viel Zeit, denn

Johanna starb bald nach der Geburt ihres ersten Sohnes. Eckermanns Schicksal wendete sich erst zum Besseren, als ihm der Großherzog – als einem von Goethes Nachlassverwaltern – ein schmales Gnadensalär aussetzte. Allerdings nicht bevor der Dichter in dem vom Großherzog finanzierten Ehrengrab an Schillers Seite beigesetzt worden war. Im Grab konnte ihn Schillers Raucherei nicht mehr stören. Aber wie auch immer: Der Verlag lehnte Jánoskas Doppelmonographie der beiden trotz unterschriebenem und abgestempeltem Vertrag ab. Sie hätten momentan nicht die erforderlichen Mittel, schrieben sie, obgleich das Manuskript … – es folgten ein paar der üblichen Höflichkeitsfloskeln.

ZWEITENS. In einem mit Prägung versehenen Briefumschlag eine Einladung des Finnougrischen Instituts der Göttinger Universität. »Herr Janos Mester wird herzlich eingeladen, unserer Universität einen Besuch abzustatten und über sein werdendes Werk beziehungsweise Goethes Wirkung in der ungarischen Literatur zu referieren. Das Publikum setzt sich in erster Linie aus Studenten unserer Fakultät zusammen. Für ein angemessenes Honorar stehen derzeit leider nicht die Mittel zur Verfügung.« Diese Wendung war Jánoska bis zum Überdruss bekannt. Die Dame, die den Brief unterschrieben hatte, kannte er bereits, zuletzt hatte er sie im Budapester Goethe-Institut getroffen. Auf der Landkarte suchte er Göttingen, fand es etwas unterhalb von Hannover. Das hieß mindestens drei Stunden Autofahrt. Würde er den Berliner Autobahnring erst mal glücklich hinter sich gebracht haben. Johann Peter Eckermann fiel ihm ein, der seiner eigenen Bekundung nach auf Goethes Einladung hin zu Fuß von Göttingen nach Weimar marschiert war. Nicht gerade ein Sonntagsspaziergang! Auch wenn Eckermann ein erfahrener Fußgänger war. Einer anderen Aufzeichnung zufolge war er

1815 einmal im Schnee vierzig (!) Kilometer nach Hannover gepilgert. Eine Marathonstrecke war auch nicht viel länger. Die musste aber im Laufschritt zurückgelegt werden. Wenn auch nicht im Schnee. Und nicht von verkümmerten Literaten. ›Wie es wäre, von Berlin nach Göttingen zu wandern, mit einem Rucksack auf dem Rücken? Vier, fünf Tagesmärsche. Übernachten könnte ich im Heu oder in Ställen. Andererseits: Den paar Finnougristik-Studenten zuliebe … Ich werde mich doch lieber rausreden.‹ In einer für ihn ganz untypischen Weise hatte er die Beantwortung des Schreibens bis heute vor sich hergeschoben. Jetzt schien es ihm besser, so zu tun, als hätte er den Brief nicht erhalten. Es war ohnehin ein Wunder, dass er ihn in Händen hielt, denn auf Einwohnerlisten oder gar Briefkästen tauchte sein Name nicht auf.

DRITTENS. Alexa. Diesen Brief hatte Jánoska an einem Mittag in Empfang genommen und bis zum Abend nicht zu öffnen gewagt. Alexa hatte einen der kanariengelben Umschläge verwendet, auf denen als Absender ihr Name gedruckt stand – Jánoska hatte diese vor etwa fünf Jahren als Weihnachtsgeschenk für sie drucken lassen. Seit dem Siegeszug der elektronischen Kommunikation war Alexa offenbar nicht mehr dazu gekommen, die hundert Umschläge aufzubrauchen. Vorausgesetzt, dass dieser hier der letzte war, hatte Alexa durchschnittlich zwanzig herkömmliche Briefe pro Jahr geschrieben. Auf dem Umschlag klebten drei 100-Forint-Marken, also war Alexa nicht zur Post gegangen, sondern hatte die Frankierung frei nach Schnauze vorgenommen und ein wenig mehr bezahlt als nötig. Auch die Briefmarken hatte Jánoska für sie besorgt, um ihr das Warten im chronisch überfüllten Postamt von Békásmegyer zu ersparen.

*Lieber Jan,*

Jánoska bekam Gänsehaut. Im ersten Liebesglück hatte ihn

Alexa so genannt, und dann irgendwann nicht mehr. Hm, schon seit längerem nannte sie ihn überhaupt nicht beim Namen. Warum war ihm das nie aufgefallen?

*die Sache ist zugegebenermaßen schwierig, also verzeih mir bitte, ich weiß, eine persönliche Aussprache wäre besser, aber nun bist du dort, und ich hier. Inzwischen wirst du dich damit abgefunden haben, dass ich und die Kinder nicht mit dir nach Berlin gereist sind, nicht einmal zu Besuch. Es war eine schwere Entscheidung, denn es ist mir klar, dass du Sanyika und Jucika vermisst. Aber verstehe auch du bitte, dass ich dir nicht schwanzwedelnd gehorchen will wie eine brave Ehefrau aus dem 19. Jahrhundert. Doch genau das hätte ich getan, wäre ich dir nachgereist. Vielleicht bräuchtest du eben das, eine Christiana Vulpius.*

»Christiane!«, schrie Jánoska. »Mit e! Nicht einmal so viel hast du an meiner Seite gelernt, du stumpfsinnige Turnlehrerin!« Er verbesserte es, wobei er das kanariengelbe Briefpapier mit der Kulispitze einriss. In der rechten oberen Ecke waren in Pergamon-Schrift Alexas Name und Anschrift gedruckt. Noch war das auch Jánoskas Anschrift.

*Christiana ist an Goethes Seite dick und fett geworden, was bei ihr nicht so wichtig war, du hast erzählt (leider nicht nur ein- oder zweimal), dass sie ihm auch so gefallen hat. Ich aber bin eine S-Klasse-Tänzerin, einen dicken oder hängenden Bauch kann ich mir nicht leisten, würde das auch nicht überleben, schade, dass du das nie begriffen hast und immer nur wiederholst, dass ich dir auch so gefalle. Mir selbst aber gefalle ich nicht! Die Wahrheit ist, dass ich neben dir nicht einen meiner Pläne habe verwirklichen können, daran bist aber nicht du schuld, sondern ich selbst, und ich hätte dich schon längst verlassen müssen. Aber ich habe dich geliebt und wollte dir nicht weh tun, wusste auch nicht, dass du das Problem bist, weil du mich lähmst und weil du mich abstumpfst – leider, dafür können wir beide nichts, aber es ist so.*

*Was auch immer kommen mag, für die gemeinsam verbrachten Jahre kann ich dir nur danken, ebenso für Jucika und Sanyika, die in erster Linie der Sinn unserer Verbindung gewesen sind. Doch jetzt, wo unser Kinderwunsch erfüllt ist, kann ich nicht länger so weiterleben wie bisher, ich kann es einfach nicht, bitte akzeptiere das, komm nach Hause, damit wir besprechen, was wir aus den Trümmern noch retten können, denn unsere Ehe ist endgültig und unwiederbringlich gescheitert. Tut mir furchtbar leid, dass ich dir das brieflich mitteilen muss, ich bitte deswegen noch mal um Entschuldigung, aber ich kann mir nicht länger etwas vormachen, und dir auch nicht.*

Jánoska verbesserte auch das zweite »Christiana«, allerdings nicht mehr ganz so vehement. ›Gäbe es den Sozialismus noch, hätte ich jetzt bei den westdeutschen Behörden Asyl beantragen können. Aber Pechvogel, der ich bin, wäre ich ja in Ostberlin, der Prenzlauer Berg liegt in der ehemaligen Ostzone.‹

Im Zuge seines unausgesetzten Abschiednehmens fuhr er mit dem Fahrrad zur Bernauerstraße, um sich die als Mahnmal erhaltenen Mauerreste anzusehen. Der Bibliothekar der Goethe-Stiftung hatte ihm erzählt, die Straßenbahngleise in der Bernauerstraße lägen deshalb so weit auseinander, weil auf dem breiten Streifen dazwischen die Mauer gestanden habe. In seiner Vorstellung zauberte Jánoska die Mauer wieder an Ort und Stelle: Hinfahrt in Ostberlin, Rückfahrt in Westberlin. Irgendeine Lösung wird es sicher gegeben haben, denn in Organisationsfragen waren die Deutschen unerreicht. Das ist ja hinlänglich bekannt. Während Jánoska die Mauer immer noch in der Mitte der Straße zu erblicken erwartete, tauchte sie plötzlich linker Hand auf. Komplett zugeschmiert, wie damals im Fernsehen, als die Ostdeutschen sie gestürmt hatten. Sie waren oben draufgeklettert und mit Hammer und Pickel über sie hergefallen und hatten dabei vor Euphorie gejuchzt, als wäre Silvester.

*Die Mauer.*

Als sie noch stand und die Stadt in zwei Teile zerschnitt, hatte Jánoska sie oft genug gesehen, ihr nur nicht nahe kommen dürfen. Die ostdeutschen Schergen hätten ihn glatt erschossen. Eine seltsame Erinnerung ließ ihn nicht los. Im Rahmen seiner Teilnahme am Festival des Oktoberklubs war die Band mit der gesamten KISZ-Entourage zum Brandenburger Tor gekarrt worden. In Begleitung furchterregender FDJ-Zerberusse waren sie zu einem Pfeiler des Bauwerks geführt worden, der aussah wie ein Haus. Vielleicht waren sie mit einem Aufzug ins obere Stockwerk gelangt, sicher war er sich nicht mehr, zu verschwommen waren die Bilder. Plötzlich standen sie in einer Art nicht öffentlichem Museum, nicht mehr als zwei, drei Räume. Den Jugendlichen wurde erklärt, diese Ausstellung sei dem breiten Publikum nicht zugänglich und werde nur einflussreichen Genossen und wichtigen ausländischen Gästen präsentiert. Jeder Hauch, jeder Tonfall schien besagen zu wollen, wie sehr sie sich geehrt zu fühlen hatten.

Ein Fremdenführer zeigte Fotos und Gegenstände, die Fluchtversuche von hinterhältigen ostdeutschen Staatsbürgern in den lasterhaften Westen dokumentierten: Versteckt in Kofferräumen oder Armaturenbrettern von Autos, mittels selbst gebastelter Fluggeräte, mit alpinen Kletterseilen oder durch unterirdische Tunnel. Nachdem die vertrauenswürdigen Mitglieder der Ungarischen Delegation sich zur Genüge entsetzt hatten, erklommen sie noch eine weitere Etage und erreichten das Dach, von wo aus man wie von einer gigantischen Terrasse aus nach Westberlin hinüberblicken konnte.

Die Mauer umschloss das Brandenburger Tor, das eher einem Triumphbogen gleicht, in einer Art Bogen. Drüben war an einem Pfosten eine Tafel zum Gedenken an die Opfer der Mauer befestigt. Direkt hinter der Mauer lag ein großer runder Platz, in den eine breite Allee mündete. Dort näherte sich ein großes, hell erleuchtetes Fahrzeug, das den unförmigen Ikarusz-Bussen, die Jánoska als Autobusse kannte, nicht im Geringsten ähnelte. Als es den Platz erreichte, bremste es ab, bis es parallel zum Tor stehenblieb.

Der Bus war voller Touristen. Lauter gut gekleidete Westberliner oder westdeutsche Staatsbürger, die hierherkamen, um die Mauer und den Osten zu besichtigen. Auch ihnen wurde von einem Fremdenführer mit Mikrophon etwas erklärt. Auf unserer Terrasse wurde es still, wortlos starrte die ungarische Delegation auf die Leute hinunter. Einige ältere Damen winkten zaghaft, und Jánoska winkte unwillkürlich zurück, worauf die FDJ-ler umgehend zum Aufbruch mahnten und ungeniert ihren Propagandatext fortsetzten: Was tat man im Westen nicht alles, um den Frieden in der DDR zu untergraben, um die rasante Entwicklung der Volksrepublik zu bremsen, um ihr wachsendes internationales Ansehen zu schädigen.

Diese Erinnerungen hatten sich Jánoska derart tief eingeprägt, dass er jederzeit unter Eid hätte beschwören können, alles habe sich so und nicht anders abgespielt. Doch seit dem Fall der Mauer war er mindestens viermal am Brandenburger Tor gewesen, und er hatte sich mit eigenen Augen überzeugen können, dass keiner der vier Pfeiler Platz bot für einen Aufzug. Seine Nachforschungen, ob sich im Brandenburger Tor früher ein Museum befunden habe, brachten durchweg negative Resultate. Dennoch: Ihn verwirrte, dass der runde Platz und die Ausfallstraße wirklich existierten, nur woanders.

Hatte er alles geträumt? Und in seiner Erinnerung das Brandenburger Tor mit irgendeinem anderen Museum verknüpft? Dem Bauwerk hatte man sich damals nur mit einem speziellen Grenzpassierschein nähern dürfen. Andererseits hatten sich Jánoska andere Gebäude aus den sechziger Jahren ebenfalls so kristallklar eingeprägt, dass er sie aus dem Gedächtnis hätte zeichnen können – und die sahen heute noch im Großen und Ganzen so aus aus. Selbst die Linden kamen ihm vollkommen unverändert vor, so als wären sie immer noch gleich groß und ihre Stämme von gleichem Umfang, was letztlich ein Ding der Unmöglichkeit war.

Je mehr sich das Ende seines Berliner Aufenthalts näherte, umso düsterer wurde das morgendliche Erwachen. Zeit seines Lebens ein schlechter Schläfer, war Jánoska das nächtliche Herumwälzen gewohnt. Schon als Kind hatte es ihn immer gewundert, dass die anderen Kinder in den Zeltlagern die Nächte problemlos durchschlafen konnten. Ganz zu schweigen davon, dass sie unablässig schnarchten, was Jánoska mehr als wundersam erschien. Sein Vater hatte nur selten geschnarcht und war meistens binnen weniger Minuten von seinem eigenen Lärm aufgewacht. Wobei er überhaupt wenig schlief. Lieber saß er hoch aufgerichtet am Bettrand, um so besser atmen zu können.

Dem Schnarchen eines Menschen dauerhaft zu lauschen, war er erst an Alexas Seite gezwungen gewesen. Oft lag er da, fühlte sich einsam und lauschte dem Schnarchen seiner Angetrauten. Warum entrangen sich der Kehle einer jungen Frau derart laute Töne? Alexa hatte auch dafür eine Erklärung: »Offenbar spreche ich nicht alles aus, was mich bedrückt. Daher das Schnarchen. Und das Husten.«

In Anbetracht der Tatsache, dass sie inzwischen doch dies und jenes (alles?) losgeworden war, sowohl schriftlich als auch mündlich, hatte Alexa wahrlich keine Veranlassung mehr zum Schnarchen. Nichtsdestotrotz hatte in der Nacht vor Jánoskas Abfahrt im Schlafzimmer der gleiche Krach geherrscht wie immer. Aber vielleicht hatte sich die Lage seitdem etwas gebessert. Auch wenn Alexa am Telefon gehüstelt hatte wie immer. Wie die Kameliendame. Unpassender Vergleich. Die hätte nämlich nie aus voller Kehle geschrien. »Sei froh, dass ich dich anschreie, das ist der Beweis, dass ich noch etwas für dich empfinde.«

Plötzlich wurde sich Dr János Mester mit Entsetzen bewusst, dass er seit Beginn seines Berlinaufenthalts fast durchgehend von Halsschmerzen und Husten geplagt wurde und sich andauernd räuspern musste. Er hatte das bislang der ungeheizten Wohnung zugeschrieben, ›dabei kommt es vielleicht daher, weil ich irgendwelche Dinge nicht ausspreche. Aber dann müsste ich auch schnarchen. Vielleicht tu ich es ja?! Ich muss Christiane, den Nymphensittich, fragen. Ich habe ihn eh schon viel zu lange vernachlässigt.‹

Während er den Vogel freiließ, um den Käfig in Ordnung zu bringen, überkam ihn die Sehnsucht nach seinen Kindern mit schonungsloser Härte. Wie gern hätte er sie in seine Arme geschlossen! »Sanyika!«, beklagte er sich bei dem Vogel, worauf Christiane den Kopf zur Seite legte und seinen Worten mit misstrauischer Aufmerksamkeit lauschte. »Jucika!«, rief Jánoska, doch es ging bereits in Schluchzen unter. Der Vogel wurde nervös und flog auf die Vorhangstange, wobei er die ganze Zeit wau-wau schrie. »Wau-wau? Bellen kannst du auch?« Ein Tier mit Fremdsprachenkenntnissen! »Miau!«, entgegnete Jánoska begeistert, doch der Vogel würdigte ihn keiner Antwort. Also ließ Jánoska die Käfigtür offen und meinte zu dem Tier: »Bemühen Sie sich herein, wann immer es Ihnen beliebt!«

Nun machte er die Balkontüre weit auf und stützte sich aufs Geländer. Seinen großen Sohn Palika hätte er auch gern in die Arme geschlossen. Ein frostiger Wind wehte an der Häuserfront zwischen den beiden Cafés entlang, nahm seinen Weg himmelwärts und zwickte Jánoskas Gesicht.

›Diesen Monat hast du schön verplempert! Nach Frankfurt hättest du fahren sollen. Und nach Leipzig. Und noch einmal nach Weimar. Oder wenigstens öfter in die Bibliothek der Stiftung. Es hätte dir sicher mehr gebracht zu arbeiten, als über deine zerrüttete Ehe zu sinnieren. Wie konntest du nur so idiotisch sein, deine Zeit in Berlin, Europas aufregendster Hauptstadt, ausgerechnet mit Grübeln zu verbringen? Komm endlich aus dem Mauseloch deines Elends heraus und tu etwas Sinnvolles!

Nun ja. Wenn ich nur wüsste, was für mein Leben sinnvoll ist! Ob es im Leben überhaupt etwas Sinnvolles gibt. Ganz egal was.‹

Sein Vertrauen zu Goethe hatte Jánoska längst eingebüßt. Zu viele große Geister hatten den GROßEN Mann schon gewürdigt, erforscht und bewertet, zu viele mittelmäßige hatten mit ihm Bibliotheken gefüllt, zu viele unbedeutende waren in seinem Kielwasser gesegelt. Jánoska war wenig beglückt, zu dieser Masse zu gehören, auch wenn er von sich sagen konnte, nicht zur letzten Gruppe zu zählen.

*Verfluchter Goethe.*

Einer der Eckpfeiler von Jánoskas Arbeitsplan war das Studium der Originale von Eckermanns Handschriften gewesen. In die Tat umgesetzt hatte er es nicht. Nächstes Mal dann. Oder …

Johann Peter Eckermann war der erste in einer langen

Reihe von ernstzunehmenden Goethe-Forschern. ›Allerdings wird der ein noch größerer Trottel gewesen sein als ich. Gleich zu Beginn seines Buches schreibt er, er sei Anfang der 1790er Jahre auf die Welt gekommen. Kannte er sein Geburtsdatum nicht? Oder war er besessen von einer geradezu krankhaften falschen Bescheidenheit? Nach dem Motto, der Zeitpunkt meiner Geburt ist nicht wichtig, denn auf mich kommt es gar nicht an, wichtig ist allein der Meister?!‹

*Verfluchter Eckermann.*

21. September 1792. Ursprünglich hatte er Dichter werden wollen … ›Nun ja, wer will das nicht? Angesichts eines Goethe wird er allerdings weiche Knie bekommen haben. Aber er notierte alles, was der Meister diktierte. Auch was er nicht diktierte. Brachte so manches erst nachträglich zu Papier und dichtete die Tatsachen hier und da ein wenig um. Gab vier Jahre nach Goethes Tod die ersten beiden Bände seiner Aufzeichnungen heraus, nach weiteren zwölf den dritten. Was zum Teufel gab es da so viel herumzubrüten? An einem geplanten vierten Band arbeitete er sechs Jahre – sechs Jahre! –, konnte ihn aber nicht abschließen, weil er 1854 starb.

Eckermann berichtet, am 19. Oktober 1823 zum ersten Mal ins Goethe'sche Haus zum Mittagessen gebeten worden zu sein. Wenn ich richtig gerechnet habe, war der Dichter zu diesem Zeitpunkt vierundsiebzig Jahre alt und hatte gerade die tiefe Enttäuschung verwunden, von der neunzehnjährigen Ulrike von Levetzow einen Korb erhalten zu haben. Obwohl für Goethe der Großherzog um die Hand des Mädchens anhielt und für den Todesfall des zukünftigen Gatten eine Unterhaltszahlung in Aussicht stellte. Alles vergebens. Ulrike blieb auch trotz der Intervention ihrer Mutter unbeugsam. (Ihr Desinteresse galt übrigens nicht Goethe allein, sondern dem männlichen Geschlecht als solchem: Sie starb fünfundneunzigjährig als Stiftsfräulein vom Heiligen Grabe.) Nicht lang darauf traf die berühmte Pianistin Maria Szymanowska in Weimar ein, um Goethe in seinem Haus vorzuspielen, was der greise Meister nutzte, um auch mit ihr anzubandeln. Immerhin war sie schon etwas älter, achtundzwanzig.‹

Bei diesem ersten Mittagessen waren außer Goethes Schwiegertochter nur Fräulein Ulrike und der kleine Walter zugegen, »und wir waren also bequem unter uns, Goethe zeigte sich ganz als Familienvater, er legte alle Gerichte vor, tranchierte gebratenes Geflügel, und zwar mit besonderem Geschick, und verfehlte auch nicht, mitunter einzuschenken.« Der Dichterfürst also in der Rolle des Maître d'Hôtel, in dem für ihn so typischen modischen Aufzug. »Goethe war im Ganzen still, indem er nur von Zeit zu Zeit als Zwischenbemerkung mit etwas Bedeutendem hervorkam. Dabei blickte er hin und wieder in die Zeitungen und teilte uns einige Stellen mit, besonders über die Fortschritte der Griechen.« Gemeint war der tobende Freiheitskampf der Griechen gegen die Türken. Goethe regte Eckermann dazu an, Lord Byron zuliebe so rasch wie möglich Englisch zu lernen, wobei er ihm empfahl, sich wegen der miserablen Aussprache der Weimarer Sprachlehrer lieber einen jungen Briten zu nehmen.

»Nach Tisch zeigte Goethe mir einige Experimente in bezug auf die Farbenlehre.« Von der Johann Peter Eckermann gar nichts begriff, was er dem Meister aber wohlweislich nicht auf die Nase band. Schriftlich fasste er den Vorsatz, sich mit der Zeit auch in diese Wissenschaft einzuarbeiten. Aber was mochten die Damen zu den Experimenten gesagt haben? Gähnten sie offen oder heimlich? Und was mag im Kopf des verfluchten Goethe vorgegangen sein, dergleichen zur Unterhaltung vorzuführen? Aus seinem jüngsten Misserfolg hatte er jedenfalls nichts gelernt: Auch Ulrike von Lewetzow hatte er mit Vorträgen über Mineralogie zu beeindrucken versucht und sie mit seltenen Gesteinsbrocken beschenkt. Bis er endlich zu Schokolade überging, und nur für eine Zeit des Übergangs noch hier und da einen Stein mitschenkte. Oder umgekehrt.

*Der blöde alte Sack.*

›Erschreckend, dass ich Goethe hin und wieder nicht einfach nur nicht mag, sondern dass ich ihn geradezu hasse.

Warum nur? Nervt mich seine Größe? Nervt mich Größe überhaupt? Und warum? Wegen meiner eigenen Bedeutungslosigkeit? Einmal ausgiebig darüber nachzudenken, würde sich sicher lohnen. Irgendwann. In einem ruhigeren Moment.

Los, mach das Fenster zu, und tu etwas! Ordne wenigstens deine Papiere, wenn dir schon nichts Besseres einfällt.‹

Jánoska setzte sich an den Schreibtisch und verspürte plötzlich den unbändigen Wunsch, seine Unterlagen anzuzünden. Und die ganze Wohnung dazu. Tod auf dem Scheiterhaufen. Was Alexa dazu sagen würde? Vor allem wenn sie es aus der Zeitung erführe? »Das MTI meldet: Der namhafte Goethe-Forscher János Mester ist in Berlin unerwartet ums Leben gekommen, als die von ihm angemietete Wohnung aus unbekannter Ursache in Flammen aufging. Die Ermittlungen der deutschen Polizei dauern noch an. Die Vereinigung Ungarischer Germanisten hat Dr János Mester stets als einen der ihren betrachtet.« ›Ach, ausgeschlossen… Höchstens vielleicht das Blatt, bei dem ich als Korrektor arbeite… Aber was gelte ich da schon, der Besitzer ist ein deutscher Großkonzern, der wegen so etwas sicher keine Kosten auf sich nimmt. Am Ende wird Alexa aus eigener Tasche was in die Zeitung setzen müssen. Aus unserer einst gemeinsamen Tasche. Was kostet eine Beerdigung heutzutage? Billig ist sie sicher nicht.‹

Mit zwei kleinen Kindern hatte man keine Wahl, man

musste weiterleben. Und dann noch Palika! Auf einmal wurde Jánoska bewusst, seinen großen Sohn komplett verdrängt zu haben. Aus Berlin hatte er ihn nur ein einziges Mal angerufen und ansonsten nur ein paar SMS geschickt. Palika war bereits erwachsen, seine Erziehung längst abgeschlossen. Im Gegensatz zu den Unterhaltszahlungen. Jánoska fiel es zunehmend schwer, die Beträge herzuzaubern, die er seinem Sohn heimlich zustecken konnte. Vor einigen Monaten, als Palika nach Amerika flog, um dort sein Glück zu versuchen, hatte es so ausgesehen, als hätte sich das Geldproblem gelöst. Nach dem Staatsexamen in Jura wusste Palika nicht so richtig, was er anfangen sollte. Erst absolvierte er ein Praktikum bei Gericht, dann eines in einer Anwaltskanzlei. Schließlich kam er zu dem Schluss, Völkerrecht sei für ihn das Richtige. Er bewarb sich in der EU-Zentrale in Brüssel. Als er dort nicht genommen wurde, beantragte er ein Visum für die Vereinigten Staaten. Jánoskas Vorbehalte nervten ihn: »Ach, Papa, das ist doch auch nur ein Land wie jedes andere!« »Ja schon, aber es ist so groß und so weit weg!« Wie sehr er sich wegen möglicher Terroranschläge im Zusammenhang mit dem Irakkrieg sorgte, erwähnte Jánoska seinem Sohn gegenüber nicht. Es war besser, solche Gedanken nicht zu Ende zu denken. Am besten war es, sich solche Gedanken gar nicht erst zu machen.

›Jetzt wird mich Palika nur noch anlässlich seiner Besuche Geld kosten‹, dachte Jánoska, als der Junge am Flughafen Ferihegy im Gang hinter den Barrieren verschwand, doch sogleich schämte er sich wegen dieses Gedankens, der nur auf seine notorische Mittellosigkeit zurückgeführt werden konnte. Glücklicherweise kam Dr Pál Mester in den USA ohne Probleme zurecht. Langweilte sich an seinen Arbeitsplätzen aber auch dort zu Tode. Nach einiger Zeit kehrte er nach Ungarn zurück, war aber nicht bereit, genauer über sein

Leben in Amerika zu berichten. »Ich habe viel gelernt«, war das Einzige, was er seinem Vater anvertraute. Allerdings nahm er von diesem Zeitpunkt an kein Geld mehr an und fand eine Anstellung in der Rechtsabteilung eines deutschen Großunternehmens. ›Es ist so weit‹, dachte sich Jánoska.

Lange überlegte er, mit welchen Worten er seinem Sohn eröffnen sollte, dass er sich – schon wieder – scheiden lassen würde. Als er Alexa seinerzeit geheiratet hatte, hatte ihn Palika schlichtweg für blöd erklärt: »Du wirst offenbar nie erwachsen!«

»Du lieber Himmel, ich komme zu spät!«, rief Jánoska mit einem Blick auf die Uhr. Zu Mittag war er mit Jolanda und ihrem Mann am Checkpoint Charlie in der Friedrichstraße verabredet. Wollte er rechtzeitig dort sein, musste er sich sputen.

Bei seinem Bad in der Menge, vor ein paar Tagen am Frankfurter Tor, hatte Jánoska mit allem gerechnet, nur nicht mit einer Begegnung mit Jolanda und ihrem Mann. Der spärliche Rest von Wilhelms Haaren war dabei zu ergrauen, und auch sein rötlicher Bart war durchsetzt von grauen Fäden. Irgendwie wirkten seine Augen erloschen. Er grüßte als Erster: »Hallo, Janóschka!«, worauf Jolanda ihre Überraschung etwas übertrieb: »Na so was, was für eine Überraschung!« Bussi-Bussi. »Was macht ihr denn hier?«, fragte Jánoska, ebenfalls mit übertriebener Überraschung. »Leider ist Wilhelm einfach unverbesserlich. Er ist immer noch Mitglied der Partei!« Jetzt erst bemerkte Jánoska das auf ein dünnes Holzstäbchen geklebte Pappschild in Wilhelms Hand: ES LEBE DIE PARTEI DES DEMOKRATISCHEN SOZIALISMUS!

»Es lebe die Sozialdemokratische Partei … aber bei Wasser und Brot!«, entfuhr es Jánoska auf Ungarisch. »Wie bitte?« »Nichts.«

Die Reden, die auf einer provisorischen Bühne gehalten worden waren, waren schon beendet, nun traten einige dickbäuchige, ältere Herren mit Gitarren in der Hand an die Mikros, um »Sag mir, wo du stehst« anzustimmen. Der Oktoberklub. Nicht einer der Musiker kam Jánoska bekannt vor.

*Die blöden alten Säcke.*

*(Auch du wirst nichts anderes sein.)*

»Lasst uns hier abhauen«, schlug er Jolanda und ihrem Mann vor. Dank der vielen Demonstranten, der auf der rechten Spur geparkten LKWs der Organisatoren und der Presse herrschte komplettes Verkehrschaos. Die drei mussten sich durch kleine Nebenstraßen aus dem Zentrum des Geschehens zurückziehen. Wilhelm führte sie zu einem Café, dessen Name in grünen Neonbuchstaben flimmerte: Bio. ›Vermutlich gibt's hier gar nichts, was mir schmeckt‹, dachte Jánoska, wobei er an Alexa denken musste, die den Biohandel und auf Biowaren spezialisierte Geschäfte liebte.

Zum Bio-Kakao bestellte Wilhelm Bio-Muffins mit Schokolade, Nuss und Vanille und drängte Jánoska, jeden zu kosten: »Und? Lecker, was?« Jánoska nickte blöd.

Noch bevor er sich recht besinnen konnte, servierte er seine ganze jammervolle Geschichte mit Alexa auf dem runden Kunstmarmortisch. Er sprach eine halbe Stunde lang praktisch ohne Luft zu holen, und während Wilhelm voller Mitgefühl zuhörte, schien Jolanda immer beleidigter zu werden. Wie Schuppen fiel es Jánoska von den Augen: In diese Details hatte er sie noch nie eingeweiht, ebenso wenig wie in den neuesten Stand der Dinge. ›Du blödes Rindvieh, musst du dein Herz gerade vor ihrem Mann ausschütten, der quasi alles über euch beide weiß!‹, dachte er und verstummte mitten im Satz. Er war außer Atem und versuchte jetzt, zu einer normalen Atem- und Pulsfrequenz zurückzufinden. Der obere Wert seines Blutdrucks bewegte sich schätzungsweise um die hundertachtzig. Seinen Blutdrucksenker hatte er heute noch nicht genommen.

*Ich vergesse alles. Bringe alles durcheinander. Mache alles kaputt.*

Wider Erwarten waren ihm weder Wilhelm noch Jolanda böse. Um das Thema zu wechseln, erkundigte sich Jánoska nach dem Museum im Brandenburger Tor. Keiner der beiden wusste etwas darüber, sie schlugen aber vor, am Montag gemeinsam das Mauer-Museum zu besichtigen, das sie selbst noch nie gesehen hatten. »So ist das immer! Was man vor der Nase hat, interessiert einen nicht!«, meinte Wilhelm. Mit eingezogenem Kopf überlegte Jánoska, ob sich die Anspielung auf Jolanda bezog.

Als Jánoska am Checkpoint Charlie eintraf, hatte Jolanda die Tickets bereits besorgt. In dem mehrstöckigen Museum fand Jánoska einen Teil der Fotos und Gegenstände wieder, die sich seiner Ansicht nach – er konnte seinen Irrtum einfach nicht akzeptieren – 1967 noch im Brandenburger Tor befunden hatten. Außerdem kaufte er ein Stück der abgerissenen Mauer. Jolanda kaufte für ihre Kinder zwei Stück. »Ob die echt sind?«, fragte er sie. »Das bezweifle ich.«»Warum kaufst du sie dann?« »Weil es den Kindern vollkommen egal ist, ob sie echt sind.« Jánoska nickte und kaufte noch eines für Palika.

Während Jolanda sich mit zwei Küsschen verabschiedete, winkte Wilhelm im Hintergrund. Jánoska merkte, wie Jolanda ihm etwas zusteckte, zog es aber erst auf dem U-Bahnsteig aus der Tasche. Es war eine ihrer Eintrittskarten, an dessen Rand sie mit Filzstift hingekritzelt hatte: »Seh ich dich noch mal, solange du hier bist, du Schisser?!« Rasch schickte er ihr eine SMS: »Wann hast du Zeit?« Im Gegensatz zur U-Bahn traf die Antwort binnen Sekunden ein: »Ist dir noch nie aufgefallen, dass ich für dich immer Zeit habe, du Mistkerl?« Beim letzten Wort war Jolanda ein Tippfehler unterlaufen. Mitskerl. ›Sie hat recht‹, dachte er, während er sein Gesicht in den Luftzug hielt. ›Ich bin ein undankbarer Mitskerl.‹

Erneut wähnte er seine beiden kleinen Kinder in seinen Armen. Holte er Sanyika im Kindergarten ab, nahm der Junge zehn Meter Anlauf: »Papa, Papa!«, schrie er, während Jánoska beim Aufprall durch und durch von einem Glücksgefühl erfüllt wurde. Jucika hatte eine andere Taktik, wenn er sie in der Kinderkrippe abholte. Sie versuchte sich ihm an den Hals zu werfen, egal ob er stand oder kniete. Einmal hatte sie sich so kräftig an ihm festgehalten, dass sie ihm die Hose vom Leibe riss und er vor den beiden Betreuerinnen plötzlich in Unterhosen dastand.

Kinder können die lieben Eltern wirklich ganz schön in Verlegenheit bringen.

Beim Schulabschlussball hatte Palika einer plötzlichen Eingebung folgend Jánoska gebeten, eine Runde mit seiner Freundin Magdi zu tanzen. »Papa«, flüsterte er ihm vertraulich ins Ohr, »jedes Mädchen tanzt eine Runde mit ihrem Vater, Magdi hat aber keinen Vater mehr. Du verstehst also!« Jánoska verstand. Rechnete nur nicht damit, von Magdi aus lauter Dankbarkeit umarmt zu werden. Und auch noch so fest. Ihre beiden kleinen Brüste pressten sich gegen seine Rippen. ›Vorsicht, Vorsicht!‹, dachte er und musste wohl oder übel mit nach hinten gerecktem Unterleib Walzer tanzen. Als er die Geschichte Alexa erzählte, verpasste sie ihm eine schwungvolle Ohrfeige: »Pädophiles Schwein!«

Dabei kam sich Jánoska vollkommen unschuldig vor. »Du kommst dir immer unschuldig vor und merkst gar nicht, dass das gar keine Rolle spielt!« Eine von Alexas immer wiederkehrenden Anschuldigungen.

Sanyika war im Herbst auf die Welt gekommen. Im September. Jánoska hatte gehofft, es würde Ende September werden, aber er kam schon Anfang des Monats. Jucika erblickte am 30. Dezember das Licht der Welt. Großherzigerweise hatte Alexa in diesem Jahr Sanyikas Geburtstagsfeier bereits für Ende August organisiert, damit Jánoska dabei sein konnte. Wer alles eingeladen war, verriet sie nicht. Um drei traf das erste Kind ein, ein Junge aus Sanyikas Kindergartengruppe. Danach kamen die Gäste im Minutentakt. Es waren noch nicht einmal ein Drittel der Kinder eingetroffen, als die Wohnung bereits aus allen Nähten zu platzen drohte. Bei den meisten waren beide Elternteile dabei, und sie blieben auch alle da. Mit zunehmender Aussichtslosigkeit versuchte Jánoska den aufmerksamen Gastgeber zu spielen. Doch schon zur Halbzeit gingen Plastikteller und Plastikgläser zur Neige – Alexa war keine Freundin überflüssiger Vorräte. Diesmal hatte sie den Bedarf allerdings stark unterschätzt. Bald war auch der gesamte Geschirr- und Besteckvorrat aus dem Küchenschrank in Gebrauch. »Sorry, ihr müsst euch mit den Fingern behelfen!«, empfahl Alexa denjenigen, die ganz ohne Teller und Besteck geblieben waren. ›Ich finde das überhaupt nicht witzig‹, dachte Jánoska. Mehrere Erwachsene waren zum Rauchen ins Treppenhaus gegangen, worauf der unrasierte Nachbar mit den schiefen Schultern im Unterhemd herüberkam, um sich zu beschweren. Schwitzend bot ihm Jánoska Bier an, bat um Entschuldigung, die ihm aber versagt wurde. Er konnte sich mit dem missgelaunten Nachbarn nicht aufhalten, weil es dauernd klingelte. »Herr Mester, sind Sie sicher, dass sich so viele Menschen in einer Plattenbauwohnung aufhalten dürfen? Haben Sie keine Angst, dass die Decke durchbricht?«, wollte der Nachbar wissen. Jánoska seufzte. »Was ist schon sicher?«

Sicher war, dass Jánoska im Interesse des Geburtstagsfestes alles nur Erdenkliche getan hatte. Tüchtig und hart. (Angeblich Johann Wolfgang von Goethes Lieblingsausdrücke bei privaten Unterhaltungen. Tüchtig. Hart.) Nichtsdestotrotz war Alexa nicht zufrieden. Die Aufzugstür war nach dem letzten Ehepaar mit dem kleinen bezopften Mädchen noch nicht zugefallen, als sie bereits loslegte. »Warum hast du dich nicht mit den Gästen unterhalten? Warum hast du nicht im Kinderzimmer die Spielzeugeisenbahn aufgebaut? Warum hast du keinen Wein nachgeschenkt?«

Jánoskas Antworten interessierten sie gar nicht. Zum Beispiel, dass der Wein bereits im Laufe der ersten Stunde ausgegangen war. (Die zwei Flaschen, die jemand mitgebracht und auf den Küchenschrank gestellt hatte, hatte er übersehen.) Und dass im Kinderzimmer kein Zentimeter Platz gewesen war, um Schienen aufzubauen. Dass er sich mit den Gästen unterhalten hatte, wann immer sich die Gelegenheit bot.

*Ich habe es gemacht, so gut ich konnte. Wer will, soll es besser machen. (Kodexinschrift aus der Feder eines anonymen Verfassers.)*

Jánoska steckte Sanyika und Jucika in die Badewanne, zog ihnen Schlafanzüge an, überwachte das Zähneputzen und überließ sie für die Gutenachtgeschichte und fürs Abendgebet ihrer Mutter.

Als Alexa mit müdem und leerem Gesicht aus dem Kinderzimmer kam, war sich Jánoska im Klaren darüber, dass er besser daran tat, von der Bildfläche zu verschwinden. Doch zu spät. »Wir müssen reden!«, sagte sie. ›O weh‹, dachte Jánoska und trottete wie ein gemaßregelter Hund hinter ihr her. »Jetzt hast du den Geburtstag auch noch verpfuscht«, zischte Alexa, während sie sich aufs Sofa im Wohnzimmer fallen ließ. »Ich???« »Ja, du, tu doch nicht so ahnungslos!« Stotternd erwiderte Jánoska: »Ich tue nicht so, ich bin es!« »Ach wiiirklich? Ist dir nicht aufgefallen, dass du mit der Torte hereingeplatzt bist, obwohl ich noch gar nicht so weit war? Ich habe doch gesagt, ich brauche fünf Minuten, um Musik aufzulegen, Kerzen anzuzünden, Teller und Tortenmesser bereitzustellen und Servietten hinzulegen, ich habe auch gesagt, ich würde läuten, um dir zu signalisieren, wann du kommen sollst, du aber erscheinst plötzlich mit den beiden Torten und den brennenden Kerzen wie ein Geist! Was ist denn da nur in dich gefahren?«

Jánoska drehte sich alles. »Alexa, du hast wörtlich gesagt ›fünf Minuten und Klingeling‹, dem war nicht zu entnehmen, dass du zu läuten gedenkst!« »Natürlich war es das, außer dir hätte das jeder verstanden! Aber so ist das nun mal: Du wirst mich einfach nie verstehen! Und wenn ich dir vor Augen führe, was du angerichtet hast, gibt es für dich nur eins: unschuldig zu sein! Du hörst mir nicht einmal zu! Geschweige denn, dass du über meine Worte einmal nachdenkst! Ein Partner bist du mir so nicht! Verlassen kann ich mich nur auf mich selbst! Was mache ich überhaupt noch hier? Wenn die Kinder nicht wären …« »Hättest du mich schon längst verlassen, ich weiß«, beendete Jánoska den Satz.

Alexa starrte ihn aus leeren, versteinerten Augen an und sagte: »Ich kann die Schuld, ihr Leben zu zerstören, nicht allein auf mich nehmen, ich kann nicht verantworten, dass sie morgens ohne Papa und Mama aufwachen müssen. Außerdem: Wo sollte ich mit den beiden auch hingehen? Ich muss vorläufig hierbleiben, anders geht es nicht.« Jánoska ließ sie ausreden und sprach seine Gedanken – ›mir kannst du offenbar antun, was du den Kindern nicht antun willst‹ – nicht aus. Er atmete schwer. Etwas ruhiger fügte Alexa hinzu: »Sei mir nicht böse oder sei es meinetwegen, aber ich kann nicht länger so mit dir zusammenleben wie bisher. Wir müssen uns auf ein paar Regeln einigen.«

Dass diese Regeln für ihn nichts Gutes verheißen würden, ahnte Dr János Mester sofort. Und er täuschte sich nicht. Alexa ließ ihn wissen, dass sie sauer sei. Schon seit Jahren sei sie sauer auf ihn. Es käme ihr vor, als habe Jánoska ihre ganze Empfindungsfähigkeit zerstört. Weil er so ein Gefühlsmuffel sei. Wofür er wahrscheinlich nichts könne. Aber es sei auch egal, wer oder was schuld war. Jedenfalls sei sie, Alexa, schon seit langem nicht mehr in Jánoska verliebt. Und begehre ihn auch nicht. Klar müsse sie zugeben, dass sie sehr guten Sex miteinander hatten, aber der bedeute ihr nichts, nie habe sie das Verlangen, ihn zu berühren, auf diesen Gedanken käme sie von sich aus nie. Sie sehne sich nämlich nach einem anderen.

»Nach A, nicht wahr?«, warf Jánoska spitz ein. »Das geht dich gar nichts an!«, erwiderte Alexa wie aus der Pistole geschossen. »Alles, was ich nicht mit dir tue, ist mein eigenes, privates, mit einem separaten Zugang versehenes Sexualleben. Ich habe keine Lust, dir darüber Bericht zu erstatten!« »Und wo bleibt die Aufrichtigkeit, die dir mal so wichtig gewesen ist?«, schrie Jánoska mit sich überschlagender Stimme. »Sie ist mir nicht mehr wichtig«, teilte Alexa lapidar mit, »und ich lege auch umgekehrt keinen Wert mehr drauf. Was ich will, ist meine Freiheit, die Möglichkeit, dorthin zu gehen, wohin ich will, mich zu treffen, mit wem ich will. Mit einem Wort: Ich will eine offene Ehe.«

Jánoska erwog ihre Worte. »Du meinst also, dass jeder munter herumvögelt und wir dennoch zusammenleben?« »Ja, genau das, etwas anderes akzeptiere ich nicht. Weder werde ich mich von dir knebeln noch meine Empfindungsfähigkeit von dir zerstören lassen.« Nun konnte Jánoska nicht länger an sich halten: »Ich zerstöre deine Empfindungsfähigkeit? Verhält es sich nicht eher umgekehrt?« »Wenn das so ist, dann handle!«, erwiderte Alexa und schien traurig, zugleich aber auch erleichtert. Jánoska sprang auf und brüllte, während er auf und ab rannte: »Das verlangst du also von mir, du blöde Ziege? Ist es wirklich das, was du willst? Und nur wegen dieses Arschlochs?« »Fälle kein Urteil über Menschen, die du nicht kennst!«, schrie Alexa, wobei sie ihn locker übertönte. Nachbarn klopften von allen Seiten an die Wände, allen voran der unrasierte Typ mit dem Unterhemd. Plattenbauten waren nicht für das Geschrei eines Ehestreits ausgelegt. Ohnehin war Jánoska am Ende, seine Stimme ließ ihn im Stich, seiner Kehle entfleuchte nur noch heiße Luft und heiseres Krächzen: »Warum hast du all das nicht schon vor der Hochzeit gesagt?« »Ja, ich hätte es sagen müssen, aber damals habe ich es noch nicht so klar gesehen.« »Eine Schande ist das! Glaubst du etwa, du könntest dir alles erlauben? Im Allgemeinen sollte sich ein erwachsener Mensch über seine Gefühle im Klaren sein! Und sie auch klar aussprechen können!« Alexa wiegte ihren Kopf hin und her: »Ich spreche es jetzt aus.«

Die Kälte und Teilnahmslosigkeit seiner Frau erfüllte Jánoska mit Entsetzen. ›Mein Gott, ich habe nicht die geringste Vorstellung, mit wem ich all die Jahre zusammengelebt habe!‹, dachte er und begann all seinen Bemühungen zum Trotz zu schluchzen. In dieser wehrlosen Verfassung verpasste ihm Alexa den Gnadenstoß: »Schau nur an, was aus dir geworden ist, ein weinerliches altes Weib, was könnte mir noch an dir liegen, du schlaffer alter Sack!«

Er traute seinen Ohren nicht.

Schlaffer alter Sack?

Hatte sie das wirklich gesagt? Waren sie wirklich schon so weit gekommen?

Er bebte vor Entrüstung, stürmte aus der Wohnung und schmiss die Tür hinter sich zu. »Hey, du weckst die Kinder auf!«, hörte er noch Alexas Stimme.

Im dunklen Treppenhaus nahm er zwei Stufen auf einmal, und erst im Erdgeschoss fiel ihm ein, dass er weder Schlüssel noch Geldbeutel mitgenommen hatte. Doch er konnte jetzt nicht wieder hinaufgehen. Er rannte in die Nacht hinaus.

›Was zum Teufel soll ich nur tun?‹

Er fror, hatte Hunger, fühlte sich vollkommen zerschlagen. ›O mein Gott, ich werde mich schon wieder scheiden lassen müssen …‹ Im Geiste packte er seine Sachen in Koffer und Kisten. Als ein des Umziehens kundiger Mensch pflegte er an den Lieferzonen großer Supermärkte brave Lagerarbeiter um leere Bananenkisten anzugehen. Früher waren sie ihm gegen ein kleines Trinkgeld gern überlassen worden, heutzutage jedoch hatte selbst so etwas schon einen kapitalen Wert.

›Bleibst du allein, wirst du schon wieder einen ganzen Abschnitt deines Lebens verlieren. Zwei sind bereits bei deinen ersten beiden Frauen geblieben. Und die übrigen Fetzen deines Lebens? Hast du die bei den Frauen gelassen, mit denen du sonst in Beziehungen gestanden hast? Vielleicht nicht ganz. Sonst wäre jetzt gar nichts mehr von dir hier. Mit ein bisschen mehr Verstand hättest du Alexa nicht so viel von dir geschenkt. Oder wenigstens die wichtigsten Dinge für dich behalten. Aber gerade die hast du ihr zu Füßen gelegt. Wirklich dumm von dir. Hättest du wenigstens hier und da etwas behalten, könntest du jetzt vielleicht etwas zusammensetzen, das etwas Ganzes ergibt. Doch so kann nur noch sie dich zusammensetzen – wozu sie allem Anschein nach nicht die geringste Lust hat. Etwas Ganzes kannst du dir abschminken. Hier gibt es nur noch Scherben, winzig kleine Scherben. Und du hast nicht einmal Kraft genug, sie zusammenzukehren.‹

*Das ist es also, wovor ich hierher nach Berlin geflohen bin. Deutsche Reise. Warum hat Goethe kein Buch mit diesem Titel geschrieben? Schließlich ist er in Deutschland wirklich viel herumgekommen. Mehr als dort dürfte er nur noch in Erotika herumgereist sein. Der alte Schlawiner. Auch für dich hält das Leben nur noch das Los eines alten Schlawiners bereit. Verdammt.*

*Ein Monat ist vergangen, ich muss wieder zurück nach Hause. Aber gibt es dort noch ein Zuhause, wo …*

›Das hast du schon einmal gesagt. Gedacht. Geschrieben. Zitiert.‹

Er blickte aus dem Fenster. Die Einmündung der Raucherstraße war in Nebel gehüllt, und er hatte das Gefühl, auch in seinem Kopf herrsche Nebel. Er fror. Es war schon kalt, so ganz ohne Heizung. Das spärliche Licht der Leselampe fiel auf ein kaum merklich zitterndes Gliedmaß, das quer auf dem karierten Papier seines Notizbuches lag. Ihm schien es unfasslich, dass das seine eigene Hand war. Krumme Furchen in beträchtlicher Dichte. Drei Adern, die über den Handrücken liefen und hier und da dicker wurden, wie wilde Flüsse. Härchen von der undefinierbaren Farbe niedergetrampelter Wiesen. Grau, braun, fahl. Wurstfinger, die wie fünf aufgedunsene Leichen dalagen, sobald das Zittern aufhörte. Tiefe Falten am Daumen, dessen Nagel in lange Kanäle zerteilt war, als wären die Schnitte einer Laubsäge wieder zusammengewachsen. ›Du lieber Himmel, ist meine Hand so alt geworden? Die auch?‹

Hatte Alexa womöglich Recht?

Er drehte seine Hände um und untersuchte die Handinnenflächen. Diese schienen nicht ganz so alt zu sein, auch wenn die Längsadern an seinen Fingern an medizinische Abbildungen gemahnten, auf denen der menschliche Körper ohne Haut zu sehen war.

*Blöder alter Sack.*

Nachdem er das niedergeschrieben hatte, fühlte er sich ein wenig erleichtert.

›Was sonst solltest du auch sein – mit sechsundfünfzig Jahren?‹

Einmal vor vielen Jahren, er war noch keine vierzig, war an einem regnerischen Herbstmorgen sein Blick im Badezimmerspiegel an seinem unrasierten Gesicht hängen geblieben. Zu seinem Entsetzen blickte ihm sein Vater entgegen. Dabei war der ihm, seit er ihn das erste Mal bewusst wahrgenommen hatte, immer wie ein Greis vorgekommen. Etwas Schlimmeres als diese Ähnlichkeit könne es nicht geben, hatte er damals gedacht. Bis er sich eines regnerischen Herbstmorgens kurz vor seinem fünfzigsten Geburtstag erneut im Badezimmerspiegel erblickte – diesmal nach dem Rasieren. Nun blickte ihm seine Mutter entgegen.

Minutenlang brachte er nichts anderes über die Lippen als Flüche. In sein Notizbuch schrieb er sie jedoch nicht. Strich stattdessen auch die früheren durch. ›Überlassen wir die Kraftausdrücke den anderen.‹

Deutsche Lieder kamen ihm in den Sinn, und er begann zu summen. Wenn i komm, wenn i komm, wenn i wieda wieda komm. Mit dem Fuß klopfte er aufs Parkett. Dazu runzelte er die Stirn und schnitt Grimassen.

Unablässig ging ihm ein Satz im Kopf herum, den er wohl an die hundertmal von Alexa gehört hatte. Wenn nicht gar tausendmal.

*Ich bin verrückt.*

›*Ich auch*‹, dachte jetzt Jánoska in Berlin, am Prenzlauer Berg, in der Raucherstraße 33. *Am 28. September 2006, Donnerstag.* Sonnenaufgang 6:38 Uhr, Sonnenuntergang 18:30 Uhr. Namenstag Wenzel. Halbmond.

*Es wird verdammt hart werden, ohne Alexas Feuerwerk zu leben.*

Er erwog einige akzeptable Methoden des Selbstmords.

Aber ein Vater mit kleinen Kindern? Unmöglich. Blieb nur, sich weiter mit dem Leben abzuquälen. Oder der Scheintod.

Alexas Lieblingsepisode hatte den Titel »verzichten«. Die entsprechende Geschichte hatte sie Jánoska mindestens zwanzigmal erzählt. Sie handelte vom Eisessen und war angeblich der Auslöser für die Erkenntnis einer wichtigen Lebensweisheit gewesen. Bevor sie Jánoska kennenlernte, hatte Alexa nur eine einzige längere Beziehung gehabt, mit einem gewissen Imi, der sich mit ihr vorzugsweise in der Öffentlichkeit traf. Zudem verspätete er sich ständig und zahlte nie für sie, da es seiner Meinung nach mit der Gleichberechtigung von Mann und Frau nicht zu vereinbaren war, wenn der Mann bezahlte. So hielten sie es mit der holländischen Lösung und teilten sich die Rechnung. Erst nach einiger Zeit durchschaute Alexa, dass Imi die Sache immer so einzurichten wusste, dass er etwas weniger beizusteuern hatte. Ein berechnender Materialist. Sein Lieblingsladen war ein amerikanisches Schnelllokal – Macdoof, wie Alexa es getauft hatte –, was zwischen ihm und der Vegetarierin Alexa für ein gewisses Spannungspotential sorgte. Doch Alexa liebte Eis, und zwar vor allem das Macdoof-Eis. Eine Kapriole ihres ansonsten makellosen Geschmacks. Doch obwohl sie es liebte, versuchte sie mit Rücksicht auf ihre Figur darauf zu verzichten. Nach Beendigung einer Mahlzeit gelüstete sie häufig nach einem Vanilleeis mit Erdbeersauce. Doch nur selten kam es so weit, dass sie sich deswegen erneut anstellte. An einem Mittwochnachmittag im Frühling, im Anschluss an das frühe Abendessen im Macdoof am Móricz-Zsigmond-Platz, überkam sie der Wunsch mit besonderer Heftigkeit. Imi ging auf die Toilette, und Alexa rang mit sich. Sie hatte Geld genug, sie hatte Muße, sie hatte Lust, und verspürte last but not least genug Kraft, den Kalorienüberschuss noch am Abend abzujoggen. Dennoch verzichtete sie auf das Eis. Und siehe da: Imi, der Geizige, der Herzlose, der Fühllose brachte ihr eines auf dem Rückweg von der Toilette mit und ließ sie es nicht einmal bezahlen. Die Moral von der Geschichte: Worauf wir aus voller Überzeugung verzichten, das wird uns früher oder später von alleine zuteil. Mit Hintergedanken funktioniert so etwas natürlich nicht. Es wird sicher kein Volvo vor die Haustür rollen, nur weil wir ausrufen: Mein Gott, ich will im ganzen Leben keinen Volvo mehr haben! Ohne eine ernsthafte Entscheidung aus reiner Seele geht es nicht. Es darf nicht einen Funken Resthoffnung geben.

Jánoska zog sein Moleskine-Heft hervor. ›Wer wagt, gewinnt.‹

*Ich verzichte auf dich, Alexa.*
*Ich verzichte auf dich alexa.*
*Ich verzichte auf dic halexa.*
*Ich verzichte auf di chalexa.*
*Ich verzichte auf d ichalexa.*
*Ichverzichteaufdichalexa.*

Er erwog, den Satz hundertmal untereinander zu schreiben. Doch warum? Entweder funktionierte es, dann reichte so viel, oder es funktionierte nicht, und dann war es vollkommen überflüssig.

Alexa glaubte auch, dass die Dinge, die man aussprach, irgendwann tatsächlich eintrafen. Und erst recht die, die man niederschrieb. Nicht zuletzt deshalb verzichtete Jánoska darauf, die Möglichkeit einer Scheidung in seinem Heft zu erwähnen. Nur eines wusste er sicher: Wenn, dann würde er mehr Geld brauchen. Viel mehr.

*Johann Wolfgang von Goethe hat nicht für Eckermanns Auskommen gesorgt. Er hat ihn nur ausgenutzt, könnte man sagen.*

*Johann Wolfgang von Goethe sorgt auch für mein Auskommen nicht. Nützt mich allerdings auch nicht aus.*

Am Samstag, den 11. Oktober 1828 tischte der Dichterfürst am Ende der Mahlzeit wundervolle Trauben auf. Auch seinem treuen Chronisten reichte er eine Handvoll. Eckermann notierte: »Ich ließ mir die Traube aus Goethes Händen wohlschmecken und war nun mit Leib und Seele völlig in seiner Nähe.«

Jánoska war schon lange nicht mehr in Goethes Nähe. Also war es möglicherweise moralisch nicht vertretbar, von ihm leben zu wollen. Er stellte sich vor, von den greisen Fingern gefüttert zu werden. Womit auch immer. Der Gedanke verursachte ihm leichten Brechreiz.

*Wer mich liebt, füttert mich nicht.* (Aufschrift im Berliner Zoo.)

Er schloss sein Tagebuch und legte das schwarze Gummiband darum.

Goethe hatte mit unverhohlener Eifersucht darüber gewacht, dass Eckermann ausschließlich sein literarischer Sklave blieb. Am Montag, den 24. November 1823 drang er folgendermaßen in ihn: »Wenn Ihnen vielleicht von andern Orten her literarische Anträge gemacht werden sollten, so lehnen Sie solche ab oder sagen es mir wenigstens zuvor; denn da Sie einmal mit mir verbunden sind, so möchte ich nicht gerne, dass Sie auch zu anderen ein Verhältnis haben.« Na ja.

Jánoska stieg aufs Fahrrad und fuhr von der Raucherstraße aus los – wohin, das wusste er selbst nicht genau. Eine erneute Abschiedsrunde in Berlin. Er trat mit aller Kraft in die Pedale. ›Diese verdammte Stadt ist mein Schicksal. Diese verdammte Stadt und dieses ganze verdammte Land. Sogar gezeugt wurde ich hier, verdammt. Vater hatte Mutter nach Georgenthal mitgenommen, zwei Wochen Urlaub hatten sie im Ferienheim der Uni gemacht. Dort, wo später auch ich so ausgiebig herumgevögelt hatte (wobei Jolanda zum Glück nicht schwanger geworden war). Ohne zu wissen, dass auch ich hier produziert worden bin. Dieses intime Detail hatte mir Vater erst nach Mutters Tod anvertraut. Es hat mich umgehauen. Die Refrains des Schicksals können ganz schön schmerzhaft sein.

Der arme Papa! Was er wohl sagen würde, wenn er wüsste, dass die wichtigsten Frauen meines Lebens ausnahmslos mit Deutschland verbunden sind? Was würde er zu Palika sagen, der gleich seinem Großvater Jurist geworden ist? Was zu Sanyika und Jucika? Zu meinen Liebesgeschichten? Meinen Ehefrauen?‹

Sogar Alexa hat ein nie enden wollendes halbes Jahr ihrer Kindheit in Rostock verbracht, hatte bei ihrer Tante gewohnt, war dort zur Schule gegangen. War in dem Ferienort nahe Kühlpunkt gewesen, dessen Namen Jánoska nicht mehr genau wusste – irgendein Münde –, in dem er mit Palika den letzten Sommer verbracht hatte. Um ein Haar wären sie ertrunken, was Jánoska Palikas Mutter nicht zu erzählen wagte. Und auch sonst niemandem. Und worüber auch Palika wohl kein Wort verlor, weil Gigi Jánoska sonst schon längst umgebracht hätte.

›Die Zeugung auf deutschem Boden ist dennoch ein starkes Stück. Während Papa immer nur von den Nazideutschen redet, bringt er Mama her, um mich zu fabrizieren.

Aber einmal hier gezeugt, sollte ich auch hier das Zeitliche segnen. Damit sich der Kreis schließt. Und Anfang und Ende sich finden.

Ist es möglich, dass du wegen all dieser vielen Verbindungsfäden Goethe-Forscher geworden bist? Oder verhält es sich umgekehrt, und die Fäden führen alle hierher, weil du Goethe-Forscher bist? In diesem Sinne ist es auf jeden Fall nur logisch, dass die größte Liebe deines Lebens hier ihr Ende findet.‹

ENDE SCHLECHT, ALLES SCHLECHT.

Sicher würde sich an dieser Stelle ein Faust-Zitat wesentlich stilvoller ausnehmen. Also nichts wie nach Hause, den Schuber geöffnet und die Dramen herausgenommen!

›Unter deinen Gattinnen ist Alexa mit Abstand die aufregendste Frau. Und ein für alle Mal die unerträglichste. Ist also die beste gleich die schlechteste? Versuche doch endlich, dich von ihr loszureißen, wenigstens für die kurze Zeit, die dir noch in Berlin bleibt!‹

In diesem Moment erreichte er den Alexanderplatz. ›Verdammte teutonische Hurensöhne!‹

»Ich hab noch einen Koffer in Berlin«, sang Marlene Dietrich im Autoradio (oder CD-Spieler oder MP3-Player) eines vorbeifahrenden Fahrzeugs. ›Ich hab noch mehrere‹, dachte sich Jánoska.

An der roten Ampel trödelte er ein wenig herum. Begaffte die Weltuhr. Anno siebenundsechzig hatte er die Zeile mit Budapest auswendig gelernt. In folgenden Städten zeigen die Uhren dieselbe Zeit: Amsterdam, Berlin, Brüssel, Budapest, Madrid, Paris, Prag, Stockholm, Warschau, Oslo, Kopenhagen, Wien, Bern, Bratislava, Belgrad, Rom, Tunis, Kinshasa.

Die Ampel zeigte seit längerer Zeit Grün, alle anderen Radler waren schon weiter. Noch während sich Jánoska überlegte, ob er bei Gelb hinüberfahren oder auf die nächste Grünphase warten sollte, erblickte er die Frau. War das die Nachbarin aus Békásmegyer? Jedenfalls hatte sie ihre cremefarbene Hose an. Auf dem Fahrrad. Und natürlich schimmerte ihr Tanga durch.

Ohne zu zögern, fuhr er ihr nach, um zu erkunden, ob sie ihr nur ähnelte. Die Frau legte ein flottes Tempo vor, und

Jánoska konnte sie kaum einholen. Endlich auf gleicher Höhe, wandte ihm die Frau den Kopf zu und lächelte. Während Jánoska genau in diesem Moment gegen einen festen, harten Gegenstand raste. Es war ein Laternenmast. Viereckig. Grau. Scharfkantig.

Er spürte den Aufprall bis ins Knochenmark, und das Bewusstsein flutschte aus seinem Körper wie Senf aus einer offenen Tube.

›Sterben werde ich wohl nicht, mein Roman ist ja noch nicht zu Ende.‹

›Nur nicht zu selbstsicher, Freundchen. Romane wie dieser haben selten ein ordentliches Ende. Sie hören unvermittelt auf.‹

# X.

Mir brummte der Kopf, wenn Alexa mich mit ihren esoterischen Ansichten zu bombardieren begann. Anfangs fand ich all das noch interessant, doch irgendwann hatte ich es nur noch satt. Dabei sollte ich einfach den Mund halten. Laut Alexa hatten sämtliche Phänomene der realen Welt einen metaphysischen Hintergrund beziehungsweise eine solche Erklärung, was sicher ein beachtenswerter Ansatz war, solange man nicht versuchte, ihn auf sämtliche Vorkommnisse des Alltags anzuwenden. Doch genau das tat Alexa. Gern hätte ich meinerseits an einen Gott geglaubt, und an Reinkarnation und Astrologie. Hin und wieder spielte ich sogar mit dem Gedanken, unser Leben befände sich tatsächlich in der Hand unsichtbarer Mächte. Dabei hatte ich aber immer die Befürchtung, auf so etwas könne man nicht hoffen, unser Schicksal lenkten wir ganz allein, so gut es eben ging, und nach dem Tod gab es nichts als die endgültige Finsternis, der Körper zerfiel zu Staub, und damit auch aus und vorbei für die Seele.

Nichtsdestotrotz war es vielleicht kein Zufall, dass Goethe und ich beide Jungfrauen waren, auf die eine oder andere Art. Jungfrauen und Johanns.

Goethe, die Jungfrau, für den sein Aszendent Skorpion charakteristisch war, gab nach außen hin den gläubigen Menschen, wobei alle Anzeichen darauf hinzudeuten scheinen, dass die Religion der einzige Bereich war, auf dem er nicht den Mut oder schlicht keine Lust hatte, sich dem Geist seiner Zeit zu widersetzen. Nicht zu vergessen in diesem Zusammenhang auch sein Freimaurertum.

Ich, ein Wassermann mit der für mich charakteristischen Jungfrau als Aszendent, bin eigentlich durch und durch bodenständiger Realist, ließ mich von Alexas Vorträgen dennoch immer wieder verunsichern. Warum?

2005 kämpfte ich wiederholt mit gesundheitlichen Problemen. Zunächst löste sich in meinem Knie ein Knorpel, worauf mich meine Tennispartner ermunterten, mich einer Operation zu unterziehen. Mit so einem Laserdingsbums sei das heutzutage gar keine Aktion mehr, es würde nur ein kleines Loch gebohrt werden, ein Routineeingriff, in null Komma nichts gemacht. Dennoch schob ich es vor mir her. Zog es vor, mir von Alexa Essigumschläge machen zu lassen, worauf sie mit dem Buch »Krankheit als Symbol« ankam und daraus vorlas, Knorpel seien im menschlichen Organismus das Material des Brückenbaus, der Verbundenheit und der Jugend. Tat mir der Knorpel weh, sollte ich mich fragen, ob mit meiner Fähigkeit, Verbindungen zu einzugehen, etwas nicht stimme, oder ob ich zwischenmenschliche Bindungen nicht ertrüge oder ob schlicht und ergreifend meine Jugend dahin sei. Ich geriet in Wut. »Wie wär's mit der Version: Der Knorpel löst sich einfach ab, Schluss-aus-amen, keine weiteren Hintergedanken?!« »Ach so, du willst also nicht gesund werden! Und bist auch noch so dumm, Tatsachen und Hintergedanken zu verwechseln.« »Wie bitte?! Wieso sollte das Geschreibsel irgend so eines Quacksalbers, der vor allem Geld verdienen will, eine Tatsache sein?« Alexa riss mir fast den Kopf ab: »Das ist einfach mies, von anderen Menschen immer nur das Schlimmste anzunehmen! Der Grund für solche Gedanken ist nur dein eigener Materialismus. Der Autor fühlt eine echte Verpflichtung seinen Mitmenschen gegenüber, denen er helfen will, was du von dir selbst nicht gerade behaupten kannst!« Zweimal versuchte ich, zu Wort zu kommen, beide Male haute sie so kräftig auf den Tisch, dass ich verstummte.

›Wenn ich etwas sagen will, hämmert sie auf den Tisch. Wie seinerzeit Chruschtschow vor der UNO. Komplett lächerlich. Und sie wagt es auch noch zu behaupten, ich hätte keine Diskussionskultur! Da hört sich doch wirklich alles auf!‹

Alexa würde an den Erklärungen aus »Krankheit als Symbol« auch dann noch festhalten, wenn die drei angesehensten Kniechirurgen des Landes übereinstimmend aussagen würden, dass Knorpelablösungen im Knie nur eine Ursache haben können, nämlich Überanstrengung. Beriefe ich mich dann auf die 99,99 Prozent der Menschen, die eher einer Operation vertrauten als esoterischen Mutmaßungen, würde sie erwidern, sie pfeife auf die 99,99 Prozent der Menschen, sie interessiere sich nur für die Wahrheit. Wollte ich dann noch wissen, wo der Beweis dafür sei, dass gerade sie oder der Autor im Besitz der Wahrheit seien, so war das schon ein rotes Tuch. Wütend sprang sie auf und rief: »Er begreift es einfach nicht! Was soll ich nur machen? Er begreift es einfach nicht! Und weit und breit keine Lösung in Sicht!« (Ich hasse es, wenn man in meiner Gegenwart in der dritten Person Singular von mir spricht.) »Hör mal, meine Liebe, dass ich nicht mit deiner Meinung einverstanden bin, heißt noch lange nicht, dass ich sie nicht verstanden habe!« (Sie würdigt mich keiner Antwort, was ich noch mehr hasse, als wenn man in meiner Gegenwart in der dritten Person Singular von mir spricht.)

Hunderte Male fasste ich den Vorsatz, nicht mehr mit ihr zu diskutieren, bis mir das einmal laut herausrutschte, und sie mich knurrend anfuhr: »Dafür bedanke ich mich! Einen kopfnickenden heiligen Johannes brauche ich nicht! Es ist mir unbegreiflich, dass dir das nach so vielen Jahren immer noch nicht klar ist!«

›Sie bringt mich mit ihrer komplizierten Art noch um. Aber wer ist nicht kompliziert?‹

Ich hatte mich von der Knieoperation noch nicht richtig erholt, als meine Zähne ihren Dienst quittierten. Nerven mussten abgetötet werden, es folgten Wurzelbehandlungen, ich bekam Kronen und Brücken. Bei der ganzen Aktion musste ich nicht nur den Verlust eines Haufen Geldes verschmerzen, sondern auch einen Haufen Zeit investieren. Wieder war Alexa zur Stelle: »Zähne stehen für die Lebenskraft, das Zahnfleisch für Urvertrauen. Will man für Heilung sorgen, muss man sein verlorenes (Selbst)Vertrauen wieder finden, Problemen ins Gesicht sehen, sie *zerkauen*.«

›Tut mir leid, ich halte mich lieber an Dr Hárfás, unseren Zahnarzt.‹

Im Herbst holte mich eine schlimme Grippe von den Beinen, die in einer Lungenentzündung gipfelte. Nun durfte ich mir anhören, die Lunge sei das Organ der Kommunikation und der Freiheit, ich solle mich also öffnen für Impulse von außen und mittels meiner Sprache mit den Menschen kommunizieren. »Womit sonst kommuniziere ich denn deiner werten Meinung nach?« »Kommuniziere auf bessere Art!«, servierte sie mir statt Tee mit Zitrone. »Du sprichst dauernd so schnell, dass man kaum versteht, was du sagst. Ist das etwa kein verdächtiges Zeichen?« »Ich spreche zu schnell?!« »Jawohl, du! Ich passe mich deinem Tempo nur an!« »Dann passe dich nicht an! Halte dein eigenes!«

Am Abend bekam ich hohes Fieber und rief einen Arzt, der mir ein Antibiotikum verschrieb und zu Bädern riet. Alexa war mit dem Antibiotikum nicht einverstanden: »Du bist nur krank, weil du auf diese Weise meine Aufmerksamkeit auf dich ziehen und Pflege erzwingen willst! Am liebsten wärst du mein drittes Kind!«

So ein Quatsch mit Soße! Aber wenn man krank ist, soll man nicht diskutieren, sondern einfach die Augen schließen, sonst steigt das Fieber.

Palika schaute des Öfteren vorbei und brachte Orangen, Mandarinen und Aspirin. Herkömmlichen Medikamenten vertraute Alexa überhaupt nicht, das Fieber senken zu wollen war ihrer Meinung nach falsch, da nur Symptombehandlung. Doch mit 38,8° einfach nur auf bessere Zeiten zu hoffen schien mir ein bisschen wenig. »Gib dich der Hitze hin. Sie tut dir gut!«, lautete Alexas Anweisung. Wie zum Teufel sollte ich das nur machen?

Eines unserer ewigen Diskussionsthemen: Waren die Kleinen, Gott bewahre, krank, holte ich den Kinderarzt, der brav Sirup und Tabletten verschrieb. Wenn ich dann die Sachen in der Apotheke abgeholt hatte, tat Alexa alles nur Erdenkliche, um sie den Kindern nicht geben zu müssen. Doch in diesem Punkt kannte ich kein Pardon. »Wenigstens die Anweisungen des Arztes sollten uns heilig sein, wenn wir schon für jede Visite fünftausend Forint bezahlen!«

Für die Kleinen hatte ich – genauso wie seinerzeit für Palika – jeweils ein Extraheft angelegt.

Beim ersten Mal hofften Alexa und ich auf ein Mädchen. *Eszter, Júlia, Nóra.* Das positive Ergebnis des Schwangerschaftstests teilte mir Alexa per SMS mit: »Es wird ein … J«, ich speicherte die Nachricht ab. An diesem Tag machte ich panierten Fisch und Quarknudeln, zündete Kerzen an, entkorkte eine Flasche Sekt, wie Rick in einem dieser berühmten Filme, und Alexa begann zu tanzen wie Isadora Duncan in einem anderen, bis ich sie beim Arm nahm: »Die werdende Mutter setze sich und fange an zu essen, BON APPÉTIT!«

Bei der Ultraschalluntersuchung fragte man sie, ob sie wissen wolle, ob Junge oder Mädchen, was sie verneinte.

Sanyika kam am 4. September 2002 mit fast dreieinhalb Kilo und vierundfünfzig Zentimetern auf die Welt, wobei die Ärzte mit einem noch kräftigeren Baby gerechnet hatten, weil die Mutter neunzehn Kilo zugenommen hatte. Uns war es recht. Alexa musste sich bei der Niederkunft nicht allzu lange quälen. Auf die Aufforderung ihres Gynäkologen zu pressen, spannte sie ihre Bauchmuskeln derart an, dass das Kind quasi aufgefangen werden musste.

Mit den schlaflosen Nächten, die ein Junge mit Bauchschmerzen verursacht, kam ich nicht gut zurecht, Alexa noch weniger. Am liebsten hätte sie sofort wieder mit ihrem Training begonnen, um ihre überflüssigen Pfunde loszuwerden, doch so lange sie stillte, kam das nicht in Frage, nicht nur weil es ihr der Arzt verbot, sondern auch weil ihr schlicht keine Zeit blieb. Obwohl ich mich gründlich ins Zeug legte, blieben zwischen den einzelnen Babyprozeduren nie mehr als anderthalb Stunden. Nachts stand ich mit ihr auf, legte das Stillkissen zurecht, ließ das Baby sein Bäuerchen machen, spülte die leeren Fläschchen mit kochendem Wasser, reparierte den Wackelkontakt der vom Krankenhaus entliehenen Milchpumpe, bedachte die Schlamperei mit wenig zimperlichen Ausdrücken, fluchte sozusagen wie ein Droschkenkutscher.

*Da spricht jetzt mein Vater aus mir. Wirklich reizend! Hatte ich früher derbe Ausdrücke benutzt, war er es gewesen, der mich zurechtgewiesen hatte: »Fluch doch nicht wie ein Droschkenkutscher!« Ich bezweifle, seit seinem Tod jemals wieder an diesen Satz gedacht zu haben.*

Ich fluchte auf alle und alles, auf Gott und die Welt, auf

mich selbst und manchmal auch – ich muss es gestehen – auf Alexa. Aber ich meinte es nicht so. Eigenartigerweise verwenden Halbwüchsige mit großer Vorliebe Kraftausdrücke, wahrscheinlich, um kundzutun, wie erwachsen sie sind. Dann merken sie, dass durchs Fluchen gar nichts besser wird, und sie gewöhnen es sich wieder ab. Ich jedenfalls fand schon bald kein Vergnügen mehr daran und befleißigte mich von da ab einer gewählten Ausdrucksweise. Doch als ich auf die fünfzig zuhielt, geriet ich rätselhafterweise erneut in den Bann dieses Halbstarken-Vokabulars, das meinem Mund jetzt wieder viel häufiger entschlüpfte als früher. Ein wenig schämte ich mich sogar dafür.

Wer in einer entsprechenden Situation – Streit, Wutanfall, akuter Konflikt – nicht fluchte, war Alexas Theorien zufolge schlicht und ergreifend prüde. Also, ich weiß nicht. Aber sicher ist, dass einem morgens um drei – draußen ist es erbärmlich kalt und dunkel – entsetzliche Gedanken durch den Kopf gehen können. Einmal war ich nur noch um Haaresbreite davon entfernt, den Säugling bis zur Decke hochzuschmeißen, damit er endlich zu schreien aufhörte, doch ich fluchte nur stumm vor mich hin und hämmerte mit der Faust auf den Wickeltisch ein, was beruhigend auf mich wirkte. Irgendwann würde das Kind endlich sprechen lernen und sagen können, was es hat.

Dass Frauen nicht schwanger wurden, solange sie stillten, worauf sowohl der Volksmund als auch Alexas Frauenarzt schwor, war ein Irrtum. Denn so schwer wir uns bei Sanyika getan hatten, so unbemerkt fand die Empfängnis des zweiten Kindes statt. Auf diese Weise werden die Letzten immer die Ersten sein. Diesmal erwarteten wir einen Jungen. *Péter. Szilárd. Rudolf.* Das Licht der Welt erblickte aber Jucika (30. Dezember 2003), sie wog dreitausendeinhundert Gramm und war zweiundfünfzig Zentimeter groß. Die wenigen Sekunden, die verstrichen, bevor sie endlich aufschrie, erschienen mir wie eine Ewigkeit. Das kleine faule Ding hatte mir einen gehörigen Schrecken eingejagt. Während dieser Schwangerschaft war Alexa in Bezug auf ihr Gewicht doppelt so wachsam, dennoch nahm sie achtzehn Kilo zu. Oder vielleicht auch nicht ganz so viel, sie war ja bei Weitem nicht mit ihrem Normalgewicht angetreten. Wie auch immer: Sobald sie Jucika abgestillt haben würde, konnte sie alles auf einmal wegtrainieren. Zwei Kinder, ein Preis.

Dem Hamsterrad des Stillens-Wickelns-Milchpumpens konnten wir lange nicht entkommen – und berechtigterweise spreche ich in diesem Fall im Plural. Denn waren wir mit dem Baby zugange, wachte Sanyika prompt auf, und sobald ich den Säugling an Alexas Brust gelegt hatte, musste ich mich um meinen kleinen Sohn kümmern. Wie ideal wäre jetzt ein eigenes Kinderzimmer gewesen, doch das war in unserer Wohnung in Békásmegyer nicht möglich, es sei denn ich verzichtete auf meinen Arbeitswinkel, was ich mehrmals in Erwägung zog. Für Goethe, Schiller und Konsorten blieb mir kaum noch Zeit, selbst mein Korrektorenjob litt stark, des Öfteren geschah es, dass mein Kopf auf den Schreibtisch sank, und ich für eine halbe Stunde einschlief, bis mich irgendjemand rücksichtsvoll wieder weckte. In der Regel war dieser Jemand Marianna, die Sekretärin von der innenpolitischen Seite, die hier für die Herren Redakteure im vierten Stock Kaffee holte.

Ich hätte Alexa gegenüber viel geduldiger sein müssen, nahmen doch die beiden Kinder ihre gesamte Energie in Anspruch. Klar, dass da für mich nicht mehr viel übrig blieb.

*Gedulde dich. Bis endlich die Sonne aufgeht.*

Mit der Zeit nahm unser beider Erschöpfung zu, wir wurden immer gereizter. Dabei hätte ich stolz sein können, dass ich mit Alexa Schritt halten konnte, obwohl sie jung und sportlich war und ich aus dem klassischen Papa-Alter schon heraus. Die Kleinen hätten problemlos meine Enkel sein können, die Leute auf dem Spielplatz dachten das auch manchmal, und dann nickte ich und meinte, in Ermangelung von sonstigen Kandidaten für dieses Amt bin ich nicht nur Vater, sondern spiele zugleich auch den Großvater. War Palika dabei, hielten sie ihn für den jungen Vater. Seit er kleine Geschwister hatte, war er ein ganz anderer Mensch geworden, kam häufig zu Besuch, um sich um die Babys zu kümmern, und packte mit an wie ein gestandener Mann. Hmm, genau genommen war er ein gestandener Mann, arbeitete als Sachverständiger für internationales Handelsrecht, ein fest im Leben stehender Mensch, nicht so ein intellektueller Hilfsarbeiter zweiter Klasse wie sein Vater.

Manchmal kamen Marianna und ich in der Redaktion ins Gespräch, und einmal erzählte sie, sie stünde auf Marianne Faithful. Dass ich von der Dame noch nie etwas gehört hatte, erstaunte sie, und bei nächster Gelegenheit brachte sie mir zwei DVDs. Ein nettes Mädchen, die Marianna, groß und dünn wie ein Bleistift, mit ein wenig schiefem Mund und ebensolchen Zähnen. Ich versuchte mir vorzustellen, wie sie im Bett sein mochte, ob sie mit ihren langen, schlanken Händen etwas draufhatte. Sie trug meistens gestrickte Trägerröcke, die gerade mal das obere Drittel ihrer Oberschenkel bedeckten. Die seien von ihrer Oma, erzählte sie, »früher hat sie Schals und Mützen produziert, zu jedem Geburtstag und zu jedem Weihnachtsfest ein paar, bis ich davon jeweils sieben Stück beisammen hatte und ihr diplomatisch beibrachte, dass das absolut ausreichend sei. Sie nahm es mir nicht übel, sondern verlegte sich von da ab auf die Produktion von Trägerröcken.«

Ich geriet mehrmals in Versuchung, sie zu… Doch von Kolleginnen sollte man klugerweise die Finger lassen. »Klar«, nickte Vili Vajda, »außer man lässt doch nicht die Finger von ihnen.« »Marianna ist verlobt!«, ich. »Und das soll ausgerechnet für dich ein Hinderungsgrund sein?!« »Ach, leck mich doch!«

Im Laufe eines Geburtstagsumtrunks in der Redaktion gestand ich Marianna errötend, dass ich sie in Gedanken schon mehrmals ausgezogen hätte. »Schon klar, bist ja auch ein Mann!«, kicherte sie. »Ziehen Frauen einen Mann nie in Gedanken aus?« »Na ja, eure Ärsche begutachten wir manchmal schon, aber in erster Linie möchten wir eher wissen, wie ihr seid, wenn ihr euch in unseren Händen von stolzen Männern in glückliche kleine Jungen verwandelt.« Aha. Gut zu wissen. Was mich betraf, so hatte ich in Alexas Händen schon lange nicht mehr ein kleiner Junge sein dürfen, aus mir war ein vom ewigen Streiten zermürbter alter Mann geworden. Ich hatte große Lust, jemandem mein Leid zu klagen.

Gabó schien mir die geeignete Person zu sein, ich rief ihn an und sagte, ich würde ihn gern sprechen. Er wunderte sich zwar, schlug aber vor, ich solle Alexa am Ende der Probe im Oktogon-Tanzzentrum abholen, dann könnten wir zu dritt noch etwas trinken gehen. »Ja schon, nur dass ich unter vier Augen mit dir sprechen möchte.« Jetzt wunderte er sich noch mehr, stimmte aber zu: »Okay, geht auch.« Kein Wunder dass er überrascht war. Bislang hatte ich noch nie den Wunsch geäußert, mit ihm zu sprechen, wollte auch keinen freundschaftlichen Umgang. Zum einen war er Alexas Tanzpartner, und bei einem solchen kollegialen Arbeitsverhältnis sollte sich der Ehemann nicht dazwischendrängen, zum anderen war Gabó schwul, was mich trotz meiner aufgeklärten und liberalen Einstellung einschüchterte. Ich war nie sicher, ihn nicht unwissentlich zu verletzen, wollte aber keine Misstöne riskieren. Dabei war er ein äußerst sympathischer und sensibler Mensch, fast schon wie eine … Ich will jetzt nicht sagen wie eine Frau, denn es gibt sehr wohl auch sehr sensible (und heterosexuelle) Männer. Mich zum Beispiel.

»Wo sollen wir denn hingehen?« Moment mal, ich wollte nirgends hin, wo ich mit Alexa schon mal gewesen war. »Mach du einen Vorschlag, Gabó.« »Gut, dann … in Gigis Nähstube.« »Gigis Nähstube? Du kennst Gigi??« »Natürlich kenne ich sie, alle kennen sie, ihre Pizza ist wundervoll, sie macht sie immer frisch.« »Ihre Pizza?« Ich war perplex. Meine Exfrau backte in ihrer Nähstube Pizza, ohne dass ich etwas davon wusste? Und dann fiel es mir ein. »Sie betreibt doch gar keine Nähstube mehr, Gabó, nur noch Boutiquen!« »Boutiquen? Gigi? Das glaube ich nicht!«, jetzt war Gabó perplex.

Noch eine Weile ging das so hin und her, bevor uns beiden ein Licht aufging: Die Nähstube war die angesagte Pizzeria in der Nähe des Blaha-Lujza-Platzes, der Besitzer dort hieß Gigi, war mit meiner Exfrau nicht identisch, weil eigentlich ein Mann mit Namen Zsigmond, der von allen nur Pizzen-Gigi genannt wurde. Im Übrigen war auch er ein Turniertänzer, was als Restaurantbetreiber natürlich viel einfacher war.

Gabó erwartete mich auf der Terrasse, vor sich einen Cocktail. Aus dem hohen Glas ragte ein kleiner Papierschirm. »Ich hätte nicht gedacht, dass Tänzer Alkohol trinken dürfen«, sagte ich, um keine Stille aufkommen zu lassen. »Ach«, sagte Gabó, indem er auf das Getränk wies, »das ist nur ein Virgin Mojito. Bleifrei.« Pizzen-Gigi bediente höchstpersönlich, und ich bestellte auch für mich einen Virgin Mojito. Gabó stellte mich als Alexas Mann vor, und Gigi freute sich aufrichtig. »Alexa ist ein großartiger Mensch und eine großartige Tänzerin, wir haben uns schon oft sehr gut unterhalten.« »Wo?« Meine Frage klang eifersüchtig, dabei war es offenkundig, dass Gigi nicht auf Frauen stand (und wäre ich nicht von selbst darauf gekommen; das rosa Dreieck an der Eingangstür zeugte davon, dass es sich bei diesem Lokal um eine Schwulenbar handelte). »Na hier«, erwiderte Gigi, »Alexa ist Stammgast... wusstest du das nicht?« Er schielte unsicher in Gabós und meine Richtung. »Deine Frau und ich kommen manchmal zum Essen her«, murmelte Gabó.

Erst nach langen Umschweifen schaffte ich es, zur Sache zu kommen. »Gabó, dir ist doch gewiss aufgefallen, wie angespannt Alexa in letzter Zeit ist.« »Ach so... Sie hat mich eingeweiht.« »Und was sagst du dazu?«, erkundigte ich mich vorsichtig. »Mein lieber Meister Johann, sei mir nicht böse, aber ich halte mich aus dem Privatleben anderer Leute grundsätzlich heraus, ganz abgesehen davon, dass ich sowieso nicht euch beiden gleichzeitig Seelenbeistand sein kann. Und meiner Meinung nach versteht es sich von selbst, dass ich meine Dienste Alexa zur Verfügung stelle.« »Verstehe. Soll ich lieber nicht mehr davon sprechen?« »Davon sprechen kannst du schon. Erwarte nur keine Stellungnahme von mir, okay?« »Gut, eine Stellungsnahme ist nicht nötig... Mir würde schon ein wenig Verständnis ausreichen... Ich muss nämlich mit jemandem darüber reden. Ich weiß mir keinen Rat mehr!« »Wer weiß sich schon Rat?«, klopfte mir Gabó wohlwollend auf die Schulter, doch ich empfand seine Geste als unangenehm und brachte die Rede auf Goethe. Mir war selbst nicht mehr klar, warum ich gedacht hatte, er würde mir helfen können – vielleicht weil Männer wie er im Allgemeinen so sensibel und verständnisvoll waren. (Alexa erzählte ich nichts von dem Treffen. Schließlich war ich fünfundfünfzig Jahre alt und durfte auch meine Geheimnisse haben.)

Seit im Hinterzimmer des Zanzibar ein Billardtisch aufgestellt worden war, ein Pool, wie es korrekt hieß, hatte ich angefangen, Billard zu spielen. Vili Vajda, Gabi Huszár, Palika und ich bildeten zwei Mannschaften, und während mein Sohn und ich anfangs immer verloren, spielte Palika mit der Zeit immer besser, kaufte sich sogar ein eigenes Queue, und die Kräfteverhältnisse wurden ausgeglichener. Hätte auch ich mit der Zeit besser gespielt, hätten wir sogar immer gewinnen können. Vielleicht sollte ich mir auch ein eigenes Queue kaufen.

Häufig hatte Palika Magdi dabei, das Mädchen stand neben Palikas Queue-Etui an der Wand und hatte einen Bierkrug in der Hand. Unglaublich, wie viel Bier diese kleine zerbrechliche Person in sich hineinschütten konnte. Manchmal sagte sie den ganzen Abend lang nichts, und auch wir sprachen sie nicht an. Sie schien dennoch glücklich zu sein.

Ich genoss diese Abende im Zanzibar. Vielleicht wollte ich nur dem ewigen Kinderkackegeruch daheim entkommen. Zwar ermunterte mich Alexa zu gehen, schien aber nicht besonders beglückt zu sein, wenn ich sie allein ließ. Also ging ich nie öfter als zweimal in der Woche mit, auch wenn sich Vili und die anderen dauerhaft auf Montag-Mittwoch-Freitag einschossen. An den Abenden, an denen ich zu Hause blieb, fungierte Palikas amerikanischer Kumpel Mark als Ersatz für mich. Mark Angus.

Vili zog Palika ohne Unterlass auf, warum er aus den Staaten wiedergekommen war, doch der ließ das mit stoischem Gleichmut über sich ergehen, wies lediglich auf seinen Kumpel: »Wenn Budapest ihm, dem Amerikaner taugt, warum sollte es dann mir nicht taugen?« Mark Angus arbeitete als Generalvertreter einer großen amerikanischen Brauerei in Ungarn, und um ihn zu ärgern, tranken wir nie seine Marke.

Palika langweilte sich an seinem Arbeitsplatz, versuchte

etwas Neues zu finden, schrieb Lebensläufe in mehreren Sprachen und schickte sie an heimische und ausländische Großunternehmen. »Willst du schon wieder ins Ausland?«, fragte ich. »Warum nicht, schließlich sind wir EU-Bürger, es gibt keine Grenzen!«

›Die gibt es schon, in meinem Kopf jedenfalls.‹

Eine deutsche Firma lud ihn zu einem Vorstellungsgespräch nach Rostock ein. Ich wäre nicht gerade glücklich, ihn so weit weg zu wissen (im Falle, dass er genommen würde), doch ich schwieg. Aus einer plötzlichen Eingebung heraus bot ich mich als Fahrer an, was er abzuwehren versuchte, weil er lieber mit Magdi gefahren wäre. »Im Auto hat auch Magdi problemlos Platz.«

»Warum mit dem Auto?«, fragte Alexa verständnislos. »Gibt es denn kein Flugzeug?« »Doch, gibt es, aber mit dem Flugzeug ist es so kompliziert, mit Umsteigen und so.« »Aha«, erwiderte Alexa, und ihre Lippen wurden schmal, »und denkst du nicht, es ist genauso kompliziert, wenn ich mit den beiden Kleinen allein hierbleibe?« »Natürlich ist das kompliziert, aber es kommt nun mal nicht so oft vor, dass ich Palika einen Dienst erweisen kann.« »Wie bitte? Deinem Sohn willst du einen Dienst erweisen? Wo hat man denn so was schon gehört! Und er? Er akzeptiert diesen Dienst, obwohl er weiß, wie ich dann rotiere?« »Red doch keinen Unsinn, Alexa! Wenn du zum Tanzen fortfährst, bleibe ich auch mit den Kleinen allein und rotiere! So ist das nun einmal!« »Mit dem kleinen Unterschied, dass das Tanzen für mich Arbeit, dein Rostocker Ausflug hingegen pures Vergnügen ist!« »Aber es geht um meinen Sohn, um Himmels willen!« »Dich auf ihn zu berufen ist nicht sehr nett, schließlich lässt du deinen anderen Sohn hier. Und deine Tochter!« »Aber du lässt deinen Sohn und deine Tochter auch hier, wenn du wegfährst! Außerdem handelt es sich bei deinem Tanzen bei Weitem nicht immer um Arbeit. Denk nur an Jungstadt!« »Was ist mit Jungstadt?« Alexas Nase wie ein Schiffsegel. »Du weißt sehr gut, was mit Jungstadt ist!«

Beleidigt wandte sie sich ab und machte sich an den Abwasch, feindselig klapperte das Geschirr. Eher ging ein Kamel durch ein Nadelöhr, als dass Alexa einsah, dass sie nicht im Recht war.

Über das, was in Jungstadt vorgefallen war, hatte ich in meinem Tagebuch nie geschrieben, wollte das nicht, bereute auch jetzt, darüber gesprochen zu haben. Alexa tat dennoch, als sei es eine fixe Idee von mir, es von Zeit zu Zeit aufs Tapet zu bringen.

Was in Jungstadt passiert war: Dort hatte sie mich mit einem Tänzer aus Österreich betrogen, einem Kerl, der zehn Jahre jünger war als ich. Die Sache zählte laut Alexa nicht als Betrug, weil sie, bevor sie mit ihm ins Bett ging, zu Hause anrief, um mich zu informieren. »Es gibt da etwas«, sagte sie. »Was denn?« »Einen Mann!«, erwiderte sie und stieß hörbar die Luft aus. »Was für einen Mann?« »Einen Österreicher. Mit dem war was.« »Was war mit dem?« »Wir haben geknutscht.«

Meine Knie gaben nach, und ich sank auf den Boden: »Und was soll nun werden?« »Woher soll ich das wissen?«, erwiderte Alexa ungehalten. »Äääh … wirst du mit ihm schlafen?« »Je nachdem.« Ich winselte los. »Wo ist denn das Problem«, sagte Alexa wütend, »du hast doch selbst gesagt, dass du nicht der Meinung bist, meine Geschlechtsorgane seien dein Privatbesitz!« »Schon, aber … nun ja.« Mehr brachte ich nicht hervor, zumal sie sich kurzerhand verabschiedete und auflegte.

›Verdammte Scheiße, das hatte ich vor zehn Jahren gesagt! Oder vor neun! Damals hatten wir uns noch gar nicht richtig gekannt, jetzt aber sind wir verheiratet und haben zwei Kinder miteinander, lieber Himmel! Wer rechnet schon damit, dass eine zweifache Mutter … obwohl … so was soll's geben … ich selbst habe so was schon gesehen. Es gibt nichts, was es nicht gibt. Es ist eine klassisch kritische Zeit, wenn die Mutter nach langer Zeit zum ersten Mal wieder aus dem Kreislauf von Milchpumpe, Wasch- und Küchenmaschine herauskommt, und sich endlich wieder als Frau fühlt … Das alles weiß ich doch, bin vielleicht nur zu vertrauensselig geworden und auch zu bequem.‹

Bei Alexas Rückkehr aus Jungstadt überschüttete ich sie mit Vorwürfen, war wütend und verletzt. Auf die Idee, sie rauszuwerfen – oder sie zumindest zu ohrfeigen – kam ich nicht. Okay, kam ich schon, brachte es aber nicht fertig. Inständigst hoffte ich, die Sache würde ein Einzelfall bleiben. Doch egal wie sehr ich sie darum bat, sie wollte nichts versprechen: »Tut mir leid. Sollte ich jemanden begehren, werde ich meine Gefühle nicht unterdrücken. Denn davon wird man krank.« Ich tobte. »Das ist es also, womit ich in Zukunft zu rechnen habe? Dass du mit jedem ins Bett gehst, bei dem es dich überkommt?« Alexa nickte: »Selbstverständlich. Machst du es denn nicht genauso?« »Nein, mache ich nicht! Ich habe dich noch nie betrogen!« »Ach wirklich? Und wie würdest du es dann nennen, was mit der lieben Künstlerin Andi Herceg war?« »Ach so das … Das war doch nur ein einziges Mal …! Das ist doch schon längst vergessen!« »Für mich nicht!«, schloss Alexa mit Nachdruck.

Was Rostock betraf, stellte ich mich auf die Hinterfüße, ich wollte Palika hinfahren und Ende der Diskussion. Dabei unternahm Alexa noch mehrere Versuche, mich davon abzuhalten, fand Argumente, die die Sinnlosigkeit der Unternehmung belegten, schlug vor, für Palika ein Flugticket bei einer Billiggesellschaft zu besorgen, was sicher günstiger kam als Benzin und Unterkünfte. Allerdings nicht, wenn auch Magdi mitkam.

Alexa konsultierte das Internet und rechnete. Drei Flugtickets waren in der Tat teurer, aber: »Zeit ist auch Geld, ganz abgesehen davon, dass du mich im Stich lässt!« »Du meinst also, ich kann mit meinem Sohn und dessen Freundin nicht mal eine Woche wegfahren, ohne dich im Stich zu lassen?« Alexa sann nach: »Ja, so ist es. Als Vater von zwei Kindern hat man schließlich gewisse Verpflichtungen!« »Erstens habe ich drei Kinder und du zwei, zweitens hast auch du Verpflichtungen, auf die ich mich aber nie berufe, wenn du zum Tanzen wegfahren willst. Und zwar deswegen nicht, weil du ja die kommende Isadora Duncan des Tangos bist!«

Sie warf mir einen Plastikbecher an den Kopf: »Mistkerl! Tanzen ist Arbeit! Rostock ein Vergnügen!« »Ein Wahnsinnsvergnügen, von sieben Tagen vier am Steuer zu sitzen!« »Warum machst du es dann?« »Aus purer Abenteuerlust!« »Benutze wenigstens nicht meine Ausdrücke, okay?!«

Am Ende blieb ich stur: Was Alexa durfte, war auch mir gestattet. Die beiden jungen Leute holte ich an Palikas Wohnung ab, Magdi hatte nur einen Rucksack dabei, Palika eine große Sporttasche. Das Spartanertum des Mädchens kam mir sehr gelegen, mit Frauen, die ihren gesamten Haushalt auf Reisen mitnahmen, hatte ich genug Erfahrungen gesammelt. Ich hoffte, vor Einbruch der Dunkelheit bis Dresden zu kommen, wobei ich wusste, dass die kurvenreiche Strecke in den Bergen um Teplice vor der deutschen Grenze der unangenehmste Abschnitt der Fahrt war. Bis Dresden schafften wir es nicht, wir mussten in Lovosice übernachten, wo wir nur ein Dreibettzimmer ergattern konnten. Auf meinen fragenden Blick hin winkte Magdi nur ab und meinte: »Ist schon okay«, was mir ebenfalls sehr imponierte. In der Nacht lauschte ich dann ein wenig, wobei es wirklich nichts zu lauschen gab, denn die beiden schnarchten friedlich.

In Rostock setzte ich Magdi und Palika am Mönchstor ab, von hier aus war der Neue Markt, wo sich ihre Pension befand, bequem zu Fuß zu erreichen. Auch das Büro des Großunternehmens, bei dem Palikas Vorstellungsgespräch am nächsten Morgen stattfinden sollte, war nicht weit. Zuletzt verabredeten wir uns für den übernächsten Tag an derselben Stelle. Als wichtige - auch militärisch bedeutende - Hafenstadt hatte sich Rostock noch viel vom alten DDR-Charme bewahrt, und ich erwog, die Innenstadt zu besichtigen. Doch dann entschloss ich mich, Richtung Westen nach Kühlpunkt hinauszufahren und diesem wichtigen Schauplatz meiner Kindheit einen Besuch abzustatten. Ich machte gerade die Lebensphase durch, in der man sich gern mit seiner Kindheit beschäftigt, und bereits zu Hause war mir der Gedanke gekommen, Kühlpunkt zu besuchen. Natürlich wäre es erst mit Jolanda so ganz das Richtige gewesen, und ich überlegte, sie anzurufen und zur Mitfahrt einzuladen. Andererseits: Wenn sie mitkam, würden wir sicherlich wieder im Bett landen, und ich wollte Alexa nicht betrügen. Jetzt jedenfalls nicht.

Obwohl ich endlos lang herumfuhr - auf der Karte hatte die Strecke kürzer ausgesehen -, fand ich es nicht. Dabei kannte ich die Abzweigung Richtung Meer ganz genau, im Übrigen war sie auch ausgeschildert, und es kam eine Ortschaft nach der anderen, nur Kühlpunkt war wie vom Erdboden verschwunden! Wo war es denn nur? Das Meeresufer - damals noch ganz einsam und verlassen - war mittlerweile gründlich zubetoniert worden. Trotzdem stieg ich aus, um zu baden, schaffte es aber nur bis zu den Knien ins Wasser - es war um nichts wärmer als damals. Vor achtundvierzig Jahren. Junge, Junge!

Und da plötzlich erkannte ich Kühlpunkt wieder, mittlerweile war es mit dem Nachbarort zusammengewachsen. Doch wo war das Ferienlager? Auch das übersah ich zunächst und fuhr dreimal dran vorbei. Dass es geschrumpft war, hatte ich schon erwartet, aber gleich so? Der Lattenzaun war abgerissen worden, an seiner Stelle prangte ein Gatter aus grünen Metallstangen in einem Betonfundament. Das Lager war verlassen, vielleicht weil schon Herbst war.

Obwohl die Bäume in Deutschland ihr Laub später zu verlieren schienen als in Ungarn, waren sie dennoch bereits halb kahl. Ich fühlte mich müde und setzte mich auf den Rand des Zauns. Kaum zu glauben, aber Jolanda fehlte mir. Alexa natürlich auch, von den Kleinen und Palika ganz zu schweigen. Und auch um Magdi schweiften meine Gedanken mehr als angebracht. Am Morgen war sie mir im Gasthaus in Lovosice auf dem Weg ins Bad halbnackt über den Weg gesprungen, und ich hatte es zu schätzen gewusst, dass sie darum kein Aufhebens gemacht hatte, sondern sich mit einem ungezwungenen Lächeln weggedreht hatte.

Ich hatte mich so sehr danach gesehnt, diese zwei, drei Tage allein in Deutschland zu verbringen, dass ich mir meine trübselige Stimmung jetzt gar nicht erklären konnte. Möglicherweise war sie der Tatsache zuzuschreiben, dass Kühlpunkt zur Bedeutungslosigkeit verkommen war. Die Nacht verbrachte ich in Anklam, großonkelte dreimal wie ein Pubertierender. (Ich werde jetzt noch ganz rot, wenn ich dran denke.) Einmal auf Magdi, einmal auf Jolanda, einmal auf Alexa.

In der Morgendämmerung versuchte ich in meinem digitalen Tagebuch festzuhalten, welche Gefühle der Besuch in Kühlpunkt in mir erweckt hatte, doch es gelang mir nicht. Meine Gedanken gerieten immer wieder durcheinander, strebten in Raum und Zeit ständig rückwärts. Oft dachte ich an zu Hause, fragte mich, wie Alexa mit Sanyika und Jucika zurechtkam. Bis halb neun wartete ich und rief sie dann auf ihrem Handy an. Sie war unausstehlich, und als ich wissen wollte, was sie habe, meinte sie nur, sie hasse es, am Telefon über ihr Seelenleben zu reden. »Tut dir was in der Seele weh?«, fragte ich. »Puff, the magic dragon!«, ihr Spruch, wenn sie nichts erwidern wollte. Meine Fragen nach den Kindern tat sie einsilbig ab, und bald beendeten wir das Gespräch. Jetzt fühlte ich mich noch elender als vorher – dafür Geld auszugeben lohnte sich nicht, bei den Preisen zumal.

Voller Trotz fasste ich den Entschluss, nach Berlin zu fahren und Alexa Alexa sein zu lassen. Während ich mich über die 96 quälte, hätte ich schon bei Neubrandenburg vor Einsamkeit heulen können. Sämtliche Gedanken an Jolanda oder Magdi wurden von Alexa verdrängt, was ich selbst schon geradezu krankhaft fand – wieso stand ich nur derart unter ihrer Fuchtel? Hielt ich es nicht einmal eine Woche lang ohne sie aus? War das nur jetzt so? Oder von jetzt an für immer? Mit dem Auto durch Deutschland zu kurven machte schließlich wirklich Spaß, dieses Mal hatte ich sogar genug Geld, um an nichts Mangel leiden zu müssen, ›also los, János Mester, entspann dich und genieße die Freiheit! Sei ruhig ein Tourist, schau dir alles an, lade deinen Akku wieder auf. Warum klammerst du dich ans Lenkrad, als wärst du bei der Tombola leer ausgegangen?‹

Ich ertappte mich dabei, meine Frau mit epischen Eigenschaften zu belegen.

*Alexa, die Recamiere.*

*Alexa, die Bajadere.*

*Alexa, die Rauschhehre.* (Das gab zwar nicht viel Sinn, doch es reimte sich.)

Bislang war ich immer davon ausgegangen, in Berlin genug Freunde zu haben, doch als ich jetzt zum Übernachten so dringend einen gebraucht hätte, wurde mir klar, dass da niemand war. Nicht einmal ein guter Bekannter. Mir blieb nichts anderes übrig, als es im Youth Hostel zu versuchen, in der Jugendherberge, in der man sich tagsüber nicht eine Minute aufhalten durfte. Allerdings war ich dafür vielleicht auch zu alt, und man ließ mich gar nicht erst ein. Die Sorge erwies sich als unbegründet: Der borstige Mann, der neben seiner Rolle als Pförtner auch noch die des Mädchens für alles versah, würdigte mich keines Blickes, während er mein Geld entgegennahm. Schlafen musste ich in einem Zimmer mit vierzehn Betten, so dass ich meinen Entschluss augenblicklich bereute. Hätte ich nicht im Voraus bezahlt, ich wäre wieder auf und davon. Das ständige Geraschel und Geschnaufe nervten mich so, dass ich die ganze Nacht kein Auge zutat. Alles in allem war das nichts für einen weißen Mann mittleren Alters.

Nachdem ich am folgenden Vormittag das Jüdische Museum besichtigt hatte, verließ ich Berlin wieder und wäre am liebsten nach Weimar gefahren. Allerdings hatte ich Palika versprochen, mit ihm dorthin zu fahren, und zweimal Weimar wäre idiotisch gewesen. In Ermangelung einer besseren Idee begab ich mich auf die E55 Richtung Norden, machte überall Zwischenstopps: Wittstock, Freyenstein, Krakow am See. Doch da es in dieser Gegend nichts Sehenswertes gab, jedenfalls nichts, was mich interessiert hätte, schlug ich die Zeit tot. Alle zehn Minuten überlegte ich, Alexa anzurufen, traute mich dann nicht, wollte auch nicht, hielt es nicht für richtig. Am Ende rief ich natürlich doch an, erreichte aber nur die Mailbox, und auf die hatte ich keine Lust.

Nach etwa sechsmal rief sie zurück. »Du hast angerufen«, sagte sie so trocken, dass ich mich unvermittelt ganz welk fühlte. »Ja, nur so.« »Warum klingt deine Stimme so trocken?«, Alexa mit einer Stimme wie die Sahara.

Das hatte ich davon. Nach ein paar gelangweilten Sätzen –

ich versuchte zu berichten, wie schön es sei, einfach so durch die Gegend zu fahren, und sie sagte, sie sei todmüde, weil sie schon in aller Frühe von den Kleinen aus dem Bett geholt worden sei – legten wir auf. Ganz schön Scheiße, zu Hause anzurufen, um sich am Telefon ein wenig Wärme abzuholen, und dann hagelt's einem Eisregen ins Ohr, ins Hirn, in alle Fasern. Es bringt mich noch um.

*Quält sie mich absichtlich? Nein, so ist sie nicht. Eher quält sie sich selbst. Ich stehe nur zufällig in der Schusslinie. Oder gibt es da vielleicht etwas, wovon ich nichts weiß? Aber was? Es ist unwahrscheinlich, denn Alexa hält sehr viel auf ihre Aufrichtigkeit, sie erzählt sogar Dinge, die sie nur schemenhaft ahnt, vermutet und erfühlt. Allem stellt sie sich wie ein Kreuzritter mit herabgelassenem Visier oder eher wie eine Spinne, eine mit vielen Kreuzen. Eine schwarze Witwe? Dann dauert es nicht mehr lange, bis sie mich frisst.*

Am Ufer des Plauer Sees machte ich es mir bequem, die Wassertemperatur war für einen Ungarn ungeeignet, also krempelte ich die Hose hoch und ließ meine Beine vom Steg ins Wasser baumeln. Die Sonne kam nur sporadisch zum Vorschein, über den traurigen Himmel zogen unförmige Wolken. Auf dem Rücken liegend genoss ich das Gefühl, zum ersten Mal seit Jahren Zeit zu haben. Ich wünschte, Herz und Hirn völlig zu leeren. Der vom See her über das Land wehende Wind kräuselte die Haare an meinem Unterarm. Schloss ich die Augen, sah ich auf meinen Lidern den Abdruck der Sonne: Feuerglühende, olympische Ringe, die sich weiter vermehrten, wenn ich die Augen öffnete und wieder schloss. Zehn Ringe, zwanzig, unzählige.

Meine Gedanken drehten sich um Alexa – natürlich nur ganz ausnahmsweise. Auf einer Art Stiel schwebte hinter den Ringen eine gekrümmte Gestalt durchs Bild. Sieh an, das war ja eine Hexe auf einem Besen! Sollte das etwa meine kleine Frau, die süße Tänzerin sein? Oh Mann!

Auf einmal hatte ich das Gefühl, etwas stimme nicht, ich setzte mich auf, griff an meinen Hals, weil ich fror, und dann merkte ich, dass ich meinen Seidenschal verloren hatte. Ein Zeichen des Himmels? Unterwegs zum Wagen nahm ich meine Schuhe in die Hand, steckte die Socken in die Hosentasche. Auf dem feinkörnigen Sand ging es sich angenehm. Obwohl ich das ganze Gelände absuchte, fand ich den Schal nicht, dabei hatte ich gerade diesen mit dem Yin-und-Yang-Muster so sehr geliebt, Alexa hatte ihn mir aus Jungstadt mitgebracht. Jungstadt … Vielleicht war es höchste Zeit, ihn zu verlieren.

*Yin und Yang sind futsch.*

Endlich war es an der Zeit, Palika und Magdi abzuholen. Ich fand sie auf einer Bank sitzend, mit ihnen ein mir unbekanntes Mädchen. Auf meine Frage, ob das Vorstellungsgespräch gut gelaufen sei, zuckte Palika die Schultern: »Sie melden sich schriftlich.« Das Mädchen wurde mir als Magdis Freundin Klára Hamburger vorgestellt. »Hamburger! Ach du liebe Zeit!«, rief ich aus. Aber sie deutete mich miss und meinte: »Man muss mich aber nicht essen!« »Schon gut«, winkte ich ab und dachte bei mir, mit dem Namen könne das nur gefährlich werden.

Klára Hamburger wohnte in Schwerin und wollte gern nach Budapest mitfahren, wenn es mir nichts ausmachte. Ein Viertel der Benzinkosten würde sie übernehmen. »Das ist absolut nicht nötig, der Wagen verbraucht doch mit vier Insassen nicht mehr!«, mimte ich den Großzügigen (obwohl ich sicher war, dass er mehr verbrauchte, aber sei's drum, wir wollen nicht kleinlich sein, und das Große zählt ohnehin nicht). Klára konnte sich vor Dankbarkeit kaum halten, offensichtlich hatte sie nicht sehr viel Geld, jobbte hier und da als Babysitterin, lebte also praktisch unter dem Existenzminimum. »Aber warum gehst du denn nicht nach Ungarn zurück?«, fragte ich. »Weil es hier besser ist!«, antwortete sie mit großer Bestimmtheit.

Drei Tage blieben uns noch, und ich dachte, wir könnten an irgendeinen Urlaubsort an der Ostsee fahren. Warnemünde wäre nahe liegend gewesen, doch ich entschied mich für die andere Seite der Bucht, wo es vielleicht nicht so überlaufen war wie hier. Auf der 105 fuhr ich Richtung Norden, vorbei an Bentwisch und Rövershagen, bog dann links ab und legte die restlichen neun Kilometer bis zum Strand zurück.

Kláras und meine Blicke trafen sich hin und wieder im Rückspiegel. Sie schien im gleichen Alter zu sein wie Magdi, obwohl sie schon vierundzwanzig war, wie sich herausstellte. Grund für ihr jugendliches Aussehen dürfte ihre sportliche Figur und ihre jungenhafte Frisur gewesen sein. Den Wagen stellte ich auf dem Parkplatz ab, und während die Mädchen in den Umkleidekabinen verschwanden, schoben Palika und ich unsere Hosen einfach runter und turnten uns im Schutz unserer Handtücher in die Badehosen. Das Wasser war hier genauso grimmig kalt wie in Kühlpunkt, doch Magdi und Klára rannten Hand in Hand und laut kreischend hinein. Der Anblick zweier schreiender Mädchen im Bikini war äußerst sinnlich, vom Altwerden wussten diese Körper noch nichts.

Was das Meer betraf waren die Deutschen wirklich Pechvögel. Palika wagte sich immerhin bis zum Bauch ins Wasser, ich lediglich bis zu den Knien. Dann verzehrten wir am Strand ein Picknick und legten uns zum Dösen in den Sand. Doch irgendwie fand ich keine Ruhe, sagte nach einiger Zeit zu Palika: »Koste es was es wolle, ich will eine Runde schwimmen!« Wunderbare Schaumkronen zierten das wogende

Meer, in meiner Vorstellung sah ich Windsurfer und hörte Lieder von den Beach Boys. »Ich komme mit!«, rief Palika. Also rannten wir ins Wasser, das so kalt war wie zerstoßenes Eis, ich war erst bis zum Nabel drin, hatte aber jetzt schon das Gefühl, mir frören die Eier ab. ›Ich werde mich gleich daran gewöhnt haben – vielleicht sollte ich einen Kopfsprung machen.‹ Ich atmete tief durch und warf ich mich ins Wasser (wollte vielleicht auch nur den Mädchen imponieren), brachte nur eine Bauchlandung zuwege, schlotterte vor Kälte, kraulte dann los, tauchte unter den Wellen durch, atmete dazwischen im Rhythmus von drei Armschlägen. Palika schlug in einer Art Hundestil nur ein paar Meter hinter mir mit den Armen.

Ich pflügte durchs Wasser und fühlte mich wie Mark Spitz oder Johnny Weissmüller: ich Tarzan, du Jane. Als ich den Mund öffnete, um den legendären Tarzanschrei nachzumachen, schluckte ich salziges Meerwasser, konnte nicht mehr atmen und musste furchtbar würgen. Als ich mich auf den Rücken drehte, sah ich meinen Sohn gerade von einer haushohen Woge herunterpurzeln. Während die Welle ihren Weg Richtung Land fortsetzte, rollten vom Meer her immer gewaltigere Wogen heran. Ich gab Palika ein Zeichen, es sei höchste Zeit, wieder zurückzuschwimmen, wir waren ohnehin viel weiter rausgekommen, als ich vorgehabt hatte. Die Mädchen kamen mir auf ihrer Decke am Strand wie kleine Spielzeugfiguren vor. Mit gleichmäßigen Schlägen und gut eingeteilter Atmung arbeitete ich mich vorwärts, mein Sohn direkt neben mir, so dass sich unsere Hände für einen Moment berührten.

Aber was war das? Wir kamen dem Ufer kein bisschen näher! Ich legte einen Zahn zu, doch wie kräftig ich mich auch vorwärtsschob, dem Strand näherten wir uns nicht, im Gegenteil! Die über unseren Köpfen zusammenschlagenden Wellen schienen uns immer weiter hinauszutreiben. »Papa, ich schaff's nicht!«, stieß Palika atemlos und mit angstverzerrtem Gesicht hervor. Ich ergriff ihn an der Hand und zog ihn hinter mir her, aus voller Kraft stieß ich die Beine nach hinten, schob unter mir das Wasser zurück, im Matrosenstil, mit einer Hand. ›Nur die Ruhe‹, dachte ich, ›nur die Ruhe, wer den Kopf verliert, ist verloren.‹ Ich versuchte eine diagonale Richtung einzuschlagen, was eine Zeitlang eine gute Lösung zu sein schien, doch sobald meine Kräfte nachließen, wurden wir wieder langsamer, kamen nicht von der Stelle und wurden wieder hinausgetrieben. »Hilfe!«, schrie ich, setzte aber nicht viel Hoffnung in mein Geschrei, weil ich mich selbst kaum hören konnte.

Keine Ahnung, wie lange ich mich so abquälte, zuletzt mit Palikas Kopf an meiner Schulter, als ich plötzlich ein Getöse vernahm – neben uns hielt ein Gefährt, für ein Schiff zu klein, für ein Boot zu groß, zwei Typen in Uniform halfen uns hinein. Es war die deutsche Wasserschutzpolizei, und sie bot uns sofort Hochprozentiges an. Auf die Fragen der Beamten konnte ich erst antworten, nachdem ich mich vergewissert hatte, dass Palika nichts fehlte. »Was suchen Sie hier?« »Wir sind ein bisschen geschwommen.« »Hat man Sie in Ihrem Hotel nicht gewarnt, dass es erstens verboten und zweitens lebensgefährlich ist, über die zweite Brandung hinauszuschwimmen?« »Wir wohnen nicht im Hotel. Wir wollten nur ein bisschen schwimmen.« »Touristen«, meinte der Polizist, der uns befragte, verächtlich. Bis er sein Protokoll verfasst und wir es unterschrieben hatten, war das Boot schon im seichten Wasser angekommen. Die Mädchen wunderten sich nicht wenig über unseren Auftritt. »Wir waren müde und haben ein Taxi gerufen!«, sagte ich, um irgendwie lässig zu wirken, während Palika nur grinste, weil er zum Sprechen keine Kraft mehr hatte. Im Auto schlief er sofort ein, und ich hoffte inständigst, keinem Festlandpolizisten zu begegnen, dessen Messgerät meinen Alkoholpegel zweifellos anzeigen würde. Denn welcher Ordnungshüter würde mir glauben, der Alkohol sei mir von einem seiner Kollegen von der Wasserwacht eingeflößt worden?

Wenn Gigi das erfuhr …!

Klára Hamburger klatschte in die Hände, als ich ankündigte, unser nächstes Ziel sei Weimar. »Meine Doktorarbeit hat Johann Wolfgang von Goethe zum Thema!« »Wiiirklich?« Hätte ich ihr gar nicht zugetraut. »Klar.« »Studierst du Germanistik?« »Ja, wobei es erst im dritten Anlauf geklappt hat.« »Was genau ist denn dein Thema?« »Johann Wolfgang von Goethe und die Frauen.« »Du machst Witze …« »Ich habe eine Menge Artikel dazu geschrieben.« »Wiiirklich? Hätte ich Ihnen gar nicht zugetraut!« »Ich dachte, wir sind per du!«, erwiderte ich und bemühte mich, nicht beleidigt zu sein. Es befremdete mich, dass eine Germanistikstudentin nie von meinen Arbeiten gehört hatte – und das, obwohl sich ihr Forschungsschwerpunkt mit dem meiner Artikel deckte. Sicher kam das daher, dass keine meiner Publikationen in Buchform erschienen war, was an der Zeit wäre. »Goethe und die Frauen« war ein guter Titel. Mein Buch könnte heißen: »Goethes Lieben«. Oder »Goethes Romanzen«.

Nie zuvor hatte ich einen Spaziergang durch die Stadt des Dichterfürsten so genossen wie dieses Mal, mit drei aufmerksamen jungen Leuten, denen ich alles erzählen konnte, was ich im Laufe meines Lebens über Goethe und Weimar zusammengetragen hatte. Sogar Palika hörte interessiert zu, was er sonst selten tat, er hatte mit Literatur nichts am Hut, auf meine Buch- oder Gedichtempfehlungen hin pflegte er nur die Schultern zu zucken: »Papa, wen soll denn das befruchten, wenn ich so was lese?«

Wen die Literatur befruchten soll? Blöde Frage! Vermutlich die Frau des Autors oder seine Geliebte oder den Autor selbst, wenn es sich um eine Autorin handelte.

Klára sah Goethe und seine Frauengeschichten ganz anders als ich, beurteilte den Menschen Goethe unter feministischen Aspekten und entblößte ihn aller Deckmäntelchen. Für sie war er nichts weiter als ein männlicher Chauvi, über den sie den Stab brach. Insgeheim war ich froh, dass sie mir mit ihrer Meinung nicht in die Quere kam, und ich beschloss, mein Buch in absehbarer Zeit zu Ende zu bringen. Titel »Goethes gesammelte Romanzen«, wobei ich es für mich immer »Goethes Gesamtwerk« nannte.

An der ersten Tankstelle auf ungarischem Boden tankte ich, während Palika und die Mädchen einen Kaffee tranken. Außerdem wollte ich mir eine Zeitung besorgen, um den Informationshunger, der mich bei jeder Rückkehr aus dem Ausland befiel, zu stillen. Möglicherweise waren während meiner Abwesenheit von Ungarn furchtbar wichtige Dinge passiert, die ich nicht mitgekriegt hatte. Auf dem Zeitungsständer sah ich jedoch nur regionale Blätter und massig Boulevardpresse mit dem obligatorischen Nackedei auf dem Titelblatt. Eines der Blätter warb mit dem Titel »Gewitter fordert Menschenleben – Tragödie am Teißufer«. Ich wollte das Heft gerade vom Ständer nehmen, als ein übel riechender Kerl mich umstandslos beiseiteschob. ›So eilig?‹, dachte ich unwillig, doch dann fiel mir ein, dass vielleicht auch er gerade von einer längeren Auslandsreise heimkehrte und einen noch größeren Informationshunger verspürte als ich. Er nahm allerdings nur einen Playboy und ein Penthouse. Das war also der Grund für die Eile. Ich schielte ihm nach, um rauszukriegen, ob er schnurstracks auf der Toilette verschwand, sah aber, dass er zu seinem Wagen zurückeierte, einem alten VW mit eingedellter Motorhaube. Und genau in diesem Moment erkannte ich ihn: Du lieber Himmel, das war ja Professor Császár, Goethes Statthalter in Debrecen! Genauer gesagt der ehemalige Statthalter, denn erst vor kurzem hatte ich gehört, dass er pensioniert worden war. ›Mein Gott, ist der alt geworden! Sieht außerdem ganz schön mitgenommen aus. Angeblich ist er seit seiner Scheidung ziemlich dem Alkohol verfallen.‹

Ausnahmsweise nahmen meine Angelegenheiten eine recht glückliche Wendung. Bei meiner Rückkehr lag auf meinem Schreibtisch eine offizielle Benachrichtigung, dass man mir ein Stipendium für einen einmonatigen Studienaufenthalt in Berlin bewilligt hatte. Der Termin fiel auf den kommenden Herbst, und bis dahin sollte ich idealerweise alles Material zusammengetragen haben, das in Budapest zugänglich war. Palika bekam die Stelle in Rostock (zum Glück?) nicht – ich nahm es mit einem weinenden und zwei lachenden Augen auf. So blieb er mir erhalten, und Gigi auch, die jede Wette eingegangen wäre, dass Palika für immer in Deutschland bleiben würde. Sicher hätte er eine nette deutsche Frau gefunden, mit der er am laufenden Band deutsche Babys produziert hätte. Seit eine solche Möglichkeit im Raum stand, ließ Gigi immer wieder verlautbaren, dass sie keine Fernenkel wolle, sondern richtige, obwohl in meinen Augen auch deutsche Babys richtige Enkel sein können, aber sei's drum, so war es trotzdem besser.

Okay.

Mein Umgang mit Gigi normalisierte sich so weit, dass sie mir anbot, für sie zu arbeiten. Sie besaß mittlerweile ein halbes Dutzend Boutiquen, wie viele genau, wusste ich nicht. Es genügte, wenn sie es wusste. Seit dem Tod ihrer Mutter führte sie das Unternehmen alleine weiter, verwandelte die einzelnen Geschäfte in GmbHs, baute ihre Geschäftsbeziehungen zu österreichischen und deutschen Firmen Jahr für Jahr aus. Meine Aufgabe sollte es sein, mich um Korrespondenz und Übersetzungen zu kümmern und hin und wieder als Dolmetscher zu fungieren. Falls nötig, sollte ich an ihrer Stelle ins Ausland fahren. Dank dieses großzügigen Angebots war es mir möglich, sämtliche schlecht bezahlten intellektuellen Hilfsarbeiten aufzugeben, und mit der Zeit sogar bei der Zeitung zu kündigen. Anderer Leute Stilblüten zu korrigieren hing mir wirklich zum Hals raus. Darauf, dass dieser Anfall von Großzügigkeit ewig dauern würde, hätte ich allerdings kein Gift genommen.

Während ich den friedlichen Umgang mit meiner Exfrau sehr genoss, war Alexa alles andere als erfreut: »Willst du etwa der Sklave deiner Exfrau sein?« »Nein, nur ihr Mitarbeiter.« »Du weißt genau, dass so was nicht möglich ist!« »Du siehst doch, dass es möglich ist. Mir ist es vollkommen egal, wer mein Chef ist, solange er mich gut bezahlt.« »Bist du wirklich so abhängig vom Geld?« »Ach, Alexa, was soll denn das …?«, sagte ich, aber sie hatte mir schon den Rücken gekehrt.

Der Verlust des Yin-Yang-Seidenschals verletzte sie ebenfalls, dabei war der nur ein Gegenstand, und wer am Geld nicht hing, sollte auch an Gegenständen nicht hängen. Zudem verwahrte ich zwei Dutzend Seidenschals auf der Metallstange an meiner Kleiderschranktür.

Ich versuchte, so gut es ging, mich auf keine Streitereien einzulassen, vor allem wenn Sanyika und Jucika dabei waren. Wann immer ich es aushielt, widersprach ich nicht, sondern gab nach. Doch wer konnte das schon ewig aushalten? Trotz meines festen Vorsatzes, Alexa das letzte Wort zu lassen, war das leichter gesagt als getan.

*»Du sollst das letzte Wort haben!« Mit diesen Worten pflegte mein Vater Diskussionen zu beenden, was meine Mutter schier*

*zur Raserei brachte. Also war das auch keine Lösung. Die ewigen Wortgefechte allerdings auch nicht. Denn mein tägliches Konfliktbedürfnis war gleich null.*

Ein junges Mädchen rief an, wann sie mir den Text zeigen könne. »Was für einen Text?« »Meine Doktorarbeit!« Erst jetzt wurde mir klar, dass die Anruferin Klára Hamburger war. »Sie sind demnach nicht in Schwerin?« »Nein. Wegen Rigorosum und Disputation muss ich dieses Semester hierbleiben.«

Vor einem Freitags-Billard bat ich sie ins Zanzibar, und sie gab mir ihre schwarz gebundene Dissertation »Johann Wolfgang von Goethe und das weibliche Geschlecht«. Dann bestellte sie sich einen B-52. »Derart hochprozentige Sachen trinken Sie?« »Ich dachte, wir duzen uns!«, erinnerte sie mich. Wir mussten lachen, und ich bestellte mir auch einen B-52. Zum ersten Mal, wie ich gestand, denn sonst führte ich ein eher nüchternes Leben. Wir stießen erneut aufs Du an.

Sie erzählte von ihrer Familie. Großvater Hamburger war in Hannover Anwalt der jüdischen Gemeinde gewesen und von dort in einer komplizierten Nachlasssache nach Ungarn geschickt worden, wo der gute Carl Hamburger dann die Oma kennengelernt hatte. Die schrieb ihren Namen noch Clara. Claras Familie lebte in Sopron, und so wurden Carl Hamburger und Clara Pollack vom Oberrabbiner von Sopron getraut. »Und dann?«, fragte ich. »Todeslager!«

Wie fast immer bei diesem Thema geriet ich auch jetzt in Verlegenheit (woran mein eigenes verworrenes Judentum schuld sein mag), jedenfalls versprach ich ihr, die Dissertation so schnell wie möglich durchzulesen und mich dann bei ihr zu melden. Am Billardtisch erwarteten mich bereits Vili Vajda, Gabi Huszár und Palika. Vili machte eine saftige Bemerkung nach der anderen über das knusprige Hühnchen, das ich mir da geschossen hätte. Ein Blick zu Palika verriet mir, dass sich mein Sohn durch Vilis Sprüche kein bisschen stören ließ. »Es ist nicht, wie du denkst!«, erwiderte ich mit Bestimmtheit und nahm mein Queue zur Hand. Magdi lehnte an der gewohnten Stelle an der Wand, während sich Klára zu ihr gesellte und sie gemeinsam dem Spiel zuschauten. Ab und zu tuschelten sie ein wenig und tranken dabei ein Bier nach dem anderen. Eine trinkfeste Generation, so viel war sicher.

Klára und ihren Text vergaß ich vollkommen, erst als sie anrief, überflog ich ihn reumütig. Mir imponierte, wie kämpferisch sie ihre Ansichten verteidigte, es missfiel mir, dass sie es mit ihren Quellenangaben nicht allzu genau nahm. Und ihre eigenen Hypothesen manchmal als Tatsachen hinstellte. Von Palika wusste ich, dass sie ihre Doktorarbeit bereits erfolgreich verteidigt hatte, dass mein Urteil demnach nicht mehr so wichtig war. Also würde ich nicht gescheit daherreden, sondern die Arbeit loben, zurückgeben und fertig. Wieder trafen wir uns im Zanzibar. Allerdings hatte sie vor dem Billard keine Zeit, kam später dazu. An diesem Tag hatten Palika und ich ausnahmsweise gewonnen, und ich bestellte B-52 für alle. Später orderte Vili Vajda noch eine Runde, und ich sah mit gemischten Gefühlen zu, wie Palika den Drink hinunterstürzte. Durfte man als Vater tatenlos zusehen, wenn der eigene Sohn zu viel trank? Doch die beiden Cocktails schienen meinem Sohn glücklicherweise gar nichts auszumachen.

Nachdem Klára und ich uns etwas abseits niedergelassen hatten, schwieg ich erst mal lange, ihre natürliche Schönheit versetzte mir einen Stich. O nein, nur das nicht – sie hätte ja meine Tochter sein können! Schlimm genug, dass auch Alexa meine Tochter hätte sein können, (falls ich schon mit zwanzig eine Frau geschwängert hätte), aber Klára war noch eine Generation weiter weg.

Ich lobte die Auswahl ihres Themas, ihren Stil, ihr Gefühl für Proportionen, ihre mutigen Thesen (ich log nicht direkt, sagte aber auch nicht ganz die Wahrheit), ich verschwieg, was mir nicht gefiel, verschwieg erst recht, wie viel mehr sie selbst mir gefiel als ihr Text. Kein BH unter ihrer Satinbluse, das sah ich, denn ihre runden Brustwarzen zeichneten sich deutlich ab. Wirklich entzückend – aber ohne mich!

*Das ist O-Ton Mama. Ich ging noch in den Kindergarten, im Radio wurde die beliebte Sendung angekündigt: »Schöne Lieder zum Mittag«, und Mama kommentierte: »Aber ohne mich!«, worauf sie das Radio ausschaltete. Sie hasste Zigeunermusik. Genau wie ich. Ein Erbe mütterlicherseits.*

Wenig später musste Klára gehen, und ich atmete auf – eine Versuchung weniger. Überhaupt: Wenn schon mit dieser ganz jungen Generation anbandeln, dann höchstens mit Marianna aus der Redaktion. Vielleicht weil sie so groß war. Aber auch bei ihr war ich nicht durchgestartet, weil ich keine Komplikationen wollte. Nur immer schön klug und besonnen, Jánoska. (Und altersweise? Das dann lieber doch nicht.)

Einige Wochen drauf erschien Klára wieder beim Billardspiel – um mit Magdi zu schnattern, wie ich annahm. Doch auf der Toilette, wo wir nebeneinander Wasser ließen, meinte Palika: »Papaface« – seit Neuestem nannte er mich so –, »Respekt! Ich glaube, bei Klári könntest du landen!« »Verarsch mich nicht, Palimatz!« – seit Neuestem nannte ich ihn so. Obwohl er schwor, er meine es ernst, glaubte ich ihm kein Wort. Allerdings ließ sich nicht leugnen, dass Klára ihren Blick manchmal auf mir ruhen ließ, die Augen aber rasch abwandte, wenn ich zurückblickte. Junge Junge, dieses Kind! Wahr konnte das jedenfalls nicht sein, sicher bildete ich mir das alles nur ein, und auch Palika machte sich nur lustig über mich. Also befahl ich meinem Hirn: Löschen, aber ganz schnell! In manchen Fällen gehorchte es mir, in anderen nicht (wie zum Beispiel jetzt).

An Magdis Geburtstag tranken wir tüchtig, bis der Besitzer des Zanzibar – ein glatzköpfiger, vierschrötiger Typ – an unseren Tisch trat und uns nachdrücklich zur Räson rief. Halbherzig legte ich mich mit ihm an, doch dann wankten wir alle auf die Straße. »Sollen wir uns in Zukunft wieder im Erzsike treffen?«, lallte Vili Vajda und hieb mir auf die Schulter. »Nein, dort gibt's keinen Billardtisch!« Ich fühlte mich nicht ganz wohl, denn schließlich stimmte es ja: In der Öffentlichkeit sollte man sich ordentlich benehmen. Eine Weile standen wir dumm herum, was Palika nutzte, um mir etwas zuzustecken. Es war ein Schlüsselbund. »Was ist das?« »Der Schlüssel zu meiner Bude.« »Was soll das?« »Scht…! Nur für den Fall der Fälle. Klára wäre nicht abgeneigt, wenn ich das richtig sehe.«

Zu spät bemerkte ich, dass nur noch sie und ich auf dem Gehweg standen. Klára kannte den Weg zu Palikas Wohnung, Óstraße 5, erster Stock. Ein Aufzug war nicht vorhanden, die Treppen kam ich kaum hoch, stand völlig außer Atem in der Diele. »Was ist, Jánoska?«, fragte Klára. »Ich suche den Lichtschalter.« »Das kann warten!«, erwiderte sie, ergriff meinen Arm und zog mich Richtung Zimmer. Plötzlich hörte ich einen Riesenkrach und Geklirr: Sie hatte mit ihrem Ellenbogen lässig die Glasscheibe der Verbindungstür ausgeschlagen. Vor Schreck blieb mir fast das Herz stehen: Hatte sie sich verletzt? Doch nein, nur ihre Schultern und ihr Rücken waren mit Glasscherben übersät, wie ich beim Abtasten merkte. »Bist du noch ganz?«. »Ja. Und du?« »Auch, im Großen und Ganzen.«

Sie zündete eine Kerze an, und es stellte sich heraus, dass Palikas Wohnung ausschließlich von Halogenlampen erleuchtet wurde, deren Schalter sich nicht an den Wänden, sondern an den Stromkabeln befanden. Klára und ich ließen uns auf dem Bett nieder, einer niedrigen, japanischen Liege, die ganz uneben war. Es wäre nicht unklug gewesen, zuvor die Glasscherben abzuschütteln, denn so schnitten sie uns hier und da in die Haut, was wir aber erst spürten, nachdem alles vorbei war. Obwohl Kláras Bauch von Pickeln übersät war, oder eher von Ausschlag, war ihre Haut sonst ganz glatt. »Meine zweite Pubertät«, meinte sie und leckte das Blut von meinen Schnittwunden. Ich wollte sie nicht gewähren lassen, konnte mir einfach nicht vorstellen, dass man das mögen könnte. Murrend hielt sie mich fest. »Hiergeblieben! Es ist zwar bizarr, aber mir schmeckt's!«

›Eine Kannibalin‹, dachte ich. Doch bizarr oder nicht, auch ich genoss es, und zwar nicht nur das, sondern alles, was wir taten. Scheinbar gab es außer Alexa noch andere Mädchen, die einem gern einen bliesen und denen es schmeckte. Im Vergleich zu Alexas Wunderkerzen waren Kláras Orgasmen allerdings eher sanfte Beben, kaum wahrnehmbar, doch warum darüber nachdenken, heute Abend war heute Abend, eine Fortsetzung würde es sowieso nicht geben.

Ich irrte mich. Klára meldete sich jede Woche, nannte mich Mesi oder Mesilein (wovon ich dahinschmolz wie Wachs in der Sonne), und ich nannte sie Kláris. Nach einiger Zeit gestand sie, am Anfang nie zum Höhepunkt gekommen zu sein, und ich wunderte mich sehr. »Du hast mich trotzdem nicht in die Wüste geschickt?« »Bei Frauen geht es selten gleich beim ersten Mal, weißt du, so einfach ist das nämlich nicht, und sich vor jemandem zum ersten Mal auszuziehen, ist auch nicht einfach, aber irgendwie hat man ein Gespür dafür, mit wem es funktionieren könnte.« »Aha, verstehe … Aber warum hast du nichts gesagt? Ich hätte auch was anderes probieren können!« »Warum denn? Es ist nicht deine Schuld, dass ich so langsam bin.«

In Anbetracht dessen, was sonst alles meine Schuld war, war ich richtig beglückt.

War Palikas Bude belegt, brachte mich Kláris zu einer ihrer Freundinnen (hoffentlich nicht zu Magdi), die sie zuvor um die Schlüssel bat. Sie selbst hatte keine Wohnung in Budapest, sondern wohnte vorübergehend bei ihren Eltern und plante, nach Schwerin zurückzukehren. Einmal fragte ich sie, was sie eigentlich von mir wolle, und sie antwortete mit einer Gegenfrage: »Was denkst du?« »Aber wieso ausgerechnet mit so einem alten Knacker?« »Auf Gleichaltrige stehe ich einfach nicht. Die haben nur bumsen im Kopf.«

Dazu sagte ich nichts, schließlich hatte ich auch nur bumsen im Kopf. War ich also vielleicht doch noch nicht so alt? Ich versuchte mich an den Gedanken zu gewöhnen, dass meine Geliebte vierundzwanzig war und alles mitmachte, sogar Sachen, bei denen ich streikte. Wir seien Fickfreunde geworden, sagte sie. Fantastisch.

*Stilles kleines Jubiläum.*

*Kláris Hamburger: X.*

*Nummer zehn.*

*Gratulation.*

Wir redeten kaum etwas, nutzten jede Sekunde anderweitig, vögelten bis zum Umfallen.

Bis der Blitz einschlug.

Danach behauptete ich jedes Mal, wenn sie anrief, keine Zeit zu haben – sie mit der Wahrheit zu konfrontieren, brachte ich nicht fertig. Nach dem dritten Mal begriff sie und rief fortan nicht mehr an. Meine teure kleine Klára Hamburger mit dem Ausschlag am Bauch. Einmal begegneten wir uns noch vor der Apotheke in der Wiener Straße, und sie gab mir mit drei Küsschen zu verstehen, dass sie nicht böse auf mich war. Nur zu gern hätte ich gewusst, wer jetzt ihr Fickfreund war, doch so etwas fragte man natürlich nicht. Sie sagte, sie ginge gerade zum Paradigma-Buchladen, und ich solle sie doch begleiten, wenn ich Zeit hätte. Ein schummriger Raum, der nach Räucherstäbchen roch, auf den Regalen jede Menge esoterische Literatur. Astrologie, I Ging und autogenes Training, außerdem Perlen, Ketten, Halbedelsteine. Auch Alexa war hier Kundin, da war ich mir sicher, und ich hoffte, sie würde nicht gerade jetzt auftauchen. Im hinteren Raum lagen Kissen auf dem Boden, dort ließen wir uns nieder. »Seit du mich abserviert hast, lebe ich wie eine Klosterschwester … Und Ende des Monats gehe ich nach Schwerin zurück.« »Musst du dann wieder babysitten?« »Ja, aber bei einem anderen Kind. Das erste ist schon groß und geht in den Kindergarten.« Beim Abschied drückte sie mir ein Buch in die Hand: »Hier, das wirst du brauchen können.« Es hieß »Die Kraft, die aus der Herkunft stammt«. Als ich es bezahlen wollte, ließ sie es nicht zu, sagte, es sei ein Geschenk, und versah es mit der Widmung »Kláris am Halse«. Plus Datum.

Von ihrem Wettkampf in Debrecen kehrte Alexa erst spätnachts zurück. Offenbar hatte sie keine Lust, sich mit mir zu unterhalten, und ließ sich umgehend ins Bett fallen: »Gute Nacht … Morgen muss ich mit dir reden …« Sprach sie und schlief ein.

»Tja, mein kleiner Jánoska, jetzt hat der Blitz eingeschlagen!«, begann sie am nächsten Morgen. Ich begriff nichts. Mit gesenktem Kopf fuhr sie fort: »Ich glaube, ich habe mich verliebt.« »In wen denn?« »Ist das nicht egal?« »Natürlich ist das egal, aber ich möchte es trotzdem wissen!« »Ich werde es dir aber trotzdem nicht sagen. Nur so viel, dass wir uns in Debrecen zufällig über den Weg gelaufen sind.«

Weltuntergang. Ich brach zusammen.

Dabei war nicht mehr passiert als ein bisschen Knutschen

in der Bar und danach ein wenig Petting in einer Nische des Gangs. Alles Blut strömte zu meinem Hirn, um dort wie wild zu pochen. »Das ist also der Dank für meine jahrelange Treue!«, krächzte ich, worauf sie mir ins Gesicht lachte. »Das meinst du doch nicht ernst!« »Komm mir jetzt nicht wieder mit Andi Herceg!« »Tu ich nicht, denn im Moment sind mir deine Seitensprünge vollkommen egal. Das alles ist jetzt nicht mehr wichtig! Mir ist nämlich klar geworden, dass dieser Typ der Mann meines Lebens ist! Es war mir in dem Augenblick klar, als ich ihn das erste Mal sah. Ich bin unsterblich in ihn verliebt…«, und sie nannte As Namen.

Ich hatte das Gefühl, den Verstand zu verlieren. A? Der A aus ihrer Vergangenheit? Die doch schon so lang zurücklag? Der A, den sie schon kannte, als wir uns…?

Genau der. Genau der war Alexa in Debrecen über den Weg gelaufen.

A.

Mist. Mist.

Riesenmist.

Verdammt nochmal.

Ich verfluchte mich selbst. Erinnerte ich mich nicht glasklar, ihr angeboten zu haben, sie nach Debrecen zu bringen? Doch dann wussten wir nicht, wohin mit den Kindern. Ich hätte mehr insistieren sollen.

»Und was soll nun werden?«, jammerte ich. »Das weiß ich auch nicht, János Mester. Trotzdem brauchst du nicht dazusitzen, als hätte man dir einen Kübel Scheiße ins Gesicht gekippt!« »Was kümmert dich das, wie ich dasitze, wenn du mich nicht mehr liebst?« »Wer sagt denn, dass ich dich nicht mehr liebe?« Sie schloss mich fest in ihre Arme: »Nach meinen Kindern liebe ich dich am meisten, nur… Für mich ist es auch furchtbar, glaub mir, aber es ist stärker als ich!« Dann sprang sie plötzlich auf und zog mich mit sich fort: »Komm!« »Du bist im Nachthemd!«, wandte ich ein, aber sie rief nur: »Egal!« und lief schon los, auf die Straße hinunter, mit mir im Schlepptau. Als sie mich über die Straße zog, wusste ich bereits, dass sie auf die Imbissbude an der Ecke zuhielt, vor der ständig Lastwagen parkten. Alexa wurde ausgiebig bestaunt, hierher verirrte sich selten eine Frau, und wenn, dann nicht im wehenden Nachthemd und barfuß. Sie lachte nur und bestellte bei dem Typen hinter dem Tresen, mit dem sie auf du und du stand, zweimal die Spezialität des Hauses, Rostbrot im Eiermantel, das seinen Namen von den roten Paprikastreifen hatte, die dabei mitgebraten wurden. Das Öl brutzelte, Alexa küsste mich – Wahnsinn, ausgerechnet jetzt! – und sagte: »Gib zu, dass dir das hier gefällt, auch wenn du immer schon gewusst hast, dass ich verrückt bin!« Während ich alles zu vergessen suchte – A, die uns anstarrenden LKW-Fahrer, mein ganzes Leben –, erwiderte ich ihren Kuss, so gut ich konnte.

Indessen dachte ich, sie hätte vielleicht erkannt, dass… Doch nicht die Spur. In sachlichem Ton erkundigte sie sich, ob ich am Abend zu Hause sein würde, sie selbst hätte nämlich was vor. »Mit mir brauchst du nicht zu rechnen!«, erwiderte ich und ließ sie im Nachthemd stehen, genau in dem Moment, als der Typ ihr die beiden Portionen hinstellte.

In die Wohnung kehrte ich nicht mehr zurück, schaffte es allerdings auch nicht in die Redaktion, dort meldete ich mich krank. Später konnte ich mich beim besten Willen nicht mehr erinnern, wo ich mich herumgetrieben hatte, hatte nur ein unklares Gefühl, beim Amphitheater im Gras gelegen zu haben, der Rest verschwand im Nichts.

So früh wie möglich begab ich mich ins Zanzibar, wo an diesem Abend ohne mich Billard gespielt wurde, und nötigte

Vili Vajda, aus dem Spiel auszusteigen. Dann ergoss ich meinen ganzen Kummer über ihn.

»Immer mit der Ruhe«, meinte Vili, als ich ihn endlich zu Wort kommen ließ, »so ein A ist allemal drin. Auch Alexa darf sich mal auf Abwege begeben.« »Verdammt nochmal! Wessen Freund bist du eigentlich und auf wessen Seite stehst du?« »Auf deiner natürlich.« »Warum begreifst du dann nicht, dass alles aus ist! Sie wird mich verlassen, früher oder später, dabei liebe ich sie so sehr! Den Rest meines Lebens will ich mit ihr verbringen! Außerdem habe ich mir immer so eine Mühe gegeben und immer alles getan, damit sie es gut hatte!« »Ach wirklich? Und was ist mit dieser deutschen Muschi aus Gotha?« »Du meinst Jolanda. Die zählt doch nicht. Die kenne ich seit Kindertagen.« »Und Andi?« »Och, Andi. Woher weißt du das überhaupt?« »Und die süße Klára Hamburger?« »Klára, das war doch nur ...« Vili Vajda klopfte mir auf die Schulter: »Du blöder Sack, siehst du nicht, dass auch Alexa sagen könnte: Das ist doch nur!«

*Achdasistdochnur.*

# EINUNDZWANZIG

Jemand rüttelt dich am Arm, will deine Aufmerksamkeit auf sich lenken.

Verpisst euch, denkst du. Sagst es vielleicht auch.

Mehrmals wirst du nach deinem Namen gefragt. Doktor János Mester. Könnt ihr euch das nicht endlich merken?

Ob du deutsch verstehst?

Ja.

Dann antworte bitte in ganzen Sätzen.

Ist das hier eine Deutschstunde oder was?

Nun lassen sie dich in Ruhe. Verschwinden im Nebel.

Sind dann wieder da und verlangen, dass du laut zählst.

Warum?

Eine Erklärung geben sie nicht, von der Stelle weichen sie auch nicht, also musst du zählen.

Bitte, wenn es euch glücklich macht.

Eins.

Zwei.

Drei.

Vier.

Dir fällt die Fortsetzung nicht ein. Aber vielleicht reicht so viel schon.

Nein, sie wollen, dass du weiterzählst.

Eine weibliche Stimme: »Er zählt, Herr Doktor! Er zählt auf Ungarisch.«

Eine Männerstimme: »Wie fühlen Sie sich?«

Seltsam fühlst du dich. Wiederholst unentwegt: »Danke. Danke schön. Vielen Dank.« Hast keine Ahnung, wofür du dich bedankst. Hörst also auf.

Jetzt haben sie es wieder mit dem Zählen.

Da habt ihr's.

Eins.

Zwei.

Drei.

Vier.

Fünf.

Diesmal bleibst du hier stecken.

Versinkst in Morast. In Schnee. In Watte.

Der Himmel über dir ist weiß und voller Risse, während die Sonne schmal und quadratisch ist, mit einem Gitter davor.

»Wo bin ich«, fragst du die bleichen Gestalten um dich herum mehrmals hintereinander.

»Versuchen Sie, sich auszuruhen«, erwidern die.

Müde bist du nicht, fühlst dich nur irgendwie in Raum und Zeit verloren.

Dein erster Blick, nachdem du wieder klar bei Bewusstsein bist, fällt auf Jolandas verweintes Gesicht. Sie spricht zu dir, doch du verstehst nicht, was sie sagt. Sie hilft dir beim Zählen: »Sechs, sieben, acht, neun, zehn!« »Wie? Du kannst Ungarisch?«, rufst du verwundert und ebenfalls auf Ungarisch. Was wiederum sie nicht versteht.

Allmählich wirst du klarer im Kopf. Jolanda erzählt dir, sie habe dir zuliebe ungarisch zählen gelernt. Nicht jetzt, sondern damals in Budapest, in der Pension, vom Zimmermädchen. Du bist gerührt: »Warum hast du mir das nie erzählt?«, und sie erwidert, sie habe es als Überraschung für eine besondere Gelegenheit aufheben wollen.

Man hatte sie mithilfe deines Handys ausfindig gemacht: Sie hattest du zuletzt angerufen. Jetzt weißt du wieder: Du hattest einen Unfall mit dem Fahrrad. Daher der Brummschädel und der dicke Mullverband. Der ganze Kopf ein Mullei. Du tastest ihn ab. Gut siehst du aus. Den Gesprächsfetzen entnimmst du, dass sich die Ärzte Sorgen machen, ob nicht das Gehirn verletzt sei. Deshalb die Zählerei und die Fragen nach Namen und Adresse.

Und nach dem wer und woher. Du nimmst dir vor, all diese Sachen auswendig zu lernen, sobald es dir besser geht.

Voller Schreck fällt dir ein, dass sich dein Billigflugticket nicht umbuchen lässt. Seit wann bist du denn hier, wie lange versucht man schon, dich wieder zum Leben zu erwecken? Du weißt nicht einmal, wo du bist. Auf deine Frage, was für ein Wochentag heute ist, antwortet dir Alexa. Und du bist beruhigt, denn dein Flug geht erst in zwei Tagen. Erleichtert lässt du dich in das Kissen sinken. Ach, was für ein süßer Traum! Doch halt, warum gibt es hier kein Licht?

Stopp das Ganze! Du scheinst immer noch nicht ganz bei Bewusstsein zu sein. Alexa ist nicht hier! Es ist Jolanda, die sich über dich beugt, und offensichtlich liegst du in irgendeinem Berliner Krankenhaus. Weil du eine unliebsame Begegnung mit einem Laternenpfahl hattest. Von einem Flugticket kann gar nicht die Rede sein, du bist mit dem Auto nach Deutschland gekommen, und zwar für einen Monat. Der jetzt abgelaufen ist. Auf die Schnelle fällt dir nicht ein, für wann du die Heimfahrt geplant hast. Hallo, Herr Mester! Aufwachen!

Jolanda stellt unentwegt Fragen. »Wie fühlst du dich?«, will sie wissen. »Danke, schlecht«, antwortest du und setzt dich im Bett auf. Brennende Wasserschlangen kringeln sich in deinem Kopf, eine Nonne mit weißer Haube tritt an dein Bett (das träumst du jetzt wieder!) und drückt dich zurück ins Kissen.

»Sie haben eine Gehirnerschütterung, Herr Mester, Sie dürfen sich nicht bewegen.« Man bindet dich in Höhe der Schultern am Bett fest. Wie einen Irren. Großartig.

Gehirnerschütterung. Totalschaden. Allen, die an dein Bett kommen, erzählst du, es ist höchste Zeit dass du heimgehst, du hast es deinen Frauen versprochen. Pardon, deinen Kindern und deiner Frau. Eine Menge Weißkittel tummeln sich um dein Bett, allen voran ein Dickbäuchiger, der sicher der Professor und Chefarzt ist. Er lacht. »Sie müssen sich darauf einstellen, noch ein paar Tage hier zu liegen, Herr Mester.« Das ist aber genau das, worauf du dich nicht einstellen willst, du willst nämlich heim, und zwar sofort! Man soll dich losschnallen, solange du noch höflich darum bittest! Zu deinem maßlosen Ärger lachen die Weißkittel nur. Was ist denn da so komisch? Doch schon sind sie draußen.

In dem Zweibettzimmer bist du der einzige Patient. Auf dem anderen Bett sitzt Alexa und baumelt mit den Beinen. Nein, es ist Jolanda. Alexa hast du nur geträumt. Das ganze Leben ist ein Traum. Klingt, als sei das von Goethe. Aber mitnichten. Obwohl fast alles von diesem Mistkerl ist. Die brennende Wasserschlange quält dich noch zu Tode. Zumal es nicht nur eine ist, sondern eine ganze Familie. Die könnten sich ruhig eine geräumigere Unterkunft suchen als deinen armen Schädel. Husch!

Am folgenden Morgen geht es dir schon viel besser. Jetzt fällt dir auf, dass sämtliche Pflegerinnen Nonnen mit Hauben sind, vermutlich handelt es sich bei diesem Krankenhaus um eine kirchliche Einrichtung. Du bittest eine der Schwestern, den diensthabenden Arzt herzuschicken. Sie verspricht es, doch es geschieht nichts. Erst als die Strahlen der matten Herbstsonne schräg durch das beschlagene Fenster fallen, taucht Jolanda auf, und du bittest sie, dir zu helfen. Sie küsst dich auf die Stirn und meint, Chefarzt Dr Götz werde gleich hier sein, so dass man die weitere Vorgehensweise mit ihm absprechen könne. Du schließt sie in die Arme, flüsterst ihr ins Ohr: »Du bist ein Engel.« Durch dein schmerzgeplagtes Hirn zuckt der Gedanke, dass sie die richtige Frau für dich gewesen wäre, mit ihr sähe jetzt vielleicht alles anders aus… Aber ach, dann hätte sie jetzt die Nase voll von dir, dann würde sie dich mit der offenen Ehe martern. Diese Scherze überlässt du doch lieber Wilhelm.

Chefarzt Dr Götz zieht einen Stuhl heran. Du erklärst ihm, dass du kein gemeingefährlicher Irrer bist, und bittest ihn um deine Entlassung. Der beleibte Arzt, dessen hochroter Kopf von einem schönen Garten und von süffigen deutschen Bieren zeugt, schnallt dich los und meint, für die Allgemeinheit bist du natürlich keine Gefahr, wohl aber für dich selbst, denn wer mit einer Gehirnerschütterung vorzeitig das Bett verlässt, muss sich auf anhaltende starke Kopfschmerzen einstellen. Und das will man dir ersparen. Du bedankst dich und erklärst sogleich, aus tausend wichtigen Gründen nach Hause zu müssen. »Sich in Ihrem Zustand in ein Flugzeug zu setzen, ist nicht sehr ratsam, Herr Mester«, meint der Arzt besorgt. »Kein Problem, ich fahre mit dem Auto.« »Ans Steuer dürfen Sie aber nicht!« »Dann wird jemand anders am Steuer sitzen.«

Hiermit glaubst du, alle Probleme aus der Welt geschafft zu haben. Doch nach dem Chefarzt setzt sich eine Frau mit Pilzkopf (ein Beatles-Fan?) und Brille an dein Bett. Sie ist von der Abrechnungsstelle und will wissen, wie es mit deiner Krankenversicherung aussieht. Glücklicherweise hast du in weiser Voraussicht bei der Automobilclubvertretung in der Visegráder Straße eine einmonatige Reisekrankenversicherung abgeschlossen – obwohl Alexa wieder einmal auf deiner Neigung zu übertriebener Vorsicht herumgehackt hatte.

Allerdings hast du jetzt auf die Schnelle keine Ahnung, wo der Versicherungsschein ist. In der Raucherstraße 33, so viel ist sicher, doch wo genau? Vermutlich in einem der Fächer deiner Laptoptasche, wo du sämtliche wichtigen Dokumente aufbewahrst. Ohne zu zögern, erklärt sich Jolanda bereit, den Schein zu holen, kehrt aber nach einer Weile unverrichteter Dinge zurück: Sie hat ihn nicht gefunden. Was nun? »Schlimmstenfalls zahlen wir es selbst«, verkündet sie heiter.

›Wen genau meint sie mit wir?‹, fragst du dich, sagst aber nichts. Wichtig ist nur, so schnell wie möglich hier rauszukommen, der Rest regelt sich schon von selbst. Du schwörst, den Versicherungsschein noch heute Abend vorbeizubringen, und Jolanda bürgt für dich. Du unterschreibst eine Menge offizieller Papiere, Entlassung ausschließlich auf eigene Verantwortung, UND SO WEITER UND SO WEITER. Der Verband auf deinem Kopf wird durch einen kleineren ersetzt, der aussieht wie Björn Borgs berühmtes Stirnband – nur dass deine Haare weder lang noch blond noch sehr üppig sind.

Du stehst an der runden Auffahrt des Krankenhauses und wartest auf Jolanda, die mit ihrem Opel vom Parkplatz herüberfährt. Neben dir Frau Bogarts demoliertes Fahrrad, welches die Sanitäter mit deutscher Zuverlässigkeit am Krankenhaus abgeliefert haben. Zur Aufbewahrung stand es im Keller, gegen eine Empfangsbescheinigung wird es dir wieder ausgehändigt. An der Seite des Hauptflügels steht eine kleine Kapelle mit einem Doppelkreuz auf dem Turm. Die betrachtest du gerade, als dir unvermittelt einfällt, dass sich der Versicherungsschein in deiner Jackentasche mit dem Reißverschluss befinden könnte, zusammen mit den allerallerwichtigsten Dokumenten. Und tatsächlich. Ein Glück, dass man dir die Jacke nicht geklaut hat, als … Aber hier wird nicht geklaut. Also ein Glück, dass du sie nicht verloren hast. Nachdem ihr das

Fahrrad auf dem Dachgepäckträger festgezurrt habt, gehst du noch einmal zurück und gibst den Schein bei der pilzköpfigen Frau ab. Murmelst auf Ungarisch: »Lass dir doch auf Kassenrechnung Kontaktlinsen machen.«

Du packst deine Sachen in der Raucherstraße 33, putzt die Wohnung. Jolanda hilft dir. Fragt, ob sie ein letztes Mal hier übernachten soll. Letzte Male sind für dich ein Gräuel, dennoch nickst du, obwohl du lieber allein wärst. Jolanda ruft Wilhelm an und geht in die Küche, um aus den Resten im Kühlschrank ein letztes Abendmahl zu kochen. Währenddessen reinigst du gründlich den Käfig des Nymphensittichs, stellst ausreichend Körner, Trink- und Badewasser bereit, damit er es bis zum Wochenende schafft, wenn Bogarts aus dem Urlaub zurückkehren. Die Post türmst du auf einen Haufen. Mit der letzten Sendung flattert noch die Zeitschrift Deutscher Hausärzte ins Haus. Haben Bogarts die abonniert? Wozu? Du blätterst sie durch. Das Titelthema dieser Ausgabe lautet: »Frauen riskieren eher einen Seitensprung«. Verdammt. Du hättest auf das Gegenteil gewettet.

Zu diesem überraschenden Ergebnis war eine internationale Forschergruppe gekommen, nachdem sie mithilfe von Fragebögen eine empirische Studie durchgeführt hatte. Die Auswertung ergab, dass bei den befragten Paaren die Frauen deutlich öfter mit dem Gedanken spielten, der Versuchung nachzugeben, und zwar auch dann, wenn ihr Partner nur für einen Tag abwesend war. Je länger die Abwesenheit, umso größer die Bereitschaft, der Verlockung nachzugeben. Gütiger Himmel… Die wissenschaftliche Erklärung liegt in dem sich seit Jahrmillionen abspielenden Kampf der Spermien um den Vorrang bei der Weitergabe des genetischen Materials. In der Tierwelt findet nach zahllosen Vereinigungen (im Falle mancher Vogelarten bis zu zwanzigmal am Tag) eine Befruchtung des Weibchens durch das stärkste und widerstandsfähigste Spermium statt. Vermutlich hat sich in den menschlichen Genen eine Erinnerung an dieses biologische Gesetz erhalten, so dass Frauen instinktiv dazu neigen, nicht nur mit ihrem eigenen Partner ins Bett zu gehen. Gütiger Gott! Deshalb also der Bann der Kirche über alles Sexuelle! Den ehrwürdigen Vätern ist es vollkommen klar, dass es nach dem Willen der Frauen zugehen würde wie in Sodom und Gomorrha.

Schlechte Nachrichten. Es liegt an den Frauen. Verdammt nochmal ...!

Du legst die Zeitschrift Deutscher Hausärzte zurück auf den Posthaufen.

Du schreibst Bogarts einen herzergreifenden Brief, in dem du dich bedankst und vorschwindelst, du hättest dich in ihrem Heim wohl gefühlt. Du entschuldigst dich für den Schaden an Frau Bogarts Fahrrad – beide Räder haben einen Achter, der Lenker ist verbogen – und dafür, dass dir für die Reparatur keine Zeit geblieben ist. Du hinterlegst zweihundert Euro, schreibst für den Fall, dass das Geld nicht reichen sollte, deine Telefonnummer und E-Mail-Adresse auf. AUF BALDIGES WIEDERSEHEN! Dabei ahnst du natürlich, dass die Aussichten auf ein baldiges Wiedersehen sehr gering sind. Es würde dich schon erstaunen, den beiden in diesem Leben überhaupt noch einmal zu begegnen.

Im Herzen bist du schon in Ungarn und kannst dich weder auf das Abendessen noch auf Jolanda konzentrieren, obwohl beider Anblick durchaus appetitanregend ist. In ihrem eng anliegenden Seidenkleid könnte Jolanda glatte zehn Jahre ableugnen. Fünf aber sicher. Deine melancholische Stimmung nimmt sie ohne Murren hin. Ihr trinkt den italienischen Rotwein, den sie bei einem ihrer früheren Besuche mitgebracht hat, stoßt auf eine bessere Zukunft an. »Eine noch bessere?«, fragst du, aber sie missversteht dich. Will wissen, warum du traurig bist, wegen des Abschieds von ihr? Oder von Berlin? Oder von Goethe? Mit hochgezogenen Schultern erwiderst du: »Von Goethe muss ich mich nicht verabschieden. Den nehme ich in seinem Koffer mit nach Hause!«

Das sagst du, um ihr eine Freude zu machen.

Und sie freut sich.

Obwohl du längst keine Pläne mehr mit ihr hast, funktionieren die Instinkte doch, als sie zu dir ins Bett schlüpft. Liebe Jolanda! Liebe, liebe Jolanda Trabandt! Möglicherweise ist es heute das letzte Mal. Aber du empfindest kein Bedauern. Es tut nur ein bisschen weh. So blöd ist das.

Als du am Morgen aufwachst, ist sie schon fort. Auf dem Küchentisch liegt eine Serviette, auf die sie mit Frau Bogarts kaputtem Kuli gekritzelt hat: »Ciao, mein lieber süßer Janóschka, pass auf beim Fahren, auf den deutschen Autobahnen sind so viele Idioten unterwegs! Bitte schick mir eine SMS, wenn du angekommen bist, und behalte mich in guter Erinnerung! Kuss, JT.«

Kuss, JM.

Bislang ist dir noch nie aufgefallen, dass sich das J in eurer beider Initialen wiederfindet.

J. Jagd. Jade. Juche. Jaja.

Die Heimreise ist anstrengend, viele Sperrungen, Umleitungen, Staus. Und Idioten sind auch auf den österreichischen und ungarischen Autobahnen massenhaft unterwegs. In deinem Kopf hämmert es, genau wie Dr Götz es vorausgesagt hat. Doch es plagen dich auch Schmerzen in der Wirbelsäule und ein Stechen in der Herzgegend. Das hatte der Arzt nicht vorausgesagt. Egal. Du konzentrierst dich auf den Verkehr.

Als du in Budapest das Ostjapenko-Monument erreichst -genauer gesagt die Stelle, wo es mal gestanden hat –, brennen schon überall die Lichter. Wegen des enormen Verkehrs kommst du nur im Schritttempo vorwärts. Musst am Ende ganz stehen bleiben. Etwa ein Unfall? Du schaltest das Radio ein, suchst den Klassik-Sender. »Unser Held weilt im Venusberg, der Höhle der Liebesgöttin. Doch er sehnt sich unter die Menschen und verlässt das Reich der Venus, um auf die Wartburg zurückzukehren. Als erfolgreicher Teilnehmer früherer Sängerfeste, wird er dort freudig begrüßt. Besonders Elisabeth, die Nichte des Markgrafen Hermann, freut sich über die Rückkehr Tannhäusers«, liest ein Sprecher mit viel Pathos von einem laut raschelnden Blatt ab, jedes Wort kauend.

Für Wagner hast du jetzt keine Nerven. Du kannst es kaum erwarten heimzukommen. Es dauert siebenundfünfzig Minuten. Dann rennst du die Treppe hinauf, obwohl das bei einer Gehirnerschütterung alles andere als ratsam ist. Das Gepäck holst du später. Die Wohnung ist leer. Wo können sie sein? Deine Ankunft hast du zwar weder per SMS noch per Anruf angekündigt, weil du Angst hattest, sofort umdrehen zu wollen, falls Alexa dich wieder beleidigt. Doch der geplante Termin ist immer schon der letzte Tag des Septembers gewesen. Es wird doch nichts passiert sein?

Du findest alle vereint im Badezimmer. Sanyika ist schon aus der Wanne gestiegen und hüpft in einem weißen Handtuch herum. Jucika sitzt noch im Wasser, während Palika sie abwäscht und ihr etwas erzählt. Alexa legt die Schlafanzüge der Kinder auf der Kommode zurecht. »Was hast du auf dem Kopf, Papa?«, will Sanyika wissen. Du erklärst, dass es nichts Schlimmes ist, du nur gegen einen Laternenpfahl gefahren bist und man dich deswegen verbunden hat. »Gefällt es dir nicht?« »Doch!«, ruft er und will auch einen Kopfverband. Du gibst ihm das Stirnband, das aussieht wie das von Björn Borg, während Alexa deine Kopfverletzung keines Wortes würdigt.

Palika klopfst du auf die Schulter: »Grüße dich, roter Bruder, wusste gar nicht, dass du heute hier bist!« »Hallo, Papaface.« »Was machst du hier?« »Nichts Besonderes, nur so ein Spontanbesuch.«

Die besten Dinge ergeben sich immer spontan.

Palika geht mit dir zum Wagen und hilft dir beim Hochtragen. Den Goethe-Koffer nimmst du selbst, obwohl du unter dem Gewicht fast zusammenbrichst. Oben angekommen zeigst du ihn Palika, und er ist hin und weg. Alexa ist nicht hin und weg. »Wieder so ein Kinderspielzeug«, murmelt sie, »noch ein weiterer Staubfänger.« Sie will wissen, wo du ihn aufzubewahren gedenkst. »Ausschließlich in meinem Arbeitszimmer«, erwiderst du und trägst ihn unverzüglich an seinen Platz.

Jetzt überreichst du die Geschenke. Für Sanyika hast du ein ferngesteuertes Auto mitgebracht, für Jucika ein mehrstöckiges Puppenhaus. Palika bekommt einen iPod, Alexa einen MP3-Player.

Das größte Glück in deinem Leben: Deine drei Kinder. Schon tut dein Kopf nicht mehr so weh. An diesem Abend scheint auch Alexa Palika zu lieben. Ein bisschen jedenfalls. Sie serviert ein Abendessen, ein schlichteres als Jolanda, das dennoch besser schmeckt. Ihr schaufelt ordentlich rein. Palika bleibt lange, ihr trinkt Rotwein und raucht Zigarren im Gang. Ihr seid albern wie Gymnasiasten.

Sobald du mit Alexa allein bist, geht ihr sofort ins Bett. Nur leider schlaft ihr nicht miteinander. Dabei ist sie richtig ergriffen, als du dein heimliches Hauptgeschenk – eine goldene Halskette mit einem Medaillon, auf dem die von ihr so oft gezogene Tarot-Karte mit dem Narren eingraviert ist – hervorzauberst und es ihr um den Hals legst. Doch dann schläft sie einfach ein. Und du liegst mal wieder da und lauschst ihrem Atmen, das bald in das vertraute Schnarchen übergeht. Lange liegst du wach, geplagt von wachsender Bitterkeit. So sehr hast du dich darauf gefreut, endlich mit ihr im Bett zu sein. Nun, vielleicht morgen.

Am Morgen erwacht wieder die mürrische Alexa, die verschlossene, die stachelige. Weil ihre erste Unterrichtsstunde erst um elf ist, hoffst du, dass ihr vorher miteinander reden könnt. Doch sie hat schon beim Anziehen der Kinder schlechte Laune. Du bietest an, die Kleinen ins Kollektivum zu bringen. Über diesen Ausdruck hat Alexa früher immer gelacht, jetzt verzieht sie das Gesicht. »Du solltest deinen Wortschatz etwas auffrischen! Kollektivum ist noch ein Relikt aus deiner vorigen Ehe.« »Lass meine vorige Ehe aus dem Spiel«, erwiderst du heftiger als nötig. Beide seid ihr beleidigt. Du widersetzt dich nicht, als sie Sanyika und Jucika grußlos aus der Wohnung schiebt. Aus dem Fenster schaust du zu, wie sie die Kinder auf der Rückbank ihres Fords in den sündhaft teuren hyper-super Isofix-Kindersitzen anschnallt. Diese Kindersitze dürften bald wertvoller sein als das Auto selbst. Alexa geht mit ihrem Wagen nicht sorgsam um. Sogar aus dieser Distanz entdeckst du neue Beulen und Kratzer daran. Du wartest auf ihre Rückkehr. Sie kommt nicht. Um halb zehn rufst du sie auf ihrem Handy an. Sie geht nicht ran. Verzweiflung macht sich in deinem Herzen breit. Du wählst erneut. Sie drückt dich weg.

Auch nach einem Monat ist sie nicht gespannt auf dich.

Du verkriechst dich in deinem Arbeitskabuff. Verpasst Goethe einen ordentlichen Fußtritt. Dem Gesamt-Goethe. Im schwarzen Koffer. Was dir mehr weh tut als ihm. Du stellst ihn auf die Seite und öffnest ihn. Fährst mit dem Finger die rote Wirbelsäule der Buchrücken entlang. »Tja, mein Freund Wolfgang, sieht ganz so aus, als würden wir beiden allein bleiben. Willst du mal aus dem Schuber?« Schweigen ist Zustimmung. Einzeln ziehst du Goethes sämtliche Werke heraus und türmst sie um dich herum auf den zerschlissenen Teppich. Solltest du tatsächlich allein bleiben, machst du dich am Ende doch noch daran, das Ganze in chronologischer Reihenfolge zu lesen.

Da Alexa nicht da ist, hast du nicht die geringste Vorstellung, was du mit dem Tag anfangen sollst. Du rufst Gigi an und erzählst ihr von deinem Unfall. »Dass du auch nie auf dich aufpassen kannst«, beklagt sie sich. »Halb so schlimm«, erwiderst du, »Sanyika ist von dem Verband ganz begeistert.« »Wann fängst du an zu arbeiten?«, will sie wissen. »Bei dir oder bei der Zeitung?« Gigi lacht. »Bei mir natürlich, meine Post türmt sich nur so!« »Gleich morgen.«

Nach dem Gespräch fühlst du dich ein wenig getröstet. Dank deiner Exfrau hast du wenigstens noch ein Einkommen. Außerdem tut es gut, endlich wieder mit dem altmodischen Festnetztelefon zu telefonieren, Handys hast du nie gemocht. Die liegen so schlecht in der Hand, selbst dein vorsintflutliches Nokia ist noch zu klein. Fällt dir aus diesem Grunde dauernd runter.

Alexa kommt am frühen Nachmittag und lässt sich mit einem dicken Ordner auf dem Sofa nieder. »Was ist das?«, fragst du, und sie erwidert spitz: »Eine Choreographie. Habe ich dir schon hundertmal gesagt.« »Wie kannst du es mir hundertmal gesagt haben, wenn ich erst einmal gefragt habe?« »Ich bitte dich! Seit tausend Jahren bewahre ich meine Choreographien in diesem Ordner auf!« »Kannst du deine Tanzerei nicht mal sein lassen und dich mit mir beschäftigen? Nach einem ganzen Monat …« »Ich habe jetzt keine Zeit«, erwidert sie. Kaltdusche. Ein Handtuch bitte. »Ich habe dich so vermisst!«, sagst du und versuchst sie zu umarmen. Sie schiebt dich fort. »Merkst du nicht, dass du störst?« Doch.

Du schlurfst wieder in dein Arbeitskabuff. Weil dir nichts Besseres einfällt, räumst du den Gesamt-Goethe in der richtigen Reihenfolge zurück in den Schuber. Gehst dann erneut zu Alexa ins Wohnzimmer: »Hast du mich denn überhaupt nicht vermisst?«

Offenbar hast du immer noch nicht gelernt, dass es klüger ist, keine Fragen zu stellen. »Wir sind ohne dich wunderbar zurechtgekommen. Endlich habe ich auch für mich mal genug Zeit gehabt.« Jetzt flippst du aus. Mit Falsettstimme kreischt du: »Sag mal, tickst du noch richtig? Wegen mir willst du nicht genug Zeit für dich haben? Ist es nicht eher so, dass dir mehr Zeit bleibt, wenn ich die Kinder ins Kollektivum bringe? Oder da bin, wenn du später aus der Schule kommst? Oder deine Abende mit diesem Kretin verbringen willst …?« Wie ein Raubvogel schlägt Alexa zu: »Wie kommst du dazu, ihn Kretin zu nennen, obwohl du ihn gar nicht kennst?! Er ist der klügste Mensch, der mir je begegnet ist! Du bist der Kretin, wenn du so von ihm sprichst!«

Auch sie kreischt. Du brüllst zurück: »Dann geh doch zu ihm! Verschwinde! Geh zum Teufel!« Jetzt wird Alexa plötzlich kühl: »Ganz wie du meinst. Obwohl das hier auch mein Heim ist und du nicht zu bestimmen hast, wann und wohin ich zu gehen habe.«

Du stockst. Starrst deine Frau an und keuchst wie ein erschöpftes Tier. Du bist dir sicher, dass sie keine Gelegenheit ausgelassen hat, mit A zu bumsen. Dass sie ihre Mutter oder ihre Schwester oder gar Palika mit dem Babysitten beauftragt hat, um dann frisch gewaschen, frisch geschminkt und mit frischem Höschen … Du vergräbst deine Fingernägel in deiner Faust. Und traust bei den nun folgenden Worten deinen Ohren nicht: »Nur zu deiner Information, vorläufig sind deine Sorgen aus der Welt. Er hat mich abblitzen lassen.«

»Wie bitte??« »Er hat eine andere.« »Was?« »Bist du taub? Er hat eine andere und will von mir nichts mehr wissen!«

›Ääh, ist das wahr?‹, formen deine Lippen die Frage, doch dein Mund bleibt glücklicherweise stumm. Vollkommen überflüssig, noch einmal zu fragen. Alexa sagt immer die Wahrheit, wie wir wissen.

»Aber freu dich nicht zu früh«, fährt sie fort, »denn bei dem Gedanken, für den Rest meines Lebens nur noch mit dir zu schlafen, ersticke ich. Ich ersticke, verstehst du?« Während sie sich mit beiden Händen an den Hals greift, schaust du sie entgeistert an. »Und was soll jetzt werden?«, fragst du, worauf sie seelenruhig erwidert, dass ihr es mit einer offenen Ehe probieren könnt, wie schon mal besprochen. »Das haben wir nicht besprochen, du hast darüber geredet!«, heulst du. »Bedaure, aber wenn du nicht einverstanden bist, dann ist die Scheidung vielleicht tatsächlich die anständigste Lösung.«

Nie zuvor hast du derart stark den Wunsch verspürt, Alexa zu packen und sie zu prügeln, bis sie aufhört zu atmen. Du packst sie. Küsst sie auf den Hals. Legst sie auf dem Sofa flach. Reißt ihr die Kleider vom Leibe. Während sie sich zu wehren versucht. Um dann wie gelähmt alles über sich ergehen zu lassen. Und schließlich zur alten Alexa zu werden. Manual hält sich wacker. Sorgsam walten die sensiblen Würstel. Das Vöglein steigt in den Himmel, streut Sterne. Mehrmals und lange.

Mit Alexa warst du glücklich.

Und dann unglücklich.

»Bumsen geht also noch«, murmelt sie zufrieden auf dem Weg ins Bad.

Bumsen. Geht. Noch …

Du trocknest dir die Augen, damit sie deine Tränen nicht sieht, wenn sie zurückkommt. Sie kommt nicht zurück. Stattdessen hörst du, wie ihre I-Ging-Münzen auf den Badezimmerfliesen klirren. Die vierundsechzig Symbole kennt Alexa auswendig, braucht gar kein Buch mehr, nur die drei Münzen. Die hat sie immer in der Tasche, in einem kleinen Seidensäckchen, in dem ursprünglich ein Ring gewesen war, den du ihr zum dreißigsten Geburtstag geschenkt hast. Ganz egal. Es hilft nichts, sich mit der Vergangenheit aufzuhalten. Man muss in der Gegenwart leben.

Von nun an streitet ihr jeden Abend. Um danach wie verrückt zu vögeln. Je wilder die Auseinandersetzung, umso stürmischer der Sex. Was laut Alexa gar nichts zu bedeuten hat. Hat es aber doch. Oder nicht?! Mehr und mehr fühlst du dich verunsichert, was auch Alexa umgehend thematisiert. Deine hilflose Art geht ihr auf die Nerven. Worauf du erwiderst, dass schließlich sie es ist, die dich so hilflos macht. Doch sie kontert: »Ich mache dich nicht hilflos! Ich habe dir ganz klar zwei Möglichkeiten genannt, aber entscheiden musst du dich!« »Warum muss ich mich entscheiden, wenn du das Problem hast? Ich wäre sehr glücklich, mein Leben mit dir verbringen zu dürfen!« Sie fährt aus der Haut. »Willst du dich immer weiter in dieser lauwarmen Brühe wälzen, in der wir gelebt haben, bevor ER auf der Spielfläche erschienen ist?« »So lauwarm fand ich die Brühe nicht«, hältst du ihr entgegen, doch sie nickt nur missmutig. »Das war sie aber.«

Schließlich ringst du dich doch noch zu einer Stellungnahme durch: Scheidung ist Scheiße, offene Ehe ist auch Scheiße. Für was sollst du dich da entscheiden? Scheiden lassen willst du dich nicht, eine offene Ehe auch nicht. In einem Ton, der dich zur Weißglut bingt, fragt Alexa: »Wieso? Hast du denn gar keine Lust auf eine andere Muschi? Zumal dir der Zutritt zu meiner auch weiter offen stünde.« Voller Hochmut verkündest du, keine andere Muschi zu begehren. Und hoffst, dass sich bei deiner Lüge nicht die Balken biegen. »Du hast es leicht mit deinen sechsundfünfzig Jahren, du hast dich schon ausgebumst! Aber deswegen kannst du doch nicht verlangen, dass ich mit sechsunddreißig auch schon den Rollladen herunterlasse! Zumal wir uns eigentlich ganz anders geeinigt hatten. Am Anfang hast du mir vorgelogen, du seist kein eifersüchtiger Typ und lehntest den Anspruch auf Alleinbesitz der Geschlechtsorgane eines anderen Menschen ab.«

Du hast das Gefühl, langsam aber sicher in die Falle zu gehen. »Ich habe dir nichts vorgelogen! Das alles habe ich ernst gemeint und dir aus diesem Grunde auch nie hinterhergeschnüffelt. Ich habe zugelassen, dass du dich mit A triffst, egal wie schmerzhaft das für mich war. Das ist der Beweis für meine Aufrichtigkeit!« »Aber eifersüchtig warst du! Wie ein ganz gewöhnlicher Mann!«

Was willst du darauf erwidern? Du beißt dir auf die Lippen, während Alexa fortfährt: »Ich wäre auch sehr begierig zu erfahren, woher diese plötzliche Monogamie kommt! Deine ersten beiden Frauen hast du schließlich auch nach Strich und Faden betrogen!« »Wie kommst du darauf?« »Ich habe mit ihnen gesprochen.«

Verdammt! Gottverdammt! Während du in Berlin warst, hat Alexa Zsuzsi und Gigi angerufen, hat sich mit ihnen im Café Central verabredet und dich gründlich ausdiskutiert.

Ehefrauenkonferenz.

Endlich hat Zsuzsi Gigi schildern können, was für ein Mistkerl du bist. Und Gigi – dieselbe Gigi, die jetzt deine Arbeitgeberin war – hat ebenfalls groß aufgetrumpft. Merkwürdig, dass sie das am Telefon mit keinem Sterbenswörtchen erwähnt hat. Wie feige! Über deine abgetragenen Klamotten haben sie getratscht. Und deine schlechten Eigenschaften. Und deine sexuellen Vorlieben. Deinen Ordnungszwang haben sie zerpflückt, sind sich bei ihren Schmähungen gegenseitig ins Wort gefallen. Ausgelacht haben sie dich. Im größten Einverständnis. Als Alexa verkündet, dich sehr wohl zu hintergehen, bedauern Zsuzsi und Gigi von Herzen, es nicht ebenfalls getan zu haben. Oder nicht oft genug.

Oh, wie erniedrigend, auf diese Weise davon zu erfahren! Andererseits: Was für eine kranke Idee, die Exfrauen zu treffen und sich mit ihnen gemeinsam das Maul zu zerreißen! Als wärst du schon unter der Erde. Du stellst dir vor, die Damen sind bei ihrer Ehefrauenkonferenz am runden Kunstmarmortisch schwarz angezogen. Schließlich erkundigt sich Alexa bei den beiden anderen nach deren Meinung über deine Kussfertigkeit. »So lala«, ist Zsuzsis Kommentar. »Das hat er nie richtig gelernt«, meint Gigi.

Alexas Triumph ist perfekt. »Mir wolltest du nie glauben, dabei sind deine ersten beiden Frauen ganz meiner Meinung. Hast du nicht immer behauptet, bei dir hätte sich nie eine beschwert? Da soll man dir was glauben!«

Komplettblamage.

Zsuzsi und Gigi haben sich wirklich nie beschwert. Trotzdem: Da war mal was … irgendwas Einschlägiges hast du schon einmal gehört. Irgendwann, irgendwo.

DU KÜSST NICHT RICHTIG. NA JA.

Palika kommt auf einen Sprung vorbei, doch Alexa lässt sich nicht blicken. Du machst Eier mit Speck und isst mit deinem Sohn ein zweites Mal zu Abend. Damit er nicht alleine essen muss. Beide hüllt ihr euch in tiefes Schweigen. Bis du ihn schließlich fragst, ob er auf dem Laufenden sei. »Ihr lasst euch scheiden«, erwidert er und fügt hinzu: »Zeit wird's. Ihr spinnt alle beide.« »Heyhey, so redet man nicht mit seinem Vater«, braust du auf, doch Palika zuckt nur die Schultern, »ich habe es nur von Vili Vajda gehört.« »Was ist der bloß für ein altes Waschweib!« Palika sagt nichts. Geht bald. »Du kannst trotzdem immer auf mich zählen«, meint er zum Abschied.

Trotzdem. Immer.

Obwohl es noch zu früh ist, meldest du dich bei deinen Tennisfreunden zurück. Und prompt bitten sie dich zum Doppel auf den Tromos-Platz. Diese Anlage magst du sehr gern, es gibt einen Swimmingpool dort, in dem man zur Entspannung nach dem Spiel ein paar Runden schwimmen kann. Ist man zum Schwimmen zu faul, legt man sich im Whirlpool ins heiße Wasser. Allerdings sind eure Tage dort gezählt, denn das deutsche Unternehmen, das die Tromos-Elektrowerke aufgekauft hat, wird Parasiten wie euch nicht mehr lange dulden – gut zahlende ausländische Touristen aus den umliegenden Hotels sollen bald die Anlage bevölkern.

Außer dir besteht die Truppe ausschließlich aus ehemaligen Sportlern, einem Wasserballer, einem Fünfkämpfer, einem Basketballer und einem Fußballer. Du selbst bist Reservespieler, mitspielen darfst du nur, wenn einer der anderen verhindert ist. Was oft vorkommt. Sie sind alle etwa zehn oder fünfzehn Jahre älter als du, dennoch zäher und kräftiger. Auch sind deine Knöchel von Adern überzogen, die wie schwarze Würmer aussehen, wie du einmal in der Umkleide bemerkst. Nie zuvor ist dir das aufgefallen. Rasch ziehst du die Socken drüber, um es zu verdecken. Das sind eins zu eins die Knöchel deines Vaters. Aber der ist immer schon uralt gewesen! Genauer gesagt: Er war genauso alt wie du jetzt, als er seinen Wohnsitz endgültig ins Krankenhaus verlegte, und von dort neun Monate später auf den Friedhof.

In Anbetracht deiner Gehirnerschütterung und der langen Pause bist du über dein schlechtes Spiel keineswegs erstaunt. In Berlin hast du kein einziges Mal einen Schläger in der Hand gehabt. Zusätzlich macht dir deine miese Stimmung zu schaffen. Tennis kann man nur spielen, wenn man körperlich fit und mit seinem Innenleben im Reinen ist. Man foppt dich. Hat man früher auch schon, doch diesmal nimmst du es dir zu Herzen. Ob dein Kopfverband deinen restlichen Verstand zusammenhalten soll. Da du ja offenbar zu blöd bist, um beim Fahrradfahren nach vorne zu schauen. Dein Doppelpartner – der Fünfkämpfer – murrt nach jedem deiner Fehler, dass du ihn in die Scheiße reitest. Peinlich ist das, und dir treten Tränen in die Augen. Mit dem Ärmel deines Shirts wischst du sie fort.

Der Freiluftkiosk ist noch in Betrieb, und nach dem Duschen sitzt du mit Ubi, dem Wasserballer dort. Er trinkt Bier, du Orangensaft. Du hast das starke Bedürfnis, ihn einzuweihen, tust es aus Aberglauben nicht. Du willst nichts herbeireden. Vielleicht wird doch noch alles gut. Nachdem er dich eine Weile aufmerksam betrachtet hat, fragt Ubi: »Was ist mit dir los?« »Nichts«, erwiderst du. »Nichts gut oder nichts schlecht?« »Von beidem ein wenig«, sagst du in dem Bemühen, witzig zu sein. »Wenn du mich brauchst: Ich bin immer für dich da!« Er umarmt dich und bricht auf. Er muss zu seinem Masseur, der seine Praxis am gegenüberliegenden Donauufer hat. Lässt er sich nach dem Tennisspielen nicht gründlich durchkneten, schafft er es am nächsten Tag kaum aus dem Bett.

Du hast weder Lust noch Kraft, dich zu erheben. Sämtliche Knochen tun dir weh. Vielleicht hättest du dich vor dem Spielen aufwärmen sollen. Deinen Berechnungen zufolge hast du dich der Sekte der eingeschworenen Tennisspieler vor genau fünfundzwanzig Jahren angeschlossen. Ein Zeitraum, in welchem du ruhig hättest richtig spielen lernen können. Vorschriftsmäßig aufzuschlagen. Und zu schmettern. Und dem Ball mal einen kräftigen Schnitt zu verpassen. Aber du lernst nun mal langsam, vergisst dafür schnell.

Am Abend sitzt du wieder Alexa gegenüber am Küchentisch, die Kinder sind gebadet und haben ihre Gutenachtgeschichte gehabt. Es läuft dieselbe Platte wie immer, zur Freude der Nachbarn steigt die Lautstärke. Alexa zählt auf, was du in den letzten zehn Jahren alles falsch gemacht hast, während du dich bemühst, die Schuld an allem ihr in die Schuhe zu schieben. Irgendwie sitzt ihr in der Falle. Ihr ist nichts mehr recht, was mit dir zu tun hat, dir wiederum geht ihre ewige Nörgelei auf die Nerven, beziehungsweise sie langweilt dich zu Tode. Einmal, als du zu Wort kommst, sagst du ihr das. »Es sollte dich aber nicht langweilen«, schreit sie, indem sie auf den Tisch haut, »du hast mich nämlich noch kein einziges Mal zu Ende angehört!« »Ich habe mir alles schon tausendmal angehört!«, brüllst du.

»Vollkommen überflüssig, dich ständig zu rechtfertigen«, seufzt sie, »wir sind hier nicht vor Gericht. Hör lieber zu und versuch zu kapieren, dass unsere Beziehung kaputt ist, tot, nicht mehr zu retten, auch wenn wir uns noch lieben.«

Verzweifelt wirfst du dich vor ihr auf die Knie. »Beruhige dich doch, liebe Alexa, …«, aber sie fällt dir ins Wort, »sag nicht, dass ich mich beruhigen soll, denn das regt mich dermaßen auf, dass ich das ganze Geschirr zerschlagen könnte! Hier steht alles in Flammen, und du hast keine andere Sorge, als dass ich mich beruhigen soll! Es ist nicht zu fassen! Aber warum wundert mich das eigentlich, seit Jahren geht das schon so, in Gefühlsdingen habe ich noch nie mit dir rechnen können! Keine Frage, ich muss endlich jemanden suchen, der mir ein echter Herzensgefährte ist!« »Klar, nur dass dein Herzensgefährte dich leider wegen einer anderen sitzenlassen hat, weil er im Grunde auch nur bumsen will!« Gegen deinen Willen entschlüpft dir der Satz.

»Jetzt ist das Fass endgültig übergelaufen, János Mester!«,

schreit sie und verpasst dir eine Ohrfeige aus der Rückhand. Dann wirft sie sich der Länge nach auf den Boden und bedeutet dir, sie in Ruhe zu lassen. Du murrst in deinen Bart: »Ich halte das nicht mehr aus, das geht einfach zu weit! Soll sie doch alles in Scherben hauen, die blöde Kuh, sie wird schon sehen, was sie davon hat! Bis dahin bin ich ohnehin längst weg! Die glaubt wohl, sie darf alles! Und dass es nur mit mir schwer ist. Aber sie wird schon sehen, wie schwer sie es mit sich selber haben wird!«

Du gehst in die Diele, nimmst den Rollkoffer vom Garderobenschrank und stapelst wahllos T-Shirts, Hosen, Unterwäsche und zwei Paar Schuhe hinein. Deinen Anzug wirst du zu einem späteren Zeitpunkt holen. Du ziehst den Koffer auf den Gang, packst in deinem Arbeitszimmer dein Notebook, deine wichtigsten Notizen, deine Hefte und ein paar Bücher zusammen, tust sie in den Koffer. Fürs Erste reicht das. Dann verschließt du den Koffer-Goethe. Den lässt du nicht da – am Ende schmeißt ihn Alexa noch raus. Du nimmst ihn mit und basta. Auch wenn er um ein Vielfaches schwerer ist als deine eilig zusammengeraffte Habe. Trotzdem ist er die Nummer eins.

Du schleppst deine Gepäckstücke in den Flur, schlüpfst in deine Windjacke und hängst dir die Laptoptasche quer über die Schulter, damit sie dir beim Schleppen nicht hinderlich ist. Dann gehst du ins Kinderzimmer, wo Sanyika und Jucika noch wach sind. Inzwischen sitzt Alexa auf dem aufblasbaren Sessel in der Ecke des Kinderzimmers. Sanyika lutscht an seinem Daumen, Jucika spielt mit ihren Stofftieren. Stumm küsst du sie. »Wo geht Papa hin?«, fragt Sanyika. »Das weiß ich nicht, aber er verlässt uns«, erwidert Alexa. Nach einer kurzen Stille stützt sich Jucika auf die Ellenbogen und sagt: »Ich will aber nicht, dass Papa fortgeht!«

Während du deine Tränen zu schlucken versuchst, schauen dich deine Kinder an, als wärst du jetzt schon ein Fremder. Nasebohrend verkündet Jucika: »Ich habe nachgedacht. Papa darf gehen, aber ich will einen Kuss!«

»Hier kommt der Kusskurier«, raunst du in vertrauter Weise und küsst die beiden Kinder ab.

Wie du in die Diele gekommen bist, weißt du nicht mehr. Nur noch, dass du dort lange wartest, ob Alexa dir nicht doch noch folgt. Vergeblich. Also trittst du aus der Tür, in der einen Hand den Rollkoffer, in der anderen die Goethe-Gesamtausgabe, um den Hals die Laptoptasche.

Wohin jetzt?

Hättest du nur den Reisekoffer dabei, hättest du ihn rollen können. Aber so war es angenehmer, beide Gepäckstücke zu tragen. Du quälst dich bis zum Lift.

Vili Vajda? Gabi Huszár? Palika?

Kaum betrittst du den Fahrstuhl, fällt dir ein, dass du dein Handy vergessen hast. Also kannst du jetzt nicht einmal jemanden anrufen. Prima. Ein Stockwerk tiefer verlässt du den Aufzug. Vielleicht …

Der Grund für all das? Dass Alexa sich nach anderen Typen sehnt. Und nicht nach dir. Sie sehnt sich nach jüngeren, sensibleren, geduldigeren Männern. Und du musst hilflos zusehen, wie die jüngere Generation dich überrundet, dich in allen Lebensbereichen übertrumpft, um gute Jobs bringt, die besseren Wohnungen ergattert und dir deine Frauen wegschnappt. Ob verheiratet oder nicht.

Natürlich bist auch du kein Kostverächter, aber dir ist diese ganze Sache nicht so wichtig. Und wegen dieses kleinen Unterschieds in euren Ansichten musst du jetzt die Kinder verlassen und in Untermiete ziehen. Hirnrissig.

An allem ist nur die unglückselige Vagina schuld. Und das

noch unglückseligere männliche Glied. Die gesamte Menschheit ist ein einziges Opfer der sexuellen Vereinigung. Beheimatet in den Vereinigten Staaten von Animalia. Dabei gibt es so viele andere wichtige Dinge. Wäre Alexa bereit, dir nur einmal in aller Ruhe zuzuhören, und du in der Lage, ihr in aller Ruhe zu erklären, dass … Am besten gehst du gleich wieder hinauf, begibst dich auf alle viere, wedelst mit dem Schwanz und bittest sie um Verzeihung. Dann umwirbst du sie mit Schmeicheleien, bist liebenswürdig, schwörst ihr, sie immer ausreden zu lassen, ihre Probleme zu verstehen und ihr ein wahrer Herzensgefährte zu sein. Dann, vielleicht dann …

Aber jetzt geht das nicht. Vielleicht morgen. Oder übermorgen.

Ein Namensschild in einem Messingrahmen, daneben eine Klingel: Richárd Wagner. Kommt dir nicht bekannt vor, trotzdem drückst du auf den Klingelknopf. Ta-ta-ta-tamm. ›Das ist nicht Wagner, das ist Beethoven‹, denkst du. Die Nachbarin öffnet die Tür einen Spalt, fragt statt zu grüßen: »Mal wieder Schlaftabletten gefällig?« »Nein«, entgegnest du stammelnd, »diesmal … ehrlich gesagt …« Sie nickt mit einem verständnisvollen Lächeln: »Dübelkrise, was?« Obwohl du den Ausdruck noch nie gehört hast, ahnst du, was sie meint, nickst und fragst, ob du hereinkommen darfst. »Wenn es unbedingt sein muss«, erwidert die Nachbarin und macht den Weg frei. »Was haben Sie da am Kopf?« »Mir ist in Berlin ein kleiner Unfall passiert, nichts Schlimmes.«

Im Vergleich zu dem Unfall hier zu Hause.

Nachdem die Nachbarin hinter der Tür hervorgetreten ist, siehst du, dass sie eine grüne Trainingshose und ein schwarzes T-Shirt trägt, auf dem in großen cremefarbenen Blockbuchstaben BERLIN geschrieben steht. Auch das noch.

In kurzen Worten schilderst du ihr deine Lage: Mit ziemlicher Sicherheit wirst du dich scheiden lassen müssen und brauchst jetzt eine Unterkunft für diese Nacht. Währenddessen beäugst du ihren Körper, nicht zum ersten Mal, wie wir wissen. Immer noch steht ihr im Flur, neben der ausgehängten Küchentür. Die Frau hat ein Bein angewinkelt wie ein Storch. Um Zeit zu gewinnen, reicht sie dir die Hand: »Noémi.« Du nimmst ihre Hand und schüttelst sie. »Dr János Mester.« »Ich weiß. Bitte nehmen Sie Platz. Heute Nacht können Sie von mir aus hierbleiben, doch morgen Vormittag, wenn ich in die Arbeit gehe, müssen Sie fort.«

Du setzt dich auf einen Stuhl mit Metallfüßen, der aussieht wie ein niedriger Barhocker, und bedankst dich wärmstens. »Lassen Sie nur, auch ich werde Sie eines Tages um einen Gefallen bitten.« Bei ihren Worten denkst du an den Paten und Marlon Brando. Was würde der große Brando an deiner Stelle jetzt tun?

Wie ein Schnellzug durchfährt dich der Gedanke, Noémi könnte die Nächste werden. Doch noch bevor die Idee richtig Fuß fasst, verpufft sie am Ende der Gleise. Denn in Wahrheit verspürst du gar keine Lust. Fühlst dich nur prinzipiell zu dieser Männerdenke verpflichtet.

›Dübelkrise‹, wiederholst du in Gedanken und bist in deiner Vorstellung oben bei Alexa. Sie fehlt dir irrsinnig. Dabei wirst du ab jetzt ständig mit diesem Gefühl leben müssen. Und es wird immer nur noch ärger werden.

»Ich bügele gerade«, sagt Noémi, »aber ich bin gleich fertig.« Das Bügelbrett steht im Wohnzimmer, darauf ein schwarzes Kleid mit einem tiefen Ausschnitt und das dampfende Bügeleisen. Der Fernseher summt leise, es läuft ein amerikanischer Actionfilm. Es knallt nur so von Ohrfeigen, die bei dieser Lautstärke wie Fingerschnalzen klingen. Du lässt deine Blicke über die Einrichtung schweifen. An der Decke hängt das Imitat eines venezianischen Lüsters aus Glas. Die Sitzgarnitur ist blutrot und flauschig. An den Wänden hängen Farbfotos halbnackter Models in glänzenden Rahmen.

Dir kommt der Verdacht, deine Nachbarin könnte vielleicht ... Callgirl sein. Und wenn schon! Schafdame und Fuchserich, alle treiben's, nicht nur ich. Das ist auch nicht von dem verdammten Goethe.

Noémi erkundigt sich, ob du Hunger hast. »So spät kann ich nichts mehr essen«, sagst du. Ob du schlafen gehen möchtest. »Ja, ich habe einen harten Tag hinter mir«, antwortest du und tust, als hättest du die Zweideutigkeit überhört. »Okay, ich bügele nur das hier schnell fertig.« Die Metallplatte des Bügeleisens plättet Unterhemden, Strümpfe und Tangas, auf Knopfdruck steigen Dampfwolken auf, pffffff. Du machst es dir auf dem Sofa bequem, während dein Kopf immer wieder nach vorne rollt. Du siehst dich selbst, als säßest du auf einer Bühne, ein Typ mit zwei Koffern voll Goethe, ein zweiter József Tímár. Ein paar Monate vor dessen Tod hat dein Vater dich in das Bühnenstück von Arthur Miller mitgenommen, und nun dauert es nicht lange, bis du mit zwei Koffern in der Hand, gekleidet in eine französische Offiziersuniform, durch den Nebel stapfst, ein Flugzeug sich in die Lüfte schwingt und Humphrey Bogart sagt: »Weißt du, Jánoska, dies ist vielleicht der Beginn einer wunderbaren Freundschaft!«

Obwohl Noémi ununterbrochen redet, fallen dir die Augen zu. »Ich weiß, wie die Sache läuft. Leider wird mit der Zeit jedes Männerhirn mit Sperma überflutet, dann gibt es nur noch eins: Muschis. Und zwar fremde Muschis. Bis der Typ dann an einer hängen bleibt.« Kraftlos versuchst du zu widersprechen und Noémi zu erklären, dass es in deinem Fall genau umgekehrt ist. Alexas Hirn sei mit Sperma geflutet worden. »Da schau her! Hätte ich ihr gar nicht zugetraut!«

Nur um nicht einzuschlafen, erkundigst du dich nach dem Richárd Wagner auf dem Namensschild. »Der ist reine Erfindung. Nachdem man mich an der Gegensprechanlage ständig mit Schweinereien belästigt hat, wollte ich endlich meinen Frieden.« »Warum hat man Sie belästigt?« »Einmal dürfen Sie raten.« »Tja … keine Ahnung.« »Meines Namens wegen natürlich.« »Was ist an Noémi so schlimm?« »Mein Familienname ist Lesba, verstehen Sie? Ich heiße Noémi Lesba.« »Noémi Lesba«, murmelst du. »Warum beantragen Sie nicht eine Namensänderung?« »Wie soll ich denn Ihrer Meinung nach heißen? Noémi Warm?« »Nein, aber sagen wir mal … Noémi Tanga.« »Vorsicht, Jungchen!« »Schon gut, warten Sie, gleich habe ich es … Das L sollten Sie behalten, damit das Monogramm auf Ihrer Ausstaffierung noch stimmt.« »Bringen Sie mich nicht zum Lachen!«, sagte Noémi mit einem schiefen Grinsen, »meine Lippen sind nämlich ganz rissig. Und außer meinem Arsch habe ich keine Ausstaffierung.« Mit diesen Worten schob sie ihre grüne Trainingshose hinunter, zum Vorschein kam der Tanga mit dem leichten Schlag und zwei eintätowierte Buchstaben auf ihrem muskulösen Hintern: NL. In meiner Verlegenheit duzte ich sie plötzlich: »Hast du dir das tätowieren lassen, um nicht verloren zu gehen?« »Nein, sondern wegen eines Vollidioten. Norbert Láng.«

Du kommst nicht drumrum, dir sämtliche Schweinereien dieses Norbert Láng anzuhören. Die Ehe hat der Mistkerl ihr versprochen, dabei war er noch nicht einmal geschieden. Schließlich bleibt Noémi Lesba nichts anderes übrig, als ihn mitsamt seiner Habseligkeiten rauszuwerfen. »Du musst dir aber vorstellen, dass ich ihm alles einzeln hinterhergeschmissen habe! Durchs Fenster direkt auf die Straße!«

Du kannst kaum erwarten, dich endlich auf dem ausgeklappten Sofa hinlegen zu können. Aus Dankbarkeit bietest du an, dich ums Frühstück zu kümmern, morgen früh Kakao und frische Semmeln zu holen. »Vor elf stehe ich nie auf«, meint Noémi mit einem Schulterzucken. »Und ich frühstücke auch nicht, trinke nur einen Kaffee mit Sahne und ohne Zucker.«

Endlich liegst du im dunklen Zimmer, unter dir die knarzenden Federn des Sofas. Irgendwie hast du das Gefühl, deine Tage seien gezählt.

Du versuchst dich zu einem gewissen Optimismus durchzuringen, denkst an die Ärzte im Berliner Krankenhaus. So lange die zählen, lebt der Patient noch.

Eins.

Zwei.

Drei.

Vier.

Fünf.

Wie weiter?

›Goethe, gib mir einen Rat, verdammt nochmal! Sende mir ein Zeichen, dass du mich hörst – wenn ich deine elend schweren Bücher schon mitgeschleppt habe! Sag mir zumindest, was ich tun soll, um endlich einzuschlafen! Vorhin habe ich es kaum erwarten können, mich hinzulegen, und jetzt wälze ich mich hier schweißgebadet herum!‹

Dir kommt es vor, als würde es in deinem Kopf nur so brausen, als kochte dein Hirn über, als platzte dein Schädel.

In dir erwacht die schwache Hoffnung, Noémi könnte sich deiner erbarmen und dich zu sich ins Bett holen. Nach kurzem Beischlaf auf rein freundschaftlicher Basis könntest du sicher gut einschlafen. Du phantasierst von ihrem Tanga, und von allem, was er verbirgt und versteckt. Viel ist das nicht, denn das Entscheidende schimmert durch oder wird ohnehin nicht verdeckt.

Was auch immer Noémi beruflich macht, sie hat Format.

Du hast keines.

Schlaf ein.

Komm schon.

Schlaf, mein Lieber, schlaf ein.

SECHS.

SIEBEN.

ACHT.

NEUN.

ZEHN.

Mithilfe eines Selbsterkennungstests hat Alexa einmal herausgefunden, dass deine Zahl die Neun ist. Menschen mit der Zahl neun sind konfliktscheu und empfinden im Zusammenhang mit ihrer Person entstehende Spannungen als unangenehm. Für sie ist Frieden das Wichtigste, auch wenn ihr Freiheitsdrang darunter leidet. Ihnen fehlt die nötige Zielstrebigkeit, um Dinge zu Ende zu bringen. Bist du so jemand? Ja. Nein. Alexas Zahl ist die Vier. Solchen Menschen ist Alltäglichkeit und Durchschnittlichkeit der größte Gräuel. Sie glauben, sie seien vom Wesen her sensibler als andere und fühlen sich oft nicht verstanden. Allerdings sind sie manchmal selbst nicht in der Lage, sich in die Sorgen anderer hineinzufühlen, was häufig ein Hindernis für die Verwirklichung ihrer Pläne ist. Ist Alexa so ein Mensch? Nein. Ja.

Aber was kümmert dich das jetzt?

Los, schlafen, eins-zwei!

Versuche es mal mit römischen Zahlen.

VI.

VII.

VIII.

IX.

X.

Im nächtlichen Dunst taucht jetzt Klára Hamburger auf. Kláris. Eine seltsame Frau. Mit der Zahl Zehn. Wie es ihr in Schwerin wohl geht? Schade, dass du sie hast davonziehen lassen.

Stärker als in deiner Wohnung oben dringt das Licht der Neonleuchten von der Straße herein. So viel macht ein Stockwerk aus. Beim Türöffnen hatte Noémi angenommen, du wollest sie um Schlaftabletten bitten. Blöd, dass du das Angebot nicht angenommen hast.

Noémi hat auch die Zehn.

Aber jetzt lass es doch endlich.

Hättest du doch einen Schalter am Kopf! Ein Griff, ein Klick, und schon würdest du schlafen!

Was gibt es noch für Zahlen, barmherziger Himmel!

Einundzwanzig.

Nnna.

Mmmmmm.

Du erhebst dich und marschierst auf und ab.

Hoffst, dass deine Geräusche nicht ins Schlafzimmer dringen.

Trittst ans offene Fenster. Stumm warten die Autos auf dem Parkplatz auf den Morgen. Gegenüber der Spielplatz, auf dem du Sanyika und Jucika so oft gehütet hast. Jeden Abend übernehmen die Hundebesitzer das Terrain – sehr zum Ärger der übrigen Anwohner, denn die Hunde beschmutzen alles.

Dich überkommt plötzlich das Bedürfnis hinunterzugehen, doch in Anbetracht dessen, dass du keinen Wohnungsschlüssel hast, ist das zu kompliziert. Aber vielleicht hängt er im Flur, wie bei euch.

Allerdings möchtest du nicht, dass Alexa dich vom Fenster aus sieht.

Auf deine Ellenbogen gestützt schaust du hinaus.

Bemerkst erst jetzt die Menschen neben den Schaukeln. Drei oder vier Familien. Papa, Mama, Kinder. Seltsamerweise sitzen die Eltern auf den Schaukeln und werden von den Kindern angestoßen. Warum sind die so spät noch nicht im Bett?

So eine Gewissenlosigkeit.

Du suchst dir eine der Familien aus.

Ähnelt sie deiner? Vielleicht. Alle unglücklichen Familien ähneln einander. Wobei diese da glücklich aussieht.

Du wettest mit dir selbst: Steigt die Frau zuerst von der Schaukel, musst du dich sofort scheiden lassen, es bleibt nur der Weg zum Anwalt. Steht der Mann eher auf, so gibt es noch Hoffnung. Erwartungsvoll drehst du deinen Kopf im Rhythmus der Schaukeln nach rechts und links.

Seltsam, dass die Ketten nicht quietschen. Wann immer du mit Sanyika und Jucika dort warst, hat dich das metallene Geräusch fast wahnsinnig gemacht.

Du fokussierst deine Aufmerksamkeit auf die Atmung

Die Luft strömt rein, raus, rein, raus

Du nimmst den Sauerstoff ernst, vielleicht nimmt er dich auch ernst

Du versuchst mit deinem Blick die vier Punkte festzuhalten, an denen der Mann und die Frau beim Schaukeln ihren Zenit erreichen

in der Dunkelheit scheinen die Schaukeln phosphoreszierende Spuren nach sich zu ziehen

aber vielleicht flimmert es dir nur vor den Augen
jetzt ist es Alexa, die dort unten auf der Schaukel sitzt
und du schaukelst neben ihr
fröhlich schreiend schubsen euch eure Kinder in die Höhe
die Stille nimmt zu, das Mondlicht wird dichter
klar erkennst du die Gesichter der Hauptpersonen
ihre Augen sind geschlossen

auf, ab, auf, ab
du musst dir Zeit lassen
denn es ist schwer zu begreifen
und zu akzeptieren
dass auch deine beiden anderen Ehefrauen hier schaukeln
im schönsten Einvernehmen
und neben ihnen noch viele andere
deine Lieben und Geliebten
Frauen und Gefährtinnen
auf ab auf ab
hat sie dich verlassen oder du sie
hast du ihr weh getan oder sie dir
warst du letztlich täter oder opfer
in deiner seele weißt du das ganz genau
und nun konzentriere dich auf die
die wichtig ist
und noch nicht der vergangenheit angehört, sondern der gegenwart
einer abgeschlossenen gegenwart oder vielleicht einer nahen zukunft
aber auf jeden fall noch gegenwärtig ist
denk an die von dir verursachten wunden
spür, wie sie schmerzen
denk an die von ihr verursachten wunden
spür, wie sie schmerzen
und nun wende dich ihr zu
atme tief durch
sprich sie an
alexa
ich muss dir etwas wichtiges sagen
ich werde all das schöne, das uns verbunden hat

nie vergessen
ich werde nie vergessen
wie viel ich von dir bekommen habe
ich werde es nie vergessen
du hast mir alles gegeben
was du geben konntest
vielleicht schien es mir manchmal
zu wenig
ich war wohl oft zornig
doch menschen, auf die wir zornig sind
werden für immer zu einem Teil unseres Lebens
nur dass dieses immer auch nicht ewig währt
es bleibt mir nichts anderes übrig
als von dir Abschied zu nehmen
ich danke dir für alles
und lasse dich los
ich lasse los, was weh getan hat
was mir eine qual war
worunter ich gelitten habe
denn wie auch immer
was ich dir gegeben habe, habe ich gern gegeben
was du mir gegeben hast, bewahre ich für immer
meinen teil der verantwortung nehme ich auf mich
und deinen gebe ich zurück
in meinem herzen bleibst du die, die du immer warst
gerne gewähre ich dir dort
den dir gebührenden ehrenplatz
mehr kann ich nicht sagen
und vielleicht finden wir wieder frieden
so dass es egal ist
ob wir uns scheiden lassen
oder versuchen

weiterzumachen
neu zu beginnen
von anfang an
alles komme so wie es soll
worte gibt es jetzt keine mehr
aber durch die räume gehst du noch einmal
durch dein heim
in welchem du so viel geliebt hast
sie so sehr geliebt hast
in welchem du so viel geliebt worden bist
und ihr gemeinsam so sehr geliebt habt
du atmest die düfte ein
spürst den geschmack
alles siehst du dir noch einmal an
das ganze und das einzelne
möbel
lampen
vorhänge
computer
geräte
teppiche
schüsseln
teller
bilder
bleistifte
bücher
zeichnungen
fotos
fingerabdrücke
schließlich sagst du auch dem licht lebewohl
du trittst an den sicherungskasten
machst die sicherung raus

klack
und hoffst
dass du lange nicht mehr aufwachst

Im Roman habe ich einige Abschnitte aus Peter Orbans Buch »Die Kraft, die aus der Herkunft stammt« verwendet beziehungsweise umgeschrieben.

Meinen Kollegen László Márton, László Garaczi, György Dalos, Kriszta Bódis, Orsolya Karafiáth und Bibike bin ich für ihre wertvollen und fachkundigen Ratschläge zu Dank verpflichtet. Die von ihnen entdeckten Fehler und Mängel habe ich hoffentlich beheben können.

*Danke schön.*
VM

btb

# Helmut Krausser bei btb

## Thanatos

Roman. 544 Seiten

ISBN 978-3-442-72255-6

Konrad Johanser, Archivar des Instituts für deutsche Romantik und weltabgewandter Einzelgänger, kann das Leben in der Hauptstadt nicht ertragen, er zieht sich auf die schwäbische Alb zurück. Als er erfährt, daß die Fälschungen, die er für seinen Arbeitgeber angefertigt hat, entdeckt worden sind und man nach ihm fahndet, gerät der Urlaub zum Exil. Und der Alltag in der Provinz zur Bedrohung …

»Einer der wichtigsten Romane der letzten Jahre.«
*Die Woche*

## Eros

Roman. 320 Seiten

ISBN 978-3-442-73675-1

Alexander von Brücken, einer der reichsten Männer der Republik, hat nicht mehr lange zu leben. Er bestellt sich einen Schriftsteller in sein schloßähnliches Anwesen, der aus seinem Leben einen Roman machen soll. Dieses Leben ist von einer einzigen, bedingungslosen Obsession geprägt: der Liebe zu Sofie. Als Sofie von Brücken abweist, verwendet der sein ganzes Geld und seine ganze Macht, um Sofies Leben zu beobachten, zu begleiten – und zu manipulieren …

»Ein ganz, ganz großes Buch!«
*Daniel Kehlmann*